茶人三部曲 第一部

南方有嘉木

王旭烽 著

序

公元一七九三年，東方中國，一位被稱為乾隆的皇帝已在位五十八年。九月，是他八十三歲誕辰，萬壽無疆的頌歌，在他的王土與廟堂響徹雲霄。

此前整整一年，西方大英帝國以祝壽為名，派遣由前駐俄大使馬戛爾尼率領的外交使團出使中國，以圖真正意義上的近代首次東西方大帝國相會。

使團全部費用，由東印度公司承擔。

公元一六〇〇年成立的英國東印度公司，於一六六四年把從中國進口的一筒兩磅兩盎司的茶葉，作為貴重禮品獻給英王——英國直接進口中國茶葉的歷史自此開始。

一百餘年以後的一七八五年，英國進口華茶已達一千零五十磅。

英國文學家迪斯拉利評之曰：茶頗似真理的發現，始則被懷疑……最後乃獲勝利。

東方神祕綠葉在英倫三島的傳奇，啟發了東印度公司的思路。這是一個既擁有軍隊又販賣茶葉的公司，它一手握著劍，一手拿著帳簿。此時，它產生了一種兩全其美的夢想，將華茶移植殖民地印度。

正是這種關於茶的夢想，把東印度公司和馬戛爾尼送上了同一條駛向大清王朝國土的艦船。

一七九二年九月八日，東印度公司給馬氏獲取中國茶葉種植情報的訓令說：經常從中國輸入的或公司最為熟知的物品是茶葉、棉織品、絲織品，其中，以第一項最為重要。茶葉的數量和價值都非常之大，倘能在印度領土內栽植這種茶葉，那是最好不過的了……

馬戛爾尼的外交使命，一開始就因為糾結於雙膝還是單膝向中國皇帝下跪而失敗。但華茶為他彌補了一切，把優質樹苗引入印度，光這一項也就不枉此行了，而且，在下個世紀，這次出使的費用將被百倍地償還。離開北京南下返國的途中，馬戛爾尼使團由北京至杭州，復由陸路經浙江、江西、廣州。在浙江和江西的交界之處，他們得到了茶樹的標本。

一七九三年十二月二十三日，馬戛爾尼在中國廣州向東印度公司報告說：

> 總督（即新任兩廣總督長麟）本人度量很是寬宏，斷不是雞腸狗肚之小官可比。承蒙他的允准，我找到了一些茶樹，這就是我現在所擁有的幾種幼樹和幾種適宜於種植的種子。
>
> 我也和公司想法一致，如果能在我們領土之內的某些地方種植這種植物而不是求助於中國境內，而且還能種得枝葉茂盛，這才能符合我們的願望。我所得到的數種正在生長的植物，如果能精心培育，將來必定茂盛；放眼將來，喜不自禁。

一七九四年二月，馬戛爾尼給孟加拉總督素爾去信說：

> ……有精通農業者認為蘭普爾地區的土壤適宜於植茶。所幸的是，現任兩廣總督（長麟）利用赴任之便，同我遍歷浙江省，引我通過茶區，慷慨地讓我挑選幾棵茶樹之最良品種。我已經特地命令將之栽入適當的箱子內，且以土培之，使其不致枯萎。

中國浙贛交界處藏之於深山的瑞草，從此來到南亞次大陸恆河流域的加爾各答落戶生根。

法蘭西學院院士佩雷菲特於一九八九年出版的《停滯的帝國》一書，專門提及了華茶最早進入印度的情況。他說：「加爾各答植物園向印度所有的苗圃送去了使團挖來的中國樹苗的後代。一八二三年，在阿薩姆邦發現了一棵野生茶樹，於是把這兩個品種進行雜交。但可以說當今相當一部分『印度茶葉』來自馬戛爾尼挖來的中國茶樹苗。」

可以說，沒有二百多年前從那艘隨馬戛爾尼出使中國的「豺狼」號艦船上運載去的華茶，便沒有今日作為世界上最大茶葉出口國的那個印度。

天朝中國向西方投之以桃時，並未想要他們報之以李。但一種植物的芬芳還是引來了另一種植物的迷香。兩種植物各從東方和西方出發，開始了它們近代史上的獨特的遠征。一八一三年至一八三三年，中國的茶葉和英國的鴉片的貿易量是一比四。清帝國在毒品氾濫中動搖了。

茶是鬱綠的，溫和的，平靜的，優雅而樂生的；罌粟花是多彩的，熱烈的，奔放的，迷亂而破壞的。茶往西方去的同時，鴉片向東方迅跑而來。東方和西方的詩人們則懷著完全對立的心緒描繪著這舶來之物。當英國的華爾勒歌唱著「軟滑、醒腦、開心，像女人的柔舌在走動著的飲料」時，中國杭州的龔自珍則寫道：「鬼燈對對散秋螢，落魄參軍淚眼熒。何不專城花縣去？春眠寒食未曾醒。」——為什麼不到廣東花縣去做長官？那裡是鴉片進口地，可以貪食不起，大過煙癮，連禁煙火的寒食節亦在所不顧了呢。

其時，天津、上海、杭州、福州、廈門、廣州等地，都成了著名的茶葉集散之地。一八四二年大清帝國簽訂《南京條約》五口通商之後，快剪船載著華茶，便全方位地駛向太平洋和大西洋。

和這個龐大的東方民族完全一樣，在經歷了兩千年閉關自守、唯我獨尊的生活之後，華茶的下一個大時代開始了。

第一章

浙西茶苗在遙遠的南亞次大陸迅速繁殖之際，它的故鄉對它的行蹤幾乎一無所知。十九世紀中葉，這個清帝國的富庶省分，正在一場大戰亂之中。

東南一隅的浙江，本來有著性情溫和的歲節和溼潤多情的雨季。縹緲的霧氣在清晨與傍晚繚繞省城杭州的三面峰巒，那裡是小葉種灌木茶林生長的最舒適的溫床。

憤怒的拜信上帝教的中國南方的農民們，聚集為太平軍，頭上裹著紅巾，被稱為「長毛」，占據了這個茶商雲集的集散之地。

同治三年，歲在甲子，春三月三十日，駐紮杭州的太平軍彈盡糧絕，在死守兩年零三個月之後，終於在夜半時分，撤出武林門，退向德清。

次日，餘杭相繼失守，清軍入城。

馬戛爾尼和長毛都不會對位居杭州城羊壩頭忘憂茶莊的杭老闆產生實質性的影響。這個同樣也染上了芙蓉癮的中年男人，繼承了杭氏家族綿延不絕的茶之產業，有忘憂茶莊一座、忘憂樓府數進。湧金門的忘憂茶樓一幢，昔因抽大煙之故，易手他人。

沉醉在煙氣中的杭老闆，和與他共讀過同一私塾的郊外三家村小地主林秀才，均為樂天知命之人。他們有著自己的生存方式，對朝廷和國家都缺乏必要的熱情。官府也罷，長毛也罷，首先不要影響他們發財致富，其次不要影響他們婚喪嫁娶。說實話，長毛對忘憂茶莊倒也不薄，發給它「店憑」，准它開業經營，茶莊所在地，又是太平軍劃出的買賣街，長毛也要喝茶的，茶莊生意倒也興旺。

至於三家村小地主林秀才經營的幾十畝藕田，夏來都開荷花，秋去都生藕節，天道有常，無須過問。倒是女兒一年年大了，等著嫁到城裡去，是件要事。

恰在那樣一個林秀才女兒待嫁的夜晚，杭老闆發現他那失去母親的十八歲的獨生兒子杭九齋，躺在榻席上，點著了山西產的太谷煙燈，並把翡翠嘴的煙槍對了上去。

一股迷香，撲上鼻間。杭老闆心裡一聲叫苦：不好！

杭、林兩家兒女完婚之事被推上首要議事日程。

浙江的茶樹正在加爾各答茁壯成長；太平軍已經退出杭州；新知府薛時雨走馬上任，並坐在轎中口占〈入杭州城〉詩一首。與此同時，杭老闆和林秀才兩家終成姻親。

新郎杭九齋和新娘林藕初對這樁親事，骨子裡都持反對態度。在女方，是因為聽說杭氏父子都抽上了大煙，但沒有婆婆壓制的寬鬆環境又多少抵消了這一短處。在男方，是因為父親以禁止他吸煙為成親條件，但成親後茶莊將由他掌管，亦使他終於心平氣和。

他們便都偽裝得木訥，按照傳統，由著七親八眷擺布。

與此同時，一隊清兵正在清河坊的街巷裡，窮凶極惡地追捕一個頑強抵抗的長毛將士。

長毛身手不凡，臉上蒙塊黑布，露兩隻眼睛，身輕如燕，體態矯健，嗖嗖嗖幾下躥上人家的屋簷，在那斜聳的瓦脊上一溜箭步，瓦片竟不碎一塊。市民出來抬頭見著，心裡頭叫好，也有把那「好」字從嘴上叫了出來的。屋下清兵便大怒，一個個地也想上房，爬不了半截卻又摔將下來，便更怒，叫喊著追逐過去。

跑過幾道巷子，便聽到一溜高牆後面，有人吹吹打打，已是濃暮時分。那邊，忘憂樓府中，正在大辦喜事。

從拜天地的廳堂至洞房，要經過一個天井花園。被七大姑八大姨撥得頭暈目眩的新郎杭九齋，正昏頭昏腦地用大紅綢緞帶子牽著比他大了三歲的新娘子林藕初往洞房走。說時遲，那時快，從天上掉下來一個人，狠狠擦過院中那株大玉蘭花樹，然後一個跟頭，便悶悶地砸在了新娘子身上。新娘子一聲「啊呀」，便踉蹌倒地。

時運，就這樣措手不及，把新娘子林藕初推到人前亮相。

林藕初一個翻身爬起，一把揭掉蓋在頭上的紅頭巾，又把那人一下子托起，旁邊那些人才嗡聲四起：「長毛！長毛！從牆那邊翻過來的。」

此時，大門口，清兵已衝將進來了。

杭九齋湊過來一看，面孔煞白，抬頭第一次瞪著新娘子：「怎麼辦？」

從此以後，一生他都問媳婦「怎麼辦」了。

小地主的女兒林藕初，畢竟是在鄉間的風吹日晒中受過鍛鍊的，二話不說，拖起那人就往洞房裡走。七手八腳拖到洞房床前，新娘子把大紅袍子三兩下脫了就披在他身上，頭上一塊頭巾蓋住，一把將他按在床沿。那人坐不住，搖搖晃晃要倒，新娘子騰地跳上床，拉過一疊被子頂住他腰。那人又往前倒，新娘子手指新郎：「你，過來！」新郎手足無措：「你是說我？」話音未落，已被一把拖住拉到床沿，與那人並肩坐下，那人立即扎進新郎懷中，新郎連忙一把摟住，看上去兩人便像一對迫不及待的鴛鴦。

眾人這才驚醒過來，七嘴八舌。不知有誰尖叫一聲：「要殺頭的！」新娘子面孔慘白，塗脂抹粉也沒用，聲色俱厲，喝道：「誰說出去一個字，大家都殺頭。」立刻把那尖叫者悶了回去。

就在這個時候，清兵進了院子，大家都嚇傻了，也沒人上去照應。那頭兒在院中喊：「人呢，這家說話的主人呢？」

還是儐相中杭九齋的朋友郎中趙岐黃膽大，出了洞房，作了揖，開口便說：「人倒是有，都在洞房裡呢，長官您看要不要點一點？」

頭兒在門口晃了晃，竟然沒進門，只在外面說：「沖了二位新人的喜事，失禮了。在下也是奉了上司的命，抓那長毛賊頭，剛才分明見他往這裡奔來的。」

「會不會是往後面河裡去了？」林藕初躲在人堆裡說。那人聽了，果然就信，說了一聲「對不住」，便帶著那隊士兵退出院子。

這邊剛剛鬆了口氣，只聽撲通一聲，真正的新娘子又翻倒了。趙大夫上去一看，說：「不要緊，是嚇的，一會兒就醒。」手忙腳亂一陣子，新娘子醒來，哇的一下哭出了聲：「媽呀，我可不知道後門有沒有河啊！」

長毛吳茶清，半夜從杭九齋、林藕初新房的小廂房中醒來，雙眼一片紅光光的模糊，不知身在何處。摸一摸頸下，有枕，是在床上。一個翻身跳下床，腳步便踉蹌起來，他心裡暗叫一聲：「不好，看不見了！」

他記得他最初的念頭是要走，但一個嗓音略尖的男人的聲音阻止了他。後來他知道他是新郎倌，他按在他肩上的手細瘦，透出驚懼。

「你不能走！要殺頭的！」他用那種大人恐嚇小孩不成反而把自己先嚇壞了的聲調，阻止這位意外來客。吳茶清擺擺手，意思是不怕，新郎倌更急：「是我們要殺頭的！」吳茶清愣了一下，才明白，說：「換身衣裳不連累你們。」

新郎倌杭九齋沒轍了，就叫他的媳婦：「喂，你過來，他要走！」

原來聽說新媳婦大他三歲，他是有些不滿的，父親告訴他，女大三抱金磚，他還內心反抗，什麼金磚銀磚，我才不要磚。這才剛入了洞房，他就知道金磚的重要性了。

把長毛安頓在洞房的偏房裡，倒是公公杭老闆的主意。他們也實在想不出萬一清兵再回來時還有什麼地方會不被搜查。新娘子膽大包天的行為已經鎮住了所有的人，嚇得林秀才躲進了灶下不敢出來，親朋好友均作鳥獸散。杭老闆清醒過來倒也是個有良心的人，想杭州城裡收留長毛的也不止一個兩個，便乾脆把這從天而降的人塞到新娘子眼皮底下窩藏，明日再移到後廂房的閣樓上去。

聽說長毛要走，新娘子過來了。吳茶清迷迷糊糊地看不清，只聽窸窸窣窣，一團柔和的紅光近了，定在他眼前，他還嗅到了一股奇怪的香氣，使他想起夏天。他聽到那團紅光說話了：「你要走？」聲音有些尖脆，有些逼人。他點點頭，再一次試圖站起來，他肩膀上便接觸到了一陣柔勁，溫和但有力量。

「你不准走！」那聲音繼續著，「你跳進我家院子，砸在我身上，我把你救了。官兵來查，沒查到。或許就在外守著抓你。抓著你，還得抓救你的人。你殺頭，我殺頭，他，也得殺頭！」林藕初用手指一指杭九齋，杭九齋就輕輕一顫。

「我們才入的洞房，還沒來得及做人，你就要我們去死，有這樣圖報救命之恩的嗎？」

吳茶清聽完這話，一悶，倒下頭，便又昏了過去。

那一年林藕初二十一歲，算是養在家裡的老姑娘了。因為母親早亡，早早地擔當了家務，知道怎樣做人。

成親並不使她慌張，倒是突然冒出來的長毛使她亂了心思。她想過許多話要以後再和丈夫說的，但一切都被打亂了。吳茶清從牆外跳進來之後，林藕初突然想說什麼就說什麼了。

她叮叮噹噹地卸了一頭花釵，坐在床沿上，等著丈夫過來。

夜深人靜，紅燭兒高照。杭九齋心亂如麻，他的煙癮犯了，開始打哈欠流鼻涕。

林藕初說讓他來歇著時，杭九齋嚇了一跳。「不不不不不，」他說，「你睡你睡，我還有事。」

新娘子說：「實在犯了煙癮難受，你就抽一口吧。」

杭九齋很害怕也很激動，「不不不不不！」他哆嗦著嘴脣說，哆嗦著手腳，便去找那山西太谷煙燈。下面那段話杭九齋根本就沒上心，但林藕初卻說得明明白白：「當初嫁過來時，我爹和你爹說好的，你若不抽大煙，茶莊鑰匙就歸你掛；你若還抽大煙，鑰匙就歸我了。」

「歸你就歸你。」新郎毫不猶豫地說，立刻將掛在腰上那串沉甸甸的銅鑰匙扔了過去。

偏房裡那長毛一聲呻吟，把這對新人嚇了一跳。俄頃，萬籟俱寂，一對新人各得其所。新媳婦林藕初懷揣著一串夢寐以求的鑰匙，美美地入了芙蓉帳；小丈夫杭九齋吸足了煙，眼前，浮現出水晶閣裡小蓮那張含苞欲放的臉。

吳茶清在杭家後廂房閣樓裡躺了七天七夜。其間有杭家世交郎中趙岐黃先生來過幾回，切脈看舌，說是不礙事。城裡的搜捕亦已停息，吳茶清想，他該走了。

夜裡，他悄悄下樓，腳步比貓還輕。他在閣樓上看得見這是個五進的大院，他看見花園假山，長的甬道，高的山牆。他看見後院之外的小河，他還看見了天井裡那些碩大無比的大水缸。

真是一個又大又舊的院子，但吳茶清依舊不曾輕舉妄動。他沒有再遇見過這個大院的主人，他的眼睛也始終模模糊糊，什麼也看不清。突一日，他早晨起來，感到神清目朗，便信步走到院中，七轉八折，見一處邊門。邊門又未上鎖，他順手把門閂一拉，門開了，竟是一寬敞的場院，七七八八晒滿了竹匾，還有不少石灰缸，斜著置放，一少婦正在指揮著下人，用乾淨抹布擦拭著石灰缸。那少婦轉眼看見了他，愣了一下，吳茶清也愣了一下。

她徑直走了過來，對他說：「你能看見東西了？」

他點點頭。他瘦削，面色蒼白，稀稀的鬍子長出來了，陽光一照，金黃色的。他的眼皮薄薄，鼻翼也是薄的，連嘴唇也是薄薄的，他看上去像一把薄劍，透著寒氣。他穿著一襲杭老闆派人送去的淺色杭紡長衫，外面罩一件黑舊緞子背心，便也像一個不苟言笑的私塾先生了。

他的鼻翼像蜻蜓翅膀顫抖起來，在空氣中捕捉什麼。他眼中的亮點一閃即逝，他的聲音很輕，像蒙著天鵝絨，很好聽。

他答非所問：「開茶莊的？」

她有些驚異：「你家也開茶莊？」

「從前給茶莊當夥計。」一口標準的徽州口音。

林藕初一身碎花布衫，站在陽光下，一口白牙。她用那好看的白牙紅唇說話，她說：「我家從前賣藕粉，現在我要吃茶葉飯了。」

吳茶清記得他當時不想再和新娘子多說些什麼，多說不好。他便問她家的男人在哪裡，而她則撇撇嘴，「他呀，」她做了個抽大煙的姿勢，「他喜歡這個，和他爹一樣。」

她好像對他毫無顧忌：「你幫我把石灰缸搬到屋裡去，正貯茶呢。」

吳茶清搖搖頭：「得用火把缸烤一烤，我來。」

「我去告訴爹。」新媳婦有些喜出望外，便去稟報。一會兒，杭老闆來了，開口便問：「你吃過茶葉飯？」

吳茶清用手拎起一包石灰，說：「這個不行，都吃進那麼些水，還有缸，太潮。」

杭老闆知道是遇見行家了，便作揖：「依先生所見？」

吳茶清伸出兩個手指頭：「給我兩個人。」

一個月內，吳茶清烘烤了所有的石灰缸，運來最新鮮的石灰，小心地用紗布袋包成一袋袋，後場茶葉拼配精選了，就到他手裡分門別類貯藏。新媳婦忙前忙後的，給他當著下手。

一個月之後的那個夜裡，杭家父子在客廳裡再次會見了吳茶清。

他們一頭一個，躺在煙榻上正抽大煙，見吳茶清進來，連忙欠身讓座，吳茶清用手一搖，便坐在偏席。杭九齋親自上了一杯茶，說：「吳先生，你嘗嘗？」

吳茶清嘗了一口，皺起眉頭，他沒嘗過這樣的茶，有棗香。杭老闆就很得意，說：「那是我用祁門紅茶拌了紅棗，吸足甜氣，再篩出，重新炒製的。過了芙蓉癮，喝此道茶，最是好味覺。」

吳茶清推開了那杯紅棗茶，站起身作了個揖，說：「謝救命之恩，自此告辭了。」

慌得那父子倆立刻爬起攔住吳茶清退路，說：「英雄，你走不得！識時務者為俊傑，太平軍早就被打散了，你還能到哪裡去尋你們自家人？沒聽說『洞中方數日，世上已千年』？這幾個月你蝸居在此，哪裡知道天下成了什麼光景！陳玉成已死，李秀成也早已離了浙江，這會兒，怕不是已經到了天京。千里迢迢，你一個人又怎樣去找？不妨在此做個幫手，也不枉我們冒了死罪救你一場，請三思。」

吳茶清不吭聲，再作一揖，便出了門，留下那面面相覷的父子。

在後院的玉蘭樹下遇見新娘子林藕初，已是黑夜時分。吳茶清見了她就有些發怔，他已換上了舊時的衣裳，頭上纏起了黑布巾。在夜裡，這個人更薄了，像是搖身一閃便會無影無蹤的俠客。

「你不要走，吳先生。」

「我叫吳茶清。」

「你看鑰匙！」林藕初把一串重重的鑰匙提到他眼前，明明滅滅晃著，細細碎碎地響，「他們抽大煙，不管這個家，推給我了。他們把好好的茶樓都賣給殺豬的萬隆興。吳茶清，你不要走，你幫我！」

吳茶清搖搖頭，說：「我是長毛。」

「長毛好，有膽，敢造反。」

是初夏的風了，玉蘭樹的大葉子刮不動。黑夜重得很，黑夜框在高牆之中，風吹不動。

「吳茶清你不要走，你幫我，杭家要倒了，就剩這個大架子，從前的管家也跑了，帳房也跑了，都到別的茶莊吃飯去了。」

吳茶清搖搖頭：「倒就倒吧，天朝都要保不住，要倒。」

「那你怎麼還去？去送死？」

吳茶清想了想，竟然露出笑意：「去送死吧。」

「我不讓你去送死，我把大門二門全上了鎖，我看你往哪裡跑？」林藕初一隻手抓住玉蘭樹枝，使勁地晃著，她生氣了。

吳茶清又怔了一下，他們便有些尷尬地沉默了下來。

黑夜就更重了，玉蘭樹葉落在林藕初手裡，也很重了。

兩個人的呼吸也很重了。

吳茶清說：「告辭了。」

「你還要走？」

吳茶清的呼吸淡了下去。

「你怎麼走？你沒鑰匙。」

「怎麼來的，怎麼走。」

吳茶清把手中包裹紮到了背後，望著黑暗中高大的玉蘭樹，突然的一陣風，吹上了枝頭。待林藕初再定睛望時，那人已悄然立於牆頭，林藕初只來得及喊上兩個字：「回來！」那人便沒了蹤影。她伸出的雙手，抓住了一陣風，被彈開的玉蘭樹枝便搖晃個不停了。

數年之後的一個秋日，人們對長毛造反的事情已經淡漠下來。一日，從忘憂茶莊正門進來一位客商模樣的男人。夥計上前打招呼，問他要什麼茶，那客商倒也不說話，只問：「老闆呢？」夥計問：「你是問老闆還是老闆娘？」

「一樣。」

「老闆外面逛去了，老闆娘在後場看著呢。」

那客商便去了後場。見一個大場子，大鋪板上各各坐著正在精緻拼配的女工。那女人走來走去地正張羅著，頭上還戴著白孝，一身月白色。吳茶清又聽到了自己的呼吸聲，像那個玉蘭樹下之夜。

屋子裡，茶香撲鼻，是標準的龍井。看得出來，初秋的茶，已經開始收購了。

女人堆中猛地站出了一個男人，大家都好奇地抬起頭。老闆娘也是有所察覺了，她的眼睛一亮，一下子就認出了他。

「回來了。」她淡淡地說。

第二章

吳茶清，徽州人。

徽州府統轄六縣，和杭州交通方便，出來做生意的人就多，其中尤以歙縣人為最。歙縣分東、南、西、北四鄉。地少人多，南鄉最苦，男人便跑得遠遠的，去上海、南京、杭州一帶掙錢養家餬口，故南鄉多剩有女人兒童，鮮有男子。這個傳統，也有一二百年了。

徽州人做生意有句行話，叫作「周漆吳茶潘醬園」。一是說徽州做生意的人大多姓周、姓吳、姓潘，二是說他們大多做的是漆、茶、醬生意。杭州人做茶莊茶號老闆的，倒也不乏其人，但在老闆手下做夥計的卻幾乎都是徽州人，尤其是歙縣人。徽幫茶人，就這樣在杭州自成了一族。

這些異鄉茶人，做夥計的日子長了，有了些積蓄，做老闆的也就有了。其中還有做成大老闆的，比如開設在羊壩頭忘憂茶莊附近的方正大茶葉店主方冠三，就是徽州人，乾泰昌茶行做學徒出身，後來自己開店，成了杭州茶界佼佼者。從徽州窮鄉僻壤出來的小學徒，到腰纏萬貫的大老闆，這部發家史，說起來，也不知有多少故事呢。

吳茶清，卻是和他的同鄉人完全異樣的。在忘憂茶莊，做了數十年掌櫃，兼著忘憂樓府的管家，從不歸家，這就叫人奇了。原來杭州一般茶莊，對徽州夥計有這麼個規矩，叫「三年兩頭歸，一歸三個月」。去時還可帶足三個月的工錢。像清河坊的翁隆盛茶莊，夥計有時還會帶來同鄉及親戚朋友，老闆免費提供食宿，有時甚至長達幾年。老闆女大王說：「徽州人從家鄉出來，鍋沒帶，所以飯是要管的，但求職就不管了。」

然而吳茶清卻孑然一身，非但沒有鄉黨聚會，甚至沒有妻兒老小團聚。一年到頭盤在店府中，前前後後，仔細照料，幾乎無懈可擊。杭九齋也曾張羅著想給他娶個老婆，續個香火，被他沉默寡言的臉來回晃了一下，便不敢再提。晚上熄燈前，便對他的媳婦林藕初說：「你看這個吳茶清，究竟是怎麼了，莫非得了病，近不得女人？」

林藕初一邊對著鏡子卸她頭上那些首飾，一邊說：「你以為是你，整日介胡鬧，沒病也折騰出病來！沒見人家茶清，煙酒不沾，更別提鴉片！店堂裡清清爽爽，夥計吃飯過菜，不准吃葷，不准吃蔥蒜，顧客進來，香香的一股撲鼻茶氣。我們祖上也曉得『茶性易染』這一說的，哪裡有他防得這般緊……」

「吔吔吔，我舀了一瓢，你倒搬出一大缸水來，那麼多的話！我是說他不討老婆是不是有毛病，看你扯到哪裡去了？什麼不吃蔥蒜不吃葷……」

林藕初摘了首飾，一頭黑髮就瀑布般瀉了下來，走到床沿邊坐下，就著燭光，粉面桃紅，對她那躺在床上臉孔鐵青的丈夫說：「我見他每日早上練著八卦拳，夜裡院中還操劍習武，不像是有毛病的人。」

「那是。」杭九齋有些悻然，似乎覺得老婆把外人誇得太過分了，便接口說，「人家什麼人，長毛手裡造過反的，李秀成手下做過將的……」

林藕初一跺腳板，輕聲喝道：「呸！閉嘴！你再敢提『長毛』這兩個字？」

杭九齋也知道自己是多嘴了，這話可是洩漏不得的。再說茶莊全靠老闆娘和茶清撐著，不得不低頭，但低了頭，又難受，便歪斜著嘴眼說：「到底是救過人家一命的，從此便護著了，怎麼也不護著我一點兒？我倒是不明白了，究竟誰是你男人啊？」

一番酸話把林藕初說得柳眉倒掛，星眼怒睜：「杭九齋你說話講不講良心？茶莊是你死活要我接手，打躬作揖要茶清撐面子的！你甩手掌櫃一個，十天半個月見不著個人影，難得回來，哈欠連天，還哪裡有心思與我……」她想說「親熱」兩個字，到底說不出口嚥進肚裡，「我嫁過來七八年了，也沒開懷。是誰的毛病？不信你把大煙戒了試試，免得我裡外不是人，擔著個斷香火的罪名。嗚嗚……」說著，便哭了起來。

杭九齋一見他這厲害老婆哭鬧起來，知道自己話又說過頭了。自己老婆的心思，他是曉得的，嘴上不說，心裡怨他沒用。他卻以為，倒不是自己真的沒用，只是都用到青樓裡去了，倒把忘憂樓府只當作了個錢莊和客棧。既然如此，還吃人家什麼乾醋呢？罷罷罷，不淘這賊氣了，還是哄著女人高興了事，便一口氣吹滅了燈，把自家老婆拉進被窩裡，一夜溫存不提。明天一早，還要伸手討錢呢。

林藕初和吳茶清聯手振興杭氏家業的日子，亦是近代中國茶業史上最輝煌的時代。高峰過後，便是深淵般的低谷了。

十九世紀下半葉是中國茶葉和英國鴉片相互抗爭的歲月。明清茶事，由鼎盛走向終極，古老、優雅、樂生的山中瑞草，竟是在殖民的狂潮中被世界裹著，又在痛苦中走向近代了。

日薄西山的清廷，為了平衡鴉片侵入的貿易逆差，抵制白銀外流，曾大力推進農業，擴大絲茶出口，並先後與中東、南亞、西歐、東歐、北非、西亞等地區的三十多個國家建立華茶貿易關係，出口創收約占全國各類商品出口總額的一半。

鴉片戰爭又強製了以手工業謀生的中國各行業的勞作軌跡。簇擁在廣州的從事出口茶葉生意的商人們，套上厚厚的毛衣，或鐵路，或水路，蜿蜒北上，會合於十里洋場的上海灘。

杭州距上海一百九十八公里，浙、皖、閩、贛四省的茶葉，從錢塘江順流而下，於杭州集散。海上商埠，多賴此天時地利。這個極為美麗的城市，便也成為茶行、茶莊和茶商雲集的地方。

杭九齋糊里糊塗加入茶漆會館的時代，杭州的茶葉店，數起來，也有三四十家了。稍後出了名的，有拱宸橋吳振泰茶葉店老闆——長子吳耀庭，有鬧市羊壩頭方正大店主方冠三兄弟的矮子方仲鰲，有鹽橋大街方福壽、官巷口可大茶葉店主——白臉朱文彬，還有清河坊翁隆盛女店主——女大王翁夫人。

賴此天時地利，忘憂茶莊夾在群雄之中，竟也形成鼎盛的氣候，並欲向高峰做一衝刺了。

可惜了杭九齋竟也是個風花雪月之輩，終日泡在秦樓娃館，會館的事情，多由他的掌櫃徽州人吳茶清出面。吳茶清後面，則有杭夫人林藕初支持。有時杭老闆芙蓉癮足，在荒唐至極錢財兩空後，也知道回他的忘憂樓府來點個卯。杭夫人林藕初一邊在她的閨中工作臺——花梨雕螭紋翹頭案叮叮噹噹數她的銀圓，一邊乜斜著眼便問：「杭老闆，曉得新近茶漆會館有什麼新規定嗎？」

杭老闆身心滿足後反而奴顏婢膝，躡手躡腳走過來，兩隻黃焦焦的手就摸住林藕初的肩胛，心裡卻想，到底是比水晶閣裡掛頭牌的小蓮要枯燥寡淡得多了，嘴裡卻抹著蜜糖一般地討好說：「我的嫡嫡親的好夫人，見了你男人，還只管數那千人摸萬人揣的銀圓幹什麼，看把你操心成什麼樣了？待我先鬆上一鬆你的噴噴香的筋骨……」

話音未落，兩隻手早就被林藕初一巴掌拂去，嘴裡就罵開了：

「還不閉上你那張騷古董兒臭嘴，你當老娘這裡是開窯子的？把你日間對婊子的腔調搬到家裡來了！什麼嫡嫡親的好夫人？怎麼十天半個月照不見個影子？」

「娘子，息怒，息怒，小生這廂賠禮了。」

杭九齋早就熟悉了這套程序，便油鹽不進，波瀾不驚。「你倒是甩手掌櫃做慣了。這麼大一爿店，扔給我，自家出去鬼混。我不數這千人摸萬人揣的銀子，誰來數？你有心思數？你數那些千人摸萬人揣的婊子還數不過來呢！」

杭九齋心裡有數，只管甜甜蜜蜜重新湊上去，摟住夫人的脖子，左邊親一下，右邊親一下。林藕初便半推半就地罵道：「尋死啊，外面風流還不夠，還有趣到家裡來了！」雖如此罵著，聲音卻是一聲比一聲低了。

杭九齋便涎著臉問：「好姊姊，你倒是告訴我，會館有什麼新規矩啊？」

「我怎麼曉得？不是規定了女人不准管店堂的事嗎？」

「那倒也不是一概而論的，」杭九齋便一臉的認真和崇拜，「古時也有花木蘭，武則天還當皇帝呢。」

杭九齋摸透了林藕初的心思，曉得他的這個老婆喜歡權力，喜歡插手男人做的事情，喜歡由她說了算，還喜歡人家崇拜她。好嘛，你要什麼，我給你什麼，只要你給我銀子上煙館就行。

林藕初果然就有幾分喜悅起來，薄薄的嘴唇便鬆開了，露出一口潔白的糯牙。

「你竟不知道，新開茶葉店，必須隔開八家店面嗎？」

「這個倒是聽茶清說起過的，我家又不開新店，記這個幹什麼？」杭九齋就端起了夫人那個瘦削的下巴，痴迷地盯著她的嘴，說，「多日不見你這一口白牙，你且張嘴，讓我瞧瞧。」

林藕初臉紅了起來，卻是氣出來的，恨恨地推開丈夫那雙拈花惹草的手，罵道：「敗家子，我家不開店，人家就不開店了嗎？人家商店都開到我家招牌下了，你還有花花心腸數老婆牙口……」

杭九齋這才清醒過來，驚慌失措地問：「在哪裡，我怎麼沒瞧見？」

林藕初看她的風流丈夫真的害怕了，鬆了心絃，說：「等你看見，我們這份人家就好倒灶了。」

杭九齋依舊驚慌，說：「你和茶清商量怎麼辦了嗎？從前媽活著的時候，倒是曉得怎麼辦的。」

林藕初便不耐煩：「媽呀媽的，忘憂茶莊沒你媽不是照樣做生意，哪裡一樣不比她活著的時候市面撐得大？」

「是是是，」杭九齋只管點頭，「只是茶店開到家門口，到底討厭，總得有個好主意才是。」

林藕初這才笑了，驕傲且嬌媚地瞟了丈夫一眼：「看你急得這個樣子！你現在再到門口去看看。」

杭九齋便轉身要往外走，走了幾步，被女人喚住：「冤家，你給我回來！」

杭九齋迷迷瞪瞪地茫然地回過頭來，看著女人。這神情，正是迷倒許多女人的致命所在，林藕初也在劫難逃。少婦的心腸便水一樣柔軟化去了，聲音便也成了另一個女人的聲音，彷彿她剛從郊外的三家村抬來做新娘的時候了。

「看你急出這一頭的冷汗。」林藕初用自己的繡花帕子給丈夫細細拭了汗去，又道，「我剛才是嚇你呢！那店鋪是臨安來的人開的，剛入行，不懂得規矩。我差茶清和會館的會長說了，會長發了話，前日便挪開了。」

九齋聽罷此言，一頭坐在床沿上，摸著心口，說：「好姊姊，你怎麼如此嚇我？這會兒心還在跳呢。」

林藕初用尖尖手指戳著他腦袋笑著說：「你也太經不起嚇了。這麼大個茶莊，幾代經營下來，什麼風雨沒有見過？祖宗都如同你一樣，這碗茶葉飯也不用吃，老早陰溝裡翻船倒灶了。」

杭九齋握住夫人的手說：「你到我家幾年，不曉得這碗飯的艱辛。你看杭家三代單傳，哪一代不是早早就歸了西！現在是輪到我了。」

「你胡說什麼？」唬得林藕初一把矇住丈夫的嘴。丈夫卻自顧自說，眼中竟掉出淚來：「我這是恨我自己，抽上了大煙，想戒又戒不掉。我是活不長了，心裡苦，就到人堆裡去撒瘋。姊姊妹妹的一大串圍著我，還不是看中我口袋裡的銀子？人家哪裡曉得，這銀子，是我家娘子起五更熬半夜撐著臉面由我花的呀！」

說著，抱著林藕初的肩膀，一頭扎在她懷裡，嗚嗚咽咽，便哭開了。

那天夜裡，小別勝新婚，兩情繾綣，自然是不用說的。杭九齋百無一用之人，對女人卻偏是情有獨鍾，精耕細作，不勝柔情。枕上，林藕初酣暢之餘，不忘諄諄教導，無非是杭州茶莊中又有幾家崛起；又有什麼新招數；忘憂茶莊又應該有怎樣的套路去對付；明年的茶到哪裡去購，到哪裡去銷，等等。杭九齋擁在溫柔鄉裡，嘴裡嗯嗯地應著，枕邊的風這隻耳朵吹進那隻耳朵吹出，全當夫人白說。最後聽得不耐煩了，索性便拿舌頭堵了女人的嘴。這一招最靈，女人便再也不吭聲了，由那不曉事的男人胡作非為。男人呢，剛才還掉過一大串懺悔的眼淚，此刻一邊手忙腳亂，一邊又不無遺憾地想：到底是深閨裡的女人，竟然一點聲響也沒有了，人家水晶閣裡掛頭牌的小蓮，可是不會在這種時候甘於寂寞的。這麼想著，恍然就以為身處水晶閣，情急欲盛起來。可憐的女人林藕初，哪裡曉得這麼多的潛意識，閉目承受，兩眼一抹黑，還以為丈夫真正回心轉意了呢。

一大早，林藕初悄悄起了床，看丈夫還酣睡著，便梳洗乾淨，吃了一碗蓮子湯，到前廳堂前。每日此時，吳茶清必在此等候。

那一日，吳茶清交代完一應事務之後，卻猶疑不走。林藕初看出，便問：「有什麼事就快說，昨兒老闆回來了。」

聽杭夫人開了口，吳茶清才說：「正要說老闆的事情，夫人聽不聽？」

「說吧，這裡也沒有外人。」林藕初心就抖了起來。

「昨日櫃檯裡少了收進的款子，我細細地問過了，說是老闆偷偷拿的，讓夥計見著了。」

林藕初一聽，面孔煞白，站起來又坐下。吳茶清站了一會兒，說：「我走了。」

林藕初揮揮手，自己便也往後園折回去，心裡七隻貓八隻鼠亂竄，急急衝入房內——哪裡還有這冤家的影子！

花梨雕螭紋翹頭案上的那堆銀圓，和她的丈夫一樣，無影無蹤。

林藕初呆呆看著床上的綠雲紅浪，半晌，號叫了一聲，雙手一用勁，把那床陪嫁的絲綢大紅被面，唰的一聲，扯成了兩半。

林藕初撲向吳茶清懷抱時完全沒有經過深思熟慮，否則她不會選擇後場這樣一個又大又公開的地方。

她和他跑到後場倉庫裡去，原來只是為了查看舊年的茶篩，今年還要添置多少。她並沒有想到她會隔著茶篩的細孔看到那個男人的後背，他們當時正在木架子上一隻隻抽查翻看著，幾乎沒有說話。這樣的事情本來不必他們躬親，但他們還是躬親了，這就是天意，也就是命。因此林藕初事先沒有預謀，事間沒有羞愧，事後也沒有後悔。這是黃昏的南方，天光曖昧，灰塵乾淨地浮在空中；這又是個無人知曉的地方，三十歲的少婦無意間把茶篩豎了起來，便窺見了被篩孔粉碎的月白色的背，伸展，彎曲，不像是長在人身上的；它單獨地存在於茶篩後，又像一把伸彈自如的劍，使人想入非非、膽大妄為。茶篩掉下來了，女人腦子一片空白，猛烈地從後面撲過去，一把抱住了男人的後腰。這說明女人是杭氏家族的外來人，杭氏家族沒有人具備她的爆發力，這種力度以後會通過血液遺傳下去，雖然此刻她一無所有。男人的腰一下子僵直了，兩隻手還搭在木架上，背脊便像篩子一樣細細抖動起來。

但男人是不回頭的，咬緊了牙關，把眼睛也閉上了，不回頭。

女人輕聲地吼了起來：「給我一個兒子，我只要你給我一個兒子。」

男人不再發抖了，依舊不回頭，說：「我有過兩個兒子。」

女人心一涼，身體軟了，但沒有鬆手。

「連他們的媽一起，都叫曾國藩的兵殺了。」

女人這才徹底地鬆弛了，懶懶地就跪在了男人的腳下，雙手還抱著那雙腿。

小窗開在很高的地方，光線虛虛浮浮地飄送而來，月白色的柔韌的背，化開成模糊一片。

女人的眼淚落了下來，低著頭，後頸上毛茸茸的，露出了細細的髮茸。男人愣了，兀然一跺腳說：

「我不能給你兒子！」

女人呆坐了很久，空氣黯淡了。她突然跳了起來，狠狠地在男人肩膀上咬了一口，扭頭就走。男人在她就要跨出門檻的剎那，咣噹一聲關了門。

他們被一大堆倒了的木架和茶篩埋葬在下面。男人薄薄的鼻翼在激烈地貪婪地顫抖著，他聞到了很濃的茶葉的香味，壓蓋在他們身上的茶篩在激烈的篩抖中滑了下去，而女人那在被情慾裹挾著的暴風驟雨中的呻吟卻升浮了起來。那是一種無法克制的祈禱。男人閉著眼睛，咬住了女人的脣，但也就因而吞下了女人喉口噴來的願望：兒子……兒子……

他愣了一下，背上冒出了冷汗，空虛和疲乏便泛了上來。

一年以後，林藕初有了過門十多年才生下的唯一的兒子，杭九齋為他取名為逸，字天醉。吃滿月酒的時候，趙岐黃也來了，拱著手祝賀時，杭九齋還說：「我該賀你啊，岐黃兄，兩個月前你不是也添一丁男，怎麼也不通個音信？」

趙岐黃說：「我那是老四，比不得你這是個老大，金貴得多了。」老四姓趙名塵，字寄客，長天醉兩月，小哥倆此刻都還趴在母親的懷抱裡呢。

林藕初下床了，抱著孩子坐在天井的玉蘭樹旁，看見吳茶清過來，便把孩子托豎起來。吳茶清只瞥了這孩子一眼，頭就別開了。

「我有兒子了。」林藕初很滿意，讚歎自己。

「再過幾年，把忘憂茶樓贖回來吧。」吳茶清回過頭說。

林藕初一愣，眼睛就熱了，把頭埋進孩子的包裹裡，孩子卻哭了。

第三章

有關杭氏家族的溯源，並不如趙錢孫李這等大姓一般繁複沉浮。「杭」通「航」，便有了渡船的意思。《詩經．衛風．河廣》篇，即有「誰謂河廣？一葦杭之」之句；漢代許慎《說文》也說：「杭者，方舟也。」

傳說天地洪荒之初，大禹自父親鯀之腹中墜地，即在神州疏導江海湖川。治了水，又請各路諸侯到會稽山一聚。一路水行，來到吳越懷山襄陵之地，便舍杭登陸。從此浙江東北的這塊被後人稱為人間天堂的地方，便有了一個「杭」字。

至於「杭」作為姓氏，據《通志．氏族略》記載，宋時便有了。然它和八百年後開茶莊的杭氏家族究竟有什麼關係，卻不得而知。忘憂茶莊杭姓家族的人只知道他們的祖宗原來在吳興，杭州連帶那新生兒杭逸，已經四代。上兩代前，本姓中的杭州人，倒是出過一個大名人杭世駿，字大宗，號堇浦。生於康熙三十五年（一六九六），雍正二年（一七二四）的舉人，乾隆剛登基（一七三六）就舉博學鴻詞科，授翰林院編修，受命校勘《十三經》《二十四史》。八年後，他四十八歲，卻進言乾隆說：我朝一統久矣，朝廷用人，不該再有民族偏見。說這話本來是要殺頭的，乾隆認為他是個江南狂生，開恩把他放歸了故里。又過了十來年，乾隆南巡杭州，召見杭世駿，問：「你靠什麼為生？」杭世駿說：「擺舊貨攤。」又問：「什麼叫擺舊貨攤？」又答：「把破銅爛鐵貢進來再賣出去。」皇帝就大笑了，把殘忍演繹成一段瀟灑佳話，手書「買賣破銅爛鐵」六字賜之。幾年後乾隆又來了，又召見了杭世駿，問：「你的性情改了嗎？」答曰：「臣老矣，不能改也。」又問：「何以老而不死？」杭世駿也微笑了，把不屈演繹成一種幽默機鋒：「我還要活著歌頌昇平啊！」

杭氏家族的人們，對這位同宗同姓的狂生卻保留著既敬且防的小市民心態。一個世紀來，他們一直記得和傳播這樣一個非正式段子：皇帝來到了杭州，問左右：「杭世駿還沒有死嗎？」而當天夜裡，杭世駿也就死了。這個傳聞中的隱祕的謀殺和血腥味兒，使得開茶莊的杭老闆們只敢老老實實做生意，不願胡思亂想議論國事。他們骨子裡也是佩服這位本家的，但他們自甘凡夫俗胎，斷斷不肯去做杭世駿這樣的特立獨行犯上的狂生。為了暗示這樣一種人生態度和處世方式，一個英明的祖宗，便把茶莊正式命名為「忘憂茶莊」。其中內含的思想也很簡單：茶，素來也是被人稱為「忘憂草」的。曹操青梅煮酒論英雄，尚傷感而吟「何以解憂，唯有杜康」，何況我草民百姓乎！自然便可以是「何以忘憂，唯有茶荈」了。

杭天醉從小就知道，他家世代做的茶葉生意。有時，父親會逐句教他這樣的茶謠：

茱萸出芳樹顛，鯉魚出洛水泉。
白鹽出河東，美豉出魯淵。
薑桂茶荈出巴蜀，椒橘木蘭出高山。
蓼蘇出溝渠，精稗出中田。
……

父親會耐心地告訴他：「記住，『薑桂茶荈出巴蜀』。我們今日吃的茶，全是古巴蜀出來的。」

杭天醉便點點頭說：「我知道的。」

「你怎麼知道？」父親有些驚奇。

「陸子的《茶經》裡說的呀！」杭天醉便回答，「茶清伯要我把《茶經》背下來的：『茶者，南方之嘉木也。一尺、二尺乃至數十尺，其巴山峽川，有兩人合抱者……』」

父親便有些安慰亦有些悻然，不甘心地問：「茶清伯還教你什麼？」

杭天醉歪著頭想了一下，說：「還有，早先，茶是念『荼』的。所以叫『烹荼淨具，武陽買荼』。」

「還有呢？」杭九齋長眼睛睜大了，「他跟你說了王褒嗎？跟你說了《僮約》了嗎？跟你說了這『烹荼淨具，武陽買荼』的來歷嗎？」

杭天醉不知道父親為什麼頂了真，為什麼較上了勁，他便惶恐地搖著頭說：「沒有，沒有……」

父親鬆了口氣，臉上浮出了笑容。父親頎長的身材，穿一件熟羅的長衫，外套一件一字襟馬甲，手上拿著把灑金畫牡丹團扇，便一五一十地給兒子開了講。一位兩千年前本與杭氏家族了無瓜葛的書生，便被父親杭九齋的牡丹團扇，一搧一搧，翩然而至於兒子杭天醉的眼前。

大約兩千年前，中國西漢宣帝神爵年間，有一個風流儒生，名叫王褒，字子淵，四川資中人氏，前往成都。

其時，王褒尚未成為以後的諫議大夫，寄居在成都安志里——他亡友的家中。亡友有妻，名喚楊惠，青春年少，紅顏薄命。而子淵好酒，焉知其不好色乎？一來二往，便與那小寡婦有了私情。

做了女主人情人的王書生，從此有了半個主人的自豪與權力，使喚起楊惠那個叫便了的家僮，便也如同使喚自己的書僮一般了。

而那個名喚便了的家僮，為什麼竟如此討厭資中儒生王子淵呢？每次王褒指使他去打酒，他就嘟嘟囔囔滿心滿眼地不耐煩。是因為他與從前的男主人主僕甚洽，還是因為他有他的道德標準，以為書生的行為有傷風化不能苟同；抑或誠如他自己以為的，他的職責範圍僅僅是看守寡婦丈夫的墓地而非替寡婦情人打酒？

衝突是在所難免的。他終於拒絕替儒生王子淵打酒了。他甚至索性跑到亡故的主人墳上去大哭了，且哭且訴：「當初主人把我買來，只是讓我看家，並不是要我為其他什麼野男人酤酒的呀！」尚未入朝做官的王褒氣得要死又不能公開懲罰他，只好懷恨在心。但仇恨入心裡是要發芽的，後備的諫議大夫尚未開始向皇帝提意見，便首先向情人發難了。

情人一聽便生了氣，認為丟了臉面，說：「這個便了，身價一萬五千錢，我把他賣給你算了，看他還敢不敢不給你酤酒。」

王褒說：「好啊。我正愁缺個家僮呢，我這就寫張契約吧。」

這份被稱之為《僮約》的契約，雖然是文件不是詩歌，但王褒還是寫得洋洋灑灑，從晨到夜，從春到冬，從家事雜務到田間耕作，從執戈巡守到收租納稅，從個人起居飲食到對待鄰居，從手中編織到市上販賣，百般苦役，細細規定，倘不聽話，鞭打百下。

兩千年前風流且不免殘忍的書生，萬萬沒有想到，他為中國茶業和中國茶文化史，留下了最早、最可靠的文字史料。

後來的茶人們在讀王褒的《僮約》時，肯定不會遺漏下那兩句話，一句叫「烹茶淨具」，另一句叫「武陽買茶」。

武陽，便是中國歷史上第一個被文字記載的買賣茶葉的市場。彼時，千山萬水外東海之濱的杭州龍井山中，那奇異的香草尚未萌發，專賣龍井茶的忘憂茶莊更屬子虛烏有。

秦漢統一之後，茶的重心方開始向中國的東部和南部轉移並漸次傳播開來。公元二六五年至三一七年這段西晉時代，西至河南的洛陽，東至江蘇的江都，茶已成為一種零售飲料，於集市上出現。

偉大的盛唐，把生活中的一切推向高潮，故在茶業中，有「茶興於唐而盛於宋」之說。浮梁茶，賣到了關西和山東；蘄州茶、鄂州茶和至德茶，賣到了陳、蔡以北，幽、并以南；衡山茶賣到了瀟湘至五嶺，甚至遠及交趾；福建的建州茶賣到了江蘇揚州和淮安；而歙州茶、婺州茶，則被商賈所販，數千里不絕於道路，只上梁州、宋州、幽州及并州。

一個名叫封演的盛唐文人，寫了一部《封氏聞見記》，說：「茶自江淮而來，舟車相繼，所在山積，色額甚多。」這又怎能不讓我們悠然想起那個江州司馬白居易的〈琵琶行〉：「門前冷落鞍馬稀，老大嫁作商人婦。商人重利輕別離，前月浮梁買茶去。去來江口守空船，繞船月明江水寒……」

一千一百年以後的杭州忘憂茶莊的準老闆杭天醉，每念此詩便拍案叫絕，叫絕之後又捶胸頓足：「這個老闆，怎麼就這樣『浮梁買茶去』了？把個千古妙人獨獨地扔在船中，無怪白樂天要斥之『重利輕別離』。罪過罪過！」

每每及此，他的莫逆兄弟趙寄客就微微一笑，說：「天醉，不是昨夜讀《紅樓》又讀瘋魔了吧？你只管上你的浮梁買茶，沒有哪個琵琶女會來替你獨守空船的。」

「此話怎講？」天醉便睜開那雙矇矓夢眼，問道。

趙寄客侃侃而道：「光緒二十一年三月二十三日，中日甲午戰爭，中國失敗，簽訂《馬關條約》，杭州列為增開商埠之一，杭州劃定日本租界地。九月，勘定拱宸橋日租界界址。二十二年八月，杭州正式開埠，拱宸橋日本租界開始使用。寶石山東麓石塔兒頭設立日本駐杭領事館……」

杭天醉打斷趙寄客的話頭：「小弟有一事不解，我論的是白居易，你如何搬出日本人來了？」

趙寄客便冷笑：「君請看，今日之京杭運河，拱宸橋下，琵琶女獨守空船，等的哪裡還是江州司馬，分明是倭寇浪人。痴蠢如君者，竟還唱『門前冷落鞍馬稀』！」

「照你說來，我須得唱『商女不知亡國恨，隔江猶唱後庭花』才對了？」杭天醉恨恨地問道。

「正是。」

杭天醉甩著袖子便走，嘴裡喊著：「罷了罷了，偌大一個世界，再沒有我一個清淨地方。」

他便出了門，可不是像賈寶玉那樣當了和尚。他上了湧金門三雅園，聽錢順堂的《白蛇傳》去了。

白居易〈琵琶行〉中的浮梁，在今日江西景德鎮；江口，乃九江的長江口。茶商把妻子一人留在九江船上，自己則帶著夥計到景德鎮去收購茶葉。由此可知浮梁不愧為唐代東南最大的茶葉集散地，更可推論，中唐晚唐，茶便開始徜徉在長江的中游和下游了。

我們又可知，六朝時代，茶開始了偉大的遠征，而後它在被架在馬背上走向雪山草地的同時，也被僧侶們負在肩背上，帶往寒冷的北方。它又被盛入精美的器具，在宮廷達官貴人們的手中相互傳遞。封演真實地記錄道：「（唐代開元以來）起自鄒、齊、滄、棣，漸至京邑，城市多開店鋪，煎茶賣之。」中國南方的嘉木，就這樣在使者和商人們的轉運下，走向了北方和中國無茶的城鄉。

與此同時，中國南方的茶區茶市，那美麗如緞帶、細密如青絲的南方的河流兩岸，茶埠便也如雨後春筍般地發展起來了。唐代詩人杜牧這樣歌唱道：

倚溪侵嶺多高樹，誇酒書旗有小樓。
驚起鴛鴦豈無恨，一雙飛去卻回頭。

水口，乃吳興郡顧渚茶山匯入太湖河道口的出水口。中唐時，一片荒原。晚唐，到顧渚採辦貢茶和買賣茶葉的船隻都停泊在這裡，酒樓茶肆的固定草市由此形成。一千多年以後的杭天醉在繼承了他的忘憂茶莊時，只知道他的祖先來自吳興，可沒有想到在杜牧「驚起鴛鴦」的時代，他的先人是哪一位製茶的山民和哪一位茶肆的歌女。「……堯市人稀紫筍多。紫筍青芽誰得識……」茶聖陸羽和他的密友釋皎然，在顧渚山下浪跡時，去過堯市，識別過那裡的紫筍青芽嗎？唉，這都是關於茶的悠悠往事了啊！

綠水棹雲月，洞庭歸路長。
春橋懸酒幔，夜柵集茶檣。

許渾，這個並不算太出名的唐代詩人，在他的〈送人歸吳興〉中，多麼細緻地描寫出了黑夜中那些密集的販茶船啊！從蘇州的太湖洞庭山到吳興，一路上，又有多少這樣「春橋懸酒幔」的茶埠呢？

在茶商丟下妻兒、舟宿茶埠的那些晚上，並不僅僅只有浪漫的歌女和醉人的酒夜。「月黑殺人夜，風高放火天」，出沒於長江兩岸的強盜——江賊們，在酒酣人睡之後，向商旅們襲擊了。這些江賊，可都是一些私茶販子啊，他們把各種財物洗劫一空後即將南渡，入山換取茶葉。因為四方的茶商將都市的財物運往山中換茶，因此那山中的村婦牧童盡著華麗的服裝，官吏見了不驚，路人見了不問。盜賊混跡其間，乘機做了手腳，換了茶來，再到茶莊賣掉，出得門去，便是乾乾淨淨的平民百姓了。關於這一點，又有什麼可以諱莫如深的呢？杭天醉後來明媒正娶的妻子沈綠愛便坦蕩而自豪地宣布：「我家祖上是江賊。」杭少爺聽了十二分反感，說：「如今的人真正是黑白不分了，做了強盜，也可以拿來壯壯聲色，墮落，墮落，墮落！」

沈綠愛清脆地一笑，說：「要說墮落，是你祖上開的頭啊。你那祖宗開的黑店，專門收購我家祖宗的黑茶，如此水漲船高，共同發財，才有今日的你我，你連這個福蔭都不知曉，竟要數典忘祖了嗎？」把個杭天醉氣得渾身打戰，手裡一隻粉底過枝攀花茶盞也失手打落，碎成數瓣，來來回回只說出兩個字：「胡說！胡說！」

沈綠愛可是面不改色心不跳，把茶盞親自掃了，又泡上了一杯龍井新茶，說：「我怎麼敢胡說，這些全在我家族譜上明明白白地寫著的。杭、沈二家通好世交，原來就是從這殺人放火開始的。這不是前世報應了，把我們兩個死冤家對頭綁在一起活受罪了嗎？」嘴裡笑嘻嘻地說，眼中的淚，便盈上來了。

從唐代太湖邊江賊繁衍而來的杭氏家族，到杭九齋、杭天醉這兩代，恰好經歷的是一個頂峰和低谷。糊里糊塗的杭九齋那幾年突然過上了好日子，從杭州郊區山客處收來的龍井，遠遠地銷到了廣東，從平水收來的珠茶運至上海，便發往了英國。一切都被精明而有野心的老闆娘抓住了。她和忠心耿耿的吳茶清一唱一和，維持住了忘憂茶莊的殘局，不再向破產方向傾斜。至於繼承和發展忘憂茶莊的遠大事業，那是杭九齋時代以後的事了。即便如此，他活著時，女人那層出不窮的計謀，亦使丈夫知道，忘憂茶莊，實際上只有吳茶清一個人可以左右這女人了。

以虧本買賣小包裝茶來招攬生意，本是老闆娘出的主意，當然，這個主意也不是憑空想出來的。一八七四年，位於距離忘憂茶莊二里路遠的大井巷，紅頂商人胡雪巖的胡慶餘堂開張營業。開張前夕，編印《胡慶餘堂雪記丸散全集》，分送各界。穿號衣的鑼鼓隊，在水陸碼頭到處散發「胡氏辟瘟丹」「諸葛行軍散」，剛從三家村娘家回來的林藕初，還被人在懷裡塞了幾盒。從那以後，她就萌生了以小包裝茶來招攬生意的念頭。

丈夫對她的任何變革，都是不反對也不支持的，只要能掙錢就行。丈夫對婦女也不歧視，以為婦女的聰明才智得以體現，是一件好事。反對她那樣做的，倒是忠心耿耿的吳茶清，他聽了老闆娘的建議，捻著稀稀的鬍子，半晌，說：「不妥。」

「怎的不妥？」林藕初有些吃驚，從前，吳茶清提出銀圓上敲印茶莊記以證真偽，置茶的大甏用火烤，龍井茶只收春茶，林藕初可是都點頭的。

「身逢亂世，以守為上，滿街八旗官兵，幾個奉公守法？我們又無紅頂保佑，萬一有人貪小便宜，在這方面大做文章，吃虧的還不是店家？」

杭九齋一聽有可能惹亂子，立刻就表示反對：「茶清所言極是。吃茶葉飯，要吃得清閒自在，才是道理。標新立異，大張旗鼓，反顯生意人的俗。杭某人，平生就為脫不了這個『俗』字而痛心疾首，如何自己又往這紅塵俗海中跳，豈不是搬起石頭砸自己的腳……」

杭九齋管自己滔滔不絕地扯了開去，來了興致，竟也煞不住。林藕初拿眼睛瞪著吳茶清，再不說一句話；吳茶清臉上則平淡如水，好像他什麼也不曾聽見一般。

仿效胡雪巖的建議被擱淺了，但冬天還未過去的時候，吳茶清便去了郊外的翁家山和落暉塢。林藕初說：「進山還早吧，離清明還有一個多月呢。」

吳茶清說，要早在別人前頭。

果然，他購來了杭州城裡最早上市的龍井本山茶。忘憂茶莊門口的轎子開始排起了隊。

吳茶清乾乾淨淨一聲不吭地坐在大廳一角裡，身穿竹布長衫。梨花木鑲嵌的大理石檯桌，足有三張八仙桌那麼大。杭九齋很得意，逢人就說：「你看看這張檯面如何？杭州城裡數得著的吧。」茶槍們圍著桌子評茶，說：「好茶！好茶！今年九齋兄搶了先。」

又有人說：「我喝忘憂茶莊的龍井，怎麼竟比別家的更有一番軟新？這葉面裡頭也絕無冬雪痕跡，不知有何妙法？透露一二，鬥茶時也好有個說法。」

杭九齋豎著指頭：「老兄這『軟新』二字用得絕妙，恰好就和那『硬新』二字作了對。茶樹經了一冬熬煎，難免皮硬面枯，初綻新芽只把那陳味頂了出來，自然硬新。非若棄了那經了冬日的芽頭，專收那春日裡新萌的，才是正宗。少則少矣，精則精矣，妙則妙矣。」

萬隆興鹹肉店的老闆萬福良的酒糟紅鼻頭黯淡了下去，嗓門便高亢起來，他說話時，忘憂茶莊的廳堂裡轟隆轟隆地發響：「小杭老闆真正是有心人，又是字畫又是檯桌又是明前龍井，老杭老闆若有小杭老闆這番抱負，忘憂茶樓如今也成不了隆興茶館。哈哈哈哈，我倒是運道好，碰到老杭老闆手裡，沒有杭夫人跟茶清這兩扇翅膀，運道好運道好……」

萬老闆原本是帶著小茶僮吳升來買新茶的，倒也沒有要刺激杭九齋的意思。但他一個殺豬的發了財，鼻子又紅又大，氣焉能不粗！說話沒遮沒擋，衝口而出。不知杭九齋脾氣再好，究竟自家茶樓招牌摘下來換成人家的，當時滿肚子的辛酸，發酵到今天，也早已是一股子惡氣。心裡上火，又礙著眾人的面，不好發作，也想不出發作方法，正一時尷尬，萬老闆不知趣又說：「老弟，我且多買點茶去放在我那個茶館上，也算是買你一個面子。你這『軟新』，價格也太辣手，賣不出去，統統歸我萬隆興了。」

人多勢利，曉得萬屠夫兩個外甥，一在衙門一在碼頭，一為惡吏一為地痞，動彈不得，乾咳著便要走人。杭九齋生氣，便唰啦唰啦地捲他那些剛剛攤開了要供人欣賞的字畫。

小茶僮吳升踮著腳捧著一杯蓋碗茶，兩隻眼睛骨碌碌地緊張地亂轉著，闖到了杭九齋的手下。他那張小方臉上布滿的白白的溼癬都緊張得成了紅色，脖子本來並不短，一嚇就縮了回去。他的小肩膀也是方方的，此刻奇怪地聳起，拖著破鞋的小腳也始終踮著。把茶往桌上放時，他的手一抖，茶水晃了出來，溼了杭九齋的畫。

潑溼的那一幅，乃是仿趙孟頫的〈鬥茶圖〉。圖是仿的，便談不上值錢，但卻是杭九齋親手仿畫的，花了不少日子，便值錢了。杭九齋打狗看主人，把吳升好一頓惡罵：「瞎了眼的小叫花子，你以為這是殺豬場嗎？由著你們野狗一般亂竄！你知你潑了什麼？把你這樣的人賣了一百個也不值我手裡的一張畫，哪裡竄出來的討飯坯，也配得上這樣的廳堂！」

萬福良萬屠夫再蠢也聽出話中的惡意。他先是一愣，繼而是一大巴掌，把吳升抽得像一隻陀螺，筆直旋進坐在角落裡一聲不吭的吳茶清懷中。

吳茶清一把摟住的那個吳升，是個嚇得渾身顫抖、眼淚直流的八歲的吳升。吳茶清二話不說拉著孩子走進內堂，萬福良發了一陣呆，一甩袖子就出了外堂。杭九齋站在大檯桌前木住了，他這輩子還真的沒有這樣罵過下人。

一生氣，他的煙癮便要發作，輕輕一跺腳，他也要走人。吳茶清拉著換了一身新的吳升出來，說：「這孩子跟我同姓，是我老鄉。在隆興茶館跑堂，我把他送回去。」

杭九齋有些尷尬，從口袋裡掏出兩個銀圓，伸到小孩眼前。吳升把頭低下了，側了過去，不看任何人。這個過程並不長，他把頭果斷地別了過來，小心翼翼地取過那兩塊銀圓。他的手又小又細，看上去像兩團小亂麻。他模仿著大人，用一口小白牙去咬銀圓的邊，又笨拙地彈著它，放到耳邊去聽。眼睛又黑又亮，聚精會神。杭九齋笑了，說：「你看看忘憂茶莊的印。我們這裡不出假貨，小東西門檻倒蠻精的。」

吳茶清沒有反應，只是看著小老鄉。吳升終於對兩塊銀圓驗明了正身，小手一鬆，滑進衣兜。吳茶清的手便也鬆了。吳升卻快樂地仰著臉，充滿信心地說：「阿爺，你把我送回去呀！」他的半邊臉腫得老高，兩隻眼睛就一大一小了，嘴巴也歪了下去。吳茶清嘆了口氣，又拉住了他的手。

杭九齋也長嘆了一口氣，好了，事情總算過去了。他逃難一樣依依不捨地看看廳堂，看來他對再來應付買客又失去興趣。那邊一堆字畫還橫橫豎豎睡在檯桌上，他揀了幾張真跡往腋下一夾，對夥計說：「把那些掛起來，不許掛歪了，全是我畫的呢！」然後，便落荒而去也。

第四章

杭氏家族第四代單傳杭天醉，幼時便呈現出了某種與他祖上偏離的氣質。單薄的身體，單薄的眼皮，長睫毛的眼睛像母親，矇矓的眼神像父親，但沒有一個人敢說他瘦削的身材更像誰。一種古怪而極端的性格控制住了這個蒼白的孩子，把他從他先輩溫良平庸的杭氏家族陣營中分裂了出去。他有時不愛說話，有時則誇誇其談，對他不喜歡的事物採取千方百計的激烈的逃避，對他喜歡的東西則一意孤行地追求。

尤其令母親林藕初傷心透頂的是這個孩子對她一生厚望的辜負。她尤其不能明白這孩子對吳茶清的內心的疏離。這種疏離最終導致他一頭扎進了父親杭九齋的懷抱。

一開始他對母親的反抗僅僅體現在逃避晨練上。他不明白為什麼要把他半夜三更提起來送到後花園，由管家茶清伯手把手教拳術。他討厭在溼漉漉的草地上打坐、架腿。為此，他開始千方百計地尋找藉口在父親的單床上睡覺。母親揍他屁股時會對他叫喊：「你知道你以後要做什麼人？」她用打他屁股的手在周圍畫了一圈：「你知道這全是你的嗎？」

母親這樣說話時幾乎咬牙切齒，露出一口白牙，又多又細，晃得杭天醉頭上的青筋全暴了出來，小薄鼻孔一張一翕。他的無力的小拳頭捏緊了，小薄腳板急促地踩著地板：「我不要我不要我不要！」

管家吳茶清一聲不吭，站在母子倆背後。杭天醉後腦勺飛快地涼了下去，他似乎用他的後腦勺看見了那個瘦削的山羊鬍子。他老是教他打坐，一動不動地坐著，連鬍子也不動。杭天醉一個轉身向他撲去，喊道：「你走開！我討厭！」

山羊鬍子一動也不動，撼山易，撼山羊鬍子難。杭天醉一躍而起要去抓那把鬍子，他的雙手立刻被死死捏住了。這是他第一次領教，他幾乎可以說是立刻就感受到了這個大人的內在力量。他對他那麼用力，毫不謙讓與憐憫。他的黃眼珠裡清清楚楚地映出了杭天醉氣憤的臉。杭天醉叫著跳著，但母親不鬆口，那人也不鬆手。看來那人是決心要制服他了。

杭天醉終於哭了。山羊鬍子騰出一隻手，擦著他的眼淚，問：「哭什麼？」

「痛。」

「知道痛了？」

「知道了。」

「不想練功？」

「不想。」

「不想就不練。」

那人把手鬆了，杭天醉就倒在他腳下。

他媽失望地喊：「我真不明白，這孩子不像我，偏去像那個不像樣的爹！」

杭天醉坐在地上，盯著山羊鬍子。吳茶清雙手撣撣袖口，說：「隨他去吧。」

山羊鬍子走了。杭天醉不明白，為什麼看著他的背影，自己很委屈；為什麼他覺得那個人應該對他更好些。

杭天醉十歲那年做的另一件一意孤行的事，乃是他管自收下了一個親信——翁家山人撮著。

撮著那一年已經二十歲了，在城裡幹了十年雜役。劈柴、擔水、抬轎、上門板，依舊有著一副農民的心腸。一雙牛眼睛清澈木訥，明亮笨拙。牙齒向外齙出去一片，一看就知道是常年吃六穀番薯的後遺症。手並非太寬厚，卻是精悍靈活，骨節有力，手指甚至細長，幸虧黝黑而裂縫累累，才與有閒階級作出本質區別。

撮著與天醉的第一次相遇富有詩意。

那是一個春天的上午，無所事事的撮著從散了的人市中走出來，他已經第十次被主人回報掉了。那時候他所呈現在城裡人面前的還是一張笨臉。他身上足以使人信任的氣質——比如嚴肅，不滑頭滑腦，不亂嚼舌頭，不胡思亂想，不嫖不賭，卻又能對主人的嫖賭守口如瓶，並且吃苦耐勞，不要求加工資，凡此種種，尚無機會呈現。此刻，他有些茫然，不知下一頓飯在哪裡吃，但他也並不著急，他就坐在巷口，順手抓了把爛稻草心不在焉地搓著。他身上穿著那件爛土布棉襖，光著的胸膛黑紅一片，像冬天裡踩過荸薺的爛田。他的腰上紮著一根爛草繩。

降落在他身上的事件卻又美又清潔。一隻風箏，掛在他靠著的又高又大的白楊樹下了。

一個少爺——撮著憑直覺就能感覺得到這是一個小少爺，在深深窄窄的巷子裡倒走著，拉扯著線，但風箏卻不動了。

這件事情很簡單。一個流浪漢與一個少爺對峙了一會兒，流浪漢放下手裡的爛稻草就上了樹。風箏是蝴蝶狀的，撮著手一撩，蝴蝶飛了。但是流浪漢和少爺卻沒有再分開。少爺拉扯著風箏，風箏一會兒就往下栽，撮著就彎腰去幫他撿起來，兩隻手托起舉在頭上。撮著抬起頭，便看到兩邊又灰又高的風火牆夾出的一細長條城裡的藍天。他再一低頭，又看到了前面拉扯著白洋線倒著走的小小身影，淺色的衣褲，套著醬色的小背心。這不知從什麼地方來的陌生的異樣的孩子使撮著怔了一怔，一句話不知道怎樣就出了口：「少爺我跟你。」

少爺很高興，因為蝴蝶飛起來了。少爺雀躍著，說：「你跟我好了，我反正大起來是當老闆的。我們家裡的人都跟我說過了，我一生出來，就是要當老闆的，我要吃一輩子茶葉飯呢！」

撮著就跑上去了，兩隻手蓋著少爺細瘦清白的小手。手指之間，是鬆鬆緊緊的線兒。風箏越飛越高了，撮著看見城裡的女人站在樓臺上看呢。有一個清脆的鶯聲在空氣中震顫：「正月鷂，二月鷂，三月放個斷線鷂。」少爺單薄的肩膀便也激動地顫抖起來，有些貧血的小臉已湧上了紅潮，額上滲出了薄亮亮的汗水，髮根更潮溼了一片。少爺的耳根，在春天的陽光下，薄薄的，紅紅的，幾乎透明的，撮著想起了他翁家山老家的小兔子。

「好看吧？」少爺痴迷地看著天空，手微妙地一動一動，「大蝴蝶在天上舒來展去，像什麼？」少爺問撮著，撮著想不出來。「告訴你，記牢，像在天一樣大的鞦韆上盪來盪去的姊姊啊！」

哦！撮著吃了一驚——天上的女人啊！撮著認真地看了少爺一眼，卻只看見了在急促顫抖的很長的睫毛。他想起了翁家山的蜻蜓，蜻蜓的翅膀。從前，撮著是從來也不會懷念兔子和蜻蜓的，他突然一把抓住少爺的手，連線兒一起僵住。他沒頭沒腦地傾訴：「我是沒有爹娘的，三歲死光屋裡人，吃百家飯長大的，二畝山地種茶，讓叔伯兄弟騙去了。我是沒爹娘教訓的，少爺我跟著你！」

少爺被撮著這樣一捏住，渾身不舒服。他自然不能明白連撮著自己也弄不懂的這種突然襲來的熱血沸騰。少爺說：「走，找我媽去。」

杭夫人看見撮著時，和城裡所有的老闆一樣對他並不滿意。撮著太髒了，太木了。杭夫人是那種心裡有標準男人形象的女人，撮著與她心裡的尺度風馬牛不相及。

「他叫什麼名字？」杭夫人問兒子。

「你叫什麼名字？」他問流浪漢。

「名字不問就帶進來！」母親喉嚨就響了。

「我要我要，我要他！」兒子喊。

「我叫撮著。」撮著誠惶誠恐。

「奇怪，倒是這輩子沒聽說過。」

少年便放下風箏，兩隻手做撮的動作，斜著眼睛：「是這樣撮啊撮啊把你撮出來的嗎？」

「勿是的，勿是的，」撮著覺得少爺理解得不對，有必要作出重新解釋，「是姆媽在屋裡頭生我，阿爸在門檻上搓稻草繩，三把稻草搓完，我在裡頭哭了，阿爸問：『男的女的？』姆媽說：『帶把的。』阿爸就高興，說：『托稻草繩的福，我撮著一個兒子，就叫「撮著」吧。』」

少爺聯想力顯然很豐富，立刻掉頭問母親：「媽，你生我的時候，阿爸在撮什麼？」

杭夫人林藕初的目光閃爍了一下，看撮著時便有些溼潤溫和，撮著也就不那麼毛糙骯髒了。她的兒子並不知道他的問題為什麼會使母親心有所動。如果他一出生就有記憶的話，他也僅僅曉得父親的那一夜住在水晶閣小蓮的房中，接生婆是山羊鬍子親手駕著馬車接來的。第二天上午父親回來時大喜過望，而母親亦沒有表現出委曲求全的神情。她的頭上紮著毛巾，有氣無力地對丈夫說：「兒子。」

撮著顯然是在一種難得的溫情閃逝中被杭夫人留下了。她把管家叫來時已經做了決定，所以她的諮詢亦很簡單：「你看是把他擺到店裡還是後院？」

吳茶清低垂的眼簾不動，聲音移向少爺：「你說呢？」

「跟我跟我，跟我玩。」少爺說。

吳茶清盯著少爺，盯得天醉頭低了下去，再盯撮著。剛才的一絲溫情，便被吳茶清盯沒了。

「你會什麼？」

撮著來回地換著自己的腳跟，說：「抬轎子。」

「抬轎子也算本事？」林藕初一揮手，「你給我省省了吧。」

撮著臉紅了，頭頸上青筋就要暴出來，說：「花轎也會抬的！」

「你抬什麼？轎領班？」

「轎領班我不抬的。轎領班走在前頭，四面八方迎我，人稱『遠天廣地』，吃不消的。」

「那你抬什麼，轎二嗎？」天醉好奇地問。

「轎二我不抬的。背後就是新人，真叫『不敢放屁』。」

說得連板著面孔的吳茶清都微微一笑，接口說：「轎四你自然又是不抬的，走路像寫八字，當心『轉彎勿及』。看來你倒是抬轎三的料了。」

撮著便極其認真地點頭，「正是正是。面前轎子遮蔽，不見南北東西，就像開張瞎子，一片『昏天黑地』。」

說得天醉母子大笑，說：「你便只是個『昏天黑地』了。」

撮著不知這有什麼好笑的，又不得不陪著訕訕笑，嗨嗨、嗨嗨的，憨得發傻。吳茶清才說：「我們這裡，轎子是沒得給你抬了，弄輛黃包車給你拉拉，好不好？」

林藕初聽了搖手，吳茶清一開口就堵了她的話：「老闆剩下的這輛車，放著也是閒得爛掉，賣賣也沒人要。都當西洋景，沒人肯拉。天醉騎馬太小，坐轎子不免嬌慣，不如乘著黃包車出入。」

「還不都是九齋活著時生出來的怪風頭，你到街上看看，有幾個人在拉這種東洋車？」林藕初說。

「我拉，我拉。」撮著立刻表態，「少爺你坐，我這就拉你錢塘門去逛一圈。」

原來晚清時，杭州的主要代步工具依舊是轎、馬、船。馬者，多在湖濱至靈隱大道上通行，為遊觀者用，出借的大多是北方漢子；船常為那些外地來杭客人用，若帶有行李，在河港交叉的城裡乘船，最為簡便。忘憂樓府的後花園外就通河港。至於轎，不用說的，當時依舊是主要代步工具。倒是這寬不過一米、長不過兩米、高又不過半米的人力車，因是東洋人最早在街頭拉過，杭人稱為「東洋車」。杭九齋看了新鮮，做了一輛招搖過市。人家戳戳點點，他倒蠻得意忘形，還邀了秦樓娃女擠在一輛車上，掀著車簾，東張西望。拉車的原是個轎夫，大紅花轎也抬過，藍呢官轎也抬過，「遠天廣地」的轎領班也當過。從前的轎班弟兄見他拉著這麼個東西在街上跑，都朝他齜牙咧嘴笑，他覺得丟人，死活不肯拉了。杭九齋很不理解，對他的兒子杭天醉說：「從前四個人抬一個人，現在一個人拉兩個人，還輕鬆，還快，為啥人人笑我？莫非東洋人乘得，我們就乘不得？」

杭天醉完全同意其父意見，他自己也是黃包車的熱烈擁護者，不期父親一死，這車塞在後院也沒人再用了，現在有了茶清伯撐腰，不愁日後沒得乘車兜風快活。

撮著便拉天醉外頭逛了一圈回來，林藕初再見撮著時著實嚇了一跳，出去時鼻子是鼻子眼睛是眼睛，回來時一張面孔糊里塌拉，青是青紫是紫。杭天醉激動得話都說不清楚，結結巴巴地讓人聽了半天才明白，撮著拉著車和抬轎的比誰快，那兩人的轎比不過他一人拉的車。轎夫火了，當臉給他一拳。

「誰叫你去比那快慢的？」林藕初生氣地說。撮著不響。茶清指著杭天醉說：「不是他還有哪個？」撮著連忙接口：「我沒還手我沒還手。」吳茶清看了他好一會兒，嘆口氣，指著少爺對林藕初說：「留下吧，跟他。」

比起淩厲的母親，父親使杭天醉更為喜歡，他常跟著父親到湖上去。

明清以後，江南一帶的商賈喜歡與達官貴人決一高低。先還只在私邸、茶樓、書院、寺廟、遊藝上比試，漸漸這些氣象便從湖畔到了湖上，彩舟畫舫，逐鹿西子，穿梭往返，眼花繚亂。

你想，那杭天醉的爹杭九齋，怎麼捨得放棄這麼個追歡逐月的大好機會？銀子嘩嘩地倒出去，便製了一艘書畫船，內陳香爐、茶具、竹榻、筆墨紙硯，與那杭城的士紳名流品茗吟詩，笙歌唱答，此樂何極。

最妙的是，船上又設有一床，可躺可坐。夜浮於水，明月如洗，水天一碧，環視天地，悄然無聲，只有青山濃翠欲滴。此時舟則活，舟則幻，舟則意東而東，意西而西。杭九齋嘆道：「叩舷浩歌，心神飛越，曾不知天之高，地之下，不知老之將至，悠然樂而忘世矣。」遂名他的船為「不負此舟」。

杭天醉喜歡「不負此舟」，喜歡父親逐句教他的歌謠：

今夕何夕兮，搴舟中流。
今日何日兮，得與王子同舟。
蒙羞被好兮，不訾詬恥。
心幾煩而不絕兮，得知王子！
山有木兮木有枝，心悅君兮君不知。

杭天醉不太聽得懂這歌謠的意思。父親說那是很久以前的越人船夫搖著船在波水間唱的歌。杭天醉便摸一摸父親蒼白的手，認真地說：「我們就是船夫。」

父親便有一種千古之音的感動，摸一摸兒子的腦袋，眼眶便溼潤了。

有時，他們會在湖上遇見趙岐黃先生和他的四公子趙塵（趙寄客）。他們自己動手划船，那划子輕輕尖尖的，比「不負此舟」可是要小得多了。

趙寄客一見杭天醉便大叫一聲：「『浪裡白條』來也！」然後一個猛子扎入水中，像一條黑鯉魚亂翻亂撲。他的父親只在船上藏著兩手，有心無心地看著他。

「來呀，來呀，有膽量的下來呀！」

舊年夏天，也是被趙寄客這樣叫著，杭天醉趁父親不備，脫得如赤膊雞，陽光下皮膚白裡透青，眼睛一閉咕嚕咕嚕沉到底，卻上不來了。只見一團黑髮水下亂轉，寄客一把抓住頭髮要往水上提，自己兩隻腳倒被拖了下去。幸虧還有岐黃先生，一邊一個，拎出水面，統統趴在船幫上往外吐水。杭天醉嚇得面無人色，其實他水進得並不多。趙寄客邊吐邊結結巴巴地說：「我弄錯了，我應該一拳頭……呸呸……把你打昏，呸呸……再把你撈上來。」

杭天醉口水鼻涕眼淚一起往外流：「我、我、我難受……原來……死是這樣的……」

兩個大人看著這對死裡逃生的小兄弟在互吐衷腸，便互相作個揖，杭九齋說：「讓他們結為金蘭吧，日後天醉要靠寄客的。」

岐黃先生說：「還不如說日後要給天醉添亂呢。」轉身對兩個孩子說：「風雨同舟，生死與共，你們今日可是對著大好湖山起了誓的。」

兩人便在船頭拜了兄弟。船上無酒，清茶兩盞，相互就碰了碰。黑孩子說：「兄弟，日後有水難，我要打昏你的，記牢。」

白孩子說：「不不不要打，我再也不、不、不……下水了。」

杭天醉不敢再接受趙寄客的邀請下水，但他和父親卻常邀趙氏父子去茶館聽戲。從湖上登岸，船兒被繫在湖邊柳樹下，杭九齋磨磨蹭蹭的，便要往他昔日的忘憂茶樓上走。

茶樓位於錢王祠旁，不大不小，樓下手談，樓上口談；樓下下棋評鳥，樓上聽戲說書。硃紅雕花的門剝落了，杭天醉聽見父親說「可惜可惜」；走上磨光的紅漆地板時油漬漬的，父親嘀咕說「到底是殺豬人家」；登樓梯時「吱咕吱咕」響，父親說「敗落了敗落了」；小茶僮吳升邋裡邋遢地從樓下提了一把大茶壺上去，看見他們就粗著嗓門喊「讓開讓開泡著不是我……」，父親吼一聲「沒爹娘教訓就是沒爹娘教訓……」；前前後後總有人朝父親和岐黃先生躬身作揖。肉包子、油墩兒、炸年糕、千張、餛飩、瓜子、香榧、小核桃、花生米、臭豆腐……包圍著趙塵與杭逸。趙塵就專吃肉包子、炸年糕，額方鼻直口大，一頭的油黑鬈髮，像隻小黑獅子；杭逸是喜歡吃香榧和小核桃的，輕輕一咬，裂成兩半，取一斷口細細刮皮。趙塵等不及了，一口一個灰乎乎吃得滿嘴黑末，天醉費工夫剝白了一粒，便給救命恩人：「給你。」

吃這些玩意兒時，他們坐在樓上靠湖一面的廊欄前。父親說從前一色的紫砂壺，俞國良的也有，惠孟臣的也有；從前一色的青花蓋碗，茶船上描龍畫鳳，梅蘭竹菊；從前一色的琴棋字畫，唐伯虎的、文徵明的；從前啊從前……唉，唉，罷了……杭天醉便曉得，父親要開始和對面水晶閣裡的小蓮眉來眼去了。

水晶閣是淺綠的，小蓮是粉紅的。小蓮的眉目從一牆之隔傳來，一股股的脂粉味。小蓮與父親調笑時，夾著鳥啼聲、賣花聲、棋子落地聲、談笑聲、隱隱約約的哭聲與罵聲。小蓮說：「九齋爺啊，膽子真大呀，小少爺都敢帶來呀。」父親說：「小少爺他還敢給你沏一杯香噴噴的龍井茶呢。」小蓮就說：「不敢當不敢當，我們青樓女子，哪裡配享這種福氣？小少爺不嫌棄我，嘗嘗我剛才剝的松子仁兒……」一塊香絹包著松仁，拋繡球似的扔在天醉的臉上。眾人都笑了，天醉又羞又惱，心裡一團的誘惑，把手絹兒扔給寄客：「你吃吧。」

寄客說：「我吃就我吃。」打開來要吃。天醉又急了，說：「一人一半，一人一半！」

寄客把手絹又扔給他，說：「我才不吃這種東西，又吃不飽。」

趙岐黃嘆了口氣說：「早年間這裡說書的人多，如今也都移到城裡頭去了。」

吳升就提著茶壺叫：「段家生，段家生，紅衫兒，紅衫兒，你爹呢？」

話音響著，段家生就上來了。

段家生四十出頭，手裡撥了一把弦子，再無他物，看上去一臉病容，骨瘦如柴，聽說從前是走紅過的，只因抽鴉片，抽倒了牌子，才從崑劇戲班子裡被攆出來，改唱杭灘，無非是混口飯吃，混口煙抽罷了。剛才他賒得幾個錢，過了一會兒煙癮，見有人點戲，便抖擻精神。上了那戲臺子，一聲崑腔叫板：「嚇，果然好一派江景也！」下面，有人便從小蓮隔牆扔松仁的桃色調笑中回轉過來，大叫一聲「好」，便擊起了掌。

段家生聽人叫好，定睛一看，是忘憂茶莊老闆杭九齋。知他是個懂戲的，便心頭一熱，為知音的鼓勵而長了三分精神，頓時氣運丹田，聲如裂帛，賣力唱將起來：

大江東去浪千層，乘西風，駕這小舟一葉。
才離了九重龍鳳闕，早來到千丈虎狼穴。
大丈夫心烈，覷著這單刀會，一似那賽村社。
……

唱到此，段家生周身血氣上來，噴出一腔道白：

你看這壁廂天連著水，那壁廂水連著山。俺想二十年前，隔江鬥智，曹兵八十三萬人馬，屯於赤壁之間，其時但見兵馬之聲，不見山水之形，到今日裡啊……

段家生看今日聽客會大捧場，抖擻著精神，放開嗓子，亮亮地唱道：

……依舊的水湧山疊，好一個年少的周郎，恁在何處也？不覺的灰飛煙滅。可憐黃蓋暗傷嗟，破曹的檣櫓恰又早一時絕。只這鏖兵江水猶然熱，好教俺心慘切！……

「好大的水啊……」

趙寄客站了起來，做了那關羽的手下周倉，目光唰唰地亮了起來。寄客最喜歡聽《水滸》《三國》，不像天醉，什麼都喜歡。聽得趙塵這一聲「好大的水啊」時，杭逸也激動了，也跟著喊了一聲：「好大的水啊……」

一茶樓的人屏聲靜氣，聽到此，同聲喝了一個彩。趙塵、杭逸便很是得意，連段家生也很是得意了，只管沉浸在自己的英雄氣短當中，幾乎要聲淚俱下地道：

「周倉，這不是水，這是二十年來流不盡的英雄淚！」

一曲崑腔，唱得眾人一時竟說不出話來，只聽到樓下一層的鳥兒重新嘰嘰喳喳響起。

吳升小茶僮踩著地板火上房一樣往樓下喊：「紅衫兒，你還不快給我死上來？」眾人被這小不點兒老三老四的話嚇了一跳的同時，一團小紅火又舊又髒，從樓梯口跳了上來。她麻利地連翻了幾個跟頭，做了幾個江湖上人的拙劣的雜技動作。她飛起一腳打葉子時，卻把自己的破鞋子踢飛了出去，直直打在杭天醉臉上。杭天醉尖叫一聲。那黃毛丫頭愣住了，立刻嚇得渾身發抖，跪下就打自己的臉：「我不是故意的，我不是故意的，師傅你饒了我……」

師傅不饒她，師傅指望著她來幾個高難度的討錢動作呢，沒想到她把財神給打回去了。師傅拾起那破鞋子啪啪往女孩臉上甩，嘴裡便是一連串和剛才唱《單刀會》截然不同的髒話。寄客一下衝了過去，喝道：「張飛來也……」

段家生止了手說：「小少爺想打親自打便是，這破廟裡撿來的累贅實在惱煞我了。」

「我不打她，我也不准你打她。」

「她是我養的，斷了我財路，我打她，天經地義！」

「路見不平，拔刀相助。」趙寄客用的全是戲曲語言，「天醉兄弟，還不給我速速上場！」

「吾來也。」杭天醉急忙響應，慌裡慌張上來扶起紅衫兒到角落裡。小姑娘一頭垂髮，眼睛長得像柳後的星，嚇得還止不住地抖。天醉不知怎樣安慰她，便把剛才小蓮扔給他的松仁兒，一粒粒往那叫紅衫兒的小姑娘嘴裡塞，一邊還哄著：「你吃，你吃，噴香的！」

小姑娘牙齒抖著，松仁進了嘴唇又抖摟出來，止不住地打著哭嗝。

趙、杭兩位大先生便也生了氣，一邊掏錢一邊數落段家生：「你這位先生也太過分了，想要錢跟我們要便是，衝孩子撒什麼氣，看把她嚇成什麼樣子，平日裡不知怎麼個打罵法呢！」

吸鴉片的人見了錢什麼放不下，臉上立刻就堆了笑，「是是是」地應付著。

小吳升提著那隻紅衫兒甩出去的小破鞋子，氣得脖子直往回縮。他看見那兩個錦衣繡褲的男孩子圍著紅衫兒轉，自己不敢上去，感到又一次遭到奇恥大辱。上一回他恨上了忘憂茶莊的老闆，這一回他恨上了少爺。

同時他也恨紅衫兒，這一干人揚長而去時，他看著他們前腳走出，後腳便衝進灶間找紅衫兒。他像落帽風一樣在後堂裡亂竄，果然看見紅衫兒坐在門檻上，細細數那些小松仁兒，數數，笑笑，臉上掛著淚，嘴角有小酒窩了，見了吳升，說：「阿升，松仁要不要吃？」吳升二話沒說一個跟頭把她推下門檻，松仁撒了一地。吳升小臉暴怒著，用爛鞋跟踩著那些松仁兒入泥，嘴裡呼哧呼哧冒氣，嗨嗨嗨地使著勁。紅衫兒復又大哭，驚動了躺在灶邊小屋裡吸大煙的段家生。他拖著鞋跟出來，見吳升打紅衫兒，便來氣。紅衫兒是他養的，自己打得別人打不得，況且出手的又是個安徽小討飯，便一把拎起來，啪啪兩巴掌，扔出老遠。

這下輪到吳升哭了，哭得傷心。紅鼻頭萬老闆來茶館走走，見這個小茶僮哭得蹊蹺，上去問，吳升哭訴說：「段家生打我！」

「哪個段家生？」

「這裡唱戲的。」

萬老闆又粗又直，倒也爽快，大吼一聲：「段家生！」

段家生躲在偏房，曉得躲不過，硬著頭皮出來。

「你是段家生？」

「是，萬老闆你聽……」

「滾！」

「萬老闆我求……」

「滾！」

段家生只好滾了，滾前想想懊喪，重新把紅衫兒打得鬼哭狼嚎。

紅衫兒背著小鼓兒一瘸一瘸離開茶樓時，吳升向她伸出一雙黑乎乎的髒手，掌心裡放著幾粒同樣黑乎乎的髒松仁。

吳升哭了，說：「喏，我從地上撿來的，賠你。」

紅衫兒沒理他，低著頭，一聲不吭走了。

第二天上午，有車夫用黃包車把天醉拉到茶樓，一路上他緊緊抱著那個小洋鐵罐頭，裡面盛滿了好吃的點心、餅乾、糖果和芝麻糕。車夫說：「少爺，你心好，只是天下可憐人太多了。」杭天醉卻繪聲繪色地敘述：「她劈劈啪啪翻著跟頭，嘭，跳得老高，咚，鞋子飛到我臉上。她本事真大，也真可憐，她吃松仁，吃進去吐出來，吃進去吐出來……」

他這麼興奮地說著，激動地停在茶樓門口，被吳升看到了。他根本不讓那少爺上樓，他在門口叫著：「她不在，她走掉了，你找不到她的。呸！她才不會跟你好呢！」

杭天醉不明白吳升為什麼恨他，他睜大眼睛，吃驚地問：「你是誰？我不認識你，你幹嗎要呸我？」

第五章

杭九齋的故交在前來弔喪的靈堂裡，見著少爺杭天醉，沒有一個不在心裡頭嘀咕——再過二十年又是一個杭九齋。

那是說杭家父子的神態：頎長的脖子，略塌的肩，長眼睛上的蜻蜓翅膀一樣匆促閃動的睫毛，細挺的鼻梁和不免有些過於精細的嘴唇，緊抿時略帶扭曲的神經質和鬆開時的萬般風情。萬隆興鹹肉店的老闆萬福良送上喪緞後退下來，便對著趙岐黃先生說：「岐黃兄，這父子倆都長得瘦削陰氣，怕不是吃茶葉飯吃的吧。像我這樣日日老酒紅燒肉，陽氣足，哪裡有這種男人女相的樣子。不如勸勸老闆娘，不做茶葉生意，杭家或許還可興旺發達起來呢。」

中醫趙岐黃連頭都沒有轉一下，心裡頭著實不想與這殺豬出身的酒糟鼻子搭腔，卻又忍不住想譏諷他幾句，便正色道：「此言差矣，三百六十行，哪有一行是專門來害人性命的，尤其是茶，頭一條是中藥裡的寶貝。神農嘗百草，日遇七十二毒，得茶而解之。後來一時找不到茶，才被那斷腸草化了肚子。你怎麼張冠李戴，把罪名加到這救世良藥頭上去了？」

萬福良有些悻然。他原想趁人衰落擺擺闊氣，沒想到趙岐黃最見不得這種暴發戶嘴臉，尤其容不得這號人與自己稱兄道弟。趙岐黃一向以為，杭九齋的染上煙癮，和這些人日夜鬼混分不開，近墨者黑嘛。好在萬福良雖俗不可耐，但卻沒有刀筆吏的尖酸刻薄，甚至還有幾分愚笨裹挾在生意人的精明之間，便又不知事理地問道：「趙先生，小弟有一事不解，杭家也算是正派人家，怎麼就代代單傳，人丁終不興旺呢？若說抽大煙，我和九齋也算是一路裡的貨，一甏裡的醋……」

趙岐黃擺擺手，噁心泛泛，不讓萬福良再說下去。

趙岐黃世代醫家，見過大千世界種種奇魔怪症。杭九齋生前有時也到趙家的懸壺堂來。他總是坐都坐不住，一邊在堂前來回轉著圈，一邊訴苦：「心裡頭悶，悶啊，哪裡有心思顧及茶莊的生意，沒意思，做人沒意思……」

趙岐黃勸他少抽一些鴉片，茶清和藕初撐著這份家業不易。

杭九齋聽了就笑，說：「是啊，還不如我早早地死，留下他們想幹什麼就幹什麼呢！」

趙岐黃聽了這話中有話，心中暗驚，不好再搭腔，杭九齋卻一本正經地笑著說：「岐黃兄你給我做個證人，日後茶清死在我後頭，棺材要從我家正門抬出去。」

「這是什麼話？」

「唉，當我不是個明白人。忘憂茶莊，日後要靠茶清撐，成也在他手裡，敗也在他手裡了。」

杭九齋到底還是芙蓉癮足後死在水晶閣小蓮的床上了。世人都說他縱慾過度虛脫而死，他便成了西門慶，而小蓮則成了潘金蓮。老鴇一害怕，連贖身錢也不要了，便把小蓮推出了妓院門。忘憂茶莊從此在杭州城聲名微妙，不知道還要費多少周折才能翻身。

此時趙岐黃插上一束香，退了下來，對萬福良說：「萬老闆，被你一提醒，我倒想了起來。吃哪碗飯，受哪樣罪，倒也是有點道理的。杭家幾代做茶葉生意，山客、水客都做過，也是辛苦過頭，硬撐出這麼一爿店來，底氣都浮上來抽盡了事。如今兔死狐悲，你萬老闆雖然依舊是芙蓉煙抽抽，老酒喝喝，紅燒肉吃吃。不是我咒你，你若有這一天，兩隻手一定要有紅布包住紮牢，到了那裡，才能騙過從前被你殺的畜生，牠們當你的手斷了，才肯放過你呢！」

說著，趙岐黃徑直上了他的轎子，揚長而去了。萬福良又氣憤又迷茫，不知這趙岐黃是天性尖酸還是有意損他。這個中醫大夫，紹興人氏，祖宗是當師爺出了名的，後來改行醫，杭州城裡也是鼎鼎大名，隨之出名的，就是他的那張利嘴，損誰誰倒楣，又不敢得罪他。趙岐黃醫道高明，專治疑難雜症，得罪了他，怕他不給你好好治病，他真做得出來。萬福良只得委委屈屈地看看轎子的背影，嘟噥著說：「這還用你老人家指點嗎？杭州殺生的，哪個不曉得歸天時手包紅布嘴裡塞銅板的老規矩，偏你多嘴，叫你老鐵頭，你倒還真到處甩起來。娘賣屄！呸！」最後這句罵人話，說得極輕，也不忘四處偷覷一下，便撞著了怔怔注視著他的杭天醉。

這孩子也是邪門，雖然披麻戴孝，但倚在門廊上，依舊一副恍然若夢的樣子，彷彿身邊的事情與他無甚關係。

「天醉，你看誰啊？」萬老闆小心地問道。

「看你萬伯伯。」天醉清醒地回答。

「看我什麼？」

「看你死了會是怎麼樣的。」天醉說，「和我父親一樣嗎？」

「閉嘴！」萬福良一邊吐著唾沫，一邊往回退，「晦氣，晦氣！」

「萬伯伯不是也抽鴉片嗎？」天醉極有邏輯地推理說。

「快吐口水，快吐口水！」萬福良驚慌失措地又跺腳又吐唾沫，像是要替代這無忌的童口，把這不祥的讖言消滅一般。他心急慌忙地爬上他的二人轎，跌煞絆倒地逃離忘憂樓府，還來得及聽見那孩子的聲音：「萬伯伯，你啥時候把茶樓還給我們啊，我等著紅衫兒來唱戲呢。」

誰都沒有注意到這個孩子的心靈裂變。大雨滂沱雷電轟鳴的夜半，杭天醉時常會在夢中驚醒，對著忽被刺眼閃電照亮穿透，忽又陷入深淵一般黑暗的窗子，發出不可理解的絕望喊叫，但他的母親及其家人，均被他那外在的魔魘表象迷惑住了。忘憂樓府內外貼滿了諸如「天皇皇，地皇皇，我家有個夜哭郎」之類的咒語，郎中們川流不息地為這個越來越瘦的杭家獨生子號脈開藥。杭天醉很老實地伸出舌苔來給大人們展覽的時候，誰都不知道他嚥進肚子裡的是什麼東西。這種藏匿和保留著個人隱私的心態彷彿與生俱來，與另一種貌似張狂的外向的性格衝撞著，竟然使他得了一場大病。

病得最為嚴重的日子裡，發生了一件奇怪的事。所有的男人夜裡都不能進入他的房間，因為只要看到他們的背影，他就會坐起來，直著眼睛和嗓門喊叫；他也不能聽見下雨和打雷的聲音，有一點點這樣的聲音，他就會掀開被子拖著鞋跟往外衝，嘴裡就夢囈似的念：「去看看，去看看……」

林藕初抱著她的心肝兒子，眼淚汪汪地問：「你要去看什麼？命根子，你看到什麼了……」

杭天醉輕手輕腳地在房間裡走，模仿著窺探的神情，用帳子遮住了半張臉，說：「一個人，坐在天井裡，夜裡漆黑，落著大雨，天上雷公，嘩啦啦，忽閃亮了，照到這個人背脊，這個人背脊，這個人背脊……」杭天醉大叫一聲，嚇得就半昏過去。天上，隱隱約約又有雷走過。那年夏天，雷雨特別多。

林藕初在大客廳裡給祖宗上香，大廳裡寂無一人，祝香受潮，怎麼也點不著。林藕初焦慮地嘆氣：「作孽啊。」便覺一雙眼睛閃電般亮了過來，一下子把她擊中了。吳茶清站著，離她很遠，幾乎就在邊門上，手裡提著一隻燈籠。

「作孽啊。」林藕初又說。吳茶清幾步上前去點香，手有些抖。林藕初的聲音也抖，在昏暗的大廳裡嘈嘈切切：「快，快點，快點點著它……」

吳茶清擦了幾根洋火，香頭冒了一陣潮煙，便又熄了。林藕初看了看吳茶清，臉色驚變，失聲叫道：「你不是……」

下面的話還沒說出，她的嘴便被吳茶清用手一把捂住。

「──我是！我不是誰是！」他的目光裡，射來了一股逼人之氣。

林藕初用顫抖的手指著那些靈牌：「我是說，你，你，你不是杭家人，你不能點香……」

「我不是杭家人，我才配點香！」吳茶清用力一擦，一束火柴紅了，香頭冒了一陣煙，著了起來，一股香氣夾著潮氣撲鼻而來，他們倆屏住了的那口心氣，也鬆吐了出來，混雜在其中了。

林藕初這才悲從中來，怨憤地對吳茶清說：「茶清……鬼惹著我兒子了，我兒子看見鬼了……」

「我是鬼！」吳茶清說，聲音因為疲倦而發悶，「我是鬼！」

「你不要亂講。」林藕初嚇了一跳，舉著香就給祖宗磕頭，「祖宗啊，保佑我兒子過這一關，家門香火有續，菩薩保佑，菩薩保佑……」

一陣陰風來，好吹不吹，恰恰就吹倒了杭九齋的靈牌。吳茶清站著站著，便簌簌簌地抖了起來。林藕初也跟著簌簌簌抖，那兩隻扶住香檯面的手，指甲長長的，震著了檯面，滴滴滴地響，很細微，很嚇人。

天色一下子黑暗下來，彷彿有不解的魂靈要乘虛而入。兩顆惴惴的心，一顆沉下去了，一顆浮在上面，昏暗中默默相視著，無言以對。

然後便是一個驚天動地的炸雷，像耳光一樣劈在兩個人臉上，臉就扭曲著，亮了。

杭九齋死於水晶閣小蓮花床的前夜，先就被一場雷暴雨所擊中。

雷雨之前他如困獸一般，已在屋裡盤桓良久。他拿不到茶莊的銀圓，茶清吩咐一個子兒也不給。他偷偷地賣了一些首飾，很快便被鴉片烊光。此刻他倒是又捧著了一隻從明朝留下的銅手爐，嘉興人張鳴岐的手藝。杭九齋喜歡爐蓋刻工的精而不巧，線條重複交叉，端莊古樸，質勝於文，一直捨不得賣掉。如今也顧不著了，揣出去，或許還能賣幾個錢。只要能夠捱過今日，明日如何他不管。

林藕初鐵石心腸，反鎖了房門，自己坐在客房，啪嗒啪嗒地在銀圓上按印子，銀元叮叮咚咚，一會兒便集了一堆。

杭九齋先是求，後是哭，哭了以後，看看毫無反應，便發了怒，一邊罵著，一邊用手去搖那門框。這手無縛雞之力的人，哪裡搖得動，一氣把換錢的寶貝朝玻璃窗砸了出去，砸得地上一片碎玻璃。天上的雷也似是要配合著他，發起威來，轟隆隆一聲，嘩啦啦一片，像是天窗砸破了玻璃，人間撒了一地的玻璃碴子。

這玻璃碴子，也是撒到了杭九齋心裡頭了，又痛楚又難受，他便開始詛咒那不該詛咒的。「我咒你這吃裡扒外的臭娘們不得好死，攥著我杭家門裡的銀子你想一股腦兒都捧給那千刀萬剮的長毛！你當我眼睛生在頭頂心，看不到你這外來的狐狸精打的什麼鬼算盤。唉，我就是要抽，抽大煙，杭家抽敗了也敗在了自家手裡，也比明修棧道暗度陳倉要強。狐狸精，你開不開門，你要遭報應，我要叫天醉來了，天醉，天醉，兒子，兒子……」

林藕初咣噹一聲開了門，見著這個人不人鬼不鬼的男人，一陣的噁心，嘩啦啦扔過去一把銀圓，回道：「你兒子兒子叫個死屍！你這種人哪裡配生兒子？抽你的大煙去吧，杭家門到你手裡，不斷子絕孫才叫怪呢！」

男人的眼睛唰地亮了，不知是聽了女人的話，還是看到女人扔來的銀圓。

許多年以來，女人記憶中的最後的活著的丈夫，就是那用長衫兜著銀圓，水鬼一樣走出庭院的背影。

杭天醉最後看到他的父親那一夜，正在矇矇矓矓欲睡非睡之間，在他的一生中的這個夜晚似乎始終是一場曖昧的夢魘。他好像記得父親捧起了他的腦袋，嘴裡翻來覆去說：「是我的，是我的，是杭家的，是忘憂茶莊的。」又好像聽到另一種聲音在喊：「天殺的，你這天殺的，雷不劈死了你，我也要劈死你的。不相信，來，來啊，來啊……」

杭天醉記得那時他曾睜開過眼睛，可是他始終無法確證這個渾身溼透、手裡拿了一把雪亮刀子揮來舞去在空中亂抓的男人，究竟是不是他的父親。那男人披頭散髮、面孔鐵青、腳步踉蹌，朝他慢慢轉過頭來，身後一片漆黑。再一片閃亮時，杭天醉看見父親朝他猛一揮刀，失聲驚叫：「你不是……」

杭天醉猛地捂住了被子，接下去，他似乎就沉入了混沌深淵。他再把頭探出去時，屋裡什麼也沒有了，靜悄悄，漆黑一片，雷聲和雨聲統統沒有了。

至於他如何又在滂沱大雨中來到天井，在天井裡看見一個穿竹布長衫的背影坐著，一動不動，任電閃雷鳴，他是一點也想不起來了。但他卻異常清晰地記得閃電時照亮的那個男人的肩膀，還有他的盤在脖子上的頭髮。正是這個只有背影的男人，挾著黑暗和雷雨，不祥和罪孽，防不勝防地進入了杭天醉的夢境，使他越來越恐懼地模糊地意識到這個人可能是誰。他對此卻守口如瓶，彷彿藏匿的恐懼裡還有自己的一份隱祕，而他對這種恐懼又是無能為力一般。

吳茶清於大雷雨滂沱之中，端坐小閣樓。背對著門，面對窗外高空時不時被驚雷照亮的猙獰的烏雲，它們在天空狂奔亂吼的聲音，吳茶清以為只有他能夠聽見。在夜深人寂時獨對蒼天已成了吳茶清的習慣。深夜案几上的那杯黃山毛峰茶，他是從來不喝的，那是他的祭物。世界之大，祭壇之小，忍受之漫長，吳茶清不可告人地被安置在了這個忘憂茶莊的閣樓上。他看見水淋淋的杭九齋進來之時，手裡提著一把雪亮的匕首，心裡一陣跳蕩，渾身上下就是一陣陣死到臨頭的輕鬆了。

然後他睜開了眼睛，看著杭九齋費勁地發著狠，想把刀插在桌子上。那刀卻吃不深木頭，歪歪斜斜，死皮賴臉地就滑倒在檯面上。

一片的漆黑中，閃電詭祕地時隱時亮，杭九齋是一個夜遊鬼魂。

「吳茶清你不是人，你、你、你是畜生！」杭九齋氣喘吁吁地罵道。

吳茶清坐著，一動也不動，頭微微低著。這樣一個引頸受戮的架勢，杭九齋一點也沒看出來。

「我今天便是來殺了你的！」他威脅地又舉起刀，在吳茶清眼前一陣亂晃，「你還有什麼話要說？」

吳茶清從心底裡嘆了口氣：「要殺就快殺吧，哪裡有什麼話好說的。」

杭九齋咣啷噹一下扔了匕首，額角虛汗一下子冒了出來：「你、你、你給我說清楚，天醉到底是誰的？」

吳茶清也站了起來，緊了一緊腰帶，問：「杭老闆何故殺我？我又何故認罪？明知故問，又何故耽誤了男兒血性？」

杭九齋愣住了。實際上他從前並不清楚林藕初和吳茶清究竟有什麼關係，發展到什麼地步。直到現在他也無法接受天醉本不姓杭這個事實。他自己都說不清楚，他拿著一把匕首，究竟是來證實什麼的。現在他手裡抓了這樣一件凶器，殺又殺不下手，放又放不開。看著眼前這個仇人，想恨又恨不起來。半晌，一跺腳：「滾——」

吳茶清從杭九齋手裡摘了那刀子過來，說：「我也不用你親自動手了，我自己來吧！」他大吼一聲，刀尖就往心尖上送，哪裡想到杭九齋一下子魂飛魄散，撲通跪倒在地，一把抱住吳茶清的腳：「茶清，茶清，忘憂茶莊一百多年的老牌子，全靠你了！」

茶清看看腳底下那男人，哈哈哈地笑了起來，匕首咣噹扔在桌上。他總算曉得，忘憂茶莊這個單傳，是只有他來繼香火的原因了。

半夜裡大雨嘩啦啦地下，吳茶清恨杭九齋不殺他了：「九齋，想好了，要殺我還來得及。今朝夜裡我是想死的，明朝不想死了再來攪，你要吃誤傷的。」

「我不殺你，我要你在這裡做牛做馬做到死，將來一日歸西，要用十人抬棺從前門送出去。」杭九齋喘著氣從地上爬起來，眼角便射出淚線。他明白，吳茶清是株老茶樹，盤根錯節，扎在忘憂茶莊的基石中了。但他又實在嚥不下這口氣，他委屈，捶胸頓足，跌跌撞撞走進雨夜，走出茶莊，走向湧金門水晶閣小蓮的煙榻，他邊走邊哭：「我恨啊……我恨啊……祖上為什麼要給我這個茶莊。我養養不起，扔扔扔不掉，什麼忘憂？真正弄煞我了呀……」

吳茶清在天井裡讓天水沖刷一夜之後，天放明，晴空萬里。人們從水晶閣小蓮的床上抬回了奄奄一息的杭九齋。沒有人知道，其人之死尚有嫖妓之外的原因。

岐黃先生曰：「心病還須心藥醫。天醉之症，既然來自夢中，不妨仍以夢治之。杭州郊外三台山于謙于公祠墓旁有祈兆所，不妨讓天醉住上一夜，托夢于公，讓他指點了那個背影是誰，也就好對症下藥了。」

林藕初聽了心寬了幾分，說：「我也聽說過，讀書人考科舉的，都相信于謙公保佑，求神托夢最靈的。」說著便用眼睛詢問吳茶清。吳茶清不語，林藕初又發話：「茶清，你陪一趟可好？」

吳茶清沉吟片刻，說：「子不語怪力亂神。」

林藕初不懂什麼叫「子不語怪力亂神」，但聽出來吳茶清不甚贊同祈夢。倒是岐黃先生不以為然，說：「茶清此言謬矣，于公怎能算『怪力亂神』？西子一湖甲天下，皆為靈秀之氣結山水，原有著一派正氣在其中為之主宰，方能又醞釀生出正人來。正人之氣若鬱鬱不散，又能隱隱約約勾發徵兆，啟人心智，開人矇昧。」

林藕初也說：「于公必是正氣所聚的。聽說他生時杭州三年桃李不開花，死時西湖水全乾，想必是個天人。不妨讓天醉沾點光吧。」

趙岐黃見吳茶清仍不語，倒想起九齋生前對他暗示過的那些話了。他心裡冷笑，嘴上卻客氣，說：「這樣吧，我原來就要帶著寄客去祈一夢的，順便把天醉帶上就是。寄客這孩子，亂是亂一點，陽氣倒是足，沖沖天醉的陰氣也是件好事。這就算我當郎中大夫開的一張藥方吧。」

話說到這個份上，大家也就沒有異議了。林藕初心細，見吳茶清有些默然，卻不知這是為什麼。

馬蹄得得地響著，趙寄客坐在馬車中他的好朋友杭天醉身旁，看得見前面父親騎在馬上的身影。馬尾巴左甩右甩，棗紅色的臀部在太陽下面金光閃閃，他心裡癢癢地要喊。看了看身旁那個紙一樣蒼白的正在微笑的天醉，揉了揉肚子，說：「去過三台山嗎？」

「沒有。」天醉搖搖頭，因為驚喜於戶外的風光而口出怨言，「我媽不讓我出門。」

「你這病，到外面逛一圈，不用吃藥就好了。」趙寄客又說，「你看這些山，南屏山、北高峰、南高峰、玉皇山、鳳凰山、天竺山、寶石山，我全爬遍了。」

「我爹活著時愛帶我去西湖。」

「那你就是智者了。仁者愛山，智者愛水。我是仁者，于謙也是仁者，我們都愛山。你聽過他那首〈石灰吟〉嗎？『千錘萬鑿出深山，烈火焚燒若等閒。粉骨碎身渾不怕，要留清白在人間！』」

「這首〈石灰吟〉倒是聽過的，我爹說那和『清風兩袖朝天去，免得閭閻話短長』一樣，都是用來說忠孝禮義的道理的。我爹倒是叫我背過于謙的另一首詩：『湧金門外柳如煙，西子湖頭水拍天。玉腕羅裙雙蕩槳，鴛鴦飛近採蓮船。』」

「你爹是小兒女，你也是小兒女。」趙寄客拍拍天醉肩膀，天醉臉便紅了，問：「那你是什麼？」

「我是大王，我是山大王！」趙寄客眼睛瞇了起來，「我今夜必得要向于公祈夢，或者當個大將軍，騎在馬上，如關羽、張飛、趙子龍一般地威風；或者當個山中的俠客，路見不平，拔刀——哇——殺了蟊賊！」

趙寄客就用一隻手指代了那劍，筆直向天醉肚子戳去，天醉吃驚地先是一挺肚子，然後一下子縮了回去，就笑了起來。寄客也笑了，嗓門又大又響。

「哈哈哈哈！」杭天醉也尖聲地笑了起來，且累得氣喘吁吁。寄客聽得高興地隨聲附和。氤氤氳氳的湖上，薄霧似謎，聲音與聲音就在其中追逐來去。前面趙岐黃回過頭來斥道：「寄客，你狂什麼？秋光明淨，正待屏心靜氣賞觀，鬧得滿湖皆是你磨牙，知道『辜負』二字的分量嗎？」

寄客這才收了狂態，不吭聲了。兩個小小少年專心致志地賞起了南山風光。

杭州三面雲山一面城，從前有「天目山垂兩乳長，龍飛鳳舞到錢塘」之語，說的是山脈起源於天目，雄健有雙峰插雲，奇特有飛來峰，險峻如琅璫嶺，開曠又如玉皇江湖飛雲。畢竟江南秀山麗水，與北國大相徑庭，雅緻精巧多秀麗，且崇山深谷，迴腸百結，繚繞不絕，明暗陰影紛幻多端，是為幽深。山又兼有四時之色：春淡怡，如笑；夏蒼翠，如滴；秋明淨，如妝；冬慘淡，如睡。

此時恰為金風送爽之晨，桐葉新黃，柿葉初紅，松柏舊綠，烏桕乍紫。馬車向前奔去，群山撲面而來，玉樹臨風，叮叮噹噹，如仙人佩瑲鳴響。南山一帶，秋思惹人；啾啾鳥鳴，颯颯林濤，有聲有色，一派大喜悅。天醉久不出城，心裡陰鬱結氣一吐為快，頓時消化在這山光水色之中，心兒便如鼓滿了風的船帆，脹得胸口隱隱發疼。西湖明鏡一片已閃逝而過，馬車進了山坳，有雜樹參天：楓、桂、栗、樟和皀莢；又有無名樹細高多曲折，色澤光怪陸離。偶爾幾株銀杏，錯落山中，一身明亮，令天醉耳目一新。又見那陽光劈山射來，齊齊斬映了山樹，照亮的樹冠晶瑩透徹，光明歡樂，笑語歡歌，幽暗的下方樹幹則藏入山谷，斂而不發，默聽繞膝泉水幽咽。

天醉看了感動，眼淚就流了出來。叫寄客看了納悶，問：「怎麼啦，不舒服嗎？」

天醉哽咽著嗓子，使勁兒地搖頭。他認為寄客是不能理解他的，他是不可能有這種感動的。

「你不用怕。今晚做一夢，讓于公告訴你誰是那個背對你的人。明日我知道了，當場翻他轉來。你信不信？」

「我去翻過他的。」天醉發白細膩的手死死捏住了寄客的腕子，「他的背上，血淋淋的，滲出來了，血淋淋的……你不要跟任何人說，我本來不想說的。我翻他不過來。」

「是真的？」寄客的呼吸也粗起來了，「真的背上出血了？」

「是做夢呢。不過我也弄不清楚是不是真的了，這麼亮的天空、這麼多的樹，我真不曉得我有沒有做過這樣的夢了……」

在祈兆所住了一夜，兩個孩子睡在一張床上，竟然誰也沒有夢見他們想夢見的事情。趙寄客只說他繼續了白天的旅途：「我在馬車上坐著，馬車飛快飛快向山下直衝，樹啊花啊只往我臉上觸，後來我坐到馬背上去，馬就一直向前奔，向前奔，一跳，跳過于公的墳頭了，你說怪不怪？」

「我是夢見我在樓梯口了，有個人紅衣裳，往上翻跟頭，翻上來又滾下去，翻上來又滾下去……」

「那不是隆興茶館的紅衫兒嗎？啊哈——天醉你夢見女人了！」寄客就大驚小怪地叫了起來，「吔吔……真當是沒出息啊！」

趙岐黃過來喝住了他的小兒子，告訴這個癲癲狂狂大大咧咧的小毛孩，昨夜他夢見于公指點他，說寄客命裡注定還是當郎中。寄客一聽，大眼睛一瞪，眼淚就流出來：「我不當郎中我不當郎中，我不喜歡當郎中！」

「你懂什麼？『知了叫石板跳，烏花郎中坐八轎。』我看你也只配了做烏花郎中，好歹還混口飯吃。你當你這樣瘋瘋魔魔的有出路啊？我看你三百六十行還沒一行夠有資格做的，做個孫悟空造玉皇大帝的反倒還配，可惜我這裡不是花果山！」

父親這樣夾頭夾腦的一頓訓，頓時便把寄客訓得愣住了。

杭天醉從來也沒有看見過這麼多的一片一片的茶園。從山上瀉下來，濃綠得稠凝了，就成了僵在山坡上的綠色瀑布，東一道西一道，掛得滿山都是。有的地方，栽得鬆一些，一大朵一大朵，像沉甸甸的綠花；長在平地上的茶樹，斜斜地一溜半躺的，倒像是一把把撐開的綠色陽傘。但杭天醉已經無法再飽嘗這秀色了。跟著趙寄客出逃的後果首先是強烈的刺激，其次是極度的疲乏，現在，當夕陽西下之時，莫名的恐懼開始升騰上來。他一生全部加起來的路，恐怕也沒有今日走的那麼多。一開始從三台山出發他就歪歪斜斜，上氣不接下氣，此刻他和寄客已經走了大半天，甚至已經翻過了人跡罕見的十里琅瑠嶺，他竟然還沒有倒下去癱掉，這是他自己也難以想像的奇蹟。他不時地蹲下身子去喝那山中泉水，站起來時眼中飽含著淚水，眼前一花，不見了他的領袖、他的煽動者趙寄客，就嚇得哭腔哭調喊：「寄客你在哪裡？寄客，嗚嗚嗚，寄客你快來接我！」

過一會兒，杭天醉以為自己精神就要崩潰的時候，寄客出現了，他把手裡用樹枝做的楞杖伸給他，嘴裡說著：「就要到了，就要到了。下了山就是天竺寺，法鏡寺後面就是三生石。我跟二哥、三哥來過好多次。我爹也來過的。在這裡睡一覺，來生、今生和前生的事情，統統曉得了。我要做個不當郎中的夢。我可不喜歡聞那些中藥味。」

手裡握著了可以連接住寄客的楞杖，天醉雖然累得兩眼迷糊，但還是欣慰多了，便問：「你爹和我媽找不到我們，不是要急死了嗎？」

「不會的，不會的。我們就在三生石邊睡一夜，我跟于公祠旁小孩說好了，夜裡再告訴我爹。我也要讓他急急，誰叫他做這樣的夢的！」

「你真的以為是你爹夢見于公了嗎？他難道不會故意哄哄你嗎？」

「真的喏！」趙寄客叫了一聲，站住了，「我怎麼沒想到？」

「大人有時候是很不好猜的。他們和我們相信的完全不一樣。你怎麼停住了？到了嗎？這就是三生石。這就是？這裡不是給觀音娘娘做生日的地方嗎？前面下天竺，有魚籃觀音，我媽帶我來燒過香的，原來後面就是三生石。你看它像是個什麼？這裡有誰題的詩，天快黑了，我都要看不清楚了。你等等，讓我來讀給你聽：三生石上舊精魂，賞月臨風不要論。慚愧情人遠相訪，此身……此身雖異性長存。什麼意思，嗯，寄客？你看這裡還有一首：身前身後事茫茫，欲話因緣恐斷腸。吳越山川……尋已遍……卻回、卻回、煙……煙棹……上……瞿……塘……」

寄客一邊抱著一堆乾草，一邊跌跌撞撞找地方鋪，一屁股坐了下來，說：「我也說不清楚，反正是個和尚死了，過了好多年變成一個放牛的，回來見他的老朋友，就在這個地方……」他拍拍身後的三生石，回頭一看，「真沒用，倒下就睡，睡著了。喏，給你。三生石保佑我不做烏花郎中。」說著便把一捧乾草夾頭夾腦扔在了呼呼大睡的杭天醉身上，自己也就倒頭睡去了。

杭天醉恍惚意識到他坐在睡著了的趙寄客身旁，頭上身上掛著乾稻草。周圍亮晶晶的，月光像水銀，在他身邊流過去流過來。他看見他的四周亂石如槍，槍頭上閃閃發光，還看見藤葛如麻繚繞在樹上。但那藤葛和樹冠，全都泛著厚厚的白光。山草在地上匍匐著，又軟又密，它們像是白蠟做的一樣。他順手拿下黏在身上的一根乾草，乾草變成了銀條。他回頭看看靠著的石頭，狀如圓盆，大似臥床，石一端的隆起部位有四五個杯口大小的圓洞，洞洞相連，玲瓏剔透。他想起來了，這就是三生石。奇怪的是，它也變成了銀白色，還發著清幽的毫光。他用手輕輕叩了一下，他聽到了冰涼的玉擊的聲音。

他不敢相信自己到了一個什麼樣的琉璃世界，莫非他們成仙了，到月亮裡的廣寒宮中去了？他想低頭叫醒寄客，定睛一看，差一點驚呼——寄客裹在乾草叢中，早就成了一個玉雕的人兒。

接著，他聞到一股無法言傳的清幽迷香，是桂香，還是茶香，還是荷香？他不知道。他往天空一抬頭，天空像一片望不到邊的大冰塊，月亮像一朵玉蓮花，發著一塵不染的靈光。啞靜，啞靜，有劈劈啪啪的極細的珠璣從天上掉下來，打在他身上。他恍恍惚惚地站了起來，在晶晶亮的空氣中游來游去。他舒服極了，愜意極了。他飄飄欲仙，香氣四溢，在冰光玉毫中展開雙臂，走來走去。萬籟俱寂，只此一人，他不孤獨，不害怕，他自由極了。

然後，他又看見了他。他就坐在他前面不遠處的白銀草叢中。他和從前一樣，背對著他，肩膀瘦削地泛著青光，盤繞在肩上的辮子像一條玉帶。他悄無聲息地站住了，他看見他的背滲出了玉液一樣的東西，又稠又亮，凝聚成一塊，像一面鏡子。他好奇，親切，無礙，他飄浮了過去，那個背影回過頭來——是他！他想把他看得仔細一些。他還想對他好。他跪了下來，湊近他的臉。他看見他的兩隻眼睛玉光一閃，便有兩行眼淚從白晃晃的面頰上流淌下來了。

第六章

杭州知府林啟在蒲場巷普慈寺設求是書院之際，離十九世紀的百年終結，只有三載春秋了。書院廳堂中，這位福建籍的維新人士，一邊對著那三十名杭州精英訓話——居今日而圖治，以培養人才為第一義；居今日而育才，以講求實學為第一義——一邊不無欣慰之意地想：大清國變法，或可有期有望了！

杭逸飄飄然地立在三十名學子之間，細高，脖長，唇紅齒白，眉清目秀。一身漂白杭紡長衫，外套一件隱紋萬字黑色緞背心，外面別出心裁披一件黑色絲絨披風。一根辮子又黑又亮，晃晃悠悠不時擺動。他身旁立著的青年比他略矮一些，寬肩闊眉，膚色略黑，越發顯得一口白牙。他是一身的短打模樣，站如青松，油黑髮辮略鬈。他略仰的下巴，給人一種傲慢的感覺，兩隻手背在背後，雙腿叉開，綁了褲腿，雙腳呈外八字形，彷彿掌持利器，隨時可出手。不用說，是趙塵。

那日，林藕初甚為喜悅，擺了幾桌酒席，慶賀兒子入學。酒宴上沒有吳茶清，他去紹興平水收購珠茶了。天醉有些失落，說：「我這一讀書，家裡的擔子，又得你們挑下去了，頭緒又那麼多，依我看，出口的珠茶生意就不要做了。」

杭夫人揮一揮手說：「瞎說什麼，不掙外國人的銀子，茶樓能有錢贖回來嗎？」

忘憂茶莊這十年的發展，一是傳統的龍井內銷茶，其次便是這紹興平水珠茶的出口了。

紹興平水，唐代便是個有了名的茶市，茶酒均在此交易。平水珠茶，也唯平水方有，團得滾圓，活像一粒粒墨綠色珠子，英人譯名Gunpowder Green Tea，綠色彈藥之意。喝來，稜稜有金石之氣，殺口得很。

珠茶最初出口時被譯為Hgson——貢熙，意為專門進貢康熙皇帝的茶葉。十八世紀中期在倫敦市場上每磅售價高達十先令六便士。

忘憂茶莊做出口珠茶生意，要通過上海的怡和洋行。前十來年生意好做，全省據說最高年輸出二十萬擔，過了浙江茶葉出口的半數。這兩年走下坡路了，吳茶清內要對付茶莊事務，外要對付洋商，兩頭辛苦。筋骨雖好，歲月究竟不饒人，眼見著疏黃的山羊鬍子變花白了。

那日夜裡，天醉興奮，站在書房外院落中，嗅那初降的春夜之氣，便看見有紙糊燈籠從圓洞門游來，憧憧燭光中映一「杭」字。

天醉筋骨一緊，這還是父親在世時一時雅興訂做的一批燈籠，不用紅黑墨色寫字，專用綠漆，使喚的年代久了，漸漸破損。唯有管家吳茶清的那一盞，小心侍候著，竟也成了他本人的一道風景。

吳茶清每夜經天醉書房的院落，往後院的老闆娘住處，商議一日經營，已是杭九齋死後多年的規矩。原來茶界有規矩，女人不得上店堂應酬軋檯面，林藕初雖感諸多不便，也是不敢破此行規的，每日的行情，便得賴茶清通報。

忘憂茶莊，前店後場，場後又有側門，本可直通老闆娘去處，但茶清偏要每日往杭天醉處一繞。杭天醉何等明白之人，那夜在月下見了吳茶清，叫一聲茶清伯，說：「今日月光甚潔，茶清伯何必再點燈籠？」

吳茶清看著少爺，慢悠悠捻一把山羊鬍子說：「還是點著好。」

杭天醉背著手，去看養在石槽子裡的幾尾金魚，又說：「以後茶清伯找我母親，直接從邊門進去便是了，不必繞這麼大的彎子。伯伯年紀大了，腿腳不方便，眼睛又不太好……」

杭天醉說這番話時，眼睛一直也不好意思朝吳茶清看。吳茶清腳定在那裡，一隻手拎著燈籠，另一隻手捻著山羊鬍子，半晌，說：「還是繞一繞好。」

吳茶清轉身要走，天醉冒上來一陣衝動，他的背影總讓天醉心潮難平。

「我考上求是書院了。」天醉說。

吳茶清回過頭來，朝他看一眼，就停住了腳步。

「讀了書，你要做什麼？」聲音輕輕過來，把杭天醉嚇了一跳，他的眼睛一下抬了上來，吃驚地盯著茶清伯。

「我還沒想過。沒……想、想好。」他結結巴巴地回答，「總之，國家是要、要變法，要改良的……」

風緊，早春發枯的竹葉瑟瑟地響，月兒躲進了雲層，黑了天，燭光模糊，照得到方寸幾尺。天醉覺得，茶清伯幾乎是完全隱到黑暗中去了。聲音便從黑暗中襲來，說：「讀了書，要做什麼，想好。」

他走了，身影飄忽，像一隻暗夜裡的老貓。杭天醉長長地舒了一口氣。

母親林藕初從石灰甏裡取出今年最好的明前茶，讓天醉親自送到趙岐黃家——不是這老鐵頭盯住杭天醉，哪裡會有考入書院的那一天。

天醉把那一罐明前龍井雙手捧到趙岐黃的紅木案頭上時，趙先生撫案感慨：「到底是這樣的人家，行事不流於俗，小小一罐龍井，勝過那大堆小包的人參木耳。」

天醉垂著雙手，略低頭，說：「母親交代我告訴您，此茶是撮著專從獅峰山收來的『軟新』，老先生不妨嘗嘗。」

趙岐黃長嘆一聲，道：「難為你母親這番苦心，『軟新』這個牌子，也只有忘憂茶莊在做，今日送來的，可是極品中的極品了。」

「母親說了，杭州的龍井，獅、龍、雲、虎，獅是最絕的，要送，自然是送獅字號的。」

趙寄客正從園中練了棍棒回來，恰恰聽了杭天醉這番理論，便拿腰間束著的帶子拭著汗，笑說：「天醉，我看你也不必再去讀那經史之學、孔孟之道了，徑直就繼承了忘憂茶莊多省事，遲早你還是要當那老闆的。」

「蠢貨！你懂什麼？以為這茶是隨便喝得的？」趙先生捻著花白長鬚，教導著說，「陸子《茶經》中如何評說的——茶之為用，味至寒，為飲最宜。精行儉德之人，若熱渴、凝悶、腦疼、目澀、四肢煩、百節不舒，聊四五啜，與醍醐、甘露抗衡也。」

趙寄客卻是不那麼以為然：「陸羽，中唐一隱士耳。精行儉德，亦無非自在山中，於世畢竟無所大補的。」

天醉便駁斥朋友：「如你所說，這世間就不要那高風亮節、不甘同流合汙的高士了？」

趙寄客大笑：「什麼高士？翩然一隻雲中鶴，飛來飛去宰相家罷了。不見生靈塗炭，只圖明哲保身，又要日後清名，趙寄客一生不為也。」

趙老先生便皺起眉頭喝道：「少年狂妄如此，將來一事無成。」

「非少年狂妄，實乃少年壯志。我今當著這天地間第一絕品的龍井茶預言，二十年之內，天下必大亂——」

「胡說八道！」趙岐黃拍起桌子來，「大亂對國對民有什麼好處？」

「天下之勢，分久必合，合久必分，大亂方能大治，大治方能開盛世之和平——」

「寄客兄，想來您是唯恐天下不亂了？」天醉笑問。

「正是。」趙寄客倒爽氣。

趙岐黃連連搖頭，痛心疾首地對杭天醉說：「我一生，就壞在嘴上，不料幾個兒子中就偏寄客承了我這秉性。豈不知無論亂世治世，書生狂言，都必遭大禍。倘不及早防心防口，滅頂之災速速臨頭矣。」

天醉一看，這父子兩個真的拗起口來，連忙打圓場說：「不管世道如何變幻，白雲也罷，蒼狗也罷，茶還是要喝，病還是要治，忘憂茶莊和懸壺堂還是廢不了，這就叫萬變不離其宗吧。」

「兄弟你倒樂天，」趙寄客可不給天醉打圓場，偏往死裡殺口，「真的天下大亂起來，忘憂茶莊和懸壺堂的牌子，還不曉得往哪裡掛呢！」

天醉一邊給寄客使眼色，一邊說：「既然說得如此悽惶，倒也不妨今朝有酒今朝醉了。先嘗嘗這罐茶，放下那些治世之理，以後評說吧。」一邊便要去開那隻四方瓷罐的蓋子。

趙岐黃見這隻青花纏枝牡丹紋的茶罐，造型大氣，穩重精美，其上牡丹俯仰向背，聚散飄逸，一看就是件貴重的古董，便說：「看這圖案似與不似的意蘊，怕是前朝的器物吧？」

天醉一聽便眉飛色舞起來，算是說到心坎子裡了，這才真正打開了話匣子，說：「正是元朝的遺物，老先生真是慧眼，元朝青花裝飾，最妙之處，便在這似與不似之間……」

趙寄客手裡拿著本《龔定盦文集》，湊過身來，左看右觀那青花瓷罐，說：「妙在何處？我怎麼只看見那麼幾朵牡丹花，並無振聾發聵、耳目一新之感呢？」

天醉越發得意，全然聽不出趙寄客的譏諷，或者說他對這年長兩月的大兄的譏諷早就刀槍不入無動於衷，只管興致勃勃地闡述自己的高論：「妙者，細微之處之精神也。如龔自珍『九州生氣恃風雷』一般，便無可稱妙。你細細看這牡丹，或綠葉擁簇，孤花獨放；或側轉反顧，羞羞答答；或妖嬈端莊，大大方方。果然如舒元輿〈牡丹賦〉所詠：㬎者如迎，背者如訣，坼者如語，含者如咽，俯者如愁，仰者如悅，嫋者如舞，側者如跌，亞者如醉，曲者如折……或飆然如招，或儼然如思，或帶風如吟，或泫露如悲……」

他搖頭晃腦地閉著眼睛，只管抒發自己的感情，直到發現聽者鴉雀無聲，才睜眼，見趙氏父子都有些異樣地盯著他，便問：「怎麼，我說得不對？」

寄客說：「你這是請我們品茶，還是請我們品茶罐？」

天醉說：「痴人，連我家撮著都曉得，品茶者，品水也、器也、境也、心也。宋人尚有『五不點茶』：水不清，不點；器不精，不點……罷罷罷，我說這個，你哪裡曉得，不提也罷了。」

趙岐黃坐在太師椅上，凝神注視著這位老友的遺孤。這父子兩個做人，要算是父親荒唐多了。如今兒子入了求是學院，也算是家道振興，否極泰來。但這父子倆，依舊有命運相襲之處。美則美矣，憂則憂矣。趙老先生心生感慨，長嘆一聲，彷彿這錦心繡口的美少年，韶華易逝，絢爛易滅一般。

那麼，他自己的小兒子趙寄客呢？唉，心凶命硬，必遭飛來橫禍。這一對少年，還不知今後如何在世道上奔走呢！想到此，不由咳嗽數聲，說：「寄客，天醉性情中人，你長他兩月，入學之後，要多多照應他。」

「父親所言極是。」趙寄客親暱地拍拍杭天醉的肩膀，「有我杭州城裡大名鼎鼎的趙四公子在，儘管放心。」

趙岐黃卻說：「又吐狂言。我只是擔心你，自以為可保護天醉，不知柔能克剛，或者哪一天，是要天醉護你的性命呢！」

杭天醉果然性情中人，頓時便被這父子倆的一番話激動得熱淚盈眶，不能自已，說：「若是哪一天我有機會來庇護寄客兄，便是造化了。實話告訴老先生，這個世道間，我最崇拜的便是寄客兄這樣有英雄豪傑之氣的人物，袪邪扶正，拯民水火。天醉不才，救世無能為力，幸虧有寄客兄這樣的國之棟梁……」

趙老先生連連搖手：「此言過了過了。要說棟梁，將來或有一日，你們都是……」

「……天醉是必定成不了棟梁的，」杭天醉攤攤手，「天醉有幸成為梁棟雕鐫之畫，此生足矣。」說到此，他拿起茶罐，一使勁，擰開了蠟封的罐蓋，一股噴香的茶氣撲鼻而來。就近站著的趙寄客，頓時像是被一道咒語突然鎮住了一樣，半晌說不出話來。

「如何？」杭天醉從那自哀自憐的感傷中回來，笑問趙寄客。

此時，滿座竟都被這說不清道不明的奇草之香彌漫了。杭天醉便匆匆地去關窗門，一邊嚷道：「快快關了門窗，千萬不要讓這真香泛淡開去。」

趙老先生也把鼻子湊近茶罐，不由得感慨說：「我喝了一世茶，今日方才喝到了絕頂，這竟是老夫有生以來從未聞到過的天上人間第一香了。」

門窗封閉之後，屋中自然便暗淡了許多。在幽暗的天光中，泛著穩重莊嚴而又精緻的烏光的明代桌椅，此刻一扶手、一桌面、一靠背，便都隱隱地退到深處去了，唯有牆上懸掛著的由趙家祖上傳下的條幅還泛著昏黃的舊光，上面「懸壺濟世」四個字，看上去也模模糊糊了。那一老二少，便悄然坐在其下，被這氤氳的天地真氣所感動迷醉，竟如攝了魂魄一般，說不出一句話來。

「是什麼香？蘭花香？豆花香？怎麼還有一股乳氣，好聞，好聞！」趙寄客使勁翕動鼻翼，說，「無怪國破家亡之後，張宗子喝不到茶了，便到茶鋪門口去聞茶香。我原來以為是這明末遺老遺少的迂腐，今日才知茶香如此勾人，說不定哪一日，我也會去找個地方，專聞那茶香呢！」

這便是今天杭天醉聽到的趙寄客所說的最柔情的一句話了。雖然趙寄客依舊是用開玩笑的口氣說出來的，但杭天醉還是記住了。

他們三個，重新開了窗子之後，趙老先生取出兩隻粉彩蓋碗茶盞，小心地用勺取出一些茶葉，見那龍井扁扁的，略闊，周邊呈糙米色，讚歎道：「畢竟是忘憂茶莊的龍井，真正地道。但凡周圍各縣打著龍井牌子賣的茶，哪有這樣的成色？」

「老先生不愧是行家，外頭來人，不知真偽，以為那碧綠、纖細的便是龍井，不知真龍井片子反而是帶些黃色且又稍寬的。」

趙寄客見杭天醉要用僕人剛送來的熱水燙茶盞，便道：「天醉，我得了你的前朝遺物，也拿件寶貝出來送給你，也算是一物換一物吧。」

趙先生和天醉不免納悶：此人一向喜新厭舊，南人北相，夾槍帶棒，全無花前月下的閒情逸致，能夠拿出什麼寶貝來呢？天醉便問道：「你若送我龔定盦詩文，我是不要的，我家書櫃中有。」

「這件寶貝，你若不要，我在杭州城裡倒爬三圈。」

說話間，趙寄客三步並作兩步跳入園中，把剛才習武時置放在石條凳上的一隻紫砂壺拎來，掀了蓋子，使勁把茶葉渣甩了出去，然後拎回屋中，說：「來得早不如來得巧，你算是碰上了，看看這是什麼款？」他一下子把壺身倒了過來，露出壺底。

趙先生和杭天醉一見，異口同聲道：「曼生壺！寶貝寶貝，怎麼讓你撿著這件好東西了？」

果然，壺底有「阿曼陀室」印記。天醉一疑，說：「怕不會是贗品吧？」

趙寄客冷笑一聲，說：「你再看看那壺把下的款！」

果然，有「彭年」二字扳腳印，天醉這才真正信了，卻又不好意思要，轉手捧給趙岐黃。他知道，杭人眼中，誰家藏了一把曼生壺，誰家的門第都會高貴起來。

曼生，實為錢塘人士陳鴻壽（一七六八—一八二二）之號。「西泠八家」為丁敬、蔣仁、黃易、奚岡、陳豫鍾、陳鴻壽、趙之琛、錢松，他們集聚杭州，共創篆刻中浙派風格，曼生占一席之地，可謂金石大家。其人在溧陽知縣任上，結識宜興製壺名手楊彭年兄妹，造型十八種，撰擬題銘，名家設計，手書寫之，匠人製之，世稱「曼生十八式」。

趙寄客得的這把壺，是一把方壺，色澤梨皮，壺身上刻著：「內清明，外直方，吾與爾偕藏。」天醉眼直直地饞著那壺，嘴裡卻謙讓著：「不敢當，不敢當，這禮確實太重了。」

趙岐黃兩隻老手來回摩挲著壺身，說：「哪裡哪裡，這壺配你那隻青花四方罐，倒還相值。」看得出來，這老先生一向慷慨，此刻也不得不忍痛才能割愛。他盯著壺卻問兒子：「寄客，我怎麼竟不知道，你有這樣的東西？」

趙寄客卻不以為然地說：「我哪裡有這樣的寶貝。是昨日去白雲庵習武，在南屏山下見一旗人，喪魂落魄，斯文掃地。見著我，偷偷拿出這把壺來，說是世傳的，又不知好壞，不敢在城裡賣，怕丟了顏面。他只要二十兩銀子。我給他三十兩，唉，只怕今日他就扔到大煙上去了。當時我就想，不妨買來，送給天醉老弟，強似流落在這些敗家子手裡。父親若喜歡，我下次再買一把便是。」

天醉輕呼起來：「你當這是買白菜，今天一把，明天一捆。你昨日三十兩買來，明日三百兩都無處去覓呢！」

趙寄客輕輕一笑：「身外之物，何足掛齒。你於這些雕蟲小技太痴迷了，才把它看得重如泰山。」趙先生卻聽出這幾句話來，似有所指，便豁然一笑曰：「寄客所言極是。物歸其主，就好比良馬有伯樂，璞璧有卞和。這曼生壺，由天醉來藏，想來是最合適不過了。」

天醉聽罷此言，便再也耐不住性情裝君子了，雙手謙和而又堅定地從趙先生手中拿過壺來，小心放到盆中，用一壺開水細細沖洗，又取出乾淨手絹，小心擦著，一邊操作，一邊還埋怨趙寄客：「寄客兄你好大的膽，竟把這等千古名壺夾槍帶棒地放在習武場上，一個閃失，看你如何交代？」

趙寄客卻不理他那一套，徑自把壺取出來回甩了幾下，放在桌上，一勺新茶下去，便道：「你不要再給我玩物喪志了。一杯茶，吃到現在，還沒上口呢！」

杭天醉縱然再嚮往父親杭九齋曾經引他進入的逍遙天地，他也不願、也不可能成為杭九齋第二了。花間品茶的時代，一去不復返了。

甲午戰後，朝野震撼。維新人士以為，非變法不足以救亡圖存。而救亡圖存，則從教育始——中學為體，西學為用，一時匯為學界新潮。杭天醉和趙寄客的伯樂——杭州知府林啟，恰恰便是在此時，由衢調杭，這個相當於杭州市長的行政長官，短短三年，開辦並擔任了三所學府的「校長」——它們分別是浙江蠶學館、養正書塾，還有，便是這求是書院了。

與杭、趙二子前後入學者，多有當世稱為經天緯地之棟梁才子：如中國共產黨創始人陳獨秀，一八九八年入學，一九〇一年遭清廷追捕而離去；如林尹民，黃花崗七十二烈士之一；如周承炎，辛亥革命時浙江光復總司令；如何燮侯，北大校長；如蔣百里，保定軍官學校校長、國民黨陸軍大學校長；如許壽裳，文學家；如邵飄萍，中國早期新聞家……

林啟辨學，實為變法，並不想革命。在世時，曾為孤山補植梅樹百株，庚子年春詩云：「為我名山留一席，看人宦海渡雲帆。」卒後，果然葬於孤山。卻不曾想到，他看到的，首先倒不是官場中的宦海沉浮，而是他選拔的學子所掀起的改造中國的蒼黃風暴了。

百日維新失敗，時值八月，退學者甚眾，林藕初把獨生兒子關在家裡，連求帶哄，定要他退學，邊哭邊說：「小祖宗，太后是反得的嗎？一天到晚就變法變法，好像皇帝頭上就沒人似的了。現在好了，頭跌落了，你也好安耽了！回來學做生意。知府那頭，我去打點回覆了事。」

一邊就讓撮著稱了幾斤上好的明前茶，叫了轎子，便要出門。

杭天醉，十九世紀末中國最後一代文人，被革命的浪漫激情正攪得熱血沸騰，最聽不得「做生意」三字。見母親真的要出門，便大聲在鎖著的屋子裡威嚇：「媽，你若去林知府那裡退學，我立刻就在這裡一頭撞死！」

氣得林藕初坐在轎子裡，走又走不得，下又下不來，連聲罵道：「你這短命活祖宗，你要我倒拜轉跪下來求你不成？平日裡讀書三天打魚兩天晒網，前日有人不耐讀，被除了名，你還說除得好，大家方便，還說了要隨了他去，怎麼現在個個都退學了，你卻不隨？」

杭天醉就在屋子裡跳腳：「誰說個個都退學了？誰說個個都退學了？沉舟側畔千帆過，病樹前頭萬木春。我們就是那千帆，就是那萬木！中國不維新變法，就是千瘡百孔之沉舟，就是半死不活之病樹。我說維新變法還不夠，須革命一場，驅逐韃虜，恢復中華——」

嚇得林藕初慘叫一聲：「我的活祖宗，你是要杭家滿門抄斬啊！我不去了不去了，求求你小太爺，你快點給我閉上禍嘴，免得千刀萬剮，菜市口殺頭，作孽啊！」

忘憂茶莊的老闆娘要哭，又不敢，怕驚動更多人，生出是非。所幸庭院深深，連忙叫了撮著去關大門，撮著走了幾步，又回轉來，說：「鐵頭來了。」撮著愛叫寄客鐵頭，還以為他是個天生的惹是生非的坯子。林藕初心裡便叫苦不迭。這個趙寄客著了魔似的，整天在天醉面前聒噪不已，弄得她這個寶貝獨生子連杯熱茶都不再有心思喝。礙著趙老先生面子，又不好撕破臉皮去得罪。正不知如何是好，那活冤家又在屋裡頭叫：「寄客兄，寄客兄，你看我媽把我家忘憂樓府弄成個牢獄之地，要把我像譚嗣同一樣押到衙門裡去呢！」

林藕初一聽，氣得叮叮噹噹從腰間夾襖上拉下鑰匙，一把扔給心急慌忙走來的趙寄客，說：「我是管不了你了，叫你寄客兄管著你吧！」

說著，就坐在園中那叢方竹旁的石鼓凳上掉眼淚。

那趙寄客，也是個不知老小的賊大膽，手一揚，瀟瀟灑灑接了鑰匙，說：「伯母只管放心，有我趙寄客在，天醉進不了菜市口。」說完，徑直去開了房門。

杭天醉正在屋裡急得火燒上房，見趙寄客來了，一盆子水澆下似的，卻反而不急了，轉身就躺在他專門從母親屋裡搬來的美人榻上，伸直了兩條長腿，長嘆了一聲：「哎，這次，怕是完了。」

「嘆什麼氣，還不到你哭的時候呢！」寄客一把端起那隻曼生壺，對著壺嘴一陣猛吸。杭天醉想奪過來，嫌他弄髒了壺口，又一想這本來就是他的，欠起的身子，又倒下了。

「聽說書院擴充學員的詔命收回了，監院本先借墊的建築設備一干費用，六千餘元，都不知到哪裡去籌集了呢！」

「瞎操心，林大人什麼樣的品行，會看著自己創辦的書院於水火而不顧？」

「林大人怕是此刻自顧不暇了吧。」

「也好，讓這些『保皇派』頭腦清醒清醒。」趙寄客雙手握拳，擱於膝上，腰板筆挺，坐在太師椅上，「大清國本來就該土崩瓦解了，還只管相信那一個兩個皇帝做甚？」

杭天醉激動了一番，現在有些疲倦了，便蒙著雙眼，用餘光看著房梁，道：「寄客，我們怕不是空佬佬一場。人家是亂哄哄你方唱罷我登場，我們這般天地間芥子一樣的微塵，參與不參與，又能左右什麼大局呢？」

見杭天醉又把那副頹唐嘴臉搬出來，趙寄客急忙把手一指：「打住，我最聽不得你說這些混充老莊又夢不到蝴蝶的酸話。我來，也不是聽你這番理論的，你可聽說今日城中的一大新聞？」

杭天醉一聽，立刻就跳起來，睜大那兩隻醉眼，問：「什麼新聞？今兒個我被媽鎖了這整整的大半日，心裡寡淡，正要弄些消息來刺激刺激，你快說來我聽！」

趙寄客便拉了杭天醉出門：「走，上三雅園喝茶去，那幫老茶客，可是專門等著忘憂茶莊的少東家讀《申報》呢。」

「什麼時候了，還有心思讀報？」

「大丈夫嘛，去留肝膽兩崑崙，天崩地裂也不改色，該幹什麼，還幹什麼。到茶樓讀報，是勵志社同人共商定的，你想破例嗎？」

「小弟不敢。」天醉急忙揖手，「我拘了這半日，正好放風。只是你又何必用什麼新聞來勾我呢？」

「真有新聞。三雅園來了個唱杭灘的，《三國》唱得到門，姓段，你不想去見識？」

天醉一聽，眉眼頓時就化開來，連聲說：「去！去去！莫不是我們小時候的那個姓段的先生把紅衫兒帶回來了？這麼好的事情，怎麼不早點告訴我？」

趙寄客連連搖頭，說：「你啊，公子哥兒一個，到底也只有拿公子哥兒的辦法對付。我這是噱你呢。看你誠不誠心，哪裡有什麼段先生？」

「去看看去看看，萬一碰上呢！」

天醉三步並作兩步，跳出門去，急得他媽在後面跟著問：「小祖宗你又要死到哪裡去？」

「這不是到衙門裡去投案自首嗎？」天醉故意氣他母親。

「攔著，去，跟牢！」林藕初命令道，又帶著哭腔，對趙寄客說，「寄客，你也是個寶貝，千萬別在外面闖禍啊。你爹一把年紀，你娘前日還來我這裡滴眼淚呢。」

趙寄客趕緊捂著耳根往外走，他平生最聽不得的，就是這婆婆媽媽的廢話了。

那一天，趙寄客要把杭天醉拖去的三雅園，是杭州清末民初時著名的茶館，就在今日的柳浪聞鶯，離從前的忘憂茶樓也差不了幾步。因這幾年由忘憂茶樓改換門庭的隆興茶館江河日下，敗落少有人問津，三雅園便崛起取而代之了。店主王阿毛牛皮得很，漢族青年，旗營官兵，攜籠提鳥，專愛來此處雅集。趙寄客等一干學子也就乘機把這裡當作了一個「聚眾鬧事」的窩。

中國的茶館，也可稱得是世界一絕了。它是沙龍，也是交易所；是飯店，也是鳥會；是戲園子，也是法庭；是革命場，也是閒散地；是信息交流中心，也是剛剛起步的小作家的書房；是小報記者的花邊世界，也是包打聽和偵探的耳目；是流氓的戰場，也是情人的約會處，更是窮人的當鋪。至於那江南茶館，一向以杭州為中心的杭嘉湖平原為最。一市秋茶說岳王，亦可見茶事中人心向背。當初求是書院成立勵志社，討論的無非是讀書立論寫詩作畫等一干書生常做之事，到茶樓去讀報討論時事，首倡，還是杭天醉。他一時心血來潮出了這麼個主意，當時便有人笑道：「天醉兄真是維新、生意兩不誤，上茶樓讀報，又靈了市面，又賣了茶，何樂而不為呢？」

原來這三雅園也專賣忘憂茶莊的茶，和杭家素有生意往來。杭天醉便紅了臉，說：「這可不是我創的新，原是有典可查的。《杭州府志》記載：明嘉靖二十一年（一五四二）三月，有姓李者，忽開茶坊，飲客雲集，獲得甚厚，遠近效之。旬月之間開五十餘所。今則全市大小茶坊八百餘所，各茶坊均有說書人，所說皆《水滸》《三國》《岳傳》《施公案》罷了。」

眾人見杭天醉認了真，便紛紛笑著來打圓場：「天醉兄何必掉書袋子，杭州人喝茶論事，又不是從你開始。我們哪一個不是從小就看著過來的？」

此話倒真是不假，偌大一個中國，杭州亦算是個茶事隆盛之地。南宋時，便有人道是「四時賣奇茶異湯，冬月添賣七寶擂茶」。那時杭州的茶坊多且精緻漂亮。文人墨客、貴族子弟往來於此，茶坊裡還掛著名人的字畫。如此說來，求是書院的才子們亦不必以師出無名為憾，原本宋朝的讀書人，就是這麼幹的。不過那時的老祖宗還在茶坊裡嫖娼，那茶樓和妓院便兼而有之。這一點，求是書院學子卻是立下規矩斷斷不能幹的，誰若在讀報的同時膽敢和青樓女子調笑，立刻開除。趙寄客再三再四將此條囑咐天醉，把個天醉氣得面孔煞白，說：「你這哪裡還把我當讀書人，分明把我當作嫖客了事。」

趙寄客笑著說：「我看你就是個風流情種，不預先和你約法三章，保不定栽在哪個姑娘懷裡頭呢！」

杭天醉又氣得直跺腳，雙脣亂顫：「那『風流』二字，可與下流相提並論嗎？你們看我，何曾與哪一個妓女明鋪暗蓋過？」

「這個，誰知道呢？又不會拿到《花間日報》去登新聞。」又有人笑道，卻被趙寄客連忙止住，說：「你們可不能冤了天醉，天醉清清白白，從未越軌的。」

眾人又是一陣調笑，這才商議以抽籤方式推定每星期日由誰上茶樓讀報。杭天醉先還興趣盎然，被眾人又是做生意又是尋女人地調侃了一通，便掃下興來。他本來就是個想入非非的即興的人，真要一步一個腳印去做了，就會生出許多厭倦來。想要打退堂鼓，嘴裡呢喃著還沒找到藉口，便被趙寄客封了嘴：「你可不要再給我生出什麼是非來。主意是你出的，你死活也得參加，我橫豎和你一個小組給你壯膽當保鏢便是了。」

「什麼保鏢，分明是我的牢頭禁子罷了。」

杭天醉笑了起來。有趙寄客陪著上茶樓，他就不愁沒趣了。

第七章

二十世紀初元，歲在庚子，閏於八月，清帝德宗——愛新覺羅．載湉登基已經第二十六個年頭。時值春夏之交，北京，義和團起義；八國聯軍再掠圓明園；慈禧太后偕光緒一行，先賜死珍妃，後出逃皇宮，經懷來、宣化、大同、太原，亡命西安。

與此同時，七十一歲的杭州人氏，戶部左侍郎兼尚書王文韶，並未意識到時世扔給他的那隻繡球會如此悽惶。七月二十一日，慈禧召見王公大臣五次，最後僅剩王文韶、剛毅、趙舒翹三人。「最是倉皇離帝京，垂淚對老臣」，慈禧離京時，身邊哪裡還有幾個大臣護駕，倒是無轎可雇的王文韶父子，徒步三日，於懷來追上主子，腫跛的雙膝一軟，便涕泗縱橫。西太后見滿朝文武各作鳥獸散，獨此江南老夫追蹤而來，悲感交集，遂解隨身佩戴的玉中之玉——胚胎一塊，恩賜於他。這位大清王朝，也是中國兩千年封建王朝的最後一任大學士，就這樣狼狽而又痛楚地載入史冊。

與此同時，恰是王文韶的故鄉，人稱天堂的江南杭州，一群祕密的反清志士結黨而起，與香港孫中山的興中會遙相呼應，成立浙會，東渡日本，圖謀造反。又有一些不想造反更想掙錢的商人辦廠開礦，經營實業，以期富強。五年前，龐元濟和丁丙集資三十萬元，在拱宸橋如意里創辦世經繅絲廠；五年後，儘管京城在殺人放火，杭州有個叫莊誦先的人，還是湊了七萬銀兩，設辦了利用麵粉廠。再過一年，杭州的第一張白話報刊——《杭州白話報》，便要問世了。

與此同時，當北方義和團鬧得沸沸揚揚之際，遍布杭州城的大小茶館也都忙得不亦樂乎。市民們議論的一個焦點，便是那個名叫王文韶的杭州人的命運。

三雅園這些日子，戲也無人唱，棋也無人下了。靠牆的那副殘局擺了多日，竟連那白子上也沾了灰，有人偶爾路過，擺一個棋子，手指便黑了。牛皮阿毛很高興，七星火爐通紅，銅茶壺日日擦得鋥亮，嗤嗤地此起彼伏，冒著白汽。隆興茶館與他處隔不了幾步，茶博士吳升常常跑過來透露一點消息，見了面就伸大拇指：「老闆，你這裡日日人湧起湧倒，都在聽什麼大書？」

「托八國聯軍的福，趙四公子同杭家少東家，天天在講朝廷裡的大頭天話呢！」

阿毛對這位精明機靈的小夥計很是看重，吳升有一副天生乖巧的奴才相，那雙滴溜亂轉的眼睛，一看就曉得，生來是為察言觀色而長的，便問：「你那裡呢？」

「紅鼻頭眼看著要撐不下去了。」吳升做了個不屑的動作，「做茶館生意，吃油炒飯的人，他哪裡是你的對手？等著看他倒臺吧！」

阿毛便順手給他幾個銅板：「你有數哦，聽說他得了絕症，要賣樓，你有數。」

「阿毛老闆你說什麼話，我會沒數嗎？要不是給你盯著，我不是老早上你這裡來跑堂了嗎？我這樣的人，到三雅園混碗飯吃，老闆你還肯要吧？」

「年紀輕輕，頭腦煞靈。你做到哪個份上，我自然也回報到哪個份上，這點你還不清爽？聽說吳茶清也在打你們這家茶樓的主意，他是想要物歸原主了！」

「哦，這我倒真沒聽見過。」吳升那雙黑白分明的大眼睛猶疑了一下，牛皮阿毛就大笑起來，「你和茶清是老鄉，安徽會館裡常常見面的，當我不曉得？我跟你說，你還嫩著呢，兩頭討好，兩頭伸巴掌，小心兩頭脫空。」

阿毛到樓上去聽趙四公子講時事去了，他並不把吳升放在眼裡。

那些日子，杭天醉在家裡坐不住，動不動就往外跑，林藕初命撮著死盯著他。這位郊區翁家山茶農出身的夥計年過三十，已娶妻生子，不知秦漢，無論魏晉。義和團造反了嗎？造反吧。八國聯軍打進紫禁城了嗎？打吧。老佛爺逃了嗎？逃吧。明年的茶葉要歉收了嗎？噢，撮著就會從他那張夜裡當床板的櫃面上一躍而起——勿來事，勿來事。他見少爺這樣無心讀書，到處亂跑，甚為擔心，便說：「少爺你不是上了求是書院嗎？太太說了，那就是考上狀元了，出來抵上一個縣官呢。」

「這算什麼。寄客兄都退了學，每日在白雲庵裡習武練功，他父親原來指望他繼承家業，懸壺濟世，現在，算是逐出家門了。」天醉嘆口氣，倒在身旁那張美人榻上，「人人都罵他不肖子孫，自甘墮落。我看他倒是個有志氣的，敢做敢當，不怕冒天下之大不韙。」

撮著悶了一會兒，說：「人各有志嘛！」

杭天醉一下子從榻上跳了起來：「還是我們撮著，算個英雄知己。寄客家世代名醫，到他手裡，尚可棄之如敝屣。我卻不行，這個家，這個茶莊，哪裡容得了我動彈半步？唉唉，苦悶啊苦悶啊，弄得我都要發瘋了。」

撮著便很認真地說：「少爺，不是我多嘴，你這個瘋病真的是要好好治一治的。你是四代的單傳，哪裡好跟人家趙公子比？趙公子家有兄弟四五個呢！莫要說去白雲庵，哪怕去月亮上，有誰管得了？你卻是不一樣的，你走到哪裡，肩膀上都扛著一個忘憂茶莊呢。」

一聽這話，天醉就開始跺腳發起魔怔來了：「還不給我閉上嘴巴出去，連你也這樣教訓起我來。我偏就是想上月亮看看嫦娥的模樣，你們又想怎的？整天茶莊茶莊的，莫非想拿茶莊逼死我不成？」說罷，便把桌上那些文房四寶呼啦啦一推，那副精緻的鼻翼神經質地抽動了一下，便抽身往外走，走了幾步又回來，往抽屜裡翻銀兩。撮著看著他的少爺，知道他又要甩開他跑出去閒逛了，這哪裡還像個讀書人，像個少東家啊！

那段時間，趙寄客最露辯機，牛皮阿毛便成了他的陪襯。

「據我看來，眼下朝廷是分成了三股勢力。」趙寄客當仁不讓地捧著天醉給他送上來的那把方壺，裡面是熱騰騰的龍井茶，一大群男人或倚或坐，都等著聽他的高論。那些平日裡唱堂會的藝人，此刻都讓了主角的地位，反倒成了觀眾。

「一派，主張重用義和團，扶清滅洋，以端王載漪、大學士剛毅、大學士徐桐、尚書崇綺、載勛、徐承煜為主；一派主張剿辦義和團，以吏部侍郎許景澄、太常寺卿袁昶、內閣學士聯元——還有，便是我們杭州人戶部尚書王文韶為主了。在這樣兩派之間的中立者，便自然形成了第三派。」

趁趙寄客喝一口茶的同時，牛皮阿毛插嘴說：「聽說義和團有一個口號，要取得一龍二虎的頭，來祭洪鈞老祖和梨山老母呢！」

「此話怎講？」一個名叫周至德的城守都司問。

「一龍，是指光緒。二虎，一隻是李鴻章，另一隻，便是王文韶了。」

杭天醉也插嘴道：「這個王文韶，真是命大。聽說他在朝廷中以頭叩地有聲，上奏說：中國自甲午以後，兵單財盡，今遍與各國啟釁，眾寡強弱，顯然不侔，將何以善其後，願太后三思。」

「那太后又如何說？」另有一個歲貢叫崔大謀的，也急急問道。

牛皮阿毛又插嘴：「太后倒不開口，站在太后後面的端王載漪卻說——殺此老奴。」

周至德一拍桌子，說：「該殺！該殺！丟死杭州人的臉面。」

「為洋人謀，還當開除杭州人的族籍，方才解恨呢！」那個叫崔大謀的，也接口說。

此時，另有一個站著舉著鳥籠的八旗子弟，名喚那雲青的，外號雲中雕，正是萬福良的外甥。因前日和周、崔兩個鬥鳥，不料他那隻八哥竟被兩個漢人的比了下去，心裡正窩著火，便唱反調說：「漢人就是賤，好不容易大清國看中個大學士，竟還要殺了他，一般地都做奴才方滿意。」

那周至德行伍出身，也是個火爆性子，拍著桌子說：「你懂什麼？把你那八哥調教出模樣，再來說話！」

崔大謀也不甘示弱，說：「漢人說高低貴賤，只看忠孝節義，不看正旗鑲旗。賣國求榮者，無論是誰，賤！」

那雲青便扔了鳥籠，口中嚷嚷道：「你這漢賊，你竟敢罵我雲中雕賤！我今日倒要與你比試比試，分出個高下來！」

說完，直擼袖子。杭天醉最見不得這種破落八旗子弟的破腳梗相，便用嘴嘘著，往外揮手：「去去，什麼時候，誰有閒心聽你嚼舌？」

那雲青見又多出一個漢人來幫腔，更加氣憤，指著他們幾個說：「騎驢看唱本，咱們走著瞧！」其餘那些人一邊奚落雲中雕，一邊卻又連連催問趙寄客，王文韶的命怎麼又被保了下來。趙寄客說：「是洋人救了他的。御前會議第二天，慈禧太后就把袁昶、許景澄殺了。過了幾天，又把徐用儀、立山、聯元殺了。接下去該殺王文韶、榮祿了，不料八國聯軍已到皇城根兒，慈禧想殺，也來不及了。」

他們這才滿足，杭州人王文韶總算有了下落。至於其他的人，殺不殺的，人們倒也無所謂。

「這個王文韶，弄得不好，又要和前幾年一樣回籍養親了。聽說錢塘門外有王莊，養老用的。」

「什麼養親！前幾年在杭州，娘、兒子、媳婦都差不多時候死了，他自家大病一場，耳朵都聾掉了呢！」有人便反駁。

牛皮阿毛最喜歡挖人家腳底板，此時讓小二給每人壺中新沏了水，說：「你當當官的都是好貨？這個王文韶，從小就是不要好的坯子。家裡東西都賭光才瞌眈醒轉來。想不到一把年紀了，還要跟著皇上赤腳逃到西安去，虧得慈禧不曉得他從小的爛瘡疤，還賞他一塊貼身戴的寶玉呢！」

又有人問趙寄客、杭天醉：「二位讀書人，照你們看來，朝廷和洋人，究竟誰占得過誰的威風呢？」

趙寄客站了起來，心裡覺得民眾實在是太愚昧了，直到今天，還那麼把朝廷當回事情，便冷笑一聲，說：「皇上不是還在西安嗎？北京城都進不去，還說得上誰占誰的威風嗎？」

杭天醉也跟著站了起來，手裡捧著那把須臾不離身的曼生壺，走到門口，轉過身來，高深莫測地嘆口氣：「大清國，唉……」

眾人便眼巴巴看著這兩個書生揚長而去。他們一時也鬧不明白，這個「大清國，唉……」後面到底該接一句「你也太不爭氣了」，還是該接「你該完蛋了」。

時局一天一個樣地變幻著，杭州人卻照樣日出而作日落而息地過他們的小日子。浙江巡撫劉樹棠加入各國領事簽訂的《東南互保章程》同盟，這一來，三雅園的茶客，每天議論的話題，便也順著風向逆轉了。

庚子到辛丑年間的冬季，對杭州人王文韶而言，是受命於危急存亡之際的冬天。彼時，載漪和剛毅，已經因開罪洋人而失寵；陪西太后往西安的軍機大臣、刑部尚書趙舒翹也被判斬監候。唯王文韶，升體仁閣大學士，清廷所有一切對內對外事情，都交由王文韶一人處理。

牛皮阿毛從挖杭州老鄉的腳底板轉而為老鄉臉上貼金。他照樣喜歡給那些提著鳥籠前來閒聊吃茶的人親自沏茶，照樣以為別人都不曉得他說的那些舊聞：「你不要說，哎，這個王文韶，真正還是個奇人！賭博賭得家裡活脫精光，他大哭一場，幾張害人骨牌，統統扔到西湖裡。十六歲開始用功讀書，二十三歲就中了進士，在戶部衙門裡，聽說是個大名鼎鼎的人物呢。」

雲中雕那雲青，也抖了起來。手裡依舊托舉著他那隻八哥籠子，一邊嘖嘖地往裡餵食，一邊得意揚揚地對眾人說：「前日我家兄從西安回來，告訴我趙舒翹被賜死的事兒，那才叫命硬呢。」

一群老茶槍聽說又有殺人事情可聽，便興奮得眼睛發光，道：「快說來我們聽聽！」

雲中雕卻賣起關子來，說：「聽我能講出什麼子丑寅卯來，叫那姓周的姓崔的說呀！」

便有人說：「雲大爺有所不知，這二人前日被官府抓起來，竟不知犯了什麼案呢。」

雲中雕方冷笑說：「此二人平日裡說三道四，如此猖狂，竟也有犯案一事？」

牛皮阿毛便道：「這個怎的說好？你方才提的那個趙舒翹，上年西太后還命他往各國洋人處獻殷勤，怎麼今年就把他賜死了呢？」

雲中雕鼻頭裡哼了一聲，道：「正是這個趙舒翹竟不曉事，說了聲『臣望淺』便罷了。你想這世上，哪有奴才駁主子的事，何況又是臣子駁老佛爺，賜他死，還是對他的體恤呢。只可惜他竟領不了這番情，先是吞金子，幾陣嘔吐後便沒事了，又服鴆酒，依舊不死。沒奈何，只好自己喚了家人，用黃表紙浸蘸了燒酒，層層捂了七竅，熬到黃昏，方氣絕而悶死。」

眾人聽了，都道奇怪，還沒見過這樣弄不死的人。正品著茶津津有味地議論，砰的一聲，只聽有人拍桌子，眾人一看，依舊是趙、杭這兩個讀書人，板著面孔，揚長而去。眾人都不明白，什麼地方又開罪了他們。

說話間，又數日過去。此時，知府林啟早在年前病逝。只聽說庚子年後，辦學之議又起，書院擬改稱「浙江省求是大學堂」。那一段時間，趙寄客很少和杭天醉一起，只和一干人整日裡忙忙碌碌，操心著他們去年成立的那個「浙會」。杭天醉也知道他們這是在反清，要他參加，他說：「反清我也贊成，要我加入什麼會，我卻是不幹的。我平生有二怕：一怕經濟文章，二怕殺人放火——」

趙寄客便喝住了他：「你這就是強詞奪理！何時見革命就是殺人放火了？」

「你看那義和團，還不是殺人放火？」

「殺洋人，又當別論。」

「我不管洋人國人，殺人就是罪孽。偏是那第一個殺人的，把事情做到了絕處。後來的人仿而效之，弄得天下大亂。」

趙寄客擺擺手，便不再與他理論此事，回去與他那些同志說：「你們趁了早，不要對天醉抱什麼希望。他這人，撈不起的麵條，扶不起的阿斗！」

同志中便有人問：「這麼一個沒用的人，你還和他交什麼兄弟？」

趙寄客便笑著說：「尺有所短，寸有所長。於革命他或無可用，於做人交友，天醉卻是最最可靠的。他日當了忘憂茶莊莊主，少不得從他那裡搜刮銀子資助革命呢。」

說得眾人都大笑起來。

趙寄客不來，杭天醉便悶在家中，哪裡也無趣。那日晌午，趙寄客卻匆匆跑來說：「想告訴你個事情，說出來又怕你嚇一跳！」

「有什麼好嚇的，譚嗣同在北京殺頭，我都沒嚇一跳呢！還能怎樣？大不了再殺頭就是。」杭天醉躺在榻上，腳上蓋一狗皮褥子，懶洋洋地說。

「正是殺頭，前日城守都司周至德、歲貢崔大謀一案你聽說了嗎？」

杭天醉聽此言，這才真正吃一驚，連忙起身到窗外探一探頭，見母親不在，才回轉身，小聲說：「這周、崔等十幾個人，和你我父親可都是世交，我媽聽了此事又要活撞活顛逼我退學了事。怎麼，不是說冤獄嗎？莫非也要殺頭？」

趙寄客盯著杭天醉那張變了的臉色，說：「不是也要殺頭，是已經殺頭！」

杭天醉聲音也走了調，問：「什麼時候，在哪裡？」

「今日午時三刻，旗營城下。」

「那不就是你剛才來我這裡之前嗎？」杭天醉驚聲問。

「我親眼目睹。」

杭天醉跌坐在榻前，半晌才說：「這些人，原本都是規矩官紳，康梁變法之後，西安方有戕官殺教之變，與遠隔千里的杭州，又有何干？真是天大的冤枉！天大的冤枉！」這麼說著，便起身，匆匆換了一身素衣白袍，又換了一雙鑲邊黑布鞋說：「寄客兄，陪我去城下祭奠一番吧。」

兩人剛要走，杭天醉又回來到櫥下茶葉甏裡，小心用桃花紙包了一撮紅茶、一撮綠茶，輕輕蕩勻了，包好，揣在懷裡，說：「天醉布衣素士，無他物祭告，只有帶上你了。」

兩人遂匆匆走出羊壩頭，往湖濱旗下營走去。

「樓閣斜陽一抹煙，蕭轔車馬路平平。泥爐土銼荒涼甚，剩有殘磚舊紀年。」

順治五年，公元一六四八年，清軍入關進杭，立馬吳山。三秋桂子，十里荷花，從此換了顏色。

杭人忠於前朝者甚多，赴橫河橋死者，日數百人，河流為之壅塞。為此，清廷擇杭州城西隅，圈地千畝，築城駐軍。高丈九尺，西倚舊時城牆，瀕湖為塹，東面至今日的中山中路，北抵錢塘門，南達湧金門。城頭闊，可並行兩匹馬，又有延齡、迎紫、平海、拱宸、承乾五門。那一日，午時三刻的殺頭，便應當是在承乾門外了。

待趙寄客引著杭天醉匆匆到刑場時，地上血跡猶在，那殺人的劊子手，看殺人熱鬧的市民及被戮者的屍體，卻都已經蕩然無存了。

恰是初冬薄暮時分，城門尚未關閉，湖上有瘮人寒風襲來。夕陽西下，天色鉛灰，城下旗兵返回崗哨之中，龜縮不敢再出。偌大城牆下，唯趙、杭二人及一個蹲在牆根拎著一籃福建乾果的小男孩。

一見血，杭天醉別過頭，就閉上眼睛，只聽趙寄客低聲咆哮：「睜開眼睛，看看今日中國，哪裡不是冤魂遍野，屈鬼滿地？韃虜入主中華三百年，血債要用血來還。不把這清政府徹底推翻，今日含冤飲刃之事，明日必定重演。」

杭天醉閉上眼睛，雙手合掌，抵於胸前，額頭微低，口中喃喃有詞。俄頃，有密密淚水從他顫抖不息的睫毛間湧出，他也不去理睬，竟任其流淌。趙寄客守在杭天醉旁邊，聽他誦著即興的祭文：

辛丑冬季午時三刻，君等十數人在此城牆下飲恨黃泉。可嘆我竟不能最後送你們一程。即刻趕來，人死命喪，看客四散，劊子手已收起利刃。湖上悲風嗚咽，落日愁慘，不忍目睹。我到哪裡再去憑弔你們的魂魄？唯有地上碧血，向生民哭訴冤情了。

你們都是一些守本分的規矩人，並無欺君犯上之罪，何以遭此慘劫！莫非草菅人命、殺人如麻的末世，真的來到了？真是唇亡齒寒、兔死狐悲。我這樣一個全然不知如何在世道上謀生的人，如何去面對這樣恐懼的陰影？除了閉上我的眼睛，深深地為你們的亡靈誦經超度之外，只能用這清潔的山中瑞草來覆蓋住這天日昭昭之下的鮮紅的人血了。嗚呼尚饗。

口中喃喃言罷，依舊閉著雙眼，摸摸索索地從懷裡取出那包紅綠參半的茶葉，打開後，手指撮了一簇，就悄悄然、嗚嗚咽咽地撒落在那血地上，且被晚風刮掃，翻了幾片後，那綠色的茶葉，竟也被血染紅，不祥而悲涼地貼在沙土地上了。

杭天醉慢慢睜開眼睛，往地上茫然掃去，突然打一個寒噤，一步踉蹌，就跌倒在旁邊凝神思考著的趙寄客身上。

見杭天醉這副樣子，趙寄客連忙說：「回去吧，這裡也不是說話的地方。」

杭天醉遲遲疑疑地轉過身去，問：「我好像聽到了什麼聲音……」

趙寄客也站住了，側耳聽了一會：「是風吹樹葉的聲音吧。」

「是琴聲。」那個一直蹲在城牆根的小男孩，此時卻開了口。

「你怎麼知道？」趙寄客問。

「我不正在聽嗎？」那小孩站了起來，「我常來這裡聽的。」

「是誰在彈琴？」

「湖上，一個老和尚。」小孩指指城牆外湖面。

「你怎麼知道？」

「我常聽的。」小男孩有些驕傲。看上去雖然衣衫破舊，卻縫補得乾乾淨淨，惹人生憐。

趙寄客順手給了他一枚銅板。杭天醉也摸起自己的口袋，不料他剛才換了一身長衫，竟把錢都留在家中了。他想了想，便把懷裡揣著剩的那包茶葉統統放入孩子的大乾果籃子，說：「這是最清潔的好東西，送給你了。小弟弟，快回家吧。天快黑了，你父母要著急的。」

小男孩卻兩手拿兩把乾果，硬塞進了兩位大哥哥的手裡，道了一聲「再見」，還鞠了個躬，這才連蹦帶跳地遠去。

杭天醉和趙寄客兩個，望著那小孩遠去的背影，好一會也不說話。俄頃，趙寄客上上下下地打量了杭天醉一番，那目光中，竟生出從未有過的氣勢。杭天醉陡然一驚，連忙避開目光。

湖邊老柳樹下，果然蕩一小舟，有舟子一人，老衲一人。膝上桐琴一展，半閉僧眼，正凝神操琴，琴韻低迴，音色幽怨，音流凝澀。此時此刻，芳草淒迷，斜陽昏淡，湖上風緊。杭天醉聽此樂，復大慟，眼中又覺一片模糊，說：「寄客，這不是孤山腳下照膽臺方丈大休法師嗎？這麼一位浙派大琴家，此時此刻在此地彈〈思賢操〉，莫不是嘆世道不再有賢人，遂使人命草菅？佛門這等悲戚，真正是要愧煞我等紅塵中人了。」

寄客卻另有見解，大聲說：「我倒不覺法師在此，僅僅蓄意為烘染悲戚之氣。孔子皇皇汲汲於征途，默然哀思顏淵，這是一層。然君子憂道，方是此曲本來精神。」

話音與琴音俱寂。那船上的大休法師望了這岸上的兩位青年一眼，揮了揮手，小船便蕩漾而去。兩位青年拱手相送，情真意切高聲道：「謝法師一曲清音，法師能否為弟子留一偈語呢？」

法師果然開了口，緩緩道：「不二真言。」

杭天醉、趙寄客兩個，眼睜睜地看著小船駛向湖心。杭天醉困惑地對著湖面，自問自忖：「不二真言，是說琴聲已經表達了禪意，語言便是多餘的嗎？」

趙寄客駁斥：「不，法師是告訴我們，君子憂道便是真言，又何須他再重複！」他一把抓住杭天醉的肩頭，「天醉，告訴你也不要緊，我已打算去日本國了！你敢不敢與我同行？」

杭天醉長久地望著湖面，嘆了口氣，說：「我也就『不二真言』了吧。」

第八章

立夏那一日，撮著起了一個大早，沒發現少爺有什麼異常舉動，便換了身乾淨衣裳，到老闆娘那裡去報到。老闆娘親自下廚視察去了，撮著趕緊又追到廚房，見老闆娘還站在磅秤上稱人，一屋子人圍著，等著過秤。

原來杭人竟有此俗，立夏日稱人，以試一年之肥瘠。老闆娘從秤上下來，嘆了一聲：「又瘦了。」邊上下人便說：「夫人年年立夏都要瘦一圈的。吃茶葉飯的人，忙就忙在清明穀雨，越忙越發，若是不忙不瘦，便是不好了。」

這話說得林藕初心裡很受用，便問廚子：「東西都置辦齊了嗎？」廚子便一件件指給老闆娘看：「這是三燒——燒餅、燒鵝、燒酒；這是五臘——黃魚、臘肉、鹹蛋、海螄，還有臘狗。」

林藕初說：「備上薺菜花，每人發上小塊臘狗，多了也分不過來，家裡有小孩的，吃了免疰夏。」

廚子又指著案桌上櫻桃、梅子、鰣魚、蠶豆、莧菜、黃豆筍、玫瑰花、烏飯糕、萵苣筍，一一給老闆娘看了，林藕初見三燒、五臘、九時新全都備齊，這才放心。正要走，抬頭便見了撮著，正納悶撮著怎麼不跟著少爺，撮著卻說了：「夫人，今日少爺跟趙公子要去遊湖，我要不要跟著？」

「少爺讓你跟嗎？」

「他說今日是五郎八保上吳山的日子，放我一日假，城隍山上拜菩薩去。」

林藕初拍了下前額，說：「看我忙昏了，竟把這個日子忘記，按說立夏老規矩，是要歇息一日的。」杭人的五郎，謂打米郎、剃頭郎、倒馬郎、皮郎、典當郎；八保，即酒保、麵保、茶保、飯保、地保、像像保（陰陽生）、馬保、奶保（中人）。夥計們都知道，說忘了老規矩，那是老闆娘做給他們看的，這女人心細如髮，哪裡真會忘記，只是不想按老規矩辦罷了。好在她待人不薄，加班的錢還會算雙倍的，倒不如不休息更好。偏這木頭腦子的撮著多嘴，不接翎子，還想上山拜菩薩，呆是呆到骨頭裡了。

果然，林藕初吩咐下人，端來那九時新的櫻桃、梅子，又用上好青瓷茶杯，親手泡洗了，沖了沸水，淺淺的大半杯，上面用貝勺拋了明前的龍井。那龍井片子底下受了熱氣，一陣豆奶花香撲鼻而來，載沉載浮，如釘子般豎起，滿屋子彌漫的茶氣，好聞。

林藕初雙手捧杯，一一送到夥計手裡，一邊說：「十分的水，沖了七分，剩得三分人情。各位辛苦了。」

送到撮著手中，又說：「今日撮著就替各位上吳山了。店裡人手緊，今年生意好，茶葉這個東西，一日也耽擱不得的。」

正說著，吳茶清無聲無息地便走了進來，朝眾人身後一站，眾人只覺後腦勺涼颼颼的，趕緊告辭了出去，各就各位。

老闆娘林藕初見身邊無人了，便輕輕一聲，喚住吳茶清。

「茶清，留步。」

吳茶清轉過身來，說：「請七家茶啊。」

林藕初淡淡一笑：「這是請下人的。你的，我晚上請。」

吳茶清沒有吭聲，背對著老闆娘，頓了一下，便走了。

杭天醉這頭支開了撮著，便三心二意地等待起他的同謀趙寄客。春光已暮，百花開盡，杭天醉與趙寄客籌備了一個冬春的「亡命」計畫，東渡日本，終將成為事實。今日立夏，明晨，他就要離開這個家了。說是杭、趙兩人的事情，其實杭天醉就沒操過多少心。他最大的動作，就是打開箱子，對他的朋友兄長說：「隨便你挑，你看什麼能換錢就只管拿去。」然後有空沒空，提著個灑水壺，在書房前的花叢中伺候。晴窗曉簾，歌叫於市——白蘭花兒……杭少爺一個翻身下榻，身輕如燕，便衝出後院，直奔那賣花的去了。

趙寄客拿著天醉的金銀細軟，便去籌劃他的革命，出刊物，製炸藥，聯絡同志，上躥下跳。花了杭老弟的錢，還時不時地教訓他：「就你這副樣子，風吹跌倒，放屁頭暈，還不快給我強身健體，只管擺弄那些花花草草幹什麼？莫非還想把它們搬到日本去？」

杭天醉睜開他那雙醉眼，說：「就是因為搬不去，我才愛惜它們呀。」故而，行前一天，趙寄客細細問他，還有什麼需記掛的，他說：「別的倒也沒有什麼了，實在就是記掛個西湖吧。」如此這般，二人就決定，臨行前誰也不再拜見，就拜見了個西湖。

見寄客未至，杭天醉便在窗前案下平鋪了富春宣紙，又將一枝上好狼毫筆用墨蘸飽了，沉吟片刻，便龍飛鳳舞起來。

錄的恰是一首詩，方揮灑到得意處，趙寄客到了。杭天醉煞不住手，只管舞下去，趙寄客便在他身後念道：

一帶雲峰望卻無，六橋煙樹隱模糊。
夕陽樓閣林藏寺，芳草汀洲水滿湖。
蘇相堤橫蒼徑遠，逋仙宅旁碧山孤。
畫圖雲是西湖景，曾到西湖是畫圖。

趙寄客念罷此詩，面帶疑問，突大憤，一把就抓起這墨跡未乾的宣紙，三兩下，揉成一團，雙手沾得黑乎乎一片，順手一扔，投進紙簍，嘴裡便喝道：「你這人怎麼越活越糊塗！不知道這是誰嘴裡吐出的屁詩嗎？」

杭天醉也氣得跳腳，說：「就算是嚴嵩這個奸賊寫的又怎麼樣？狗嘴裡吐象牙，也是偶然會有的。因人廢詩廢書，偏就是你們這等過激黨人幹的好事！」

趙寄客用手指著天醉額角：「杭天醉，我告訴你，你遲早得栽在黑白不分是非不明上，到那時可別怪我救不了你！」

「我不指望你救我，」杭天醉也指著趙寄客額角，「你也別跟著栽我便是了。」

趙寄客從未見過這樣糊塗的人。打又打不得，一怒之下，也顧不得明日就要結伴遠行，憤憤一跺腳，便揚長而去。

趙寄客剛走，杭天醉就後悔了。他這個人，天生的心血來潮，來得快，去得也快。現在，連他自己也不明白，讚美西湖的詩，數不勝數，幹嗎他就偏記住了奸臣嚴嵩的〈題西湖景畫〉？平日做人，少根弦也就罷了；既然決定跟寄客去東洋鬧革命了，凡事便不可再憑性情。想到革命，他突然明白他剛才為什麼會突發其火，他是衝革命發火呢。他發現自己，並沒有這樣真正想浪跡天涯的熱情，只是事到如今，不得不浪，箭在弦上，不得不發罷了。

一想到明日將遠行，他就立刻把心思撲回到了西湖，也就顧不得趙寄客發不發火了。隨他去，今日良辰美景，先去湖上逛蕩一番，再作理論。

這麼想著，便打開抽屜，數也不數，往兜裡抓了幾把銀圓，出了房門，躡手躡足地側過了他那些寶貝花兒，徑直，便往湧金門去了。

湧金門外春水多，賣魚舟子小如梭。實在湧金門是不僅僅只有那些採蓮、捕魚及賣花的瓜皮船的，杭城交通船的總埠，便設在那裡。

杭天醉換了一身淺藍色杭紡長衫，手中捏一把舒蓮記扇了，緊趕慢趕，來到埠頭，一見他家那艘船邊，已經沒有了趙家同繫的小划子，不由得沮喪地叫一聲：「寄客，你真先走了。」

原來杭九齋死後，林藕初見了「不負此舟」就來氣，一時性起，便喚了吳茶清，商量著，要把它賣掉。

倒是少爺杭天醉，此時表現出十分的執拗，一聽說要把船賣掉，倒在榻上，便哭開了，還鬧了一頓絕食鬥爭。

茶清琢磨半晌，才對林藕初說：「我聽說，你們杭州人，前朝有個叫孫太初的，專門做了一條船，供人遊樂，人家投的租錢，用來養鶴，所以，這條船就叫作鶴舫了。」

「那也不是人家說的，九齋嘴裡，整天就是這些。」林藕初答。

吳茶清淡淡一笑：「正是。」

「可惜我也無心養鶴，學那孤山的林處士；我也不要那幾個出租錢，亂我的心思……」

「夫人倒不妨在船上再掛一塊忘憂茶莊的招牌，廣而告之。船上設各等名茶茶具，貯虎跑水，闢為茶舫。至於租錢茶資嘛，除了給老大工錢，湖上每日有齋船，布施給他們就是了。」

林藕初聽了，轉悶而喜，說：「想不到，這又是個掙錢的主意了，就照你的意思去辦。」

吳茶清這才又去了杭天醉處，說：「船不賣了。」

杭天醉擦了眼淚，從榻上站起，沒一會兒，便又歡天喜地起來，說：「茶清伯伯，明日你帶我湖上玩去，可好？」

吳茶清搖搖頭，說：「不好。」

「怎麼不好？」杭天醉很吃驚。

「誤人子弟啊。」他扔下這麼句話，便走了。

杭天醉有了那麼條私船，在湖上，便常常聚集些同學少年，專取了名茶來享受。同學羨慕，有那富家子弟的，便也爭相效仿，照著那「不負此舟」的樣子，大同小異地製作。只有趙寄客，偏又別出心裁，製作一葉小舟，兩旁裝車輪，舟頂設棚，以腳牽引，快速如飛，進退自如。他且又有自家主張，說：「我造舟，與爾等風花雪月輩，大不相同。一為健身強體，雪東亞病夫之恥；二為熟習兵器，他日必馳騁用之。」

眾人便笑：「若說西湖亦可成戰場，普天之下便皆為戰場了。」

趙寄客也冷笑：「虧你們好記性，咸豐辛酉年，太平軍萬人舟筏入湖，與旗營西湖水軍激戰，莫非就忘了？」

眾人復笑：「這種事情，記它作甚。來來來，喝酒！」

趙寄客便搖頭，深嘆國人之精神墮落委靡，腳踩飛輪，越加專心，且為他的小舟取了個他一向崇拜的綠林好漢的名字——浪裡白條。

這「不負此舟」與「浪裡白條」，平日倒也相牛相剋相輔相成，夜夜停泊一處。杭、趙一人有時興起，便也互換著乘坐。像今日一般，「浪裡白條」顧自己去了，倒還是頭一次。杭天醉一時竟也拿不定主意，站在湖邊，用黑紙扇子遮住初夏的日頭，在那片泛著白光的湖面上尋尋覓覓，用目光搜尋著「浪裡白條」。

一陣風來，夾有腐臭之味，杭天醉側目一看，身邊不遠處有一衰敗老嫗，邋遢至極，再往上一看，杭少爺嚇了一跳，那老嫗口鼻俱爛，眼瞼紅皮外翻，躬腰屈腿，衣衫襤褸，形如糜爛的死蝦。杭天醉下意識地就往旁邊一躲。

誰知，爛蝦般的女人竟朝他咧嘴笑了，滿嘴的壞牙所剩無幾，一股死氣，撲面而來。

杭少爺心慌，從兜裡掏出幾枚銅板，隔得遠遠，扔在那女人身邊。

女人搖搖頭，不用她那雞爪一般的手去撿。杭少爺不明白，是不是她還嫌太少？他乾脆掏了一個銀圓，扔了過去。

女人嘶嘶地笑了起來，咿咿呀呀地說：「和你父親一個樣。」聲音很輕，但依舊像是聲嘶力竭才迸出來的。杭天醉脫口問：「你是誰？」

老女人轉過臉去，用手指著後側一進院子，說：「那是什麼地方？」

「水晶閣。」

「知道水晶閣掛過頭牌的女人嗎？」

杭天醉失聲抽了口涼氣，扇子便掉在了地上。

是小蓮。

十年前，他聽說過她，看到過她，雖然那時他小，但他知道，她是男人的尤物，西湖的尤物，他的父親，就死在她的床上。

杭天醉別過臉去，額上汗水落了下來。

「是慘不忍睹了吧。」小蓮繼續沙啞著嗓子，說，「富家子弟，從前見了我，愛說秀色可餐。現在，不得已碰上了，就說慘不忍睹啊，慘不忍睹啊，哈哈哈……」

小蓮的笑聲，大概是驚擾了「不負此舟」上的老大，他出了船艙，向少爺問了個好，便厭惡地揮手：「去去去，整天賴在這裡，噁不噁心！」

杭天醉止住了老大，側著臉，又問：「你還想要什麼？」

小蓮伸出兩隻不像人手的手，說：「立夏了，從前這一天，你父親都要給我喝一杯七家茶的，我渴，渴……給我口水吧……少爺，給我口水吧……」

「你等等。」杭天醉慌慌忙忙地上了「不負此舟」。老大乖巧，遞給他一隻粗瓷大碗，杭天醉擺擺手，自己便到櫥裡去找。找了好一會兒，看中一隻青花釉裡紅牡丹纏枝紋蓋碗茶盞，趕緊取出，用潔水沖洗了，又置了上好龍井香茶數片，親自點了釅釅的一杯綠茶，雙手捧著，又上了岸，放到小蓮身邊。

「香啊。」小蓮那爛蝦的身形癱散開來。她蹲在地上，頭湊到茶盞邊去，急不可耐地啜了一口，燙得嘶嘶呻吟，像一條蛇。

杭天醉不明白，為什麼她還不死？她這麼活著，還有什麼意思？可是他沒法問她，只見她蹲在地上，手指掐入泥中，爛嘴咬住盞邊，發出了嘶啦嘶啦的聲音，吸著這噴香的茶葉，吸乾了，又抬起頭，朝杭天醉看，意思是還要。

杭天醉噁心極了，但還是一杯一杯地給小蓮沏茶，直至一壺水全部喝光，小蓮才心滿意足地爬起，坐在地上，一副痲木不仁的樣子。

杭天醉說：「這隻茶盞，是我祖上傳的，還值幾個錢，你拿去換了治病。」

小蓮用爛眼睛翻了翻杭天醉，變了臉，好像不認識他了，一邊哼哼唧唧地唱著小調：「夜半三更我把門閂兒開，我的那個小乖乖，左等右等你怎麼還不來……」

唱著，便躺下了。杭天醉想，她是瘋了，所以才不死呢，瘋子才活得下去。他把茶盞收了起來，誰知小蓮一躍而起，搶過茶盞，吼道：「我的，你滾！」

這一吼，把杭天醉嚇得抱頭鼠竄，跳進船裡，便喊：「快，快，快走！」

杭天醉是個耐不得寂寞的人，在他的「不負此舟」裡貓了一會兒，想是見不到小蓮的身影了，才放心又鑽出到前面甲板上。

初夏天氣，風和日麗，又值立夏，湖上倒也熱鬧，卻大多是些私家的船，慢悠悠地蕩漾在湖面上。因為不是競渡龍舟的日子，看不出多少激動人心的場面，只有那暖風如酒、波光如綾、青山如蛾和遊人如織的富貴山川圖。

老大問少爺，要到哪裡去。杭天醉驚魂初定，說：「就想找個清靜地方，眼裡最好只有山水兩色，別的俱無，才妙。」

老大笑了，說：「少爺，您這便是迂了，如今湖上，哪裡還有清靜的地方。若清靜，只管待在船上，哪裡也不去，喝這半日茶，便可以了。」

杭天醉吐了口長氣：「如今的人，哪裡還曉得那前朝人的雅興。那張宗子眼裡的西湖——『大雪三日……獨往湖心亭看雪。霧凇沆碭，天與雲、與山、與水，上下一白。湖上影子，惟長堤一痕，湖心亭一點，與余舟一芥，舟中人兩三粒而已！』那才叫露了西子真容呢！」

老大根本不懂什麼真容不真容，倒是聽進去了「湖心亭」三個字，便停橈說：「少爺，湖心亭有耍藝班，專門租了船雜耍、賣唱呢，聽說還來了艘鰍韆船。盪鰍韆的女子，聽說還是個絕色的。今日立夏，必定在那裡雜耍賣藝，何不過去湊個熱鬧？」

杭天醉本來倒也不想去湊那份子熱鬧的，但一聽有絕色女子可看，便來了興趣。「不負此舟」在湖上蕩了多時，此刻終究有了目標，便掉轉船頭，徑直向湖心亭划了過去。

行不多時，果然見湖心亭綠柳蔭下，泊有一中舟，舟豎鰍韆竿子，上飄兩面繡旗，黃綠二色，風中獵獵有聲。船上又置一八仙桌，用紅布幔圍了，上寫黃色「金玉滿堂」四字，四周早已圍了一圈子大小舟筏，等著看戲。老大一看興奮了，說：「隔壁戲！隔壁戲！」跑進艙裡，便拎出兩張凳子，一張給少爺坐，一張給少爺放置茶杯，自家便尋了個好角度，席地坐下，等著開演。

俄頃，一瘦削老漢，兩目深陷，雙肩斜塌，著舊夏竹布淺色長衫一件，身背一隻土布深藍色的口袋，手敲小鑼，唱著武林調上了場：

山外青山樓外樓，西湖景致在杭州。正陽百官壩子門，螺螄沿過草橋門，候潮聽得清波響，湧金錢塘保太平……

那小鑼「聽當聽當」的，敲得很賣力，老頭聲音卻是啞殼殼的，不敢恭維。當中又夾以咳嗽，「吭吭嗆嗆」幾下，撲地，就吐出口痰去，立刻便用腳蹭了。杭少爺更覺掃興，老大卻聽得興高采烈，且指導著少爺說：「知道嗎？那是〈杭城一把抓〉。」

老頭繼續敲著小鑼，連咳帶念開場白：

……梅雲西登仙，鹽油豊回薦，柴府鐵三新，望通黑稽倉，六部炭南梁，朱美洋海化，水小大通江……

原來這〈杭城一把抓〉，是要把杭州的大小街巷各個橋梁都一把抓地唱出來的，把個想看美女的杭天醉等得好不耐煩。

總算「一把抓」完了，老頭又從布袋裡拿出鐵板、算盤、搖鈴兒、鈸兒、醒木、摺扇、毛竹扇，一一亮了相，又說了一番「有錢的聽個響，沒錢的捧個場」之類的話，便鑽進了布幔中。

杭天醉打了個哈欠，想，又是老一套：鼾聲、走路、開門、上下樓梯，不過是用毛竹筒擊桌罷了。接著是小兒啼哭、號叫，火燒起來倒也是驚心動魄的，無奈光天化日之下，誰都看得出是假。落雨、刮風、噴水，那是用手在算盤上摩擦，用掃帚在桌上掃；至於風聲，也就是用鈸兒輕重、快慢不同地摩擦。杭天醉支著腦袋，愁眉苦臉地等著那場布幔裡的大火撲滅。待鼾聲重新大作時，他幾乎就要和那鼾聲一道睡著了。

就在他兩眼已經瞇成一道縫的時候，一道紅光閃過，他睜開雙眼，見那藝船上，已經立著了一個紅衣紅褲的妙齡少女。

杭天醉一個激靈，竟從凳子上挺了起來。他突然明白他看到的是誰了。老大看在眼裡，故意討好地問：「怎麼樣？」

「不一樣。」杭天醉自言自語。老大不明白「不一樣」是什麼意思。這意思，當然只有杭天醉自己明白。但他雖然心裡明白，卻又是說不出來的，這樣盯著那女孩，心裡納悶著，便發起痴來。

這邊，老大便嘆起氣來，故意說給少爺聽：「這鞦韆女，藝名就叫紅衫兒，前頭那個老漢，是她的養父。說是從一個破廟裡撿來的，那年鬧火災，估計她父母親都死了，從小就吃苦，現在大了，全靠她掙錢養著那個乾癟老爹呢。你看看她瘦的，紙一樣薄，賺一日吃一日，吃不飽啊。」

那紅衫兒正在往自己身上檢查繩子。繩子另一端，就高高懸在鞦韆架頂上的轆轤上。杭天醉目不轉睛地盯著她，瘦削的瓜子臉，一根長辮子，一雙含愁帶悲的眼睛，小小的蒼白的脣上，胡亂塗了些胭脂，劉海薄薄地披下來，把她那張楚楚可人的小臉遮得更小。杭天醉恍惚起來，突然「啊」地叫了一聲，周圍的人都聽見了，連那紅衫兒也抬頭驚訝地看了他一眼，他卻連忙進了艙裡，沏了滿滿一杯涼茶對老大說：「你給我送到那上邊去。」

老大知道少爺又犯痴了，連忙把那「不負此舟」往賣藝船邊靠。剛剛靠停，杭天醉就恭恭敬敬捧著那杯茶上了對方的船，雙手遞給紅衫兒，弓著腰，說：「姑娘若不嫌此物不潔，請笑納。」

姑娘手足無措，手裡還抱著繩子，一時不知說什麼。倒是她養父段家生機智，上前點頭哈腰，要接那茶杯，被杭天醉一縮手，又閃了回去說：「我那是給她的，小心髒了杯子。」

紅衫兒猶猶豫豫接了杯子，大口大口喝了，臉上便滲出密汗，還了杯子，就深深鞠了個躬，杭天醉這才還了願似的回了船。

一圈子的人，都不知道他為什麼這樣做，都不知道他剛才看到了什麼，都不知道他注視著紅衫兒的時候，那爛蝦般的小蓮，從紅衫兒的身上，幻化出來了。

紅衫兒喝了杭天醉的茶，用手背胡亂擦擦嘴角，又將兩隻小手疊在一起，向周圍看客作一手揖，這個動作倒也像個江湖藝人。正午時分，湖上的風熱了。楊柳枝嘩嘩地飛揚，像一把把綠頭髮。紅衫兒朝柳枝兒望一望，杭天醉便想，那人和柳一樣的，真是弱不禁風。

紅衫兒穿著一雙紅絨鞋，蹬上鞦韆，使勁聳了兩聳，也沒見鞦韆飛起來。養父兩手抓住了，一推，鞦韆盪了上去，杭天醉便白了臉。

眾人都叫起好來。天藍水綠楊柳青的，一架鞦韆在水上飛來飛去。那上面的人兒，紅彤彤的，小巧巧的，一會兒坐下了，裝出怡然自得的樣子；一會兒站起，蹺一隻腳往後伸去，褲腿大大的，收口處拿帶子纏了；一會兒頭朝下，雙手抓著坐板，雙腳升向天空，還剪成個燕尾狀。人們就起勁地叫好，往鞦韆架下扔銅板。那養父邊作揖邊撿錢，邊高聲地答謝。答得那麼響，是為了給空中的人兒聽到吧，那空中的人兒果然就聽見了，晃啊晃的，飛得更高，突然兩手抓住坐板，唰地滑了下來，整個身體只有兩手抓著鞦韆。人們「啊」的一聲，齊齊尖叫，心就到了喉嚨口。一會兒，那飛人又上了坐板，人們渾身筋骨一陣鬆軟，滿口的熱氣便吐了出來。誰知紅衫兒一個跟頭翻了下來，這會兒頭掛在了下面，只剩那兩隻小腳掛在板上，人們又一陣「啊啊」的驚呼，心又提到了喉嚨口，幾乎就要嚇得吐出來。偌大一個湖，驚嚇得死了一般，只聽到鞦韆架吱吱扭扭地絞響個不停。

杭天醉幾乎沒有用眼睛瞅那紅衫兒，他的兩隻手按在心上，直直站在船頭，只用餘光感受著那團溫潤的紅光。每當人們哄地尖叫時，他就緊緊瞇住眼睛，好像只有這樣，紅衫兒才不會摔下來一樣。一會兒，鞦韆緩過勁了，越來越慢，紅衫兒一個跟頭，從鞦韆上翻了下來。落地之時，踉踉蹌蹌的，站都站不住了，前胸後背，溼漉漉一大片。

眾人這才哄哄嚷嚷的，鼓起掌來，又往那紅衫兒身上扔銅板，那紅衫兒卻大聲地喘著氣，人就靠在布幔上，手背在後面，一頭垂髮溼得沾成了餅，貼在臉上。錢，打在她身上時，她一動也不動，就像什麼也感覺不到了一樣。

杭天醉和別人不一樣，他早早地鑽進了船艙，坐在桌邊，一心一意地磨起墨來，又找來宣紙，拿鎮紙壓得平平整整，便抄起了近日錄得的一首詩：

鰍韆船立雙繡旗，紅衫女兒水面飛。……性命孤懸轆轤上。玉繩夭矯盤空中……座上有人發長嘆。此生能得幾回看，野鶴秋鳴怨夜半。吾邦赤子貧可憐，罌無貯粟囊無錢。一身飄蕩朝兼暮，如上險竿長倒懸。人間只有鰍韆女，竿木隨身無定所……

書至此，一氣呵成之後，算是斷了句。雖然如此，依舊是意猶未盡的，從艙內再向那鰍韆船望去，紅衫兒已經獨獨地坐在船頭，手撐著船板，痴定定，望著西湖。湖上，卻是一片白光，竟反照得人也毛玻璃般了。

杭天醉蘸了墨，再補上兩句：

回頭四望生魚煙，一霎仙乎撇波去。

這才算是大功告成，鬆了一口氣，自己起身，又沏了一杯上好龍井，等著它涼了，好去獻給紅衫兒。偏那茶又不涼，用手背去貼那杯子，燙得縮手，急得杭天醉抓耳撓腮，不知如何是好。正上火著呢，那邊鰍韆船上便又熱鬧起來了。老大在外面叫著：「少爺，少爺，你可出來管一管才好，可憐姑娘正病著呢。」杭天醉探出頭，眼前黑壓壓的一圈大船，已經霸在水中央了。看船頭龍頭雕刻金碧輝煌的派頭，誰都知道是州府的官船了。只是從船上踩著踏板，往鰍韆船上走的，卻是手裡提著鳥籠子的雲大爺雲中雕。

雲中雕是個大個子，頭髮又黑又粗，盤在脖子上，一身短打，跟打手似的。眾人都知，他是朝裡有人的主，那些小舟小瓜皮船便趕緊退避三舍。

紅衫兒的養父段家生，這頭要迎上去，早就被雲中雕輕輕一扒拉就撥開了一丈多遠。紅衫兒勉勉強強起了身，一隻鳥籠就晃在她眼前。雲中雕問：「紅衫兒，你說它好看嗎？」

紅衫兒也不知雲大爺什麼意思，點點頭，輕聲說：「好看。」雲中雕又說：「再好看，也好看不過你紅衫兒，你在天上飛，那才叫好看。」

紅衫兒說：「謝大爺誇獎。」

「這算什麼謝？你給大爺再飛上那麼一回，大爺有銀子呢。」這邊紅衫兒卻已經站不住，人癱了下去，說：「我病了。」

雲中雕的臉，頓時便黑了：「紅衫兒，你就當著這一湖子的人，駁我的面子？小心你爹揍你。」

養父卻已經跑過來，一把拎起了紅衫兒便罵：「斷命死屍，不要好的坯子，還不起來，伺候你雲大爺！」

籠裡那隻八哥，被罵得提了個醒，便跟著罵：「臭淫婦，浪蹄子，殺頭坯，婊子貨……」周圍一干看客，原來同情著紅衫兒，可是那八哥一插科打諢，又止不住地笑了起來。這一笑，紅衫兒受不了了，嗚嗚地哭了起來，沒哭幾下，又捱了養父狠狠幾個篤栗子，只得戰戰兢兢地往鞦韆架上走。坐在鞦韆上，已經沒有力氣起勁，養父過來，又罵：「裝死啊，剛才還好好的。」便要使勁推，但沒推起來，原來，杭天醉這裡早就看不下去，搭了踏板充英雄，要來救美人了。

養父一看，一個俊俏青年擋著他，且是有身分的樣子，正是剛才從忘憂茶莊「不負此舟」上下來的少爺，便不敢輕舉妄動。雲中雕卻受不了，一隻手照舊提著鳥籠，一隻手卻摸著個鋥光瓦亮的大鐵球，走過來，說：「杭少爺，這裡沒你的事，別看茶館是你的天下，湖上卻是我的天下了。我要她幹什麼，她就得幹什麼，你，找別的女人玩去，我跟你說白了，紅衫兒，是我的。」

杭天醉氣得嘴巴直打哆嗦，指著雲中雕說：「光天化日之下，你還有沒有法度？你是人，人家賣藝的就不是人？欺侮這麼個有病的女孩子，什麼東西！」

雲中雕氣壞了，也顧不得許多，用手肘一捅，喝道：「什麼東西？我給你看看，你就心肝靈清了！」

雲中雕原來只想把杭天醉往旁邊搡一搡，誰知少爺單薄，一搡，竟撲通一聲，搡到西湖裡去了。只聽「啊呀」一聲，杭天醉便沉了底。一圈子船上的人，都尖聲叫起，還沒來得及往下跳，見旁邊一小划子中伸出一隻手，一下把少爺水淋淋地又擒上船。杭天醉一把抹了臉上的水，睜眼便說：「去！打翻了他！」

原來對面坐的正是他那個把兄弟趙寄客。趙寄客白衣白褲，輕輕一躍，就上了鞦韆船。雲中雕心裡虛著這個聞名杭州的趙四公子，嘴上卻不得不硬，伸出兩隻手指，喝道：「你想幹什麼？」

趙寄客冷笑一聲：「來而不往非禮也。」拉開胳膊，只輕輕一搡，好傢伙，把雲中雕彈得翻入丈把遠的湖裡，濺出一圈大水花打到看客身上。看客又是一陣尖叫，把那身子往後一仰，卻無人遁去。說時遲那時快，趙寄客飛身一躍，如一條銀魚，半空中一閃，便唰地入了水中。

那水裡的一陣好戰！一白一黑，上下翻騰。杭天醉落湯雞般坐在趙寄客的「浪裡白條」上，攥著兩隻拳頭敲著船幫叫：「打！使勁打！灌他！」這麼叫著，還不解氣，又拿起船槳湊著，去打雲中雕的腦袋，打又打不著，對來對去，他竟比水裡的人還忙。總算趙寄客把雲中雕教訓夠了，才把他拖到湖心亭岸邊一株水柳樹下，側臥擱在一塊大石頭上，讓他呼哧呼哧往外吐黃水，又指著他鼻子說：「這回是輕的，讓你明白，什麼叫你能文能武的趙大爺。你若再敢碰人家一個小指頭，記得你大爺是個腦袋繫在褲腰上的漢子，小心沉你入湖，餵了西湖王八。」

這頭，杭天醉已回了「不負此舟」，叫道：「寄客，上我的船。」那鍬驪船上當養父的，卻膝蓋一軟跪了下來：「兩位少爺，你們闖的禍，小人承當不起，你們誰要就領了她回去，我是不能要她了，留她在船上，誰都沒法過日子了。」

紅衫兒早被剛才這一番亂仗嚇得出了神，她又病著，頭靠在鍬驪架上，迷迷糊糊的，任人擺布。杭天醉打贏了這一仗，陡然生出許多豪氣，便溼淋淋地又踩著踏板過來，連扶帶拖地架著紅衫兒往「不負此舟」上走，邊走邊說：「這可是你說的，你不要了，我撿回來的。看見的，為我作個證。」

看客中有人叫好：「杭公子，真英雄也。」

日落西山，湖上一片歸帆。近帆背著陽光，黑壓壓的，像鷹翅。遠的，被一輪紅光籠罩，透亮，像鮮紅羽毛，在湖上移動。

「浪裡白條」拴在「不負此舟」身後，瀟瀟灑灑地漂蕩著。杭天醉和趙寄客兩個，坐到「不負此舟」的甲板上來，晒他們溼了的衣衫。

雖是初夏時分，湖水依舊涼。又兼日頭已斜，湖上微風，冷冷清清，杭天醉身子單薄，便連聲打起噴嚏來。

趙寄客說：「有酒嗎？唉，諒你這個開茶莊的，也生不出什麼酒來。」

還是老大藏著半瓶臭高粱，先拿出來，讓兩個少爺對付。

兩人嘴對瓶子嘸了幾口，心裡就熱了起來。杭天醉看了看湖上光景，只見天色不知不覺已變成了冬瓜白。白雲邊卻又濃又青起來。山卻是一下子地黑了。寶石山上，大石頭墳墳然，像是在一心一意等著太陽下去，好恢復它們魑魅魍魎的本來面目一般。湖上蕩起聲聲梵唄，那是從每日都在湖上雲遊的靈隱齋船上傳來的。梵唄一響，遊船便紛紛而歸了。正是：一片湖光起暮煙，夕陽西下水如天。蒲帆影裡千聲佛，知是雲林齋飯船。

杭天醉說：「今天痛快！」

「你又沒動手，全是我幹的活，你痛快什麼？」

「我這是第二次曉得，把事情做絕了，竟有那麼大的快樂。」

「第一次呢？」

「你竟不記得了？正是跟著你出逃三生石下！從此以後，你也不學郎中了，我也不做噩夢了。」

趙寄客高興了，使勁扳杭天醉肩膀：「我還當你這種人，免不了臨時又要變卦，終究走不出這一小窪，看來還行，你只邁出這一步，進了東海，你這人便有救了。」

天醉抱膝坐在外面，往船艙裡頭探探。他不知道紅衫兒有沒有醒來，更不知道這個女人從此便坐上他命運的小舟，再也糾纏不清了。他突發奇想：「把紅衫兒帶上好不好，給我們燒飯洗衣裳，准行。」

趙寄客連連作揖：「求求你了杭少爺，從此你只記住一條道理，或者女人，或者叛逆，二者必只居其一。」

杭天醉想那女人和叛逆，竟也如同魚與熊掌一般地兩難了，便說：「你趙四公子，杭州城裡第一號大叛逆，不是夫人小姐脂粉堆裡照舊談笑風生嗎？」

「我那是調侃敷衍，一陣風吹吹過的事，你杭大公子是什麼？一粒種子。情種！哪裡扎進，都要生根發芽的。」

「你何以知曉？」

「趙寄客何許人也，上知天文下知地理，通貫古今，入木三分。這一個西湖，魚蝦眼中汗洋世界，我眼中不過小小盆景耳。『黃塵清水三山下，更變千年如走馬。遙望齊州九點煙，一泓海水杯中瀉。』」

天醉大笑：「趙寄客，你啊，日後必累於狂！」

「你卻是眼下就累於情了。你倒是把這個姑娘如何安置了？」

「這有何難，先去撮著翁家山家，幫他老婆摘茶葉就是了。」

趙寄客這才說好，套了吹乾的衣衫，上了小舟，解了纜，「浪裡白條」就輕輕地盪開了「不負此舟」。

杭天醉在大舟上做遊俠別離狀，拱手曰：「明日拱宸橋，不見不散。」

寄客大聲答：「老弟，此言又差矣。明日不見必散，散則必分道揚鑣，各奔前程，從此遠隔千山萬水，弟兄難得再見。萬勿失信。切切！切切！」

說話間，小舟箭般離去，破開湖上濃暮。須臾，煙靄沉沉，湖上一片混沌。無論杭天醉如何地定睛凝視，再不見趙寄客的身影了。

第九章

天氣異常地悶熱。夫人林藕初操心了一日，反倒坐立不安起來。她微張著嘴，在房間裡走來走去，像一條缺了水的魚。她的兩隻眼睛閃閃發光，一雙精細的手在細果拼盤邊摩挲著。拼盤裡盛著時鮮的一大盆櫻桃，周圍又用小盒盛著茉莉、花紅、薔薇、桂蕊、丁檀、蘇吉等香茶，一對哥窯青瓷杯用開水沖泡了，在燭光下閃著幽色，等著那個人來。

此時，吳茶清正放下手中燈籠，從廳堂外步入老闆娘的香閣；此時，翁家山人撮著正氣急敗壞跟在後面，看見吳茶清那跨過門檻時掀起的青衫一角。撮著本來是要結結巴巴衝進去的，此時卻想起少爺那雙欲醉不醉的長眼睛。他轉念一想，還是等一等，先告訴茶清伯吧，便蹲在了樓窗下面，抱住膝蓋，抽起旱煙來。

立夏一日，撮著上了兩趟山。

從吳山上下來時，天光尚明，他便拉著空車，到湧金門去等少爺的「不負此舟」。

不料竟從船上背下來一個姑娘，病得昏昏沉沉，面頰緋紅。少爺二話不說，扶著姑娘就上車，揮一揮手說：「快走！」

撮著問：「去哪裡？」

「自然是翁家山你屋裡。」少爺說，撮著拉起車就跑。到了山外的口子上，車拉不上去，要背了，還是攝著的事情。少爺一邊氣喘吁吁地在旁邊扶著，一邊斷斷續續地把和雲中雕如何一場水中大戰，如何救下美女一名，統統告訴了攝著，唯一失實的，就是他把趙寄客單搏雲中雕一場，變成了他和趙寄客兩人。

攝著聽了，恨恨地咬了下大板牙，說：「我要在，還要你們動手？你只需咳嗽一聲。」

到了翁家山攝著家，攝著屋裡的，已點了燈，哄著小孩吃飯。見攝著和少爺背一女孩來，吃一驚。杭天醉把身上銀子全掏了出來，想想還是不夠，便從內衣口袋裡掏出一隻準備帶到日本去的祖母綠戒指，對攝著夫婦說：「這個，你也給她，不到萬不得已，不要用。」

攝著說：「少爺不要把這個給她，明日從家裡再取錢便是。」

少爺說：「只怕明日此刻，我已經不在城裡了。」

攝著夫妻倆聽了吃驚，說：「少爺又說渾話了，又要到哪裡闖禍去？」

少爺笑笑，幾分傷感，幾分驕傲，不說話。

攝著老婆著急了，使勁推一把老公，罵道：「死鬼，平口夫人怎麼教導著你，頭一件事情，少爺要顧牢，明日少爺不見了，你怎麼和夫人交代？」

攝著也急了，人一急就聰明，指著裡面床上昏昏欲睡的紅衫兒說：「少爺你不講清楚，這個姑娘兒，我是不敢收的呢！」

杭天醉這時倒恨自己多嘴，但又沒奈何了，便舉著戒指說：「跟你們實說了吧，我明日就去東洋留學了，一早和寄客在拱宸橋會合。這隻戒指，我也不給你們了，我就給這紅衫兒了，你們可都看見的。」說完，走進裡屋，抓住姑娘右手，往食指上一套，巧不巧，還正好呢。姑娘那雙手硬糙糙的，叫人可憐，套上戒指，她自己也不知道，只是握緊了拳頭，又翻了一個身，便睡去了。

杭天醉半蹲下來，摸著姑娘額頭，說：「把你丟在這裡，也是沒辦法的事情，只看你命大不大了。若是有個好歹，托個夢到東洋，我也好知道你的消息。這裡人家倒是好的，比你在湖上盪鞦韆賣命強得多。我若不去東洋革命，或者還可把你安頓得更好一些，現在自家性命都顧不上了，哪裡還顧得上人家。這一點，姑娘你是一定要多多包涵多多包涵的呢。」

這一番話，把撮著夫妻說得又傷心又著急。還是老婆機敏，把老公哄到灶下，說：「撮著，這件事情瞞不得夫人，回去告訴了，你我才不虧心。」

撮著咧了咧大板牙說：「用得著你交代？想好了，跟茶清伯說。」

這頭，杭天醉已經出來告辭了，見著撮著老婆，深深作一個大揖：「嬸子，拜託了。」慌得撮著老婆膝蓋骨都軟了下去，說：「少爺，你這不是顛倒做人了？哪裡有主子給奴才拜禮的。」

杭天醉說：「等我東洋回來，革命成功，還有什麼主子奴才，天下一家，天下為公，人人有飯吃有衣穿，茶山也不歸哪一家了，都是眾人的，又有什麼顛倒做人的說法？」

撮著老婆一邊送他們出來，一邊說：「阿彌陀佛！說不得的，說不得的，若說全是大家的，那這忘憂茶莊幾百畝茶園，不是都要分光倒灶了？我們聽了倒也無妨，夫人聽了，只當是又生了個敗家子呢。」

杭天醉笑了，說：「可不，我就是個敗家子嘛！你們心裡都有數的，不說出來罷了。」一股破罐子破摔的瀟灑，竟揚長而去。

吳茶清沒有抬起頭來，便曉得立夏之夜的異樣了。他聽得出林藕初嗓音裡一絲最微小的顫動。過去的許多年裡，這種顫動，若隱若現，像游絲一般，總在忘憂茶莊的某一個角落裡飄蕩。吳茶清低下頭，輕聲道一個好，照常規，坐到桌邊去。

林藕初輕輕問：「喝什麼？」

吳茶清抬起頭，便有些炫目，夫人穿一件淡紫色大襟杭紡短袖衫，領口的鈕釦解開著，兩片豎領便大膽地往旁邊豁了開去。

茶清說：「隨便吧。」

林藕初撿了一盒茉莉的，說：「還是喝茉莉吧，立夏的老規矩。」

「客氣了。」吳茶清搖搖手。

林藕初把果盤推了過去，說：「按說，你也是和一家人一樣的，不用客套。」

「到底還是不一樣的。」吳茶清淡淡一笑，扔了一顆櫻桃到嘴裡。

林藕初便有些恍然了，兩人這樣悶悶地坐了一會兒，誰也不開口。

杭夫人林藕初，多年以來，一直被吳茶清那業已遠離的激情所控制。並且，似乎吳茶清越企圖擺脫她，她就越發糾纏於他。

她當然能夠感受到丈夫死後吳茶清的頹然鬆懈，彷彿沒有了情敵，情人便也不成其為情人。路過小倉庫時，門虛掩著，裡面彷彿依舊充斥著那危險足可致命的激情，在那數得清的曖昧的期待中，林藕初每次都有要死的感覺。而每次之後，吳茶清的臉都是陰冷的，似乎沒有人色。

她始終不明白吳茶清為什麼會對她突然冷淡下來，尤其是對她生的兒子天醉的冷淡。而在她，僅僅有兒子，有兒子可以繼承的茶莊，已經不夠了。她是需要一個男人來牽制她，反過來，她也牽制他的。

牽制的韁繩，只可能是那姓杭的兒子，儘管他對她冷淡，但卻始終沒有離開一天。忘憂茶莊的人們，便在這生命的隱忍中，漸漸地老了。

一陣風吹來，吳茶清說：「要下雷雨了。」

林藕初看著吳茶清：「和從前的雷雨沒什麼兩樣。」

「只是人老了。」

「人雖老了，有些事情卻是不老的呢。」

吳茶清捏著櫻桃的那隻左手的拇指和食指，輕輕一擠，一顆櫻桃便被擠碎了。他隨即站了起來，說：「趁雷還未打下來，我先走在前面吧。」

林藕初站了起來，兩片衣領翻得更開，顯得很浮躁的樣子。

「虧你說得出這樣的話，莫非那雷聲，日夜只在我一個人心裡頭炸響？」

兀然一陣狂風，吹翻燭臺，吹倒茶杯。茶清見林藕初口中含著櫻桃，失聲吐出：「好大的風！」

話音剛落，平空一道閃電，霹靂嘩啦啦，爆炒豆子一般在天空跳滾，滂沱大雨，便從天而降了。

撮著沒有聽到林藕初的一聲細叫，他什麼都來不及想，抱頭立刻就向外跑。跑了半截，頭腦清爽了，又折回園中小亭。從那裡，他看到老闆娘房間四隻手關窗子的模糊的身影。接著是關門。接著，便是嘩嘩的這天地間的洗刷之聲。

撮著抱著肩頭，在假山亭中團團地來回踱步。他心實，只看天，不看別的，直到大雨嘩嘩下了一個時辰，又漸漸小下去，才把目光收回。

這雨也怪，說停便停了。撮著心思重新收回。想到自己的重要使命，才去注意夫人的房子。夫人的屋門窗關得緊緊，一點聲音也沒有。一絲燈燭也沒有。撮著有些奇怪：怎麼，夫人睡覺了？那茶清伯呢？哦！他便打自己的腦殼，真是被雨澆瞎了眼，怎麼沒見茶清伯已經走了。又一想，茶清伯到底是有輕功的，這麼大的雨走出去，一點聲音也沒有。再一想不對啊，聲音可以沒有，人影總不能沒有哇！或者是我剛才眼花，茶清伯根本就沒有來呢。正這麼想著，燭光卻又亮了，門吱呀地打開，一隻綠瑩瑩的燈籠就先伸了出來，接著是茶清伯的身影，模模糊糊地背對著他說著什麼。然後轉過身走了幾步，便見夫人的身影，像是給茶清伯撣撫衣衫。接下去一件事情撮著見了更不相信自己的眼睛，他看見茶清伯扶住夫人的肩膀，在她臉上靠了一下，然後便疾步如飛，走了。撮著不能明白的是那個矯健的身影。他想的茶清伯，走路慢慢的，手背在後面，見人說話，愛理不理，做起事情來倒一絲不苟。他一點也不懂，這是怎麼一回事。他這麼怔著牛眼發呆的時候，那邊門已經關了，這邊的人，風一樣地飄走了。

撮著沒辦法了，他深一腳淺一腳地蹚著水，在鋪著鵝卵石的小徑上，失魂落魄地走。他腦子有點笨，但也曉得這件事情非同小可，一個人也說不得的。那麼對少爺呢？一想起少爺，他突然像是當頭一棒，他想到少爺明天是要走的，就什麼也顧不得了，一邊追著，一邊叫著：「茶清伯，茶清伯，你停一停，停一停！」

吳茶清這時已經走出夫人的院子，在西夾道裡走，他一個回頭，穩穩地站住，盯著撮著。撮著跑近了，站住，他看到茶清伯的兩隻眼睛，此時都是滴綠的。

撮著胸口嘡的一聲，剛才的事情，一下子都跳了出來。

「深更半夜，你在哪裡？」

「我、我、我……來找你。」撮著結結巴巴地說，見茶清伯的兩隻眼睛越來越綠，「少爺他、他、他說要去東洋了。」

「什麼時候？」

「明、明日一早，拱宸橋。」

吳茶清悶聲不響，黑魆魆地站著，兩隻布鞋鞋面還是乾的，綠燈籠映得一地綠水。

「找過夫人了嗎？」

「沒有。」撮著自己也不知道，他怎麼會這樣回答。

「為什麼不去？」

「下雨，躲在亭子裡，太遲了……茶清伯，少爺要去東洋，我急煞了。」

吳茶清捻著鬍子，他全明白了。渾身上下，先是一陣陣地涼，後是從腳底板升起的熱。他再也不說一個字，一個轉彎，就進了杭天醉杭少爺住的院子。

杭天醉發現自己又到了湖上，還站在「不負此舟」上，半空中蕩下來一架鞦韆，杭天醉發現那上面坐著紅衫兒。

那架鞦韆很怪，沒有撐架，就像是從天上直接甩下來的。紅衫兒嚇得拚命哭，杭天醉看得見她的眼淚，卻聽不見她的喊聲。他想呼救，可是發不出聲音。他用手去撈那鞦韆，鞦韆晃悠著，又回到天上，成了又黑又小的一點。他五內俱焚，正不知如何是好，天上卻又出現一張大臉，正是雲中雕。他用兩隻大手使勁一推，不得了，那鞦韆就像子彈一樣，嗖地向他襲來，把他狠狠一撞，就撞進了湖裡。

湖水燙得很，像在洗澡的大池子裡。杭天醉又悶又熱，透不過氣來，拚命掙扎。他終於喊出了口：「救命！救命！寄客，救命！」然後，他就醒了過來。

他模模糊糊看見兩個人，又覺口中乾燥，便說了一個「水」字，然後，他感覺有滋潤的水流進胸口，舒服了片刻，他又昏沉沉睡去了。

吳茶清摸摸杭天醉的額頭，發燒、咳嗽，可是發不出汗，便說：「是感冒。」然後吩咐撮著，去管家處取了蔥豉茶來。原來這茶是吳茶清照著《太平聖惠方》的方子親自配的，內有蔥白、淡豆豉、荊芥、薄荷、山梔、生石膏，再加紫筍茶末。方中，蔥白辛溫適陽，可發汗解表。服用荊芥，溫散之力更著。淡豆豉，既助蔥白、荊芥解表，又合薄荷、石膏、梔子而退熱，再加紫筍茶有強心扶正之功，水煎溫服可助發汗散邪。所以，忘憂茶莊一般夥計的頭痛腦熱，均服此藥茶解之。

杭天醉服了此藥，果然不再喊叫，渾身上下還出了虛汗，依舊昏昏地睡了。吳茶清喚了撮著出來交代說：「今夜你守著少爺，明日一早再稟告夫人。東洋的事情，不許再提一個字，明日五更，給我備了車，我去拱宸橋。」

撮著鬆了口氣：「這就好了，這就好了。要不，那紅衫兒放在翁家山，叫我怎麼辦才好！」

吳茶清沉下了臉，說：「這是少爺的事情。懂嗎？」

撮著實在是不太懂，呆著雙眼，半張著嘴。吳茶清揮揮手叫他走。走著走著，撮著明白了，為什麼茶清伯的眼睛會發綠。茶清伯是叫他守口如瓶呢。

公元一九〇一年，農曆立夏翌日之晨，杭州名醫趙大夫家四公子趙寄客，手提一隻牛皮箱，站在拱宸橋京杭大運河碼頭，準備在此與杭天醉會合，然後搭乘小火輪，直抵上海。

天將五更，碼頭上流蕩著一些小商小販，有肩掛木袋、手托木匣的，那是推銷清涼丸、「金剛石」牌牙粉的，還有帶著鐵板火爐做雞蛋卷的。趙寄客知道他們都是自《馬關條約》之後，來杭州的日本人。這些挑著擔推著車的日本僑民先期而入，一面現烘現賣著雞蛋卷，一邊向杭州人學漢語，打聽風物習俗。溫文儒雅地被南宋遺風浸潤的杭州小市民，正小心翼翼彬彬有禮地與大和民族的小商販禮尚往來時，腰佩刀劍披頭散髮的日本浪人，卻乘機擁入拱宸橋，與結夥行凶的黑社會大團夥青洪幫打成了一片。一九〇〇年秋的拱宸橋是東洋人和青洪幫的天下。當時，日本人在拱宸橋設置郵政所，興辦汽輪會社，在街頭放映杭州最早的無聲電影，把杭人著實都震了一下。拱宸橋也有東洋人開的茶館，杭天醉曾嗤曰：「這能算是茶館？」原來日本人在拱宸橋搞了「五館」政策：煙館、賭館、妓館、報館、戲館。茶館沾了這「五館」的氣，早就跑了調，像大馬路洋橋邊開的陽春茶園、二馬路中央開的天仙茶園、裏馬路開的榮華茶園，幾乎都成了勾結地痞流氓娼妓賣淫的據點，整個拱宸橋就成了公娼區。妓藝稍優的，多在福海里，有近二百戶之多；次一等的，便多在大馬路、裏馬路一帶的茶園酒肆裡晃盪；再有那三等的，便在拱宸橋西頭。常有那浪蕩的米商與竹木商人，在此間鬼混。

趙寄客單身一個男人等在碼頭上，來糾纏的妓女就沒停過，聽口音，又多是浙西農村的。趙寄客不好色，也沒有杭天醉那份情調，就像昨日湖上事，把雲中雕暴打一頓後他便揚長而去，不會有後來那麼些粘連的，所以那些妓女一過來他心裡就煩。「去去去。」他一邊用手揮著，就像驅趕一群蒼蠅，一邊就在心裡怨杭天醉，再過半小時，小火輪就要起航，不少人都已經上了船，這傢伙究竟怎麼搞的。心裡正焦灼著，便聽見身後有人喊他：「趙四公子，趙四公子！」

他回頭一看，竟是撮著。心裡一喜，正要招手，後面過來一人，他要招的手就停了下來，臉上的欣喜，漸漸地轉為冷笑。

吳茶清此時已穩穩站在他面前，作了個滿揖。

「趙公子，杭少爺昨日湖上受寒，病臥榻上，不能與您一同東渡日本，老夫特來通報，免你牽掛。」

趙寄客淡淡一笑，也回作一揖，道：「謝茶清伯。寄客無牽無掛，別人願去願留，悉聽尊便，晚生告辭了。」

吳茶清一把抓住了趙寄客，一出手，趙寄客便知其是武林中人，不由一怔。吳茶清卻從口袋裡掏出一錢袋，說：「拿去。」趙寄客要推辭，吳茶清一擲，重重地入其懷抱，又道：「四十年前，老夫也是一條好漢！」說罷，搖身一晃，不見了。

杭天醉迷迷糊糊躺在床上生病時，同齡人吳升，正在隆興茶館和忘憂茶莊之間祕密地穿梭。每一次他都給吳茶清帶去激動人心的好消息：萬福良大小老婆為財產打官司了；萬福良氣病了；萬福良氣死了；隆興茶館落入小老婆的賭棍姦夫之手了；隆興茶館封門了；隆興茶館要出手了，好幾個買家來看過了，價格太辣手，賣不出去了。

林藕初說：「當年三百兩銀賣出去，如今萬家要賣五百兩，且糟踐成這樣一個破破爛爛的模樣，如數買下，豈不遭人笑話？」

吳升便垂下首低下眉言道：「那倒也是那倒也是。」

吳茶清沉吟片刻，耳朵側著，像是有滿腹的心事，說：「買吧。」

林藕初眉毛揚起來了，吳升便搓起手來。

「忘憂茶莊有錢。」吳茶清說。

吳升搓著手，不搓了。他恨這句話，他恨忘憂茶莊有錢，在這一剎那間，這小夥計甚至恨他心裡熱愛著的人。他像一個間諜一般來回亂竄，本意卻是非功利的，他只是為著依戀那從小解救和撫慰過他的人，但他仇視忘憂茶莊。

他不知道該怎麼去做這件互相矛盾著的事情。

林藕初從來沒有聽到過吳茶清嘴裡說出過這樣張狂的話，凡事從吳茶清嘴裡出來，便都沒了火性。她納悶著，吳茶清卻說：「該給天醉娶親了。」

林藕初悠悠忽忽回到二十年前，她想起了她抱著嬰兒坐在廊下時，吳茶清是怎麼說的。他說，有了錢，把忘憂茶樓贖回來。

三雅園老闆阿毛晚了一步，隆興茶館已易手他人，亦可說物歸原主——忘憂茶莊。通風報信者吳升不但沒有跌叫不已，反而暗自鬆了一口氣，他自己也搞不明白，為什麼他匆匆忙忙從忘憂茶莊跑出，又馬不停蹄地朝三雅園奔去，彷彿他生活中最大的樂趣就是看別人鷸蚌相爭，雖然他並非漁翁。

吳茶清陪著杭天醉上樓來時，留守的吳升畢恭畢敬地站在樓梯口，不停地說：「慢走，這樓梯板破得不能走人了。」

杭天醉幾乎沒有理他，他正在想自己的心事，吳升看著他的後腦勺，又開始恨他了。這個杭家大少爺，竟然不欣喜若狂，不笑，不說話，他竟然對呵護他長大的茶清伯無動於衷！

吳茶清開了茶館樓上的窗扉，灰塵蓬蓬地向新來的主人揚起。中秋過了，十月小陽春，日光斜射進茶樓，七道八道地交錯著，照得蓬塵發出了灰藍的亮光。

憑欄看得見一片湖光。對面寶石山、葛嶺和棲霞嶺，被日光和湖光照得化成了一片薄薄的剪影。湖上的遊船，在亮得像錫箔紙一般的水面上移過來移過去，因為很慢，看上去西湖就像是一幅凝固的畫兒。

杭天醉瞇起了眼睛。他想起了趙寄客的「浪裡白條」。想起他說，一個西湖對魚蝦而言如汪洋世界，對他而言卻不過是小小盆景的話。這麼想著，尖銳的絕望和無聊突然就攝住了他的心，把它一直就提到了喉嚨口，憋得他喘不過氣來。眼淚就溢滿了眼眶。

他不能想趙寄客，只要一想到他，他就有一種被噎住了要悶死了的感覺。他知道，那是因為他沒有與他同行。而且，從此以後，他再也不能夠與他同行了。

他用手指順便在桌子上畫了幾下，指頭沾了很厚的灰塵。茶館北面那個小小的半人高的戲臺上，蜘蛛結成了網。窗子一開，網兒在風中輕輕揚揚飄來飄去，看上去岌岌可危將要破損，但卻始終也沒有破。杭天醉茫然地盯著這舞臺，他想，難道我還會因為你們給了我一個茶樓便快樂起來嗎？

「還是叫忘憂茶樓吧。」他聽見吳茶清這樣說。

「隨便，隨便你們。」

「茶樓是你的，隨便的是你。」

「我隨便的，真的。」

「東洋去不成，你就什麼都隨便了。」

杭天醉一下子就不吭聲了。關於這個敏感的話題，他們兩人還從來沒有單獨交談過。

杭天醉盯著湖水，好一會兒，才期期艾艾地問：「他、他……沒罵我嗎？」

「罵你幹什麼。又不是你不想去，天數！」

「……你也認命？」

「……認！」吳茶清斬釘截鐵地說。

杭天醉耳根一下子燒了起來，說：「我是不想認天數的。難道要我成親也是天數嗎？我知道，這是你給我媽出的主意。我們忘憂茶莊大大小小的主意都離不開你。我被你捏在手心裡了。你就是我的天數，你知道我多麼……」

「……恨我？」

「不是的。」天醉背靠著窗框，每當他心情過分激動時，他就開始了口吃，「我是想、想、說……我、我、我是多麼沒、沒、沒有辦法，離……開你，沒、沒、沒有……辦法……」他口吃得厲害，說不下去，眼淚都要憋出來了。

吳茶清看見了杭天醉的樣子，薄薄的手掌就握成了拳頭，手背上青筋暴了出來，然後，一扇一扇地去關窗子。茶樓一下就暗了。空蕩蕩的，掏空了心子，什麼也沒有了。

他們兩人走過站在樓梯口的吳升身邊時，吳升手裡拎著一塊抹布，覺得他們離他很遠。他覺得自己既在忘憂茶樓之中，但又不在茶樓之中。他用手一摸，是空氣的銅牆鐵壁。他想，什麼時候，茶樓會落在他手裡呢？

第十章

杭天醉順理成章地從求是大學堂退了學。這個喧譁熱鬧光怪陸離的世界，一下子就從他的眼前消失了。他百思而不得其解，一些朝夕相處的人事怎麼能夠結束得那麼快，這種戛然而止的方式甚至有些像砍頭——咔嚓——命運一刀兩斷。

現在，他平淡地面對著家人為他操辦的婚事。彷彿他在這個五進的大院落，輪迴結親過許多次。長輿人沈拂影雖作為絲綢商在滬上商界占一席之地，對庶出的女兒沈綠愛的婚嫁卻聽憑了留守老家的三姨太的安排。客人林藕初在沈府客廳剛剛坐定，主人用毛竹片燒燃的銅壺已經響開了水，魚眼之後的蟹眼在水面上冒翻著，林藕初的眼前列列排排，堆滿了一桌子的作料。有橙皮、野芝麻、烘青豆、黃豆瓣、黃豆芽、豆腐乾、醬瓜、花生米、橄欖、醃桂花、風菱、荸薺、筍乾，切得密密細細，端的柳綠花紅。三姨太親自取了茶葉，又配以作料，高舉了茶壺，鳳凰三點頭，沖水七分，留三分人情在。又將茶盤捧至堂前，送與林藕初一干人，嘴裡說著：「吃茶，吃茶，這是南潯的薰青豆與『十里香』，你看碧綠。我們德清三合人的規矩，客人來了，先吃了鹹茶，再說話。」

林藕初眼角嘴角都是笑，心裡打量盤算著。女方是杭家世交，雖為庶出，但沈拂影對女兒卻不薄。平日裡，來來往往的，也把沈綠愛常常接了去滬上住。沈家妻妾成群，子女也多，這個叫綠愛的小姐，林藕初竟無緣見過。然見了這殷勤可人的母親，女兒的風韻便亦可知幾分。聽說此女頗有幾分野氣，不纏小腳，一雙天足，最愛在顧渚山採摘野茶。林藕初聽了倒也歡喜，這沈拂影雖是做絲綢生意的，女兒卻像是要吃茶葉飯。還有一句話眾人知道了也不說，原來沈綠愛之母原本就是莫干山下一小茶販的女兒，後來做了沈夫人的陪嫁丫鬟，進了沈家，上上下下的茶事，便由她一手操持。老爺從上海回來，見這丫頭點的一手好鹹茶，吃了喜歡，便留在屋裡。那丫頭也爭氣，生了綠村、綠愛兩兄妹，便一心一意守著沈家在水口的那百畝茶園。操持得上下滿意，沈家裡外，竟也認了這個粗手大腳的三姨太。

杭沈兩家締姻，用的是「金玉如意傳紅」，男家用金玉的如意壓帖，女家用頂戴壓帖。訂親那日，杭家廳堂供了和合二仙神馬，燃了紅燭，吃了訂婚酒。母親林藕初嚴守祖先的規矩，聘禮送過去二百餘元，在杭州也是上等人家的禮數了。女方留下了零頭，把那二百元整數退回，表示有志氣，有底氣，不願落下賣女兒的惡名。

發奩那一日，沈家出盡風頭，所謂良田百畝，十里紅妝，全鋪房一封書，無所不有。因是湖州來的，前三日便先住在了杭州親戚家裡。

沈綠愛和杭天醉這對青年男女，過去從未見過面，杭天醉只曉得對方有雙大腳。沈綠愛呢，也只曉得對方是個風流書生。花轎到了男家，早有男家贊禮者兩人分列左右。只聽右邊贊禮者慢聲長調高唱一句：「熨轎！」便有人手執熨斗，斗中燃芸香，繞花轎兩圈。又聽有人唱：「啟簾！」有人便將簾除去，綠愛的眼前紅晃晃地一亮，她知道，這下她是亮相了。臨行前母親交代再三，說那兩隻大腳要在裙子裡頭藏好的，走路要走碎步，像戲臺子上一樣，只見裙移，不見腳動。綠愛想，何必呢，躲得初一躲不過十五。這樣想著，喜娘把她扶下了轎，果然便聽得一陣的嗡嗡，綠愛有些心怯，但轉念一想，待一會兒，揭了頭巾，我叫你們再嗡嗡。由此可以想見杭家之有幸。三十多年前送來了林藕初，三十多年後又送來了沈綠愛。

與此同時，新郎開始被擺布了。杭天醉被三次請了登堂，他都很順從地照辦了，與新娘一起上香叩首，行三跪三叩之大禮，他都溫溫和和，心靜如水。大家都想看新娘，儀式就改革了。當司儀唱「揭巾」時，新郎的心裡咣噹，很響的一聲。他自己也不知道，為什麼這時候，他會想到紅衫兒，想到那個瘦弱的勉為其難地生活著的小女子。把她送到翁家山以後，他再也沒有去見過她一次。只聽撮著說她在山上還可以，毛病好起來了，幫著撮著老婆採茶呢，可是他竟沒有心思再去牽掛她。自從趙寄客走以後，他日夜牽掛的，便是東洋了。他永遠也說不清楚，為什麼他只想要那不屬於他的東西。

他轉過身來，正面對著這個幾乎比他矮不了多少的高個子新娘。他第一次注意到了這個屬於他的女人，像一匹小母馬那樣健壯。即便穿著大紅喜袍，她細韌渾圓的腰身，她結實的臀部也都遮掩不住地噴射春光。她高聳的胸脯威風凜凜，彷彿長得已經有點不耐煩了，這使得大病初癒的杭天醉腳下發虛。他希望他能不費力氣地順手牽羊，但是現在看來，她更像是一匹馬，或者一隻小母豹。他抬起手來，發現手指在顫抖。他不明白，還沒注視過對方，為什麼他就先害怕了。接著，他發現對方的胸脯也在一起一伏，他不知道他的女人並不是因為恐懼，她僅僅是因為迎接挑戰而在激動不已。她在等待，等待，等待眼前紅光脫去，白光降臨，她深信她不會失望。現在周圍萬籟俱寂，不要緊，不要緊，不要緊……她閉上了眼睛，她感到頭頂一陣輕鬆，像是剛從水底冒了出來。她睜開眼睛，聽到周圍一片嘩啦啦的水聲，然後，她看見她丈夫的驚愕的目光——她贏了！她的挺得高高的胸脯，唰的一下，鬆軟了下去。

站在婚禮大廳裡的男人和女人，包括最挑剔的寡婦和心理變態的尚未出嫁的大小姑子們，都發出了由衷的讚歎，這個新娘子，真正是光彩照人，美不勝收。

新娘子沈綠愛，並不屬於那種越看越耐看的女子，她完全屬於第一眼就美得觸目、美得驚心的那類女人。眼睛又大又黑，長睫毛，鼻梁筆挺，如果不是那黑葡萄般的眼眸，這鼻梁就可以說是幾乎過於挺拔了。她的皮膚倒也說不上特別的白皙，但細膩光滑的程度，足可與她家自產的綢緞相匹。也許她的脣並非真的紅如櫻桃，只是當她微微一啟脣，露出一口潔白牙齒時，人們才明白，什麼叫真正的脣紅齒白。沈綠愛的一頭黑髮，又濃又亮，眉毛黑長，像老鴉翅膀，直插鬢角。可以說沈綠愛是一種南方女子的變異，一種例外。她長得的確不像南國女兒那種嫋嫋娜娜惹人憐愛的媚樣兒。她美得堂堂正正，膽大無忌，照她的婆婆林藕初杭夫人看來，她實在是美得有點張狂。你看她頭回做新娘，那不慌不忙、心中有數的樣子，她一雙大腳，無所顧忌的神情。杭夫人看著看著，有點惱火起來。她想，這個媳婦不會是一盞省油的燈。她又看她那個雙肩略塌的眉清目秀、醉眼矇矓的兒子，心裡叫一聲「作孽」，怎麼跟當年的杭九齋一模一樣了，把遺傳了吳茶清的身架，竟然就壓下去了。正那麼想著，司儀已經在唱「行百年夫妻之禮」了，於是相對八拜。

最後是「傳代歸閣」，地上鋪有盛米的麻袋，杭夫人見新郎在前，新娘在後，踏著麻袋進新房裡，百感交集的淚花，終於湧上了雙眼，以至於門口拋擲的喜果兒，她都看不清楚了。

後來知曉杭家根底的人們說起那一天發生的事件，都覺得神祕。人們無法想像兩代人婚禮的騷擾究竟意味著什麼。這裡有什麼前塵孽緣，有什麼因果報應，又有什麼未來的預兆。總之，三十年前降臨到林藕初身上的命運又再度來臨了，當撮著急急慌慌扒開人群，對著正在兒子身邊張羅的夫人耳語一聲「雲中雕打上門來」時，新娘子發現坐在她身旁的丈夫杭天醉激烈地痙攣了一下，身體就綳直了。

「人呢？」她聽到丈夫問，精緻的薄嘴脣便慘白下去。

「讓茶清伯擋在外面了。」

「動手了嗎？」杭夫人問。

「動手了。」

「茶清伯怎麼樣？」杭夫人幾乎有些失態地問。

「雲中離被打翻了。」

杭天醉站起來，要解那繞身的大紅球，臉上泛起了怨煩，說：「我去看看。」這邊就慌得母親和下人們一連串地阻撓：「大喜的日子你瘋了，不怕雲中離再把你搡到湖裡去？」杭天醉接下去的行動，叫新娘子沈綠愛小吃一驚，他居然一跺腳，說：「讓他砸了忘憂茶莊才好，婚也不用結了，這不就是衝著我來的嗎？知道寄客不在了，拿我開刀。我這就跟他上衙門去！」

他這麼捶胸頓足地低叫著，卻沒有移動半分。沈綠愛冷眼看著，一動也不動，她不知道外面發生了什麼，只覺得丈夫是個急性子，膽子卻是不大的。瞧那麼多人圍著他的樣子，使他看上去更像一個半大不大的男孩子。

婆婆對撮著耳語了一番，恢復了自信與平靜，用目光暗示了一下喜娘，喜娘便引著新人拜家堂、拜灶司、拜見親戚，沈綠愛「開了金口」，一一地呼之，最後是拜見公婆，沈綠愛發現孀居的婆婆在微笑，額角的汗滴卻沖淌下來了。

杭少爺大喜那一日，忘憂茶莊並未關門。林藕初說，成親是自己家裡的事情，做生意是店裡的事情，兩件事是雞皮鴨皮不搭界的，茶清伯掌管著店裡的事情，和往日一樣。

上半晌還算平安，生意也做得比往日還熱鬧，不少小戶人家上門來，買那三文銅鈿一小包的茶末，順便打探與賀喜。

快到午時，一個高頭大馬的漢子，著一身黑衣褲，褲管紮得緊緊，額頭鋥光瓦亮，晃著一根又粗又大的辮子，一手握著個大鋼球，一手提著鳥籠，裡頭蹲著一隻八哥，搖搖晃晃，朝羊壩頭走來。他身後，跟著一群短打衣著的下人。眾人見了都知道這是杭州一霸雲中雕，剛從吳山頂上遛了鳥下來，吃飽喝足了沒啥鳥事，正要滋生些熱鬧來解悶呢，便慌得都往旁邊避讓。

這個雲中雕，在八旗中，也不過是個破落子弟罷了。因他有個哥哥在杭州府裡做事，管著消火防災這一攤，杭州又是個火城，故這個職位人們就不敢小覷，雲中雕便也沾著點兒光。他自己生得凶猛霸道，三天兩頭惹是生非，久而久之，人家就怕了他，他也就糾眾聚夥，越發得意起來。

立夏那一日，他被趙寄客一頓好揍，大傷元氣，蝸居甚久，不敢輕舉妄動。後來聽說趙寄客去了日本，單留下那個杭天醉。而且，他們竟敢又吃下了他姑夫的茶樓，他就抖了起來，一心要尋機會報那一箭之仇呢。老天有眼，總算等到了杭天醉成親的日子。

在吳山湖山一覽亭喝足了早茶也逗膩了鳥兒，雲中雕雲大爺帶著他的嘍囉，便下了山，走過大井巷，進入清河坊。

這昔日的清河坊，是個著名的鬧市區，名店比比皆是。一路數過去，方裕和南北貨店，宓大昌煙店，孔鳳春香粉店，萬隆火腿店，張允升百貨店，天香齋食品店，張小泉剪刀店，葉種德堂藥店，翁隆盛茶店……名店競相稱譽，形成一條繁華街市。

一嘍囉指著一家店堂門口高懸著的墨色青龍招牌，問：「大爺，是這裡吧？」

雲大爺看那迎門口的楹聯，一邊是「三前摘翠」，一邊是「陸盧經品」，便搖著手說：「不是，不是，這是翁隆盛，我們不惹他們，我們只惹那姓杭的，叫他這爿倒灶茶莊，從此在我手裡熄火，也曉得我雲大爺是吃葷還是吃素的。」

那一夥嘍囉便也狐假虎威地吆喝起來，周圍行人側目而視，不敢怒也不敢言，單就等著開打。

過了清河坊，便是羊壩頭。忘憂茶莊很有氣派，一看就曉得，一米來高的牆角，丈把高的青磚風火牆，門樓上鑲嵌金光閃閃的四個字「忘憂茶莊」，上面一抹綠色瑞草招牌，兩邊的楹聯，一邊寫著「精行儉德是為君子」，另一邊寫著「滌煩療渴所謂茶荈」。

茶莊緊鄰一座門樓，此時張燈結綵，喜慶鑼鼓，人來人往。雲中雕指著這邊迎門，說：「就是這裡了。」

剛說完這話，便有幾個小嘍囉張牙舞爪，摩拳擦掌，躍躍欲試地要去摘那楹聯，周圍便有行人迅速圍聚，等著看個究竟。

雲大爺把手那麼一擺，說：「先進去瞧瞧，看哪裡不順眼，再收拾他們。」

一撥子人，吆五喝六的，就那麼進了廳堂，以為就如同到了吳山頂上趕廟會。誰知跨進了門，便一個個噎了嗓音，手腳小心，不敢忘乎所以起來。

原來忘憂茶莊的店堂又高又大又深，左邊是櫃檯，足有半人多高，上好的樟木料，用清漆罩了。櫃檯後面櫥窗有各色貯茶瓶罐，有錫瓶、青龍瓷罐、景德鎮的粉彩瓷罐，還有種種式樣的洋鐵茶罐，專門從上海訂製而來的，一個個擦拭得纖塵不染。櫃檯後面的夥計，個個又乾淨得像那瓷罐子似的，穿著青布長衫，輕手輕腳，連笑聲都是輕的了。

店堂右面一大塊空地，便闢為客堂了。周圍牆上，用紅木鑲的鏡框裡貼著名人字畫。有金冬心的梅、鄭板橋的竹，其中還有幾幅，畫的是紫砂壺與野菊花，署名九齋，正是過世的店主人自己的傑作。靠牆沿一溜，擺著紅木雕花太師椅和茶几，那太師椅的靠背上，浮刻著各式的茶壺形樣。兩個牆角處又有花架，上面兩大盆常綠灌木，仔細看了才恍然大悟，竟是茶蓬。長得新綠一片時，也是一番光景。

雖然此刻已經入冬，但一團新綠，依舊分外精神。

最叫人們讚歎不絕的是客堂中央那一方花梨木鑲嵌的白色大理石茶檯，足有三張八仙桌那麼大，穩穩安放在花磚地上，真氣派！

嘍囉們也不用人招呼，一個個就先在太師椅上坐下歇息了，只拿眼睛瞟著雲大爺，看雲大爺挑不挑頭。

那雲大爺倒還沉得住氣，坐下了，也不說話。那邊，便過來一人，五十出頭，一撮山羊鬍子，精瘦個頭，雙眼清和，笑微微地問：「雲大爺有什麼吩咐？」

雲中雕也實在刁橫，說：「沒什麼吩咐，坐一會兒就不行了嗎？」

那人依舊笑著：「既然坐了，何不喝了茶去？」

說完，揮揮手，早有人遞上茶來。

那茶，若是燙點，雲中雕也好發難；若是涼點，雲中雕也好鬧事。偏偏這茶不熱不涼的，叫人下不了手。

雲中雕只好說：「夥計，有什麼好茶，大爺也稱二兩回去。」

那個人不卑不亢，手往大茶檯上一展，一條竹簡平平地鋪在了檯上。每一根竹籤上都是上等品牌，上是茶名，下是價格。

雲中雕說：「大爺買東西從來不看只聽，你拿這晃我眼睛，什麼意思？」

那人依舊不改笑臉，說：「雲大爺，你且聽我說來。」

「先說西湖龍井茶。此茶淡而遠，香而清，色綠、香郁、味醇、形美。有獅峰、龍井、雲棲、虎跑四個品類。其中獅峰龍井為最，其色綠中顯黃，呈糙米色，形似碗釘，清香持久，乾隆皇帝封十八株龍井為御茶，就在獅峰山下胡公廟前。此茶似乎無味，實則至味，太和之氣，彌於齒頰，其貴如此，不可多得。

「二說武夷岩茶。此茶從武夷山三十六峰九十九岩而來，半發酵，綠葉紅鑲邊，製成烏龍茶，氣味奇異，別有風韻。唐宋年間，便享盛名。當今東洋西洋諸番，競相運銷，記得『活、甘、清、香』四個字，武夷岩茶之精神，均在此間。

「三說廬山雲霧。廬山種茶，始於漢朝，白雲深處，有僧侶雲集，競採野茶，栽種茶樹。此茶芽肥毫顯，條索秀麗，湯色清澈，香鮮味甘，經久耐泡，醫家有『振枯還童』之說。全山茶園不過五十畝，數量極少。忘憂茶莊每年購得少許，只作精品，飽人眼福罷了。

「四說碧螺春茶。此茶產江蘇太湖洞庭山。傳說山中有一碧螺峰，石壁上生出幾株野茶，生得茂盛，茶農上山摘得，竹筐已滿，便放在懷中，不料異香噴發，眾人皆呼『嚇煞人香』。康熙皇帝品了說味道極好，其名不雅，更名碧螺春。各位請看，此茶條索緊結，卷曲成螺，沖水再擲，照舊下沉，又與果園套種，嗅之有茶香果味，實為絕品。

「五說君山銀針。此茶乃芙蓉國出，遠在湖南洞庭湖君山島。乾隆皇帝規定，每年進貢十八斤，官吏監督，和尚採製。諸位有看過《紅樓夢》的嗎？妙玉用梅花上的積雪來烹煮的老君眉茶，正是此茶。要說此茶妙處，全在烘製上，分初烘、初包、復烘、復包，需三天時間。沖泡之時最叫精彩，豎立如群筍出土，沉落像雪花下墜，諸位不妨一試。

「六說六安瓜片。此茶產自皖西大別山六安，形如瓜子，故名六安瓜片。採摘時間，卻在穀雨立夏之間，所製名茶，古代多為中藥，人稱『六安精品』，入藥最效。傳說唐代有個宰相，把此茶湯與肉封閉在一起，第二日打開，肉已化水，以此說明它能助消化，胃不安者，可試食之。

「七說祁門紅茶。祁門紅茶上市，不過十數年光景。二十五年前，有個叫余干臣的黟縣人，從福建罷官回到原籍，設立起紅茶莊，仿製功夫紅茶，此茶全發酵，以高香聞名，茶師稱之為砂糖香或蘋果香，又被譽為『祁門香』。夷人飲時，加入牛奶、糖塊，以為時髦。冬日腹寒，看客不妨以紅茶暖之。

「八說信陽毛尖。信陽乃中原地帶，大清國產茶最北的一個地區。外形細直圓光，多有毫毛，沖泡四五次，還有股熟栗子香。一年中只有九十天採摘期。此茶炒時，先用竹茅紮成茶把子，來回鍋中翻炒，不像龍井茶，全部手工。外形要緊、細、直、圓、光，最是磨人工夫。

「九說太平猴魁，那是烘青茶的極品了。產在安徽太平猴坑，是這一兩年剛被人家發現、藏之名山人不識的好茶。年前南京銷售尖茶的葉長春茶葉店去產地訂貨，路過猴坑，發現好茶，先取少量加工了，錫罐盛裝，運往南京高價銷售。因葉、杭兩家有世交，特地送了一些來。信裡還說了，此茶『兩刀夾一槍』，所以有龍飛鳳舞、刀槍雲集的特色。況且沖泡三四，蘭香猶存，實不愧為魁尖了。」

說到這裡，那人見裡裡外外已經圍了幾圈的人，才微微一笑，收了話頭。

「雲大爺，你要哪一種茶，只管開口，一手交錢，一手交貨，忘憂茶莊，一向是來者不拒的。」

直到聽完了這番話，那雲中雕才醒了過來。鬧了半天，這人是在奚落他無見識啊。雲中雕臉漲得豬肺頭一般紅，嚷道：「大爺不要這些茶，大爺我偏不聽你顯擺！」

「悉聽尊便。」那人收起竹簡，影子一般，就滑進了櫃檯。

周圍一群看客，圍哄至此，不禁會心而笑。這個雲中雕，立夏那一日被趙寄客一頓教訓，杭人一時傳為笑談。今日又不識相，看他又會落個什麼好下場。

嘍囉中有幾個人識得剛才那個帶著徽州口音說話的人，不是別人，正是忘憂茶莊店堂掌櫃，兼杭家的管家，名叫吳茶清。誰知這雲中雕死要面子活受罪，不肯在眾人一片奚落中離開，上回已經敗在杭家手下一次，這次若再敗了，雲中雕如何再在杭州城裡做人？這麼想著，他大吼一聲「起開」，把左右嘍囉推得丈把遠，一隻八哥也顧不上了，扔在大茶檯上，手裡只捏著那大鋼球，走到了櫃檯邊。

他東尋尋、西看看，一副破腳梗相。別人也不知道他能看出什麼破綻來，各人自顧做生意，誰也不再理睬他。

可巧，這時來了一個老太太，拿了六文錢，要買兩包小包裝茶末。這小包裝茶，原本是林藕初出的主意，吳茶清不同意。直到過了庚子年，才鬆了口。林藕初說：「從前你說賣小包裝反而添亂。過了庚子年豈不更亂，不怕那些八旗官兵再來找麻煩？」

「天不變，道亦不變，天變道亦變，這不是常理嗎？」

賣了小包裝麻煩果然就來了。接待的夥計，好巧不巧，恰是臨時拉來頂班的撮著。他說了：「阿婆，對不起了，這是店裡招攬生意的虧本買賣，每人只能限購一包的。」

阿婆聽了連連說自己老糊塗了，怎麼把店裡的規矩忘掉了呢？

正這麼說著，雲中雕兩隻大烏珠子一彈，使勁一拍櫃檯，喝道：「我要做生意。」

櫃裡櫃外一批人都怔怔看著他，不知他又要鬧出什麼名堂。

雲中雕見別人都注意到他了，便更得意，把那大鋼球子往半空中一擲，又順手接住，說：「我要買這茶末小包裝的。」

撮著取出一小包，又伸出三個指頭。

「要多少？」

「三文。」

「哦，我還以為是三千文呢！」

「不敢的。」

「好，給我包上。」

「大爺看清了，這茶末本來就是包上的。」

「小二，你也給我聽清了，我要的是一千包。」

撮著一怔，這才知道，已經上了雲中雕的圈套，心中便也發急了，說：「店裡規定，只能買三文銅鈿的。」

雲中雕說：「我也沒說買四文銅鈿啊，三文銅鈿，買一千包，這麼便宜的買賣，誰會放手？」

「我們一次只賣一包的。」撮著更急了，「你要買一千包，不是成心挑釁，不讓我們做生意嗎？」

「誰不讓你做生意了？誰不讓你做生意了？哈哈，一手交錢，一手交貨。喏，三千文錢就放在櫃檯上，大家看見的。一千包茶，快點拿來，再敢怠慢，雲大爺我就不客氣了。」

撮著對杭家最忠心耿耿，喉嚨便響了起來：「不賣！」

「你說什麼？你再敢說一遍！」

雲中雕烏珠彈出，和他手裡那隻鋼球一般地大小，撮著竟有些氣怯，怔著，不知如何是好。

店堂裡此時聚集了許多人，都被雲中雕的氣勢壓得大氣不敢出。

奇了，那個影子一般滑走的吳茶清，此時，背著手，又水一樣地流到眾人面前。他捻了捻小山羊鬍子，溫和地對撮著耳語，說：「雲大爺耳背了，你把剛才的話再跟他說一遍。」

有人壯膽，撮著立刻抖擻起來，大吼一聲：「不賣不賣就是不賣！」話音未落，便把臺子上那一小包茶也收了回去。

雲中雕大怒：「你反了？我讓你先嘗嘗雲大爺的鐵彈子。」他跳出兩步遠，右手一揚，一道寒光，那鐵彈子撲面朝櫃檯飛去。眾人大驚失色，一聲「啊呀」！說時遲那時快，只見茶清伯伸出胳膊，大張五爪，就勢一擒，那隻鋼球就穩穩地落在他的手中；而他的手，又恰恰在那撮著的眼皮子底下。

吳茶清也把那鋼球往半空中一擲，又捏回自己手中，對眾人作了個揖，道：「今日情形，在座各位都看見了。雲中雕拿我杭家人的性命開了打。常言道以牙還牙，鋼球現在我的手裡，我是不是也來拿雲大爺你的性命作回報呢？」

雲中雕那一撥子的人，此刻已被吳茶清不凡的出手怔得目瞪口呆，嚇得一起往後退。只有雲中雕蠻橫，又要面子，便撐著架子張狂：「你敢！你敢！大爺我倒要領教領教你這個櫃檯猢猻的本事！」

吳茶清冷笑一聲，說：「救人一命，勝造七級浮屠。今日我就饒了你。只是太寬宏了也不好，別人會以為我吳某人怕了爾等小流氓。好，我便也讓你有點可記住的東西吧。」話音剛落，只見嗖的一道銀光，咔嚓一聲，那八哥已經嚇得在屋角亂飛亂叫起來。

原來，吳茶清一彈，把雲中雕那隻鳥籠擊得粉碎，卻把那隻八哥的性命留了下來。

雲中雕受了這個氣，眾目睽睽之下，也只好性命不顧了，他一蹦而起：「姓吳的，我今日叫你嘗嘗雲大爺的厲害！」

他一頭朝櫃檯衝去，眼睛一眨，櫃檯裡卻已空無一人，再回頭一看，那個吳茶清早就輕輕鬆鬆躍出了櫃檯。

雲中雕舉著拳頭，要殺個回馬槍，被吳茶清一掌抓住手腕，那隻手，連帶全身，便都僵著不能動了，只好動口：「你們上啊，都給我上啊！」

有幾個膽大的，便衝了上去，和吳茶清交了手。那吳茶清卻只用雲中雕做了擋箭牌，把那幾個嘍囉碰得個慘。最後，吳茶清手一鬆，飛起一腳，雲中雕竟如他手中彈子，被嗖地扔出了廳堂外面，裡三層外三層的人，都是牆倒眾人推的，齊聲地叫著：「好！」雲中雕眼裡望去，盡是笑他之人，他便再也沒有戰鬥下去的勇氣，結結巴巴叫了一聲：「你們等著瞧！」便連滾帶爬地逃走了。

新郎杭天醉，並不知道忘憂茶莊在他成親那一日煥發的光彩。在許多許多年以後，這一日成了茶莊發展史上光輝燦爛的一頁，而掌櫃吳茶清，也成了類似武俠小說中的曾經金盆洗手的武林高士。

不會有人知道，那一天對杭氏家族又投下怎樣巨大的陰影。至少，對杭天醉和沈綠愛而言，那個夜晚是灰暗的、委瑣的，是充滿了悲劇意識的序幕的開始。

經過了一系列亂七八糟的禮儀之後，最後一個動作，是以杭天醉本人打破一隻熱水壺結束的。當時，洞房的門已經關上，新郎與新娘的神聖的結合已經拉開了序幕。突然的寂靜使杭天醉心慌意亂，當他用餘光乜斜新娘時，他發現他的媳婦沉著冷靜，遇事不慌，正用一隻手撿著扔在床上的桂圓、花生和紅雞蛋。女人的手不小，肥肥的，手背有幾個小窩窩。杭天醉看了一眼，便有些氣短。他又想起紅衫兒的手，又黑又瘦，細細的。他又從新娘子的手背往上看肩膀、脖子、耳朵、鬢角、眉梢、眼睛。她的眼睛叫杭天醉心慌，太黑太亮，沒遮沒掩的，在這樣的十二月的冬夜裡，不顧廉恥地展現著慾望，杭天醉只好站起來倒熱水。他害怕這樣的短兵相接，也許，他就是害怕真正的女人的那種男人。他需要斯人如夢，但媳婦已不是夢了，是鐵的事實，就坐在他的洞房裡、床沿上，用手拾著花生，手背上長著小窩窩。

所以他去倒熱水喝。然而，熱水沒有幫助他。那把大提梁壺用了幾十年了，在新婚之夜，它迸然而碎。

杭天醉哎呀一聲，那邊，新媳婦問：「怎麼啦？」

杭天醉又嚇了一跳，那簡直就是鈴聲，嘹亮的鈴聲。女人懶洋洋地走過來了，杭天醉感覺她身上叮噹叮噹一陣亂響。

「燙壞了嗎？」

女人大膽地提起了丈夫的手。這就是一種格局，主動的、關心的、內心有些厭煩的。

「沒有沒有，沒有的。」

男人慌張抖開手，用袖口遮蓋了發紅的皮膚。這也是一種格局，回避的、遮掩的、內心有些逃遁的。然後，沈綠愛便拿起那把放在茶几上的曼生壺，送到丈夫身邊：「水還熱著呢，你喝吧。」

丈夫想，據說新婚之夜，新娘子是不能這樣的。新娘子怎麼能這樣走來走去，還開口說話呢？他說：「你喝吧。」

然而她竟然就真的喝了，她說：「我真的口很乾。」便對著那把曼生壺嘴咕嚕咕嚕喝了一大口。

杭天醉覺得奇怪，他以為她會說「不」的，如果她這樣說，他會對她印象更好一些。現在他該怎麼辦呢？

他只好說：「這把壺是寄客給我的。」

「寄客是誰？」

「是我最好的朋友。」

「今日來了嗎？」

「不，早幾個月，他就去東洋留學了。」

「噢。」沈綠愛撫摸著這把壺，讀道：「內清明，外直方，吾與爾偕藏。」

「你識字？」杭天醉小吃一驚。

沈綠愛一笑，說：「這是把曼生壺，我家也有的。」

杭天醉悶坐了一會兒，想，是的，聽母親說起過的，這女人讀過私塾，還在上海大地方待過的。

「你怎麼沒去？」女人突然問。

「去哪裡？」

「東洋啊。」

「是說好和寄客一起去的，後來沒去成。」杭天醉抬起頭，說，「要是去了，婚就結不成了。」

「為什麼？」女人看樣子對這把壺有些愛不釋手，「你只管去，我等你便是了。」

「寄客是革命黨，我跟他去了，我也就是革命黨，抓住，要殺頭的。」

女人一愣，小心翼翼地把那把方壺放在茶几上，然後，抬起頭，打量著丈夫，問：「你就是為了成親，沒去東洋的嗎？」

「不是。」杭天醉搖搖頭，走到床沿，「我病了。」

女人顯然感到失望，她已經發現男人身上那些漫不經心的東西。對於一個新婚之夜而言，他們的對話真的已經是太多了。儘管如此，女人還是不想就此罷口，她最後一句話，說得很聳人聽聞，她說：「我哥哥綠村也是革命黨，在法國。」

那天晚上和以後的幾個月的晚上，杭天醉一敗塗地。他不明白，這究竟是怎麼一回事。說美豔驚人的女人不能喚起他男人的慾望嗎？不是。說他想起了從天上飛下來的坐在鞦韆上的紅衫兒了嗎？也不是。實際上他就是接受不了過於強大、過於生機勃勃的東西。比如當他抖著手去解女人的緊身布衫時，按照習俗和老人的口授，那女人的布帶是紮得很緊很緊的。可是他一伸手，那布帶子就自行脫落了。他一看到那對耀眼的胸乳，就嚇得閉上了眼睛。他下意識地以為女人這樣豐滿是很不對頭的，它們咄咄逼人地挺在胸口，就像是要吃了他似的。那女人身上噴出的熱氣，又是那樣強烈，簡直就像一道無聲的命令——快過來，擁抱我！

杭天醉躺在被窩裡，一動也不敢動，他一點慾望也沒有，真的一點慾望也沒有，先睡一覺再說吧。這樣想著，他竟睡著了。

快天亮時他翻了個身，壓在了一個軟綿綿的光滑的東西上面。他醒過來，手接觸到一絲不掛的女人的身體，心中失聲驚叫——我成親了。他一個翻身，壓在了女人身上。突如其來的，什麼都來不及做，熱浪便過去了。他尷尬地翻了下來，很快覺得疲倦，昏昏地又睡去。

他再次醒來時，聽到母親在驚叫：「醉兒，茶清伯被官府抓走了！」

第十一章

決定罷市的會議，在柴垛橋的徽州會館裡舉行；周滚吳茶潘醬園，杭州城裡大小徽州商號，幾乎都到齊了。

杭天醉作為忘憂茶莊的老闆，杭城茶界最年輕的商人，出席了這次會議，且在會上慷慨陳詞：「吳茶清者，非忘憂茶莊之吳茶清，乃我杭城兩浙茶界之吳茶清；非徽州之籍，乃漢人之籍，中國人之籍。數百年間，民族之間從無平等，只有奴役欺壓，俱是有如雲中雕一干的惡人橫行鄉里，敗壞朝廷，以致維新不成，搖動國基。正要藉此痛打這幫禍國殃民者的氣焰，求得這兵荒馬亂年代裡的小小太平，讀書人讀書，商人經商，各個安心，從此地痞流氓再不敢輕舉妄動，這才是我們這次罷市的目的。」

眾人聽了，耳目一新，都道說得長遠透徹，到底是大才子，大學堂裡出來的。林藕初聽了心生自豪，兒子沒有像他那個扶不起的阿斗、撈不起的麵條的「爹」一樣，而是敢於拯救關在衙門裡的茶清，這對林藕初而言，無疑是最值得告慰的事情。她甚至暗暗地以為，這是深藏不露的血緣在冥冥中顯靈。

和沈綠愛的父親沈拂影商量這事時一點也不費勁，他對女婿的這一行動十分讚賞，說：「我明日便回上海去了，有什麼事情可打招呼。我和北京孫治經、孫寶琦父子有點來往。孫治經也是杭州人，給咸豐帝當過太傅，這個你都該知道的。」

沈綠愛的哥哥沈綠村剛從法國回來，此時已是祕密會黨興中會成員，正在孫中山的麾下。中山先生通過這些人聯絡江浙財團，為革命籌款。他是個大高個子，受了西風薰吹，年紀輕輕，手裡照樣拄根文明棍，說話愛聳肩膀撇嘴巴，攤手，顯出一種優越感。他給杭天醉出了一個主意：「天醉兄，我正要上京拜見孫寶琦，朝廷剛剛任命他為出使法國的欽差大臣，我去迎接他，你可寫一封申訴信，我給你帶去，不怕這個小小的杭州府不聽。」

「我就是恨這個雲中雕，此等地痞流氓，竟能攪出這麼大禍水，寄客在就好了，哪裡用得著我出面？」杭天醉恨恨地說。

「你是說東渡日本的那個趙寄客啊，蠻有名氣的，我在法國也聽說過。怎麼，你跟他的事情也有來往？」沈綠村倒有幾分留心了。

「我只跟他品茶聽書，沖沖殺殺的事情，倒也不曾做過。」杭天醉說。

「你這不是沖沖殺殺了嗎？」沈綠村拍著他妹夫的肩膀說，「這件事情辦成功了，你在杭州商界的亮相，就是個滿堂彩了。」

沈拂影也讚許地點著頭。沈家父子的鼓勵，使杭天醉驟添了幾分底氣，他想，他到底還是個七尺男兒，有英雄本色的，夜裡那些不成功的沮喪，便也掩蓋過去了。

杭州的市民，一覺醒來，突然感到小小的震驚。鹽橋、清河坊、羊壩頭、直大方伯、候潮門一帶，到了早該卸門板的時候了，各家的商號卻都靜悄悄地封著門，人們簇擁在街頭巷口，北方來的水客和山裡來的山客，一時無事，又焦急又興奮地擠簇在這中間，等待著罷市的早日結束。吳茶清不鳴則已，一鳴驚人，雖說關在衙門裡，卻成了杭州城裡的風雲人物。

由徽州會館和茶漆會館發起的這次杭州各大中小商號的罷市行動，聲勢浩大，驚動京城。二十年後出任國務總理的杭州人孫寶琦在赴法之前，專門差人過問了此事。也是活該那雲中雕氣數已盡，原來他哥哥管的那攤子防火，也是個衙門裡的肥缺，早有人尋事要把他撬下來自己頂上去。這次乘了他弟弟鬧事，正好做文章。原來吳茶清的被拘，也不是通過什麼正式途徑，是雲中雕青一塊紫一塊回家與他哥哥哭訴了，他哥哥又去開了後門，未經上司批准便收審的。雖說這等草菅人命的事情司空見慣，但這次惹的是杭家，又觸怒了商界，事情就麻煩了。義和團的事情剛過兩年，大清朝風雨飄搖，草木皆兵，實在不敢再起風波。較量結果，是雲中雕兄弟被逐出衙門，吳茶清無罪釋放。

杭天醉以後經歷過不少政治命運的轉折關口，此次為最輕鬆最不痛苦的。不管他要不要這個世道，反正這個世道，是非拽住他不可。他就那麼莫名其妙地成為茶界的一顆冉冉升起的新星。市民們紛紛擁向忘憂茶莊，使茶莊生意大振。茶界的先輩們互相議論說：「忘憂茶莊的振興，是靠打出來的。」

茶漆會館在狀元樓擺了幾桌酒席，一為杭天醉慶功，二為吳茶清接風。

那一天甚是熱鬧，不說茶界的要人們，連趙岐黃這樣不太出面的名醫大夫也駕到了。女眷們另外擺了一桌，婆婆林藕初和媳婦沈綠愛坐了一個正對面。

會長敬了酒，說：「這一次罷市成功，大長我們茶漆界的志氣，大滅雲中雕等一干地痞流氓的威風。這些人靠吃祖宗飯過日子，吃喝嫖賭，什麼不幹！早就該找個藉口煞一煞他。茶清伯真人不露相，此番身手，倒叫我們開眼，原來茶葉堆裡還藏著個英雄豪傑老黃忠！」

吳茶清淡淡地作了個揖，道：「不足掛齒，不足掛齒。」

趙岐黃倒是舉了杯酒要敬與杭天醉，說：「此事原與我那個不肖子有關，如今他去了東洋，拍拍屁股把雲中雕扔給了你。原來以為你是個手無縛雞之力的人，又值大婚之日，沒想到此時杭家有了挑大梁的人，掀起這麼大的風浪。到我這裡來看病的人，如今有誰不知道忘憂茶莊的厲害？有誰不知那個年輕的喚作杭天醉、年長的喚作吳茶清的？一文一武，撐著茶莊，杭夫人此生有望——自古英雄出少年啊！」

說完與杭天醉碰杯，一飲而盡。

杭天醉原本是個不勝酒力的男人，乾了幾次杯，便覺酒酣耳熱。他從小並沒有在生意場上摸爬滾打過，此番剛一亮相，就得了個滿堂彩，少年壯志，不免躊躇。況且他本性善良，又好輕信，好妄動，好發石破天驚之言，好做標新立異之事，別人若沒有看到過他沮喪洩氣時的模樣，只看他鬥志昂揚之時的壯氣，實在覺得這少年小覷不得，將來不知有怎樣的前程。

杭州方言裡，說人頭腦發熱，叫「事霧騰騰走」。杭天醉眼下就「事霧騰騰走」了。他腦門唰地一亮，一個主意就跳了出來，來不及細想，便全部汩汩地淌了出來。

「諸位前輩，晚生天醉承蒙各位誇獎抬舉，不勝榮幸之至。天醉先父早逝，自幼好讀書，不喜商務。茶莊生意，一賴母親支撐，二賴茶清伯經營，三賴各位同人相助，方有今日局面。此番惡棍騷擾，竟黑白顛倒，喪心病狂，拘捕我家棟梁之柱，遂使茶清伯白髮先生為我受累。中夜捫心叩問，自愧有辱先人，每每淚如雨下，幾番不能入眠。家母再三督促，望子成砥柱中流，不肖子今日幡然醒悟，自明日起走馬上任，接手茶莊一應事務，與在座前輩共興茶業，以告慰我父在天之靈。」

眾人聽了他這番半文半白的懺悔自責加豪言壯語的演說，便大聲叫好，鼓起掌來，把個老闆娘林藕初聽得措手不及。她對視過去，見新媳婦沈綠愛神采飛揚，雙頰飛紅，一雙黑漆眼睛直直盯住了丈夫，一副崇拜的神情。再看看對面桌上的吳茶清，面目淡然，彷彿所有這一切都與他無關一樣。

杭夫人亂了方寸，但表面上還要裝得感激涕零，對那頻頻向她敬來的酒杯加以回報。她真沒想到兒子會來這一手，實際上她一直就希望能和西太后一樣垂簾聽政的。她希望大小事務都由她和茶清來決策。兒子搭個架子，慢慢地幹些雞零狗碎的小事，再到外面闖一闖，當一當水客，也當一當山客，真正吃透茶葉飯了，再來當家做主。那時，我林藕初、他吳茶清也才算是真正老了，可以享清福了。

沒想到天醉當著眾人就自說自話，還說得這樣感人肺腑，好像他繼承這份家業，要斬斷人間多少情緣一樣，真是豈有此理！這痴憨小子有這樣的能耐嗎？林藕初用一種恍然大悟的目光盯住了媳婦，媳婦卻對婆婆粲然一笑，親自夾了一塊醉雞，孝敬到了婆婆眼前。

對這個新娘子，當婆婆的還沒接觸幾天，就大吃一驚地領教了。新娘子過門三天了，始終沒有亮出那塊象徵純潔的帶血白綾子帕，她旁敲側擊地打聽了一下，沒問半句，新娘子便很理直氣壯地說：「媽，你怎的問我？你該問他呀！」

林藕初不悅，又不好發作，說：「我兒子可是沒有做過男人的。頭回做，你要順著他一點。」

沈綠愛坦坦蕩蕩看著婆婆：「媽，我也是頭回做女人的。」

林藕初聽了，真正目瞪口呆。

新娘子甚至破了三天後要回娘家的習俗。因為夫婿不能陪她回湖州，要在杭州商議罷市營救茶清，她很贊成，說：「我回不回娘家不要緊的，總是自己家裡的事情要緊。」

林藕初對媳婦這麼快就把立場轉到了夫家，又滿意，又不滿意，心裡又惦著關在衙門裡的吳茶清，心思一時混亂不堪。坐著轎子，通了關節，去看關在衙門裡的吳茶清。吳茶清倒也沒有吃多少苦，牢頭禁子早就打點過了。問及家事，林藕初長嘆一聲，眼淚先掉下來，說：「只怕杭家又要斷後啊！」吳茶清一聽，頓時什麼都明白了。

此刻，新媳婦就在眾人面前這樣亮了相。男人都把眼睛恨不得貼到沈綠愛身上，婆婆的風光被她奪去了十之八九。婆婆失落、傷心，強作歡顏卻五內俱傷。婆婆的肚子裡有了一口井，十五隻吊桶在那裡七上八下。

這裡，林藕初正對兒子的奪權痛心疾首，那邊，吳茶清站了起來，眾人紛紛敬酒說：「老英雄，老英雄有何高見？」

吳茶清兩隻袖子捲了一個褶，露出兩道潔白內衣袖口，輕輕作一個揖，才開了講：

「諸位，我吳茶清，一介浪客，承蒙杭家老太爺不棄，操持茶莊三十年，終於盼來茶莊後繼有人，茶清可以放心走了。」

眾人聽了，都道茶清伯你怎麼啦，好端端的，怎麼說出這樣的話來？忘憂茶莊幾十年了，還不都是姓杭的當老闆、姓吳的當掌櫃才發達起來？莫非杭少爺剛披掛上陣就要變卦？

杭天醉一聽，也說：「茶清伯你要走的話頭，談也不要談。沒有你，我這老闆當得還有什麼意思？我這個老闆也不要當了。」

吳茶清說：「正是要斷了你靠我的想頭，我才這麼決定的。我也一把年紀了，還能撐多少年？你母親也是含辛茹苦，做女人做得像她那樣累的，又有幾個？如今你成了親，有了那麼個開頭，我趁你有勢頭之際，趕緊撤了，你自己挑大梁去，將來我們一口氣吐出，你也有在這個亂世安身立命的資本。」

吳茶清不鳴則已，一鳴驚人，旁邊那一桌的女眷們便開始抹眼淚，林藕初抖了半天嘴唇，一個字也吐不出來了。

眾人又要欷歔，吳茶清卻道：「這又不是什麼一刀兩斷的事情，我只是想出來，在候潮門開一家茶行。各位若相信我茶清，出了股，等著收錢就是。那茶行的名稱，自然是誰出的股最大，便隨了誰。」

「那我家自然是要認了大股的。」杭天醉立刻說，「我們認了大股，茶清伯和我，還是一條繩上的螞蚱，我反正是要依靠茶清伯的。」

杭天醉的表態，叫林藕初鬆了一口心氣。一旁那幾家茶莊，見茶清挑頭，都曉得可靠，有利可圖，便也當場認了股，這麼一件大事，在飯桌上就定了。

此時，各位已經酒足飯飽，準備撤席，杭天醉突然又說：「各位前輩，晚生還有一個打算，不要各位出錢，只要討個支持。」

原來杭天醉是要動忘憂茶樓的主意了……

林藕初見兒子今日一反常態，主意出了千千萬，沒有一樣和她商量過，心裡自然發急，可她一個女人家，能出來應酬吃飯就十分賞臉，哪裡還有她吆五喝六的權力。沒奈何，賠著笑臉說：「九齋活著的時候，倒是常常念叨這件事情，他是個好熱鬧、喜歡靈市面的人，日裡皮包水，夜裡水包皮，想把茶館收回來，會會友，聽聽大書也便當，倒是叫我擋了。如今茶館收回來了，只差吳升守門，也沒想好了做什麼用場。常言道，開茶館的人，都是吃油炒飯的。」

那媳婦聽了新鮮，便問：「媽，什麼叫吃油炒飯的呢？」

「你哪裡曉得這一行的艱辛！須得八面玲瓏才是。如今開茶館的大約總是兩種人，有權有勢的，或者便是地痞流氓。正兒八經的商人、文人哪裡敢隨便開茶館？風險大，是非多，又要耐得痛，喝起講茶來萬一鬧翻，桌子椅子朝天翻，你尋哪個去？」

杭天醉說：「我倒是想吃吃這碗油炒飯。別樣事情，我一時也插不進手的，唯有茶館這一套，我還熟絡。各位要議個事情，也好去茶館，推敲起來，終歸是利大於弊嘛！」

趙岐黃已經擦嘴巴要走了，這時，才倚老賣老，對林藕初說：「弟妹，這件事情，天醉有興趣，叫他做去就是了，總比他一時無從下手好吧。再說這一次這麼一鬧，倒也鬧出牌子來了，杭州城裡那麼些個破腳梗，做事也須讓三分了。我家那個闖禍坯不在也好，他上面三個哥哥，卻是和茶清伯一樣有分寸的。真正需要對付幾個流氓，找他們便是了。你們一家子回去再從長計議一番，這裡茶清開茶行，我是生不出資本，有心入股也沒用，將來有一日用得著我趙某人來講幾句公道話，只管吩咐。茶清，你相不相信？」

吳茶清一笑，說：「原來是想一個人躲出去圖個清靜，看來真要清靜，大隱隱於市，我是不可能了，恭敬不如從命吧。」

他眼睛在屋裡掃了一圈，停在了門角，說：「吳升，我只向天醉老闆要了你去，你答不答應？」一屋子有錢人，這才把目光都射在了這小夥計身上。吳升因為被如此地重視著，幾乎頭昏目眩，瞠目結舌。天醉便笑著說：「別急別急，我自然放了你的。」吳升這才哧哧地笑了，一雙黑白分明的大眼睛愣著，像個拾了元寶的淳樸的鄉下人。

新媳婦沈綠愛，心旌從未如當日夜裡一般搖動。她是一朵山野的花，有了陽光與風傳送的異樣的味兒，便如受了誘惑一樣，經了挑逗一般地需要雨露了。她又是在大地方待過的人，讀過詩書，不以男歡女愛為恥。一開始她對丈夫的印象不好，以為他娘娘腔人重，整日價風花雪月，真要溫存體貼良宵一刻值千金時，他卻又銀樣鑞槍頭。今日的表現，叫她開心，原來丈夫還是有英雄氣的。喝了酒，神采飛揚的樣子，很是讓人心動。沈綠愛一個美麗的江南女兒，水一般的柔情，從未想過要去主動費心思，今天卻羞怯動情起來。夜裡，丈夫尚未回房，她卻早早地向婆婆請了安，想著夜裡的安排，頭先就低了下來。婆婆心裡卻煩，見媳婦低著頭要走，便問：「天醉呢？」

「和撮著去看大水缸了。」

「要大水缸幹什麼？好好地有著井，也沒見人家開茶館一定不讓用井水的。」

「這個我也不懂。倒是昨日翻《茶經》，陸羽卻是說了，山水為上，江水為中，井水為下的。」

媳婦比婆婆有文化，還能拿古人的話來壓婆婆，這也叫林藕初很生氣。人一生氣，便尖刻，也顧不得那許多的臉面，便問：「只顧看那些書幹什麼？有心思，倒是想想你倆自己的事情。」

沈綠愛卻是不吃婆婆這一套的，說：「媽，我成親兩個多月了，正要聽娘的指教，天醉究竟是怎麼一回事啊？知道的，像你我，倒也體貼不怪罪他；那些不知道的，裡裡外外斜著白眼，還以為是我的罪過了呢！」

林藕初聽了媳婦這一番話，竟也無言以對，長嘆了一口氣，說：「這種事情，你們小夫妻最明白，怎麼倒問起我這個守寡的婆婆來？要說吃藥尋醫，這兩個月來又何嘗斷過！唉，我也不逼你，杭家幾代的單傳，綠愛，我是只有指靠你了。」

沈綠愛聽了，不禁潸然淚下，對婆婆那些暗暗的不滿，也早已拋至九霄雲外，默默地點點頭，便走進房門。

梳妝檯前，紅燭高照，她把她那一腦袋的花花頭飾一件一件地摘了下來，最後連髮夾都摘了，披著一頭的黑髮，長度及腰。她又一件件地脫了外衣，屋裡生了炭盆，倒也暖和，本來穿著貼身小襖，是要立刻進被窩的。綠愛卻捨不得她那好看的身子在鏡中的窈窕，脫得只剩一條睡褲、一個抹胸，露出那上半截潔白透亮的肩膀胳膊，黑黑的長髮瀑布一樣傾瀉下來，翻過她玉山一樣的胸乳，垂掛著，摩挲到了小肚子，癢癢的，又往下，髮梢掛在了兩腿之間。些微的漣漪，就輕輕地泛了上來。

綠愛盯著鏡中的自己——她不明白，她不美嗎？沒有女人的誘惑力嗎？夜色幽暗，鏡裡的世界也幽暗。綠愛望著望著，對自己就著了迷，她輕輕地用力一扒，抹胸被扒拉下來，兩隻胸乳像歡奔亂跳的小兔子剝了出來，鏡子裡的紅豆，便與紅燭交相輝映起來。畢竟是冬天，羊脂上立刻就跳起了雞皮疙瘩。綠愛用手掌去撫暖，手指便觸摸著了浪花，浪花便簇簇地抖蕩了起來，她不由自主地閉上了眼睛，鏡中的世界一下子退得遙遠了，那裡面的人兒也小了，被目光擠扁了。她聽到了自己喉嚨口發出的喀喀的憋氣的聲音，她難受到了極點，竟不覺得冷了。接著，她覺得自己已經掙扎過了難受這一關。她鬆弛了雙眼，鏡子裡的世界又近在了面前，鏡子照著她鬆散的身形，就好像冰冷冷地照著一片大潮過後的泥濘的沙灘。

身後有開門聲，她下意識地便用雙臂抱住胸口，順手扯了一件外套披在身上，杭天醉進了門，驚愕地發現了自己的神形怪異的妻子。

妻子的目光已經迷離了，忘情地半張著小嘴，喘著氣向他一伸一縮的，紅紅的舌頭半吐，像是瀕於死亡，又像一條半透明的就要吐絲的肥蠶。她披頭散髮地向他走來，背後一片黑暗，又可怕又色情。妻子像中了邪似的緩緩走到他面前，喘氣的聲音像要催他的命一樣急促。妻子的黑頭髮黑眼睛，使他想起《楚辭》中的山鬼。突然，妻子的手一鬆，兩臂用力一掀，一道白光，他看到妻子的兩腋下茂盛的黑叢，然後，兩座小山便堆起在他眼前。山頭，是急劇顫抖著的急不可耐的紅櫻桃。杭天醉使勁一彈，人便繃直了，直著眼睛，僵持在那裡。妻子卻越來越情急，喘出的熱氣直撲向他的臉，從她耀眼的身上放射出來的光，像是能把他當場烤焦。他的臉帶著上身，一步步地向後退去，一直退到門牆，無路可退。妻子的雙手像是捧了沉甸甸的瓜果，強送到他眼前。

杭天醉渾身上下如針扎一般，他覺得他已被眼前這團致命的慾火逼成了一座找不到噴發點的火山。他們兩個就像兩條相濡以沫的半死不活的魚，被這障礙重重的慾火燒得奄奄一息。終於，杭天醉一把抓住了眼前的白光，手指甲死勁地掐了進去，沈綠愛尖聲地壓抑地狂叫了一聲，不知是痛還是酣暢。而杭天醉也在這使勁中，喉嚨口咔咔地擠出了垂死一般的聲音。他的手一鬆，從女人的肚子上滑了下來，他的身體也隨之癱軟如泥，雙膝一軟，便跪下來，雙手撐在地上，臉便埋在了女人身下。昏昏然中，他沒有見到女人臉上隨之而下的兩行冰冷的淚水，只聽到女人略帶疲倦的沉著的聲音：「我們上床吧。」

天亮前，這對惶惶不安的新人又做了一次性愛上的垂死掙扎。當杭天醉從昏睡中進入矇矓，他覺得自己被一件軟綿綿的東西縛住了身體，他能感覺到臉上的熱氣一陣陣噴來。他順手一搭，摸到一樣光滑結實的東西，這東西讓人激動，把他從夢鄉中激靈醒來。與此同時，他的下體一熱，被另一件東西鉗住了。他嚇了一跳，兩條腿一伸，醒了。睜開雙眼，一片漆黑。他突然明白是怎麼回事，他被身邊這個女人的肉體擊中了，一個翻身就撲到了那片處女地上，女人在身下激烈地顫抖起來，像是火山正在醞釀爆發，呼吸聲急促，又響又不可遏制，在黑夜中回響。女人把頭欠了起來，摸黑中來回尋找著杭天醉的嘴，女人氣喘吁吁地說：「給我。」

杭天醉不知道女人到底要什麼，所有亂七八糟的關於做愛的道聽途說的常識都湧了上來，使他無從下手。他幾乎就要僵硬在女人身上時，眼睛直冒金花，上身一撐，叫了一聲，斜身跌落在枕邊。女人就勢，就翻到了他的身上，他們來不及也不懂得接下去應該怎麼做，只是當那女人違反常規地壓在杭天醉身上時，杭天醉一陣痙攣，他失敗了。

女人似乎被這一次的失敗徹底擊垮了。她呆了一會兒，翻身下來，側身，背對著丈夫，一動也不動。杭天醉卻徹底地醒了過來，尷尷尬尬地想，這是怎麼搞的，莫不是我真不像個男人了？這麼想著，半躺下身子，對著帳頂，便發起呆來。

他發現他又在想念他的朋友趙寄客了。只要有他在，沒有什麼事情是可以難得倒他的。他看看身邊那團黑鬱鬱的隆起的肉身，突發奇想，要是我有寄客的魄力，我定把她狠狠整治了，叫她再不敢張狂。現在，他想起女人裸著半身咄咄逼人的架勢，真是又屈辱又無奈。他伸出手來，在黑暗中抓摸著，卻什麼也沒抓到，只留下了兩手的空虛和孤獨。他心裡發慌，往床頭櫃上一伸，摸到了那把曼生壺，「內清明，外直方，吾與爾偕藏」，他把它取了過來，捧在手裡，紫砂壺慢慢地受了熱氣，暖了起來，他的冰涼絕望的心，也漸漸好受一些了。

吳茶清這一步跨出了忘憂茶莊，林藕初身上的擔子，就不由得重了。

茶業行規定，女人是不能上前店的，故而老闆娘只得帶著新媳婦在後場張羅。後場的任務，購茶評茶已被吳茶清帶出去，剩下的，一是重新拼配，二是貯藏。

說是重新拼配，也不是一件簡單的活。龍井茶雖說採製高級，毛茶品質就好，但重新精製再賣出去，依舊少不了復火、篩分、風選、揀剔等作業。

新媳婦沈綠愛，對這一過程，充滿新奇愛好。春茶收購尚未開始，她對許多工藝程序已經有了很多瞭解。婆婆帶她見識了倉中那許多堆積的篩子，婆婆一前一後地平面磨墨一樣轉動篩子，在上面放了一把毛茶。毛茶在篩上平面旋轉著，有的就落下了。婆婆問她什麼留下，什麼又落下了。

沈綠愛認真看了，說：「長的留下，短的落下了。」

婆婆又換了把篩子，一上一下地抖，又問她什麼留著，什麼落下。

沈綠愛說：「那粗的留著，細的落下了。」

婆婆說：「記著，通過篩選後，上面的茶葉叫本身茶，下面細小的，叫下身茶，還有這些不合規格的粗大的頭子茶，叫圓身茶。這三種茶，要分三種分別精製，然後再重新拼配。」

「這麼繁雜啊。」媳婦驚歎。

「茶葉這碗飯，哪裡是那麼好吃的？」婆婆告誡著媳婦，「我從三家村抬來時，公公說，茶業學到老，名稱記不了。你想想，一輩子都記不了茶的名呢，多少事情要做啊！」

夜裡梳洗完畢，坐在椅上，新娘子沈綠愛再也沒有興趣和丈夫做那徒勞無功的努力了，把那一腔的激情全部轉移到了茶上。

她一邊看著那些前人留下的關於製茶的木刻書，一邊問著無事忙的丈夫：「天醉，咱們家裡的龍井，為啥購來後要先放在舊竹木器裡？」

杭天醉在院裡堆著一大堆石磚，正一五一十地檢查觀看，還用刷子就著東洋進口的肥皂，細細擦洗著，說：「這是什麼問話？新竹木器時間長了便舊，哪裡有年年買了新的貯茶。」

「不對，」沈綠愛批駁他，「你看，祖宗這裡說了，茶性易染，新竹木器有異味，所以必得用舊器，你連這個也不曉得嗎？」

杭天醉從木盆裡抽出兩隻溼淋淋的手，生氣地看著他那個逞強好勝的媳婦，可是他不敢公開訓斥她。她在床上，已經用絕對優勢把他打得不戰而敗，落花流水。他每時每刻都好像聽到她在說：「你還欠著我呢。」

可是他又不甘心這樣被搶白了去，便伸出兩隻手，對女人說：「沒看我忙著，給我捲一捲袖口。」

女人從藤椅上站起，把書扔在桌上，手腳麻利地給丈夫捲著袖口，像是在給兒子忙活，口裡還怨道：「你這是幹什麼，挖那麼多灶磚，今日廚房裡燒火的楊媽說你把灶都要挖塌了，又不知走火入魔迷上什麼了。」

「你們都知道什麼，婦道人家！」杭天醉一聽有人攻擊他的寶貝，便奮起還擊道，「這灶磚，幾十年火裡煉的，早就成精了，書上叫伏龍肝。鎮在水裡，蒼蠅蚊子不敢再去。茶樓開張，辛辛苦苦虎跑龍井汲得水來，正要靠這伏龍肝來保佑呢！」

沈綠愛撇撇嘴，打個哈欠，回到屋裡燭下，說：「我看你也不要一步登天，怎麼製茶都不曉得，就急著賣茶顯派了。還是實實惠惠跟茶清伯學一手，先把底子打紮實了，再去行那些虛的吧。」

杭天醉生氣地扔了刷子，吩咐下人把那些伏龍肝都收拾了，回頭又對妻子說：「你是要和我杭天醉過這一輩子呢，你可就記住了，我是求是大學堂出來的，不是銅臭氣十足的商人。君子愛財，取之有道。我這『道』裡，性情第一要緊，第一條便是幹我心裡頭喜歡的事情，不像你父親那樣做絲綢生意，第一是為了『錢』字……」

沈綠愛已經鋪被上床，聽了此話，大不樂意，說：「你把我爹扯上幹什麼？我爹掙的是大錢，為人還是正派，不鑽錢眼的，這些年來，他捐出去的錢還少嗎？」

杭天醉一想這倒也是。沈拂影和他一樣，都是同情革命的。只是他口裡叫叫罷了，沈拂影卻曉得往外掏錢，比他更勝一籌，便說：「好好，剛才是我言多必失了，我給你賠不是。只是你譏笑我的伏龍肝，實在不該。你沒見張大復在《梅花草堂筆記》中怎樣說的：茶性必發於水，八分之茶，遇十分之水，茶亦十分矣；八分之水，試十分之茶，茶只八分耳。」

沈綠愛見她這個書呆子丈夫又搖頭晃腦掉書袋了，苦笑一聲說：「有了茶沒有水，固然不好，但是有了水卻沒有茶，這又怎麼說呢，開茶莊的，總還是茶在前頭吧。」

杭天醉說：「其實沒茶沒水都不要緊，像寄客那樣身外無物，心裡邊充實得很，有寄託，才是真正做人。我今日得了一張畫，便是水裡頭有寄託的，我這就給你開開眼。」

說著，杭天醉擦乾淨了手，小心從書櫥裡取出一軸畫，輕輕地展開了，二尺長、一尺寬的紙本，竟是項聖謨的一幅琴泉圖。

這個項聖謨，乃是一五九七年至一六五八年間的明人，擅畫山水、人物、花卉，設色明麗，風格清淡。這幅琴泉圖，無怪對了杭天醉的心思，原來圖的左下方是幾隻水缸、罐缶、一架橫琴，右上方則是一首題詩。杭天醉搖頭晃腦地對妻子說：「這詩真是妙，我讀來你聽聽？」

沈綠愛翻個身朝裡床睡了，心裡卻想：要掩藏自家的怯了，便拿這些風雅事情捱時間，當我不知道你那顆膽子！

杭天醉不管，你愛聽不聽，我偏喜歡讀，便拖長聲音，像私塾老先生教的那樣，一五一十吟唱起來：

我將學伯夷，則無此廉節；
將學柳下惠，則無此和平；
將學魯仲連，則無此高蹈；
將學東方朔，則無此詼諧；
將學陶淵明，則無此曠逸；
將學李太白，則無此豪邁；
將學杜子美，則無此窮愁；
將學盧鴻乙，則無此際遇；
將學米元章，則無此狂癖；
將學蘇子瞻，則無此風流；
思比此十哲，一一無能為；

或者陸鴻漸，與夫鍾子期；
自笑琴不弦，未茶先貯泉；
泉或滌我心，琴非所知音；
寫此琴泉圖，聊存以自娛。

長長的一首詩讀罷，像是發現新大陸一般，急不可耐地表明說：「喂，這下我可是按典行事了。你看前人有言在先——未茶先貯泉，就是在沒有茶之前，要先把泉水貯好了。妙哇，妙哇，怎麼竟和我如出一轍！喂喂，你無言以對了？……睡著了？」杭天醉嘆了口氣，「真是對牛彈琴！」

沈綠愛噗的一下從床上躍起半個身子：「說清楚點，誰是牛？」

「沒睡著啊。」杭天醉賠著笑臉。

回過頭再揣摩畫軸，心想，明日茶樓開張了，樓上雅座，使掛上此圖。

第十二章

三星在天，杭州城守著西湖這顆夜明珠子，溼漉漉的，還未醒來。杭天醉悄悄起身，套襪子的時候，女人翻過身，迷迷糊糊地問：「又上哪去出空，天還早著呢。」

杭天醉遲疑了一下，才說：「虎跑。」

「不是撮著去嗎？」

「我也想去。」

女人不耐煩了：「去吧去吧，多穿件衣裳，春寒著呢。」

杭天醉就像做了賊一樣地溜出去。他知道當妻子的不屑見他的那些水啊器啊，但對他杭天醉來說，這些事，都是他至關緊要的呢。

杭天醉說不清楚自己的水是屬於誰的。在他的水裡，總有一些模模糊糊朦朦朧朧的女人的身影在飄動，在水面，抑或在水下。是屈原的湘夫人，還是曹植的洛神，還是曹雪芹的絳珠仙草，或者是他自以為的浣紗的西子……杭天醉看不清楚。這些女人既然都隔著水霧，自然就是不清晰的。杭天醉想像她們都是美麗無比的，脈脈含情的，落落寡合的，又是神祕莫測的。

如果說杭天醉的水是關於女人的，他是並不否定的。他否定的只是具體的女人——比如他的妻子沈綠愛，在他的心裡，不是水，是火。

這麼迷迷糊糊地想著，撮著用洋車拉著杭天醉，便從羊壩頭過清河坊、清波門，出了城門又過長橋、淨寺、赤山埠、四眼井，直到虎跑。杭天醉一路只聽到撮著兩隻大腳劈啪劈啪地響著，還呼哧呼哧喘著氣。天色微明，丘岳顯形，鳥鳴山幽。杭天醉有些心疼撮著了，說要下來走一程，撮著說快到了，還下來幹什麼。杭天醉不聽，硬跳了下來，與撮著並排走，邊走邊呼吸野外的新鮮空氣，說：「我很久都沒這麼出來走一走了。上一回是立夏吧，這一回，又過了立春了。」

撮著也很興奮，乘這個機會，他又可以回翁家山一趟了。

「上一回回去，你還帶著個姑娘，我還以為你會再去看看她。哪裡曉得，你連問都沒有問起過。」杭天醉心裡頭便有點發澀，說：「我是不敢想這件事，想起來我就生你的氣。」

撮著嘿嘿笑著，說：「少爺自家生了病，誤了去東洋，怎麼拿我出氣呢？」

想是事過境遷，杭天醉又是個生性不記仇的人，只是嘆了口氣，說：「你知道什麼？你這一告狀，家裡人便死活逼我成了親。你想想，年紀輕輕的，一大家子就壓在我身上，我原來是個最不要挑肩胛的人，如今也是趕鴨子上架了。」

「逼一逼也好的嘛，做人總不好那麼輕飄飄的嘛。」

孰料撮著仗著和杭天醉關係近，竟然倒過來教訓他了。

杭天醉不服氣，說：「我哪裡還敢輕飄飄！你沒見那個少夫人，一塊湖州磚頭，壓得我喘不過氣來，就像前世欠她的一樣。」

「講不得的講不得的，」撮著慌了，「那麼天仙一樣的女人，含在嘴巴裡都捨不得呢，講不得的。」

杭天醉見他這個一口大黃牙的僕人，竟然還曉得天仙一樣的女人，先就笑了起來：「撮著你給我帶壞了，曉得講女人了，當心我告訴你老婆去。」

撮著憨憨地笑著，指著前面山門，說：「車放在這裡，虎跑寺就在上面了。」

杭天醉繼承了中國古代的文人們對水的認識。他們大多是一些具有泛神論傾向的詩人。他們對自然界的一切，往往懷有一種心心相印的神祕感和親和感。他們亦都是水的崇拜者。

雖然孔子以為水有九種美好的品行：德、義、道、勇、法、正、察、善化、志，但這顯然是儒家的水；是可以濯我纓也可以濯我足的滄浪之水；是出山遠行奔流至海的治國平天下的水了。

亦有一種在山之水，是許由用來洗耳朵的道家的水。在山泉水清，出山泉水濁。茶聖陸羽的唐朝的水，當然是在山的了。

他說：煮茶用的水，以山水最好，江水次之，井水最差。山水，又以出於乳泉、石池水流不急的為最好，像瀑布般洶湧湍急的水不要喝，喝久了會使人的頸部生病。還有，積蓄在山谷中的水，雖澄清卻不流動，從炎夏到霜降以前，可能有蛇蠍的積毒潛藏在裡面，若要飲用，可先加以疏導，把汙水放出，到有新泉緩緩流動時取用。江河的水，要從遠離居民的地方取用。井水，應從經常汲水的井中取用。

歷代的中國茶人們，著書立說者倒也不少，其中較有名的，要數唐代的張又新，他是個狀元才子，寫過一篇叫〈煎茶水記〉的文章，把天下的水分為二十個等級，還說是陸羽流傳下來的。

> 廬山康王谷水簾水第一，無錫縣惠山寺石泉水第二，蘄州蘭溪石下水第三，峽州扇子山下蝦蟆口水第四，蘇州虎丘寺石泉水第五，廬山招賢寺下方橋潭水第六，揚子江南零水第七，洪州西山西東瀑布水第八，唐州柏岩縣淮水源第九，廬州龍池山顧水第十，丹陽縣觀音寺水第十一，揚州大明寺水第十二，漢江金州上游中零水第十三，歸州玉虛洞下香溪水第十四，商州武關西洛水第十五，吴淞江水第十六，天台山西南峰千丈瀑布水第十七，郴州圓泉水第十八，桐廬嚴陵灘水第

十九，雪水第二十。

杭天醉之水道，根本取法於陸羽，又承繼明人田藝衡、許次紓，這兩個人均為錢塘人士，前者著《煮泉小品》，後者著《茶疏》，前者去官隱居，後者一生布衣，都是杭天醉心裡佩服的人。

那個田藝衡，原是個歲貢先生，還在徽州當過訓導，後來辭官回了鄉。朱衣白髮，帶著兩個女郎，坐在西湖的花柳叢中，人來皆以客迎之。茶也喝得，酒也喝得，就像個活神仙。寫的那部《煮泉小品》，倒是分了源泉、石流、清寒、甘香、宜茶、靈水、異泉、江水、井水、緒談十目，尚可玩味。

比起來，杭天醉更喜歡許次紓。此人倒也是個官家子弟，其父做過廣西布政使，老天爺卻叫他跛了一條腿，從此布衣終身。杭天醉感覺這個許次紓和他很投契。《茶疏》中有許多精闢之見，比如杭天醉喜歡許次紓所說的喝茶的環境——一是心手閒適，二是披詠疲倦，三是明窗淨几，四是風日晴和……他心裡對這等放浪形骸天地間的幽人處士，總是不勝歆慕。從前趙寄客在時，一派治國平天下的儒家精神，每每他想說點老莊，便被他攔腰斬斷，說：「你沒有資格退隱。」又說：「興中會說功成身退，是先要功成。如今你於國於民既無功可言，奢論逍遙遊，豈不笑煞人？」杭天醉想想也是，只得收了他那風花雪月的攤子，和趙寄客勉強討論革命。如今寄客不在，誰再來管他心裡頭喜歡的東西。他倒是蠻想再寫一部茶書呢，題目都想好了，就叫《忘憂茶說》。

說話間便到了大慈山白鶴峰下。進了山門，石板路直通幽處。青山相峙，疊嶂連天，雜樹繁茂，竹影搖空；腳下一根水成銀線，琤琤瑽瑽與人擦腳而過。此時天色大明，野芳發，繁蔭秀，杭天醉空著雙手，提著長袍，撮著肩上扛一隻四耳大罐，等著一會兒汲水用。

過了二山門，泉聲越發響亮，杭天醉便也更加心切，跑得比撮著更快。撮著在後面跟著，一邊思考和琢磨著問題，自言自語地說：「奇怪也是真奇怪。哪裡不好用水，偏偏說是這裡的水好，真是老虎刨出來的？」

「哪裡真有這樣的事情，」杭天醉興沖沖地往上登，說，「前人說了，西湖之泉，以虎跑為最；西山之茶，以龍井為佳。只是水好了，原本是山的功勞，人們卻要弄些龍啊虎啊仙人啊來抬舉山水，這就是埋沒了這等好山了。」

杭天醉說得有理，原來這西湖的環山茶區，表土下面，竟有一條透水性甚佳的石英砂岩地帶，雨水滲入，形成那許多的山洞和名泉。虎跑的一升水中，氡的含量指數有二十六，比一般礦泉水含氡量高出一倍，用來泡茶，最好。

說話間到了虎跑寺，寺不大，自成雅趣。中心便是虎跑泉。這裡一個兩尺見方的泉眼，水從石罅間汩汩湧出，泉後壁刻「虎跑泉」三字，功力深厚，乃西蜀書法家譚道一手跡。泉前又鑿有一方池，環以石欄，傍以蒼松，間以花卉；泉池四周，圍有疊翠軒、桂花廳、滴翠軒、羅漢亭、碑屋、鐘樓。滴翠軒後面，又有西大殿、觀音殿。西側，是天王殿和大雄寶殿，還有濟祖塔院和楞嚴樓等。杭天醉環顧四周山水，嘆了一句：「當年野虎閒跑處，留得清泉與世嘗。」便彎下身，以手掬水，飲了一口，口中便甘洌滿溢，忙不迭地就叫：「撮著，我們忘了取水的竹勺子。」

說話間，一隻竹勺便伸到他眼前。此時，天色大亮，山光水色清澈明朗，杭天醉接過水勺，抽了一下，水勺不動，他抬頭一看，一緇衣芒鞋的女尼站在他面前，只是那一頭的長髮尚未剃度，看來，是個帶髮修行的女居士。

女尼眉眼盈盈，年輕。杭天醉連忙從泉邊立起，雙手合掌，對著她欠身一躬，口中便念：「阿彌陀佛，謝居士善心助我。」

說完，再用手去抽那個竹勺，依舊抽不動，杭天醉便奇了。抬頭再仔細看，那女居士隱隱約約地帶些澀笑，使他心裡泛起幾絲漣漪。

「少爺真的不認識我了？」

杭天醉手指對方，驚叫一聲：「你怎麼這副模樣？」

原來，眼前站著的，正是大半年前救下的紅衫兒。

撮著正從寺廟廚下尋著一隻大碗過來，見紅衫兒站著，也有些吃驚，便問：「紅衫兒，你不是走了嗎？」

「正要走呢。」

「上哪裡去？我怎麼一點也不曉得！」

杭天醉大怒，抽過水勺就扔進了泉裡：「你給我說清楚！」

撮著也有些慌了，心裡埋怨紅衫兒不該這時出來。原來立夏之後，撮著老婆進城給杭夫人請安，女人嘴碎心淺，藏不住東西，便把紅衫兒供了出來。夫人聽了，倒也不置可否。直到天醉娶親前，才把撮著叫去，如此這般囑咐了，出了點錢，便把紅衫兒移到了虎跑附近的寺廟，說是前生有罪，要在寺裡吃齋供佛三個月。紅衫兒渾渾噩噩的，聽了便哭。她在撮著家裡待著，人家也不敢怠慢她，山裡人淳樸，她便過得安詳，像一隻在狂風驟雨中受傷的小鳥，總算有了個臨時的窩。她走的時候哭哭泣泣，一百個不願意，又沒奈何，可是在青燈古佛前清心修煉了兩個月，又覺得沒什麼可怕的，有飯吃，有覺睡，不用練功，更不再捱打，她想起來，就覺得賽過了以往的任何一天。

不料半個月前，嘉興來了個老尼，說是來領紅衫兒去的，還說她命裡注定要出家，不由分說給她套了這身緇衣，又要剪她那一頭好青絲。紅衫兒又哭了，不過她也再想不出別的反抗的主意。紅衫兒沒有讀過一天書，連自家名字都不認得，空長了張楚楚可人的小臉。不過從小在戲班子裡待，苦還是吃得起的，面對命運，總是隨波逐流。

三天前她隨師父來到虎跑寺，說好今日走的。早上洗了臉，梳了頭，便到泉邊來照一照，權當是鏡子。女孩子愛美，終究還是天性。緣分在那裡擺著，今日出來，就碰上了她的救命恩人。

杭天醉一聽，家裡人竟瞞著他，做這樣荒唐的事情，氣得口口聲聲叫撮著：「撮著，我從此認識你！哎，撮著，我從此曉得我養了一個什麼樣的人！」

撮著又害怕又委屈，說：「夫人警告我不准告訴你的！告訴你就要吃生活的。夫人也是為紅衫兒好，說是住在杭州，遲早被雲中雕搶了去，不如遠遠地離開……」

杭天醉不聽撮著申辯，問紅衫兒：「你這傻丫頭，怎麼也不給我通報個信，十來里路的事情！」

紅衫兒就要哭了，說：「我不敢的，我不敢的。」

「你曉得你這一把頭髮剃掉，以後怎樣做人？」

紅衫兒搖搖頭，還是個孩子樣，看了也叫人心疼。

「你曉不曉得，老尼姑要把你帶到什麼地方去？」

紅衫兒想了想，說：「師父說，是到一個叫平湖的地方，住在庵裡。她說庵裡很好的，還有很多和我一樣的姑娘。嗯，師父說，那裡靠碼頭，人來人往，蠻熱鬧的，比在這裡快活多了。」

杭天醉一聽，像個陀螺，在地上亂轉，一邊氣急敗壞地咒道：「撮著你這該死的，曉得這是把紅衫兒推到哪裡去？什麼尼姑庵，分明就是一個大火坑！」

原來晚清以來，江南日益繁華，商埠林立，人流往返不息。杭嘉湖平原的河湖港汊，就集中一批秦樓娃館，專做皮肉生意。《老殘遊記》中，專門寫了有一類尼姑庵，也是明修棧道暗度陳倉，一邊阿彌陀佛，一邊淫亂無度的。剛才聽紅衫兒一說，無疑便是這樣一個去處。

撮著和紅衫兒聽了這話，臉都嚇白了，紅衫兒搖搖晃晃地哆嗦著嘴脣，便要站不住。撮著也急得額角頭掉汗，一邊說：「少爺，我真不曉得，少爺，我真不曉得。」

杭天醉見他們倆真害怕了，一股英雄膽氣便油然而生，說：「怕什麼，我杭天醉，如今已是忘憂茶莊的老闆，凡事我做主。你，撮著，」他指著撮著鼻尖，「你去和那老尼姑交涉，就說紅衫兒原是我救下的，她爹不要她了，當了一湖的人送給我的。我這就把她帶走，這幾個銀圓叫她拿去，權當了來回的路費。」他又回過身，用拇指食指拎拎紅衫兒身上那件袍子的領：「趕快給我脫了這身衣服去，好好一個女孩子，弄成這副模樣，我不愛看。」

紅衫兒再出來的時候，梳著一根大辮子，乾乾淨淨，一身紅衣服。小肩膀，薄薄窄窄的，垂髫又細又軟，掛了一臉，兩隻眼睛，像兩汪柳葉叢中的清泉，向外冒著水兒。小下巴尖尖的，惹人憐愛。紅衫兒個頭也要比杭天醉矮上一截，杭天醉覺得自己只要胳膊一伸，就能把她一把擼過來，自己便也就偉岸得像一個強盜俠客。不像面對沈綠愛，如面對一匹大洋馬，使他完全喪失擁抱的興趣。其實他早已經在不知不覺地拿這兩個女人做比較，要不是在佛門寺廟，他早就伸開臂膀一試效果了。

他想看看，紅衫兒笑起來時究竟是怎麼一個模樣，便取了剛才撮著拿著的那隻小碗，慢慢舀了一碗水，又掏出一把銅板給紅衫兒說：「紅衫兒，你變個戲法給我看。」

紅衫兒乖乖地接了那銅板，一邊小心翼翼地蹲下，往那碗裡斜斜地滑進銅板，一邊說：「少爺，你這戲法，我在這裡見過許多次了，水高出碗口半寸多都不會溢出。真是神仙老虎刨出的水，才會有這樣的看頭。少爺，我是不懂的，我是奇怪死了的。」

杭天醉見女孩子如此虔誠向他討教，眼睫毛上沾了淚水，像水草一樣，幾根倒下，幾根扶起，心裡便有說不出來的感動，便如同學堂裡回答西洋教師一般地細細道來：

「你以後記住，這個大千世界，原來都是可以講道的，不用那些怪力亂神來解釋。比如這個虎跑泉水，因是從石英砂岩中滲湧出來，好像是過濾了一般，裡面的礦物質就特別少。還有，水分子的密度又高，表面張力大，所以水面墳起而不滴。前人有個叫丁立誠的，還專門寫過一首〈虎跑水試錢〉，想不想聽？」

紅衫兒連忙點頭，說想聽。

杭天醉很高興，便站了起來，踱著方步，背道：

虎跑泉勺一盞平，投以百錢凸水晶。
絕無點點復滴滴，在山泉清凝玉液。

「怎麼樣？」他問。

「好。」紅衫兒其實也沒真的聽懂這裡面的子丑寅卯，只是覺得應該說好，「真沒想到，水也有那麼多的說法。」

杭天醉便來了勁，滔滔不絕起來：「水，拿來泡茶，最要緊處，便是這幾個字，你可給我記住了，一會兒我考你。

「一是要清，二是要活，三是要輕，四是要甘，五是要洌。聽說過『敲冰煮茗』這個典嗎？」

紅衫兒搖搖頭。

「說的是唐代高士王休，隱居在太白山中，一到冬天，溪水結冰，他就把冰敲開了取來煮茶，接待朋友。還有，聽說過《紅樓夢》嗎？」

紅衫兒點點頭。

「那『賈寶玉品茶櫳翠庵，劉姥姥醉臥怡紅院』，聽說過嗎？」

紅衫兒搖搖頭。

「那個妙玉呢？」

紅衫兒遲疑了，皺起眉頭，搜索著她那點可憐的記憶。

「就是出家人妙玉，在她的庵院裡用雪水沏茶請客。雪是從梅花上撣下來的，埋在地下藏了五年，見了最尊貴的客人，才取出來喝。所以妙玉說，一杯為品，二杯即是解渴的蠢物，三杯便是飲牛飲騾了。」

紅衫兒粲然一笑，說：「那我過去就是牛、騾了。我們跑江湖的，不要說二杯三杯，十杯八杯都是一口氣的事，你沒看我們流的那些個汗。」

「那是從前的，以後我不會讓你流那麼多的汗。你也就曉得，這茶怎麼個喝法才是地道的呢。」

兩人靠在石欄邊，正有滋有味地聊著，撮著從大殿裡出來，說：「少爺，那女尼想見見你呢。」

「錢收下了嗎？」

「錢倒是收下了，說是還要和少爺交割清楚。以後人是死是活，她一概不管帳了的。」

杭少爺一把扯起了紅衫兒，說：「下山！」

「不見了？」撮著問。

「見那些男不男女不女的老太婆幹什麼？她們也算是女人，那就真正叫魚目混珠了。」

撮著是老實人，不曉得少爺這話有一半是說給紅衫兒聽的，以此顯示自己威嚴的那一面。下了山，杭天醉把紅衫兒扶上了車，才對撮著說：「把車拉到候潮門去，我讓茶清伯安頓了紅衫兒，先住下再說，那裡不正缺人手嗎？」

車上坐了兩個人，又放了一罐清水，比以往沉出了一倍，撮著呼哧呼哧地喘起氣來。但他的喘氣，並不是因為累，不知怎麼的，他想起了那一日大雷雨中的事情，還想起了茶清伯的發了綠的眼睛。

有時，他也回過頭去，看一眼坐在車上的這對青年男女，那罐清水就放在他倆的腿中間，杭天醉不時地把頭湊下去，在水中照照自己，又叫紅衫兒也湊過來照，兩個腦袋湊在水前，嘻嘻哈哈地就笑了。

撮著不明白，為什麼少爺和少奶奶卻不能這樣，他倆冰冷冷的，僕人們傳說他們甚至不同房。難道少奶奶不漂亮嗎？撮著眼裡的紅衫兒，倒著實要比少奶奶差遠了呢。

他不理解他的少爺了。你看他平時在家中委委靡靡、哈欠連天，可是這會兒怎麼這樣氣宇軒昂、神情瀟灑了呢？你看他手舞足蹈、高談闊論的樣子。還有這個紅衫兒，惶惶恐恐地笑著，正順著少爺的心思走呢。她的手上，不知何時，又套上了那枚祖母綠的戒指。

撮著想：「回去後我怎麼跟少奶奶交代呢？這個少爺，跟他的爹，真是八九不離十啊！」

第十三章

杭州東南，崇新門外的南北土門和東青門外壩子橋，八百年前的宋代就是茶市了。吳茶清在附近的候潮路候潮門望仙橋附近租了房子，雇了人，搭起班子，直等著清明一到，遣派山客，迎候水客。明眼人一看就曉得，茶清伯不過是把忘憂茶莊前店後場中的一部分搬到外面來做。往年茶農是直接把茶送到忘憂茶莊後場，由茶清伯評茶定級收購，或者進山去採購了來。今年卻是送到忘憂茶行去了，繞個彎，再送到茶莊，實際上，等於是茶莊又開拓了一爿天地。

林藕初嘆口氣，對吳茶清說：「何必呢？一家人嘛！」

吳茶清捻捻小鬍子，說：「少添一點麻煩吧。」

「沒想到，我就成了你的麻煩。」林藕初坐在太師椅上，一動也不動，眼裡便有了幽怨。

吳茶清端起了蓋碗茶，又放下，目光盯著女人，便直了起來，道：「你是不曉得男人的厲害。」

「怎麼個厲害？」

「男人要什麼，便是要奪什麼的。」

「我這裡有什麼不讓你要的？幾十年過來，還不是你在替我們杭家做主？」杭夫人說。

「誰說我想替你們杭家做主？」茶清說，「我若想替我自己做主呢？店是我的，茶莊是我的，這個上上下下的家是我的，你！」茶清指著女人，「你是我的，天醉是我的。忘憂茶莊不姓杭，姓吳，你答應嗎？」

杭夫人頭低了下去，半晌，抬起來，雙目炯炯有神：「十年前你為什麼不對我這樣說？」

「九齋死前，曾對我說，將來有一日我吳茶清歸了西，要用十人抬棺，從茶莊前門送出去。」

女人聽不明白了，不解地看著茶清。

「九齋是要我死在忘憂茶莊裡呢。」吳茶清說，輕輕地，笑了。

「我們便是一起死在忘憂茶莊裡，又怎麼樣！」林藕初激動起來，「我的心思，你又不是不知道。你不是天老爺給我送來的男人？不怕九齋這死鬼在地底下聽了咒我，這幾十年沒有你，我和他有什麼趣味，這份家業，無非是你我頂了他的名義掙下的罷了。」

吳茶清長嘆了一口氣：「我這次要出去，並非因為和雲中雕較量了一場，實在是思忖了很久的事情。在這裡待久了，頂了杭家的名分做事，心裡便生出其他念頭。人心就是這樣不知足的。如今天醉也成家立業了。長此以往，怕是我們兩個對峙，你在當中為難，敗了你一世的辛苦。你倒想想，究竟是不是這個道理？」

林藕初聽著聽著，呆了，然後掏出帕子，輕聲哭泣起來。

吳茶清在女人身邊站了一會兒，說：「你姓林，不姓杭，你為誰哭？」

女人老了，是老淚縱橫了，女人說：「我為姓吳的人哭。」

那姓吳的老人腰彎了下來。兩隻手拇指和食指來回使勁地搓弄著，吭吭地咳嗽著。女人哭著哭著，見對方老咳嗽，頭一抬，愣住了，吳茶清兩隻冰冷的眼睛霧氣騰騰的，冒著熱氣。

吳茶清一向在茶界深藏不露卻又名聲遠揚，他的舉動，便成了人們效仿的榜樣。自他遷來此地後，杭州的茶行逐漸地便多了起來。寧波的莊源潤，杭州的乾泰昌，海寧硤石的源記、隆興記，又有公順、保泰，紛紛相繼而設。候潮路口，茶市一時盛極。

自此，春夏兩季，茶商雲集杭州。東北，有哈爾濱的東發合，大連的源順德；天津衛，有泉祥、正興德、源豐和、義興泰、敬記；北京有鴻記；濟南有鴻祥；青島有瑞芬；濰縣有福聚祥；開封有王大昌；煙臺有協茂德、福增春；福州有何同泰。

天南地北的來人多了，便分出了流派。一時，便有了天津幫、冀州幫、山東幫、章丘幫、遼東幫和福建幫。

往近處說，長江以南，上海、南京、蘇州、無錫、常州的茶商，未等杭人春茶收購完，便直奔杭州候潮路，專門來此等候，採購了紅綠毛茶而去。

這些以採購為主的外省茶商，茶業一行中，有個專門的稱呼，叫「水客」。有水客，便有山客。水客是買方，那山客就是賣方了。不過他們都是通過茶行再賣出去罷了。

山客從哪裡來？

本省的有杭州、紹興、寧波、金華、台州、麗水、溫州；外省的有皖南的歙縣、績溪、祁門、休寧、太平、寧國，有江蘇的宜興，湖北的宜昌，還有閩北、贛東的茶客。

一時南星橋、海月橋，萬商雲集，錢塘江畔，帆船如梭。茶業在二十世紀初的杭州，倒著實是鼎盛一時的了。

清明以來，吳茶清沒有吃過一頓安生飯。從前在忘憂茶莊時，上上下下的人，都用得順了，不像在這裡，萬事開頭難。好在新近又添了個人手。在行裡上下張羅著衣食住行的，恰恰是紅衫兒。讓她這個江湖上跑碼頭的女孩子幹這等操心事情，本來並不合適，杭天醉也是一百個不願意。吳茶清問：

「這裡誰說了算？」

杭天醉想想也是，這裡是得茶清伯說了算，只得對紅衫兒說：「你先住下了，等我忙過了這一陣子，再來安頓你。」

紅衫兒心裡有些害怕這個山羊鬍子，不敢吭聲。

吳茶清問：「會燒飯嗎？」

「會。」

「記住了，燒菜，不准放生薑、大蒜、生蔥，不准燒鹹魚鯗。」吳茶清見紅衫兒不明白這意思，便解釋：「吃茶葉飯，第一要清爽，人清爽，味道也清爽。活臭倒籠，一股子氣噴得茶葉都染了『腥』，這個生意還怎麼做？不相信試試看，廚房裡放一包茶，不出三天，一股油煙氣。」

紅衫兒明白了，使勁點頭。

「還有，你這個名字，原來跑碼頭時用的，現在再用，不好。你還有什麼別的名字？」

紅衫兒說：「我從小就沒名字的。我親爹娘把我扔掉時也沒給我取名字，後來跑碼頭，就叫紅衫兒了。在寺裡，師父說要給我取個法名，還沒來得及呢。」

吳茶清對杭天醉說：「你就給她取個名吧，你帶來的人嘛。」

「《詩經》曰：有女如茶。茶通茶，就叫她小茶吧。古人曰：茶者，嬌美意也。古人叫可愛的少女為茶茶、小茶。她又在茶行裡了，你看如何？」

「這個名字倒還清爽。」茶清伯點點頭。

吳茶清又對天醉說：「你慢走，我給你見個人。」說話間，一個二十歲上下的小夥子從倉庫裡出來，此人，正是吳茶清新收的小夥計，安徽小老鄉吳升。

吳升倒是長出個人樣來了。小夥子個頭不高，眼睛不小，低眉順眼的。見了老闆和股東，不停地欠身問安，臉一下子就紅到了脖子。

吳茶清說：「天醉，以後茶行到錢莊取錢，到茶莊報信都是他的事情。茶行和茶莊三天兩頭來往，吳升就跑腿了。你把他記住了，以後好使喚。」

吳升欠著腰說：「只管吩咐，只管吩咐。」他穿一件土藍布衫，頭髮盤在頭頂上，一張臉倒方方正正。厚嘴脣，脣上一排黑密密的小鬍子，冒著汗珠，皮膚黝黑。正在幹活呢，臉上就油光光的。他一開口，白牙亮晃晃的，像個淳樸的山裡人，只是他那雙眼睛滴溜溜的，像是沒地方看，他那副手腳也一樣，不停地挪動，一副手足無措坐立不安的樣子。

天醉上下打量了他一番，說：「老相識了。」他想起了很久以前的事情。

吳升被吳茶清叫過來之前，他正在和幾個外地水客交涉一批茶葉的價格，一會兒結結巴巴，一會兒張牙舞爪。他正跟著吳茶清學當行倌呢，也就是學習怎樣評茶、開湯、看樣、開價、成交掛牌。水客也欺他嫩，徒有發奮的志向和與生俱來的心機，有什麼用？慢慢熬吧。

吳升很樂觀，肯吃苦，不怕被人奚落。手勤腳勤，嘴卻不像當茶博士那會兒那麼勤了。他決心吃苦耐勞，有朝一日，打出一番茶清伯一樣的天地。遠大的理想，甚至使他心靈都純潔起來了。

然而，他不得不承認，那一天他是有些反常了。倒不是因為買辦李大帶來了大鼻子英國洋人要壓價，這事有老闆頂著，他不怕；也不是見了大股東杭天醉怯場。杭天醉跟他年紀相仿，卻家有萬貫，這不稀罕，祖宗留的。他怯場，是因為他見到了小茶。老闆要他把小茶安頓到樓上靠底那間房子，然後再帶她去廚房。也就是說，小茶和他一樣，目前都是下人。他幾乎立刻就把小茶給認出來了。紅衫兒就紅衫兒吧，還叫什麼小茶，他想。遇到了童年時的熟人，他既慌張又興奮，他可不會記住他是怎麼推打這個女孩子的事了，只記得那一串紅色的跟頭。他幾乎想要歡呼跳躍，上前去湊近乎，可是他剛一抬頭，便見到了杭天醉那與眾不同的朦朧迷離的目光，他的心裡便咯噔了一下，上不上下不下地擱住了。

況且，杭天醉又親親熱熱地把手搭在小茶肩膀上，說：「去吧，乖一點，幹活要小心。我有空，會來看你的。」

吳升以為，這便是杭天醉無視他存在的重要證據，他竟敢去搭一個下女的肩膀，簡直不忍目睹。也許就為了給大股東當場出點難題，他低著頭，用焦急的口吻說：「老闆，剛才來的李大，帶著西洋人，說你估的九曲紅梅，開價高了，不到一級的。」

話音剛落，杭天醉就掛下了臉，說：「呸，轟那洋奴才李大出去。什麼東西，他也曉得當行倌了。他能評茶，還要茶清伯幹啥？」

吳茶清止住了天醉，揮揮手，讓吳升和小茶都走了，才對天醉說：「這事，說怪也不怪的，你先看看這九曲紅梅，到底上不上品。」

說罷，吳茶清從一錫盒裡取出一撮茶樣，放在八仙桌的一張白紙上。這茶形狀也是怪，彎曲細緊，像一枚枚魚鉤，相互掛鉤，色澤烏潤，披滿了金色茸毛。用開水沖了，那顏色，又鮮亮，又紅豔，就像紅梅花似的，煞是好看。天醉雖是開茶莊家的出身，但是，長這麼大，從來也沒喝過九曲紅梅。想來，今日是用了心動了情地品吧，竟嗅出了一股高香。

「好香的茶，味道鮮爽。味中有香，香中帶甜。茶清伯，你看這湯色紅豔明亮，不會比祁門紅茶差吧？」天醉說。

「這兩句，倒是行話了。」吳茶清捻著鬍子說，「我看的樣開的價。幾十年茶葉飯吃下來，曾不如李大這個教堂雜役？」

原來近日也是蹊蹺，來了幾個西洋和東洋的茶商，又由幾個李大一類的人陪著，在候潮路各個茶行，東轉轉，西轉轉，變著法子壓價。又有一干本來茶行的老主顧，見著有人壓價，便也作起了壁上觀。茶行老闆哪裡曉得今年會翻出這麼一張皇曆，一開始從山客手裡就購下了足足的春茶，只等水客一到，發貨就是。這一壓一拖，就慘了，茶行裡茶葉堆積如山。況且茶這件寶貝，又是最耽擱不起的，時間越久越不值錢。自然，最苦的還是茶農。茶行不敢收山客的貨，山客也不敢要茶農的茶，層層壓下來，豈不殃及一年辛苦的山民。

整個這一帶的茶行裡，只有茶清伯獨斷專行，還在收購高檔茶葉。同行不解，他冷笑一聲，說：「你們要吃飯，種茶葉的人就不吃飯了？逼得他們沒飯吃，你又怎麼吃飯？洋人拿了他們的大煙，換了我們的茶葉還不夠，還要換得銅鈿。為了這點銅鈿，就跟著當奴才了？」

茶行的老闆聽了，腰又硬了幾分。天塌下來，有茶清伯這個長子頂著呢！雙方就那麼僵著，眼見著滿倉滿庫的茶貯著，看誰投了降。

杭天醉這才知道，茶行業出了這麼大的新聞。自然，他是無條件支持吳茶清的，說：「茶清伯，你只管見了好茶葉憑良心收，人家不買，我們忘憂茶莊全部包下了。」

吳茶清聽了這話，心裡一動。半晌，才回了一句：「難為你了，剛剛接手。」

「茶清伯，看你說到哪裡去了。君子愛財，取之有道嘛。」

天醉心一動，突然發現茶清伯的眼神很熟。想了想，竟是他自己的眼神，他的心便一跳一跳了。

正說著，吳升又進來通報，說是洋人在外面等得不耐煩了。正說著，那叫李大的買辦便走了進來，他是個胖子，見了吳茶清和杭天醉，很客氣地行了個洋禮，說：「鄙人李約翰，乃英吉利茶商勞倫斯先生之代理，要見老闆面議。」

「這不是住在天水橋耶穌堂弄的李大嗎？向來在耶穌堂當雜役的，什麼時候改了洋名，吃了洋飯？」杭天醉差點要說「放了洋屁」，到底還是讀書人，把這一句就嚥下了。

那李大見了杭天醉眼生，不知何人，初生牛犢不怕虎，竟敢頂撞洋人，正要問呢，就聽對方說：「鄙人杭逸。」

李大這才一驚，想：怪不得市面上傳聞忘憂茶莊少老闆厲害，果然氣焰囂張。李大這個人圓滑，雜役出身的，見人人話，見鬼鬼話。見了這一老一少，曉得沒啥天談，便想找個臺階下臺了事，他的主人勞倫斯先生，卻手裡一根「司狄克」(stick)，「哈囉哈囉」叫著，就進了客廳。

那勞倫斯，這幾日，也是天天到吳茶清茶行來磨那批九曲紅梅。吳茶清和他語言不通，全靠李大用半生不熟的洋涇浜英語翻譯，誰知他當中又搞了什麼鬼。只聽那主僕兩個，一個No，No，No，一個Yes，Yes，Yes，吳茶清便不耐煩和他們糾纏了。他已和蘇南一帶城鎮的老主顧說好，不日，他們就來提貨的。不過吳茶清年紀大幾歲，不亢不卑還是做得到的，不像杭天醉，一張帳子面孔，立刻就放了下來。

「久仰，久仰，」倒是勞倫斯先生給他們二位作了個中國揖，說，「杭先生，吳先生，好漢！」

這兩句話，倒是用漢語說的。可是杭天醉在學堂裡，洋人見得多了，他那口英語雖然不流利，比起李大卻是勝出了幾籌，故而也不寒暄，開門見山地便問：「二位有何見解，徑直說來。」

那個勞倫斯見這年輕人能說英語，面有喜色，便說：「九曲紅梅，原是浙江毛茶，為什麼你們用了祁門紅茶的價格呢？我們大英帝國的臣民，對祁門紅茶那特有的蘋果香是非常熟悉的。我以為，只有印度大吉嶺的紅茶可與它競爭，其他紅茶，皆望塵莫及。先生用我們熟悉的情況來糊弄我們，不是太令人遺憾了嗎？」

杭天醉聽了這話，立時便沒了底。他對這方面的常識，可謂一無所知，可又不肯服輸，硬著頭皮，翻譯給茶清伯聽。吳茶清一聽，端起茶先喝一口，潤潤喉嚨，開了講：

「先生有所不知，九曲紅梅這個品牌，只產在杭州郊外湖埠大塢山一帶。這大塢山高不過三四十丈，山頂上卻有一塊盆地，土厚地肥，周圍又有山巒環抱，應了陽崖陰林一說。旁有錢塘江，江水蒸騰，雲遮霧繞，是個種茶的好地方。

「天國期間，此地居民幾經兵火，減了半數，故而，福建、溫州、平陽、紹興、天台一帶，便有農民遷來，帶便的，把南方武夷山功夫紅茶的手藝也帶來了。

「九曲紅梅分的是大塢山真品，次一等是湖埠貨，再次一等，便是三橋貨了，先生現在看見的，恰是真品，外省茶人向來是以能買到這種茶葉為得意的，也不過點綴茶品花色之用罷了。」

那個李大李約翰，竟然問：「我們怎麼曉得這是真品呢？舌頭沒骨頭，我們又沒法驗證。」

吳茶清說：「吃茶葉飯的人，不曉得茶，除非死人一個。實話跟你說了，大塢山真品只在穀雨前後採摘，一年也不過幾百斤，從今年開始，全部包給我們茶行了。你們想不想要是一回事，我們賣不賣還是一回事呢。」

這話說得出氣，杭天醉譯得也痛快。他剛剛譯完，眼見那勞倫斯臉色就變了，他在杭州，怕還沒有領教過幾個有骨氣的中國人，今日打了一個回合，竟叫他無言以答，二話不說，便退了出去。

杭天醉見他們走了，才得意地對茶清伯說：「茶清伯，你吃吃力力跟他們講那些幹什麼，他們懂個屁！」

吳茶清看了一眼杭天醉，說：「我哪裡有心思跟他們講這些。」

杭天醉這才恍然大悟，臉便紅了。原來茶清伯這些話，都是講給他聽的呢。

小茶性格綿軟，忘性極大，倒是早把吳升從前欺侮過她的事忘得一乾二淨，甚至連眼都不熟了。只是從和吳升認識的第一天開始起，就覺得這個人很奇怪。

第一次吳升跑到廚房，從缸裡舀生水喝，驚慌失措地瞟一眼小茶。小茶正在擇菜，便說：「桌上有涼茶，喝生水肚子疼。」

他紅著臉，喝了一口茶，把碗放在桌上，突然湊近小茶，說：「我知道你，你原來在湖上盪鞦韆的。」說完，扔下碗就跑。小茶被他說得一個頂頭呆，站了一會，眼圈就紅了。

下午他又來喝水了。小茶在鏟鍋灰，心裡頭就有些緊張，不知這個奇怪的安徽佬又會冒出一些什麼名堂。

果然他又開始發難了，他說：「小杭老闆到宜興去了，你曉不曉得？」

小茶搖搖頭，想，少爺怎麼就去了宜興了呢？

「說是去訂一批紫砂壺來，開茶館用的。」

他看著小茶，兩隻手指甲裡全是茶葉末子。小茶勉強地朝他笑笑，她可不敢得罪他。上次他把她送去安頓時便告訴她，他是茶清伯的親信呢。

「洋人也不是那麼好嚇的，是不是？」他問小茶。

「還沒有人來買茶嗎？」

「其他茶行都跌價了，都在賣了。」

「那我們怎麼辦？」

「小老闆到宜興去了，你說怎麼辦？」

「茶清伯不肯跌價？」

「小老闆到底年紀輕。」

「你年紀不輕？」

小茶有些生氣了，悶悶地回了一句。吳升笑了，露出一口白牙：「你跟小老闆好，我知道的。」

「你走開！」小茶扔下了手中的工具。

「不要告訴他，我飯碗要沒有的。」他恢復了惴惴不安的可憐相。

「我不告訴他，你也不要說那些話了。」小茶說。

「我認識你的時候你在隆興茶館翻跟頭，現在要叫忘憂茶樓了。」

「你怎麼認識我？」小茶吃驚。

吳升很生氣：「我推過你的。」

小茶呆想了一下，說：「我忘了。」

吳升臉漲得緋紅，一跺腳，跑掉了。

第二天早上，吃泡飯，小茶覺得很奇怪，她的飯碗裡埋了一隻鹹鴨蛋。她驚慌失措地朝四周看看，吳升正在有點造作地吃早飯，聲音唏啦唏啦的，像是掩飾什麼。小茶想，鹹鴨蛋是他的。

這樣平安地過了兩天，那天夜裡，茶清和吳升很晚才從外面回來。這時，小茶正在灶間外面一個角落裡洗腳，她以為沒有人來了，誰知吳升闖了進來，很激動地說：「我看見小老闆娘了，腳那麼大！」他用手比畫著，量出一大塊空間。小茶嚇得一使勁，木盆翻掉了，罩在她腳上。

吳茶清帶著吳升這趟回忘憂茶莊，正是和杭夫人商量怎麼對付這場買賣風波的。林藕初一見他就淌眼淚，咬著牙罵道：「真是人心隔肚皮，緊要關頭就把你賣了。」

「倒也不能那麼說，他們都來向我討過主意的，我沒鬆口。」

「那也不能甩下你一個，他們自己去降價啊。要咬住就大家一道咬住，都不是人！從前得過我們多少好處！」

「不要生氣了。這種事情，遲遲早早，總要來的。」

「茶清，你倒出個主意，怎麼辦呢？我們這裡全部吃下，一個是沒那麼多資本，再一個，賣到什麼時候去？只怕明年這時候還賣不完呢。」

媳婦說：「不是說股東還要和茶清伯吃講茶嗎？可惜天醉不在。我看他就是會說，或許把他們都能說動了，齊心合力再抗洋人一陣。洋人不也就是和我們拚那一口氣，我們就是不壓價，他們有什麼辦法？他們總還是離不開茶的嘛。我哥哥綠村從西洋來信說，英國人就是窮得把西服當了，第一件事情還是要喝茶的呢。」

「他們哪裡有這種眼光？吃講茶是假，抽股份是真。」林藕初生氣地說，「幾十年茶葉生意做下來，從來也沒有碰到過這種事情，吃講茶，竟吃到賣茶的頭上來了。」

「生意人，幾個人眼睛不是盯在銅鈿眼裡，沒有窮凶極惡抽股份，拿吃講茶做扶梯落臺勢，已經是賣忘憂茶行的面子了，你還要他們怎麼樣？」

「那你怎麼辦呢？外頭降價賣，裡頭又抽股份，這樣內外夾攻，不是存心要我們死啊。」

「死不了，」茶清一笑，眼光盯住了綠愛，「綠愛，上回聽你說山東、天津一帶不少店家看中我家的貨，只是轉了幾手，價格稍許貴了一些，有這樣的事情嗎？」

綠愛眼睛一亮，說：「正是，正是，我爹寫信來告訴我的，還說要是有人直接運了過去，他會牽線的。只是怎麼運過去呢？天醉又不知什麼時候回來。」

說來也是巧得很，杭天醉早不來遲不來，偏偏這時候，風塵僕僕地從宜興回來了。帶著那些手下人，小心翼翼地往倉庫裡抬那一箱箱的紫砂茶具，口裡興奮得話不成句：「這趟我是開眼界了，這趟我是開眼界了。我訂到一批黃玉麟的貨，有掇球、魚化龍、供春，還有邵友廷、陳綬馥的；這趟吃力犯得著，可惜銀圓帶少了——」

「否則這爿店都會給你賣光了，去買你那些中看不中用的壺呢。」林藕初生氣地說。

杭天醉見了他們這副樣子，說：「又有什麼鬼惹著你們了？」

沈綠愛嘆了口氣：「我們剛才還在說北方要我家的茶，這裡水客又頂著要我們壓價，愁著呢。」

「還沒有動啊！」杭天醉長眼睛變圓了，這才知道他和洋人那幾句洋涇浜，到底還是虛招，不頂用的。

「茶清伯，這可怎麼辦呢？」

杭天醉一屁股坐在了太師椅上，發起愁來。他做老闆才幾個月，就碰上這麼大的麻煩了，真夠人受的。

「辦法倒是有兩個，」吳茶清不緊不慢地說，「一是跟著壓價，馬上就能賣出去。」

「不能壓，不能壓，」杭天醉堅決反對，「士可殺不可辱，哪怕傾家蕩產，也不向洋人低頭。」

「其實你也不必看得那麼真，你既從大學堂出來，繼承了祖宗的飯，你也就不是士，是商了。既是商了，進進退退，也就沒有辱不辱的了。你說呢？」他媳婦故意說。

杭天醉連連搖手，說：「大丈夫能屈能伸，也要看對誰屈伸。對洋人，鬆口不得。況且我和茶清伯已經和他們過過招了，先頭還勝了，正得意呢。這回又跪到他們腳跟底下，以後還要不要做生意？」

沈綠愛這才說：「剛才我們還出了個主意，自家把茶運到北邊去，那裡我爹有不少朋友開著茶莊，正要我家的茶呢。」

「那好哇。那就運吧！」

「可惜了沒有一個押運的人。」

說完這句話，大家都盯著杭天醉看，杭天醉恍然大悟，繞了半天，是要他去幹這個活啊。他的第一反應就是不行，絕對不行！接著，魚化龍、貯泉聽琴圖、茶館、虎跑泉、伏龍肝，心裡嘩地一亮——小茶，一大堆事情就湧上了心。他不假思索地順口溢出一句：「費那麼大勁幹啥，郵包批發，寄寄過去好了。」

聽了這話，大家都不響，杭天醉心裡頭就很慚愧，頭都有點抬不起來。他想，老闆真不是他做的。他想跑出去時，人家要鎖他在家裡；他要待在家裡了，人家又要趕他出去。

他撣撣身上的灰，裝作一副瀟灑相，說：「我還沒洗澡呢。你們且再坐一會兒，茶清伯，你多歇歇。」

吳茶清卻站了起來，說：「不了，我這就去張羅郵寄的事情。」

「真的要寄啊。」杭天醉說，「從來還沒有人做過茶葉郵寄生意呢！」

「從來沒人做，我們才做得成。這條路好，只是茶行裡大批的茶都要轉到茶莊來，天醉你擔不擔這個風險？」

「什麼風險不風險，」杭天醉瀟瀟灑灑下了臺階，「有茶清伯在，還有什麼風險？」

「不怕一萬，只怕萬一。」

「萬一就萬一，我這裡還有黃玉麟的魚化龍，萬一沒飯吃了，隨便賣掉一件，就夠吃一個月了。」說著，就要直奔他那些寶貝紫砂壺而去，被茶清伯喝住了，說：「天醉，明日講茶，就在忘憂茶樓吃了。」

「什麼講茶？」杭天醉有些莫名其妙，「明日茶樓開張，我還請了錢順堂來說《白蛇傳》呢。」

「你們跟他說清楚，明朝叫他去對付他們，讀了一肚皮的書，也只好打打嘴皮官司了。」吳茶清指著杭天醉，對兩個女人說。說完，掉頭就走了。

所謂吃講茶，本是舊時漢族人解決民間糾紛的一種方式，流行在江浙一帶。凡鄉間或街坊中誰家發生房屋、土地、水利、山林、婚姻等民事糾紛，雙方都認為不值得到衙門去打官司，便約定時間一道去茶館評議解決，這便叫作「吃講茶」。

吃講茶，也是有其約定俗成的規矩的，先得按茶館裡在座人數，不論認識與否，各給沖茶一碗，並由雙方分別奉茶。接著由雙方分別向茶客陳述糾紛的前因後果，表明各自的態度，讓茶客評議。最後，由坐馬頭桌（靠近門口的那張桌子）的公道人——一般是由輩分較大、辦事公道、向有聲望的人擔任，根據茶客評議，作出誰是誰非的判斷。結論一下，大家表示贊成，就算了事。這時虧理而敗訴的一方，便得負責付清在座茶客所有當場的茶資，誰也不能違反。

忘憂茶行的股東們選擇吃講茶的方式來調解商務糾紛，這倒真是破天荒之舉。本來，實在要抽股份，按契約條律抽去便是，該罰該扣沒得話說。然這一次事件非同小可，一是因為洋人逼著壓價，二是吳茶清德高望重，三是忘憂茶行剛開張。商人也有商人的做人道理，要掙錢，又不能壞了名聲，要兩全其美，何其難哉！故而那領頭的竟出了個吃講茶的主意。一來還是想據理力爭說服吳茶清順應大勢，趕快拋出那庫壓的茶；二是說服不了再抽股份，也算是苦口婆心仁至義盡，場面上說得過去。

真正應了趙岐黃趙大夫的那句話，果然，忘憂茶樓開張的第一天，趙先生坐到了馬頭桌旁，要他說公道話了。

這也是破天荒的事件，杭州五百多家茶館，從來沒聽說開張第一天就吃講茶的。原來講茶吃到後來，沒有不動口動手的，吵爹罵娘之後，約請的打手就上了陣，既講不成，掀桌踢凳，來個全武行，所以不少茶樓門口都貼著「禁止講茶」的標語，圖個清淨。

杭天醉在門口張羅著掛副對聯。開張誌喜，本來是要放爆竹的。因為今日吃講茶，是嚴峻的大事件，免了。但對聯是一定要掛的，昨日挑來挑去，費了一天的心思，到晚上也沒定好，挑了幾副，正在琢磨。有一副叫「為名忙，為利忙，忙裡偷閒，且喝幾杯茶去；勞心苦，勞力苦，苦中作樂，再倒一碗酒來」。俗了一點，但還實在。那另一副「詩寫梅花月，茶煎穀雨春」，雖好，卻是從龍井借得來的，不妥，不妥。左思右想著，沈綠愛過來了，說：「費那心思幹什麼，能比過《詩經》去嗎？不如就用『誰謂茶苦，其甘如薺』得了。」

杭天醉想，那不是《詩經》中《邶風》裡的〈谷風〉嗎？正是恰到好處！恰到好處！可惜不是對聯。沈綠愛說：「世上的規矩，全是人定的。人說『對』，『不對』也可以『對』；人說『不對』，『對』也『不對』了。全看人的取捨罷了，哪有什麼一定之說的？」天醉聽了只拍腿，說：「這不是法無法嗎？娘子機鋒近禪！」抬起頭來要謝娘子，娘子早就懶懶走開了。

現在，這「誰謂茶苦，其甘如薺」已製成一副木製對聯，銅色底子，草綠色字，掛在茶樓大門兩側，立時引來了一群看客。有一孩子念道：「誰謂茶苦，其甘……」便被天醉打斷了說：「是茶，不是茶。不過茶早先是可以叫作茶的，還叫作荈。杜育就有〈荈賦〉——厥生荈草，彌谷被岡……《茶經・一之源》就說：其名，一曰茶，二曰檟，三曰蔎，四曰茗，五曰荈……」

趙岐黃隔著雕花玻璃窗架敲著手指，催天醉：「開始了，開始了，人家都已經開講了。」

忘憂茶樓分樓上樓下，面積各有二百多平方米。樓上有個小戲臺子，又設臺、桌、椅、凳，都用花梨木製成，八仙桌上還鑲嵌大理石檯面。三面開窗，打開便面對西湖，壁間又張掛名人字畫，用的是一色青花壺盞。茶博士提著大肚皮的紫銅開水壺，滿面堆笑來來去去。茶樓的總管由林藕初的一個遠親名叫林汝昌的做了，他正在上上下下地張羅著。那些發難的小股東你謙我讓了一番，打頭的就喝著虎跑水龍井茶，開了講：

「列位，講茶吃到這種地步，只有『倒楣』二字好說。生意人哪個不想抬價的，於今卻要因為壓價來同董事長據理力爭。要說理，也是沒有什麼理的，都只為洋人串通了一干水客，咬定了跌價方買。杭州城中多少茶行，哪裡就肯聽我們的！茶清伯為了山中茶農著想不肯跌價，卻又有誰為我們這些股東著想？我們都是做小本生意的人，魚蝦一般，經不起風浪顛簸。原本投靠了忘憂茶行，為只為茶清伯做生意靠得牢，不會叫大家吃虧。如今茶清伯為了一口氣，硬心不肯跌價。茶葉這個東西，列位又不是不曉得，日子一長，又出氣又變色，哪裡還賣得出好價錢？只怕那時再跌價，也沒人來理睬。故而今日藉此機會，請各位評個道理，尋條出路。」

說話的坐下了，大家都一下子莫名其妙地拘束起來。只因樓下茶桌，當中分開一條空道，一邊坐著一干股東，另一邊只坐著茶清伯、杭天醉二人，孤零零的，倒像是在聲討他們似的。那二人表情，又都是怪，那老的，半閉著眼睛，低著頭，兩隻手拱在一起，看地上螞蟻爬；那少的，翻著白眼，抬著頭，朝天花板上看。眾人等了一會兒，見二人俱不搭腔，只得朝坐馬頭桌的趙大夫使眼色，趙大夫心裡向著這一老一少，便說：「忘憂茶行十成股份裡忘憂茶莊占了六成，須得聽聽這大股東的意見。天醉，事情既已如此，你是贊成跌還是不跌？」

「自然不跌。」杭天醉這才把白眼翻了下來。

小股東們便七嘴八舌嚷嚷起來，都說：「小杭老闆你好狠心！你賠得起我們賠不起，我們家鍋兒缸灶朝天，莫不是統統到你家來吃大戶？」……說個不休。杭天醉只問了一句：「你們要幹什麼？」

有人便乘機說與其如此僵著，不如退股。

「退就退吧，明說不就行了，何必弄場吃講茶的戲，耽誤了錢順堂的《白蛇傳》，真正可惜。撮著，快快備車接了錢先生來，就說杭天醉在門口候著他呢。」

那一干人都愣了，大眼小眼，又都瞪著趙岐黃。趙大夫一生大大小小吃過不少講茶，像今日這樣講不起來的，他倒也是第一次領教，一時也不知如何是好，小心翼翼地問吳茶清：「茶清，你看這件事情……」

吳茶清半閉的眼睛一亮，射了開去，人就彈了開來，一揮手，說：「取錢去，一分也不少。」人見吳茶清這樣鎮靜，有幾個便要打退堂鼓，說：「要不再等幾天……」

還是趙大夫瞭解吳茶清：「等什麼等？沒聽說人各有志不得勉強嘛，退了乾淨，省得我下趟再來坐馬頭桌。」

「那，這茶葉銅鈿……」

「我請客我請客，」杭天醉作著揖，「各位走好，常來喝茶聽戲，請，請，請……」他又拱手又謙讓，巴不得他們快快走得一乾二淨。

第十四章

立夏前一天夜裡，海月橋、南星橋一帶的商肆酒樓，只聽得炮仗聲耀武揚威地爆跳了小半夜。有來往的商船，不知道這是杭人的什麼規矩，好奇的人便問緣故，那被問的便白了對方一眼：「忘憂茶行的爆竹，連這也不曉得。」

外人若再謙虛，檢討自己孤陋寡聞，果然不知發生何事，被問的才說：「打了一仗茶葉大戰，忘憂茶行贏了，開市大吉。」

「那也不必這麼高興啊，一年裡還沒過半年呢。」

「人家半年，就把一年的生意全做完了，價格不但沒降，做郵包生意，還賺了呢。洋人到底在他們那裡沒撈到什麼好處，也算是給中國人掙回了一點點面子。」

賣盡春茶放炮仗，是杭天醉的主意，忘憂茶樓開張時沒放的炮仗，都存到這時來放了。他原來還主張在「聚豐園」大請客一次的，這也是茶行的老規矩了。吳茶清沒有同意，說留點面子給那些落井下石的水客，明年見面還可以再做生意的。林藕初嘆了口氣，對兒子說：「算了吧，你茶清伯做人，向來要留點分寸，不做滿，也不說滿的，就依他的。」

杭天醉一口氣買了幾百只炮仗，帶著撮著去了候潮路茶行，和茶行大小夥計美美吃了一頓，連茶清伯都經不起人家勸，抿了好幾口酒。上上下下，只有小茶在上菜張羅，吳升在旁邊幫著她，只有他們倆沒喝酒。

偏偏天醉這種少爺又是百無禁忌的。恰見茶清不在，小茶上菜，他就一把拽了她袖子，說：「小茶，你怎麼也不陪我坐下喝幾口，這樣走來走去，晃不晃我的眼？」

小茶害羞，扭著身子，想掙脫了杭少爺的手，杭少爺又偏不讓。周圍的人，哪裡曉得這兩個人之間的夙緣，只當公子哥兒調戲姑娘，習以為常，不足為奇。杭天醉醉眼惺忪，說：「小茶，你陪我喝幾口。我是心裡頭高興。我……杭天醉……百無一用之人，原來，做生意……是把好手……」

小茶見少爺醉了，只得陪著他喝下了一盞酒。杭天醉原來還站著的，見小茶一口酒喝下去，立刻抽了筋一樣，軟癱了下去。吳升在旁邊見了，心裡好不耐煩。這邊吳茶清出來了，卻說：「小茶，你照料少爺上樓，讓他在你屋裡躺一會兒，少爺要乾淨的。」

吳升和小茶兩個就一邊架著一個，把杭天醉往樓上拖。吳升一隻手還端著一隻燭臺，另外一隻手抱著杭天醉的腰。那一邊，小茶肩膀上架著杭天醉的左臂，右手也托著他的腰。到了樓梯半當中，小茶的手被吳升一把抓住了，小茶便一聲尖叫：「少爺！」

杭天醉糊里糊塗地抬起頭，朝他們倆傻乎乎笑，脖頸斷掉一樣又掉下去。吳升更加死勁捏住小茶的手，眼睛奇怪地盯著小茶。小茶就看出了他的意思——你敢叫！我不怕！

小茶害怕了，不敢叫，連拖帶拉，把杭天醉搬進她房間，躺在床上。小茶便去取水給少爺擦臉，吳升站著，也不走。小茶知道他心裡頭的意思了，她不明白，為什麼她一點也不怕杭家的大少爺，可就是怕這個窮雜役。

吳升見小茶來來去去地給杭天醉洗臉，擦腳，疊枕頭，又拿著把芭蕉扇子，吧嗒吧嗒給他搧涼，就說：「小老闆娘一雙腳那麼大。」

「你說過了。」小茶說。

「眼睛這麼大。」他又比畫了一下。

小茶沒看，不理他。

「小茶，你當心！」

吳升又說，怒氣沖沖。

「當心什麼？」

「當心我！」

他幾乎是咆哮地叫了一聲，便衝下了樓梯。

他在樓下給人上菜端水的同時，一股怒氣越來越不可遏制地從丹田湧上。他的同夥們都很高興，有酒喝了，還可以多拿餉金。他本來應該和他們一樣——老規矩了——小小年紀出來，掙了錢，到了年紀，回安徽老家結婚。終身大事辦完，再出來掙錢，從此便過那種「三年兩頭歸，一歸三個月」的日子。碰到好的老闆，回家還可以帶足三個月的工錢。這樣做到老了，打個包袱，裡面是一生的積蓄，然後，滾出杭州城——你這個徽州鄉巴佬，一輩子也就是打了個長工。

有幾個，能像這山羊鬍子的吳茶清？有幾個？如果杭九齋不死，哪裡有孤兒寡母傾斜的大廈，等待他去支撐？

五魁首啊，六六順啊，七匹馬啊……這些人，生來注定就是窮死的命。吳升不一樣，他覺得自己與眾不同，雖然在人家眼裡，他是一錢不值的。他連怎麼樣講話都沒有學會，不是講過頭就是沒有講到位，比如他幹嗎要在小茶面前比畫小老闆娘的腳和眼睛呢？

此時，他還有些朦朦朧朧，他一頭拴在了小茶身上。這個女子美嗎？當然很美。小茶來以後，茶行的夥計們都變了樣，有時他們像是被她灌了迷魂湯，走路像是在水上打漂，有時又像是注了興奮劑，性情浮躁，生活與勞作卻都靈動起來。不過，對吳升而言，這又都不是主要的。吳升覺得，他最滿意的是他似乎是可以凌駕於她的，他喜歡僅僅在她一個人面前肆無忌憚，因為他在別人面前過於恭順了。

吳升想到小茶坐在凳前，吧嗒吧嗒地給杭天醉搧扇子，手裡的一隻飯碗就失手打碎了。他撿碎片時，不假思索地便在自己手上輕輕割了一下。他哎喲一聲叫後，血就湧了出來。然後，順理成章地就上樓包傷口去。

他咚咚咚地跑了幾步，象徵著光明正大，然後突然一個煞步，他脫下他那雙布鞋，躡手躡腳，賊步蛇行。他在走廊的一半地方就聽到小茶房間的聲音了，你說是呻吟也罷，是嬉笑也罷，這聲音讓吳升毛骨悚然。他用一隻手死死卡住那正在流血的手指，一步步，在黑暗中往前摸去。他聽得越來越清楚了，小茶的聲音是不可遏制的遏制，害怕、戰慄、驚慌失措，但又忘乎所以——這個婊子！但杭天醉的低聲掙扎的話卻叫吳升百思不得其解，他為什麼一遍遍地說：「誰說我不行！誰說我不行！誰說我不行！」

接著，他終於把眼睛貼在了門縫間——他看見了一切：兩個昏黃的身體，裸露著，被燭光照耀著，四肢和軀體一會兒明亮，一會兒昏暗，並且在極為有力地起伏著，彈跳著。吳升看見了仰起又倒下的小茶的小臉，汗水把她的頭髮黏貼在頰間。她的小嘴半張著，吐著氣，像是就要死了。她的脖子軟軟地掛了下來，彷彿抽去了筋骨。

而從背後看上去，杭天醉多麼英武有力。修長的裸背，絹黃，無一瑕疵，手和腳長長的，纏在女人身上。他在激烈地蠕動著，彷彿力量永無止境。他在不斷地俯衝時，口口聲聲地咬牙切齒地說：「誰說我不行！誰說我不行！誰說我不行！」將滅的燭光在他的說話聲中爆跳著，一亮一黑，一亮一黑，在歸於黑寂的一剎那，吳升聽到那男人的長長的迸發出來的號叫——那聲音幾乎可以說是太響了，吳升那隻血淋淋的手指頭一下子塞進了他的牙齒打戰的嘴中，一股血腥的鹹味被他嚥了下去。

吳升不清楚，自己含著血淋淋的指頭，在門外的暗夜中，大氣不敢透一聲，究竟僵持了多久。半夜前他一直不能入睡。他的夥伴們撤了飯局，開始搓麻將。他們叫他時，他謙恭地舉著那隻包紮過的手指頭，說：「痛。」

吳茶清也難得地要比夥計們早睡去了，見著獨守在堂前的小老鄉，和藹地說：「吳升，早睡去吧。」

他搖搖頭，說：「我再等等，杭老闆還沒下來呢。」

吳茶清像是想起了什麼，站在樓梯口，朝上叫了一聲：「小茶，下來。」

吳升的心裡泛上了一陣惡意，他那副厚嘴唇幾乎有些激動地顫抖起來了。他沒喝幾口酒，可是卻有一種酒後渴望發洩的委屈。他甚至有些熱淚盈眶了，在昏黑的門角中，一張黑臉扭曲成了極其醜陋的小鬼樣。

接著，他聽到了小茶在樓上「踢拖踢拖」的趿拉著鞋跟的聲音，慢悠悠的，像個疲憊的女人，像懷了孕的女人，像婊子一樣慵懶的女人。吳升恨她，鄙視她，渴望她，心事萬端地斜過頭，像一隻歪頭的烏雞。他看見穿一身水粉紅衣衫的小茶，肆無忌憚地在樓梯口打了個哈欠，手指又套上了祖母綠的戒指。她不好意思地笑笑，說：「酒喝多了，睏著了。」

燭光中的小茶，美麗得像一個粉紅色的噩夢。她站著，幽紅色，本身如同一枝蠟燭。她甚至周身發出了毛茸茸的邊光。吳升不可思議，一個女人被有錢人睡過了，就會變成一枝紅蠟燭嗎？如果被他睡過，又會變成什麼呢？

「老闆呢？」茶清問。

「他還沒有睡醒呢！」女人說。

茶清盯著小茶，足有那麼一會兒，不知道是在想什麼。

小茶呢，她站著，伸了個懶腰，在伸展開的一剎那，似乎又想到了自己的身分，恍惚地笑了，又收回了手腳，卻不忘看一看手上的戒指。

「把少爺背到門口黃包車上。」吳茶清用下巴努一努。吳升不相信地問：「我？」

「你。」

吳升明白了他目前的地位，他謙恭地迅速地上了樓梯，三步並作兩步。他的仇人半睡半醒躺在床上，一臉陶醉。吳升低三下四地半欠下身子，耳語著說：「杭老闆，該回家了。」

「我不回，」老闆賭氣地翻了個身，「我就喜歡睡這裡。」

吳升恨不得卡死他，那麼細的脖子，卡死他很容易。但吳升還是賠著笑臉說：「茶清老闆吩咐了，讓我背你下去。」

他幾乎是咬牙切齒地說出這句話，然後一個猛撲，像抲魚一樣揿住了杭天醉，把他掀在自己身上。把他往樓下送的時候，他覺得這傢伙沒什麼分量，骨頭沒有幾兩重，往黃包車上一抖肩膀，那人就彈出去了。

小茶跟了出來，幫著扶正杭天醉的身體，用手絹擦他的臉，直到撮著把車拉走了，小茶在後面還叫了一聲：「小心別掉下來，別讓夜風吹著了。」

吳升瞪著木愣愣的大眼睛，看著這個發毛光的粉紅色的女人。女人滿不在乎地轉了個身，消消停停，上了樓。

吳升忍不住叫了一聲：「小茶……」

小茶斜眼看了他一下，問：「幹啥？」

「你……做什麼了？」他把「剛才」兩個字嚥了下去。

「不要你管。」

女人輕飄飄地說，「踢拖踢拖」，揚長而去。

那日的半夜，吳升去了望仙橋，招呼都不用打一個，鬼似的就被從巷子裡蠕出來的那些做皮肉生意的拉走了。吳升在這方面毫無經驗，但看上去好像是個老手。因為他喝得半醺，正可肆無忌憚卻又不爛若湖泥。他被一個半老徐娘一把拽住，趄進了一條巷子。他一頭倒在那張爛席前時，心裡還有些明白，但接下去的事情，他就雲山霧罩了。早上醒來，他那件土布短衫裡，半年的辛苦銅鈿不翼而飛。他嚇了一跳，通地跳了起來，不知此身何處。看看天窗，方方小小的，從一人多高的破瓦頂上朝他翻著白眼，頓時頭痛欲裂。

「有人嗎？」他大叫了幾聲。

他明白，他這一生中的第一次，想買個地方出出氣，結果卻被別人出了氣。他搞不清楚，昨夜是他耍了人，還是人耍了他。接著，那一幕就嘩啦一聲壓在他眼前，把他推得一頭就栽在破席上。他看到了燭光，光滑如黃緞子的兩條身體，他的耳朵裡便周而復始地跳躍著一句話：「誰說我不行！誰說我不行！誰說我不行！」

他怒氣沖天地蹦下了破席，在這婊子的破窩裡亂翻了一遍。他什麼也沒找到，現在他懷疑他玩的是個叫花子，或者玩他的是個叫花子。這使他更生氣，便一腳踢開了房門，搖搖晃晃，回他的茶行。

正在前場忙碌的夥計們見他回來了，小聲地說：「你到哪裡去了？老闆到處找你。」

吳升朝他們翻翻白眼，一個年紀大一點的，就做了個下流動作，說：「尋婊子去了吧？」其他幾個夥計就膽小而猥瑣地笑笑，不敢笑響。

吳升犟著頭，徑直入了廚房。今天灶間人多，小茶在燒火，面孔映得紅紅的，臉上還有汗水下來。吳升瞪了她一眼，便就著竹筒裡的生水咕嚕咕嚕喝。小茶沒再像上次那樣，叫他不要喝生水。他就越喝越多，越喝越火，咣噹一聲扔了竹筒，衝著小茶，大吼一聲：「誰說我不行！」

小茶嚇得拎著個吹火筒就站了起來，痴痴呆呆地也不說一句話。

「當我不曉得啊，誰說我不行！」他又朝她叫。

小茶一跺腳，把吹火筒扔了過去，尖聲地叫了起來：「瘋子！」

茶清老闆出現在他們面前，看著他們倆。半晌，揮揮手，對小茶說：「把戒指取下！什麼地方？」

小茶趕緊便去拽手指。

吳茶清又對著吳升，口氣很重：「幹活去！」

忘憂茶樓開張後的日子裡，杭天醉帶著小茶舊地重遊去了。臨行前他靈機一動，約上了吳升。「吳升，吳升，你不是隆興茶館小跑堂的嗎？去，跟著一起去開開眼，看看我和這殺豬的開茶館是怎樣的不同。」

小茶就歡天喜地地坐上了撮著的黃包車，旁邊有小杭老闆陪著，一路拉過去，就有一路的人斜白著眼，撮著就未免難為情。小茶渾然不覺，一路小跑跟在旁邊的吳升則氣得咬牙切齒。

他百思不得其解，何以茶清伯會讓這兩個傢伙胡作非為，而撮著也竟然以為順理成章？難道這跑碼頭的女人，真的要一步登天？

然而夜裡在夢中，她卻早就是他獨占的了，是他無論怎樣地糟踐都逆來順受的他的女奴。只是你看她現在春風得意的樣子，她跨過茶館的門檻時想不起他曾經把她從門檻上推下來；她上樓梯時想不起她怎麼樣翻著跟頭跳上去；她在樓上小戲臺子上來來回回走了一圈，還嘖嘖地誇著雕梁畫欄，不知她比戲子還賤，賤貨！賤貨！

但是那不長眼的有錢少爺卻偏抬舉她，那就是一對一的賤。你看他還小心扶著她坐在廊欄前，又買了瓜子、松子給她吃；她喝茶吃瓜子的樣子——他媽的又賤又迷人。她還知道用那小瓜子仁兒餵廊下掛著的鳥兒，那樣子又純得滴水，叫吳升無法想像燭光下的淫亂。

奇怪的是吳升一方面氣得頭昏眼花，一方面卻又一絲不苟地在那掛著名畫的茶室裡張羅，把天醉、小茶，甚至撮著，都安置得妥妥帖帖。

「吳升，我看我還是把你從茶行裡叫回來開茶樓算了，你幹老本行，看著都舒服。」天醉說。

「那是伺候人的活兒啊，」吳升說，「哪能幹一輩子？」

「這倒也是，我看出來了，吳升是個有抱負的人。有抱負好，我會助你的。」

「謝謝杭老闆。」吳升就欠著身子做奴才狀。小茶在旁邊看了，打了個寒戰。現在，一下子，她什麼都想起來了。許多年以前，少爺給了她松仁兒，吳升踩在泥地裡，又挖出來給她吃。他還哭了呢，他為什麼哭？

夏季的日子裡，沈綠愛過得很平靜。丈夫每天早出晚歸，有時在茶莊，大部分時間，是在候潮門茶行。春茶生意過後，丈夫又開始張羅到桐廬收鮮棗，到塘棲收蓮子，加工後，運銷香港和廣東。再有的時候，丈夫便是在茶樓中度過了。茶樓開了張，白天有人來鬥鳥、吟詩，夜裡聽評彈和大書。丈夫常常半夜三更回家，有時甚至徹夜不歸。回來了，見著妻子，很客氣，小心翼翼地告訴她，到哪裡去了。而她，大半是已經睡下了，聽了他的解釋，她連頭也不回。

她對她依舊是處女的狀況，也已經無可奈何地接受了。這一件床上的私生活，現在已經成了整個家族的公開的祕密。她的母親和婆婆為此專門開過幾次神祕的會議。接著，各種各樣形色詭譎的郎中，開始出現在忘憂樓府。她的丈夫，開始吞吃各種各樣的中藥。

沈綠愛冷漠地看著這些人鬼鬼祟祟地竊竊私語，一段時間以後，婆婆問她，有沒有好一點。

「沒有。」

她硬邦邦地回答。

「你自己要上點心啊。」婆婆說。

「這不關我的事。」她漠然地說，心中懷著對這個女人的怨恨，瞧她生下了一個什麼樣的兒子。

「這種事情，兩個人的，也難說哦。」婆婆微言大義地說。

終於，一個老卡卡的女人被一頂小轎子抬進了院子，她們把她和沈綠愛單獨地關在了屋子裡。

接著，沈綠愛便聽到了她從來也沒聽到過，也想像不出來的許多古怪問題，她雖落落大方，也被問得面紅耳赤，連連搖頭。

那老巫婆又開始向她傳授她的房中術，沈綠愛覺得又羞怯又好奇，她從來沒有想到人生來還有這麼許多亂七八糟的動作。她又蠢蠢欲動了。

半夜裡，丈夫回到家中，悄悄地躺下了。她翻了個身，輕聲問：「這麼晚？」

「是啊，聽金老大的《武松打虎》。」

她想再和他說幾句話，把身翻了過來，丈夫像一隻弓蝦，頭朝外，頃刻間，鼾聲響起來了。

她嘆了一口氣，想，天亮時再說吧。

她幾乎一夜沒有睡，快天亮時，她小心翼翼地去碰她丈夫的背，丈夫醒了，把頭斜過來，奇怪地問：「天還沒亮呢，你幹什麼？」

沈綠愛吃了一驚，丈夫的目光不再是膽怯、心虛和惱火。丈夫的眼睛裡充滿了陌生，彷彿在說，你是誰啊！

雜役吳升再一次進入忘憂樓府的時候，秋風已經起來了。

對吳升來說，沒有一個秋天，比這個秋天更加傷感了。

夏末的時候，小茶去和吳茶清告別，她臉色不好，鼻翼上出現了小小的蝴蝶斑，她說：「茶清伯，我要走了。」

吳茶清正在打算盤，劈啪劈啪，抬起頭，看了她一眼，問：「有地方住嗎？」

「就住在——」

「——不要再說。」

吳茶清手掌用力一搖，擋住她的話：「我曉得你活得下去就夠了，別樣事情，我不想曉得。」

小茶膝蓋頭一軟，跪了下去，「茶清伯，我不好再做下去了。」

吳茶清的目光，從她面孔上移下來，移下來，一直移到脖子下面、胸脯下面。他突然站了起來，又坐下了，鬆了口大氣，把抽屜打開，一長條銀圓包好，取了出來。

「拿去吧，總有用得著的時候。」

小茶哭了，杭天醉在吳山腳下租了一套小院，她得搬到那裡去住。她懷孕了，這對她來說是無可選擇的事情，至於她這算是妾，是外室，還是其他什麼角色，她是不曾去多想的。

「起來吧，」吳茶清揮揮手，「過得好就過，實在過不好，再來尋我。」

小茶在進入自己的小院落前，還經歷了一件事情。轎子抬到清河坊的時候，路堵住了，說是前面有個女叫花子死了，沒人收屍，正橫在路口呢。

天醉從轎上下來，一會兒就上了小茶的轎，說：「我手頭沒帶銀圓，你給我幾個。」

小茶的那筒條子就打開了，銀圓滾在地上，咕嚕嚕響，杭天醉取了幾個。小茶看著杭天醉給人錢，有人抬起那叫花子，一顛，一包東西掉了下來，打開一看，是一隻茶盞，僥倖沒有打破。

老太婆那張臉，爛得鼻子嘴巴都分不清了，一看就是個生楊梅大瘡的妓女，年老色衰，髒病染身，最後落一個暴屍街頭的下場。

杭天醉撿了那茶盞，又撩起轎簾，要把它遞給小茶。小茶慌得要推：「不要不要，討飯佬的。」

「她是小蓮，」杭天醉說，「這茶盞是我給她的。」

「小蓮是誰？」

「給你吃松仁兒的人。」

「我可不認得她。」

「不要問了，收好。」

杭天醉突然不高興了，小茶連忙接了那茶盞，抖抖簌簌的，也沒地方放。最後，找了她的小包裹，把茶盞打了進去。

但是，她討厭這隻茶盞，許多年來，見到這隻茶盞，那張腐爛的老臉就會從她的記憶深處浮現出來。

吳升一直跟在他們的後面，一直跟蹤到吳山腳下。他親眼看見小茶進了那個門口有一株獅子柳的小院子，白色的粉牆，圓的洞門，用瓦片疊成的牆窗。門是硃紅色的，對開的，兩個銅門環掛在那裡，那麼無動於衷，彷彿誰住在那裡都與它無關。吳升走近了，貼著門縫往裡望，他吃了一驚——他看見撮著在院子裡搬著家具。他也知道了？那麼還有誰不知道？難道杭天醉的那位大腳老婆，也允許了小茶的存在？

吳升知道，有錢人家的三妻四妾是很正常的。那麼，他吳升是敗了，他悻悻然地往回走。撮著拉著空車，走過他的身旁。吳升說：「杭老闆有喬遷之喜了？」

撮著吃了一驚，見是吳升，才說：「我當是誰！草帽壓得那麼低。你怎麼到這裡來了？」吳升便撒謊：「正要到茶莊去取銀子，賣家只相信你們茶莊用印子戳的銀圓，路過這裡，就見小茶往這個院子進來。新鮮，杭老闆娶二房了？」

撮著再也不吭聲了，悶著頭往前面拉車，吳升心裡那口惡氣出不掉，是不肯罷休的，說：「撮著，你跟著你家少爺，膽子也真大，什麼事情都敢做。」

撮著把頭抬了起來，很誠懇地說：「吳升，你這個人，就是沒有分寸不好，問東問西，問得太多了，要有禍祟的。」

吳升倒是被這個三十來歲的同行的一席話說得悶住了。他盯著撮著那副牛眼，黃的板牙，面孔瘦得刮不下半兩肉來，腦後那根辮子盤在脖子上，像根爛井繩。吳升想，莫非我也有一個這樣的將來？

「輪不著你來教訓我！」他咬著牙齒，對撮著說。

「不是自家的東西，想都不要去想。」撮著繼續說。

「輪不著你來教訓我！」吳升咆哮了，跺起了腳。

「你要吃虧的。」撮著再一次認真地停下了車，「你這個人，要心太重了！」

吳升進了忘憂茶莊，帳房先生是個胖子，見了吳升便說：「我這裡沒有現錢。」

「茶清老闆說好了，叫我來取的，人家只相信你們這裡的銀圓。」吳升見了旁人，依舊是很乖巧的，盡揀一些好聽的說。

「你？」

帳房從眼鏡上面對他看。

「押鏢的在門口等著呢。」吳升又說。

帳房說：「原來倒是準備好了的，前日被老闆支走了。」

「老闆的日用開銷，還要到帳上來取？」吳升裝作不曉得，其實卻明白了，這些錢派了什麼用場。

帳房說：「你這窮得叮噹響的光棍，哪裡曉得大有大的難處！拆了東牆補西牆的事情，再平常不過的。」

「那我們那頭怎麼辦？老闆等著銀子呢！」

帳房見四周無人，才說：「我給你指點一個人。」

「誰？」

「你去找少奶奶。」

「茶莊不是一直就由杭夫人撐著嗎？」

「如今杭少爺升上來主管了。他又不是個真正在上面費心思的人。掙得不少，花得也不少。杭夫人對他，也是睜隻眼閉隻眼。茶清伯又走了，這裡上上下下，我看杭少爺也就對著少奶奶心裡發點怵，別的還有誰在眼裡？」

那帳房因為和吳升熟了，又兼杭天醉自掌了事以來，常到帳房處隨便支銀圓。有時，拉開了抽屜，有多少就拿多少，連數都不數。那帳房要他等一等，他便說：「等不得，有三個買主盯著金冬心那幅〈寒梅圖〉呢，就看誰先把錢送到了。」

「那也得數一數啊！」

「不用了不用了，自家的錢還不知道怎麼用？」

這麼說著，人和聲音已經在外面了。

帳房正愁著沒有一個人替他傳話，這個帳，他是越來越沒法做了。老天開眼，吳升，就給他把機會送上門來。

吳升見有機會去親自面對少奶奶，激動得眼睛都亮了起來。他的心裡有一團火在燃燒，不管三七二十一，他要衝上去。

然而他畢竟年輕，沒有經驗，沒有嘗試，他不知道告密的程序是應該怎麼樣的。他雖然生性能察言觀色，又會弄虛作假，但畢竟是在雜役的生活圈子裡，是在墊底的過程中翻些小浪花，這和大戶人家富人們之間的耍心計，層次完全不一樣。

吳升首先在第一條上就失敗了，他連陣腳都沒有穩住。重新見到少奶奶沈綠愛的第一眼，他的腿肚子就要命地發軟。這種女人，豔若桃李，冷若冰霜。吳升見到她的時候，她正坐在廊前，茶几上放著一排的玻璃杯，足足有十幾隻。那女人穿一身淺色綠綢衣，正用茶爐煮開了水，往那十幾隻杯中倒水。天光很亮，把杯子倒影照在荸薺色的茶几上，長長地拉出一排。那杯子卻像要透明地化入天光之中去，但又因了綠色茶葉的環繞升騰而顯現了輪廓。茶在杯中的沖泡中起伏旋轉，十足地像是一個長長綠袖的女人在舞蹈，在呻吟，在企盼。漸漸地，那些茶一根根地豎了起來，簇簇擁擁，爭先恐後擠到水面，各自有各自的位置，便屏息靜氣地展示綠色。那光芒，真是如日中天。但是時間很短，光陰似箭，歲月如梭，齊刷刷地一排十幾隻杯中的茶，幾乎同時下沉了。下沉了，一直沉入杯底。

沈綠愛在做這件事情的時候，全神貫注，不動聲色，屏心靜氣。吳升在一旁晾著，便大氣也不敢透。他一點也不明白，有錢人家搞這些東西有什麼意思。但它的確是很好看的，很奇異的，而且，很香。

「說吧。」

她終於開口，她的眼睛又大又黑，蒙著一層冰霜。吳升心中一驚，他一下子就不明白，自己應該說什麼，怎麼說了。

「帳房先生那裡取不到錢。」他慌慌張張說。

「這不關我的事。」她開始拿起兩杯茶，放在天光下比較它們的色彩。

「你看哪一杯水顏色更好？」她問他。

他胡亂地看了一下，指著一杯顏色偏綠的，說：「它。」

「算你聰明，這是沸水稍涼片刻再泡的。」

「是。」

「是什麼？是是是，你倒說出個道理來！」

「水太燙了，泡不出好茶。」吳升說。

少奶奶慢慢地用大眼睛盯著他，說：「講對了，講對了。」她站了起來，在走廊上走來走去，自言自語：「做人也一樣的，懂嗎？」

吳升慌了起來，想自己是不是碰上了一個腦子有毛病的人。

「帳房那裡取不到錢。」

「我不是跟你說過了，這不關我的事。」少奶奶有些驚訝地說。

「杭老闆全支走了。」

「你怎麼知道？」

「他支走了。在吳山租了房子，還養了一個女人。她叫小茶。是從我們茶行接走的。」

他想都沒想，就咕嚕咕嚕地往外倒個底朝天。

「你說什麼？」

「很長時間了。大家都曉得了，就你不曉得。」

沈綠愛輕飄飄起來。她想她是怎麼啦，怎麼有一種在半空中浮游的感覺，她嘴裡吐出的字，一個個像氣泡，可以在天上飛。她聽見她自己對自己說：「你滾開！」

吳升想，少奶奶要昏過去了。他又興奮又恐懼，又解氣又心慌，他語無倫次地喊了一句：「他們睡覺，我們縫裡看見了！」

然後，他便全身哆嗦著往回跑。他還期待著一聲驚叫，但是沒有。他從假山後面看見少奶奶坐在茶几後面，兩隻手要去掀茶几。吳升眼睛閉上，準備聽那驚心動魄撕心裂肺的粉碎之聲。他再睜開眼睛時，卻看見少奶奶坐在煙霧升騰的熱茶後面，捧著一杯茶，慢慢地，一口一口地，抿著。

第十五章

被冷水沖泡著的那杯綠茶，在幾乎等待了整整四個時辰之後，伴著天光，並沒有一分一分地移落下去。茶葉冷靜地攤浮在水面上，不動聲色。面朝上的那一層皺著臉孔，乾癟癟的，彷彿下面托著的不是水，是透明乾燥的空氣。

沈綠愛幾乎一眨也不眨眼地盯著那杯茶：天哪，天哪，這是怎麼搞的？它們怎麼不向下面沉？哪怕沉一片也好！她焦慮萬分，在夏季的熱風裡，她竟然被骨子裡的寒氣侵襲得簌簌發抖。

她的心大片大片地塌落下來，她甚至能聽到塌落時的轟響。先是一陣，過一會兒，又是一陣，間隔的時間越來越短，她的耳朵裡，轟隆轟隆地便連成了一片。

她全神貫注地去盯著那杯死不肯下沉的茶水，是因為這樣可以避免去想剛才她聽到的事情。一意識到這件事情的存在，她就猛烈地噁心起來，她嘔吐的樣子，使她看上去倒像是一個孕婦。

怎麼可以有這樣的事情！這是絕不能夠發生的！多麼可怕啊！多麼噁心！多麼恥辱！多麼丟臉！我竟然以為他……沈綠愛像是被雷擊中了一樣，驚跳起來，撐直了脊梁，臉一下火紅火紅……我鏡子裡的半裸的身形多麼痴呆，就像個傻大姊！這是怎麼搞的，剛才只覺得鬱悶無聊，突然就裂開了一個大傷口，無邊無沿無底的深淵般的大傷口。

在夜色朦朧之中，她彷彿看到她的陪嫁丫頭婉羅在她眼前晃過，又好像聽到有人叫她去吃飯。她厭倦地揮了揮手。天什麼時候黑下來的，她不記得了，大概是在她的心也黑下去的時候吧，她聽到了院落中寒蟲的初鳴。抬頭望望院子上空的夜，星稀稀落落，無精打采，彷彿不得已才顯形似的。激怒的潮水，如此之快地漫了過去，現在是退潮後的虛無了。

婉羅又過來了，說：「夫人要見你。」

她一動也不動，隨便來誰，現在對她都無所謂了，她活不下去了。想到活不下去，她的眼睛亮了起來，「死！」一個閃電劈入她的胸膛，她心裡一陣輕鬆，她有出路了。

她騰地一下跳了起來，衝進房間，發瘋一樣地往梁上看，她想尋找一個掛上吊繩的地方，但是竟然沒有。她著急了。屋子裡黑乎乎的，她抓著那根冬天當絲巾的「上吊繩」，團團地轉。婉羅早就嚇哭了，把汽燈點著了放在梳妝檯上，便跪了下來，邊哭邊喊：「夫人，夫人，少奶奶要上吊了！夫人你快來啊！」

林藕初一頭闖進了房間，她頓時明白了一切。

「下去吧。」她手裡提著一把撲蚊子的團扇，輕輕說。

奴僕們都下去了，剩下婆媳兩個站著發愣。

她們互相對峙了一會兒，最後，婆婆自己拉開了椅子，坐下，說：「要死，也等明白了再死。」

沈綠愛站著不動，說：「你們不是等著我死嗎？」

林藕初聽了這話，也不搭腔，對著燈芯，發了一會兒怔，說：「沒啥大不了的事，天醉原是真有病，在你這裡沒治好。」

「什麼病！噁心！我不活了。」

沈綠愛又想上吊，但已沒有第一次的興奮與激情。

林藕初嘆了口氣，說：「天醉是怕你三分呢，你一個女人，氣是太盛了。」

沈綠愛不明白婆婆的話，她剛才的那種混混沌沌的表情突然沒了，像是被她的婆婆挑明了，便說：「我再氣盛，也氣盛不過你啊！你氣盛得丈夫都死在你前頭了！我卻是沒你的福氣。我就死在他前面了，讓你們以後過清靜日子去吧。」

林藕初氣得手也發起抖來，卻使勁忍住了，說：「綠愛，你是個聰明女人，說話做事，要憑良心。我問過天醉，他不是不想跟你過，是不能過，你嚇著他了！」

沈綠愛氣得也顧不著上吊了，問：「我怎麼嚇著他了？我怎麼嚇著他了？我什麼都沒有說，什麼都沒有做，我怎麼就嚇著他了？」

「大戶人家的女兒，有幾個像你那樣。一雙大腳不去說，胸脯挺得賊高，喉嚨嘣響，人沒到聲音先到。你是山裡頭野慣了，還是城裡頭蕩慣了？婆婆不要你三從四德，不過溫順賢惠總也要曉得。你看你這副吃相，上吊啊絕食啊，這都不是真本事。你有真本事，當一回女人生一回兒子，也叫我當婆婆的佩服一回！」

「你，你，你……」媳婦氣得話都說不出來，「你們杭家沒一個好人。」

「我不姓杭，我姓林。我抬進杭家，十年沒有開懷，我吃的苦頭，你一生一世也吃不光的。你這還沒開始呢，抬進來還不到一年，你就跳蚤一樣蹦上蹦下了，你跳給哪個看噢，當我會可憐你？笑話！」

婆婆一頓劈頭蓋臉的冷嘲熱諷，把一意任性的沈綠愛罵得愣住了出神，她吃驚得嘴巴半張著，不相信自己的耳朵！

婆婆生性通情達理，上上下下都打發得周全，婆婆還識字斷文，從不計較她的這副大腳。她從來沒有想到，婆婆那麼殘忍，你看她手裡拿著一炷香，黑魆魆的房間裡，便只有她那個瘦高個黑影子，兩個肩膀撐起，像一隻停棲的黑鷹，手裡那束散發奇怪香氣的香在閃閃爍爍地擠著詭眼。

沈綠愛看到了她的命運的眼，向她擠著嘲弄的光，黑暗中到處是那光的同類！那是她的命，在冰冷冷地注視著她，等待著她上吊。

她又看到了那把「吾與爾偕藏」的曼生壺，它靜靜地放在古董架上，象徵著杭天醉的生活。砸碎它！沈綠愛一把抓起壺來，便高高舉過了頭。沒有一個人阻擋她，但所有的眼睛都盯著她。曼生壺在她手裡顫抖著，等待著粉身碎骨的命運。沈綠愛也和它一起顫抖著，彷彿他們同病相憐，相濡以沫。

「不！」她竭盡力量大叫了一聲，放下手來。她的聲音又尖厲又刺耳，整個忘憂樓府的旮旮旯旯都聽到了這個女人發出的拒絕聲。這個聲音很新鮮，有衝擊力。五代單傳的杭氏家族，還從來沒有人公開發出這樣的抗議！

三天以後，病倒在床上的沈綠愛終於起床了。這三天裡她做了許多亂夢，但都沒有記住，她起床時只看見了一件東西——她用冷水沖泡的那杯龍井茶。浮在層面上的茶葉終於舒展開來了，茶湯已經呈現出黃綠的色澤。葉片，正在一片片地用極其緩慢的速度，往下降落。

沈綠愛披頭散髮地靠在床頭的梳妝檯上，雙手撐著下巴，呆呆地盯著這隻玻璃杯。她把眼睛睜得那麼大，目光那麼專注，她看這個杯中世界的沉浮，幾乎看得出了神。

婉羅走過來，小心翼翼地站在她旁邊，不知如何招呼。

「我睡了幾天？」沈綠愛問。

「有三天了吧。」婉羅不解地問，「小姐，你看什麼？」

「茶真好看，」沈綠愛說，「我從來沒有想到，茶會這樣好看。」

婉羅想，小姐受刺激太深，腦子有毛病了，開口說話這麼古怪。但沈綠愛卻一掀薄衾，起來，輕輕鬆鬆地說：「我要吃飯。」

婉羅吃驚地為她的主人去張羅吃飯，不明白主人發生了什麼事情，臨走時她順手端起茶杯，沈綠愛卻叫道：「別碰它！」

「你是說它？」婉羅端著那隻茶杯，「我去給您換一杯熱的。」

「你給我放下！」沈綠愛說，「我就要這冷的，我喜歡看它。」

吃過早飯，沈綠愛到她的婆婆那裡請安，她笑吟吟地堅定地向她的婆婆走去。婆婆此刻正在和茶清伯商量著茶莊的生意，見著了媳婦，除了面色有些蒼白，依舊是光芒四射的神情，說：「怎麼才躺幾天就起來了？」

「病好了，自然要起來。」媳婦親切地坐在婆婆身旁，「你和茶清伯上了年紀的人都在操心，我們下一輩的人怎好老是躺著？和你們在一起，多聽聽，也是長進嘛！」

吳茶清感覺到新媳婦的目光，像一把刀子在他眼前微笑著，尋找著下手的地方。他捻著山羊鬍子，微微閉起了眼睛。

「我有一個主意，不知說出來有沒有用。」

婆婆和從前的管家不約而同地盯著了她。她說：「咱們家春上是最忙的，秋季就閒了，不如趁這時間做杭白菊生意，一樣是沖泡了喝的，有人還喜歡以菊代茶呢！」

「這主意從前也不是沒想過，只是杭菊主要產在桐鄉，誰去辦這件事情？」

「我家有個親戚，恰是在桐鄉種杭菊的，一應事務交給他便是了。」

林藕初盯著媳婦看了片刻，又看著吳茶清，吳茶清只顧捻著鬍子，不說話，林藕初便也不說話。

沈綠愛乖巧，便問吳茶清：「茶清伯，你看如何？」

吳茶清雙手輕輕一揖：「免問，不怕我搶了你生意？」

沈綠愛站了起來，喜形於色，說：「茶清伯是說我能掙錢呢！等天醉回來便與他商量了，由他定奪吧。」

沈綠愛剛走，林藕初便說：「她有本錢她去做吧，我是沒錢給她的。」

吳茶清嘆了口氣，說：「作孽。」

「你怎麼也說起這洩氣話來？」林藕初說。

「天醉要難做人了。」

「什麼難不難的，沒有香火才是最大的難。你從前也不是和我一樣地著急。綠愛不生，現在有人生了，生了抱過來，不是一樣親骨肉。家門總算就不斷根了。」

「操之過急，後患無窮。」吳茶清說，「我在忘憂茶莊三十年，今天，算是看到你的對手了。」

「你是說她要和我作對？」

「豈止和你，我看，她是要和我們所有的人作對了。」

「她有什麼本錢？連個伢兒都生不出的人，還哭哭啼啼要上吊呢。我說你吊呀，你倒是吊給我看看！」

「她再也不會上吊了。」

「你倒是還蠻看重她的。」

吳茶清露出了難得的笑容，說：「杭家虧了有你們這樣的女人。三十年前頭，你活脫脫就是一個她。」

林藕初也笑了，且說：「如此說來，我還要讓她三分囉。」

「男人不惜女人，倒也罷了。女人不惜女人，好比自己劈自己巴掌。西方基督教是講一夫一妻制的，從前太平軍也有過這種規矩。」

「我也沒有讓天醉娶小呀。不過天醉沒法跟綠愛同房，本來想悄悄生養一個，把那姑娘也好好安置了便是，哪裡曉得吳升會去插這一腳！」

「將來壞事，怕就壞在這種人身上。」吳茶清說。

吳茶清把吳升叫去，把二十塊銀洋往他面前一放時，他就什麼都明白了。

「茶清伯，茶清伯，你怎麼可以這樣做呢？你錯怪我了，我一個字也沒有吐，東家的是非長短，怎麼輪得著我們夥計來多嘴多舌。實在是少奶奶逼得我沒辦法。她統統曉得了，只叫我點個頭，我哪裡知道會差點弄出人命來！還要丟飯碗！茶清伯，你發發善心……」

吳茶清把二十塊銀洋往前一移：「我留你不得。你心氣盛，殺氣也盛，留你便是留禍水。走吧，回老家討個老婆，心思收回來吧。」

吳升手腳哆嗦起來，結結巴巴地說：「討……老婆，還早……早……早著呢，我想都、都、都沒有想到……過……」

「不要講了，你肚皮裡幾根蟲，我有數。」

吳升呆住了，膝蓋一軟，跪在吳茶清腳下，抱著吳茶清的雙腿，嗚嗚嗚嗚，雙手拍打著滿地泥巴，大哭了起來。

想起他那個凌厲而漂亮的妻子，披頭散髮地要上吊，杭天醉就愁得頭髮根子倒豎。說來，把小茶從茶行接出，也是十分無奈的事情。原來肉體的迷戀竟是這樣的。杭天醉至今也說不出，為什麼對小茶這樣一個女子，他便會生出雄健豪邁的征服之心，這顆征服之心如此強大，竟然在他的胸膛裡砰的一聲，當場爆炸，而它的碎末又竟然游遍他的全身，左右了他的肉體。如果說，他在沈綠愛面前是想要強也要強不起來，那麼，他在小茶面前，則是想軟弱也軟弱不下去了。

和小茶無休止地做愛，也許和那些亂七八糟的中藥有關係，也許沒關係。反正杭天醉知道自己是陷進去了，陷入了弱的泥淖。和百依百順的小茶在一起，他成了一個吆五喝六的大老爺們兒，他喉嚨響一下，小茶就會嚇得目光抖一下。他很解氣，很欣賞這種關係。他在妻子面前的表現恰恰相反，妻子稍微揚一揚柳眉，他就自己嚇得目光抖一下。他以為自己做了虧心事，小鬼終究要在半夜敲門的。他無可奈何地等待著這一天的到來，這一天便終於給他等到了。

妻子尋死覓活的三天中，他無顏回家，便無可奈何地躲避在小茶的懷抱中，唉聲嘆氣：「我早該跟寄客去東洋的。」

「是啊，去東洋。」

「在那邊無牽無掛，連性命都不用顧及的，只管想幹什麼就幹什麼，神往哦。」

「是啊，神往。」

「你曉得什麼叫神往？」他便找小茶的碴子，「你連大字都不識一個。」

「神往就是想死了。」

小茶老老實實地說，她難看起來了，一臉的蝴蝶斑。

「是啊，我真想過那種日子，又通氣又暢快。」

「都是我不好。」小茶說，「你回去好了，小孩生下歸我養，你只要給我們一口飯吃，就夠了。」

杭天醉盯著小茶，想不明白女人的無限奧妙，她怎麼那麼快便從一個少女變成婦人，連她說出來的話，都彷彿很舊了。

「你真的只要一口飯吃就夠了？」

「真的。」

杭天醉長嘆了一口氣，又有說不出來的不滿足。是這樣的女人太容易征服了？伸手一抓，便在掌心了，所以不過癮？那麼回去，找那個光芒四射的妻——怎麼樣？杭天醉渾身上下鬆鬆垮垮，便一點骨氣也沒了。

農曆九月十八，林藕初派人挑了供香之物，給小茶送來，又給天醉發了話，說媳婦不鬧了，避過這一陣便可回來。但農曆九月十九是觀世音生日，必得到「湖上小西天」三天竺去燒香，保佑杭家人丁興旺。小茶既有孕在身，早一日去，省些喧鬧，也是可以的，只是必得天醉親自送了去，才是心誠。

原來觀音菩薩在杭人心裡是有三次誕辰的：二月十九、六月十九、九月十九，那三日，市人朝山進香，蜂擁魚貫，摩肩接踵，直奔杭州西北的三天竺。前人曾有對聯：「山名天竺，西方即在眼前，千百里接踵朝山，海內更無香火比；佛號觀音，南摩時聞耳畔，億萬眾同聲念佛，世間畢竟善人多。」

杭天醉骨子裡不信鬼神，態度倒是和孔子一致的，一是敬神如神在，二是不語怪力亂神，倒是想到能藉此機會去三生石一趟。他與這塊石頭，真是久違了。

杭人向曰：韜光觀海，天竺觀山。遊天竺，但為那數十里秀色山巒，羅列青峰，從下天竺至上天竺，一路有靈鷲峰、蓮花峰、月桂峰、稽留峰、中印峰、乳竇峰、白雲峰、天竺峰等。杭天醉和小茶要去的下天竺法鏡寺，就在蓮花峰前。這蓮花峰與靈鷲峰相接，山雖不高但山形特美，山上有巨石壁立，頂上開散，猶如盛開的大瓣蓮花，故有人吟「巨石如芙蕖，天然匪雕飾」之詩。那高約三丈、寬約六丈的三生石，就在蓮花峰下，天醉讓下人陪小茶入了法鏡寺，自己則消消停停地來到三生石前。

現在，他又看到那首關於三生石的詩了：「身前身後事茫茫，欲話因緣恐斷腸。吳越山川尋已遍，卻回煙棹上瞿塘。」他很奇怪，先前一路上想像的再見三生石的激動，怎麼一點也沒有發生。光天化日之下的山林怪石藤葛茅草，看上去雖則多了城裡沒有的山意，但和許多年前黑夜中的三生石卻是完全不一樣的。在夜夢裡，那是好像被罩了一層清漆的幽亮的地方，又深邃又不可知。他好久也不明白，為什麼會發生這樣的變化。直到他感到了隱於山中的那份孤寂，轉身離開的時候，他才想了起來，從前的三生石有兩個人，他擁有過兩種完全不同的生活，如今的三生石卻只有他一個人了。他結婚、偷情、納外室，很快將有孩子，但他只有一份無可奈何的生活了。在這種生活裡，他迷亂了一陣，然後，便是長長遠遠的迷茫。

巨大的命定的波瀾，第一次不可阻擋地淹沒了他。直到此刻，他才明白，他和趙寄客是完全不一樣的人，他們已經完全不一樣了。哪怕他此刻回過頭去尋找，他赤著腳去追趕也無濟於事了。這是誰讓他落到這種境地的？誰在冥冥中把他的命運捏在手心中？杭天醉在那條長滿了皂莢樹的山道上怔住了。他被他自己的生活驚得目瞪口呆：去年此時，我還無牽無掛，今年此時，我竟然有兩個女人了！秋日的陽光照在山路上，杭天醉的眼睛迷濛了起來：前面白晃晃的是什麼？是那個久遠的銀色之夜裡的銀色背影嗎？那背影總也不回頭，像青天白日之下一個固執的夢。他驚聲問道：「你認命嗎？」

那背影用他聽慣了的熟悉的聲音，斬釘截鐵地回答：「認！」

從法鏡寺出來時，山道兩旁，蹲滿了從各地趕來的蓬頭垢面的乞丐們。觀音菩薩的每一次生日，對他們而言，都是巨大的狂歡節，他們要靠觀音的餘蔭來度過他們的飢寒交迫的餘生。小茶走了幾步，拉住了天醉的袖子，悄悄地說：「快走，我看見一個熟人。」

「誰？」

「吳升。」

「有什麼可怕的？」

「我不知道。不過他倒是和那些叫花子混在一起。」

「真是他。可憐，茶清伯把他辭了。那也是沒辦法。他這個人心術不正，他一直在纏你，是不是？沒關係，行了行了，瞧你臉紅的，好像真的就有了什麼事情似的。我們走吧，他是不是頭上還紮著塊破布？我看見他了。我們就裝作沒看見他，走過去算了，免得碰上了彼此尷尬。真想不到，他沒有去他的安徽老家，他竟然混到討飯堆裡去了。」

十八日夜裡，天醉攜著小茶去西湖邊放蓮花燈。旗營各個城門，此一夜城開不閉，任人進出。杭人於十八日遊夜湖，主要還是為朝山進香。善男信女早在數日前就已準備了，至誠者都是步行的，由錢塘門沿著裏西湖，直到靈隱天竺，二十多里路，沿途寺宇林立，香客逢廟燒香，見佛即拜，湖邊路上，一路香火逶迤連綿，忽隱忽現，幻影憧憧如明如滅，竟也映出了一個火樹銀花的不夜之湖。

那些不去西天拜佛的人，事先則預訂了遊艇，約定了晚飯後登舟，到湖上蕩漾。大遊船可容十至二十人，中有大艙，可開筵席。天醉家的「不負此舟」已經被家人用去了，天醉便雇了一艘瓜皮小艇，艇上除了舟子，只坐了他與小茶二人。

此時的夜西湖，杭人開始放蓮花燈了。燈以紙製，狀似蓮花，下托木板，並立一釘，上插紅燭；燈燃花放，浮於湖中，或多或少，但須得雙燈，用暗線接在一起，以圖吉利。

漸漸地，這黑絲絨一樣的寬大的湖面上，蓮花燈就布滿了。微風吹來，心旌搖曳，花燈亦搖曳。紅火微星，楚楚動人，時遠時近，時谷時峰，星丸錯落，輝煌燭天，水面又作一色相，正可謂夜靜水寒，銀河下凡了。

杭天醉那顆白天在三生石生起的惶惶不安的心，漸漸地，便被這強大的世俗的美麗化解了。他想，也不是非得和寄客一樣才好的吧，認命不是也有認命的道理嗎？比如認命便可以放花燈了。況且，在他看來，每一盞蓮花燈，都是大有深意的，都是有一個人的魂兒，附著隱祕的歡喜與痛苦，化作了燭光，在這樣自由的湖上和風中，無拘無束地蕩漾著的。他彷彿聽到從湖上傳來的此起彼伏的眾生的祈禱，阿彌陀佛……他被這種既美到極致又虔誠到極致的夜景感動得熱淚盈眶。坐在另一頭閒望的小茶，不明白少爺何以久久地不說一句話，又見他手忙腳亂地找蠟燭，便問：「你找什麼？」

「快，那邊有一隻蓮花燈被風吹滅了，你瞧它多可憐，它怎麼沒有和我們一樣成雙成對地放著花燈呢？快，划過去，我至少可以把它重新點起來。一隻孤單單的花燈，還被風吹滅了燭火，那放花燈的人兒該多麼傷心。怕此人也是個孤魂吧，要不怎麼就放了孤燈呢？再划近一點，讓我把它先撈起來，我看看，那裡面寫著誰的名字。」

他一手撈起那盞花燈，往花心處看去，便一跳，怔住了。小茶問：「看到了？是誰啊？」

杭天醉點了那花燈，把它重新放入水中。燈兒搖搖晃晃遠了，匯入了燈海燭光，找不到了。

「你倒是說話啊，你啞巴了嗎？」肚子裡有了小孩，就好像打仗有了根丈八長矛，小茶說話，就有點不客氣了。

「閉嘴。」杭天醉說，又對舟子打招呼，「回去。」

水影又滑又濃，倒映著荷花，如著了紅妝。紅光，一會兒連成一片，一會兒又碎成萬縷千絲，有著一種說不出來的悽婉的幻象的美麗。杭天醉望著湖水。水下，便漸漸升上來妻子的面容。他真想問她，這也是命定嗎？茫茫燈海中，為什麼唯有你的這一盞漂向了我？你怎麼也會寫「蓮心正苦」這樣的字呢？妻子在水下悽然一笑，便消失了。

杭天醉還沒走進自己的院落，就聽到了一陣古琴聲，這使他十分詫異，彈的偏又是杭天醉極熟的〈西泠話雨〉，這才發現，秋氣漸深，秋雨綿綿了。

從雕花鏤空的窗框縫隙中望去，幽幽一盞暗燭，燭下一個穿月白大襟衫的女子，一頭長長的黑髮梳成鬆鬆的一個大辮子，正在輕挑慢攏。音流凝噎，欲言又止，無限秋思，盡在這樣一幅夜圖之中。

杭天醉不禁黯然神傷，虛虛浮浮地便飄上來一種別樣的幽情。站在門外，躊躇著不知如何動作，又見綠愛停了琴，別過臉來，似乎聽到了什麼。

他不好再站下去，也是不忍再看到她那張悽然的臉。這張面孔因為憂傷而沉靜下來，不再那麼熱烈鮮明，在燈光的散落尋覓中，竟化為朦朧古典的了。

綠愛見了丈夫歸來，淡然地一笑，說：「回來了？」

「回來了……」

杭天醉到底做賊心虛，虛虛地飄過一句，就想進書房。

卻見妻子起來，用乾毛巾為他擦頭，以往也有這樣的事情，總不免有幾句怨言，但是今天卻不一樣，只是細細地用毛巾擦了他的頭髮，又一聲不吭地走開。

杭天醉被妻子一反常態的溫情弄得忐忑不安，正在書桌前，妻子卻已把那把曼生壺雙手捧著，遞到他眼前。

「你……我自己來，婉羅……」天醉心慌，站了起來。

「別說了，外面寒，喝口熱茶吧。」

天醉看看妻子的眼睛，看看妻子端壺的手，手指長長的，指甲乾乾淨淨，紅紅的嫩嫩的，像肉體的觸角。

妻子卻又反身去了客廳，又說：「我長久不操琴了，今日來了一點心緒，不知會不會吵了你？」

「哪裡哪裡，」天醉連忙說，「我也是最喜歡聽琴的，只是你嫁過來那麼長時間，竟不知你還會這一門技藝呢！」

「在上海的時候，父親專門請了一位琴師，教我和哥哥。學的是浙派……」

「這個我剛才在門口就聽出來了，清、淡、微、遠，這個境界，竟被你體會出來，想來也是花了多年工夫的了。」

沈綠愛見丈夫有心，便接了話頭，說：「我父親說了，女孩兒學點琴，存一點幽情曠志，竟也是好的，比一味地學繡花要強呢。」

「你父親畢竟不是一般的人物，知道琴韻，原也是有德、境、道的，讓你學的浙派，也是極有道理。你沒聽古人有言：京師過於剛勁，江南失於輕浮，唯兩浙質而不野，文而不史……」杭天醉心裡一鬆，便信口開河起來，又見妻子只對他微微地笑，便作了一揖，說：「我是紙上談兵，眼高手低，真正要操琴，還是得看你的吧。」

沈綠愛也不推辭，正襟危坐，焚香祝之，又彈了一曲〈胡笳十八拍〉，竟然把個杭天醉聽呆了。曲調先是低沉徐緩，繼而婉轉哀怨，繼而激憤，繼而狂喜，繼而哀痛，繼而思緒萬千，心如刀絞，最後把聽的人和彈的人都裹挾進去，不能自拔。

半晌，杭天醉才從痴醉中醒來，說：「我怎麼覺得，從前竟是不認識你似的呢？」

沈綠愛淡淡一笑：「從前我在鄉下的時候，最喜歡往山上跑，家中佃戶的小孩也喜歡跟我。父親回來，怨母親沒把我調教好，生了一男一女，男的倒比女的文氣。他哪裡曉得，我媽自己也是三日兩頭在外面的，那麼大的田莊，全靠她撐著呢！後來去了上海，父親弄了兩三個老師來調教我，琴就是那時學的。」

「怪不得你……」

沈綠愛不說什麼了，淺淺地笑了一下，便去張羅著睡覺。杭天醉心裡緊張著，不知她會弄出一些什麼動作，卻見她和往日一樣，並無發難，鋪了兩個被窩，扁扁的兩床夾被便是了。

天快亮時杭天醉醒來，見綠愛裹著夾被，朝他蜷縮著，吹氣如蘭，睡得正香，一頭的黑髮披散在枕間，煞是動人。一陣衝動便向他襲來，剎那間他發現床上的女人都一樣，並不可怕。

當他與她做愛的時候，他甚至發現她的表情和呻吟也和小茶一樣，這使他自信心大增。他不明白，從前他是怎麼啦，怎麼會這樣恐懼？

第二天傍晚，他在小茶那裡吃的晚飯，後來就開始心神不寧。捱到掌燈以後，他說：「小茶，我要回去了。」

「回去吧。」小茶說，兩行清淚就流了下來。

他不敢再看她，扭頭便走，一天的秋雨在門外等著他，他又想留下，又想回家。

第二夜不像第一夜那麼生疏了，綠愛顯得濃情蜜意，也不再像小茶那樣的被動了。但這樣的主動並不叫杭天醉恐懼，他覺得這一切原來都是可以接受的。

杭天醉留在家裡的時間越來越多了，這叫他的母親林藕初很不好理解。白天他也出去張羅一些事情，但夜裡是一定回家的。林藕初派人去打探過那個叫小茶的女人，回來說肚子是一天天地在大起來了，日子倒也過得乾淨，沒有因為男人的朝三暮四而發難。林藕初聽了，臉上便有了笑意。但是，她繼而也發現她的媳婦嘴角深處抿進去的東西，這種用意志克制住不讓其爆發的東西，太重了，便在她那光豔照人的臉上砸下了一條裂痕，從鼻翼開始，淺淺地划向了嘴角，隨著歲月又漸漸加深，像一條笑紋，也像一條苦紋。有時得意，有時又似飽經滄桑。

一九二九，扇子不離手；三九二十七，冰水甜如蜜；四九三十六，拭汗如出浴；五九四十五，頭戴秋葉舞；六九五十四，乘涼入佛寺；七九六十三，床頭尋被單；八九七十二，思量蓋夾被；九九八十一，家家打炭墼。

冬至那一日，過小年，杭家大院照習俗要到郊外上墳。新媳婦穿得花花綠綠出去，杭人的習俗，稱為上花墳。

臨出門前，左等右等卻等不來那對小夫妻，林藕初正生著悶氣，杭天醉就慌慌張張趕來，說：「媽，綠愛在吐。」

林藕初聽了一驚，趕緊往後院趕。她們的目光一相撞，做婆婆的就明白了，她的眼淚嘩地流了出來，說：「天醉，你要當爹了。」

那天夜裡，天醉正要回房躺下，婉羅說：「小姐吩咐了，在書房裡給您架了小床。」

杭天醉聽了當頭一棒，不明白這是什麼意思，衝進臥房，要問個明白。一抬頭，便看見了那張冷若冰霜的臉。杭天醉還是不明白，上去扶住她的肩膀，問：「你怎麼啦？」

沈綠愛輕輕地，像抹布一樣地抹掉他的手，說：「別碰我。」

「為什麼？」

「我嫌髒。」

杭天醉站了起來，在地上來回走了幾圈，想不明白，這是怎麼一回事。

他再盯著妻子看，想從她的眼睛裡，讀出一朵「蓮心正苦」的花燈來。他失敗了，他讀到的是兩個冰冷刺骨的大窟窿。

「你就那麼算計我？你就那麼恨我？」他沮喪著抬起頭，看著自己的女人。他的沮喪中還帶有一絲僥倖的遊戲心態，他竟然還希望這是個大玩笑。

「我倒是算計你來著，可我不恨你。」女人半倚在床上，頭髮長長地掛下來，「開始我真的是恨你的，後來我明白了，我就可憐你。你這個男人，我是看透了，你就是個可憐人罷了，不值得我恨的。」

杭天醉呆若木雞，半晌，說：「你這話說得好！你這話說得好！你這話，把我給說透了。」

他眼前的這個女人白裡透紅，黑髮如漆。他看著她，咬牙切齒，又情慾勃發。他恨不得當場就幹了這個女人，可是剛抬起手，他就一陣大噁心，噁心！噁心！

他搖搖晃晃地往外走，沈綠愛眼看著丈夫的背影，她解氣了，大笑，又大哭。她知道她復了仇。但她不知道她要得到的東西，一點也沒有得到。

杭天醉搖搖晃晃地出了門，沒有一個家人知道，他也無所謂。外面燈火輝煌，是清河坊的夜市。他茫然地在這當中穿行著。賣古董的，賣字畫的，到處是人。賣家都認識杭少爺，拉著他要看貨，他置若罔聞。倒是街旁拐角有一長條形桌，圍著一群人在起鬨。那桌子黑布罩面，兩端分插一紅一白兩面小旗子，又見兩節竹管，管口相對，分置在桌子兩端。藝人輕輕抽出了管塞，用手指在兩節竹管的管口輕叩數下，螞蟻依次爬出，在管口前面站成數行，排列成隊。一隊紅，一隊白。又見藝人手舉一面小黃旗，將黃旗在條桌中間一探，紅白螞蟻列陣向對方撲去，兩兩相撲，拚死廝咬，頃刻間混戰一團，難分難解。此時，藝人在一旁，取一竹筷急速敲打一隻瓷碟，嘚嘚聲急，很有趣味。杭天醉不由得瞥了一眼，他愣住了——那藝人，恰是被吳茶清趕出茶行的吳升。他破衣爛衫，一身黑灰，頭上紮塊破布條子，絲絲縷縷地掛在眼角，只有那一口白牙咬得緊緊，一雙黑白分明的大眼緊盯著蟻陣。

只見螞蟻相搏，煞是勇烈，雖折鬚斷腿，亦不敗退。一蟻倒下，另一蟻迅速撲上，殺得天昏地暗，你死我活。正在難分難解之時，吳升在那兩隊蟻陣前揮一揮小黃旗，立刻，蟻們便偃旗息鼓，轉身返回竹筒。那身強力壯的，最快回歸，其次便是那些傷殘的，拖著斷足，耷拉著腦袋，在牠們的身後，是屍橫遍野。

吳升取出一個木匣，將那些陣亡的蟻屍用手掌那麼輕輕一拂，便拂入了匣中，然後，他取出一個小瓷碟，臉上堆滿了謙恭的笑容，低三下四地朝觀眾收小錢，收到杭天醉時，他愣了一下，腰就伸直了，臉上的笑容剎那間收得無影無蹤。他把小碟子朝天醉眼前橫蠻地一伸，像個強討飯的。杭天醉卻哈哈地大笑起來——這人間的紛爭，與這蟻群，又有何異！

他扔下一把銅鈿便揚長而去，朝著回家的路。他嘭嘭地夯開門，走回自己的屋中。婉羅在外間，見他回來了，有些吃驚，正要叫，他不耐煩地揮揮手：「去去去，在這裡待著幹啥，還沒討你做小老婆呢！」把個婉羅嚇得一聲尖叫，眼淚出來，便撲了出去。

他回到裡屋，自己洗了腳，點了燈，在燈下又看了一會兒書，然後，對綠愛說：「進去一點。」綠愛盯了他一會兒，發現他好像氣盛得有點不正常，僵持了片刻，終於退讓了進去。那杭天醉便心安理得地靠在床上看起書來，然後，打個哈欠，滅了燈，倒頭便睡，不一會兒便鼾聲大作了。

第二年春夏之交時節，一大早，吳山圓洞門報信來，昨夜小茶生了，是個兒子。杭天醉一聽，立刻備了車去。這邊，沈綠愛很快聽到這個消息，不一會兒，便肚子劇痛起來，晚上杭天醉回家時，已是兩個孩子的父親。那傍晚生下的一個只有七個月，小得像個耗子。

林藕初大祭祖宗一番之後，親自去了吳山圓洞門。她本來以為，要抱回這個頭生的孫子會有一番周折，結果發現很順利。小茶溫順美麗，也聽話，聽說要抱回兒子，流了一番眼淚，便沒有了主張。

孩子就養在奶奶房中，杭天醉給大的取名嘉和，小的則取名嘉平。作為父親的杭天醉，就這樣，順理成章地開始了他下一輪的命運。

第十六章

當杭天醉娶妻生子，重複上一代的日子之際，他在三生石前模模糊糊意識到的完全與他目前的狀況各異的生活，正在大相徑庭地進行著。一九五〇年，趙寄客在日本加入浙江反清會黨光復會；同年底，在東京一間祕密民舍，他宣誓加入了八月剛剛成立的中國同盟會。趙寄客和從法國趕來的浙江同鄉沈綠村，被孫中山先生同時祕密接見。他們無條件地接受了同盟會的綱領：驅除韃虜，恢復中華，創立民國，平均地權。他們對天發誓：矢信矢忠，有始有卒，如或渝此，任眾處罰。

下一年初，沈綠村回上海，趙寄客隨俠女秋瑾回浙，重新寄住在南屏山白雲庵，並入浙江武備學堂執教，任工科教習。

在蒲場巷，趙寄客曾經和他從前的把兄弟杭天醉不期而遇。當時，杭天醉坐在黃包車中，左邊擁著嘉和，右邊擁著嘉平。看見持劍弁旅的趙寄客，他猛地一驚，站了起來，頭撞著了車篷。他的兩個五歲的兒子驚奇地發現父親面孔潮紅，嘴唇發抖，熱淚奪眶而出。因為這樣，他們深深地記住了那個穿軍裝的英武的男人。「他的手裡有刀！」嘉和事後說。「不！他的眼睛裡有刀！」嘉平糾正說，他記住了這個男人深陷的目光中殺氣騰騰的東西。

他們還記得父親和那人沒有說一句話，他們一個坐在車上，一個站在路中，相持了片刻。那男人一個轉身，刮起一陣旋風，揚長而去。他的辮子又粗又亮，像一根大皮鞭，抽打著風。

那一年，杭州發生了一些從未發生過的事情。

四月，新城官山有黃道士、羅輝、洪年春等，率眾數百，縱火入城，反對抬高糧價，旋被官兵驅散。同月，官紳王文韶、葛寶華、沈家本等人，為自辦全浙鐵路，集股二百餘萬兩，擬訂章程，堅持路權。

閏四月二十一日，杭州下城各機戶罷工，抗議清政府連續增稅。

七月，湯壽潛、劉錦藻在杭州謝麻子巷創辦浙江高等工業學堂。

十月，杭州商務會成立，樊慕煦為總理，杭天醉為理事之一。

第二年正月，杭州、餘杭等地發生草索幫聚眾搶米風潮。林藕初的娘家被這些腰裡縛根爛草繩的饑民們吃了大戶，親戚紛紛逃入城中忘憂樓府躲避，氣得杭夫人怨天尤人。兒媳婦說：「這種世道，吃大戶還算便宜，沒有殺了人就算太平。」

婆婆說：「你家沒人來掃蕩，你就站著說話不腰疼！」

兒媳說：「誰說沒有？去年我家就被吃了兩回。我娘要報官，是我父親擋了，說過去算了，留人家一條活路。」

杭天醉說：「吃光最好，吃光最好，落得個白茫茫大地，真乾淨。」

杭氏兄弟已經習慣了家中這種奇怪的不慍不火的紛爭。他們很好奇，不知道吃大戶是什麼意思，家中來了那麼多鄉下客人，又是什麼意思。

同年三月十七日，秋瑾與徐自華來杭，趙寄客暗中保護他們，同上鳳凰山，把杭州的街道、路徑繪入軍事地圖。在岳墳，趙寄客遠遠看見秋瑾久久徘徊，不忍離去。他還聽見她對徐自華說：「死後若能埋骨於此，三生有幸。」

同年，孫中山在廣州起義之後，秋瑾再到西湖，在白雲庵聚集光復會會員祕密準備武裝起義。此次會議之後，趙寄客在杭州神祕失蹤，而紹興大通學堂，則多了一位名喚趙塵的教習。

七月十三日，起義事敗，秋瑾被捕，十四日於公堂書寫「秋雨秋風愁煞人」之千古絕句。此時，吳山越水，大夜彌天之中，匆匆行走著一腔血仇的獨行俠趙寄客。次日凌晨，秋瑾在紹興軒亭口就義時，趙寄客剛剛看到了晨曦中尚未醒來的杭州城。

一九〇八年，光緒三十四年，光緒皇帝和西太后幾乎同時「駕崩」，地保打著小鑼敲開了忘憂樓府的大門，通告兩件大事：一是三個月不准剃頭，二是一百天內不准唱戲。

不准剃頭，對兩個孩子沒有造成什麼太大的心理壓力；不准唱戲，對兩個孩子的父親來說，卻是一件極為苦惱的事情。茶莊的事情，越來越被家中那兩個女人瓜分。剩下的事情，也都由吳茶清吩咐人做了。他只是管著一個茶樓，茶樓又有個林藕初的本家林汝昌管著，他就靠在茶樓裡聽聽戲過日子。原來還可以在吳山圓洞門和小茶解解悶，小茶卻又生了。這次生的是個雙胞胎，一男一女，取名嘉喬、嘉草。因為有了嘉和、嘉平，杭夫人覺得沒有必要再抱回來了，便留給了小茶。小茶坐月子，身邊有了一對兒女，喜歡得掉了魂一般，哪裡還顧得上杭天醉。杭天醉新鮮過了一陣，便又開始無聊，像隻沒頭蒼蠅，兩頭瞎忙，沒人把他當回事了。

過了年，天氣暖和，太陽當頭。杭天醉窮極無聊，便翻了他平日裡聚藏的一些戲衣，到陽光下來晒。龍袍、羅裙、繡襦、青衣，攤得滿園子花花綠綠。又有那些假髮、頭套、刀劍、頭花等等，金光閃閃，耀得嘉和、嘉平兩個睜不開眼。嘉和頭髮軟軟的，脖子長長的，眼睛也長長的，頗有其父神韻，他安安靜靜地坐著，看他的弟弟嘉平舞刀弄槍。

嘉平是個早產兒，腦袋大，身子小，眼睛圓，走路易摔跤，但又生性愛跑，是他哥哥的反面。他拖著一把洋鐵片的大刀，大刀在陽光下閃出異樣的白光，把他的圓眼照得左躲右閃。他又使勁把刀翻過來，刀片便丁零咣啷響動起來。嘉平舉起刀，向空中一揮，口裡喊道：「殺！」

嘉和則坐在屋廊下的椅子上，說：「啊，你看，爹是這樣的。」

原來，杭天醉憋了一會兒，戲癮上來了，套了一件水袖羅衫，便嫋嫋婷婷地在園中走起了碎步。然後，長長地一甩，袖口差點甩到了嘉和的臉上。嘉平提著把刀，驚奇地發現父親這樣一身打扮，嘴裡嘰嘰咕咕地念著，走路像飛，然後一個亮相，停住了，看看天，看看地，又看看草木，便唱了起來：

原來姹紫嫣紅開遍，似這般都付與斷井頹垣。良辰美景奈何天，賞心樂事誰家院……

父親又突然停住了，對兒子們說：「這一齣是《遊園．驚夢》，說的是陽春三月，桃紅柳綠，杜麗娘獨守春閨，傷春悲懷，出來賞玩，忽見一美貌書生，於是，她呀……」杭天醉一個亮相，又唱開了：

則為你如花美眷，似水流年，是答兒閒尋遍，在幽閨自憐……是那處曾相見，相看儼然……

嘉和清楚地記得，媽就是這時進來的。他從小就知道他是姨娘生的，所以歸奶奶管，但他和嘉平一樣，叫沈綠愛媽。媽對他很好，但是不親，從來不打他，倒是常要打嘉平的小屁股。嘉平也知道爹還有個家，叫吳山圓洞門。有時，他見爹走了，便上去拉住衣角，說：「帶我去吳山圓洞門玩。」倒是嘉和，從來不說。都是小茶催急了，杭天醉才帶嘉和去一趟。小茶叫他叫，他叫：「姨娘。」小茶哭了，說：「你是我生的，曉得哦？」

「曉得，奶奶說的。」

「你要叫我媽。」

「那，屋裡的媽呢？」他驚奇地問。

「叫姨娘一樣的。」天醉說，「叫什麼還不是一樣？好比這孩子不叫我爹，叫我兄弟，我一點也不難過。再怎麼叫，還是我生的。名分這種東西，再虛偽不過了，誰去較真，誰就是天字第一號傻瓜。」

「那為什麼不叫她姨娘，叫我媽？反正一樣的嘛。」

多少年來，小茶斗膽還了這麼一句嘴，杭天醉愣了，說：「叫我姨娘好了，行不行？我是姨娘，你們都是媽，這下擺平了吧？」

小茶笑了，說：「你還不是怕她？她是大，我是小，這點名分我還不曉得，還用你來擺平？」

嘉和睜著迷茫的長眼睛，他不能明白，什麼叫「她是大我是小」。但他知道爹怕媽。你看，現在媽進來了，穿著紫紅色的夾襖，鬢上戴一朵紅花。媽真是好看煞了，嘉和看見爹正在舞弄的長袖僵在了半空之中，臉上漸漸浮出了尷尬的笑容。

「男不男女不女，是嗎？」杭天醉自己給自己解嘲說，脫下罩在身上的羅衫。

「沒啥，杭家從來就是陰陽不分的，沒啥。」沈綠愛說。

「說話清爽點，少指桑罵槐！」杭天醉突然發火了。

但沈綠愛卻沉著冷靜：「你看，你在後院唱杜麗娘，我在前廳拋頭露面，不是陰陽不分嗎？」

「我這是抗議！」杭天醉羅衫半解，頭上假髮飾和花鈿也來不及撤，便氣急敗壞地叫道，「宮裡駕崩不駕崩的，關我們老百姓屁事？憑什麼他們死人，我就不能修面唱戲。我這就偏唱給他們看！」

「你到西湖邊去唱呀！我陪你去。」

「你說得好聽！」

「是我說得好聽，還是你說得好聽？我看你也不過是在後花園裡驚驚夢罷了。」沈綠愛看著這滿園的花花綠綠脂粉氣，又看看她這個髫子養得一寸長、頭上卻插花戴珠的丈夫，一股火氣也上來了，高聲道，「中國奇也真是奇了，那麼多的男人，偏只有個秋瑾在出頭挑事。難怪好女子命苦，在家的憋死，想當個女中豪傑，又被殺死。」

「你那麼有志氣，你倒也放下你那些春茶秋草，你學著秋瑾造反去呀！」

「哎，你倒是說到我心裡頭去了。我若能像她那樣身從心願，敢為天下先，也活出一番人樣來了！我這輩子也值了。」

兩人脣槍舌劍剛到這裡，便聽到後面有人鼓掌，且喝道：「好！巾幗不讓鬚眉！」

嘉和與嘉平正聽著父母吵嘴，聽得有人洪鐘般一聲喊，兩雙小眼睛唰地往外望去，見一中等個頭男人，長袍馬褂，黑呢禮帽，戴一副圓圓的墨鏡，一臉的絡腮鬍子。那男人把墨鏡摘了，嘉和與嘉平兩個不由得驚呼起來：「大辮子！」

沈綠愛從來也沒有見到過趙寄客，奇怪的是一剎那間，她就認出了他。她對他的第一眼注視便是直接的、感激的、火辣的，因為他讚許她。他們兩人在目光相接的同時都在心中怦然一驚，然後沈綠愛少有的一陣心慌意亂，便把目光移向丈夫。園子裡原有的四個人中間，唯有杭天醉反應最為遲鈍。他看著他的疏離多年的把兄弟，茫然地半張著嘴。

「怎麼，真的不認識了？」趙寄客笑問，「你和弟妹這場精彩的對白，我倒是全聽見了。」

「你還肯理睬我？」杭天醉這才清醒，傻問。

「豈有此理！」趙寄客大步流星走向前去，「自家兄弟，說這種見外話。」

沈綠愛這才主動打招呼：「坐，坐坐。您是趙寄客吧？」

「名塵，字寄客，東渡日本幾年，得一號，曰江海湖俠。」

杭天醉卻一把抓住了寄客：「說，為什麼回了國也不來找我，見了我也不理不睬，我就認你這麼個兄弟，你……」他眼裡便要滲出淚來，嘴唇也哆嗦了。

沈綠愛已在廊下置了桌椅，招呼他們坐下，一邊拽丈夫衣角，輕聲說：「別說那些了，快把你這身戲裝脫了去吧。」

杭天醉卻大聲嚷嚷：「你曉得什麼？我和寄客像嘉和、嘉平一般大就互換金蘭。要不是我病倒，早就與他一同去了日本了。」

趙寄客坐下了，才說：「我看你一點也沒變，還是那麼沒頭腦。你又不是不知道我是個朝廷見了要殺頭挖心的人，何故牽累你？你現在和從前不一樣了，又有家產又有兒女，牽連不得。」

沈綠愛正上了一杯好茶，聽此言，心一驚，說：「莫非你和秋瑾、徐錫麟，亦是一起舉事的？」

「正是。」

「不知是否與我兄長相識？」

「沈綠村先生，老相識了。」

杭天醉說：「這下你們革命黨可以認親戚了。」

正說著，那小哥倆就驚奇地跑過來，擁著這位伯伯。嘉平爬上他的膝蓋，上去便掀他的瓜皮帽。嘉和在後面，細細摸那大辮子。

「你們這是幹什麼？」

小哥倆說，想看看辮子的真假，舊年大舅來，戴著假辮子的。「辮子嘛，倒還是條真辮子。不過，該剪的日子，快到了。」

「聽說你手一動，壞人就打到水裡去了？」嘉平說。

趙寄客哈哈大笑，指著天醉：「你說的，是不是？」

杭天醉也笑，說：「再露一手，如何？讓我妻兒開一回眼界。」

趙寄客想了想，說：「好吧。」

話音剛落，人卻已經在院子裡了。他環顧四周，相中了一株盛開的山茶花。他縮身一蹲，撿起地上一粒小石子，唰地放出手去，流星一般，人們再沒見那石子去處，卻見那朵大紅山茶花應聲落地。他輕輕走了過去，從從容容撿起，還像江湖中人一樣，朝各位作個揖，茶花夾在手中，顫顫地抖。嘉和看得目瞪口呆，連話都說不出來。嘉平卻撲了上去，抱住趙寄客的腿就往上爬，邊爬邊叫：「伯伯，你教我武功好不好？我有大刀。」

這邊，沈綠愛拉著嘉和走過來，又抱過了嘉平，說：「乖，出去玩，伯伯和爸爸有事要談。」

嘉平才扭了兩下，趙寄客便放下孩子，又把手裡的花給了他，說：「給你，好看嗎？」

嘉平把花一把塞給了嘉和，說：「不好看。大刀好看。」他就要去背他剛才在玩耍的那把刀。

嘉和接過花，卻細細看了，嗅了嗅，然後，拉拉媽的衣服，說：「媽媽好看，媽媽戴戴。」

沈綠愛接過花，嫣然一笑，朝外走去，兩個孩子拉在身邊。走到門口時，她把茶花插到了耳邊。

那天傍晚時分，杭天醉和趙寄客兩個，都喝得有那麼六七分醉意了。沈綠愛在一旁坐陪張羅，才斷斷續續地曉得，趙寄客在日本讀的是機械，入的是地處北九州的戶畑町的明治專門學校。每年招收中國留學生的名額很少，考題難度也大，但他還是考入了，為的是將來專造武器彈藥，殺盡清賊。他說著，便從懷裡掏出一個黃金瓜來，說：「你們看它是個什麼？」

沈綠愛好奇，想用手去碰，被趙寄客用手擋了，他的小手指無意觸到了沈綠愛的手掌心，便一陣灼熱，賊一般縮回去。

「這是顆炸彈。」趙寄客又把它揣入懷中，「這幾年來我就沒離過身，需要時，便可取義成仁。」

「我們那時候就準備這樣。」杭天醉插嘴說。

沈綠愛看著酒酣後膽氣開張的俠士趙寄客半隱半現在暗夜中，燭光照出他的半個輪廓，恰好勾出他筆挺的鼻梁和方方的下巴，煞是神祕迷人，心裡頭，一種從來未有過的衝動便湧動起來。她自己也已經喝了二三分的紹興酒，兩朵桃花湧了上來，與她耳邊那朵茶花相互輝映，臉上便開了三朵花。趙寄客望去心中不禁生嘆：怎麼這麼個奇女子，倒進了天醉這個優柔的男人的門？說著，卻又拔出那把德國造的駁殼槍來，說：「你們當我今天來，有何貴幹？我是有事來求你們了。」

「怎麼，要綁票啊？」杭天醉早已酒上頭，燭光中晃著身影，「不用綁，通通拿去便是了，最好把我也拿去。清朝要垮，革命要成功，遲早的事情。寄客，我也入了同盟會，把我這茶莊也一併入了，革命成功，天下大同，平均地權，貧富均勻，還要開什麼茶莊？」

趙寄客正色說：「你要入同盟會，自然是好事，資助革命求之不得。此時便有一樁革命事要做，我要外出一趟，這把槍不能隨身帶了，先在你處一藏。如何，有沒有這個膽量？」

「這有何難？別說藏槍，開槍又有什麼不敢的？」

杭天醉說著，便把那手槍接了過來。誰知他酒喝到此時，已膽大包天，又恰好剛才趙寄客把那槍打開了保險。他舉起手槍，對著門上那兩塊天窗，得意地嘴裡喊著：「叭！叭！」

喊聲尚未落，爆豆子般的兩聲巨響，清脆嘹亮，振聾發聵。接著是玻璃窗從上落地的破碎聲，劃破濃暮，震撼著這寧靜的江南深宅。

趙寄客嗖的一下跳將起來，拔回手槍，一下塞入懷中，便躥到門口。杭少爺嚇得酒意全無，目瞪口呆。唯有沈綠愛在嚇了一跳後，立刻衝進房間從櫃中拿出一掛鞭炮，從屋裡扔出門外，摔給趙寄客，說：「放！」

趙寄客明白了，跑到院中，抓起一串百子炮就放。劈里啪啦一陣，招來院中各處的人。林藕初也趕來了，問：「這是怎麼說的，平白無故放鞭炮？」

沈綠愛說：「白日見園中有一隻狐，怕牠作怪，放了鞭炮嚇跑牠。」

林藕初抬頭一看，是久違的趙寄客，拍著手笑道：「寄客，我當是什麼狐，原來竟是你啊，多年也沒見，我家媳婦放鞭炮迎你呢。」又轉身對媳婦說：

「什麼時候不好放，偏偏客人來了放！」

「天醉自是喝醉了，又不敢放，我也膽小，才求的趙兄長。」

林藕初看看沒異樣，才走，邊走還邊對趙寄客說：「寄客，你也看到了，我這個媳婦，花樣多，一來就麻煩你了，一會兒過來和我說話。你爹病著呢，你去探過了吧？你這個沒腳佬，哪裡尋得著影子，不知哪陣風又把你從日本吹回來了……」

等人都走光了，沈綠愛才發現自己身上臉上涼颼颼的，一身冷汗。趙寄客此時酒也醒了，作了個揖，說：「嚇著你了，弟妹。」

「我叫綠愛。」

「多虧了你。」趙寄客躊躇了一下，才說，「天醉只要和我在一起，就闖禍。我一走，他就好了。」

沈綠愛伸出那隻白手，手指長長的，說：「給我。」

「什麼？」

「槍。」

「這個……」

「我來替你保管。」

「這個……」

杭天醉捂著腦袋出了屋，說：「你就給她吧，沒問題。」

趙寄客說：「這是件危險的事，一個女人……」

杭天醉哈哈地笑了起來：「你看，我的老婆，我都不怕，你怕什麼？這麼個大茶莊她都管得了，還能管不了一把槍？」

沈綠愛朝丈夫望一望，對趙寄客輕聲說：「他喝多了。」

趙寄客在園子裡走了兩個來回，把槍給了沈綠愛。杭天醉一邊拍手，一邊說：「寄客，你等等我，我跟你一起走。這一次，說什麼我也得和你一起走了……」

這麼說著，人卻癱了下去，爛醉如泥。趙寄客和沈綠愛上去架著他進裡屋。沈綠愛說：「趙兄長，你都看到了，醉生夢死。」

趙寄客只得不吭聲。

「趙兄，你把他帶走吧。」

趙寄客笑笑：「不行，他幹不了。」

沈綠愛一愣，她明白了，再不說話。

趙寄客帶來的那把短槍，被杭天醉糊里糊塗放響的那兩聲，強烈地震撼了嘉和與嘉平。這兩個孩子對生活的記憶，彷彿就是從那一天開始的。他們對未來經歷的一切，從此有了敘述的起點。

比如他們都不說看王文韶出殯是一九〇八年，他們說是認識趙先生的那一年。那一日，杭州城萬人空巷，從滬、甬、蘇一帶，擁來專門觀看葬禮的人，京城派來三十六個抬棺材的人，但這三十六個抬棺材的人無一知曉，他們是在為中國封建王朝的最後一任宰相送葬，他們是在為大清王朝送葬，他們是在為有兩千年封建史的封閉的王朝送葬呢！

出喪，從早上六點開始，自相府清吟巷出發，沿江墅路至鳳山門，到十時，才走了三分之二。杭家的婆婆與媳婦帶著孩子上街觀看，回來說：「哎呀，開路神糊得比房簷還高，紙房子有三幢，紙元寶有十八箱。從來沒有見過這樣大的排場呢！」

好熱鬧的杭天醉卻關在屋裡鬥蛐蛐兒，說：「那是，再過兩年，宣統也坐不住龍椅了。王文韶是在給清朝送終呢，能不熱鬧？」

林藕初聽了又心驚膽戰，說：「孩子都四五個了，你這張嘴還這麼臭，小心說了出去，要你的命！」

「媽，他哪有這個膽啊！筒兒將軍一個罷了！」沈綠愛不屑地寬解婆婆。

「他倒是沒有，但寄客有。寄客這個闖禍坯一回來，我的兩隻眼皮就跳！」

嘉和與嘉平還記得，去艮山門看火車是一九〇九年。他們說是認識趙伯伯後的那一年夏天。他們對這一童年生活中的重大節日印象極深，因為那一天，他們又見到了他。

杭州最早的一條鐵路，與鴉片戰爭後中國發生的一切政治、經濟、軍事有關。總之，那條從吳儂軟語的蘇州開始，經過上海、杭州，終點位於寧波的蘇杭甬鐵路，最早的修建，的確是由英國方面向清政府提出的。一個叫盛宣懷的中國鐵路總公司督辦，當年就與英商怡和洋行，也就是忘憂茶莊的出口茶的經紀人，訂立了一個叫《蘇杭甬鐵路草約》的東西。

其時，英方正急著在南非開闢殖民地，所以未定正約。這使得美國與義大利喜出望外，他們的接踵而至，給中國新興的民族資產階級敲響了警鐘。在整整七年之後，也就是一九〇五年，江蘇和浙江兩省決定自己建造鐵路。

在浙江，領銜掛帥此事的，是一個名叫湯壽潛的蕭山人。趙、杭二人都和他有過重要的接觸。雖說在對秋瑾一案中他態度的曖昧，使趙寄客對他十分鄙視，但在保路運動中他的作用又使趙寄客對他刮目相看。這個封建末朝的兩淮鹽運使，正是在這一歷史轉折關口，成了隸屬於資本主義經濟體系的浙江全省鐵路公司總理，為他日後光復後任浙江省首任總督埋下伏筆。

一九〇六年十一月，從杭州閘口至楓涇的浙段開工。在拉開杭州建造鐵路的歷史序幕時，湯壽潛又參與了另一個重大政治活動，成為當時的君主立憲制的熱烈擁護者，立憲派的領袖人物。

一九〇七年的大年初一，湯壽潛這個一八五六年出生於蕭山的光緒年進士，在家中設宴歡迎女婿——日後的國學大師馬一浮。席間，據說湯壽潛把滬杭鐵路工程圖給了女婿觀看，女婿則憤而擲地，未來的國學大師道：「這不是給中國人造鐵路，是給日本人造鐵路。」原來圖紙標明，將車站設在艮山門，並有一條支線通往拱宸橋，這樣，勢必將杭城的市場引向日本租界。

據說湯壽潛聽取了女婿的意見，在清泰門內設立車站，以穴城為便門。火車來去隨時關啟，這就是今日杭州城站的來歷。

同年，鐵路動工興築，正在南非忙於「殖民」的英商，狀告清廷，要求停工。清政府除了言聽計從，別無他法。浙江紳商及學界則堅決抵制，在成立「國民拒款會」時，杭天醉作為茶業行代表，著實也激動過一番，和怡和洋行的出口茶葉生意，從此一刀兩斷。

一九〇九年八月十三日，杭滬全線正式通車，火車駛入城門，聲浪巨大，市人歌曰：

鐵路蜿蜒幾曲長，分支甬滬越錢塘。
奇肱飛舞超龍鳳，分付誇娥鑿女牆。

正式通車的那一天，杭天醉搞了個大動作，全家出動，到清泰門外，看火車這一龐大的怪物。這一決定使杭氏門內的女人們激動異常。沈綠愛十分開心，早在十天前，她就開始準備下吃的、遮陽的東西。林藕初則專程坐了趟轎子去找候潮門的吳茶清，徵詢他的意見。吳茶清這幾年辛苦，老得也厲害了，聽了杭夫人的建議，淡淡一笑，說：「你們去吧。」

「你不去？」

「看不看倒也無所謂，用不用它才是要緊事情。」

林藕初何等地明白，感慨地說：「我回去交代他們，通了火車，茶葉生意好做大了。」

「這頭，搞批發、郵包，有我撐著。倒是前日見了被我除名出去的吳升，到我這裡批了不少茶。問他哪來的資金，他說他現在要吃鐵路飯了。他走後我才想明白，他是要在火車上做生意呢。那麼多的人，來來去去，多少人要喝茶！」

林藕初一聽，看火車的事情也忘記了，急急忙忙就往家裡趕，找到了兒子與媳婦，便和他們商量這件事情。兒子說：「敗興敗興，我們就不能不夾一點做生意的事嗎？」

沈綠愛自從趙寄客來過後，人也是大變了。林藕初說不清楚，她到底變在了哪裡。總之，她對茶莊的事情，不像從前那樣上心了。倒是外面那些事情，什麼拒款啊，辦校啊，格外熱心。聽了林藕初的建議，她只是笑笑說：「媽，等看了火車再說吧。」

「等看了火車，你就什麼也來不及了。」

林藕初便自己叫了把作，張羅著把茶分成極小的一袋袋，準備僱人到火車上去賣。兒子與媳婦見了，也不阻擋。很好，只要有事幹，做娘的就安耽。

晚上，磨磨蹭蹭的，杭天醉也不走，沈綠愛很奇怪，說：「怎麼還不走，不怕那邊記掛你？」

杭天醉一笑，說：「我今日見了寄客了。」

沈綠愛眉心一抖，轉身給嘉平打扇，問：「他好吧？」

「在湯壽潛開的高等工業學堂開課了，教的是機器。」

「噢，總算安耽了。」

「哪裡的話，正在置辦兵器呢。你猜他找我幹啥？」

「我怎麼知道？」沈綠愛臉一熱，假作正經說。

「他介紹我入同盟會呢。」

「真的？」

「那還有假？介紹人要有兩個，還有一個，你想都想不到。」

「誰？」

「你大哥，沈綠村。」

「真沒想到。」沈綠愛放下睡熟的孩子，捏著團扇，在屋裡走來走去，「我若是個男人，我也入了會，幹出一番事業來。」

「還有你的事呢。」

「我能有什麼事？」

「寄客要我籌筆款子，日後舉事可用。」

沈綠愛搖著的扇子，便停住了，乜斜著眼睛，問：「真的？」

「那還有假！」

沈綠愛想了想，說：「你還是到帳房那裡，每日搜去吧。」

杭天醉就跺腳，「你這不是出我洋相。我要有一點辦法，何苦那樣做？」

「找你媽去。你們杭家的事，現在掙錢歸我，花錢歸的是她。」

杭天醉就沮喪地癱在太師椅上，說：「完了，我在寄客那裡，還誇下海口呢。瞧，這是他的借條。」

杭天醉把條子給妻子，又說：「我還說呢，我們弟兄間，還要什麼借條？他說，是給弟妹寫的。唉，還真是被他說準了。」

沈綠愛接過借條一看，滿紙四句話，一個簽名，龍飛鳳舞，像是要躍出紙外：「韓信點兵，多多益善。革命成功，如數奉還。」

沈綠愛見了字條，再不吭聲，打開箱子，取出一個首飾盒，打開看了，全是金銀首飾，又把手上一隻玉鐲褪了下來，全部攤在杭天醉面前。杭天醉見了，看看妻子，淚水就掉了出來，說：「綠愛，我不是東西。」說著，便用手使勁砸自己腦袋。

沈綠愛搖搖手，說：「你現在入了同盟會，和從前不一樣了，你需要拿出男人志氣來。這麼哭哭泣泣，叫誰看得起？」

杭天醉一想，立刻收了眼淚，說：「我今日和寄客已商定了，茶莊的事務，以後我還得親自來料理。娘這頭的財務，該我管的，我還得管起來。手裡沒財權，一旦舉事怎麼辦？」

「你這話，自我嫁過來，說了也不下十遍。」

「那是心裡頭空虛，掙了錢又怎樣？我又不曾像我爹那樣抽鴉片。錢這東西，要有個真正的去處，掙起來，才有奔頭呢。」

「你掙了錢，養那吳山圓洞門，不是奔頭？」

杭天醉聽了這話，啞口無言。好半天，才說：「我曉得，我是跳進黃河也洗不清了。今日寄客也罵我，不該這樣行事，我說不是我想這樣活，是『這樣活』找上了我的門。算了，我反正是對不起你了，你也再不理睬我，我也只好這樣過下去了。」

他抱著那個首飾盒往門外走，全然沒有想到，他妻子的心只在剛才趙寄客那幾句話上：原來趙寄客也同情她，曉得她的處境。沈綠愛少有地流下了淚水，對走到門口的丈夫說：「過幾日看火車去，把她也帶上吧。」

杭天醉幾乎不敢相信自己的耳朵。

「你是說，她……」

「她也苦啊，嘉和都七歲了，娘還不讓她進杭家的門。」

「綠愛，綠愛，」杭天醉撲了回去，「綠愛，你真是個好人。」

沈綠愛搖搖頭：「我不好。說不定哪一天，我也會做出叫你大吃一驚的事情呢。」綠愛說了這句話，自己便先開始大吃一驚了。

一九〇九年八月十三日下午，驕陽似火，從清泰門外到艮山門車站，附近沿線空地擠滿了杭州城裡的市民。他們背著條凳，帶著乾糧和涼茶，頭戴草帽，把收割前的絡麻地踩得一片狼藉。體弱多病的女人們有的當場中暑，人們把她們抬到樹陰底下。她們清醒一些以後，堅決不肯回家，躺著也要見一見火車。

挑著涼茶在人群中來回奔走賣茶的小商販吳升，今天的生意很好。他被晒得又紅又黑，衣衫襤褸，但身體健美，他比從前成熟多了，顯得從容不迫，榮辱不驚。他的架子車上放著一個很大的籃子，籃子裡盛滿了一袋袋的小包裝茶。等一會兒，他要從這裡挎著籃子上車。

伴隨著火車與杭州人的相識，吳升也重逢了久違的小茶。當時，他還舀了一勺水給買家，抬頭一看，竟是小茶，她美麗成熟多了，見了他，吃驚地扔下勺子便走——唯有膽子沒變。吳升還見到了和他一樣拎著大籃子的撮著——他也是來賣茶的。好東西都讓杭家占了，吳升頓時氣憤填膺。但他立即消了氣。他相信，上了火車，撮著不是他的對手。

杭天醉熱烈地與他的入盟介紹人趙寄客和沈綠村握手，後二者正陪著總理湯壽潛視察，乘機便把他們的新同志引見給了湯壽潛。杭天醉優雅而又得體地向這位杭州鐵路的創始者行禮。當湯壽潛說「後生可畏啊，將來各位都是中國的棟梁」時，他沒想到後生真的可畏，兩年之後，他們竟裹挾著他一躍而上了中國政治大舞臺。

沈綠愛遠遠地便看見了她的大哥和大哥身邊的趙寄客。大哥手提文明棍，戴金絲眼鏡，趙寄客一身白色杭紡衣衫，杭天醉一襲長衫，一把摺扇，三人如玉樹臨風，簇擁著湯壽潛，引得周圍人們陣陣議論。

兩個孩子，看見趙寄客，大喜過望，喊著叫著撲了過去，一人一條大腿抱住不放。沈綠村便說：

「你看，不認大舅，先認趙先生。真正豈有此理！」

杭天醉連忙命嘉和、嘉平叫大舅，嘉平敷衍了句「大舅」，便又一頭扎到寄客身上，說：「趙伯伯，你怎麼老也不到我家來，我惦記得很呢。」

倒是嘉和大一點，恭恭敬敬給大舅鞠一躬，說：「大舅好。」

沈綠村見嘉和小小年紀知禮通情，便高興，一把抱起，說：「讀書了嗎？」

「在家裡讀著呢。」

「讀什麼？」

「人之初，性本善。」

「就這些？」

「還有呢！大舅。『今天下，五大洲，亞細亞，歐羅巴，南北美，與非洲……』」

大家一聽都樂了，沈綠村給他擦了一臉的汗，說：「我便考一考你，好嗎？」

嘉和趕緊爬下，站好，說：「請出題。」

那一旁，湯壽潛見這小公子如此秀麗聰慧，便道：「來個對課，行不行？」

嘉和歪著頭想想，說：「試試看。」

湯壽潛順嘴說：「火車。」

「輪船。」

大家一愣，都笑了，說對得好。

沈綠村說：「忘憂君。」

「不夜侯。」

沈綠村大驚，說：「這茶中的典故，怎麼你就知道了？」

「奶奶教的。她說，忘憂君、不夜侯、甘露兄、王孫草，都是茶。」

沈綠村又道：「我考你一個難的，不是對課，看你能說出來嗎？」

嘉和還是歪著頭，想想，說：「試試看。」

「九溪林海亭有副對聯，上聯是——小住為佳，且吃了趙州茶去。那下聯呢？」

「曰歸可緩，試同歌陌上花來。」

「你可知為什麼這麼寫？」

杭天醉得意一笑：「你這就難不倒他。」

嘉和皺著眉頭，費勁地說：「趙州茶不是趙州的茶，是個和尚，叫趙州和尚。人家問他事情，他只說一句話——吃茶去。」

大家看這樣個小東西，一本正經解釋偈語，不由得又笑了。

「那下一句呢？」

「那是講國王的。王后娘娘回鄉下探親，國王給她寫信，說，田間的花開了，你可以一邊賞花，一邊慢慢回來了。」

沈綠村摸著孩子頭，說：「天醉，我只可惜一件事……」

杭天醉連忙打發嘉和走了，才說：「你可惜嘉和不是綠愛生的。」

沈綠村嘆口氣，「我看嘉平日後難以守成，三歲看到老啊。」

那邊，嘉平已經爬在了趙寄客的背上，騎上了他的肩，趙寄客正和沈綠愛說著話呢。

「弟妹，你給我的東西，我都變賣了。」

「賣就賣吧。」

「玉鐲子沒賣，得空還你。」

「這是何必。」沈綠愛的臉上就沁出了汗來，粉臉桃腮，煞是動人。

趙寄客看著看著，別過臉去，突然支起耳朵，說：

「火車快來了。」

所有的杭州人，這時都一起從鐵路兩邊冒了出來，他們踩平了兩邊的絡麻地，自己卻齊刷刷地插得比絡麻還密。許多人站在條凳上，遠遠地看著那黑龍怪物呼嘯而來。就在這時，小茶和綠愛，這兩個女人，隔著鐵軌，目光驟然相碰。憑著各自手裡抱著的孩子，她們認出了對方。同時，她們都下意識地把孩子往懷裡一摟。

什麼感情都來不及表達，仇恨、忌妒還是寬容；什麼感情都來不及表達，因為火車撲面而來了。這龐然大物，以雷霆萬鈞、摧枯拉朽的不可一世之氣概，排山倒海而來，無人不被它吸引，無人不被它震撼，無人不被它征服。一片人聲鼎沸——是歡呼，是驚叫，抑或是呻吟！

車上的人們在向下面招手，他們順應火車，火車便帶他們一日千里，誰若想阻擋它，死路一條。

嘉和與嘉平，被火車的巨大身影嚇呆了，他們分頭扎進了母親的懷抱。但好奇心又使他們抬起頭來。天上烈日如故，鋪天蓋地的車輪聲和人們的呼喊聲融成一片。這兩個孩子終於也伸出了雙手——他們是將與火車同行的一代人。

第十七章

吳升，一生都應該感謝那些他憎恨的人，是他們激勵了他。當他在烈日下挑著竹籃去追趕火車賣茶時，並沒有忘記向那些白衫飄飄、手搖羽毛扇、臉架金絲眼鏡的人射去仇恨的一瞥，「我一定要……」他在心裡把牙根一遍遍地磨損著，他的牙齒白厲厲的，磨成了兩排尖刀。

下一年，默默無聞的小商販吳升，在杭州掙扎奮鬥了十幾個年頭之後，終於藉助一個浪潮的翻滾，打上了亮相的舞臺。

光緒二十二年的《杭州塞德耳門原議日本租界章程》規定，日本商民只能在拱宸橋租界內僑居營業。但一個正在擴張膨脹的民族自有自己的章程，哪裡顧得了那許多的「板板六十四」的條文。

在城內開設藥房和蛋餅店的日本人絡繹不絕，頑強不息地要和杭州城裡的小商人們爭口飯吃。奄奄一息的清廷已經沒有力氣同時睜開兩隻眼睛，只好睜一隻閉一隻。但杭州的商人們卻並不那麼好惹，「杭鐵頭」這一光榮稱號，不是白叫叫的，於是便直接行動了，忘憂茶莊附近的保佑坊重松藥房和官巷口丸三藥店，遂被搗毀。

這類民間過激行動，總要刺激官方。領事館與市政府便交涉談判。賠錢的事，似乎又總是屬於中國人，日本人則做個永不踐約虛晃一槍的保證。

至此，外商在杭城設有二十一家店行，日本人占三分之二。他們不再滿足藥品和蛋餅了，「打槍賭彩」，開始誘惑杭州人，拋賣「福利券」則使杭人趨之若鶩。

官方對此甚為惱火，再三照會，勒令停止，但日本人不聽你那一套，他們有恃無恐，為所欲為，將事情推向了高潮。

小商販吳升並沒有多少明確的反帝情緒，打不打倒列強，對他個人也沒什麼太大關係。說實話，那日夜裡，他搖搖晃晃地走向大井巷日本人開的福祿堂，並沒有什麼開心的事情。

他在窮極無聊之間，隨隨便便舉起氣槍，一槍過去，他不相信自己眼睛——中獎了！

這是一個大獎，他一時也無法計算出這獎相當於他幾年辛苦勞作的總和。吳升對積累資產十分重視，中獎使他呆若木雞，然後欣喜若狂。

吳升的突然迸發的暴發戶式的歡呼，使日本商人多次郎不快。尤其是這窮光蛋，竟然一把抓住他乾淨的和服領子，大聲地喊叫：「鈔票拿來！鈔票拿來！」

想到「鈔票拿來」，多次郎一肚子的火，他攤攤手，說：「不算。」

「什麼？」

「不算！」

「我中彩了！」

「不算！」

「你——日本矮子，說話好跟放屁一樣的！」

「日本矮子」則一個大耳光過去：「巴嘎呀路！」

一個耳光清脆響亮，打醒了周圍看熱鬧的人，霎時圍了十幾個人，說理評論。吳升被這一耳光打出了血，埋在心底的血性突然井噴似的湧了出來。他像頭獅子般咆哮起來，要上去和日本人拚個你死我活。他這副架勢確實也夠嚇人，像是要人命，便也有人去阻擋。誰料這時又冒出一個日本人，名叫前田，他手裡拿了一枝槍，對著吳升，喊出了一串杭州人根本聽不懂的日本話。

「他要開槍了！他要開槍了！」有人便提醒吳升。

吳升氣昏了頭，哪裡還顧得上這個，叫著便衝上去，只聽叭的一槍，打穿他一隻褲腳。吳升一愣，紅了眼，再衝上去，一把抓住槍筒，一槍就打進了天花板。

當警笛劃破夜空，巡警直奔鼓樓的時候，小茶和杭天醉正一人抱著一個孩子，共享天倫之樂呢。聽到人聲鼎沸，杭天醉放下了孩子，讓撮著拉著車載他直奔現場。幾千個人已經聚集在那裡。吳升被眾人抬得高高，正在聲嘶力竭地陳述經過。

巡警一看事情鬧大了，怕出人命，趁著風高月黑，決定趕緊把多次郎和前田帶回巡警分局。但行至皮市巷口，市民愈聚愈多，沈綠愛和林藕初這些女人，也在下人的保護下擁出來，人多勢眾，大家叫著喊著，嚇得前田不敢往下走，逃入萬豐醬園店。杭天醉見了，爬上黃包車就叫：「衝進去——打！」

嘉和、嘉平兩個遠遠地見著父親在夜幕中的高高瘦瘦的身影，提一盞汽燈，一呼百應，十分激動，一邊跳著，一邊叫著：「媽、媽，爹、爹！」

沈綠愛見了也有些被感動了，沒想到她這個風花雪月的丈夫，還有這樣的膽量。只有林藕初，又驚又嚇，嘴裡念著：「阿彌陀佛，東洋人得罪不得啊……」

「怎麼得罪不得，照樣打他們，又怎麼樣？」

「前世作孽，叫別人去出頭好了，他去湊什麼熱鬧？」

「事情嘛，總要有人去挑頭的囉！」

「我曉得你不把男人當回事，你巴不得他出事情！」林藕初生氣了。

「媽，你想哪裡去了？你兒子光彩，你也光彩！」

這婆媳兩個，一個手裡牽一個孩子，鬥著嘴，腳卻不停朝人堆裡走。走著走著，林藕初罵道：「該死的東洋鬼子，不在自家屋裡好好待著，漂洋過海到人家屋裡來搶什麼飯吃？強盜啊強盜！」

萬豐醬園店，被杭天醉那一聲喊，人群轟動起來，頓時被圍得水洩不通。人們呼喊著，叫罵著，擁擠著，幾次試圖衝進店內。巡警沒辦法，只得讓日本人從醬園店的屋頂爬進泰安客棧，再帶回分局。

吳升一看日本人跑了，一肚子火，沒處發洩。恰好這時，迎面走來一個穿和服的日本人，他撲上去就一頓好打。那兩個耳光搧過去，吳升痛快極了。日本人名叫羽田，是在日租界開照相館的，被這兩掌打得眼冒金星，趴倒在地。吳升拳打腳踢仍不解恨，還是杭天醉過來了，問：「是他嗎？」

「不是他也要打，日本人，通通打死他們。」

「冤有頭債有主，不是他，你就放了吧。」

吳升這才悻悻然放了他。羽田從地上起來，搖晃了半天才清醒，說：「我叫羽田，在拱宸橋住，是進城看朋友的，謝謝你救了我。您是杭天醉先生？」

「先生漢語講得很好。」杭天醉說，「你怎麼知道我？」

「日本人在杭州習茶道的，無人不曉杭先生。」

杭天醉很意外，他是專程趕來打日本人的，沒想到，竟意外地救了個日本茶人。

羽田恭恭敬敬地鞠了一躬，說：「請允許我專程來向你致以感謝。」說完，轉身踉踉蹌蹌地走了。

這一事件，以市民們的發洩完畢宣告結束。那天夜裡，吳升帶著眾人，到處在日本商店內尋找肇事者，共計砸壞七家日本商店，直至半夜三更，人方散盡。

重新孑然一身的吳升在半夜裡清醒過來。他累了，臉上又腫又痛，嗓子也啞了，腿也腫了，他不知道接下去該做些什麼。依舊提著籃子，天天上火車站嗎？

渺茫與空虛向他襲來，他一屁股坐在馬路邊。冥冥中，他覺得有人在注視他，一抬頭，他看見了吳茶清。

「跟我回去。」老人在黑暗中說。

嘉和兄弟再次見到趙寄客，已是這一年的中秋之際了。這一年嘉和沒長多少，嘉平卻一個勁地往上長個子。細脖子頂個大腦袋，往哥哥身邊一站，一樣高了，嘉平就很得意。沈綠愛給他找了個武功老師，每日蹦蹦跳跳地舞刀弄槍，腰上繫根皮帶，煞是威風。

林藕初見了心裡不平衡，就請了吳茶清，也教嘉和功夫。吳茶清卻和二十多年前一樣，只教嘉和吐故納新，運氣修身，五更靜坐，不教嘉和學那些花拳繡腿。

這小哥倆一靜一動，倒也有趣。

杭天醉這一年和往年不一樣，忙忙碌碌的應酬特別多，又在商會裡兼了職務，連茶樓也不大泡了。他本來就是兩頭跑的，現在，在吳山圓洞門待的時間更長了。連林藕初也有些看不下去，說：「這是怎麼個名分，到底是哪裡做大？」

倒是沈綠愛攔住了，說：「媽，說他幹啥，牛不吃水強按頭？」

杭天醉給她解釋：「我這是忙著舉事呢，要殺頭的。少回家，少牽連你們。」

沈綠愛一笑，說：「你都在忙些什麼呀？」

杭天醉就說：「那是機密，哪裡好跟你個婦道人家說？」

沈綠愛心裡好笑，其實大哥早給她交了底，杭天醉除了籌款、交際之外，什麼都不知道。他在杭州當公子哥兒當出了名，和他在一起安全。

這麼想著，她把一包小人衣衫給了杭天醉，說：「雙胞胎也兩歲了吧，這些衣裳是我給孩子準備下的，你送去給小茶。」

杭天醉不明白，沈綠愛這麼個占有欲極強的女人，怎麼轉眼間變得這樣通情達理了呢？他哪裡曉得，沈綠愛現在活得快樂著呢。大哥在杭州開著綢莊，她常去那裡，便常常見著趙寄客。趙寄客這一年來出沒無常，在外面卻背了三個機械專家的美名。人有利電燈股份有限公司專門請了他去驗收進口機器，該公司有蒸汽引擎發電機組三套，鍋爐兩臺，趙寄客是他們的座上賓。那一年，杭州人驚異地發現，大街小巷隔半里就豎一根三丈來高的木杆，上面掛拉著電線，又裝上一盞路燈。沈綠愛驚奇，問：「不裝油怎麼就會發亮呢？」

趙寄客卻說：「這不稀罕。中國人落後一百年了！」

「你不是最留心忙著你那些革命的事情嗎？怎麼還有心思顧及電燈呢？」

沈綠村揮揮扇子，對妹妹說：「你把你那爿茶莊顧牢便是了，造反的事情，不用你操心。」

趙寄客說：「推翻清廷，建立民國，平均地權，天下大同，就是要讓國家強盛，民眾幸福。將來，革命果然成功，我就去搞我的機械，在各國列強面前，國力民力均可平起平坐，誰還敢再欺侮中華。」

「寄客兄雖狂得出名，卻就是這一點單純可愛，深得中山先生讚許。盟內各派都能接受寄客兄，與兄的狂而純分不開。」

趙寄客一笑：「綠村兄評價我狂純，不如直說我魯笨為好。綠村兄與陳其美鄉黨，我與陶成章共事，未必不知道他們之間心存芥蒂。只是綠村兄城府森嚴，我卻襟懷坦白，恰好以此不變對萬變。我倆各執一端，和平共處，只是因為大敵當前。倘若一日清朝消亡，我們兩個倒不知怎麼相對呢！」

沈綠村一聽急了，對天起誓道：「我若是這樣一個小人，天地共誅之！天地共誅之！」說得綠愛與趙寄客都大笑起來。

在嘉和與嘉平的童年出遊中，白雲庵和接下去的觀錢塘夜潮，給他們留下了永遠不可琢磨透的神祕的印記。他們清楚地記得母親提著一隻燒香的籃子，裡面盛滿了香燭供果，過了長橋，神情嚴肅地下了轎，面孔因為蒼白而顯得目光越發深黑。母親的異常神情影響了小哥倆的心境，爽朗的湖光山色和南山的紅黃叢林又漸把他們引入佳境，一路之上，三人竟無聲響。

下轎後母親站著不動，卻叫這兩孩子先到月下老人祠中去看看，有無熟人。嘉和正是在那次出遊中，記住了祠內廳柱上那副對聯：願天下有情人都成了眷屬，是前生注定事莫錯過姻緣。嘉平不認得「眷屬」和「姻緣」四個字，也不明白這副對聯是什麼意思，便問嘉和。嘉和指指供龕中的塑像說：「你應該問他呀！」

供龕內供了個白鬍子老頭，手裡拿根紅線。嘉平實在忍不住好奇心，又問哥哥，老頭是誰，拿根紅線幹什麼？嘉和想了一下，說：「父親說過，這個月亮下面的老頭，拿一根繩子，拴住了一男一女，以後要讓他們做夫妻的。你還小，長大就知道。我也是。我不明白，老頭是見到誰就拴誰的嗎？」他們下意識地看看自己的腳脖子。

這些關於大人們的話題，不能引起嘉平的興趣了，他不想看廟中那些玩意兒，跳跳蹦蹦地就跑了出去，可是剛跑出門外，便又喜出望外地站住了。他看見了牽著一白一紅兩匹馬，正從白雲庵走來的趙伯伯。

趙寄客往祠廟裡進去的時候，沈綠愛剛剛求得一籤，曰：求則得之，舍則失之。

趙寄客輕聲說：「怎麼你也信這個？」

「命這個東西，信則有，不信則無，姑妄聽之。」

「弟妹算的是什麼命？」

沈綠愛輕聲說：「我是在算革命呢！算一算你們是否成功。」

趙寄客覺得可笑，說：「這裡是專司男女情愛的，不算革命。」

「情愛與革命，又有什麼區別？我看差不多的，不信你算算看！」

趙寄客見沈綠愛那麼認真，便也求了一籤，此籤寫著：「一則以喜，一則以懼。」趙寄客的臉色就變了，說：「莫非義舉，只有一半把握？」

沈綠愛見趙寄客也認了真，便笑著說：「一二不過三，我再來一次。」

這一次，沈綠愛求得一籤，使趙寄客信心大增。籤上寫著：「子規半夜猶啼血，不信東風喚不歸。」

趙寄客說：「這是說革命以來，多少仁人志士血灑江湖，不信平生志願不能實現。」

正說著，沈綠愛悄悄把槍從籃子底下取出要塞給趙寄客，恰好給一頭撞進來的嘉和看見。嘉和一下子愣住了，半張著嘴。他看見趙先生和媽向他射來的疑慮的警惕的目光，失聲便說：「我不會和人家說的！我不會和人家說的！」

沈綠愛走過來，摟住這小小少年的肩頭，說：「嘉和不曉得要比嘉平懂事多少。趙先生今日和你爹要帶了我們去鹽官看潮呢，今日不是八月十七嗎？」正說著，嘉平也跑了進來，說：「爹來了。」

趙、沈二人連忙收住話頭，便往隔壁的白雲庵走。才走了幾步，便看見杭天醉愁眉苦臉出來，見著這二人，便說：「正吵著呢。」

「誰？」

「還不是你大哥和陶成章的人。」

趙寄客直跺腳：「都什麼時候了，還吵。」

原來，這白雲庵始建於宋。清末，寺僧智高和徒弟意周，在此住持。他們為人好俠尚義，又同情反清革命，白雲庵便成為革命黨祕密機關所在地。趙寄客平時常在這裡歇腳。滅清舉事，自然以此為商討地點。

杭天醉和趙寄客不一樣，只當革命是一場宣洩，大家萬眾一心，只以反清為宗旨，不曉得其中還有那麼多紛爭是非，恩怨夙債，派系黨爭。幾次舌戰下來，他的頭都大了。

「我哪裡曉得他們湖州人和紹興人有那麼多不對路的地方。陳其美派人來說滬浙要聯合行動，我說同意的，這邊說我幫我的大舅子沈綠村，說綠村是陳其美的人，我哪裡曉得還有這一層關係。這邊還說陳英士靠不牢，陶煥卿從南洋籌來的款，全給他大嫖大賭用掉了。我想想這倒也的確犯難，此等品格，如何革命？好嘛，我才說了兩句，沈綠村便斥我沒頭腦、軟骨頭、見風使舵。我現在是老鼠鑽進了風箱，兩頭受氣，這叫什麼革命？我算是把它看透了。」

正這麼大發牢騷，沈綠村也面孔鐵青出來，衝著趙寄客便說：「趙某人，我今天跟你明說了，若是延緩了千秋大業，你們都是歷史罪人，我要到中山先生面前控告你們。總有一天，你們要自食其果。」

綠愛從小任性，她喜歡的事情，容不得別人不喜歡，哪裡受得了溫文爾雅的大哥如此歇斯底里。她又心裡向著趙寄客，整個人正被激情罩著，恨不得什麼都獻了出去，成就趙寄客的大事呢。她和丈夫一樣，也是不甚懂革命的，只要趙寄客說好，她就說好，因此便道：「大哥，你有話好好說嘛，都是自家人。」

「你婦道人家跑這裡湊什麼熱鬧？」沈綠村大發雷霆，「天醉，你把你老婆領回去，夾手夾腳，女人也來多嘴了！」

老實說，杭天醉還真的沒見過大舅子發這麼大的火。或者說，他從來沒有想到，一個人品性深處埋藏著的東西，一旦暴露，會這樣地強悍。他一下子愣住了，求援地看著趙寄客，不知如何是好。沈綠愛哪裡受過那麼大的委屈，又當著趙寄客的面，一下子眼淚就撲了出來，轉身便跑，被趙寄客一把攔住。嘉和怔住了，面對驟然事件，他常常會這樣怔住，說不出話來。倒是嘉平看見舅舅斥罵母親，氣得又跺腳又捶胸：「壞舅舅！壞舅舅！我不准你欺侮我媽！」

杭天醉也才醒過來，顫著嘴唇，輕聲說：「你怎麼可以這樣？你怎麼可以這樣？她是不顧性命來給我們送武器的，革命怎麼可以這樣的，我不革命了……」

這邊，他一手拉著沈綠愛，一手拉著孩子，就往回走。趙寄客心疼地看著他們的背影，對沈綠村說：「虧你我都是中山先生弟子、老同盟會員，這樣說話行事，何顏對先我們而去者？秋瑾、徐錫麟若地下有靈，魂不能安。洪楊革命不成功，敗在自相殘殺。我們正開始籌劃舉事，就開始自相攻擊了。我們究竟革什麼命？我勸你眼光放遠一些，不要自己人先就傷了自己人。」說著把槍一把塞進沈綠村懷中，往前趕了數步，一隻手就撈起了嘉平，把他放在自己那匹白馬的鞍上，對天醉說：「走，看潮水去！」

杭天醉激動、興奮、混亂而又迷茫，結結巴巴地說：「曼殊答應了，待、待、待今日夕陽之際，乘一划子，夜遊……西湖，還特、特告我，泛舟湖、湖上，任爾……東西……」

趙寄客跨上了馬，大聲說：「明日『八月十八潮，壯觀天下無』，今夜夜潮，比之夜西湖，自然又別有一番大氣象。不知諸位可有心領略？」

沈綠村陰著臉站了一會兒，揮揮手說：「一群狂生，無可共謀事，觀你們的夜潮去吧！」

嘉和站在父親的紅馬之下，眼巴巴地看著父親。在他的印象中，父親是只乘撮著拉著的人力車的，他從來沒有見過父親騎馬。但是今日不一樣了，父親夾住他的雙腋，一提，他就上了馬。然後，父親也上來了。原來父親也是會騎馬的。一匹棗紅馬，一匹白馬，中間夾著一頂轎子。兩個孩子騎在馬上，又驕傲又驚喜，互相時不時地望一望，笑著，說不出話來。沈綠愛坐在轎中，尚未恢復那被震驚了的心情。她一會兒掀開左邊簾子，看見了白馬和白馬上的一大一小，一會兒又掀開了右邊簾子，看見了紅馬和紅馬上的一大一小。她激烈動蕩的心，漸漸平復下來了。轎子一晃一悠，在她的感覺中，就彷彿他們已經安全地行駛在一浪又一浪的夜的大潮之上了。

浙江、之江、曲江、羅剎江，源於皖之休寧，西入浙省，蜿蜒八百吳山越水，縱覽十萬錦繡湖山，經兩浙十一市縣，出杭州灣入東海，於灣口喇叭形處，生雄獷浩蕩、地動山搖、舉世無雙的錢塘大潮。這是趙寄客在遠隔東瀛的夢中時常聽到的潮聲。

三千里外一條水，十二時中兩度潮。往年，杭家一門也年年看潮。只是盡在白日，人山人海，不知看潮看人。像這樣專程趕三十里來看夜潮的，也只有趙寄客這樣的人才想得出。

大約半夜時分，嘉和與嘉平被他們的媽搖醒了。嘉和從陌生的床褥上坐起，才知道他們睡的是剛才臨時歇息的鹽官小客棧。小哥倆一下床身子就歪了，忍不住哎喲哎喲叫了起來。屋外趙伯伯說：「走不動就算了，明日看晝潮，一樣的。天醉騎了半日馬，胯就痛得邁不開，起不了床，不能去了。」

嘉和、嘉平聽了連忙說著不痛不痛，披著毛毯，一歪一斜地跟著沈綠愛出了門。

腥鹹的江風從夜的深處刮來。月色橫空，江波靜寂，悠悠逝水，吞吐蟾光，大潮尚未來臨，此一行四人，在鎮海塔塔燈下抱膝而坐。塔下，亦有三三兩兩來觀夜潮的人。月色既明，那呈弧形的魚鱗大石塘在幽明幽暗中，便幻化得無限長遠，彷彿沒有盡頭，一直砌到了天邊。嘉平又冷又激動，一會兒跳起一會兒坐下，側著耳朵時不時地問：「趙伯伯，是不是馬上就要來了？是不是？你們是不是已經聽到潮聲了？舊年我看過白日裡的潮水，父親帶我來的。他怎麼啦，騎馬騎得屁股痛？要不要我趕回去把他拖起來？多可惜啊，多可惜啊，他再也不可能見到月亮下的潮水了！」

「你坐下，像你阿哥一樣，別胡扯了。」沈綠愛生氣地一把把兒子拉到身邊，「你看嘉和，一聲也不吭，老老實實等潮水來。你當想什麼就有什麼的？那是緣分。我們和夜潮有緣，你爹沒這個緣分。要不怎麼到了這裡他還來不了呢？」

「弟妹莫不是怨我？」趙寄客笑了起來，「我這人向來不強人所難，凡事悉聽尊便。天醉起不來，我有什麼辦法？」

沈綠愛悶了一下，低聲說：「我不怨你，我怨誰去？」

趙寄客別過臉，看了一眼沈綠愛，滿臉月色的面容，叫他驟然一驚，他一下子竟閉上了眼睛，心中狂跳起來。他站了起來，向著大潮來臨的方向，雙手叉著腰。風色陡寒，遠遠地，海門潮起了。

嘉和始終抱膝坐著，一動也不動。他沒有嘉平的激動，相反，這大潮來臨前的萬籟俱寂卻使他小小少年的心升起從未有過的悲涼。他很難相信，這樣無聲無色的世界裡，這樣一片的蒼茫甚至渺茫裡，會出現巨浪滔天的大潮。這是不可能的？這是可能的？風這麼涼！帶著腥氣和鹹氣，這應該是海上的風吧。我還從來沒有見過海呢。可是我好像覺得自己馬上就要看到大海一樣。唉，大潮，還有傳說中的潮神，究竟是怎麼樣的呢？真想知道！真想真想知道！由於過度的急切，又擔心希望落空，嘉和拚命地用一種悲觀的情緒來引導自己，一邊卻又豎起耳朵來聽趙伯伯對嘉平說古。

「你說什麼？潮神有沒有？仁者見仁，智者見智。當然，我們既然到了這裡，不妨以為是有的吧。春秋時吳越爭霸，吳國打敗了越國，越王勾踐請和，吳王夫差同意了。大夫伍子胥極力反對納降，夫差賜劍令他自殺。死前，伍子胥說：我死後，把我兩眼挖出來，掛在都城東門上，我要親眼看著越國兵士殺進吳國的城門！」

「真的，他真的把眼睛挖出來了？」嘉和問，氣透不過來。

「當然，伍子胥是大英雄，只有大英雄才說得出這樣的豪言壯語，划划西湖船兒的人是沒有這等見識的。結果，吳王夫差把伍子胥的屍體裝入一個牛皮口袋投到錢塘江中，伍子胥陰魂不散，化為潮神，朝朝暮暮素車白馬捲濤而來。你聽，你聽。他來了！他來了！十萬軍聲半夜潮。來來，都站起來，抱住我，小心被潮水捲了去！」趙寄客陡然激動了起來，把兩個孩子一手一個摟在懷中。此時，沈綠愛滿耳都是天雷一般的轟隆聲，眼前一道白練，似清非清，勢不可當而來。她滿胸都被這白練塞住了，憋得透不過氣來，一把從後面抓住了趙寄客的肘彎。

「不用怕，不用怕！有我趙寄客在。都抱住我，我抱住這鎮海石獸的腳！」趙寄客大聲地說話，但濤聲幾乎淹沒了他的聲音，「怎麼樣？怎麼樣？有勁吧！『他日素車東浙路，怒濤豈必屬鴟夷。』誰的詩？是張蒼水的，知道嗎？張蒼水，英雄！大英雄！不用怕。八月濤聲吼地來，頭高數丈觸山回。須臾卻入海門去，捲起沙堆似雪堆……看見碰頭潮了吧？兩龍相交，浪花噴濺……等一等，等一等，回頭潮來了！回頭潮來了！抓住我，回頭潮來了！」

一陣尖叫堵住了他的聲音，回頭而來的潮水斜傾到他們身上。他們每一個人的身上都被潮神那巨大冰涼的溼舌頭舔過，四個人溼淋淋地抱成一團。他們披著的毛毯被潮水輕輕一揚手，取走了。潮水從他們的半腰橫過，把嘉和與嘉平沒得只剩一個腦袋在外面，但他們狂喜激動，毫不畏懼，他們感到了從未有過的大刺激。

綠愛死死地抱住了寄客的後腰，趙寄客能從背上感受到豐滿的驚顫的依附，從一片冰涼，到漸生暖意。他們的這個相依為命的姿勢，一動不動地僵持了很久。綠愛從水中睜開眼睛時，有了一種前所未有的被蕩滌過後的新生之感。她覺得，她成了另一個女人。這個女人沒有從前，只有現在，經歷了潮水的滅頂之災，倚靠在一個真正的男人背上。她真希望就那麼靠一輩子。趙寄客似乎也感受到了這女人的熾熱情懷，他有些激動，但更多的是猶疑，他小心翼翼地鬆動著身軀，說：「過去了！過去了！不用怕，過去了……」

懵裡懵懂的杭天醉拐著腳趕到江邊時，吃了一驚，怔住了。他恍然如夢，夢中是那個泛著銀光的背影——他不敢相信自己的眼睛——為什麼那背影會無處不在，無以躲避？難道那背影附到寄客身上去了？他惴惴不安地走上前去，背影消失了，他鬆了口氣，看著月光下這四個亮晶晶溼漉漉的人，問道：「潮水呢？潮水什麼時候來？你們怎麼啦，你們身上是月光還是水？」

那個晚上，吳茶清和往常一樣，提著燈籠，從候潮門步行而來，專程拜訪杭家。他手裡提著的，還是那盞寫著綠色「杭」字的杭家燈籠。和以往唯一不同的是，他的身後跟著小心翼翼伺候著的吳升。他們一路都在商量著如何利用火車，把生意做大做活。行至太平坊，突然，眼睛閃電般一亮，耳根邊喧譁的人聲如潮般洶湧而來。吳茶清下意識地閉上眼睛，再睜開時，奇蹟出現了——夜晚變成了白天。

此時，杭州城燈月交輝，上下天光。市民傾城而出，萬人空巷。人們被掛在半空中的電燈嚇住了。吳茶清被這光明世界照耀得手足無措，不用燈籠，他反而不會走路了。他驚異地半張著嘴巴，仰起臉，看那木杆子上的雞蛋黃一樣會發光的東西。他有一種正在做一個關於光亮的夢的感覺。但是這種夢感並不長久，吳升一把奪過燈籠，三腳兩腳踩扁了，嘴裡還叫著：「不用燈籠了！不用燈籠了！」他狠狠地踩著印有「杭」字的燈籠，好像杭家就這樣會被他踩在腳底下。他的白厲厲的牙齒，又暴露出來了。吳升歡呼雀躍著：「你看，你看，茶清伯，都在踩燈籠呢。有電燈了！有電燈了！從此，夜裡就是白天了。」

對光明的歡呼使他忘乎所以。吳茶清沒有再責怪他，他自己也被這個突然變成白日的夜晚矇住了。

第十八章

公元一九一一年十月初，杭州郊外茶山的最後一季秋茶亦收穫了。農曆十月小陽春，秋茶的味兒雖少香氣，卻不苦澀。茶味清淡，湯色碧綠，向被稱為小春茶。山客們雖然沒有春上一般熱鬧和川流不息，但來來往往地也不比往年稀少。忘憂茶莊久已不做這夏秋茶生意了，秋天是他們收購杭白菊的日子。這一年他們和以往一樣，日出而作日落而息，生活風平浪靜。

殊不知此時，一支六十多人的敢死隊，已由王金髮、張伯岐帶領，從他們的故鄉——專出劫富濟貧的「強盜」的浙東嵊縣出發，祕密抵達杭州。與此同時，滬上也已祕密運來手槍共二百五十枚，子彈三萬發，銀元四千萬。浙北海寧商團，借來子彈六千發——杭州舉義，一觸即發。

作為實際需要，也作為對上一次粗暴的道歉，沈綠愛被她的哥哥沈綠村，專門用一抬轎子，接進了珠寶巷沈府。她隨身帶的包裡，裹著今年收上的最好的龍井明前茶和平水珠茶。沈綠村的家眷們都在上海，他需要他的妹妹幫他料理這非常時期的一些家務。他的妹夫杭天醉被留在忘憂樓府，看守那些已經藏匿在臥室後面夾牆中的祕密武器。

臨行前，沈綠愛說：「把她和孩子接過來吧，過了這一陣再說。」

杭天醉不敢相信自己的耳朵，好半天才說：「只怕母親不答應。」

林藕初倒是爽快的，說：「我有啥不好說的，你們通順，我眼面前多兩個孫兒罷了。」

於是這頭，沈綠愛轎子抬出，那頭，小茶帶著嘉喬、嘉草就悄悄進了杭府忘憂樓。

嘉喬比嘉草先落地五分鐘，但長得卻十分弱小。三歲看到老，此時的性格，便有些冷僻了。縮著小手小腳，坐在小板凳上生悶氣，嫌自己沒有人抱。嘉和到底是大哥，過去抱了嘉喬，嘴裡說著：「喬喬乖乖，哥哥喜歡，剝塊糖果，嘴裡甜甜。」

嘉喬左躲右閃地不讓大哥抱，最後一頭扎進小茶的懷裡，蹬著小腳喊：「回家去！回家去！」

「這裡就是你的家，還回什麼家去？」爹說。

「不喜歡！不喜歡！」嘉喬叫著，還用小手打著他媽。小茶苦笑著說：「這孩子鬼著呢，見人都喜歡他妹妹，這麼小就曉得生氣。」

杭夫人見了嘉草，大大眼睛，紅紅小嘴，又乖又漂亮，又是四個孩子中唯一的孫女，便喜歡地摟過來說：「我看著阿草就順眼，乾乾淨淨、文文氣氣的女孩家，來，阿草，奶奶抱抱。」

這邊嘉喬就哇地哭了。杭夫人也不管，抱著孫女，帶著兩個孫兒就走。杭天醉就對小茶說：「這孩子怎麼那麼古怪，又沒誰虧待他！你怎麼調教的？」

小茶嘆了口氣，抱著嘉喬說：「小孩也是人，也有顆小心肝。這兒的，都有人專門寵了去。嘉和有奶奶，嘉平有他媽，嘉草有你，唯獨嘉喬剩下了，沒人心疼。」

「不是還有你嗎？」

「我在你家，排得上老幾？」小茶苦笑一下，「我自己明白，連孩子也明白。我那麼疼他，他還嫌委屈了呢。」

就在他們嘰嘰咕咕，為家中瑣事煩亂的當頭，四百里外的上海卻在十一月三日光復。四日下午，十七歲的嵊縣女傑尹維峻，率領一支敢死隊，從上海來到杭州，當夜在沈府密謀舉事，杭州幾乎所有的同盟會黨人都到齊。會議議定次日凌晨二時正式起義。當夜十二時前，每人發給長一尺四寸、寬五寸的白布一條，纏於左臂。士兵刺刀，一律開鋒，當夜口令為「獨立」二字。

沈綠愛參與了布條的分發。她一直就處在一種女性才特有的近乎神經質的激動中。臉上或者是從未有過的肅穆莊嚴，或者是粲然的笑容。她那種彷彿在籌備重大盛典的神情，幾乎感染了舉事的所有的人，但在她身上，卻完全沒有矯情的做作的樣子，一切都是從她的心底裡噴湧出來的，她就是那種生來就具備著要為什麼去義無反顧的女人，只是因為找不到目標而壓抑和受著折磨。她在院子裡走來走去的身影，就像是體內彈開著一隻被壓縮得過久的彈簧。

布條分至趙寄客時，她問：「你也加入敢死隊？」

「我是參與負責啟開艮山、清泰、候潮、鳳山的城門和鐵路城門，然後，占領軍械局和電話局。」

「你們讓天醉在家裡守著，他也就只能幹這點事情，跟著你，礙手礙腳了。是不是？」

「你不要這樣笑話他。天醉走到這一步，已經十分難為他了。他本來不是一個幹這種事情的人。」趙寄客又從沈綠愛手中抽出一條白布，「給他留一條吧，他在乎這個。」

兄長沈綠村走了過來，看見妹妹，皺了皺眉頭，悄悄對著她耳朵說：「別那麼愛湊熱鬧，我對別人都說你是來走親戚的。萬一不成功，我們沒有退路，你還有退路。」

「不成功，便成仁！還說什麼退路不退路！」寄客把開了鋒的匕首遞給綠愛，指指辮子，說，「替我割了！」

綠愛接過匕首，齊頭皮一刀割去，那根粗大髮辮便留在了她的手中。頭髮披散了開去，遮住了趙寄客的面龐。那一頭的鬈髮又使他看上去更像一頭怒獅。他別過了頭，又搖了一下，便要走，卻被那隻剛才剪辮子的手拉住了手肘。

「你會死嗎？」

沈綠村警告說：「回去，拉拉扯扯幹什麼？寄客你不會在乎吧？女人嘛……」

「我不會死，向你保證。」趙寄客披著一頭亂髮。當他發現他的話中多了從未有過的口氣，心裡便很惱火，他就一把扯開了沈綠愛拉住他的手臂，一下子便消失在茫茫黑夜之中。沈綠愛回過頭來，她很激動，眼眶中都是淚水，有些語無倫次地對大哥說：「我不問你會不會死，懂嗎？因為你是肯定不會死的。懂嗎……」

「不懂。」大哥皺著眉頭回答，「你再任性多嘴，我就立刻把你送回去。」

入夜，杭府忘憂樓的門被人輕輕敲響。正靜坐臥室獨自看守著軍械彈藥的主人杭天醉一躍而起，激動得牙根發顫，穿著拖鞋便往外衝，迎面而來的卻不是他想像中的敢死隊員們。一個中年男人攜帶著一個十歲光景的女孩，身著和服，見了他，深深地鞠了個九十度的躬。

杭天醉十分驚詫，不知這突如其來的兩個東洋人和他自己又有什麼關係。正在納悶中，那男人緩緩地抬起了頭，說：「冒昧，冒昧。杭先生還認得我嗎？」

杭天醉看著這個留有人丹鬍子的說一口流利漢語的日本人，似曾相識，卻記不得是誰了。

「我是羽田，在拱宸橋開的照相館。還記得嗎？那次福祿堂事件。」

杭天醉恍然大悟，原來此人，恰是一年前他從吳升手下救出的羽田。連忙請他們坐了，羽田卻不坐，介紹他身旁的女孩子說：「她叫葉子，我的獨生女兒。去年蒙你救命之後，我便回了國。這次，把葉子也帶來了。今天她是專門來致謝的，感謝你救了她的父親，她一定要來，我也就遂了她的心願了。」

葉子看來還不懂漢語，但從大人的交談中明白了意思，她突然跪倒在地，頭額觸在花磚上，嘴裡一連串日語，倒把杭天醉嚇了一跳，連忙去扶拉這日本小姑娘。葉子抬起頭，杭天醉看見了她那張絹人一樣的小臉上，滿是淚水。

她繼續用日語結結巴巴地說著，一會兒快，一會兒又說不下去了。她的父親在一邊替她翻譯：「葉子說，感謝中國叔叔救了我父親的命，同時也救了我的命。我的母親很早就死了，父親把我寄養在人家家裡，自己來了中國。去年我寄養的那戶人家搬遷走了，說好要我父親領了我去的。如果那一次我父親被打死了，那麼，我也就活不下去了。因為我在這個世界上，連一個親人也沒有。」

說到這時，羽田的聲音哽咽，熱淚盈眶，腰又深深地曲了下去。

杭天醉本來就是個性情中人，聽了這話，深為感動，連忙請他們坐下，又叫婉羅去找隔壁廂房住著的小茶，讓她把嘉和、嘉平帶過來。

兩兄弟同父異母同日出生，已經夠戲劇化了，命運又安排在同一個極其特殊的夜晚，讓他們同時相識一位異國的小小女郎。葉子長得異常清麗細白，又軟又黑的頭髮，用一塊絲帕紮了，掛在後腦，小小的和服，看上去十分有趣。小茶忍不住誇道：「真像一個小絹人。」

羽田見了杭家的這二位公子，一個沉靜溫和，一個靈敏聰慧，再一問年齡，他們三個，竟然一般大，算起來，還是葉子小幾個月，感慨了一聲：「真是柳綠花紅啊。」

杭天醉心絃一動，說：「先生此語，大有禪意。」

羽田問：「杭先生平日也習禪？」

「真茶人者，無有不通禪的。」

羽田露出笑容：「他鄉遇知音了。」說完，對葉子說：「好女兒，把你從日本帶來的禮物，恭恭敬敬地獻給父親的救命恩人吧。」

葉子聽了，趕緊從隨身帶的包袱中取出一個小包，打開了，又是紙包，紙包打開了，又是一塊絲綢包著的東西，再把那絲綢也打開了，葉子小心翼翼地捧出了一隻黑色的敞口笠帽圈足茶盞。背光處，看不甚清楚，父親羽田拿過了燭臺，自上而下，照耀著它。

真是神奇。那黑色的盞面上，胎厚色黑的釉中，竟然被燭光照耀出了細絲狀的銀色結晶，形如那潔白的兔毫。杭天醉見了，一激動，連鞋都顧不上拖了，赤著腳連聲招呼：「你們都過來看，你們都過來看。」

兩個兒子把頭也湊了過來，看著這隻日本小姑娘手裡的黑盞。

「還記得上回爹帶你們在茶樓上見識過的那些茶具，凡那黑色裡頭夾銀絲做的，叫什麼？」杭天醉啟發兒子們。

「我忘了。」嘉平說，「那麼多，還有那些字畫，我光記住了那個鬼，他也是吃鬼的。」嘉平坦坦蕩蕩說了那麼多。嘉和補充說：「那是鍾馗。」

嘉平對葉子說：「你叫我哥說，他什麼都記得住，爹說什麼他都知道。」

葉子就笑吟吟地面向嘉和。看到這樣的笑，嘉平就有些發酸，為了掩飾發酸，他就更加笑，還催著嘉和：「快說呀！快說呀！」

嘉和看看爹，說：「這是兔毫盞，是福建建窯的。讓我看看，這盞底有沒有字？」

葉子把盞翻了過來，燭光下照出了刻著的「供御」二字。

杭天醉一聲「啊呀」，腿都要軟了下去，連連地作揖，說道：「不敢當！不敢當！這是官窯之器，宋徽宗鬥茶用的，這個禮太重了。」

羽田擺擺手，說：「禮雖重，畢竟依舊是貴國的寶物。不知前朝哪一代人漂洋過海，帶去日本，如今又帶了回來。此間的輪迴往返，倒也是順乎中國人心目中的天意了吧。」

說完，他嘰哩咕嚕地對女兒說了一陣，女兒也皺著小眉頭問了一陣。羽田又用漢語說：「我女兒想問問先生，她不明白，皇帝為什麼喜歡用這樣的黑色的碗？」

杭天醉一聽，說了一聲「你等等」，赤著腳就往書房裡跑，小茶拖著一雙鞋跟在他後面轉，連句話都插不上。一會兒，他拿出一本木刻線裝本，恰是蔡君謨的《茶錄》，翻開他要的那一頁，便搖頭晃腦地讀了起來：「茶色白，宜黑盞，建安所造者紺黑，紋如兔毫，其坯微厚，熁之久，熱難冷，最為要用。出他處者，或薄或色紫，皆不及也。」

「懂嗎？」他問小姑娘。

葉子不好意思地搖搖頭，杭天醉大笑，對嘉平說：「你們兩個，帶妹妹去嘉平屋裡玩去。小茶你照顧著他們，叫婉羅取今年上好的龍井茶兩斤，就是少夫人帶去她哥哥家的茶，用錫罐子裝了備好。我和羽田先生說一會兒話，別吵著我們啊。」

等人都走光了，只剩下杭天醉與羽田二人時，杭天醉才畢恭畢敬，給羽田作了個深揖，說：「羽田兄，如果我不曾弄錯的話，您定是茶道中人了。」

「杭先生不愧事茶世家，鄙人正是茶道中裏千家家元的人，習茶半生。」

「怪不得你有如此貴重的器物世傳。今日有閒，先生能否為我一解貴國茶道之謎呢？」

想必此時，杭少爺杭天醉早已把起義啊革命啊丟到了身後，滿腦子都是他的玄乎其玄的茶道了。

偏巧杭天醉碰到了這位羽田君和他是一種類型的人物，不過整個家族更為沒落罷了。明治維新的日本，與新興的暴發戶產生的同時，貴族中依舊有人一落千丈，他們保留著精緻細膩的品味，同時又過著窮愁潦倒的生活，羽田就是其中之一。深厚的漢學根底和一手拍照的謀生技藝並未給家道帶來中興。漂泊異國他鄉，對這個人到中年的男子，也是無可奈何的事情，把祖上遺留的寶物贈與杭氏，除了感激之情以外，還有更深的付託在後。不曾想到，中國還有一位才情橫溢的青年商人，雖有萬貫家財，卻更嚮往玄妙的非現實生活。羽田到中國已有十年了，第一次侃侃而談，向異國的人介紹本國的茶道。

公元八一五年，在中國，是唐代的憲宗當政，而在日本，則是平安朝的嵯峨天皇臨朝了。

那一年的閏七月二十八日，一位去中國留學兩年後歸來的僧人空海，給天皇上了一份〈空海奉獻表〉，其中說道……茶湯坐來，乍閱振旦之書。

這便是日本人最早的飲茶記錄了。

但是，在此之前的十年，另外有一位叫最澄的高僧，已經從中國帶回了茶籽，種在了日吉神社旁邊。

這便是日本最古的茶園了。

這兩位大法師，前者創立了真言宗，後者創立了天台宗，他們和皇帝的關係很好。他們二人之間，本來關係也很密切，且一同去中國學佛，最澄還和他的弟子泰範拜了空海為師。誰知一來二往，泰範乾脆不要自己師父，跑到空海那裡去了。

最澄怎麼辦呢？他想到了茶。一口氣寄了十斤，想以此喚回泰範。然而沒有用，因為空海也有茶。

但是，寫下日本飲茶史第一頁的，還不是前兩位，而是一個叫永忠的高僧。他在中國生活了三十年，和中國的茶聖陸羽是同時代人。他在中國的寺廟中品茶的時候，中國文人剛剛開始了手握《茶經》坐以品飲的茶的黃金時代。他回國後，在自己的寺院中接待嵯峨天皇，獻上的就是一碗煎茶。

平安朝的茶煙，彌漫著高玄神祕的唐文化神韻。詩歌中這樣吟哦著：蕭然幽興處，院裡滿茶煙。人們崇唐迷漢，從中國大陸進口的一切東西，都讓他們喜歡，相當稀有的茶，便成為極風雅之物。深峰、高僧、殘雪、綠茗，弘仁茶風，為日本茶道提供了前提。

平安末期至鎌倉初期，應相當於中國的宋代吧。日本文化，開始進入了對中國文化的獨立反芻消化時期。

一一八七年，有個四十六歲的日本僧人榮西，第二次留學中國，在天台山潛心佛學。五十歲他回國的時候，在登陸後的第一站九州平戶島的高春院，便撒下了茶籽。

一二一四年，鎌倉幕府的第三代將軍源實朝病了，榮西獻茶一盞，獻書一本，題曰《吃茶養生記》。將軍吃了茶，看了茶書，病也好了。從此，榮西被稱為日本陸羽、日本茶道史的里程碑。

當時的寺院，有定期的大茶會，茶碗極大，一碗可供十五個人喝。平民百姓是喝不到茶的，他們對茶的態度是敬而遠之的。

斗轉星移，朝代更替，足利氏的室町時代，取代了鎌倉幕府政權。在中國，已經是元代與明朝的紀元了。中國宋代的鬥茶習俗，傳到了當時的日本，武士鬥茶，成為當時吃喝玩樂時的重要內容。

奢侈的時代，也有自行其是的高士。這一位高士，竟然是一名最高統治者，室町時代的第三代將軍足利義滿（一三五八—一四〇八）。在他三十八歲時，把王位讓給了兒子，自己在京都的北邊修建了金閣寺，北山文化由此興起，武士的鬥茶也開始了向書院茶的過渡。

九十多年後的一四八九年，王朝已進入了第八代將軍義政（一四三六—一四九〇）的統治時期，他仿效他的先祖，隱居京都東山，修建銀閣寺，以此展開東山文化。

在這裡，要特別提及一位傑出的日本藝術家能阿彌（一三九七—一四七一）。作為義政的文化侍從，他通曉書、畫、茶，還負責掌管將軍蒐集的文物。他發明的點茶法，茶人要穿武士的禮服狩衣，置茶檯子、點茶用具、茶具位置、拿法、順序、進出動作，都有嚴規。今日日本茶道的程序，就在他手裡基本完成了。

想像那一年日本國的深秋吧。將軍義政，眺望秋空，聆聽蟲唱，不覺傷感。他對能阿彌說：「唉，世上的故事，我都聽過了。自古以來的雅事，我都試過了。如今我這衰老的身體，也不可能再去雪山打獵。能阿彌啊，我還能再做些什麼呢？」

能阿彌說：「從茶爐發出的聲響中去想像松濤的轟鳴，再擺弄茶具點茶，實在是一件有趣的事情。聽說最近奈良稱名寺的珠光很有名聲。他致力於茶道三十年，對大唐傳來的孔子儒學也頗為精通，將軍不妨請他來吧。」

就這樣，村田珠光（一四二三—一五〇二）成了將軍義政的茶道老師。書院貴族茶和奈良的庶民茶交融在一起，日本茶道的開山之祖誕生了。

羽田有條不紊地侃侃而談，把一部日本茶史講得如此清晰連貫，把個杭天醉聽得張口結舌，神思來去，恍若游絲。他的腦子裡一會兒陸羽一會兒蘇東坡一會兒許次紓，就是連貫不起來。羽田看出了燈下主人的恍然，這才停了下來，略有不安地問道：「杭先生，是否聒噪你了？」

杭天醉如醉方醒，連連搖手：「聽君一席話，只覺他山之石劈面而來，直攻我山之玉，況且先生又講得如此深入淺出，妙趣橫生。貴國之茶道，倒是聽出了一番莊嚴畫圖來，願恭聽之。」

隔壁傳來嘉平大呼小叫的聲音，夾著葉子一串串風鈴一般的笑聲，幾個孩子玩得正開心呢。羽田放心了，繼續了他的思路，又滔滔不絕地講了下去。

室町時代的末期，也就是相當於中國的明代吧，在日本的民間，出現了一種由老百姓主辦的茶會，人們把它叫作「雲腳茶」。各種身分的人聚集在河邊、大廚房、小客廳，喝酒、下棋、品茶，十分熱鬧，這就是被中國人稱為下里巴人的飲茶了。

這種下里巴人的飲茶活動中，奈良的淋汗茶會，最引人注目。淋汗，就是夏天洗澡的意思。奈良有一家姓古市的家族，專門燒了水，請一百人入浴。洗完澡，便喝茶，吃瓜果等，大家又唱又笑，賞花品茗，十分開心。

古市家族中的澄榮、澄胤兩兄弟，是奈良著名的茶人。他們的師長，便是村田珠光。

珠光十一歲時便入寺做了和尚，想來年少氣盛吧，竟被趕出寺門。十九歲時，他進了京都的一休庵，跟著一休參禪，並得到了一休頒發的印可證書——圓悟的墨跡。這位明代禪僧的墨寶，便成為茶禪結合的最初標誌、茶道界最高的寶物。

珠光把它掛在茶室的壁龕裡，進來的人全要向它頂禮膜拜，以示禪茶一味的道路。珠光在京都建立的珠光庵，以「本來無一物」的心境點茶飲茶，形成了獨特的草菴茶風。他在義政將軍關照下，成為一名大茶人。晚年回到奈良，收了許多門徒。臨終時，他說，日後舉行我的法事，請掛起圓悟的墨跡，再拿出小茶罐，點一碗茶吧。

村田珠光曾經留下過許多至理名言，他說：沒有一點雲彩遮住的月亮，沒有趣味。他還說：草屋前繫名馬，陋室裡設名器，別有一番風趣。

聽到此，杭天醉不由得拍案叫絕：「好一個草屋前繫名馬，醍醐灌頂之偈語！」

羽田也說上了興頭：「正是珠光，通過禪的思想，把茶道提升為一種藝術、一種哲學和一種宗教。這裡，庶民為主體的鄉土文化，戰勝了東山為代表的貴族文化了。」

杭天醉聽到這時，禪心大發，突然說：「羽田先生，我這裡有上好的白炭，還有虎跑水，不如趁現在烹茶品嘗一番，如何？」

羽田聽了大為高興，說：「入鄉隨俗，就照你們中國人的習慣來辦吧。」

杭天醉這就叫來了婉羅，讓她乘著月夜到戶外去生炭爐。嘉和嘉平帶著葉子也大呼小叫地衝到月下，手忙腳亂地幫著添亂。葉子蹲在地上，口對著爐口，吹著氣，煙燻得她鼻涕眼淚直往下掉。杭天醉隔窗嘆曰：「心為茶荈劇，吹噓對鼎鑼。」

羽田問：「這樣的佳句，想必是貴國的某位詩人所作吧？」

「洛陽紙貴的左思，作〈嬌女〉一首，其中十二句，說的是煮茶，那是遙遠的晉代了。我們中國人做事向來無心插柳，星星灑灑，反不如貴國可以整理流傳了。」

「願聽杭先生指教。」羽田連忙接過話頭說。

杭天醉搖頭：「今日難得羽田先生開講，還是一氣聽完了，以後專門聽我的吧。」

羽田也不再謙讓，正襟危坐，又開了講。

話說珠光去世的那一年，又一位大茶人武野紹鷗出生了。按照中國人對佛的理解，想必是有輪迴的神祕天意在其中吧。

紹鷗是堺市人，地方靠海，城市繁華。他的父親是個大皮革商。紹鷗二十四歲那一年，來到了京都，跟著三條西實隆學習和歌，同時，又跟著珠光的幾位弟子習茶道。直到三十三歲，他一直作為一名連歌師，生活在京都。想來，有富裕的家庭經濟背景，他便是一個自由自在的藝術家了。

三十六歲時，紹鷗回到堺市，三十七歲時，收下了小他二十歲的千休利為徒。浪漫自在的連歌生涯結束了。紹鷗成為一名嚴謹的茶人和商人。四十八歲那年，他獲得了「一閒」居士號。他的茶道生涯，進入了黃金時代。

以歌的道理來參透茶道，開創新的天地，是紹鷗的貢獻，請聽這首和歌吧：

望不見春花，望不見紅葉。
海濱小茅屋，籠罩在秋暮。

只有領略過壯麗景色的人，才能體會無一物中無盡藏的超脫。

把和歌裱裝起來，代替茶室的掛軸，使日本茶道日益民族化，便是從紹鷗開始的。

必須告訴你們，第一幅被掛出來的和歌，是唐代時阿倍仲麻呂留學中國的思鄉詩：

翹首望東天，神馳奈良邊。
三笠山頂上，想又皎月圓。

紹鷗對珠光的茶道進行了改革和發展。素淡、典雅的風格進入茶道，高雅的文化生活又還原到日常生活。我們從紹鷗與茶花的故事中，或許可以領略一點精神吧。有一次，茶會正趕上大雪天，為了讓客人們全心欣賞門外雪景，紹鷗打破了常規，壁龕上沒有擺茶花，卻用他心愛的青瓷石菖缽，盛了一缽清水。

杭天醉若有所思，說：「就像現在，當我和你坐而論茶時，屋外是我們兩國的孩子在月下共同煮泡香茶。這樣相依相存，交相輝映，沒有什麼能比此時的情景更加美好了。」

來，讓我們共同進入十六世紀中葉的日本吧。這是一個激烈的戰國時代，群雄爭戰，以下犯上，風潮四起，對生死無常的武士而言，寧靜的茶室是靈魂的避難所。茶具在商人手中可值連城之價，爭奪一個茶碗，也可以是一場戰爭的起因了。

就在這動蕩的年代，武野紹鷗西歸，千利休繼之而起。

同樣是堺市人的千利休（一五二二—一五九二），也同樣出身商人之家，拜紹鷗為師後，也繼承珠光以來茶人參禪的傳統，二十四歲時獲「宗易」道號。後來，做了織田信長的茶頭。織田信長死後，又成了豐臣秀吉的茶頭。

秀吉與千利休，永恆的對立面，永恆的對峙，永恆的相互依存，也是我們後世茶人永恆研究的命題。

出身平民的秀吉，渴望天皇的承認。天皇身為傀儡，也不可能不承認用武力統一了天下的武士。為了慶賀這樣的承認，秀吉舉行了宮內茶會，先由秀吉為天皇點茶，再由千利休為天皇點茶。

在一五八五年的此次千利休主持的茶席上，秀吉在壁龕上掛出了中國南宋山水畫家玉澗的〈遠寺晚鐘〉。大朵的白菊，插在古銅的花瓶之中，茶盒是名揚天下的「新田」和「初花」。茶罐，取名「松花」，價值四十萬石大米。

六十三歲的千利休，在這一生中最高級別的茶會上，獲得巨大榮譽。

兩年之後，權力與茶道再次結合。那一年，秀吉平定了西南、東國和東北的各路諸侯，便決定了在京都的北野，舉行舉世無雙的大茶會。

千利休責無旁貸地擔任了此次茶會的負責工作，而秀吉則發表了一個既專橫又豁達，既炫耀自己又體恤民眾，既嚮往風雅高潔，骨子裡又是赳赳武夫的布告。

一五八七年十月一日，北野神社的正殿裡，中間放置了秀吉用黃金做成的組合式茶室。一壁的金子，金房頂金牆壁金茶具，窗戶上擋了紅紗。這套黃金茶室，可說是秀吉獨一無二的創舉，在天皇面前炫耀過；搬到九州炫耀過；在中國明朝的使節面前炫耀過；也許，這次的北野大茶會，正是為了在老百姓面前再炫耀一次吧。

陪著炫耀的是中國畫家玉澗的〈青楓〉和〈瀟湘八景〉，看來，秀吉是特別青睞玉澗的了。盛況空前的北野茶會，有八百多個茶席，不問地位高低，不問有無茶具，強調熱愛風雅之心，推動了日本茶道的普及。

從六十歲到七十歲，千利休侍奉秀吉，整整十年。這十年之間，千利休的內心究竟是怎樣的呢？弟子接踵而來，天下無人不曉，君王手中的劍，僧人杯中的茶，他們之間的潛在的內心衝突，究竟是怎麼樣不為人知的廝殺呢？

是千利休，使茶道的精神世界一舉擺脫了物質因素的束縛，清算了拜物主義風氣。他說：家以不漏雨，飯以不餓肚為足。此佛之教誨，茶道之本意。

是千利休，將茶道還原到淡泊尋常的本來面目。他說：須知茶道之本不過是燒水點茶。

當弟子們問千利休什麼是茶道的祕訣時，他說：夏天如何使茶室涼爽，冬天如何使茶室暖和，炭要放得利於燒水，茶要點得可口，這就是茶道的祕訣。

杭天醉聽到這裡，捶胸頓足，連連說：「千古之音！千古之音！」

「還有呢，千利休的藝術境界，也可以援引一首和歌來表達：

莫等春風來，莫等春花開。
雪間有春草，攜君山裡找。

「這裡的茶境是積極的，富有創造性的，是一種在絕對否定之後誕生的絕對肯定的美。

「茶道中原有的娛樂性，在千利休手中被徹底消除了，幾個客人用同一個碗傳著喝的『傳飲法』誕生了。下一位客人要在上一位客人喝過的地方用茶，不能換地方。也就是說，不能嫌別人髒。關於這一點，先生您能理解嗎？」

杭天醉若有所思，道：「想來，與中國上古時的歃血結盟有著淵源吧！」

「先生所言極是，千利休正是一位主張人性親和的大師。他的小茶庵，小得二三主客只能促膝而坐，以此做到以心傳心，心心相印。千利休的茶具也別出心裁。從前貴國傳來的天目茶碗青瓷碗，過於端莊華麗，表現不了他的茶境，他便用了朝鮮半島傳來的庶民們用來吃飯的飯碗——高麗茶碗，且以手工做成，形狀不勻稱，黑色，無花紋為最上等。」

「貴國的武將秀吉，未必能領略藝術大師的情懷吧？」

「豈止不能領略，實在是無法容忍的。用魚簍子做花瓶、用高麗碗做茶具，怎麼能被喜歡黃金茶室的秀吉接受？說來可悲，秀吉竟然命令千利休剖腹自殺！

「千利休於一五九二年二月二十八日，有三百名武士守護，殺身成仁。那一日，電閃雷鳴，大雨傾盆。臨終前，他留下遺言說：『人世七十，力圖命咄，吾這寶劍，祖佛共殺。』」

羽田說到這裡，長嘆一口氣，默默走向戶外。院中泥爐正紅，孩子們正靜靜等待那沸水的升騰。

羽田說：「我們日本人，是願意用生命來捍衛自己的理想的，無論用什麼樣的語言來讚美千利休，都是不過分的。」他轉身，問杭天醉：「請問，貴國的大茶人，若是面臨這樣的時刻，又會怎樣呢？」

杭天醉沉浸在對千利休命運的感嘆之中，聽了羽田的問題，才說：「在中國，是不會有這樣的君王的。」

「聽說，唐朝的皇帝也請過茶聖陸羽做太子的老師。」

「但陸羽卻是不會去的。滄浪之水清，可以濯我纓；滄浪之水濁，可以濯我足。中國人明智也在這裡，中國人虛無，也在這裡了。」

幾個孩子卻跳躍著去找茶葉、茶杯，葉子邁著小步，從清冷月光下，跑到天醉面前，鞠了一躬，說了一串日語，又仰著頭看父親，羽田便解釋說：「葉子說，能否用兔毫盞來品茶？」

「當然可以，而且還要用你們日本人的喝法，在喝過的口子上繼續喝呢。」

葉子捧著兔毫盞，用清水洗滌了，小哥倆各不相讓地搶那把婉羅拿來的竹勺，洗清了杯子。葉子又要一張席子，話音未落，小哥倆箭一般衝回房中，抽了鋪下的席子，拖抱著出來，葉子把席子鋪好，讓大家都跪坐在地上，然後，她悄悄地沖點好了一盞葉茶，恭恭敬敬地端到叔叔面前。

月光下的這個小女孩，晶瑩剔透，美麗得像一個小小的夢。杭天醉身心如洗，神清目朗。他抿了一口，轉給羽田，羽田抿了一口，又轉給嘉和，嘉和抿了一口，沒有轉給嘉平，卻反過來，轉給了葉子。他看見葉子在他抿過的盞邊啟開她的小嘴時，渾身上下，發出了從未有過的顫抖。葉子喝了，又轉給了嘉平。嘉平對著葉子喝過的地方，喝了一大口，接著，咕嚕咕嚕，把一盞茶喝得精光，把茶盞伸出去時，還如釋重負般地說：「我真的口渴了。」

聽了男孩如此天真的話，大家都笑了起來，笑聲未落，大門嘭嘭嘭嘭，被凶猛地敲響了。

這是杭州封建地方政權苟延殘喘的最後一夜。那一夜月光如洗，當杭天醉與羽田月下談禪、席地品茗之際，一牆之隔，光復軍領導的敢死隊員們，已經箭在弦上，一觸即發了：

張伯岐率領的二十名敢死隊員，已經在西轅門埋伏完畢；

孔昭道已經做好了撫署全部衛隊的倒戈準備；

由趙寄客參與的工程營，在各個城門等待炮響；

駐筧橋的新軍做好了包圍旗營、搶占杭州制高點的全部準備；

駐饅頭山的步兵準備割斷電話線；

張伯岐、董夢蛟、尹維峻率領的敢死隊，將正面進攻撫署衙門。

此刻，長夜未央，萬籟俱靜，沈綠愛帶一群兵士再也顧不上左鄰右舍的非議，帶頭砸起自己家的大門。杭天醉大夢初醒，高呼一聲：「來了！」便從席上一躍而起，直衝大門。

異國的父女驚慌地坐起，問道：「什麼東西來了？」

嘉平興奮地握緊小拳頭，說：「革命來了！革命來了！」

葉子用日語問：「什麼是革命？」嘉和聽出了她的意思，拉住她的小手，說：「不要怕！不要怕！」

正在手忙腳亂地收拾，那一隊兵士已經進來了，杭天醉帶頭，顧不上腳下的席子。他一腳踢翻了水壺，沈綠愛又一腳踢開了兔毫盞，邊走邊問：「他們是誰？」

「東洋人。」

「怎麼到這裡來了？」

「品茶。」

「什麼時候了，你還——」

「——別說了，快讓他們進去拿。」

那些士兵拖著槍枝從臥室裡出來，把院子踩得一團狼藉。不過一刻鐘，槍都被背走了，沈綠愛匆匆忙忙跟著要走，杭天醉說：「我怎麼辦？」

「大哥讓你在家等著，馬上有車來接，明天還得讓你起草公告呢！」

「你呢？」

「我得回去，萬一傷兵下來，要我照應。」沈綠愛匆匆看著兩個男孩子，還有那個把頭埋在父親腰裡的女孩，說，「別害怕，到明天就好了。這位先生就留住我家，千萬別出去了。」又對嘉和說：「嘉和，你是老大，你要看顧好弟弟妹妹。」

說完，頭也不回，徑自跟著隊伍又走了。

羽田愣了半天，才說：「你是革命黨？」

杭天醉點點頭。

「她……你內人也是？」

「革命黨的老婆。」杭天醉攤攤手，半是自豪，半是無奈。

小茶已經為孩子們鋪好床褥。剛才，她一直不敢出來，現在才趕著孩子睡覺去了。院子裡只剩下兩個男人。泥爐殘紅，草蓆玷汙，瓦壺半損，羽田撿起兔毫盞，遞給杭天醉。

他們誰都沒有心思再說話了，但又無法入眠。他們都不敢相信，剛才的清飲、說禪、事茶，全都是真實的。

轟的一聲巨響，撫署門口，十七歲的紹興女傑尹維峻扔出一個大炸彈。霎時，火光沖天，杭州人驚醒了。

杭天醉捧著兔毫盞，對著半空中的火光，喃喃自語：「革命開始了！」

第十九章

在這個千年不遇的黑夜就要過去的時候，杭天醉被人用馬車急速地送往起義總指揮部。馬蹄在石板路上敲響的聲音，比白天放大了許多倍，與時驟時稀的槍炮聲相互呼應著。在那些撲面而來的深巷中，杭天醉看到了不計其數的一面面高聳的石灰山牆，它們板著面孔，灰白色的粉臉僵死著，黑色的牆頂蓋瓦如殘眉，像夢中那些披麻戴孝沒有知覺的魂靈，沉默地破敗地陰森森地等待著他，衝過去一面，又迎上來一面。倏地，半空轟的一下就紅了起來，火光沖天，使人心驚。狹小細長的巷了，挾持著馬車上的主人。在這樣變幻莫測的難以預料接下去後果如何的夜晚，他們要把他送往哪裡？

到了目的地，杭天醉才知道，起義將領童保暄已自封為「臨時都督」，讓沈綠村請個人為他起草安民告示。杭天醉悄悄對沈綠村耳語：「什麼，他能當都督？」沈綠村也跟他咬耳根子：「急什麼，讓他過半天癮。」還朝他狡黠地擠了擠眼睛。

杭天醉不喜歡這種說話和動作的神情，好像他和這種神情本來就有著千絲萬縷的默契似的。他也不喜歡這種神情裡包含著的不可告人的計謀，但他無可奈何。他只得鋪開紙，研著墨，正慢慢琢磨著，眼前那隻「吾與爾偕藏」的曼生壺出現了，他抬起頭，是夫人綠愛，渾身上下，血汗淋淋的。杭天醉跳了起來，要喊，綠愛一把把他按了下去，說：「沒事，給傷員包傷口沾的血。」

說著從一隻小錫罐裡直往曼生壺裡倒茶。茶滾圓，墨綠，飽滿，稜稜有金石之氣。天醉說：「你知道我從來不喝珠茶的，太殺口了，快給我換了龍井。」

「正要殺殺你的口呢。」綠愛不由分說地往裡沖滾燙開水，「龍井能熬得過夜去？這一屋子的人，全靠平水珠茶吊著精神呢，喝！」

杭天醉看看老婆，覺得她已變成另一個人。他苦著臉，抿了口茶，又釅又濃，香俗得很，精神卻為之一振。正要低下頭再琢磨，眼前亮閃閃的，他又嚇了一跳，綠愛拿著把雪亮大剪刀，在他眼前晃。

「是剪辮子嗎？我自己來。」他扔了毛筆，說。

「你寫你的，我來。」話音未落，杭天醉覺得臉頰一熱，癢癢的，斷了辮子的頭髮一起撲到臉上來了。又見眼前一條黑鞭閃過，扔進屋角一個大籮筐裡。

杭天醉的腦袋，一下子輕了，突然就來了洶湧文思，鋪紙寫道：

為出示曉諭事。照得本都督頃起義師，共驅韃虜，原為拯救同胞，革除暴政。唯兵戎之事，勢難萬全，如有毀及民房，俱當派員調查，酌予賠償，以示體恤。查杭城內有積痞藉端搶米，擾亂治安，實屬目無法紀。現大事已定，本都督已傳諭各米商即日平價出售。自示之後，如再有滋擾，定當執法。且吾浙人民素明大義，如能互相勸誡，日進文明，尤本都督所厚望焉。為此出示曉諭，其各懍遵。特示。

寫到此，他抬起頭來。他想望一望窗外。

黎明已經到來了。天曚曚亮，這肯定將是一個與眾不同的早晨了，杭天醉這樣想著，順手就推開了窗子。

灰暗的天滲著光明，裹挾著十一月深秋空氣中氤氳著的成熟的氣息，還有那種新鮮的從未有過的硝煙氣息，一下子撲面而來，寒冷而透著小刺激。杭天醉一個激靈，緊握毛筆的手竟然顫抖起來——他不能理解這樣突如其來的顫抖。

他從小就熟悉的這座城市，正在一種青灰色的調子中漸漸地顯影出來。一開始和以往一樣，泛黃的，舊了的，但它很快就清晰起來了。在杭天醉的視野裡，只是小半個院落和一大塊天空。兩叢黃燦燦的菊花沉重地支著腦袋。昨夜它們流了太多悲歡交集的眼淚，此刻依舊珠淚漣漣。天空中響起了鴿哨，一群灰鴿子盤旋上去了，依附在稀薄而又柔和的天空的羽翅下。

杭天醉定了定神，凝筆署明時間：黃帝紀元四千六百零九年九月十五日。

同一個這樣的黎明時分，老實巴交的翁家山人撮著在家裡過了一夜後，準備回城了。前日老婆捎了口信來，說茶花已經開得鬧猛，回來看看，也該給茶蓬施肥了。杭夫人自己吃茶葉飯，知道艱辛甘苦，立刻便同意了撮著回去。撮著是個下死力氣幹活的人，白天勞作一日，夜裡便半張著嘴，打一夜的鼾。快天亮時老婆推醒他，說：「昨夜你有沒有聽到響聲？」

撮著說：「我睏得像死豬，哪裡聽得到響聲？」

「昨夜乒乒乓乓有聲音，打仗一樣的。」

「不要亂講，要麼你做夢打仗吧。」

撮著起床，肚子裡塞了兩口冷飯，挑起擔子就往城裡走，擔子裡盛著撮著老婆頭年打的年糕，杭天醉喜歡吃的。擔子挑著，一根辮子甩在後面不方便，老婆便給它往脖子上繞了兩圈，邊繞邊說：「不是說皇上已經發了話，官民自由剪髮嗎？」

「你倒是聽得進這種歪道理。」撮著在老婆面前，顯得很有權威，「這種年頭，假冒聖旨的還少嗎？

少爺都留著頭呢，你比少爺還聰明？」

撮著是一直走到了清波門下，才發現昨日夜裡，城裡已打過仗了。好幾個當兵的，袖上紮著白布條，其中一個手裡拿把大剪刀，從城裡出來的農民，出來一個，就被揪著頭皮剪去一根辮子，城門邊那隻大竹筐裡，已放著小半筐剪下的辮子，看著瘆人。

還有幾個識字的，正圍著貼在城牆外的「安民告示」看呢。

撮著不識字，涎著臉問人：「這上面，寫著什麼？」

那人白了他一眼，說：「光復了，你曉不曉得？」

「什麼是光復？」

「阿木林。『光復』都不曉得？昨日夜裡城裡打了一夜，你沒聽見？」

「我睏著了。」撮著老老實實說，「昨日茶山上忙了一日，夜裡睏不醒。」

「到底是農民，世事不問，」那人譏笑一聲，說，「皇帝被趕下龍庭了。這下你總清楚了吧！」

「你是說宣統皇帝啊？曉得的曉得的，皇帝小是小了一點，那新皇帝還好吧？」

「什麼新皇帝？沒有新皇帝了！」

撮著放下了擔子，覺得相當茫然。沒有新皇帝是什麼意思呢？可惜少爺又不在身邊，沒人肯指點他。正納悶著，肩胛上兩隻大手按了上來，撮著回頭一看，正是那兩個當兵的。

「你們要幹什麼？」

「幹什麼？我問你還想不想進城？」

「想。」

「剪辮子！」

「讓我回去再說，讓我回去再說。」撮著拚命掙扎。「讓我回去再說，讓我回去再說……」一群小孩子模仿著他那笨拙的樣子，邊叫邊笑。那兩個當兵的也忍著笑使勁按他的頭皮。這使得撮著在恐懼中更感到屈辱，他不顧一切地掙扎起來，嘴裡卻叫著：「我要回去！我要回去！」

當兵的卻不耐煩了。一把把撮著按在地上，另一人明晃晃的大剪刀就上來了，嚇得撮著大叫：「我不剪！我不剪！」話音剛落，頭一輕，他曉得，頭髮已經沒有了。當兵的一拉，脖子上的辮子滑了兩個圈，辮梢最後毛刺刺地刺了頭髮的主人一下，然後，便揚長而去，物以類聚，入了那隻辮子筐。

撮著趴在地上，抱頭痛哭，有生以來，他還沒有那麼哭過。他哭著想著，想著哭著——我怎麼站起來往城裡走呢？我怎麼進杭家忘憂樓的門呢？我沒有了辮子，以後還怎麼做人呢？

當兵的，顯然也被他哭得不耐煩了，一把拎起他，便把他搡進城門，順手在他頭上壓了頂破草帽，說：「別哭了，再哭就是奸細！」

撮著也不曉得對奸細會怎麼處置，但破帽遮顏，他終於可以過鬧市了。他便挑著年糕擔，擦著中年男人的淚水，躲避著人群，羞澀地朝羊壩頭走去。

忘憂茶莊此時已經亂了套，上了排門，生意也不做了。林藕初早上起來，到天醉的院子去一看，地上又是席子又是爐子，正門敞開著，地上拖著深深的痕跡，花花草草的東倒西歪，竟像是被打劫過一般。林藕初急了，跑進了房間，看看倒是沒少什麼，只是夾牆的門被打開了。再回過頭，嚇一跳，一個男人，東洋人的模樣，靠在客廳那張美人榻上，竟睡著了。

林藕初跑到院子裡，才叫了兒子媳婦兩聲，便見小茶趿著鞋跟披頭散髮從廂房裡衝了出來。林藕初見了她這副模樣，心裡不高興，問：「日頭都一丈高了，家裡人都哪裡去了？」

小茶說：「都革命去了。折騰了一夜呢，孩子們才睡下。」

「那屋裡的男人是誰？」林藕初問，「怎麼跑到你男人屋裡去了？」

小茶一按額頭：「是羽田先生吧？少爺的朋友。昨日帶了女兒來拜訪，外面就打起來了，出不去。」

「天醉現在哪裡？」

「說是被接到舅爺珠寶巷去了。」

林藕初急得亂轉，正不知如何是好，羽田卻又一頭撞了出來，嘴裡說著：「打攪了打攪了，萬分抱歉，萬分抱歉。」

小茶說：「羽田先生，也不知外面亂成什麼樣了，我們女人又不敢出去。」

「我去，我去！」他掉頭就往外走，走了幾步又回來，鞠九十度的大躬，「葉子，暫時就託付給您了。」

「葉子是誰？」林藕初問。

「鄙人的女兒。」

「你放心去吧，」林藕初倒也熱情，「有我們照應，你女兒沒關係的。」

羽田剛走，從圓洞門外又進來三個人，小茶暗暗地吃了一驚。原來，那個拉推著撮著的，正是吳升。前面捻著山羊鬍子的，則是吳茶清。

林藕初問：「你們三個人怎麼湊到了一起？外面怎麼樣了？你看我們這個家，兵荒馬亂的，兒子也不在，媳婦也不在，統統都去革命了！這是個什麼世道？」

話音剛落，撮著扔了草帽，哭倒在夫人腳下：「夫人，我這副樣子，沒臉見你了！」

大家這才看清楚，撮著一頭亂髮，齊根剪掉。剪得又不整齊，的確又滑稽又難看。小茶抿住嘴，忍不住要笑，死死地才忍住。

吳茶清緩緩地說：「不太放心，到府上來看看，吳升要陪我。巡撫署，一把火燒光了。剛剛去看過，巡撫增韞，逃到後山，剛剛抓牢，關在福建會館。走到門口，喏，我就見撮著蹲在牆腳邊，不肯進來。說是沒臉皮，呆——徒！」

吳茶清說到這裡，對小茶說：「去，拿把剪刀！」

林藕初問：「你也剪辮子？」

吳茶清一笑：「跑到這裡來革命了，我這個老發鮮！」他少有地幽默了一下。

他反過手去，一刀剪了頭髮，四下看一看，出其不意朝夫人扔了過去，「夫人處置了吧。」

林藕初握著那根花白辮子，眼淚在眼眶中轉：「茶清，我是現世報了，你看看這還是不是一戶人家？婦道人家不守婦道，到外面胡天黑地地闖。還有天醉，這麼大一片茶莊，他是老闆，平常不管也罷了，這種要緊時光也不管，還曉不曉得這條性命在不在呢！」

小茶一聽這話，立刻嚇得嗚嗚咽咽哭起來了。沒哭幾聲，被夫人喝住：「你號什麼喪？本事一點沒有，只曉得哭！」

吳茶清皺了皺眉頭，對小茶說：「孩子管牢，其他事情有我。」

吳茶清要去珠寶巷打探杭天醉的消息，吳升也要跟著一塊兒去。吳茶清對撮著交代了一應事務，林藕初說：「你放心好了，我會照應好的。」吳茶清嘆口氣，說：「你啊，最最要硬氣，最叫人不放心。」

林藕初聽了他這樣說話，心裡感動，又要哭，說：「外頭多長隻眼睛，子彈飛來飛去，吳升，你跟緊點，茶清伯走路快。」

「有數的。」吳升說。

「見著這對冤家，叫他們快快回來！」

林藕初千叮嚀萬叮嚀，就是沒有想到，吳茶清會走著出去，抬著回來。

杭天醉被困在了總司令部，沒完沒了地起草文件，書寫公告，寫傳單，寫標語，睏了就打個盹，醒過來再繼續幹，沒人拉他去開什麼緊急會議，連趙寄客要去上海見湯壽潛也沒和他商量。他自己也搞不清在這裡忙了多久，過了一夜還是兩夜，還是根本就沒過。趙寄客回來，二話不說，端起那把曼生壺就咕嚕咕嚕地一長口，然後拍拍杭天醉的腦袋說：「到底剪掉了。」

杭天醉也拍拍他的頭，說：「彼此彼此。只是小心旗營還沒攻下，這次革命若不成功，你那辮子，豈不又剪早了？」

趙寄客用拳頭一捶桌子，說：「我帶一個炮隊上城隍山，對著將軍署一陣轟，看他們投不投降？」

正這麼說著，有人來報，說門口有人找杭天醉。杭天醉倒是覺得新鮮，這種時候，還有人找？正納悶著，吳升打頭，吳茶清跟著進來了。

趙、杭二人，均為晚輩，見著吳茶清，白髮蒼蒼一個老人，也剪了辮子，且闖進了革命大本營，都吃驚地站了起來，說：「茶清伯，這麼危險，你怎麼也來了？家裡出事了？」

「你娘不放心你，在屋裡頭哭，說是你被官府打死了。我說，哪裡有那麼便當的死法，你要不放心，我去看看，打探一下，便是。」

「我總不能撇下茶清伯一個人，外頭亂得很，還有人搶米店呢！」吳升說。

「怕什麼？大不了再來一次太平天國，長毛造反！」

人們這才想起來，茶清伯是太平天國的老英雄了。杭天醉從小在吳茶清膝下長大，還從未見過茶清伯有今天這樣的興奮，一雙壽眉下，兩隻眼睛炯炯有神，人倒是瘦，但腰板筆挺，神清氣朗。

說到半個世紀前的事情，晚輩們不由得肅然起敬，尤其是趙寄客，很認真地問：「茶清伯，您還記得起詳情嗎？」

老人用手掌蓋著茶盞，另一隻手指著牆上掛著的地圖，就開了講。

一八六一年十一月，整整五十年前，李秀成帶著太平天國將領，包圍了杭州，吳茶清當年二十出頭，是李秀成衛隊的親兵。十二月二十九日早晨，太平軍分別從望江、候潮、鳳山、清波四個門攻入杭州外城。當時的浙江巡撫王有齡，可沒有今日這些人識時務，上吊自殺了。

「李秀成也和今日民軍領袖一樣，不想擴大戰事，殃及人民，便親書一信，致杭州將軍瑞昌勸降，說：『言和成事，免傷男女大小性命。』還答應了可以讓旗人自動離開杭州，願給船隻。『爾有金銀，並可帶去；如無，願給助資，送到鎮江而止。』」

「茶清伯真是神了，記得那麼清爽。」

吳茶清淡淡抿一口茶，說：「我就是那個送信的人啊。」

眾人啊的一聲，統統站了起來，不相信自己的眼睛。特別是杭天醉，半張著嘴，愣了半晌，才說：「我都搞不清我們是不是太平軍還魂了？怎麼做出來的事情一模一樣！」

說著，遞過了早已擬好的都督府布告，那上面寫著：

旗營已繳槍械，軍府擔任保護，宣布共和主義，絕無自背人道。痞徒乘機造謠，及有滋擾情事，一經當場拿獲，必按軍律不貸。現在旗營歸命，槍炮盡行繳出，所有駐防旗人，一律編入民籍，此後共樂昇平，殺機可期永息。凡我農工商界，各自安心營業。

吳茶清掃了一眼布告，說：「沒有用場的，瑞昌根本不聽，過了兩天，我就跟親王殺進了旗營。」

「那個瑞昌呢？」

「自殺了。」

「您老人家看，今日這個貴林會自殺嗎？」綠愛問。

「今非昔比了。大清國也不好和五十年前相比。真正應了一句話，叫作土崩瓦解。當年王有齡自殺，親王將他的屍體厚殮，派了十五隻船，三千兩銀子，一張路條，五百親兵護送棺木回鄉。今日巡撫增韞呢，改頭換面，拉著老娘逃到後山，被人抓住，一歇歇，解到羊市街，一歇歇，押到蒲場巷，還肯寫信勸降，哪裡還有從前的氣勢和骨氣？如此說來，大清朝，是死定了！」

老人家說話響如銅鐘，面發紅光。天醉恍恍惚惚，簡直不認識他了。

「我們吳家是被清兵滿門抄斬的，妻兒老小，無一幸免。我孤身一人，流落異鄉幾十年。常言道，君子報仇，十年不晚。我是君子報仇，五十年不晚啊！」他哈哈哈哈地大笑起來。

笑音剛落，沈綠村衝了進來，這個斯斯文文的人此時也已弄得蓬頭垢面，不顧修飾，只管焦急萬分地說：「增韞又寫了一封信給貴林，上回那封信有沒有送到他手裡也不曉得！旗營中人，因傳聞武漢等地有旗人被殺，在城上架起大炮，準備玉石俱焚，用以洩憤。這次要靠你們推薦個可靠的人去曉之以理，要熟悉那裡面地形的。另外，寄客你準備上城隍山，這次再不成，轟他個精光！」

話音落下，一片寂靜，不知為什麼，大家的目光，都盯住了剛才那位放聲大笑的老人。

老人不慌不忙地拿起桌上那根白布帶子，不是紮在臂上而是紮在了腰間，又撩起長袍一角，塞到腰上，說：「趕得早，真不如趕得巧，這件好事，看樣子，是非老夫不可了。」

趙寄客不同意：「還要派什麼人去冒險！一炮轟翻了了事。老伯這麼大年紀了……」

「不過走一趟罷了。」

收了信，整好鞋子，吳茶清便往外走。走到了門口，回頭拱一拱手，說：「萬一回不來，尋不到人就算了，尋到了，隨便哪株茶蓬下，埋了便是。」

杭天醉扔了毛筆就上去，說：「茶清伯，我同你一道去！」

他自己也不知道為什麼會冒出這樣一句話來，在此之前他可是想都沒想到過。妻子綠愛在一旁看得幾乎驚叫，她第一次發現丈夫和茶清伯原來那麼相像。

老人頭就低了下來，勉勉強強地笑，目光卻水亮。他說了一句令人費解的話。他說：「難為你有這樣一句交代。」

杭天醉的耳朵，突然之間就轟鳴了起來。他頭昏噁心，兩腳發虛，雙目暈眩。他心痛，但他不明白他為什麼心痛，他哆嗦著嘴唇，又喝了一大口平水珠茶，便揮揮手，要往外走。

「當真要跟我走？」

「是！」

吳升剛才一直就沒有說過話，誰都不知道他是怎麼想的。此時，他卻一手擋了杭天醉，喝道：「你走開，這裡沒你的事。該我去的。」他走到了吳茶清面前，說：「我們光棍一條，什麼事情做不得？」

吳茶清看著吳升，眼圈少有地紅了紅，說：「阿升，你年紀輕啊！」

「橫豎活過了。」吳升說。

老人不說話了，停了停，才開口：「到底，還是我們吳家門裡的人。」

話音未落，眾人眼睛一亮，老人一個騰空，已倒跳到門外院子裡，再一反身，又一躍，人已不見了。

嘉和與嘉平，後來不止一次地聽他們的母親沈綠愛敘述這件目睹的事情。隨著時間的積累，茶清爺爺的傳奇，在他們的童年中占有了越來越重要的地位。

沈綠愛一次次地重複說：「那兩個鐘頭，真的是比一日兩日的時間還要長。左等等不來，右等等不來，過了兩個鐘頭，你們的寄客伯伯真正是等不住了，要衝上山去指揮開炮，你們的爹也沉不住氣了。他開始不停地流眼淚，說茶清伯此去凶多吉少，怕是回不來了。你們都曉得，媽是最討厭男人流眼淚的，媽也討厭你們的爹流眼淚。媽不曉得，他流眼淚是因為他生來有預感。我和你們的舅舅一個按住一個，不讓他們亂想亂說，就在這時，門外，衝進來一個血人。」

「吳升！」兩兄弟低聲叫了起來。

「是吳升。背上背著茶清伯，他背後中了一槍，渾身上下血淋淋的，他還沒死，見著我們，說了一聲，信送到了，就昏了過去。」

「大家都不曉得，茶清伯對貴林說了一些什麼，為什麼他們要在他已經走出旗營時從城牆上背後開冷槍。可是大家都說，茶清伯拿命來告訴大家，清兵是不好相信的。」

民軍領袖們在總司令部召開軍政緊急會議的同時，趙寄客顧不上脫下戎裝，星夜兼程，抵滬上湯壽潛府第。

此時湯壽潛與他的一班謀臣，正在商討南通張謇來函。函曰：杭民六萬戶，使闔門而戰，一朝可燼，公能獨不救之耶？

原來貴林喜古文，曾多年問學於湯壽潛，故聲言：願受湯先生撫，否則力抗。

趙寄客的突然到來，使湯府上下驟然譁然，如臨大敵。

「寄客，你想幹什麼？」

趙寄客唰的一下抖開手中的白緞子布條，說：「民軍通過緊急政令，推舉您老先生為浙江都督。」

湯壽潛兩隻搭在桌上的手緩緩顫抖起來，許久，他端起青花蓋碗茶盞，吸了一口。

「還有誰與我共事？」他問。

「八十二標標統周承菼為浙軍總司令，褚輔成為民政長，沈鈞儒為杭州知府。」

湯壽潛站了起來，掃視了一遍趙寄客帶來的全副武裝，手一招，說：「湯壽潛不是黎元洪，不會爬到床底下用槍逼著當總統。」

聽到這裡，大家都笑了，趙寄客手一揮，後面的衛兵便都收了槍。

「我知道湯先生會有這麼一天。」趙寄客說。

「我也知道你趙寄客是個革命黨，給我！」他的手一招，趙寄客手中那條白布飛了出去，落在了湯壽潛手中。

血淋淋的吳茶清抬進忘憂樓大門時，所有的孩子，包括葉子都看見了。女孩子們頓時就嚇得尖聲叫了起來。杭夫人林藕初一見到這個血人，便搖搖晃晃，翻了白眼，先昏了過去。

吳茶清時醒時昏，又熬了幾天，趙大夫也陪了幾天。他臨終前的一個手勢使杭家幾乎所有的人都百思不得其解。他伸出手指，指指自己的心，再指指林藕初的心，然後，再指一指杭天醉的心，接著，再豎起指頭。杭夫人望望吳茶清，望望杭天醉，拿手絹捂了自己喉頭。

然後，他就開始死死地盯住了杭天醉，大家也都順著吳茶清的目光，上上下下地打量天醉。天醉也驚恐地打量著自己，又痛苦又茫然又不明白。大家這樣看著他是因為什麼？因為他沒有流淚嗎？

吳茶清最後的遺言，從此改變了杭氏家族的命運。是好是惡，難以評價；是清醒還是糊塗，其人自知。他睜開雙眼，目光在杭天醉與吳升之間，打了好幾個來回，一會兒亮上去，一會兒又暗下來，最後，手指終於指向吳升，斷斷續續地說：「茶行，歸……歸……歸……」

吳升當下就撲通一聲，跪下，眼淚和驚駭把他的嗓子眼都噎住了。喉嚨口咕嚕咕嚕，只發得出模糊不清的聲音。

茶清伯這才看著天醉，說：「他……救我……」

杭天醉其實一點沒有明白世界發生了什麼，他只是一個勁地點頭。

茶清伯最後的一眼，卻是看著那幾個孩子的。嘉和與嘉平，都感受到了他的對視的目光。嘉喬和嘉草小，嚇得直哭，被婉羅抱開了。

「茶……」他最後斷斷續續地翕張著嘴巴，先還有聲音，最後越動越慢，「茶……茶……茶……」

天醉心急慌忙地去倒茶，母親一聲低叫：「毛峰……」

毛峰泡在了曼生壺裡，燙得很。林藕初一邊用嘴吹，一邊說：「等一歇！等一歇！等一歇！」當她用壺嘴對著吳茶清半張的口時，注進去的毛峰茶，已經原封不動地又漏出來了。

林藕初「噢」地叫了一聲，就朝前栽去。那把曼生壺失手就傾倒在吳茶清身上，翻了幾個跟頭，被在對面跪著的綠愛一把接住。

突然，吳升大聲地號叫起來，隨著哭聲，所有的人都同聲地放聲悲號，連嘉和、嘉平和葉子，也被大人的強烈悲傷感染了，大聲哭了起來。

只有林藕初從吳茶清身上抬起頭，眼淚水卻流不出了。她翻來覆去地說：「老爺交代過的，葬在杭家祖墳裡。要從正門抬出去，要從正門抬出去，要從正門抬出去……」

一個軍官模樣的人披頭散髮地衝進天井來，手裡還揮著一把槍，手舞足蹈地吼著：「大清王朝要完蛋了！我把湯壽潛從上海接回來了，湯壽潛要任總督了。聽到了沒有，天醉，走，湯先生找你——」

正欲開始痛哭的人們，莫名其妙地看著這個半瘋狂的人嘴巴一張一合，他剛才叫的話，他們一句也沒聽進去。差不多同時，趙寄客的臉上，結結實實捱了他父親趙岐黃一巴掌。

「狂生，人都死了，你還叫什麼！」

老大夫突然嗚嗚嗚地哭了起來。這時，整個杭氏家族的人才恍然大悟，重新一起跪下，齊聲痛哭。只有杭天醉心竅迷塞，仍舊痴呆呆站在那裡，盯著那個也依舊站著的剛剛捱了一巴掌的把兄弟。他竟不能明白茶清伯死了的時候，為什麼、又怎麼會突然冒出一個姓湯的當總督？他太痛苦，以至於感受不到痛苦，反而覺得荒唐。就在他被「荒唐」這種感覺像麻醉藥擊中的時候，一聲清醒的號叫爆發：

「爹啊，我的那個乾爹啊，你怎麼一句話都不交代就走了哇！爹啊，那日旗營路上你怎麼跟我說的啊！你說一筆寫不出兩個吳，同個祠堂的人啊！你說，從今往後我就是你的親爹，你就是我的親兒子啊！爹啊，親爹啊，那子彈不長眼怎麼就偏打了你啊！你說過從今往後我的就是你的，你的也就是我的。如今我還能有什麼給你？我只能給你在棺材前面捧孝盆啊，爹啊爹……」

他以頭叩地有聲，叩出了一攤血，然後，他竟然昏了過去。

吳升那突如其來的顛號，著著實實地把悲戚萬分的杭家人又嚇了一跳。人們在悲悼著杭家實際的頂梁柱轟然而倒的同時，又忙不迭地擁向了那突然冒出來的昏死過去的「乾兒子」。杭天醉手忙腳亂地吩咐著讓人給吳升灌水，兩個女人從地上抬起了淚眼，相互對視了一下。只有這樣的婆婆和兒媳，才會在此時此刻，用這樣的悲絕之外的目光說話。

杭嘉和在大人們的一片混亂中，驚異和寧靜地守護著茶清爺爺。大概只有他注意到黃昏來臨了，昏黃中的茶清爺爺被蒙上了臉，整個人就好像要被暮色化去了一樣。他躺在靈床上，薄得依舊像一把劍，一把終於出鞘的血跡斑斑的孤劍。五十年前他從山牆一躍而入忘憂茶莊，今天，他終於要從正門被抬出去了。杭嘉和盯著他，盯著他，驚懼地握緊拳頭，塞住自己的嘴。他看見蒙在茶清爺爺臉上的桃花紙，輕輕吹動起來了。

第二十章

入殮了。茶清伯躺在棺底，很寬鬆，讓人覺得還可再躺一個進去。他的左肩上放了一包黃山毛峰茶，他的右肩上放了一包杭州龍井茶。他的嘴裡本來應該含一枚銅錢。可是杭夫人林藕初不讓，她說茶清伯生來不愛錢，然後她竟往他嘴裡倒了一勺藕粉，她說他喜歡吃藕粉。來參加喪事的人都說林藕初有點瘋癲了，凡事都沒有規矩。棺底本來是要墊銅錢的，如今卻厚厚墊了一層茶葉；入殮時本來長子捧頭次子捧腳，茶清伯無兒無女，既在忘憂茶莊活了半輩子，當由天醉來行使這權利，結果卻只捧了腳，頭卻讓吳升捧了去了。

「吳升真有心機啊，」妻子綠愛對天醉說，「買水稱衣也歸他了，茶清伯的衣裳鞋襪都被他裝箱上街，井邊上燒化了紙錢，連浴屍也歸他了……」

「你說什麼？你怎麼有心思講這些，這有什麼好講的？」

「天醉，你真不該那麼無所謂，連小茶都哭個不停，你就在旁邊靠來靠去的，你什麼事也插不上手。」

「我無所謂？我？無所謂？你們這些人啊，你們這些人啊……」

當家的棺匠順著推榫，將棺蓋推合在棺身上。人們又開始哭了。棺匠手裡拿著斧頭，開始用斧背來釘棺材上的「子孫釘」。許多人懷著不可告人的心情看著林藕初，看她會不會哭號，看她會不會叫著「我跟你去」，那一般總是喪事的最高潮了，但是沒有。茶清伯整個入殮的過程，只有吳升一個人在哭天搶地，其次便要算是小茶了。他們在悲哀中的所作所為奇怪地表現得非常配套。林藕初始終呆滯著臉，由綠愛一會兒扶到東一會兒扶到西，看上去她似乎沒受太多打擊，但又似乎已經完全被擊垮了。

當家棺匠開始敲釘了。他站在棺前的扶頭正中敲頭隻扶頭釘，他唱道：天星星，地星星，月亮婆婆看得清，魯班師傅敲新釘，太公在此無忌禁……

然後，他走到了棺後的扶梢正中敲第二隻扶梢釘：新釘敲在紅扶梢，腳踏荷花步步高，上山一步高一步，下山步步後天高……杭天醉聽到吳升在和別人說話，「這個棺匠是我專門請來的，你看看，三五下，釘子就吃進了，也曉得規矩，沒有雙記頭的，統統是單記，你看，你看，吭！好，煞平。」

眾人的喝彩使那當家棺匠十分得意。現在，他來到了死者左邊的腳中間部位，開始釘他的左腳釘：「新釘敲在左腳邊，親男親女發千年，做做吃吃用勿完，日腳越活越是甜。」接著，他一鼓作氣地釘上了右腳釘：「左邊敲完右邊來，一朵金花著地開，茶莊茶樓子孫開，本輕利重賺下來。」

杭天醉一下子就悲從中來。他想，誰都是在借別人的名義做自己的生活吧。一個人的死，可以換得另外一些人的表演機會。誰不知道吳升是在出風頭呢？還有老實的小茶，連她都曉得要在這樣的場合上爭個名分。她的悲哀本來是非常率真的，因為摻入了那樣的成分，便顯得造作了。還有你，綠愛，你很有分寸，很矜持高貴，大家都說你得體，但是悲痛哪裡是可以有分寸講得體的呢？所以你不過是沒有太多的悲痛而已，又恐被人發現，便裝作了克制悲痛。杭天醉把目光移向了母親，心裡說：我已經知道你是最悲痛欲絕的，但你還有這樣的本事掩蓋真相，這是一定要這樣做的，我很小就曉得你們關係非同一般。我只是裝作不曉得罷了。你現在還當我們不曉得此事，你在硬撐，你在作假，你卻不曉得，你作假時，人家也在作假……

當家棺匠卻已經敲到第五隻右肩釘了：「新釘敲在肩上肩，榮華富貴萬萬年，魚肉雞鴨盤來搬，綢緞綾羅用不完……」

第六隻腰中釘也釘下去了：「新釘敲在半中腰，南極仙翁壽年高，賽如王母獻蟠桃，子孫都吃狀元糕。」

人們開始因為當家棺匠的高超技藝而興奮起來，說：「棺釘敲成折，拳頭巴掌有得吃；棺釘敲得直，雙倍工鈿定要塞。就看最後這顆釘子直不直了。」原來，蓋棺中最犯忌的是把鐵釘敲歪曲，說是「觸楣頭」，喪家與棺匠常要鬧得不可開交的。

第七隻左肩釘並沒有辜負眾望——七隻新釘敲到頭，男女小輩要造樓，樓閣上面栽金花，子孫萬代出人頭……

杭天醉站在嘖嘖稱讚的人群後面燭光照不到的地方。直到現在，他才開始為躺在棺材中的沒有了知覺的茶清伯流淚，七隻棺材釘就可以換來人們的快樂，就可以讓人欣慰，人是什麼東西啊！我是個什麼東西啊！

杭家祖墳在雙峰村的雞籠山中，原是一片茶園。茶園外沿，是一大片一大片的青青翠竹，深秋陽光從中穿過，倒是沾了秋露似的，染著綠色了，斑斑駁駁，又映在新土墳上。

有鳥聲在叫。細細瞅了，茶蓬開了白花，微乎其微地動彈，鳥兒在茶蓬的心子裡。杭天醉看一看新墳，眼花了，想：這是一個大茶蓬，茶清伯就是茶心裡的鳥兒。

鳥兒似乎大半生都未叫過一聲似的，直到藏進了這茶蓬的心子裡了，才悲啼起來，啼出了血。杭天醉捂住了自己的胸，他驟然感到茶清伯在黃土下向他伸來的細瘦而又犀利的手指。他想起了許多年前的那些夢，夢裡的那個背影，滲出了血。他嚇得發起抖來——那麼說，多年前，這個人的死就已經被這樣注定了！接著，腦子裡一道白光閃過，他蹦了起來，為自己近乎褻瀆的想法而恐懼，他眼前的墳上有發亮的羽白透明的茅草在搖曳著，他的心也搖了起來。

他問撮著，何以父親去世前交代了讓茶清伯埋在杭家祖墳裡？

撮著眥著牛眼想了想，說：「老闆好，不讓茶清伯孤老死在外面。」

杭天醉嘆了口氣，站了起來，給新墳又添了幾把土，便回了頭。他不想告訴任何一個人，剛才他產生了怎麼樣可怕的想法。他竟然以為自己是茶清的兒子，而那名義上的父親其實什麼都已經知道，他之所以要讓茶清埋在杭家祖墳，是要讓茶清為杭家世代的忘憂茶莊的名聲做到死呢。

趙寄客來遲了。他的白馬跑得汗水淋淋，他自己那頭鬈髮也被風和汗水攪得亂七八糟。看上去，他就更像是一頭獅子了。

他甚至沒有在茶清伯的墳前下跪磕頭。他深深地鞠了個躬，在新土前沉默了一會兒。看上去，他很想快點把這段不說話的時間打發過去。他的確還有許多話要對杭天醉說。杭天醉手裡捏著一枝茶花，用它來回晃了一下，說：「你不用解釋，我曉得你是真忙，否則你不會不來。讓我安安靜靜在墳前坐一會兒。我耳朵裡一天到晚嗡嗡地響。讓我安靜一會兒……」

可是趙寄客不讓他安靜。他腳上綁著綁帶，手裡提著馬鞭，來來回回地在杭天醉面前晃著，並不停地說：「我實在是太忙了，太忙了。你曉得湯壽潛任浙江軍政府都督了吧？還有，褚輔成當了政事部長。陳漢弟你知道嗎？讓他當民政部長，他竟然不當，汪曼峰推上去了。莊崧甫也是，叫他當財政部長，他不當，便宜了高子白。你在聽嗎？你得知道這些。我知道你這幾天辦喪事太忙，山中數日，世上千年。湯爾和當了外交部長，傅修齡當了交通部長。還有，沈鈞儒當了杭州知府。你怎麼了，你幹嗎把頭低下去？你要節哀，死了的人已經死了，活著的人還要再奮鬥下去——」

「——你別那麼走來走去的好不好？你這樣子讓我想起了西洋鐘錶，你讓我頭疼……好了，你愛那麼來回走就那麼來回走吧，茶清伯不會煩你的，他心裡一直就賞識你，不說出來罷了。我算什麼，我在他眼裡……真不是個什麼東西……你剛才都說了些什麼？誰當了這個官，誰當了那個官，你怎麼沒有提我那位妻兄，他可是真正想當官的。」

趙寄客把手裡的鞭子垂了下來，坐在杭天醉對面的茶蓬旁，說：「我曉得你不太舒服。我才不是什麼東西，在你面前提那些人事。你剛才說的沈綠村嗎？走了。去上海謀職了，陳其美在上海嘛。哈哈，都有靠山。只有我趙某人獨行俠一個。」

杭天醉抬起頭來看看老朋友，說：「你不服氣？」

「不說這些，從前在中山先生面前發過誓的，功成身退，只是現在功還未成罷了。我準備隨朱瑞、呂公望的援寧浙軍支隊，攻克南京去了。」

杭天醉聽了這話才明白，趙寄客急急忙忙跑來，又要告辭而去了。

「天醉，我這番走了，也不打算叫你與我同行。我們能夠這樣同路一場，已經大大難為你了。再說，你們這個忘憂茶莊，從前全靠茶清伯裡外撐著的，現在倒是要靠你了，你好自為之。」

杭天醉抱著膝蓋，想了一想，突然問：「不和綠愛道個別？」

趙寄客黑紅的額頭亮了起來，擺擺手說：「走就走了，你看茶清伯，生當作人傑，死亦為鬼雄，哪裡有那麼些囉嗦事？」

風一下子緊了，慘淡了雞籠山的枯竹敗葉，白茅草一大片一大片地臥倒了，沒有陽光，看上去它們便是僵白的，像披麻戴孝的顏色。一隻不知名的鳥兒突然停到了天醉對面一蓬老茶樹的根上。牠一個踉蹌，但沒有掉下去，便心慌意亂地朝四周望望，一下子和對面那個僵硬了的人，碰了個頂頭呆。各個的，四目相視，彼此大氣不透。一會兒，那鳥一聲尖叫，直衝竹林，撞得竹葉亂響。杭天醉一個翻身，跪在新墳旁，伸開雙手，上半身就貼到了墳上，半個臉附在黃土上，緊張得全身都顫抖起來。

「寄客，你可死不得。」他說。

寄客額上的亮光逝去了，心頭一緊一鬆，拍拍天醉的肩膀：「你這個人啊，拿得起，放不下。痴人，痴人，所累太多。我生又如何，死又如何，大丈夫生死皆不足惜，況生死之外的東西。」

杭天醉依舊伸開雙手，擁抱著那堆新墳，他顫抖著，他又開始結巴了：「生、生……怎能不、不足惜？死又如何不、不、不令人懼？情誼友……愛又如何不不不足……使人魂牽夢……縈？茶清伯為、為什麼要死？為為誰而死？你你你說的革、革命在哪裡？這這這個人為革命死了，革、革、革命沒有一個人來送葬。你來遲了。為為為什麼？為、為那些人分官封爵……他、他、他們和我們，有什麼關係？我想不通。人、人、人都死了，就躺在下面，你還要給我講這些豪言壯語……混充英雄……你去南京建、建功立業吧……你若死、死了，我饒不了你……」

他終於號啕大哭起來，抓得兩手都是黃泥，讓趙寄客看了，又生氣，又難過，又無可奈何。

杭夫人林藕初沒有被這樣極度隱祕的巨痛擊垮。她的魂靈此刻整個兒都在發炎紅腫了，但她看上去依舊心智清晰，她坐在客廳的八仙桌前太師椅上，一言不發。

如果說吳升面對吳茶清合上的老眼時突然意識到自己的命運之星已經升起，那麼他接著再對視林藕初那雙怨毒的恨眼時，幾乎能夠聽到他自己的血液在全身澎湃時的嘩啦啦的潮聲了。他感受到了從未有過的挑戰的激情。

他一點都不擔心林藕初是怎麼盤問他的。關於吳茶清認義子於城垣的傳奇，早已在茶館裡添油加醋，傳及全城了。所以，當林藕初一邊喝著參湯一邊說：「吳升，你把謊撒到忘憂茶莊來了，是不是也太狂了一些？」

吳升便說：「狂什麼，忘憂茶莊莫非就乾乾淨淨，沒有一點見不得人的地方？」

吳升說這話時卻是深思熟慮的。果然，林藕初臉變了，站起端著碗愣了好大一會兒，瓢匙指著吳升，口吃起來：「你、你、你說什麼？」

「別假作正經，忘憂茶莊這點根底，杭州城裡誰不知曉？」

實際上他並不知道林藕初有什麼把柄，雖然他也模模糊糊聽說天醉長得越來越像年輕時的吳茶清，但他根本不願意相信這個。他只是想嚇唬杭家一下，叫他們以後不要再把他當僕人使喚。不料那林藕初站著站著，眼睛不相信地盯著吳升，嘴唇哆嗦起來。

「你說什麼？」

「我說什麼！我什麼也沒說，還不是聽來的。」

「你聽到什麼，你說！」林藕初面孔鐵青，手掌在紅木桌上使勁一拍，參湯碗落地，砰然而碎。

吳升心裡一驚，但他把自己的表面控制得很好。他蹲下來收拾了碎瓷碗片，又輕手輕腳地放在桌上。他的樣子和店小二沒兩樣，但口氣卻完全不同了。「杭夫人，你別發火，平生不做虧心事，半夜不怕鬼敲門。你們那點見不得人的事情，我即便聽了也不會外傳。我在茶行主事，是茶清伯臨終交代的，你也不要橫空變卦。遲早不用你趕，我也會離開忘憂茶行的，不過不是這會兒。這會兒，我用得著茶行，茶行也用得著我呢。」

說罷，他就輕手輕腳地走了。

小茶懵裡懵懂的，一點也不明白婆婆為什麼突然會氣成這個樣子，她把她叫來時口氣都變了。

「你自己說，你什麼時候認識的吳升？」

「……七八歲吧。」小茶皺起眉頭，想了想說。

「我聽說你們在茶行幹活當下人那會兒，他看中你了。有那麼回事吧？」

「……」小茶有些驚異，抬起頭，不明白婆婆怎麼會問出這樣的話來。

「你對他都胡說了些什麼？」

「沒有哇……」小茶委屈地說，「我跟他連話都不說的……」

「話都不說，那哭喪起來怎麼就那麼夫唱婦隨呢？吳升冒認了個乾兒子，你莫不是想巴結個乾兒媳婦，你這不要臉的敗壞杭家門風的東西！」

小茶嚇得一下子跪在地上哭了起來：「媽，你說什麼呀！媽，媽，我說了什麼呀，我真不知道我說了什麼……」

林藕初被剛才的吳升弄得又氣又嚇又疑，頭腦發昏，整個忘憂茶莊，也唯有拿小茶出氣：「你自己說了什麼，你心裡明白，你須記得你跟吳升這名字攪在一起，你就得死在他上頭……茶清，茶清啊，你可不是死在這小人上頭了！他是要把我們杭家一口口生吞活剝吃掉哇……你走！你快回你的吳山圓洞門去。我不要看到你這個禍水，你走——」

林藕初歇斯底里地大叫起來，嚇得小茶跪在地上眼睛發直，不知所措。她想，莫非婆婆悲傷過度發瘋了？

「你不走，你木在這裡幹什麼！」

小茶又哭了，說：「媽，媽，我也是杭家的人，我也為杭家生了兒女啊……」

這話不說猶可，一說，真像是點著了林藕初的哪根筋，她又叫了起來：「你說什麼？你算杭家什麼人，我才是杭家人，明媒正娶嫁過來的！箱子底下壓了茶葉過來的。我才為杭家生了種，續了香火！沒有我哪有杭家的今天？杭州城裡隨便拉住哪一個問一聲，沒有我林藕初，哪有忘憂茶莊的今天！」

小茶實在是弄不懂，婆婆這樣竭力要表白的到底是個什麼意思。聽上去倒是更像要洗刷什麼似的。直接說茶清伯和婆婆的事情，她倒沒有聽見過。但是說天醉甚至說嘉和像茶清伯的倒都有。她想，說就說唄，我又沒說，為什麼只拿我出氣？莫非是那大的在婆婆面前挑了我的是非？她嗚嗚哭著，站起來向外走去。她想，不就是要叫我走嗎？那我就走吧。與其在這裡名正言順地受氣，還不如回吳山圓洞門名不正言不順地過安靜日子呢。

現在是嘉草在哭哭泣泣的了，她不願走，抱著嘉和脖子要留下，氣得她的雙胞胎哥哥嘉喬翻著細長眼睛捏著小拳頭打嘉草的屁股，邊打邊宣誓似的說：「回去！回去！回去！」

嘉平和葉子見嘉喬打了妹妹，就生氣。這時，葉子的漢語已經學得不錯了，她說：「嘉喬，你怎麼好打妹妹！妹妹小啊！」

嘉喬就跺著腳，呸呸地吐葉子，罵道：「東洋佬，滾！滾！」

嘉平見這小不點兒孩子話都說不清楚就曉得打罵人，又見葉子眼圈一紅，要哭的樣子，便來了氣：「嘉喬，你過來。」

嘉喬曉得他要捱打了，便滿院子地跑，且先拉警報似的長長地尖叫了一聲：「媽——二哥打我！」

嘉平本來倒並沒有想到要打嘉喬的，只是想抓住了細細教訓一番罷了。嘉喬一叫一跑，急得他就滿院子老鷹抓小雞一般地亂追起來。那孩子的母親們便都掀了門簾出來，自然是要護著自己的兒女的。小茶眼見著嘉平就要抓住嘉喬了，手一搡，嘉平朝後噔噔噔地退去，一個踉蹌，就扎進了母親沈綠愛的懷中。嘉喬大叫大哭起來，嘉平卻愣住了，兩個母親便都無限憤恨地對視著，把多日來的節制忍讓都扔到了九霄雲外。

到底是沈綠愛盛氣凌人，且占了理，那女人目光的戰爭，便以小茶的敗北而告終。小茶便噙了兩眼的淚水，嗚嗚咽咽地蹲了下去，緊緊抱住了嘉喬，哽咽地說：「喬兒，跟媽說，哪裡痛了，媽給你揉揉。」

家裡鬧成這個樣子，杭天醉不知道。杭天醉渾渾噩噩地在街上逛著，沿街的房子，樓上東一面西一面掛著各色五彩旗，還有各種標語貼在沿街店鋪間，有「擁護共和」，還有「反清復明」，有「平均地權」，還有「天下為公」……什麼口號都有。滿街走的男人，十有八九都剪了頭髮，散亂在肩上，弄得男不男女不女。

除此之外，杭天醉實在看不出革命帶來了什麼。

河坊街的「皇飯兒」照樣門庭若市，門板照樣一字排開。旁邊的板凳照樣向裡的兩腳較矮，向外的兩腳略高；店堂內照樣兩口大鍋，一口鍋裡的飯照樣堆成塔形，另一口鍋裡的大雜燴，照樣是豬下腳，雞鴨頭爪，筍之老根，剔盡之骨，照樣佐以青菜、豆腐、蘿蔔、油渣……杭天醉看見一個熟人，正用口咬掉碗中飯的塔尖，他走過去，拍拍他的肩膀，說：「還在吃門板飯啊！」

吳升回頭，便看見了東家少爺，他愣了一下，說：「引車賣漿，販夫走卒，不吃門板飯，吃什麼？」

杭天醉指指樓上，說：「走，我請你吃木郎（大魚頭）砂鍋豆腐。」

樓座衣冠中人，頭髮剪掉了，長衫不剪，照樣是長衫幫。也有幾個新軍的士兵，灰衣灰褲，腰裡紮根皮帶，頭髮從大蓋帽下擠壓出來，亂蓬蓬披在肩上，正吆五喝六地猜拳。跑堂的看著他們就賠笑，這就是天醉所能看到的唯一的革命氣象了。

杭少爺是食客，點的菜，俱為「皇飯兒」名菜，有皮兒葷素、春筍步魚、生爆鱔片、清炒蝦仁、蝦蟹。蝦蟹是蟹未上市時，用旺季所剔蟹肉加油熬煎成塊者，價格貴，色香味無遜於鮮貨。又有獅子頭、乳汁鯽魚湯、紅燜圓菜（甲魚）、蜜汁火方，一大桌子獨步錢塘的名菜，琳琅滿目，卻只對著一長衫一短打。滿樓的人俱驚，不知這杭城有名的忘憂公子，又鬧出什麼新玩意來。

吳升心驚肉跳又饞涎欲滴，不知杭天醉搞什麼名堂，不妨開吃再說。天醉要了陳年老酒，吳升不肯喝，說是怕壞了舌頭，品不出茶來，只弄些清淡菜吃，天醉便一個人吃開了悶酒。

天醉漸醉漸恍惚，吳升心鬆膽大，說：「東家，何故請我？」

杭天醉笑了起來：「你不是當了茶清伯乾兒子嗎？可喜可賀。茶清伯和我家什麼關係！從此你只管放手當你的茶行老闆去吧。」

吳升不知杭天醉此話何意，想來譏諷為多，便也藉著酒意說：「乾兒子再好，也不如親兒子好呀。我若是茶清伯親兒子，真能在杭州這個茶葉堆裡翻出幾個大跟頭呢。」

「哦，還沒上臺就想翻跟頭了，我倒是要拿這紹興老酒洗洗耳朵，聽你道一番見解呢。」

「做生意，門檻要精，心要狠。該鬆的鬆，該緊的緊。我看茶清伯吃這碗茶葉飯，倒也已經差不多吃得滴水不漏了，可還是很有漏掉之處。你看杭州城裡如此之多的茶行，人家憑什麼要賣茶給你？人家憑什麼又定要來買你的茶？說千道萬，無非一塊牌子。牌子要立得穩還不夠，定要立得新鮮大膽才好。比如茶行的規矩，樣茶每袋抓一把，我們為何不能三袋抓一把？人家的水傭是百分之二三，我們何不只取百分之一？看看是吃了點小虧，那大便宜就滾滾地進來了……再有，茶行只顧收了賣，不夠，要收得好茶葉，就得種得好茶葉。忘憂茶莊龍井山中那幾百畝茶地，一入冬不可撒手不管，要專門有人去對付……」

吳升說得興奮起來了，一張嘴張張合合，唾沫子就噴到了天醉臉上。天醉卻已喝醉了，眼裡晃著幾個吳升，心裡在感慨：還是……酒比……茶好哇……你看這個吳升……茶清伯……才幾天，他的那個……算盤珠子……他這麼想著，就笑了起來，吳升見他笑了，愣住了不說。杭天醉連忙搖手，說：

「我不是笑你，我不是笑你……我是笑『革命』，怎麼革了半天，茶清伯命都革掉了，卻跟沒……革了似的……你還照樣跟我講水傭啊，抓一把啊……」

「那……你以為革命是怎麼樣的呢？」吳升倒有些迷茫了，關於這個問題，他倒想得不多。

「我還以為……天下一家，你我不分，人家到我茶莊來取茶亦不要銀洋，我到此地『皇飯兒』吃飯，亦不要付錢……真是荒唐！荒唐！荒唐！」

他這麼搖頭，突然噤住，熱淚盈眶，一下子，滿臉流得都是淚水。吳升真沒領教過這樣一會兒哭一會兒笑的人，又不知對方想到了什麼，舉著筷子發愣。天醉說：「一下子想到……茶清伯，我心裡頭真正難過得要死。茶清伯……肚皮裡多少東西……說不出來……我告訴你也不要緊……我曉得茶清伯相信你……我小的時光，看見過茶清伯坐在雨裡，背脊裡流血……」

「什麼時候？」

「夜裡……夢裡……」

吳升說不清楚，對這個沒啥用場的杭家少爺，是同情還是鄙視。他心裡很亂，一會兒想應該因勢利導乘機把他搞得家破人亡；一會兒又想應該仿效茶清伯受命於危難之際，扶大廈於將傾之時；一會兒看著這張醺醺酒氣淚漣漣的臉想無毒不丈夫，我從現在開始要一步步逼他入了絕境，誰叫他把小茶給我奪了過去？一會兒又想，算了吧，何必把這個女人看得太重，日後要有大氣象，還離不開忘憂茶莊。突然，眼前一個炸雷閃電：莫非天醉真是茶清伯的親兒子？……這麼亂紛紛地想著，腦子裡突然一亮，站了起來，說：「東家，我們不喝酒了，我帶你去個地方，包你忘憂！」

出了「皇飯兒」，不遠的鼓樓有煙館，杭天醉有生以來第一次吸大煙。忘憂茶行的新老闆吳升親自揭開了盒蓋，拿煙籤子在水晶「太谷燈」上開始打煙泡。他右手舉著個類似牙籤的東西，左手取了個小砧，挑著煙膏，湊在火上，一面打，一面捲，片刻間打成了一個又黃又鬆又高的大煙泡，然後裝在斗門上，遞到了睜著眼驚奇地盯著觀看的杭天醉手中。

「沒見過？」吳升問東家。

「見過，沒想到你也會來這個。」

「我可不會，也沒這個錢，我是伺候你呢，杭少爺。」吳升笑了。

忘憂樓府天井院中正哭鬧之際，酒足煙飽的杭天醉恰恰氣壯如牛地回來了。見了這樣兩軍對壘嚴陣以待的樣子，曉得又有糾紛。又見這邊母子倆哭成一團，那一對則怒目金剛，便以為哭的受了屈，大喝一聲：「喬兒，誰打你了？」

「二哥打我——」嘉喬便告狀。杭天醉上去二話不說便給嘉平一個耳刮子，把嘉平又打木了一回，葉子頓時就捂住了臉，哭了。

沈綠愛這樣一個要強的人，見天醉一巴掌竟然打了親骨肉，簡直不敢相信自己的眼睛。

「你……你竟敢打人！」

「打！」杭天醉叫了一聲，「我以後但凡不順心，就打，打出我的順心來！」

嘉平這才回過神來，大叫：「我沒打喬兒，是喬兒打了嘉草，不信你問大哥！」

大家的眼就一直盯著嘉和。嘉和看看兩個弟弟，又看看小茶，說：「三弟打妹妹了，二弟正要教訓他呢，姨娘推開了二弟。」

葉子拚命點頭：「是這樣的，是這樣的。」

杭天醉火冒三丈，走到小茶身邊，嚇得嘉喬直往母親懷裡鑽，杭天醉順手就給小茶一巴掌，說：「你教的好兒子！」

這一掌把小茶打蒙了。接著，她拎起嘉喬，就往院門右邊那口古井裡衝，嚇得嘉和放下妹妹就去救姨娘，連綠愛和嘉平也急忙過去拉小茶。

小茶哭得氣也背過去了，翻來覆去只有一句話：「你……也打，打，打我了……」

嘉平邊拉邊說：「姨娘，爸也打我了！爸也打我了！我們一人一下，平了，好不好？」

綠愛說：「小茶，回去，別鬧了，小孩子面前，能忍就忍吧。」

誰知小茶一豁出去，就收不回來了，且哭且往井裡衝，還叫著：「我恨你！憑什麼你要欺侮人！我恨你！」

「我知道你恨我。我倒是也想恨你來著，可惜顧不得恨了。我跟你只說一句，三歲看到老，你可得把嘉喬帶好了，他是杭家人！」

「我生的孩子不要你管，你把你自己的管住了就謝天謝地！反正杭家再少我們兩個也不缺！我和嘉喬都死在你們眼前算了。」

說完繼續要往那井裡衝，老太太來了，喝了一聲：「都不要攔她，是死是活隨她的便！」

大家一愣，都鬆了手，小茶也被鎮住了，不再往井臺上衝。大家一齊朝杭夫人看時，都不能相信，老闆娘怎麼會老得那麼快！

院子裡此時一片靜寂，杭天醉看了看這一大家子的老老小小，突然想到曾幾何時，這裡可都是一片的花花草草。他再看看那披頭散髮掉了一隻鞋的小茶，他不敢相信，這就是從前他為之付出過全部熱情，並使他成為一個真正的男子漢的女人？

他強烈地感受到一種命運的戲弄。可是他拿這女人卻再也沒有什麼話可說，便遷怒地指著綠愛的鼻子叫了一聲：「你仔細地把你要藏的東西藏好了，別分心來管人家的事情，沒意思透頂！」

沈綠愛眼睛睜大了，耳畔就像打了個霹靂。她頓時明白了，這孱弱的男人何以會摔盆子打碗，出不完心裡那股氣。原來他嫌她動了趙寄客的曼生壺呢。她便紅了臉，哼哼地冷笑了起來：「杭天醉，你那麼記掛他，你何不跟了他去？打我們女人小孩，算什麼本事！」

杭天醉跳了起來，嚷道：「我要去哪裡，不用你管！撮著，撮著你給我備車，我要去吳山圓洞門。」

他又一跺腳，對著小茶吼：「還不快給我收拾了東西走人。」

子夜時分，天醉悄悄地起來了。傍晚時他寫了三封信，一封給綠愛，一封給小茶，還有一封給母親。這一次他接受了十年前的教訓，他連一個人也沒有透露，甚至他連趙寄客本人也沒通知，他準備給趙寄客一個驚喜。

趙寄客的家在皮市巷，離吳山圓洞門不算太遠。天醉只往口袋裡塞了幾塊銀洋，換了短衣短褲，還紮了個綁腿。他做這些事情時心裡又興奮又平靜，還有一種揚長而去的快感。早該走這一步了！他自己對自己說，不管這革命有沒有帶來新的變化，至少把那一成不變的舊日子給打破了。從此以後，沒有什麼茶莊茶行背在他肩上了，他是可以真正「忘憂」了。即便如茶清伯一般，被一粒子彈打死，又有何妨？死就死！他突然覺得寄客的話才是大真理——我生又如何？死又如何？大丈夫生死皆不足惜，況生死之外的東西——他使勁捶了自己胸口兩下，他想他從前是個太貪生怕死的花花公子了。

外面的世界依舊黑魆魆，今日夜裡沒有月亮，沒有星星，沒有夜行人。無數高牆狹巷分兵把關，嚴陣以待，試圖要把這個下定決心投奔革命的瘦弱的茶商嚇回他的店鋪。可是他不怕，他想通了，看透了——只要我一走，便一了百了。沒有我，他們還會活得更起勁。至於兒女——兒女是什麼？孔融不是說過嗎，母親是瓶子，兒女不過是瓶子裡倒出來的東西……

他的心裡熱氣騰騰，翻騰著希望的泡沫，又從胸腔中呼出，氤氳著被寒氣侵襲的面孔。他的整個臉上，便也就熱氣騰騰了。他從來沒有聽見過自己走路的聲音會這樣孔武有力，堅定豪邁。石板被他的腳步震撼著，發出了叮叮咚咚的聲音。走出羊壩頭的時候，一個盲人樂手邊走邊拉二胡，接著，那石板的音響向他繚繞而來。別了，這樣像二胡一般來來去去糾纏無盡的日子。他掏出了所有的銀洋，放進這個淒婉孤獨的盲人的背篼。剎那間，他差點又要跌入從前的傷感，但他牙齒一咬，挺住了。他昂首闊步，繼續前行，和樂手背道而馳，曲終人不見，江上數峰青。快到寄客家時，他的高漲的情緒幾乎就要裹挾著他那顆心奪門而出。就在此時，趙家的大門打開了，他本能地躲到了一邊，他看到了那兩個他自以為無比熟悉的人。

他聽到他們在告別。

「回去吧，不要再生氣了。生氣也沒用，對你來說，這是很難改變的……除非你是秋瑾。」

「我為什麼就不可以是秋瑾？我這次隨你們去了南京，我不就成了秋瑾……」

杭天醉聽到那男人笑了，用他從來也沒有聽到過的親暱的口吻說：「說出來的話，也不想想有多傻。如今茶清伯也沒有了，天醉又不善理財，你婆婆也老了，忘憂茶莊要看你了，你想當秋瑾也當不成。」

女人用大氅遮著全身，頭上那個銀夾子閃閃發光，杭天醉想到了她同樣閃閃發光的牙齒。

「哪裡真如你說的那樣？還不因為我是天醉的女人！你曉得，我是……他的什麼……女人……」

那女人的哭泣聲立刻被一隻手捫住了，杭天醉眼睛發昏了起來，他只能憑想像曉得他們現在是什麼光景。可是他不能想，一想他就全身搖晃，癱軟下去。

「好了好了，今天夜裡你也哭得夠多了。人家聽到還當什麼事情。明日一早我就隨軍去南京——」

「我只求你把我順便送到上海。我就自己去找我大哥，再也不要你管！」

「不行不行！我一個當兵的，出生入死，哪裡好婆婆媽媽顧及你們這些女人的事情。不瞞你說，我在日本也有過女人，還有了一個兒子。回國時她哭哭泣泣要跟著來，被我擋了，花了一筆錢安置了他們，又何況你，朋友的妻——」

接著是清脆的劈啪兩聲，杭天醉驚得一下子捂住自己的臉——這個無法無天的女人，她竟敢揮人家的耳光！而且是趙寄客的耳光！她瘋了！杭天醉把自己貼到牆角落裡，眼睜睜看著這個盛氣凌人的女人從他身邊走過。他還來不及想趙寄客會怎麼辦，他就聽見他從馬廄中拉出了馬的聲音。藉著微弱的天光，他能看見那身披黑大氅的女人高䠷的身材，急匆匆向小巷深處走去，像是賭氣，要和黑暗同歸於盡。天哪！原來她是這樣的！原來她是這樣的！又孤獨又傲慢，碰不得說不得！跟天神似的不可侵犯！又狂得像個女皇！這還了得？她竟敢——劈啪！杭天醉眼前一陣風過，是趙寄客的白馬！他像山中的寨主來城裡搶劫一樣，飛身向前，一隻手緊握韁繩，側過身子，另一隻手順手一撈，那穿黑大氅的女人，就被他撈到了馬背上。他們兩個，就騎在同一匹馬上。馬在原地來回轉著圈子，不耐煩地打著噴嚏，牠不明白牠的主人在牠的身上幹什麼！杭天醉遠遠地看著他們，他也不明白他們這樣緊緊抱在一起是幹什麼，甚至於那兩個被激情擊中的人，他們自己也不知道他們是在幹什麼。馬兒終於被鬆開了韁繩，一下子就撒開了蹄子，在這個彌黑的無人知曉的城市裡，狂奔起來。杭天醉一陣眼花，夢中的背影向他的心襲來。他的眼前便是一片的背影，晃得他頭昏目眩，然後再一眨眼，便聽馬蹄聲碎，風馳而去。杭天醉就什麼也看不見了……

杭天醉不曉得那個後半夜他是怎麼過來的。他真的記不起來了，只覺得自己腿肚子發酸，邁不動步子，想必是走了許多的路，耳朵裡來來回回地盡是那個盲人拉的二胡曲子。撮著告訴他，一大早小茶哭天搶地送了那三封別書來，他就拖著車子滿城地跑，到火車站去看待令出發的赴寧軍隊，根本沒有他的影子。最後倒是在旗營一個瞎子拉二胡的牆根下問到他了。聽那瞎子說，他跟了瞎子半夜了，一句話也不說，就是跟著瞎子走，瞎子坐下他也坐下，瞎子跑他也跑，著實把那瞎子嚇壞了。

嚇壞的不止那瞎子一個。林藕初躺在床上，聽說兒子回來了，掙扎著坐起，把下人們全打發了，一把握住兒子的手，老淚流了下來，嘴就湊到了兒子的耳根：

「兒啊，你姓吳……」

兒子一點反應也沒有。杭夫人看了看兒子，又說：「曉得嗎，你不能離開家，你姓吳……」

兒子站了起來，不耐煩地說：「姓吳就姓吳，這有什麼稀奇？猜猜也猜出來了……」

當娘的嚇壞了，叫了起來：「不，你姓杭，姓杭！姓杭！」

兒子嘆了口氣，把娘扶回了被窩，說：「曉得了曉得了，我姓杭！姓杭！放心了吧。」

杭天醉走進臥房時，沈綠愛正在揩那把曼生壺。白天的女人，沒有披黑大氅，穿件綠呢小襖，大豔大俗的樣子，沒有昨夜的神祕高貴了。天醉幾乎不敢相信這是同一個女人——會不會搞錯？兩人目光一碰，幾乎都讀出了對方眼裡的驚問：你怎麼還沒走啊！

接著，杭天醉就看到了曼生壺上的那行字：內清明，外直方，吾與爾偕藏！

他哈哈哈地大笑起來，邊笑邊指著那壺說：「我笑……我笑……我笑這曼生壺呢！我笑這『吾與爾偕藏』呢！」

他笑得止不住，咕咚跌坐在美人榻上，上氣不接下氣，滿眼淚花，活像一根撈不起的麵條，一個扶不正的阿斗！

汽笛響了，汽笛聲仔細聽來，真是撕心裂肺，聲嘶力竭。他一個彈跳撲向門口，呆在門檻上。想了想又回來，給自己在曼生壺裡倒了茶，又躺到美人榻上，拿狗皮褥子蓋了腿腳，靜靜聽了一會兒。火車輪子的聲音很重，轟隆轟隆，震得玻璃窗軋軋響，甚至震得那些在光影中飛舞的塵埃也上下飛速地飄動，很久以後，一切才平靜下來。杭天醉抱著曼生壺，對那個沉默高傲的女人慢條斯理地說：「他走了……」

第二十一章

來年清明，江南又是鶯飛草長雜花生樹的季節了。杭州今年春來較早，滿山的採茶姑娘，已經採摘過了那形如雀舌鷹爪的黃金之芽，此刻，正在收穫一芽一葉俗稱「一槍一旗」的揀芽。

雞籠山離南天竺近在咫尺，茶事正旺正盛。連茶清伯的青冢上，也是新綠一片。齊根斬平的老茶樹根上，細細斜斜地抽出了新枝。三年前種下的一些新茶苗，像注了魂一樣，早已暴出了新芽，因為還得再過一年才能採摘，所以小心養育著。新茶蓬不經人採，便速速地養成了濃綠，又深深遮掩著新墳，生死，便也各個有了點綴。杭州城內，忙碌的生者，為著郊外的死人，便也紛紛激動起來。

候潮門新興暴發的青年茶商吳升單槍匹馬，裹挾在浩浩蕩蕩的掃墓大軍之中，與濃妝豔抹前往上花墳的小茶不期而遇。

小茶只帶了她的小兒子嘉喬。大兒子嘉和一直住在羊壩頭，一切活動也都隨了正室，偏房的小茶與他是兩個等級的。況且林藕初自茶清伯死後，便一蹶不振，病懨懨的，身旁離不開嘉和陪伴。恰巧嘉草也病了，躺在家中，只有嘉喬陪著她來上墳。嘉喬皮得要死，到了墳前，把她擺出的清明糰子和棗裹薑豉吃得亂七八糟。小茶依次給杭家祖宗上了墳，最後在茶清伯的墳前加添了幾鏟新土，插上青竹枝，掛白幡，燃香燭，焚紙錢，少不得叩拜哭泣。抬頭一看，壞了，嘉喬背著那青竹枝正在茶地裡且歡且奔呢。小茶氣得要罵，一屁股坐在黃泥地裡，沾了一手新土：「嘉喬，你這小猢猻，你在祖宗面前沒規矩，你要氣死我！」

嘉喬根本不理睬他媽，青竹枝上掛著白幡，呼啦啦呼啦啦，風裡吹著，天上飄著，嘉喬正玩得開心。回頭一看，媽氣喘吁吁地近了，橫眉豎眼的，樣子可怕，便扔了竹枝抱頭鼠竄，一頭撞在一個男人身上。嘉喬叫道：「走開走開，我媽要打死我呢。」那男人一把就抱起他，說：「不怕，有我，你媽聽我的。」

如果說趙寄客是嘉平心中的大英雄，那麼吳升就是嘉喬眼裡的救世主了。誰說世界上沒有無緣無故的愛？當嘉喬張開雙臂躍上吳升的臂膀，他的小手天使翅膀一般擁住吳升時，早已在徽州鄉下娶妻生子卻至今未把他們接到城裡來的吳升眼眶一熱，他想，這孩子，本該是我的。

小茶無可奈何地與吳升相會在雞籠山下茶園之中，她一下子就手足無措起來。吳升看她的眼神，完全如狼，慾念燃燒，暴露無遺，如果這裡不是光天化日之下，小茶知道這男人會撲上來把她吞下去。小茶狂跳的心平息不下，頭便低了下去，她拚命地要去回憶另一雙似醉非醉，曾經濃情蜜意，此時逐漸漠然的迷茫的冷眼。但，冷的眼和熱的眼，此刻都使她茫然空白。她只模模糊糊地意識到，如果她不趕快走掉，她就將走不掉了。

她叫道：「嘉喬，快回來，我們回家。」

吳升面孔通紅，連眼白都紅了，說：「不回家！」

嘉喬便也理直氣壯叫：「不回家！」

吳升一側身放下嘉喬，拍著他的小屁股，把他搡出好遠，說：「去，一邊玩。」

小茶要上去抓，嘉喬早跑遠了，吳升攔在當中，一把抓住小茶一隻手腕，兩隻眼睛若無其事看著周圍動靜，細黑的小鬍子上滲著汗水，牙根咬得緊緊，話便是從那齒縫裡鑽出來了。在小茶面前，吳升渴望把自己的狠勁淋漓盡致地發揮，在小茶面前，吳升是不講章法的。

小茶扭著手腕，惶恐地四望：「你要幹什麼？」她問非所問，她一時也想不出別的話來。做了杭家十幾年的偏房，她依舊是個灶下之婢。

「你得跟我睡覺！」吳升咬牙切齒地說，他的臉上，多了一種從前沒有過的自信的猙獰，少了曾經有過的店小二式的猥瑣。這完全可以說是受益於眼下那個躺在黃土中的老人的。老人曾經從容過，自信過，城府森嚴過，靜如處子動如脫兔過，這一切吳升都要一一繼承過來。

這樣一種光天化日下的強橫竟然平添了吳升幾分男人外在的魅力，這個吳升便再也不是那個稀飯下壓鹹鴨蛋，比畫著女人腳有多大的小夥計了。小茶卻只是更瘦弱罷了，骨子裡的懦弱把她的魂兒越壓越小。吳升把她手腕捏痛了的時候，她卻不敢呼叫，她氣痛得眼淚都流出來了，一邊輕聲罵著：「破腳梗，你放開，我要告訴天醉去了！」

破腳梗從容不迫地往下一拽，小茶便被甩蹲在茶叢中，半人多高的茶蓬便遮住了他們的身體。小茶使勁地掙扎著，吳升便把她的手一下壓到泥裡去了，四隻手和二十個手指甲便爛泥糊糊地亂作了一團。

「放開我，你到底要幹什麼？」小茶哭了。在女人的哭聲中，男人笑了，說：「我得把你睡了，我才解心頭之恨！」

「我告訴天醉去，他會讓你當不成老闆！」

無恥男人朗聲大笑：「是誰不讓誰當老闆，啊？哈！哈！你以為茶行裡還有多少忘憂茶莊的股份？早就讓你男人抽大煙抽得差不多了。還有你，打扮得花花綠綠上花墳，怕不是要蓋住你那張沾了煙氣的青面皮吧。哈哈！」

小茶哭得更厲害了，這個從前的店小二已經控制了天醉和她，她掙扎著，卻忍不住打了個哈欠。

這個隨波逐流的女人，只是想著要替丈夫燒煙泡，卻不知不覺地滑向了命運的深淵。

女人的眼淚更使男人仇恨起來，他一邊把女人的手往泥裡按，一邊罵著：「婊子，爛婊子，你記著你男人怎麼睡的你，我也便十倍百倍地如何睡你，我讓你死在我肚皮底下才曉得我吳升的厲害。我十來年等的就是這一天。是我的東西不回到我手裡，我死都不會歇手。爛婊子，我叫你明白你跟的是什麼爛汙男人，我叫你明白——」

劈啪，清脆的兩下，吳升的臉熱了，又辣了，女人的手僵在半空中，黃泥沾在了男人面頰上。男人也愣了，這女人竟給了他兩巴掌。他一下子便對她刮目相看，剛才滿口的汙言穢語被打得無影無蹤。

那極弱的女人，想來也是被自己的動作嚇呆了，一下子跪在地上，半張著嘴，眼淚也嚇了回去。男人與女人之間，一根游絲在明明滅滅地晃動，一隻蜜蜂在茶蓬間嗡嗡地飛。

山坳是被那劈啪的兩聲劈啞了，它顯出非同尋常的寧靜。一個孩子尖厲的叫聲劃破了突然凝固的空氣，這孩子只來得及叫出一個「媽」字，那下一個「媽」字，便被悶住了。小茶像一根彎緊的青竹，嘣地彈得筆直，慘叫了一聲「喬兒」，便朝前撲去。

與此同時，被打蒙的流氓破腳梗男人也一躍而起，三步兩步，便把女人甩到腦後。待女人趕到出事地點時，男人已經大半個身子淹在糞坑裡了，正托著沾著一身大糞的嘉喬要往上扔。女人見了，頓著手腳就要歇斯底里，被男人一聲喝住：「還不快給我接住！」便嚇得閉住嘴。嘉喬被接了上來，放在草地上，女人又要哭，男人大吼一聲：「還不拉我一把！」女人便又不哭，兩隻手都去拉男人的手，一使勁，臭氣熏天的男人被拉了上來。他一把拎過了滿頭大糞的嘉喬，兩人便直往山澗邊跑，邊跑邊拿手拽了山道旁的箬竹葉，又用嘴巴一口咬下了滿嘴巴的茶葉，使勁咀嚼著。到了溪邊，吳升倒拎了嘉喬，屁股朝天頭朝下，只往水裡浸，嚇得嘉喬哭不出來，滿臉憋得通紅。小茶叫著：「你別這樣，孩子要凍壞的！」吳升說：「走開走開！我要脫衣裳了！」

他脫得只剩一條短褲，跳到了溪坑裡，撲哧撲哧像頭大打噴嚏的牛。嘉喬被他吸引住了，不再害怕了，他抬頭看看明晃晃的太陽，便接二連三地大打起了噴嚏，又皺著鼻子埋怨：「臭……臭死了……」

女人和小孩被轎子抬走的時候，吳升光著脊背，嘴裡咬著滿口的茶葉，目送著他們的背影。他渾身上下脫得只剩下一條短褲，其餘衣裳在山澗裡洗了，正晾在茶蓬上。日頭濃亮，晒得背脊發癢，剛才他用溪水把自己一身好肌肉沖得透紅，綴滿雞皮疙瘩，現在暖洋洋的。他一直在接二連三地打噴嚏，打完了，很舒服，便手腳攤在草地上，雙眼明晃晃，金閃閃，心裡輕鬆，好像剛才不是跳進糞坑救孩子，而是已經把那女人生吞活剝幹了，渾身的燥熱冰消了，多年的夙怨一筆了了。

他手腳攤在阡陌上，高聲吼著〈鬧五更〉：

一更一點白洋洋，一個情郎，依呀呀得喂，
一個情郎，情郎思想大姑娘，
招招手，夜夜想，嘸不湊成雙。
依呀呀得喂，嘸不湊成雙。
……

吼著吼著便聲音輕了下去，睏著了，竟還有夢。他成親了，新娘子自然是小茶，從前他也常做這樣的夢，每一次小茶都是笑著的，心滿意足地跟著他拜堂。這一次卻不是，小茶像一條失水的魚兒半翕著嘴，欲說還休的樣子，兩行清淚，慢慢地從她的面頰上爬下來了。

吳升醒來後發了一會兒怔，天色灰白了，他打了一個大噴嚏，青草氣從身下一湧而上，晾在茶蓬上的內衣已乾，馬甲還潮著，吳升都套上了。收拾得整整齊齊，到茶清的墳上去跪別：乾爹，乾爹！他嘴裡叫著，心裡已不再懷疑吳茶清究竟是否認過他這個乾兒子。不管怎麼樣，我得做你的兒子，唯一的兒子。我要做杭州城裡最好的行倌，還有，我得把老婆孩子接到杭州來了。

當他想到他得接老婆時，他跪在乾爹的墳上，委屈地哭了。斜陽照在了茶園與墳地之間，所有那些人間無法言傳的深刻的欲望和無法實現的占有之心，便被脈脈地籠罩在溫情傷感中了。

杭天醉沉迷於大煙的那一年，也是吳升發奮圖強的那一年，也是趙寄客正跟著黃興在南京密謀反袁獨立的那一年。此時，距杭州光復已經有兩年多了。時局停滯著，又爆發著，在宋教仁被袁世凱暗殺的日子裡，杭天醉的兩個兒子，已經虛齡十二，他的那對雙胞胎也已經過了五週歲的生日。

兩年多來，他得不到趙寄客的任何消息。他糊里糊塗地，自己也不知道是怎麼回事，就和吳升廝混在了一起。吳升逢人就吹他家少爺在辛亥義舉中如何勇敢，天醉聽了，有時得意，有時肉麻，有時無聊。吳升不管，三天兩頭往吳山圓洞門跑，在這突然虛空了的杭家偏院中胡說八道，唾沫橫飛，使杭天醉又看不起他又離不開他。

小茶對他心存戒意，但從不在丈夫面前提醒。她的想像力遠遠低於吳升的行動。她也無法理解，這個男人為什麼一邊高呼不把她睡了誓不罷休，一邊又飛速回了一趟老家，立刻接了黃臉老婆和一堆孩子來。小茶鬆了一口氣，現在吳升已經是一個有家有業的體面男人了，她和丈夫也都已習慣了吳升定期為他們送銀圓來了。

只有嘉喬對吳升的喜愛充滿了兒童的純真。現在，他常常坐著吳升的包車去候潮門，有時還住在那裡。吳升和他在車裡並排坐著，搖啊搖，吳升說：「嘉喬，你認我做乾爹好不好？」嘉喬眼睛都不眨，立刻叫道：「乾爹！」

小茶聽了這消息，神情恍惚起來，嘆了口長氣。杭天醉從鼻頭孔裡嗯了一聲：「這個吳升，人家老婆討不到，討個兒子也好。」

這話刻薄，小茶心驚，眼睛少有地一亮，嘴便抖了起來。

「我……沒有……」小茶說話便結巴了起來。

看著小茶木兮兮的樣子，杭天醉心裡就煩了起來，說：「沒有就沒有，我就見不得你這養媳婦一樣的嘴臉，倒過十多年，吳升要我就讓給他了……」

小茶一聽，木愣了半晌，全身抖得像個篩子，拳頭塞著嘴巴，欲哭無淚，嘴裡卻呃呃地發出了哭嗝。杭天醉一看，不好，小茶當真了，便去拍她的背，說：「好了好了，說句笑話，也好當真？」

小茶一擼他的手，眼淚這才流了下來，趴在床上哭：「笑話……好、好……這樣講的……」

「我曉得喬兒認乾爹，不關你的事，這是他的命，誰叫他跌糞坑去呢？」杭天醉說罷，便上了煙館。待他回到忘憂樓府時，沈綠愛氣得直罵：「整天抽大煙，你還管不管茶莊的事情？」

「這你就是不知道鴉片的好處了。雲裡霧裡的，天大的事情都是芥子般小了，人生如夢，煙裡春秋嘛。」

沈綠愛恨得直咬牙。婆婆一病不起，大權卻還是不肯旁落，一大串鑰匙，依舊還在枕下，每日要垂簾聽政，主事的卻是她。她一個人，撐著這麼大的一個茶莊，實在是有些力不從心。

丈夫也覺得自己是理虧了，想了想，說：「要不我還是回來住吧。我只是不知道回來能幹些什麼。」

「你不戒了鴉片，休想進門。」

「那我就沒辦法了。」杭天醉攤攤手，說，「或者乾脆聘了吳升，頂從前茶清伯掌櫃那隻位子。」

「你怎麼不說把茶莊送給這個中山狼？不是他慫恿，你有錢抽鴉片嗎？」

杭天醉又被說得啞口無言。原來他抽鴉片的錢，都不是從茶莊上支的，沈綠愛看得緊，不是她答應誰也不敢給錢，他只得偷偷摸摸賣字畫。還有，就是上忘憂茶行，支茶莊那些股份的錢，杭天醉自己也不知道，他家的那點股份，正作冰雪化呢。

「要不，叫小茶回來，也好幫你一把。一家子人分兩下住，能不費錢嗎？」

兩個孩子此時正從學校回來，剛好聽到父親的這段話，嘉和看都不看他父親，立刻對綠愛說：

「媽，可不能讓姨娘這樣回來，姨娘也抽上煙了。」

「你說什麼？」沈綠愛頭嗡的一下，站起來又跌坐了下去，兩隻耳朵尖聲叫了起來。

「我那日去吳山圓洞門，親眼見的。爹抽煙，讓姨娘燒泡，姨娘就跟著抽會了。」

沈綠愛發起怔來，她想張口，又不知說什麼，她對丈夫已經完全喪失了信心，她站起來，兩隻眼睛茫然尋覓了一番，尋到了嘉和，她的一隻腳使勁一跺，說：「嘉和，嘉和，你這個親娘，叫我怎麼辦？」說著，一屁股坐在太師椅上，就哭了起來。

現在，杭天醉的三兒子嘉喬開始受到了另一種教育。他騎在乾爹的膝上，正在聽吳升和龍井山中來的那個山客吵架，嚴格地說，是聽那山客在唱獨角戲呢。

吳升，現在已經是候潮門一帶茶行中屈指可數的後起之秀，老闆兼行倌了。

所謂行倌，便是評茶人，也就是評定茶葉品質高低的行家。茶行，原本就以代客買賣為主，往往新茶上市，山客便攜小樣來布樣，也就是讓行倌看是什麼等級，能賣什麼價錢。行倌定個數，又徵得買賣雙方同意，就成交掛牌。也有先開了價購進，掛牌後水客再購進的。

當然，成交後，貨還要運到茶行對樣，符合要求，方能過秤成交。茶行可拿九五扣傭、九八扣現和九九扣樣。山客淨到手時，每一百塊錢，也就只有九十二元了。茶行也向水客收水傭，一百元收五元，實際上只收二到三元，其餘的，都做了回扣。

茶行還有一項額外的收入，便是對大樣時每袋拿取一把茶葉，作為樣茶。這茶是專門拿來分給茶行中人的。上至經理、行倌、帳房，下至職員、棧司、學徒，人人有份。

這樣積少成多，收益竟也頗厚。如忘憂茶行附近的公順茶行，每年光樣茶就有一百多擔呢。吳升接管了茶行，既做老闆，又做行倌，他曉得，這評茶的飯，是絕不好吃的，對茶行來說，幾乎起著決定命運的作用。

原來評茶定級，千年以來，至二十世紀上半葉，完全依靠的是感官。

首先是用眼睛來觀察乾茶的形狀和色澤，以及開湯後湯色的明暗清濁和葉底的嫩度整碎，此為「看茶」。

其次是用嗅覺和味覺來感受茶的香味，此為「聞茶品茶」。

還得憑藉觸覺和聽覺。用手去翻動茶葉時，就能感覺到它的老嫩和輕重，以及水分含量的多少。好的行倌，用手捻，用牙咬，都能辨別高下。

一個優秀的評茶人，誰又能不說他是一個敏感的審美者？評茶人多忌吸菸喝酒，吃辛辣腥氣的東西，更不用香水化妝品。他們能夠辨別出千分之一濃度的味精，他們能夠嗅出百萬分之幾的香氣的濃度，上蒼給了他們一顆敏於感受之心，等於給了他們一條榮光的活路。

吳升珍惜這一條路。他早就在茶清的教誨下不抽菸不喝酒，他引誘杭天醉抽大煙，但自己卻堅決不抽。他還知道，一個好行倌，不僅要評得好茶，還要眼觀六路耳聽八方，能預見行市趨勢，對各路茶類要盡可能地做到瞭如指掌。

當時杭州市面上的樣茶，也就是評茶時的實物依據，大體上分為烘青樣板、大方樣板、黃湯樣板（即建德、分水二本）、青湯樣板（即東陽、義烏、武義等路烘青），吳升均已爛熟於胸。

他的評茶房設在樓上朝南的大屋裡，光線柔和，照著一塵不染的地板，進屋得換鞋子。為了避免陽光直射，窗口還裝了黑色遮光板。

屋裡又有兩張評茶檯，漆成黑色的那張靠窗口，評乾茶；漆成白色的那張放評茶杯碗，評溼茶。這些，原本都是繼承了吳茶清的，沒什麼新創意，吳升接手後的大膽革新則是立刻叫人刮目相看的兩樁：一是樣茶每袋抓一把減少成三袋抽一把；二是水傭從百分之二三減到只取百分之一點五。

山客水客爭相傳頌，紛紛擁來，吳升看似虧了，實際賺了。同行中人便氣憤，說是破了做生意之規，茶漆會館要開會聲討。吳升理都不理：「開會？媽爸個賤胎！開會去呀！你們會開完，老子茶葉老早賣光了！」

茶漆會館竟拿這流氓老闆沒辦法，只好去找忘憂茶莊。沈綠愛這頭在做郵包生意，顧不過來，便去尋天醉，天醉揮揮手，說：「隨他去，吳升這個好佬，胸脯拍得嘭嘭響，圖個好聽，山客水客也多辛苦，這口飯讓他們吃得爽快一些也好。」

杭天醉沒有想到，他一進茶行，就有山客朝他吐唾沫星子了。

山客罵著吳升：「你當你是個好東西，騙過了眾人，騙得過我？你和茶清伯比脫頭脫腳了！茶清伯會把一級龍井評成二級？」

吳升一隻手擼著嘉喬，一隻手拿著一根茶梗，問：「這茶梗哪裡來的？」

「茶梗明明是你放進去的，你要加害於我啊。」

「你叫孩子說，小孩不說謊話。孩子一直在旁邊看著呢。」

嘉喬眨眨眼，說：「我看見乾爹從那裡面拿出來的。」

眾人一聽，便都笑罵那山客，自家貨不好，反誣別人，那山客氣得話都說不出來。

那山客的茶，原本評一級沒問題，晦氣的是吳升從樣茶中挑出一根茶梗。一根茶梗，一級就變二級了，山客能不暴跳如雷嗎？

天醉見了這樣的糾紛，便出來圓場，說：「你們也不要吵了，評一級，茶行吃虧；評二級，山客吃虧，不如就評一級半吧。」

吳升冷笑，放下手中孩子，說：「看在老闆面上，就這樣辦了，吃虧在我吧。」

那山客升了半級，心裡有餘氣，再不敢發。想抽身不做，又怕一級半也賣不出去，哎哎地嘆氣，只好作罷。

誰知山客前腳走出，嘉喬後腳就跳起來，抱著吳升頭顱問：「乾爹，我答得對嗎？」

吳升便說：「乾爹今日要獎你，你說要吃什麼，只管點來。」

倒把個親爹反而聽糊塗了，問：「你們串通一氣搞什麼名堂？」

童口無忌，說：「乾爹手指縫裡夾著茶梗呢。沒有人曉得，只有我一個人曉得的。」

杭天醉聽了，一盆冷水澆到頭頂，順手給嘉喬一個巴掌：「你這不成器的東西，我叫你從小就做傷天害理的事情！」

這一巴掌打狠了，嘉喬慘哭，跺腳叫著乾爹，鑽進吳升懷裡。吳升也上了火，喝道：「這裡是你耍威風的地方嗎？滾！」

杭天醉簡直不敢相信自己的耳朵，從小到大，他就沒聽人對他說過一個「滾」字，何況是這樣一個下三濫的地痞。

「你弄清楚，誰是這裡老闆，誰叫誰滾！」他也喝道。

吳升哈哈大笑，一本帳簿劈頭蓋臉朝杭天醉扔過去：「你自己烏珠彈出看看，你還有幾個銅鈿，配到這裡來吆三喝四？忘憂茶行這塊牌子，一個月前就好摘下了。最大的股份是我吳升的了，如今你吸大煙的錢，都是倒掛在我帳上的，不看在我乾兒份上，我立刻就叫你滾他媽的蛋！」

杭天醉幾乎木了，心裡頭只轉了那四個字：小人得志！小人得志！小人得志！原來小人得志，嘴臉就是這樣的。

但他不知道小人得志後他該怎麼辦了。他茫然失措地四處望一望，一切都陌生了，他盯住小兒子，連小兒子也陌生了。

「嘉喬，回去！」他說。

「不回去！」兒子別轉了頭。

他便一個人失魂落魄地走了出去，咚咚咚地下了樓梯，出了馬路，也不知去向何處，腦子裡一片混沌，竟混沌得舒服。不知多久，撮著拉著車氣喘吁吁地追了上來，見了主人，停下車，便往口袋裡掏銀圓，掏出幾個，遞給少爺，說：「吳升說，再也不給錢了，沒股份了。」說完，一下子蹲在車把前，齜開了大黃板牙，嗚嗚地哭起來了。

正月正，麻雀飛過看龍燈；
二月二，煮糕炒豆兒；
三月三，薺菜花兒上灶山；
四月四，殺隻雞兒請灶司；
五月五，糖糕粽子過端午；
六月六，貓兒狗兒同沐浴；
七月七，乞巧果子隨你吃；
八月八，大潮發，小潮發；聖地菩薩披頭髮；
九月九，打拋老菱好過酒；
十月十，蚊子腳兒等立直。

轉眼間，冬至將近。杭人向有「冬至大如年」之說，早在半個月前，綠愛就囑人買了大白菜，攤開晾乾，幾個孩子忙忙碌碌幫她搬白菜，又用鹽醃了，壓在大缸裡，嘉和、嘉平兩人，用香胰子把腳細細洗乾淨，又用燙水浸得通紅，然後兩人站在大缸裡，鋪一層菜撒一層鹽用腳踩踏一陣，準備冬至那一日開缸，炒肉片祭祖宗。

林藕初躺在床上，什麼也幹不了了。沈綠愛忙著冬至那一日替她做一雙鞋襪，這也是杭人的習俗了，為古人的「履長」之意。

冬至傍晚，林藕初見媳婦送了鞋襪來，靠在床檔上，嗆了一陣，說：「想來想去，是對不起你……」

沈綠愛曉得，婆婆是因為看到她送了鞋襪，想到小茶沒有送，心裡自怨當年不該慫恿天醉收了小

嗎？」

茶，便說：「小茶病著了，不是不孝順……」

「你不用替他們遮擋，從前我那死鬼生的什麼病，他們這對活鬼生的也是什麼病……」

沈綠愛見婆婆什麼都知道了，只好默然。婆婆又吭吭吭嗆了一陣，問：「祭祖的菜蔬都準備好了

沈綠愛說備好了。

「報來我聽聽。」

「有豬大腸，為常常順利；有魚圓肉圓，為團團圓圓；有蓋頭燒肉，為有想頭；有春餅裹肉絲，為銀包金絲；有黃豆芽，為如意菜；有落花生，為長生果；有黃菱肉、藕、荸薺、紅棗一道煮，為有富。媽，你看還缺什麼？」

林藕初想想不缺什麼了，慢慢起身，換了新鞋襪，又讓媳婦幫著梳了頭，然後，從枕下摸著鑰匙，要出房門。媳婦說天黑了，直接去廳堂吧，婆婆嘆口氣說：「取了燭臺，你一個人，跟我來。」

婆媳兩個出了房門，林藕初腳顫得很厲害。她們一聲不響，燭光在暮色濃郁之中搖曳詭譎，閃忽不定。走到那株大玉蘭樹下，婆婆把頭慢慢地抬了起來，媳婦把燭臺也舉高了，便照著了高高的山牆。撲啦一聲，一塊壁灰掉了下來，沒有人，風卻緊了。

她們就那麼站了一會兒，然後，林藕初開始一進院子一進院子地走，走一進，開一道鎖，便把那鑰匙留在了媳婦手裡，媳婦要還給她，她搖搖頭，說：「歸你了。」

沈綠愛的心又激動又壓抑，她對這個偌大的庭院，懷著極度矛盾的心情，她既想一把全部捏在手心，又想全部撒開不管。但是，不管她怎麼想，她手裡那串從前鬆鬆的鑰匙圈，此刻叮叮噹噹，越來越滿了。她跟著婆婆走了不知道多少房間，她真的想不到，這五進大院子，有那麼多的房間。她能猜

出哪些房間對婆婆是充滿記憶的，在這些房間裡，婆婆總要戀戀不捨地四處張望好久，有時又閉上眼睛，彷彿要把這看到的一切關進心裡，帶到另一個世界去。燭光照著婆婆的身影，映在牆上，巨大，恍惚，彷彿她已經在那個世界裡了，此刻見到的是幻影一般。

五進院子走完後，沈綠愛以為婆婆要回大廳祭祖去了，誰知她又打開了邊門，她們還要到茶莊去。後場很空很大，兩旁鋪著木板，從前一到春天，這裡就坐滿了來揀茶葉的姑娘，多時要到近百個呢。後來，越來越少，越來越少了，梁上便結滿了蜘蛛網。婆婆徑直穿過了後場，輕輕推開了堆放茶篩的房間，她在房間裡站了很久，沈綠愛不明白，為什麼婆婆拿起了竹篩，湊近眼前。她要看什麼？她看到了什麼？

最後，婆婆走出了後場，卻往前店走去了。綠愛遲疑地說：「媽，不是有規矩，女人不准上前店嗎？」

婆婆不理媳婦，打開了門。兩個女人，有生以來，第一次進了前店。

她們舉著燭臺，先在櫃檯裡面照了一遍，走了一圈。那些白天在後場她們親手觸摸過的茶聽茶盒，整整齊齊放在這裡，她們覺得好奇。然後，她們又到櫃檯外，繞著那張巨大的評茶檯，輕輕走了一圈。大理石面又涼又硬，反映出了燭臺，甚至反映出她們這兩張女人的臉了……

茶莊真大啊！真了不起啊！這個廳堂，真寬敞啊！原來前店就是這樣的……

現在，她們兩個終於來到了大廳。廳堂上掛了祖宗遺像，又有各個牌位，牌位前擺了豐富的祭品，林藕初看了，皺著眉頭說：「怎麼少了一副碗筷？」

婉羅說：「沒有哇！都齊了。」

綠愛使了個眼色，婉羅明白了，連忙又去置了一副來。

林藕初親自點了龍井茶，香香釅釅，一盞一盞，敬在牌位旁。那副沒有牌位的碗筷前，她敬了一盞黃山毛峰。大家都明白她在祭誰，也明白她這樣祭的意思。大家就朝人群裡找天醉，卻不見他的人影。

嘉和就站在奶奶的旁邊，他是和奶奶一起跪下去的。他站起來的時候，奶奶依舊跪著。他站了一會兒，又恍然跪了下去，再站起來，奶奶依舊跪著。大家等了一會兒，不好意思，又跪了下去，再站起來時，奶奶依舊跪著。一種從未有過的從黑暗深處湧上來的恐懼，突然攝住了嘉和，他邊蹲下邊叫：「奶奶，奶奶！」

奶奶全身硬硬地搖晃起來，頭卻依然頂著地，不吭聲。

嘉和一抬頭，看到靈臺上放著一杯茶，一根花白辮子，嘉和嚇得大叫：「奶奶！奶奶！」

他使勁地一推奶奶，奶奶倒了，咕嚕嚕，像一截木偶，頭和膝蓋碰在一起，兩隻手撐開著，臉上一副虔誠的神情。

接著，整個忘憂樓府都聽到了一個男孩子的淒厲的尖叫：「奶奶！奶奶！奶奶！」

無論男孩的父親，還是男孩的母親，都沒有聽見這象徵著忘憂茶莊一個時代結束時的叫魂之聲。當他的母親以僵硬而又虔誠的姿勢，用她臨終的祈禱來要求亡靈護佑這個杭城著名的茶葉家族時，杭天醉用他在忘憂茶行支取的最後一枚銀洋，換得芙蓉煙，再一次地不可自拔地陶醉在了從未有過的虛無的迷幻之境中了。

第二十二章

長子嘉和的臉上，過早地呈現出了一種心不在焉卻又當仁不讓的神情。這是他的父親和他的爺爺都不曾有過的，如果人們記憶猶新又觀察入微，會在長毛吳茶清的身上看到依稀的影子。

他沉默寡言，身材瘦削得亦如一把薄劍。他身體並無疾病，但臉上總若隱若現著某一種無可言說的痛苦。人們對他既為長子又為庶出的特殊地位予以理解，但他似乎並不在乎這種理解。一放學，他總是先到媽處問安，然後再問有什麼事情可以幹。他已經可以寫出一手漂亮的毛筆字了，用來書寫借據、款單、憑證等等，綽綽有餘。

大弟嘉平恰與他的個性相反。嘉平是無拘無束的，快樂的，直言不諱的。他對一切來自自然和書本的知識，都抱有強烈的實踐的興趣。然而，由於他的過於好動，他對生活的態度又帶上了浮光掠影的應接不暇。一年四季他都有走出牆門外的理由，尤其是夏日。葉子喜歡跟著大哥二哥，在晨光熹微之前，穿過斷橋，來到西泠橋，這裡有蘇小小的墓。葉子想，她是中國古代的藝伎吧。這裡又有林和靖處士的墓，葉子不明白什麼是處士。嘉和說：「處士，就是一天官也不當的人。」

「一天官也不當，有什麼好紀念的？你看岳飛，當了大元帥，有千軍萬馬，才好當大英雄呢！」

岳王廟就在西泠橋斜對面。他們也是常去那裡的。廟裡的岳飛手裡舉著個牙牌，穿著寬衣朝袍，不像個將軍，使嘉平隱隱有些失望。比起來，倒是秋瑾墓讓他更有聯想力。他一遍一遍地對葉子說：「這個女人跟趙伯伯很認識的，她一次有五斤酒好喝，手裡拿一把刀，騎在白馬上，女扮男裝，你看墓碑上的字……」

葉子藉著晨光，費勁地讀著：「『秋雨秋風愁煞人……』秋雨秋風，為什麼愁煞人呢？」

「為什麼？」嘉平就盯著嘉和，他認為嘉和應該知道這一切。

嘉和想了一想，說：「因為『悲哉，秋之為氣也。』」

他們三人都還不能明白，何謂「悲哉，秋之為氣」。現在正是盛夏，是芳香的希望的季節，滿湖的荷花，天微明時開放了一會兒。葉子把裝了一小包茶葉的白紗袋放進了花蕊，又用一根細繩把花瓣輕輕縛攏了。此時，天已大亮，他們三人從城裡跑到這裡，也都有些累了，便在放鶴亭下的藤椅上躺下。這兒有新沖的粉紅色的藕粉和新沏的碧綠色的龍井茶，是從三家村和忘憂茶莊進的貨。店家認得這幾個孩子，免費請他們吃，吃飽了，他們便在藤椅上昏昏地睡著了。

總是嘉平最愛睡。嘉和與葉子醒來，便到湖邊去解開荷花瓣，取出茶葉。微風吹來，荷花紅紅白白，顫動不已，像是仙人從水中升起。嘉和等著，等著，看看葉子，看看荷花，心裡說不出來的癢。葉子安安靜靜說：「為什麼要把茶葉放到荷花中去呢，大哥兒？」

杭人口語中多兒化音，葉子不太會用，就到處加「兒」字。嘉和聽她這麼叫他時，心更癢了，全身哆嗦起來，說：「茶性易染啊。荷香染到茶香上，我們就能喝花茶了。」這麼說著時，荷花就一朵朵地開了。嘉和盯著荷花，被它天光中的美麗迷惑了，一伸手跨腿，便掉入了西湖。葉子低聲尖叫起來，嘉和站在齊腰深的水裡，說：「沒事沒事，比錢塘江的潮淺多了。」

他渾身上下溼漉漉的，清清涼涼的感覺。葉子催著：「快起來快起來，嬸嬸知道了，要罵我的。」

葉子害怕那個整日掛著鑰匙走來走去的女人，葉子不敢跟別人說。她覺得，中國的男人要比中國的女人好，甚至在她眼裡，那抽大煙的天醉伯伯，都要比勤快操勞的綠愛嬸嬸親切呢。她這麼想著，伸手去拉大哥，大哥卻撐著堤岸，輕輕一跳就上來了。

這邊，採蓮的女郎們搖著小舟，捧著剛折下的荷葉，裡面托著新切的生藕片，過來做生意了。這些生藕片，切得一樣厚薄，用手取來吃時，一片一片地連著，這才叫藕斷絲連呢。況且吃完之後，又可將荷葉倒過來戴在頭上，那便是一頂漂亮的涼帽了。

嘉和掏了零用錢，買了一片荷葉的藕，那賣藕的女郎笑微微地說：「小郎倌真心疼你的小養媳婦啊，自家不吃省下來給屋裡人吃……」

嘉和一下子面孔通紅，耳朵根子都發了燒。葉子不明白什麼叫小郎倌什麼叫屋裡人，但是猜這神情，似乎與她有關，便也羞答答地紅了臉。正不知如何是好，嘉平大呼小叫，也捧著一張荷葉過來了，上面放的卻是蒸熟的藕。藕孔中填滿了糯米，再行切片，又撒了亮晶晶的白糖，又鬆又軟，又糯又香。嘉和問：「你也是買的？」

「才不是呢，店主送的。吃！」他把他的那份伸到葉子鼻下，說，「你聞聞，香不香？」

葉子笑了，左手一片，右手一片，那賣藕的女郎驚呼起來：「這個姑娘好福氣啊！兩個男伢兒歡喜你呢！」

綠愛漸漸地與嘉和這個沒有血緣關係的杭家長子親密，開始於那年初冬的一個下午。當她報著帳目，並讓這個早熟的孩子記帳時，她奇怪地聽到了啪嗒啪嗒的聲音。接著，她看到帳簿數目字被水浸酥了。她抬起頭，嚇了一跳，她看見嘉和那雙長眼睛中，飽噙著眼淚。

「怎麼啦？」她問。

「葉子……要死了……」嘉和痛苦地說。一閉眼，眼淚就流成了條。

綠愛坐在太師椅上，愣住了。

「好好的，怎麼就要死了？」

「她不停地流血，不停地流血，肚子痛得要命。她自己說的，她要死了……」

綠愛繃緊的變了色的臉，緩過來了，臉上就有了詭譎的笑意。

「為什麼不先告訴我？」

「她害怕的。她怕給你添亂。」

「這是誰說的？」綠愛倒有些不快意了。

「她說的。」嘉和停了筆，朝綠愛看了一看，「我也這麼想。」

綠愛認真地看了孩子一眼，明白了。孩子是說，我們都不是你生的，我們很知趣。然而這暗示卻叫綠愛難受，彷彿一道譴責。她嘆了口氣，便從太師椅上站起，問：「葉子現在在什麼地方？」

「她躺著，不讓我們動。嘉平正給她餵雲南白藥呢！」

綠愛大叫一聲：「胡亂幹什麼？你們這些不懂事的小鬼頭！女孩子的天癸，你們搗什麼亂？」便一路小跑往外走。嘉和跟著一溜小追，問：「媽，葉子會不會死？」

「死不了，等著長大做你們的媳婦呢。」綠愛又氣又笑，一把擼過這瘦弱孩子的肩膀，孩子的脊背一熱，臉就紅起來了。

那日晚上，小哥倆躺在了一張床上，他們同時被女人這種奇怪的異性迷惑住了。他們又興奮又固執，都有一種不解開女人這道謎誓不睡覺的激情。

「大哥，你沒見到那麼多血啊，還有一股腥氣，真的。」

「你怎麼知道？」

「你去算帳時，葉子讓我看的。」

嘉和一下子從被窩裡挺出了上半身，結結巴巴地問：「你、你、你看到什麼啦？」

嘉和撲通又倒回被中。嘉平突然大悟，狠狠踢大哥一腳，說：「大哥十分下流！」

嘉和臉緋紅，嘴裡咕噥：「我以為……我以為……」他的聲音越來越低，頭就鑽進了被窩，他不知不覺地便深感自己的確十分下流了。

他的小他幾個時辰的大弟此刻卻興奮起來，又踢踢嘉和的腳說：「大哥，大哥，我告訴你個祕密，你可不許和別人說。」

兩兄弟都從被窩裡伸出手來拉了鉤。嘉平才說：「那日我路過葉子房間，窗沒關緊，我見葉子洗澡來著。」

嘉和一下子又全繃緊了，呼吸緊迫起來。

「只看到半個背，光溜溜的，像把團扇。」

「別的你都沒看？」

「有啥好看的。」嘉平大大咧咧地伸個懶腰，「子曰，非禮勿視。」

「你也知道孔子？」

「怎麼不知？還有『唯女子與小人為難養也』。你看葉子這個女人多難養，流那麼些血，媽還說該流，不該吃雲南白藥。」

「你懂什麼！那是天癸。」

「什麼天癸地癸，不吃藥，光流血，流死了怎麼辦？」

「不會死。」嘉和便寬他兄弟的心，「媽說葉子長大了還要做我們的媳婦呢。」

嘉平一聽葉子果然很安全，便也不急了，打個哈欠要睡，突然又想起了什麼，跳起來說：「葉子得給我做媳婦！」

「為什麼？」嘉和愕然。

「我得跟她去東洋看看。我早想去那兒看看的，坐著大船去。」

「那我呢？」嘉和很生氣，「我也想坐大船的。」

嘉平一聽，嘆口氣，又把手從被窩裡伸了出來，說：「那就石頭、剪刀、布吧。」

這是他們兄弟倆解決問題的一貫方式。每當這種多少帶有賭徒心理的抉擇擺在他們面前時，嘉平總會立於不敗之地，這一次也不例外。嘉平三局二勝，未來的東洋媳婦歸他了。他心滿意足，倒頭便睡，不一會，便有了輕微的鼾聲。

那另一位早熟的少年卻徹夜難眠。他無法排斥自己去想像那個如一把團扇般的女孩的脊背，這種偷偷摸摸的想像有一種犯罪的愉悅。天快亮時，他睡著了，他夢見一位穿和服的少女，手裡拿著一把團扇，朝他一掃，便消失了。

從第二天開始，他便不能夠和葉子正常說話了。葉子身上的一切都叫他激動。她低頭時毛茸茸的髮根，她面對陽光時極薄的半透明的耳廓，她盛飯時蹺起的小手指，她說話時嘴角下方極小的酒窩，甚至她身上定時散發的稀薄曖昧的血腥氣。

葉子似乎對這一切都置若罔聞，她依舊和從前一樣地與這兄弟倆交往。只是她的身體卻開始圓潤起來了，面部有了少女的光澤。嘉和鬼鬼祟祟地細心觀察著葉子的動靜的時候，葉子漸漸地發現，從前那個沉靜平和的大哥，現在對她越來越古怪冷漠了。她一走過去，他就心煩意亂，他們之間的關係，開始有了少男少女們慣有的矯揉造作。他們彷彿同時開始踏進了成人世界，卻把嘉平一個人扔在兒童時代裡了。

與此同時，大西洋彼岸的一個重大歷史事件卻改變了東方一個小小茶葉家族的人們的命運。一九一四年，溝通太平洋和大西洋之重要航運水道——巴拿馬運河，已經全線鑿通。美國政府為了慶祝巴拿馬運河的建成，決定於下一年五月在舊金山市舉辦「巴拿馬國際博覽會」。中國也在被邀請之列。國民政府為此成立了「巴拿馬賽會事務局」，出生在浙江青田的陳琪擔任了局長，他點名請了他的浙江老鄉沈綠村，作為代表團二十個成員中的一個。

此次賽會規定，展出物品的評獎標準，一是質量，一是數量，而每一類物品則只能發一個大獎。中國的參賽品種雖然很多，但斟酌來斟酌去，最可勝者，為絲、茶兩項。而此兩項間，絲質雖極佳，然製作卻不及法國與義大利精美，唯有茶葉一項，尚有在世界稱雄之可能。

絲綢業出身又混跡於政壇的沈綠村，便這樣出現在杭州忘憂茶莊的大門口。

沈綠村是這樣一種類型的中國男人：要他動怒，就像要他狂喜一樣艱難；而他的頹喪，就像他的激進一樣罕見。連推翻清政府這樣大的事情，也彷彿是他和他的父親在命運這架算盤上精打細算出來的。既然大清朝必倒無疑，既然中華民國必然萬歲，幹嗎不跟著「萬歲」跑呢？出大錢資助革命是一件一本萬利的事情。誰做生意不捨得下大本錢，誰就成不了大氣候，而沈綠村是決定要成大氣候的。因為無論他的父親還是他父親的父親早就成為江南絲綢業的基石之一，作為一個長子，他別無選擇。

雖然他從小也讀四書五經、唐詩宋詞，但他骨子裡透出來的精明使他根本不可能成為一個趙寄客式的俠客式人物，或者有杭天醉式的道家風骨。簡單地說，他就是個生意人。雖然他留學法國，跟隨中山先生多年，雖然他架金絲眼鏡，拄文明棍，穿西裝，繫領帶，雖然他通英語、法語和日語，但文化知識對他並無感化作用。他彷彿天生地不知廉恥，也無法體驗背叛的羞辱和靈魂被拋棄的恐懼。這一切足以使人格分裂的人性基因，沈綠村都沒有。他性格統一，意志堅定，溫文爾雅，寡廉鮮恥；他是一個沒有性情的人，無論真性情假性情，通通沒有。

因此，他便成了一個不可捉摸的乏味的人物。他不抽鴉片，不喝酒，不看閒書，不嫖女人，冷靜地沉著地朝金錢和權力的既定目標前進。當人們為他的投靠袁世凱而大吃一驚時，他卻在為人們的大吃一驚而暗自冷笑。他認為世上只有兩種人——生意人和非生意人。這兩者的區別，僅僅在於生意人看得見每個人身後的利益的影子，而非生意人看不見。他們的生活，就像盲人瞎馬一樣地受制於不可知的命運。

鑑於這樣一種把非生意人在智商甚至種類上看賤的視角，他對他們又不免滋生一種優越的泛泛的憐憫。因此，他從來不在骨子裡生杭天醉和趙寄客的氣。在他看來，杭天醉只是一個沒有頭腦只有心肝的膽小鬼，而趙寄客則是一個頭腦和心肝裡都埋著炸藥的莽撞漢——總有一天，炸藥會把他自己炸得粉身碎骨，煙消雲散。

他倒是生過綠愛的氣，那是因為親情，他們畢竟還同著一個父親，但是綠愛在他眼裡，不過是一個忽冷忽熱的神經質的女人罷了。

他們這些人全部加起來，統統都不是他的對手。所以，他從北京回到杭州時心情平和，從容不迫。先回到珠寶巷，梳洗乾淨，吃午飯，再午睡，讓僕人準備好禮品。然後，下午起來，套上了鐵灰色緞面的灰鼠皮袍，頭戴黑呢禮帽，架金絲夾鼻眼鏡，從容不迫地看了懷錶，不多不少，正好兩點半，這才篤篤定定地坐上人力車，向羊壩頭而去。

小妹綠愛的家境卻不免叫他暗自吃驚。她和他分別也不過三年，但是看上去，她卻明顯地有了幾分滄桑感。沈家大族子女甚多，把這個小妾的女兒體面嫁出去，在他們看來已經夠可以了，要再來接濟，卻是不大可能的。況且忘憂茶莊，在沈家看來，也是夠得上殷富人家的，弄得她大哥倒有點不大明白，一個深宅大院裡的女人，還能辛苦到哪裡去！再問她這幾年過得怎麼樣，綠愛沒好氣地說：「要倒灶了。」

「氣話，氣話！」沈綠村打著哈哈。

「怎麼是氣話？忘憂茶莊這點底子，一半嘛捐給革命，一半嘛捐給了鴉片，我現在是寅年吃著卯年的糧，硬撐著罷了。」

沈綠村這才知道杭天醉和他的如夫人，雙雙抽上了鴉片。這件事情因為超出了他的想像，所以叫他也不免浮淺地生出一點氣來。他說：「趕快去把他從圓洞門叫回來，看我教訓他！」

沈綠愛打了個哈欠說：「你叫他有什麼用？你跟袁世凱做官，他還不願理睬你呢。」

沈綠村這才簡單地把來意說了一遍，最後說：「離賽會還有半年，天醉若能帶上好的茶葉品類，再把鴉片戒了，我保證帶他去美國參加賽事。」

沈綠愛聽了，心裡便有點動彈，但想起他現在這個骨瘦如柴的癮君子像又沒了信心，說：「大哥，我對他是沒啥盼頭了，你想試，你自己去試吧。」

綠村嘆了口氣，搖搖頭，說：「你們兩個，天生不是一對，沒天談。」說完站起來要走。不料斜刺裡鑽出個嘉和，朝他深鞠一躬，說：「大舅，煩你在這裡等一會兒，我立刻就去吳山，一定把爹拖回來見你。」

嘉和這一年長得高，十三歲的男孩子，有模有樣了。綠村拍拍他的肩膀，說：「好孩子，讀書了嗎？」

「再一年要去報考師範了。」他說。

「不當老師，讀師範幹啥？」

「我跟嘉平說好了，去師範，讀書不要錢。」

「你這個孩子，你家沒錢，你大舅有。供個孩子讀書，還供不起嗎？」沈綠村感嘆了一聲。

嘉和低著頭，面孔就白了，此時他痛恨自己對人說了「錢」字，因此口氣變得生硬：「我和嘉平商量好的。我們自家的事情自家來管。」嘉和邊說邊往外面跑，邊跑邊說：「媽你放心，我一定把爹拖回來。」

嘉平正站在門外石徑上，拿著一根三節棍，砰砰嘭嘭地玩。葉子坐在院子裡那架老紫藤繞起的座架上，邊看邊鼓著掌。

綠村問：「嘉平，你怎麼不和你大哥一起到吳山叫你爹回來？你們一起去，你爹就更動心了。」誰想這孩子收了棍，一本正經地說：「就算把他喚回來，又有什麼用？這麼大的中國，有多少人在抽鴉片，要改變他們，就得從根本上做起。」

綠村真沒想到，小小一個男孩竟然說出這樣一番議論時局的話來。

「怎麼，你想學林則徐虎門銷煙？」

「那是七十年前的事情，我想學黃興、李烈鈞，把袁世凱打下臺，孫中山當總統，國家強盛了，列強就不敢給我們鴉片了。沒了鴉片，像我爹這樣的人，就自然而然戒了煙。」

「那要等到什麼時候？」綠愛朝兒子白了一眼，心裡卻充滿了自豪和慰藉，到底是自己生的兒子，別看愣頭愣腦，卻是真有見地的。

沈綠村卻皺起了眉頭，說：「這是從哪裡聽來的？你們學堂敢教這個？」

「是我自己想的。」嘉平拉著葉子，說完這句話就跑了。

沈綠村對妹妹說：「你得管管他，否則日後給你闖禍的，不會是別人。」

綠愛無精打采地織著手裡的毛衣，說：「我哪裡還有心思管他，我一天到晚想著的是怎麼樣拆東牆補西牆。」

沈綠村站了起來，他已經完全沒有了剛才來時路上盤算好的那一腔興致。在忘憂茶莊，他是弄不到什麼可以拿到美國去的東西了，他拍了拍手裡的白手套，說：「小妹，實在不行，你帶著孩子回娘家吧。」他又想了想：「把茶莊變賣了，總比給他們抽光了要強。另外，把嘉和也給帶上，我看這個孩子，倒是比嘉平更能助你一臂之力。」

「你不等他回來了？」

「你都不相信他了，我和他又隔了一層，還能相信他？」

沈綠村這麼說著，心裡多少有些遺憾，爹的這筆投資沒弄好，在嫁女兒上虧本了。

嘉和在吳山圓洞門見著的是一幅奇異的場景。嘉草正靠在右邊山牆上嗚嗚地哭，兩隻腳併攏，兩隻手平伸開，手背上放著兩個小酒盅。嘉草的頭頂上也放著一隻大瓷碗，嘉喬正站在旁邊的凳子上面，手裡捧著個酒瓶，咕嚕咕嚕地往裡面倒水，倒得滿滿的。水又往嘉草臉上流，嘉草一邊哭，一邊又不敢動彈，嘉喬還在旁邊斥著她：「不准哭！不准哭！」

嘉草一見大哥進來了，哭得更響，兩隻手往下壓，一隻酒盅掉到了地上，嘉喬立刻在她耳朵上狠擰了一下，且罵道：「小娘生的丫頭片子！號什麼喪！」

嘉和簡直不敢相信自己的耳朵，這麼複雜的下流話，嘉喬是從哪裡學來的？而且罵得還那麼地道！再一看，妹妹哭成這個樣子，又不敢動彈，眼睛盯著大哥，嘴巴一抿一抿的，只盼他來解救。嘉和氣得上去一腳把嘉喬那凳子踹了，然後拎了仰面倒在地上的嘉喬，狠狠揍了兩屁股，嘴裡罵道：「我叫你欺侮妹妹！我叫你欺侮妹妹！」

嘉喬被打得也哇哇直哭起來，嘴裡只求說：「大哥別打我，大哥別打我，以後不敢了！」

「說，是誰教你的壞勾當？」

「乾爹帶我去茶行，那裡的人教我這樣玩來著。」

嘉草丟了碗，一頭撲到大哥懷裡，抬著小臉告狀：「大哥哥，小哥給我吃篤栗子！頭上一塊塊，痛！」

嘉和摸上去，果然頭髮裡疙疙瘩瘩的，氣得又要打嘉喬。嘉喬卻早已躲到了一邊：「大哥我不敢了，大哥我不敢了。」

「大哥哥，小哥把我頭髮也剪掉了。」

嘉草轉過頭，果然，後腦勺上短了一截頭髮，齊齊的一小撮髮根，貼著頭皮。嘉和把手又高高舉起來，嘉喬就往後院子跑，邊跑邊叫：「媽，媽，大哥打我，大哥打我！」

嘉和抱著嘉草走，廂房門虛掩著，嘉喬推門進去，見爹和媽一人一頭，靠在床榻上，正過煙癮呢。

嘉喬就去拖媽的腳，說：「大哥來了，打我呢。」

小茶披頭散髮地坐了起來，發了一會怔，才對男人說：「唉，你是爹，你管。」

杭天醉說：「該打！該打！我不管。」

正說著，嘉和抱著嘉草進來，衝著小茶就吼：「你還是個當娘的？你看他把我妹妹欺侮的！」

小茶過了煙癮，膽氣也就上來了，說：「你這是跟誰說話？你是誰身上掉下來的肉？」

「你還好意思說這話！有像你那樣當娘的嗎？」嘉和怒吼起來。

小茶嚇了一跳，蒙了，然後便哭了起來，說：「我的命怎麼那麼苦啊，生個兒子都不叫媽啊……」

杭天醉煙癮足了，坐起來，說：「我看看……」

不看猶可，一看來氣，伸出一腳，把嘉喬踢出老遠。這一腳真踢痛了，嘉喬哭著往他媽懷裡扎，小茶和他立刻就哭著抱成一團。

杭天醉這才問大兒子幹什麼來了。聽說沈綠村讓他過去商議明年去美國送茶葉的事情，聽也不要聽：「美國有鴉片嗎？不去！」

兒子固執地站著，不肯走。天醉生氣地說：「還不快回去告訴你大舅，就說我不想見他。」

兒子還是不動。

父親說：「一會兒天黑，小心人販子拐了你去。」

兒子突然直直地跪了下來，說：「爹，我求你回去。」

杭天醉吃了一驚，拉起了兒子，心緒茫然，眼淚卻流了下來，說：「兒子，別學你爹的樣，爹是完了。」

嘉和看著這個塵汙滿室、煙燻火烤的房子，一跺腳，抱著嘉草就走出了圓洞門。

小茶一見嘉草被嘉和抱走了，這才著了急，大叫著：「天醉，天醉，你還不快追，你就回去一趟吧……」

嘉喬見大人大喊大叫，更害怕了，大哭大叫起來，抱著小茶的一雙腳，纏著不讓他媽走。杭天醉看著這大人哭小人叫亂成一團的樣子，這才懶懶地套上了鞋子，搖搖晃晃地往外走去了。

使杭天醉感到意外的是，他沒有見到他不喜歡見的沈綠村，卻見到了久未見面的日本友人羽田。同樣是一個初冬的濃暮時分，羽田這一次卻穿得完全歐化了。西服、領帶，還留起了漂亮的人丹鬍子，頭髮抹得光光的，亮可鑑人，與面如焦土的杭天醉一比，年輕得多的杭天醉竟然還老出了一截。羽田見了老朋友突然變成這副模樣，吃了一驚，他立刻就明白了，杭天醉染上了惡習。

倒還是杭天醉見了老朋友，十分高興，而且吸足了煙，他現在也能夠抵擋一陣了，所以眼睛又亮了起來，拉著羽田的手說：「哎呀，我的東洋老兄，你把女兒扔在這裡，自己跑到哪裡去了？光收到你的信，知道你在東京什麼裏千家家元習茶道，莫非一個茶道，還需要花費那麼些工夫？還是千利休說得好：須知茶道之本不過是燒水點茶。」

羽田恭恭敬敬地坐在太師椅上，微微一笑，說：「杭先生，燒水點茶固然是平常事平常心，但最難卻又在這裡。人，最不容易活得平易啊。」

杭天醉心裡有愧，神經就容易過敏。羽田這幾句話，原來也未必有心，但聽者卻以為是實有所指的，不免就面帶羞色起來。心裡又想著不能冷場，便尋著話頭說：「先生這次回中國，是否重整照相館啊？」

這下輪到羽田面有沮喪了，說：「杭先生此言，照中國人的話說，是哪壺不開提哪壺了。」

「此話怎講？」

「拱宸橋日租界的情況，莫非你就一點不清楚？」

「聽說是極為繁榮的。」

「豈止是極為繁榮，恐怕是過於繁榮了一些。煙館、妓館，都開到我照相館頭上來了。更可笑那些妓女，嫖客拉得不夠，竟到我這裡來勾搭，真是豈有此理！」

杭天醉看著羽田先生的尷尬樣子，笑了起來，說：「不過葉子也的確是需要一位新母親的了。」

羽田搖搖頭，說：「後娘養的孩子，苦哇。這個，東洋、中國都一樣的。我是決計不再結婚了，這次來華，就是想把女兒接回東京，繼承我的事業，從事茶道。」

杭天醉很吃驚：「葉子要走？住在這裡不好嗎？」

「照中國話說，叫『梁園雖好，卻非久留之地』。再說，你們也艱難哪。」

杭天醉訕訕地笑，抬起頭說：「說來也是，自家孩子都帶不好的人，怎麼還配帶別人的孩子？」

「千萬別這樣說。」羽田站起來點頭哈腰，「無地自容的，當是我羽田。」

兩個男人同時為自己的不負責任感到內疚，繼而滿腹心事地沉默下來。婉羅及時地生起了白炭爐子，火紅瓦壺黑，水響了起來，一直悄悄站在旁邊的葉子，雙手端上來一隻黑色茶盞。天醉噢了一聲，兩個男人同時說：「是兔毫盞啊……」

想來他們接下去不可能不浮想到數年前的那個茶與革命的夜晚，心潮有了幾分起伏，卻又覺得不好意思，便克制住了黃昏中油然而生的關於歲月和別離的傷感，再一次地悄無聲息了。

嘉和與嘉平陪著葉子，坐在門口。嘉平吧嗒吧嗒，互擊著他的三節棍，問：「葉子，你真的要走了？」

葉子點點頭，一副要哭的樣子。嘉和生氣地指責嘉平：「你吧嗒吧嗒地敲什麼，心不煩？」

嘉平和葉子都很吃驚，他們從來沒有看見過嘉和用這樣嚴厲的口氣說話。

「兔毫盞送給你們了。」葉子想了想，說。

「送給誰？父親、嘉平還是我？」嘉和依舊有些生氣，不悅地問。

「我們還是石頭、剪刀、布吧！」嘉平又要賭運氣了。

嘉和站了起來，他感到失望。還有無法言傳的，他自己也說不上來的那種實際上應該被稱為離愁別緒的憂傷。

客廳裡的男人們被別離的生疏控制了，也是為了打破這沉默吧，杭天醉問：「明年巴拿馬的萬國博覽會，你聽說了嗎？」

誰知羽田一下子站起來，說：「你也聽說了？」

「沈綠村還讓我弄點好茶葉，一起上美利堅呢。」許是為了迎合羽田的話題，或者，因為殘存的虛榮心依舊還會作怪，天醉竟用了這樣一種口氣敘述此事。

「哎呀，那我們明年五月，就要在舊金山見面了！」羽田大喜，說，「我作為日本代表團茶道成員，也將出席這次賽會。你我兩國，少不了就有一番較量呢。」羽田微笑著說，口吻在客氣中透著一絲矜持。

「論武力，中華暫居貴國之後。論茶、絲，東洋人怕也只有甘拜下風的份了。」天醉輕輕一揮手說。

「那倒也未必，」羽田竟有幾分認真起來，「日本茶銷美的數量最多，折桂也是極有可能的。」

杭天醉一聽，不知不覺中也認真起來：「萬國賽會，又不是美利堅一國之會，怎能局限在美國一國間評定？我中華民國有四萬萬人民無不飲茶，且華茶遠銷歐美，產量之大，飲用之多，毋庸置疑，奪魁一事，當之無愧。」

「貴國向外售茶雖多，卻以紅茶為主，本國卻以綠茶為本。即便貴國實有奪標之心，綠茶皇冠在日本人頭上，應該是當仁不讓的。」羽田的口氣，開始叫杭天醉焦躁起來。

「豈有此理！」杭天醉聲音也響了起來，「中國諸多省分皆土產綠茶，憑什麼大獎卻要頒給彈丸之地的日本，世上哪有這等的強盜邏輯？」

這「彈丸之地」和「強盜邏輯」之語激怒了剛才還文質彬彬的羽田，致使他幾乎勃然而起——自已軟弱無能，卻道他人強盜；自己貪生怕死，卻道滄浪之水；自己自暴自棄，卻忌他人圖強。這就是你們華人！他幾乎就要衝口而出的時候，看到了他的女兒葉子，手裡捧著那隻茶盞，正在點茶。他的眉眼一鬆，學著中國人的樣子作著揖：「老弟，言之過重了，言之過重了。用『彈丸之地』和『強盜邏輯』這樣的字眼，也許不符合中國茶人中庸、平和、精行儉德的風範吧。」

杭天醉自己也沒想到他會在不經意中，突然把話題單刀直入插到了極致。現在他覺得自己也不太好收場了。但是擺著一屋子大大小小，卻又不願就此落臺，便哈哈地笑道：「羽田先生，言之過重，固然冒昧，卻也事出有因。況且中庸、平和、精行儉德也不能囊括中國茶人之風範。如我想來，茶聖陸羽雖沒有像千利休那樣去輔助朝廷，千利休也未必像茶聖陸羽那樣，葛巾布衣，叩杖擊樹，臨溪而泣，浩哭於曠郊野外呀！」

「我不明白您的意思。」

「我父親的意思是說，中國人比東洋人更知道不妥協。」嘉平解釋。

「可是在我看來，日本人的確要比中國人更懂得和平。我們到貴國來開工廠、開藥店，經營商業，我們把和平繁榮帶給你們。中國人散漫，不團結，形不成核心，在每一個領域都是這樣，包括在茶的領域。是我們，才把中國的茶禮茶宴這樣世俗的規範，上升發揚成日本的茶道精神。你們沒有理由忌恨我們的超前勝利，我們大和民族，是最講和平的民族。」

「我們不要你們的和平，你快帶著你的和平回日本吧。」濃眉大眼的嘉平風格與其兄截然不同。他們這番由溫和親切、感恩戴德開始的對話，發展到現在這樣愈來愈尖銳、愈來愈勢不兩立和劍拔弩張的地步，是雙方都始料未及的。在此之前，他們以茶會友，彷彿是沒有國家的人們，而此刻，他們一個個地都成了最最熱烈的神聖不可侵犯的愛國主義者。而且，他們現在要爭辯的東西也越來越大而無當，和巴拿馬國際賽會幾乎已經挨不上邊了。

「等我們強大起來，我們自然會歡迎你們來和平的。我們沒請你們，你們自己打上門來，怎麼是和平呢？」嘉平說。

「你說什麼，等你們強大起來？」羽田顯然是被嘉平激怒了，一把拉起女兒，托住她的下巴，把她的臉擰向天醉，「看一看吧，這就是一個中國父親的強大。在中國，鄉村、城市，到處都是這樣的父親，他們強大嗎？」

話音剛落，杭天醉手起盞落，兔毫盞啪地砸在地上，裂成兩半。所有的人都愣住了，這不可收拾的分裂，讓人不知接下去如何是好。

始終沒有說一句話的葉子，只做了一件事情，她蹲了下來，撿起了破裂的茶盞，給嘉和的那一半，底部有個「供」字，給嘉平的那一半，底部是個「御」字。

水又煮沸了，歡樂地嘶響著，冒著熱氣，給每一張憤怒而又茫然的面孔蒙上了面紗。炭火正旺著，正是「寒夜客來茶當酒，竹爐湯沸火初紅」的冬夜的意境。但是這點異國茶人之間曾經有過的溫情和慰藉，卻在一場突然爆發的愛國口舌中被砸得個稀巴爛了。

杭天醉自己也不明白，是因為羽田侮辱了中國，侮辱了中國的綠茶，還是侮辱了他這個做茶葉生意的人，他才把這中國的兔毫盞砸成了兩半。羽田默然地看了他一眼，這一眼彷彿在說：你砸的可是你自己的東西啊！

令人驚訝的是這日本的父女倆還能在吵得這樣不可開交之後，向杭天醉深深地鞠躬。這是因為感謝幾年來養育葉子的恩情吧！這是一個多麼注重形式的國度！多麼嚴酷地控制著自己情感的人！對杭天醉來說，可爭辯可不爭辯的事情，在羽田這裡，卻是非爭辯不可的！這種仇恨、蔑視和感激的心情分門別類地包裝收藏在他們這些靈魂的各個抽屜裡，竟能互不相擾，這是杭天醉這樣一切情感混淆一氣像打雞蛋一樣打得混沌一片的人所不能接受的。

也就是說，當羽田侮辱過他和他的國家後，再來向他舉行感激的儀式，是他所不能接受的。

羽田卻飛快地安靜下來。他牽著女兒的手，走過嘉平身邊時，丟下了一句話：「孩子，你還年輕。我們會有機會再來討論和平的。」

葉子在萬分驚愕中離開了忘憂茶莊，老實說，她真的什麼都來不及想，甚至來不及整理東西。她邁出大門的時候曾經回頭看了一眼。在黑暗中，她看見有人向她舉起了手，她看不清楚是嘉和還是嘉平。但是，憑感覺她能知道，這一定是嘉和。在這個家族中，葉子知道，只有嘉和一個人會對她這樣做。

葉子哭了，說：「我還沒有向嬸嬸拜別呢。」

羽田嘆了口氣說：「走吧，走吧，你不會忘記，實際上你始終是個日本人吧。」

在濃暮蒼茫的忘憂樓府門外，小小的葉子站住了，她望著那扇欲關未關的大門。大門裡面，是兩個中國男孩的一晃而逝的身影。一會兒，一張臉貼在門隙中間了。葉子知道，那是嘉和。

沈綠愛完全沒有攪和到杭天醉與羽田這場有關茶葉的愛國大爭論上去。她正在拆一個從雲和寄來的郵包，那上面的字，像是趙寄客寫的。綠愛連剪刀都來不及拿，便去用那一口的白齒來咬斷郵包上的縫線。她用力一掙，郵包散了，一堆茶葉撒在桌上，茶葉中露出一張三角字條。綠愛拆開字條，讀畢，把臉一下子埋在了那堆茶葉中。此茶外形緊縮，茶葉飽滿，色澤有些綠中帶黑黃，茶毫披滿了全芽，還有一股子山中的花粉香。綠愛貪婪地嗅著香氣，再抬起頭來時，臉頰、嘴角和鼻翼，都沾著茶葉片子了。

這正是趙寄客從雲和景寧惠明寺寄來的便信。

信寫得很簡單：

天醉吾弟，別來無恙，兄自參加攻寧支隊開往南京，計有三載，南京戰役後復又投李烈鈞麾下，去年戰事傷一臂，輾轉於浙南甌江上游景寧畲區。此地山明水秀，草木蔥蘢，尤有赤木山茶品味絕佳，惜藏於深山人未識。近讀《申報》，知舊金山萬國賽會將近，奉寄樣茶，望弟有暇前來，共識瑞草。長話短說，企盼重逢。

兄江海湖人　寄客

這位重任在肩、腰中一串鑰匙叮噹響的婦人，心火熱烈地燃燒起來，她的臉上，也就有了一種毅然決然赴湯蹈火非她莫屬的神情了。

第二十三章

自南星橋上船，出杭州灣，入東海，浙江省的黃金海岸線，便出現在他們的眼前。三人中，除綠愛做姑娘時從上海坐船回杭州看見過大海，其他兩個男孩子，都從來沒有經歷過海洋，他們只在他們父伯輩的傳奇生涯中一而再地聽說過它。在夢中，海是一片放大的白汪汪的大湖。因此，當他們在甲板上眺望大海的時候，兩個孩子的心，都被這遼闊的海天景象震懾住了。他們還不能夠用言語表達出他們內心和世界合拍的東西。對他們而言，大海依舊大出了他們的夢想，使他們在身臨其境時，陷入某種時斷時續的過於激動後的窒息狀態。

嘉和注視世界的方式是沉默，其中有著深藏的驚訝，以及因為孤獨而帶來的憂鬱和無窮無盡的思考。他趴在欄杆上的樣子少年老成，他那一雙酷似父親的長眼睛，目光疑疑惑惑地痴吸著大海。有這樣目光的少年，注定將會有心路崎嶇的命運。他們的智慧總會伴隨著懷疑成長，導致性格的多重性。因此他們的一生注定將無法擺脫不平凡。他們竭力想擺脫這一與眾不同的生涯的努力，到頭來只呈現出一種做人的克制。這種克制作為手段在巨大的命定面前完全無能為力，只不過使他們保持了靈魂的某種高貴的均衡和常人難以隱忍的隱忍罷了。由於這樣的氣質日積月累，沉積堆砌，他們的臉上，便有了受難者才有的神情。

嘉平則屬於另一類人——大大咧咧，浪漫無私，來去無影無蹤，性情如火如荼。他又是一座資源豐富的礦山，寶藏多得別人不來開採就憋得難受。因此他敞開胸懷，招兵買馬，吆喝著人們前來享受。

然後，出於某一聲呼喚，他會突然消失，剩下那些不上不下的人，並使他們陷入無頭無尾的苦苦等待之中。和嘉平這樣的人，做一個速戰速決的道途朋友，演一場轟轟烈烈的露水愛情，想來大概是最合適的。此刻，在這不長不短的海上旅行中，他也沒有停止過自己的浪跡。他幾乎可以說是上躥下跳大喊大叫地一路呼嘯在甲板上。他一會兒上頂層，一會兒下底艙，在這樣極短時間和有限空間裡，結交了一大群三教九流的朋友。他又拚命地說話，白沫翻飛：「媽，底下五等艙……有個小孩……生病……沒藥……給他一點……藿香正氣丸吧……」看那樣子，他恨不得把心都掏出來給那窮孩子。他的這種撲心撲肝不知保留為何物的神情，使那生病的窮孩子得到了包括藿香正氣丸在內的一大包藥物。

但他同情心之谷並未就此而填平，一會兒，他又找到了嘉和：「大哥，前面有個拉二胡的瞎子，好可憐。去不去聽？」

嘉和搖搖頭，說：「我不去，我陪著媽。」他給了弟弟幾個銅板。他很瞭解他的弟弟，甚至比他的母親更瞭解他。他曉得嘉平對音樂從來不感興趣，他只是發了施捨癮了。

綠愛說：「嘉和，你去吧，媽一個人站一會兒，沒關係。」

嘉和卻固執地搖搖頭。他從上船以後，就寸步不離綠愛。綠愛太美了，穿著駝絨裡子的深綠燈芯絨夾襖，外面罩著薄呢大衣，簡直是貴夫人中的貴夫人。從她上船後，身邊就沒有停止過搭訕的人。綠愛為了表示身分，身邊也就沒斷過小保鏢。但嘉平卻是個守不住的孩子，所以，留在綠愛身邊的便總是嘉和了。

這會兒，殘陽就要入海了，甲板上的人都回去吃飯了。海上的風，冷了起來，但已經不再是凜冽的了。綠愛想著要和這沉默寡言的孩子說說話。

「惠明茶究竟是一種怎麼樣的茶呢？要是得到它，中國真的能到美國去拿第一嗎？……還有，爹有了惠明茶，會戒煙嗎？……還有，姨娘怎麼辦？她也能戒煙嗎？……還有，嘉喬呢，他被吳升抱走了，我真後悔，我上回打了他，因為他欺侮小妹……」

綠愛吃驚地挽住嘉和的肩，說：「嘉和，你想得太多了。怪不得你過了一個年，一點也沒有胖，小人心思不可太重的……」

「我沒有辦法的，」嘉和苦惱地說，「我昨日夜裡做了一個夢，我夢見寄客伯伯……」他遲疑地看了看綠愛，「我夢見他……渾身上下都是血，我還夢見他，一隻胳膊沒有了。」嘉和嚴肅地瞪著媽。

綠愛閉上了眼睛，好一會兒，才睜開，說：「那是你白天想得太多了。你看嘉平，就和你不一樣，他就不胡思亂想。」

嘉和歪過了腦袋，他戴著學生帽，穿著學生服，挺像個小夥子了。

「我從小就知道，我們是不一樣的。」嘉和望著大海，「我第一次見到姨娘時，心裡就很委屈，不知道這是為什麼。奶奶說我那一天哭了很久，我說我忘記了，其實我一直都記著的。」

「嘉和，媽對你不好嗎？」綠愛用手臂摟住了嘉和，彷彿怕他說出不好的話來。

「媽對我是好的。媽同情我，因為媽看不起姨娘，心裡就覺得欠了我了。我也……看不起姨娘，我還惱恨她，連自家兒子都留不住。我惱恨她的時候，我又心疼她……」嘉和望著蒼蒼茫茫的大海和海平線上的鉛灰色浮雲。落日如大紅燈籠，鬱紅陰亮。他的眼眶中漸漸有淚水浮滴，「我過去想到姨娘這副樣子，心裡就煩，可是，現在這樣看著大海，和你說話、和你說話的時候，太陽又一點一點地落了下去，我心裡頭就心疼著姨娘了，我是……很想很想她的。我還從來……從來沒叫過她一聲媽呢！」

嘉和的嘴唇哆嗦起來，淚水已經無可奈何地爬滿了清秀的面頰了。綠愛驚得差點要叫起來，嘉和此時的樣子，多麼像他的父親，真是太像了，太像了！

嘉平此時，剛剛分完了他口袋裡的最後一粒糖果，弄得渾身上下彈盡糧絕，才心滿意足地從底艙爬上了甲板，看見了淚流滿面的大哥，大吃一驚，然後，生氣地瞪著母親，說：「媽，你罵大哥了？」

「沒有，」綠愛一手一個，摟過了這兩個孩子，說，「你哥在為你爹和姨娘不肯戒煙犯愁呢。」

「這有什麼好犯愁的？」嘉平翹著下巴，昂著腦袋說，「我早想好了，這次回去，叫寄客伯伯把爹鎖在房間裡，給他吃飯吃藥，就是不給他抽鴉片，關上半個月，肯定好了。等爹好了，再關姨娘，再關半個月，兩個人全好了，一個月時間什麼事兒都沒有了。」

「然後呢？」綠愛聽兒子說得那麼輕巧，不禁破涕為笑。

「讓爹把茶送到美國去啊！」嘉平大惑不解地說，「不是都說好了嗎？到美國去拿第一！」

「我們能拿第一嗎？」嘉和小心翼翼地問。

「大哥，你怎麼啦？不拿第一，我們跑到那麼遠的地方幹啥去？」嘉平實在是有些不明白了，他對著濃暮之中的大海，扯開了嗓子，大叫了一聲，「一、二、三，中國第一！」

許多人都從船艙裡出來了，紛紛地問：「什麼第一，誰第一？這孩子叫什麼了？」

從溫州到青田的這段甌江，再沒有大風暗湧。早春過了，梨樹白綠相間，嵌在兩岸，過冬的麥子也鬱鬱蔥蔥。嘉和見著那些茅舍竹籬，十分可意，說：「我將來長大了，有了錢，便到這裡來住，看看書，種種茶，很愜意的呢。」

嘉平卻說：「你就不怕地主來收了你的租子。這些地，又不是農民自己的，要是年成不好，自己飯都沒得吃，還要賣兒賣女呢！」

「你怎麼知道？」母親嫌他多嘴，反問。

「咦，我怎麼不知道，菜市橋那邊有專門賣人的。頭上插根草，上回還賣到我們茶樓來了，一個小女孩，四個銀圓，爹說便宜，就買下了。」

「買下了？」綠愛倒是吃了一驚。

「不是真買，是給了四塊銀圓。爹說他們是湖州人，發大水沖的，地主把地又收了回去，爹說那地主很可能是外公呢，我們替他贖點罪吧。」

綠愛聽了，又好氣又好笑，想反駁，又沒有理由，便說：「你以為地主就好當？年成不好，農民腰裡束根草繩，就到地主家裡吃大戶，翻倉倒櫃背了米就走，弄得官府又不安耽，要給農民吃官司，又要到大戶人家打秋風，日子才不好過呢！」

「那好，以後大哥發了財，我就腰裡縛根索兒去吃大戶。我另外東西都不背，我就背袋茶葉回去。賣了有錢，不賣自己也好吃的。」

嘉和卻認真地說：「若是你來了，還要你搶？我就全部送給你了，省得你再吃官司，我還要被官府打秋風。」

綠愛打斷了兩個孩子關於強盜生涯的幻想，說：「好了好了，說得跟真的似的。什麼不好想，要去想著做強盜！」

旁邊有人聽這兩個小孩一對一答說的，聽了就笑，搭腔道：「這位夫人，你還真的不曉得。我們這裡可是專門出土匪強盜的。明朝手裡有王景參，前清手裡有個叫彭志英的，燒炭的人，也曉得造反；再有太平軍石達開、李世賢，也來這裡奔走。這遭民國裡頭，還有個叫魏蘭的，光復會的頭兒，也是我們這裡人呢。」

這麼一說，兩個孩子吐吐舌頭，再也不說了。

到青田，又過了一夜，第二日再去景寧。船是越坐越小了，先是海輪，後是江輪，現在倒是搭了人家的一隻竹筏了。直到這時，綠愛才是真正地有點後悔了。一個女人，兩個孩子，這亂世的年頭，這月黑風高、人煙俱息的山鄉，怕不是強盜出沒的最好地方吧。

催使沈綠愛長途跋涉前往赤木山的外在理由，是十分充足的。一九一五年的年關令沈綠愛悲喜交加。臘月二十九日那一天，老闆吳升著錦衣，冠貂帽，坐馬車，在冬日的朝陽裡親往羊壩頭忘憂茶莊，馬蹄輕快地敲打著小巷的青石板和大街的灰泥路。吳老闆看見了棗紅馬渾圓屁股後的長尾巴彈跳飛揚，在陽光下忽明忽暗，他覺得自己就如那馬尾巴一樣，身輕如燕，彈跳自如。他躊躇滿志，可不是去拜大年的，他要名正言順地向忘憂茶莊的實際東家沈綠愛宣告，忘憂茶莊在茶行已經沒有一分錢股份了，取而代之的最大的股東現在是他吳升了。從明年開始，茶行將順理成章地易名為「昌升茶行」。

「你家老太太在世的時候我就說過，我不會賴在忘憂茶莊不走的，只是時間沒到罷了。到了該走的時候，想留我也留不住了。你說是不是，小老闆娘？」

沈綠愛抖動著握在手中的雞毛撣帚，心中又震驚，又平靜，說：「和你這種人攪在一起，遲早會有那麼一天。」

吳升笑了，說：「只是沒想到這麼快吧，我自己都沒想到。」

沈綠愛用撣子頭灰撲撲地指著吳升：「不是你下的毒手，引得吳山圓洞門烏煙瘴氣，天醉何至於此？杭家幾代，還真沒碰見像你這樣寡廉鮮恥落井下石的小人！」

吳升對這些外強中乾的文縐縐的罵人話完全無動於衷。他對這個女人說不上有太大的重視，拚得過就爬到人家頭上當祖宗，拚不過就趴在人家襠下當孫子。他沒有一點思想包袱，便笑嘻嘻地說：「老闆娘，你可不要好心當作了驢肝肺。你自己窮凶極惡，把老公堵在小老婆那裡，眼看他們抽得山窮水盡，你倒是死活不管，家中鍋兒缸灶冰涼，下人逃得活脫精光，我帳上還有一大筆欠帳掛著。是我看不過去，送去米麵不說，還把嘉喬接了回去過年，你倒罵起我來，你還說的是不是人話？」

沈綠愛氣得發昏，罵道：「哪個要你把嘉喬帶走的，告你一個拐騙兒童罪也不為過。快快給我送回來，否則我一張狀紙告你到法院，大家都不要過年！」

「告我哪裡那麼容易？現在我有錢了，又不是從前被你們使喚來使喚去的下人！再說我好歹還是革命功臣，官府見我也要讓三分的。真要告，無非告到你老公頭上，我把他兒子抱走，他還倒過來說『謝謝你』呢！」

綠愛氣得眼冒金星，她倒還從來沒有領教過一個流氓的真正嘴臉，她壓低著聲音叫道：「你給我滾出去！」

「我要是不滾呢？」

吳升坦坦定定坐在客廳裡，打量著四周，彷彿正在盤算花多少銀子把它買下來。不過他立刻就伸直了腰桿，不敢再造次。杭天醉那兩個同父異母的兒子，長得已經很是人模人樣了，正怒目圓睜地盯著他。尤其是那小的，一雙豹眼，手裡又拿著一副三節棍。吳升有些發憷，臉上便掛一點笑，說：「我也不為難你們，大戶人家，瘦死的駱駝比馬大，你隨便擼出一點還了我的帳，否則連本帶利，將來大家面上不好交代。」

沈綠愛也不理他，只管自己撣灰塵，吳升便作了個揖說：「我也曉得今年你們生意不好，也不逼你們，老闆娘若想個明白，把忘憂茶樓賣給我，我給你個好價錢。」

沈綠愛聽了，忍不住大笑，聲如銀鈴，這古舊老房子的塵粉便撲撲地往下掉。吳升聽了心一驚，想，好大的聲音，跟打鐘似的，這個女人有力氣。

女人笑了半晌，拿雞毛撣子在八仙桌上又狠狠地敲，一團塵霧飛揚，問兩個少年：「何謂沐猴而冠？」

兩少年聽了會意，看著穿戴一新神氣活現的吳升，大笑。嘉平就捅捅嘉和，說：「大哥，講經說法，那是你的事，你說。」

嘉和也就故意漫不經心地答：「不就是猴子戴了頂官帽，以為自己做了人裡面的大官了？」

吳升起先還不知什麼沐猴而冠，一聽這解釋，倒也不生氣，告辭著出去，說：「這有什麼好笑的。你們自以為是人，不是照樣被人當猴耍嗎？」說著笑著，竟揚長而去。

嘉和、嘉平見吳升走後，母親便神色大變，呆呆地坐在祖宗牌位前不吭聲，知道家裡又有災難降臨。這一兩年來，兩兄弟對這樣的神色已司空見慣了。

現在，即便公開地去尋找趙寄客，沈綠愛也不怕別人說閒話了。忘憂茶行已屬他人，忘憂茶樓也岌岌可危。杭家的敗相已現，死的死，抽大煙的抽大煙。沈綠愛為此還專門去了一趟趙家，趙老先生已經過世，他其餘的幾個兒子都是規規矩矩、藏頭縮尾的好人家，他們對那個亡命天涯的兄弟一點不感興趣，這給了綠愛更大的機會。她甚至連天醉也不通告，有這丈夫比沒有這丈夫更加自由，只是為了堵人口，也為了杭家下一代見世面，她安排好家務，帶著兩個孩子就上路了。

撐筏的是個山裡的老人，從前跑過碼頭，能說幾句官話，比畫著問綠愛，是到哪裡去。聽說是惠明寺，便連連說，曉得的曉得的，然後不知哪裡去弄了點鍋灰，叫綠愛塗在臉上，又叫脫了那昂貴漂亮的薄呢大衣，包好，塞進一個破麻袋裡，放在竹筏上的柴火堆上。

從青田往景寧，水路叫小溪。因為是逆流，還有幾個縴夫，全是老人的兒子，那最小的叫藍根根，和嘉和、嘉平也就差不多大，一雙青藍大眼睛，一口齙牙，初春時分，脫殼穿件破棉襖，背著縴，和哥哥們一樣，頭低著，走著走著，熱了，就赤著背。嘉和兄弟看了，都說像是撮著的兒子小撮著。

兩岸的風光，卻是越來越清佳。一會兒寬泛了，河灘上，有牛在漫步，有鵝鴨在尋尋覓覓，還有花花綠綠破破爛爛的床單，洗乾淨了，晾在河灘的大石塊上。溪灘的上面又有莊稼，黃色的山茱萸，白色的梨，紅色的桃；間或山間又有白雲煙火，穿著大袖口大褲腿的女人在溪澗汲水。男人的腰間，則插著一把刀子，肩上挑的卻是柴火了。

竹筏行至窄僻之處時，兩崖高聳，直插雲天；深潭叵測，陰氣逼人。縴夫只能在露出水面的岩石上頭跳著拉那竹筏。嘉平看著，說：「我日後有了本事，便到這裡來，把河灘挖深了，用輪船航行，再也不用這樣的竹筏子。」

「竹筏子不新鮮嗎？城裡的老爺，專門要到這裡來乘竹筏子呢。」

「我們坐在筏上，你們在岸上背縴，看看都是很可憐的呢。」嘉和也說，「都是人，為什麼那樣地不公平呢？」

「命呀。」老漢說，「比如說這滿山遍野的草，為什麼有的生在山頂，有的生在山腳呢？」

嘉和順著他的手指一看，眼睛亮了，說：「媽，山坡上有茶呢，怎麼和我在龍井看到的不一樣？」

老漢頓時也神采飛揚起來，說：「要說茶呀，你算是問著人了，赤木山的茶，真的很香很好喝的，我就是赤木山的人啊。」

話說赤木山，就在畲族人聚集的景寧山中。山有惠明寺。相傳唐朝大中年間，有個老人，名叫雷太祖——一聽這姓，就知道是畬族人，帶著四個兒子，從廣東逃難，到了江西，又從江西流浪到了浙江。說來也是緣分，在江西，他們認識了一個雲遊的和尚，都是出門在外人，相處和洽，便交了朋友。一路同行到浙江，把他們帶到了自己寺裡。

原來這和尚，就是赤木山惠明寺的開山祖師。

這裡古木森森，荒無人煙，倒是流浪漢的安身棲息之處。雷家父子便在惠明寺周圍闢地種起茶來。漸漸地，惠明茶便在赤木山區流傳開了。當然，最主要的產地，還是赤木山東北山腰的惠明寺和西南山腰的漈頭村。你想，山高一千五百米，茶園卻在半腰間，與白雲亦可比鄰了。春秋朝夕，立高山遠眺，山下茫茫煙霞，眾山唯露峰尖，猶如春筍破土。至於冬季，雪積山高，經月不散，實乃借玉為容了。

如此，養在深山人未識的惠明茶，卻被原來對茶事不甚關心的革命俠士趙寄客在不經意間發現了。話說當年，趙寄客跟了呂公望上了南京。南京一仗血戰，其中浙軍最勇，殲敵最多。趙寄客留在了南京，追隨陸軍總長黃興先生左右。此時，他已發現辛亥革命並未實現他心中的國富民強的目標，倒是給另外一批投機分子提供了上場表演的機會，真是亂哄哄你方唱罷我登場。直到此時，他才前所未有地想起他那個弟兄杭天醉來。他突然覺得，杭天醉那貌似頹唐的心裡，有些東西，比他似乎要看得更透。

雖如此，趙寄客的造反生涯卻遲遲結束不了。一九一三年七月，李烈鈞在江西宣布獨立，二次革命開始，趙寄客匆匆往來於江西、上海之間。在滬上戰役最激烈的向市內大軍火庫發動的五次猛攻之中，他失去了一條左臂。他當時的樣子，正是後來嘉和在船上夢到的血淋淋的樣子。

他在一家醫院整整藏了半年之後，他從前的會黨朋友，把他祕密轉移到了這山高皇帝遠的密林古剎之中。在惠明寺中，他已經度過了將近半年時光。

當他遠遠地從山道上望見三個身影，一個女人和兩個小男孩時，他無論如何也不會想到，這次見到的會是那個他在夢中多次見到的女人。直到他們幾乎就站在了他面前時，他才驚訝得幾乎跳了起來，空袖口就在半空中怪異地飛揚了一下。那後面的脖子細長的男孩子，便失聲尖叫起來，說：「媽，你看……」

前面那個男孩虎頭虎腦，豹眼環睛，卻已一個箭步跑上來，攔腰抱住了趙寄客，大叫：「寄客伯伯，我們可找到你了！」

趙寄客被這孩子搖晃著，心裡卻驚詫得不得了，問：「怎麼是你們，天醉呢？」

綠愛累得一屁股坐在山石上，喘了半天氣才說：「怎麼，我們就不能來？」

趙寄客這才曉得，闊別幾年，杭天醉已經成了一個貨真價實的大煙鬼！

在惠明寺下榻，他們梳洗完畢，又睡了一覺，趙寄客便來叫綠愛和孩子們看茶樹去，見兩個孩子都呼呼地睡得很香，綠愛說：「算了，讓他們睡吧，我和你去。」

話音剛落，嘉和就睜開了眼睛，說：「我也去！」

趙寄客笑著說：「嘉和倒是個有心人。」

嘉和很認真地抬起頭說：「我喜歡茶，很好看的。」

下午，春暖花開，惠明寺周圍茶園，一片山野花香之氣。綠愛恍然大悟，說：「無怪我們喝著你寄來的茶，怎麼一股子的花香，卻又不是茉莉、玳玳和玫瑰，原來是這滿山的野花香。」

「不是說茶性易染嗎？」寄客笑笑，回答說，「我們龍井茶也是有花香的，一股子豆奶花香罷了。」

綠愛也笑笑，說：「原來寄客兄也是懂得《茶經》的，我還以為你只會革命呢！」

「這也不是勢不兩立的事情啊。不要說革命成功了可以安心種茶吃茶，即便革命尚未成功，亦可一邊革命一邊種茶嘛。」

「吔，幾年不見，寄客兄文氣多了嘛，從前你可是火燭郎當的。」

「是這山裡的水土滋潤的吧。」趙寄客長吸了一口氣，「將來回去，我倒是真想做點事情了。」

綠愛看看寄客，他披著一件灰黑呢大衣，圍巾是小方格子的，還鬆鬆地圍在脖子上，頭髮長長地披在了肩上，鬍子倒是剃得乾乾淨淨，他還是那麼爽朗明快，到底眉宇間有了一些別樣的東西了。

說話間，趙寄客指著一株高六七尺的茶樹說：「看，用這種葉子製茶，當地人說是最好的。」

他順手摘下了一片，新葉長約莫六寸，寬約莫兩寸半。

嘉和抬起頭來，吐著舌頭，叫道：「這麼大的茶樹啊，翁家山可是沒有的。」

「這算什麼？雲南那邊還有十來丈高的呢。茶和人一樣，也有長子矮子和不長不矮的。這個樹，也只能算是不長不矮的吧。」寄客說。

這倒是連從小在茶鄉長大的綠愛都未曾碰到過的事情，世上竟還有這麼大的茶樹，便說：「從前讀《茶經》，開篇便說，『茶者，南方之嘉木也，一尺二尺乃至數十尺，其巴山峽川有兩人合抱者。』我還以為早就絕了跡，沒想到真有這麼大的。」

「和這裡的土質也有關係吧。」趙寄客說。

綠愛蹲下來抓了一把土，黃土，還有青灰土。她想起在娘家茶山上的少女生涯了，便嘆了一口氣。

趙寄客一一指給他們看，什麼是大葉茶，什麼是竹葉茶，還有多芽茶、白芽茶和白茶。多芽茶煞是有趣，茶枝條上每個葉腋間的潛伏芽同時迸發，而且，芽梢可以同時齊發並長。茶葉圓圓的，厚實又隆起，卻又嫩綠不老，實在是看看都香。

正說著笑著，嘉平一臉委屈跑來了，大叫著：「好哇，你們就這樣瞞著我自己玩去了。為什麼不叫醒我？」

「看你睡得像死豬，不忍心唄。」嘉和說。

嘉平卻也得意地抹著臉上水珠：「我才不在乎你們冷落我呢。你們不跟我說，我自己有好玩處，偏不告訴你們。」

趙寄客說：「看你這一頭水，我就曉得你在哪裡了，跟我來！」

說完，他帶著他們，彎彎繞繞地便走到離寺不遠處的一口泉旁，那泉倒也不大，但很是清澈甘冽，掬一掌入口，甚甘。趙寄客說：「惠明茶南泉水，這一帶最有名的呢。」

綠愛把頭往泉上一探，倒影中就亮出一張明豔的臉。接著，緩緩地移過來另一張臉，長頭髮，獅鬃一般掛下來，頭一低，那圍巾一頭也掛了下來，綠愛下意識用手去接，便碰到了那另一隻手，彼此有些尷尬，有些心動，目光在泉底便碰撞了一下，卻又幽幽的，無聲，沉浸在那裡。最妙不可言之時，那兩兄弟卻在大呼小叫了：「快來看啊，快來看這大木桶啊！」

原來，這兄弟倆沿著架接在泉水旁的毛竹，一路尋尋覓覓，來到寺後的灶房前。見那裡，一溜的大木桶子，兩個人合抱真的還抱不過來。中間卻是被挖空了，便用來盛水，經年累月的，桶壁內外，生滿青苔。綠毛茸茸的，像個蹲著的野獸，卻是十分的野趣。

趙寄客說：「我見了這個桶，便想，天醉來了，不知又會怎麼樣瘋魔？」

「在這裡住了半年，你倒生出性情來了。」綠愛說。

趙寄客感慨起來：「從前總訓斥天醉是玩物喪志的人，現在想想，倒是給他想出幾分理由來了。這樣的天地山水，鍾靈瑞草，誰若無動於衷，誰就少了人氣了。」

說話間，廟裡便有和尚出來，請他們到臨時搭起的棚間看茶農炒製茶葉。和尚說：「寺裡知你們要收購，特意請了製茶的能手來，要製白毛尖呢。」

製茶這個活，這幾個城裡人都是見多了的，但是一方水土養一方人，百里不同俗，千里不同音，所以綠愛聽了很上心，趕緊就湊了上去。

但見臨時搭起的茶灶上，擱著一把鋥亮的銅鍋。灶下柴火燒得均勻，一個中年和尚正用篩子把那一芽一葉、芽頭肥大且芽又長於葉的嫩茶徐徐地往鍋裡掀，然後，便用手翻炒起來。拌炒得均勻，茶葉熱了，水氣徐徐地便蒸了上來，夾著一股子草青氣。嘉平聞了那味兒，便轉過臉，鼻子裡發出聲音：「哃……」

嘉和小聲地告訴他：「記住，這叫殺青。」

這樣炒了一會兒，茶葉就起鍋了，重新攤在篩子上，晾一晾涼。

綠愛便問那和尚，這手藝哪裡學來的。和尚倒也謙虛，說：「我們這一帶，有個叫雷承女的，有最好的技術。我們都跟他學的。」

嘉平也不明白地問：「幹嗎不接著炒啊？還沒炒好呢。」

綠愛說：「就是你不懂又多嘴。帶你們來，就是見識這個的，不涼一涼，這麼炒，能不炒焦嗎？」

說話間，那和尚卻又把茶葉放回鍋中，這一回是輕輕地搓揉，條形子，也就搓揉出來了。炒到這個時分，卻又起了鍋，放到一個炭火已全部燒紅、外面又壓著炭灰的焙籠上，烘焙。嘉和覺得這樣很奇怪，便問：「老師父，這樣幹什麼？」

「哎，炒乾不就行了？何必再烘呢？」嘉平大大咧咧地說。

「烘烘乾。」

「烘乾和炒乾是不一樣的。」那炒手就解釋道，「烘乾是烘乾，炒乾是炒乾呀！」

「怎麼個不一樣法呢？」嘉和倒是問得仔細。

師父眨了下眼睛，他一時不知道怎麼告訴這城裡來的男孩子烘與炒的區別。趙寄客拍拍嘉和的頭說：「大小夥子了，自己想去吧。什麼時候想出來了，什麼時候告訴我。」

接下去，烘乾後的茶又拿到鍋裡來炒了一次，師父說這叫整形翻炒。這樣，茶就製好了，茶毫披滿了全芽，白茸茸的，真香啊，但嘉平卻有些心不在焉了。

如果嘉和與嘉平天性一樣，那麼，白天便是滿眼的春氣、茶的香味、木桶的苔綠和泉水的清洌了。嘉平甚至還抓住了一隻不知名的山鳥，但黃昏時他又把牠放了。小鳥飛翔，融入淡藍的天空時，嘉和有些傷感，嘉平卻絲毫沒有。嘉平就像那鳥兒一樣地快樂。

晚飯時嘉平吃了滿滿兩大碗米飯。香菇、野雞、金針菜、香噴噴的豆腐乾，簡直使他處於幸福的陶醉之中。他的筷子毫不客氣地伸到這裡伸到那裡，邊吃邊叫：「好吃！好吃！」把一桌子的人都說笑了。

但嘉和卻被那「炒」和「烘」給困擾住了。他想不明白，同樣為了「乾」，為什麼要炒，要烘，甚至要晒，要晾呢？他不願意再問任何人了，因為趙伯伯已經摸過他的頭皮，要他什麼時候想明白，什麼時候告訴他。這使他感到問題重大。嘉和一直就感覺到趙伯伯更喜歡嘉平，也許，這和……綠愛媽媽有關？他這樣想著，便朝這兩個大人看看。他看見趙伯伯正在把一塊大香菇往媽的飯碗裡放——他恍惚地呆住了。他突然感到，他們是一家子。他們組成了完全自己的和諧的生活。但是這樣一來，爹和姨娘呢？還有嘉喬和嘉草呢？

「來，嘉和，你也嘗一塊。」趙寄客把一塊野雞肉放到他的碗裡，「吃飯，你要向嘉平學習，你看他，狼吞虎嚥。」

大家看著嘉平的樣子，又忍不住笑了，嘉和也笑了。他從恍惚中回來，一盞油燈擺在飯桌中央，曈曈然地照著大家的臉。模模糊糊的，真親切啊！

夜裡，嘉平醒來過一次，下床撒了一泡尿，便覺出山裡的春寒，稀拉哈拉往床上被窩裡鑽，突然聽見有人在擤鼻涕，是嘉和，便問：「大哥，你也凍著了？」

嘉和齉著鼻子，抽泣似的說：「沒有……」

嘉平更奇怪：「大哥，你怎麼啦……」

嘉和不吭聲。

「大哥，你哭了？」嘉平有些緊張。

嘉和又抽泣了幾下，說：「嘉平，你聞聞被子，什麼味兒？」

嘉平聞了一聞，說：「沒有味。」

嘉和坐了起來，拿棉襖披了上身。山裡的月光從小窗射入，方方正正切在他身上，黑頭髮亮閃閃的，月光在這少年的髮梢上凝滴了下來，流進了眼睛。兩隻長長的眼，便是兩個小小的朦朧的月了。

嘉平睜大了眼睛，說：「大哥，你怎麼啦，你變成山裡頭的月亮了？」

「你沒有聞到太陽味嗎？白天晒過被子了呢！」

嘉平使勁聞了一聞，果然。但他依舊大惑不解：「有太陽味就有太陽味，你幹嗎哭？」

嘉和抱衾而坐，下巴擱在膝蓋上，說：「剛才，我想到茶清爺爺了。他來過這裡嗎？……他被子彈打死了，他就永遠聞不到太陽晒在被子上的香氣了。他也不能見到大海，不能見到河兩岸的桃花和梨花；他也不能用手去採茶，用嘴去品茶；他也沒有床了，沒有熱乎乎的感覺，不能說話，連嘴也沒有了。他就躺在冰涼的地底下，誰都不知道，永遠、永遠……」嘉和顯然被這種關於死亡的恐懼籠罩了，他急不可待地發問：「那麼人還有沒有靈魂呢？如果有，會轉成什麼呢？像阿爺奶奶墳前的茶樹嗎？」他猶疑地盯著嘉平，彷彿他是先知先覺者。

嘉平發愣了，嘉和突然思考的一切，都不是他思考的。他充滿激情，他也狂熱，但他從不虛幻。他也不明白嘉和怎麼會在這樣一個山間的清月下面想到死與靈魂。他說：「我不知道人有沒有靈魂。如果有，我想還是轉為人更好，你說呢？」

嘉和輕輕躺下了，說：「睡吧，我不說了。我想變成一叢茶蓬也好，變成茶蓬裡的一隻鳥也好……我不想死的事情了。睡覺了。」

嘉和再一次醒來的時候，並不知道幾點幾分。是剛睡下不久，是半夜，還是快天亮了？但他能聽到旁邊弟弟的鼾聲大作。真奇怪，一切到這裡，都加重了，山更青，茶更大，飯量更大，連鼾聲也比城裡響了。他突然心裡一動，一個鯉魚打挺，跳了起來——他想明白了——炒茶和烘茶有什麼區別：炒茶是很快地乾，烘茶是慢慢地乾，就是那麼簡單！

他一個翻身下床的時候，甚至沒有注意到睡在外間的綠愛媽媽不見了，他當時所有的心思都在那西廂房裡，他想起了趙寄客的話：「什麼時候想出來了，什麼時候告訴我。」

他甚至連襪子都沒有穿，拖著那雙棉布絨鞋，身上披件小棉襖，就往庭院裡衝。他看到對面的窗戶上有燭光，想：「趙伯伯還沒有睡覺呢。」

接著，他聽到了另一個熟悉的低沉的聲音：「我不管，我什麼也不管了，我就是要和你在一起！」

另一個聲音也激動也猶豫，它甚至變了調，完全不像白天聽到的聲音了。

「綠愛，綠愛，你聽我說，我在日本娶過親，我有個東洋妻了，還有了兒子……」

「……我不要聽，我不管，我只曉得，你是想要我的。你說，你說你是不是從見著我那天起，就想要我了？你說！」

「不要這樣……不要這樣……」那個聲音卻是又激動又驚慌起來。另一個聲音卻狂熱得不可遏制：「我曉得你要我的。他要不要我算什麼？你不曉得，他不要我，他不喜歡我。他娶了我，心卻在那個女人身上，他和她能同房，和我不能……」

「你不要恨他……不要恨他，他膽子小……」

「難道我不漂亮？我不好？我不配有人來喜歡？你睜開眼睛，你看我一眼，你哪怕看我一眼……」

嘉和的心狂跳起來，頭像是要爆炸了，全身上下，只覺得劈哩啪啦地冒火星。他想逃走，卻挪不開步，相反，他迅速地把目光湊近了窗隙——他感覺眼前一道白光，天上有仙花飄落下來。

他一生都不再能夠擺脫這種幻象——一個女人，微微仰著臉，黑髮像瀑布一樣垂下，半遮住她敞開的半裸的胸乳。她站著，脖子像垂死的天鵝，在顫抖，衣服脫到了脊梁，又套在臂上，一個男人面對著她卻是半跪著的。看不見他的臉，但是卻能感受到他在激烈地顫抖著，而她的胸乳卻已經被男人的臉龐、男人的嘴和手瘋狂地埋沒了。偶爾露出了極白的和硃紅的一點，宛如珍貴的古代的陶瓷碎片。

這一幅幻象構成了嘉和漫長一生中對女性的痴迷和崇拜——對一切非理性的徹底情感的事物的隱祕狂熱和半跪的姿態。

屋裡的燭光滅了，嘉和聽到了一種他從未聽到過的男人和女人的聲音。它似乎是沒有內容的，但這是歡呼！這歡呼裡又有極度的呻吟！這聲音像是埋在地心一般地壓抑著，一旦迸發後又是那樣鬆軟和疲倦，接著，便是小溪流水一般的微妙而又豐富的呢喃，溫柔，溫柔，溫柔……

十四歲的少年離開了窗隙，他搖搖晃晃地往回走，剛才狂躁的靈魂訇的一聲爆炸了。他回到床上，躺下。嘉平依舊鼾聲如雷——一切都變了，永遠不再有從前。十四歲的少年想。窗外有月光進來，照到了少年的無聲的清淚。

第二十四章

從前的忘憂公子杭天醉在進入中年之際，簡直被他的仇人和親人們逼上了絕路。仇人吳升居心叵測地誘惑他吸上了大煙，而親人小茶甚至把他藏在牆角縫裡的最後一塊煙膏都偷出來抽了。為了這最後的大煙，他們倆不得不大打出手。嘉喬已被吳升接走，家中用人保姆跑得精光，他們打到東打到西也無人拆勸，這淒慘墮落的景象叫杭天醉自己也不敢相信。他搞不清是小茶已經不是小茶了，還是他自己已經不是他自己了。他氣喘吁吁地斜倚在煙榻旁，看著一臉鬼氣的小茶，他欲哭無淚捫心自問：難道因為不敢正視自己的膽小怯弱就可以抽大煙嗎？難道曉得了他不姓杭乃姓吳，本為長毛一私生子就可以抽大煙了嗎？難道知道了自家老婆與把兄弟有私情就可以抽大煙了嗎？他本來以為那些內在的無聲息的崩潰事件足以讓他逃避到雲山霧罩中去，結果卻發現沒有什麼罪孽比陷入抽大煙的深淵更為罪惡的了。他一面捶胸頓足涕泗俱下地痛斥自己，另一面又搜腸刮肚地尋思到哪裡再去弄點錢來換了大煙。尋思來尋思去角角落落都尋遍了，眼睛就在那把曼生壺周圍轉。他是不敢看這把壺，看了一面傷心傷骨，一面垂涎欲滴。他已經多日沒有見到綠愛了，聽說她帶著孩子出門了。他想讓撮著給他弄點字畫來賣了。撮著哭了，多年來天醉第一次看到撮著跪了下來，抱著少爺的腿，老家人老淚縱橫，說：「少爺啊，少爺啊，茶清伯建的茶行，沒了，讓吳升給吞了。少爺啊，他這是在吞你的命啊！」少爺心軟，沒辦法了，只好苦自己，東拼西湊，心驚膽戰，抽了上頓沒下頓。他也記不得他和小茶有多久沒說過正話了。他們倆為抽大煙吵得嗓音嘶啞，靈魂出竅，面目全非，這個樣子下去，他怎麼還受得了，他還不如一頭撞死在牆角算了。這麼想著，他就一頭朝牆角撞去，軟綿綿的，他使不上勁。小茶睜開朦朧的雙眼，看了一下丈夫，表情木然。她心裡一片片的，栽的全是罌粟花。杭天醉骨頭裡透出一股寒意——完了，完了。他眼花繚亂，滿目金星，突然，他在金星中看見了黑乎乎的一塊，是他剛才撞牆撞出來的。他喜出望外，欣喜若狂，斯文早已掃地，再掃一回也無妨，爬上煙榻就點煙泡，美美地過了一把癮，他長噓了一口氣——活過來了。

接下去該怎麼活呢？他緩過氣來，愁腸百結。他無人可依，依來依去也只好依在小茶身上。他就這樣抱著小茶，摸著小茶的面孔喃喃自語：「小茶，我們該怎麼辦呢？我們該怎麼辦呢？」小茶的兩行濁淚就下來了。眼淚使骨瘦如柴的女人重新楚楚動人，女人說：「走吧，不要管我了。」女人的話使天醉熱淚盈眶，原來墮落也會產生相依為命的情愛，不是誰都能夠伴著他進入這麼深的深淵的。現在想來，他們送兒賣物、互相毆打的醜陋之舉，真是顯出悲劇的驚心動魄來了。他這麼突然情深意長地想了開去，想來想去，眼睛便又張開盯在了曼生壺上。牙齒一咬，腳一頓：罷罷罷！你這浪跡天涯的趙寄客，誰曉得你又在誰的麾下奔走效勞！你是專為天下活不為親朋好友活的人物！連女人送上門來都要送回去的大英雄！我在這裡死守著你的信物，殊不知我上刀山也罷下火海也罷，都不會有你半點音信來慰藉！你為那看不見摸不著的天下南征北戰，心裡哪裡還會有我們這等血肉之軀？你既不記掛我，我又何須記掛你！他順手抄了曼生壺，對小茶說：「等著我，看我給你帶什麼回來！」

他搖搖晃晃地出了門，見了天空一輪銀月，清風徐來，楊柳如髮，街市繁華如舊，不禁黯然神傷。這一切如今和他又有什麼關係呢？所有那些外在的事物——革命也好、發財也好，為什麼和他個人都建立不起通道呢？何以忘憂？唯有大煙——到哪裡去找比大煙更好的靈丹妙藥呢？愛也愛過了，恨也恨過了，傷心也傷心過了，革命也革命過了，沒有用，沒有用，沒有用……他這麼想著想著，就愣住了，這人是寄客嗎？這只有一隻手的男人，是趙寄客嗎？

在羊壩頭忘憂樓府和寄客重逢，叫杭天醉甚是慚愧。從前的美人榻、紅木太師椅、梨花木雕花案桌、明清的青花罐子、那一尊青田玉雕觀世音、滿壁的字畫，屋子裡值錢的東西，沒有一樣還在，真正是蕩然無存了。杭天醉也知道自己把家抽窮了，但窮到這樣家徒四壁的地步，卻也是他不曾想到的，想問問綠愛，又不敢問，悄悄地招來嘉平，問那些東西，是不是都賣了。嘉平說：「嗯，媽說不讓你看到那些東西才省心。」

趙寄客說：「到這個分上你還有心記掛那些？真正叫作江山易改，本性難移！」

話畢，綠愛親手端了兩杯茶，恰恰是用惠明茶泡的，湯色明黃金亮，又清醇，細細一口下去，杭天醉閉著眼睛，揣摩半天，說：「這才真正有了可以和龍井較量的茶了。」

綠愛倒也不特別以為然：「其實我們水口的紫筍野茶，還有徑山的香茗、開化的龍頂，都是絕好之茶。我們浙江要說茶，還是好的多。」

「你這就不大曉得，外國人吃牛羊肉，口味重，須得高香，滋味醇厚的方才品得出來。故而武夷的功夫、祁門的紅茶，洋人特別喜歡。要說龍井這樣純之又純雅之又雅者，也只有我們這等國人中的閒雅之人才配品得了。」

趙寄客見天醉又把他那紈絝公子的一套搬了出來，便說：「我看還是言歸正傳，你看這個惠明茶究竟行不行？」

「怎麼不行？不是說了，我那大舅子正報到美國去，過幾日就動身了呢。」

「可惜了你這身體。」

「無所謂無所謂，」杭天醉倒也是會自我解嘲，「咱們兄弟兩個，一殘一敗，倒也算是患難與共。日後，找個機會，一齊去趟美國，什麼博覽會也不弄，玩自己的。」

「你這就玩了半輩子了，連大煙都給你玩上了，你也該是懸崖勒一勒馬了吧？」

杭天醉作了個揖，道：「小弟我正要聽你一番指教。你看像我這樣一個無用的人，文不文，武不武，商不商，革命不革命，又有什麼用處？再看這個世道，國不國，法不法，家不家，又有什麼活頭？我倒是真不明白你們這幫子人，窮折騰，倒讓沈綠村這樣的人折騰上去了。也不見得你丟了一隻胳膊，就給你封個安邦大將軍，從此一展宏圖，救國安民。想起你來，我就想哭一場。中國哪裡要你那樣的熱血男兒？更不要說我這樣的廢人敗家子了……」

門外窗檽上，靠著嘉和。他眼一眨不眨地盯著爹，胸膛滿滿的，被痛苦和憐憫脹得痙攣了起來。嘉草見了爹，要進去，被他抱住了，說：「小妹，這半個月，我們都不要去叫爹，爹要受一次考驗呢！」

「什麼考驗？」嘉草問。

「大哥，你和她說什麼，」嘉平也盯著屋裡，卻不滿地對嘉和說，「讓爹知道了，咱們的計畫就不行了。」

那邊屋裡，趙寄客說：「我在山裡，認認真真想個明白。中國的事情，要與西方接近，政體上的革命，固然是極重要的，好比一個人，總要有個腦袋，但是雙足和雙手也總是少不得的。民眾比如說是軀體，軍隊、司法是其雙手，那麼，雙足又是什麼？」

「你這個說法倒是有些新鮮，照你看來，那雙足又是什麼？」

「一為實業，一為教育。」趙寄客伸出兩個手指頭，「唯其國富民強，方有立足世界民族之林的能力；唯其開啟天資去其蒙昧，方有與各國比肩進步之智慧。沒有這兩條，今日孫中山，明日袁世凱，百姓管他孫下袁上，還是袁下孫上？」

杭天醉聽了倒是依舊有幾分猶疑，說：「這般教育救國、實業救國的理論，我倒也是耳朵裡刮到不少。立言者眾，而行言者寡，不過清談罷了。」

「正是要你我抓緊行之方有效嘛！」趙寄客說到此時，方才要入港了，「天醉，你我二人，不妨各選一足，為國為民為己，再拚搏一場，你以為如何？」

杭天醉有些茫然，說：「你看我這副樣子，還能選擇哪條足？」

「此言差矣。我趙寄客斷其一臂，不能再揮戈陣前，尚不能刀槍入庫馬放南山，何況老弟尚有實力，胸有熱腸，打起精神，開出一番天地，也是有可能的。」

這一番話，便把天醉煽動起來了，醉眼一睜，目光便火花一般閃耀起來，問：「老兄你說吧，你要我怎麼幹，我就怎麼幹。」

「實話告訴你，我已選擇了從事教育，你自然便只能從事實業了。幹實業，也要立足一點，放眼全般，我看，你還是幹你的茶葉老本行吧。」

杭天醉笑了，說：「果不出我所料，我知道你兜了一個大圈子，還是要我吃茶葉飯的。」

「莫非你真是吃厭了這碗飯？」趙寄客笑問。

「既然命裡注定了要吃，也就談不上厭不厭了。等我近日把身子調養好了，再來從長計議，趙兄以為如何？」

這麼說著，他已經開始打起了哈欠。趙寄客曉得他這是煙癮上來了，要找託詞回圓洞門過癮去了，連忙就站了起來，說：「天醉此言差矣，中國的事情，壞就壞在這從長計議上。這一從長，便從長了五千年。」

杭天醉站了起來：「好，就依老兄之見，明日便開始計議，行不行？今日你就住在這裡，待我明日再來看你。」

趙寄客一把攔住了天醉，說：「明日復明日，明日何其多。哪一個回不了頭的浪子不是毀在這明日上？我看倒還不如從今日做起，從此刻做起最好！」

杭天醉這才有點慌了，扶著趙寄客的一隻手，說：「寄客，你這是做什麼，莫非今夜要留我在這裡了？」

趙寄客正色說：「天醉，這是你的家，是你留我，不是我留你。只是我這一番重新出山，不只是看在你的面上，是看在弟妹和兩個孩子面上，便也就顧不上你留我不留！你留我也留，你不留我也留，什麼時候，你把這大煙戒了，我什麼時候再打道回府。」

「你、你們，你們什麼意思？莫不是串通好了要我受罪？」

杭天醉生氣了，發了大爺脾氣。

「是商量好了，要來救你的命！」綠愛把一罐子吃的閒食放在桌上說。

「那也不能這樣綁票一樣把我堵在這裡啊！讓我回去一趟吧，我明天一定過來。」

趙寄客一把握住杭天醉瘦骨嶙峋的一隻肩膀，說：「天醉，天醉，我已經弄不清，對你是恨之愈深，還是愛之愈深了。」

說完，一把拎起那把曼生壺，環顧四周，擱在牆角的一隻壁龕上，然後，掉頭就走。杭天醉聽了此話，一愣，人倒反而是僵立在那裡了。半晌，清醒過來，聽到咔嚓一聲，這才知道，他已經被家裡人鎖起來，強行戒煙了。

此一舉，頓時使他百感交集，萬般無奈，千種心緒，又對何人說？舉目四顧，一榻、一桌、二椅，再看窗子，才發現窗子都已被大木條子釘了起來。

這不是活活地把他當了囚犯嗎？想到這裡，他不由得大吼一聲：「綠愛，你給我過來！」

綠愛根本就沒走開，說：「天醉，我就守在門外。你有什麼話，就跟我說吧。」

天醉此時已經開始一把鼻涕一把眼淚地難過起來，便求她說：「我知道求你也是沒有用的，你這女人心硬。我若求小茶，她必定就早早開了門，放我一條生路了。」

綠愛說：「我知你心裡有她沒有我，等你戒了煙，有能力養活她，也幫她戒了煙，你就一封休書休了我，我也不會怪你的。」

天醉便在裡面頓腳，說：「你明知我不會休了你，這個家沒有你，我們早就死定了。」

「你這話說得倒還算有良心。」綠愛說，「不過我倒還是指望你休了我的。」

天醉在裡面已大犯煙癮，一邊叫著難過死了，一邊又大叫：「寄客，寄客，你眼看兄弟要死，你也不來救兄弟一把，你莫非不曉得我要死在你手裡了嗎？」

趙寄客在外面說：「天醉，你安靜一些。想想別的事情。實在難過，要打滾，要撞牆，也不要緊，只是小心著那把曼生壺。除非你把壺也砸了，我們倆才算是絕交了。你若熬得過今日，明日西醫來了，會配合你戒煙，熬過了三天，就有救了。」

天醉在裡面急得哭了起來：「我卻是一分一秒都熬不過去的，你竟要我熬三天……我的天哪……」

他真的開始在裡面拳打腳踢，滾地撞牆，鬼哭狼嚎起來，這才明白，這屋子怎麼全沒了名貴的字畫瓷器，原來準備好了讓他在裡面撒野啊。

連他自己也不知道，他究竟打熬了多久，一頭撞在牆頭，號著叫著，血流了一嘴，還是沒人來放了他。想想自己怕是真要死在這上頭了，卻聽到外面有人在嗚嗚地哭，還聽到有人說：「大哥你輕一點，別讓爹聽到了，又戒不成煙了。」

天醉聽聲音，知道那哭的是嘉和，勸的是嘉平，趕緊便扒著窗隙往外看。外面漆黑一片，什麼也看不到，他嘶啞著嗓子叫道：「嘉和、嘉平，救救你爹，爹要死了……」

嘉和大聲地喘息起來，說：「爹，爹，你忍一忍，你忍過了這一關就好，爹，我們全家都是在救你……爹，我們都是為你好……」

天醉費勁叫著，嗓子已經痛得發不出聲音：「兒子，我求求你，放我出去，我求求你，讓我一個人去死好了，不要救我，你爹是無可救藥了……」

嘉平打斷了他的呼救：「爹，你別儘想你自己，你想想媽，想想我們，你想想這麼一大家子，都要靠你戒了煙，振作起來。你抽大煙不也遲早抽死，還不如現在多受一點罪，戒了它……」

「放屁，小畜生！你不是我的兒子！你這沒心肝的小東西！你這石頭縫裡蹦出來的三不像！」

杭天醉便罵出一串平日絕不出口的髒話。嘉平滿不在乎地說：「爹，你有力氣，你就罵吧。你多罵罵我們，少想想抽大煙，你就有救了。寄客伯伯說了，無論你怎麼罵我們，我們都當沒聽見。」

杭天醉只好再去求大兒子：「嘉和，嘉和，我的好兒子，爹心裡最疼你，你心善，為人好，你不像你這沒心肝的弟弟。你去對你媽說，讓我走，忘憂茶莊一切家產，都歸了她，她要怎樣就怎樣！兒子，兒子，我給你磕頭，我求你……」

嘉和聽到裡面砰砰的磕頭聲之後，冷汗直流，眼冒金星，只聽到弟弟叫了幾聲「大哥」，自己就什麼也不知道了。

杭天醉的求救，竟然把兒子嘉和逼昏了。

嘉平的大叫，把在外面廂房裡各自打盹的綠愛和寄客叫醒了過來。他們急忙跑到窗下，綠愛生氣地訓斥嘉平：「誰讓你們自己跑過來了？半夜都過了，準是你出的主意，你看你把你哥嚇的！」

趙寄客說：「不要緊，孩子小，驚嚇的。」

「我就沒有！」嘉平說。

「你和他不一樣。」趙寄客說著便帶著孩子往回走。

綠愛這頭看趙寄客抱著孩子走，那頭，對著門縫說：「天醉，你聽著，我給你跪下了，我嫁到你家十幾年，今天第一次給你跪下。你把大煙戒了，以後想幹什麼就幹什麼。你不把大煙戒了，你就別想走出這個門檻，我沈綠愛說話算話，你可都聽明白了。」

裡面，好久都不再有聲音。綠愛抬著發酸的腳回了廂房，剛跨進門，那邊，號叫哭喊又開始了。沈綠愛終於忍不住了。她覺得一切都是沒有意思的了，對一個不可救藥的鴉片鬼，也沒有什麼可以再存幻想了。她拔腿往外走，又被趙寄客一把攔住。他生氣地說：「你要幹什麼？」

「我把他放了，我走！」綠愛歇斯底里地說。

那邊，又傳來了變了調的咒罵：「趙寄客啊，我把你當親兄弟，你把我往死裡整啊，我早曉得你看中我的媳婦，我死了，你們倆好做一對啊！你心裡這點東西瞞得過天也瞞不過我啊！你讓我死，你讓我去死吧，我死了好成全你們，你們兩個騎在馬上上天入地我也管不著了。你們兩個畜生，為啥不讓我去死啊……」

綠愛聽著，臉都變了色，人就要癱軟下去。趙寄客轉過了身，幾步就跨出了院子，三兩下打開了房門的鎖。正趴在地上的天醉不知哪來的精神，一躍而起，朝門外撲去，被趙寄客一把抱住了，兩個就打成了一堆。

雖然此時，寄客已經只有了一條手臂，但發了瘋的杭天醉依舊不是他的對手。他被趙寄客夾在那裡，簡直就如同夾了一張紙板，他再三再四叫也沒用，渾身上下也沒哪一塊可以和趙寄客比力氣，一發狠對準趙寄客的肩膀就是一口，頓時便流得滿身滿臉的血。見了血，趙寄客自己倒沒吭一聲，杭天醉卻先昏了過去。

這邊，綠愛和嘉平趕了過來，見趙寄客一脖子的血，嚇得面如土色，不知如何是好。趙寄客呸地吐口血痰，說：「拿根繩子來。」那兩個人便慌著去找繩子，心一急，哪裡找得到？倒是剛才昏過去的嘉和現在清醒了，巴巴地把繩子遞過來。寄客把天醉拖到床上，又說：「你們來拉住他的腳，我把他綁上，省得出危險。」

嘉和猶猶豫豫地站著不動，倒是嘉平爽快，一個箭步上去，按住了半昏迷的爹，這邊三下兩下，便把他固定在床上了。

綠愛一臉死灰，說：「這樣強做，有用嗎？」

趙寄客指指牆角壁龕裡那把曼生壺，說：「壺在，我趙寄客在。你看他折騰一夜，也沒去碰壺，杭天醉有救。」

嘉和趕緊上去捧了那壺，他擔心父親神志不清時把它弄碎了。

趙寄客又說：「我去請了醫生來，要配合治療。綠愛，你弄些好吃的給他灌下去。你們兩個，回去睡覺。還有兩天好打熬呢。」

嘉和與嘉平拖著腳步，回了自己的房間，兩兄弟少有地沉悶下來。半晌，嘉平問嘉和：「你剛才聽到爹那些亂叫了嗎？」

「什麼？」嘉和並不抬頭看他的弟弟。

「就是爹說寄客伯伯和媽的那些話。」

「……聽到了……」

「你……相信嗎？」

「你呢？」

「我就是怕你相信！」嘉平直截了當地說。

「我也是。」嘉和把頭又別開了。

「你不相信就好。」嘉平擼了一把汗，「我剛才冷汗都給嚇出了。爹怎麼會說出這樣的話來？一個人抽鴉片，會抽得這樣神志混亂，真叫人不敢相信。」

嘉和已經躺到了床上，盯著天花板，突然坐了起來，眼睛發直，面容恐懼。

嘉平也坐了起來，問：「你做噩夢了？」

「我不敢往上看，我不敢往上看，我只要一抬頭，就看見姨娘吊在房梁上……」

嘉平便往房梁上看，當然，什麼也看不見，他拍拍嘉和的肩膀，說：「大哥，你是被爹嚇著了吧？以為爹過不去，姨娘就過不去。」他發現大哥在發抖，用力地拍打了他幾下，「你看你，這不算什麼，馬上就會好起來的，爹一定能戒了鴉片。我相信的。」

「你怎麼相信？誰告訴你的？」嘉和伸出手去，摟住他這位異母兄弟的肩膀。

「這裡。」嘉平指指自己的心，「我自己告訴我的，我很相信我自己的心。我心裡想能實現的事情，一定是會實現的。」

嘉和盯著他弟弟，像是盯著一個他不認識的人。嘉平意志裡那些嘉和所沒有的東西，甚至在他們少年的時候，便開始起引導作用了。

嘉和不睡了，披衣坐在床頭，他在等待天亮，他要趕到吳山圓洞門去。這是屬於他個人的極深極小的隱祕，心裡的一片深遠的希冀和夙願。這一夜被攪得四分五裂的心，重新拼合起來了。他比任何時候都更渴望看到他的生身母親。

從那一天早晨開始，杭嘉和開始把姨娘稱為了媽。太陽升起來了，照在清河坊的店鋪和招牌上，灑在走來走去的越來越多的人群中，像伸出碩大無比的金黃色的大舌頭，溫柔地撫舔著昨夜受傷的心靈。杭嘉和一想起他那瘦骨伶仃的母親就痛徹心扉。昨夜她是怎樣熬過來的，四周是這樣的黑暗，心也是這樣的漆黑一片，這雙重的黑暗中，伸手不見五指，裡外難以做人，媽是何等的絕望？媽！媽！杭嘉和迎著晨光向吳山圓洞門走去，自責和憐憫使他陣陣心酸——他發現他原來是這樣刻骨銘心地愛著生身母親，他多年來對媽的冷淡，乃是深切的委屈——原來他是這樣地渴望和受苦受歧視的母親在一起啊。

杭嘉和一面為自己的悔之晚矣的覺悟而痛苦萬分，另一面又為這早晨的陽光所鼓舞，為那在光束塵埃中忙碌的背門板的店員們的身影而鼓舞。他走過翁隆盛茶店時，看見了衣衫整潔的人們正走進那扇芳香清爽的大門，他便想起自家的忘憂茶莊來了。他不由得挺了挺胸膛，覺得自己任重道遠，前方山高水長。

而那個生性懦弱不可自拔的女人，亦比任何時候都更渴望獲得大煙。她骨瘦如柴，家貧如洗。她已經把一切可以賣的都賣了。當她單獨面對吳升這隻餓虎時，巨大的癮欲甚至使她忘卻了恐懼。

她披頭散髮地趴在煙榻上，甚至失去了站起來為自己弄點食物吃的興趣。丈夫被軟禁在羊壩頭了。兒子嘉和趕來，把這消息告訴她時，她竟然當著先頭趕到的吳升的面，歇斯底里地尖叫起來，然後光著腳板，就往牆上撞去。沒有丈夫在身邊，她既弄不到錢，也弄不到煙，她不知道怎麼活下去。

滿懷著一腔溫情依戀來尋找母愛的嘉和，被那樣的狂叫震得目瞪口呆，有生以來他第一次曉得，一個女人瘋狂時是這樣的醜陋。他沿著清河坊金字招牌林立的商店忐忑而來，不停念叨的「媽」字，頓時被顛叫得煙消雲散。他只來得及大叫姨娘，和吳升一起衝上去拉回母親，把她按在床上。

健壯的茶行老闆吳升一邊死死按著小茶一邊厭惡地想，何必再來理睬這個墮落的女人？她要吸大煙，讓她去吸好了；她要變賣家產，讓她去變賣好了。上一回她不是已經賣掉那副前清的青花蓋碗茶盞了嗎？她心滿意足地吸足了煙，才告訴他，那副茶盞是小蓮的。「是婊子的東西，你買下了。」她還有些高興，她似乎已經不怕他強暴她了。也許她已經無所謂了，也許她已經猜到他對她已經無所謂了。她甚至敢奚落他——「這是婊子的東西！」他火了，把婊子的茶盞往地上猛地砸去，粉身碎骨。

「你以為我稀罕你這點東西嗎？」他吼著，「你兒子都在我手裡。」

小茶看著那隻粉碎的茶盞，裡面那張醜陋不堪的臉也粉碎了，小茶的心一緊一鬆的，多少年她都怕著這隻茶盞呢，如今好了，到底讓人給砸了。

「兒子在你手裡好。」女人懶洋洋地說，她睏了。

「我遲早得把你睡了！」他吼著，氣得面孔鐵青。

「你睡吧。」她說，然後她自己便一翻身，先睡著了。

但那都是他趁杭天醉不在時如期為她送來大煙的日子裡說的話。今天他試圖不再供應她了，她就歇斯底里地叫；她就當著十五歲大兒子的面，撕破自己的面皮；她就一聲一聲殺豬一樣地催命：「給我——給我——給我——」

吳升不知道，究竟是他控制了她，還是她控制了他。

和吳升一起按著母親小茶的杭嘉和精疲力竭，心力交瘁。他從來不會想到，對付了父親，還得同樣對付母親。他茫然盯著母親皮包骨頭的臉，心裡想著，是把她綁起來，還是不綁起來？……

彈跳著眼皮的眼睛卻睜開了，離他那麼近，那麼近，近得不像是母親的眼。陌生的，猜忌的，心懷鬼胎的，歹毒的，喜出望外的……小茶一下子躍起，抓住嘉和的領子：「你是我兒子？」

嘉和幾乎要哭出來了，他被她抓掐得透不過氣來，但他還能點點頭。

然後，他感到自己一下子被抓住了肩膀，推到那個流氓老闆面前。他親耳聽到他母親說：「他是我兒子，我把他賣給你了，你給我大煙！」

他聽到那流氓大笑起來：「你瘋了！抽你的命去吧。」

然後，那隻緊緊抓住嘉和肩胛的手便鬆弛了。嘉和不知道自己是怎麼樣從圓洞門狂奔出來的。他渾身冰涼，冷汗直冒，雙眼發直，在人群裡像一條死魚，被彈到東又彈到西。當他看到忘憂樓府那扇剝落破舊的高臺大門時，他一個寒噤站住了——他恐懼極了，恐懼極了！無論從那裡走，還是從這裡走，他聽見的，都是歇斯底里的瘋狂的叫喊，他恐懼極了。

那個叫小茶的女人現在還有什麼呢？甚至那個名字「小茶」，也被罪孽抹掉了。每天吳升都要來圓洞門轉一轉。他捏著她的下巴，說：「你是紅衫兒！誰說你是小茶？你得給我回去——回到紅衫兒那裡去！」

這樣窮凶極惡地吼叫時，他便心碎地哭了起來，臉漲得緋紅，眼角沾著眼屎，拿手捶自己胸，胸膛上便一片紅手印子。

「乾爹啊，我好悔啊！我真不該啊！嗚嗚！你看她這副樣子啊！死不死活不活，嗚嗚！她是我的人！是我的人！她是我的人啊！」吳升想起吳茶清，心被一陣陣地刺痛了。

「呸！」紅衫兒麻木且凶狠地唾他一臉。

「我遲早得把你睡了！」他回過頭來吼著，面孔鐵青。

終於有一天，吳升再來時，幾乎有些受寵若驚地看到這女人露出從前的小心翼翼的笑容。她把自己梳洗乾淨了，薄施了粉黛。她輕聲慢氣地招著手，說：「阿升，你過來。」

吳升迷迷瞪瞪地走到她身旁，那女人就把右手往下一垂，手指下掛，那枚祖母綠的戒指就滑了下來。

「給你。」她把戒指放在吳升的掌心。

「這是你老公的東西，你也要換了大煙？」

「你給我去一趟羊壩頭，你拿這戒指給天醉，你叫他快來救我，你跟他說，他再不來，我就要死了⋯⋯」

吳升慢慢站起來，兩隻手卻向女人脖子卡去，他想現在就卡死她！女人卻不慌張，睜著一雙絕望的眼睛，她想著死呢。

「他要是不來呢？」

「歸你了，戒指，我不要了。」

「你不怕我騙你？」

「不怕。」女人又笑了，「你這個破腳梗，你對我是好的。」

吳升回來時，帶來了兩頂轎子，前面一頂坐著杭家正房沈綠愛，後面一頂是空著的，兩個女人在圓洞門相逢。

圓洞門裡靜悄悄的，燈倒已經被點上了，但和沒點也差不多，屋子裡透著股死氣。小茶倒是穿戴整齊了，煙具也被撤了下去，她就悄悄地殭屍一樣地坐在煙榻上。兩個女人相對無言的時候，只聽見女僕婉羅在發出聲響：「吔，嘖嘖嘖，髒啊，蓬塵啊，哪裡都是蓬塵，吔……這分人家，怎麼在過的……」

沈綠愛一聲不響，往外拿著年糕、掛麵、糯米、臘肉、鹹魚、香菇、凍米糕、香瓜子……小茶見了凍米糕，一下子就往肚裡吞了好幾塊，手爪黑乎乎的，綠愛見了心一酸，說：

「天醉送到英國人醫院去了，他得戒毒，非戒了不可。他不能見你。」

「……知道了。」小茶想了想，說。

「你也得戒。」

「不！」

「你仔細想想……」

「不想。」

「我不要做杭家人。」

「你不把煙戒了，你就做不成杭家人！」

「你說什麼？」

「我不要做杭家人。」

「我把轎子抬來了，跟我回去。戒了煙，你不要走了，我走。」

「我不回去。」

「你瘋了！」

「我是瘋了。」

兩個女人的對話無法進行下去了。半晌，那站著的才又說：「你嚇著嘉和了吧？」靠在榻上的那一個，臉色青了，說：「嘉和靠你了。」

站著的愣了一會兒，劈頭劈腦把祖母綠戒指扔了過去，尖叫起來：「你跟我回去！」然後她就衝了過去，一把拖起那骨瘦如柴的女人。綠愛高大健壯，小茶就像她手裡一隻負隅頑抗的小雞。但她似乎因為已經知道死期將近，便拚死掙扎起來。她尖叫著，縮著身體，腰一緊，褲子鬆了下來，上身的衣服被綠愛一拖，又縮了上去，便露出了肚臍眼和大半個脊背以及臀部。她的一雙手指甲長長的，又死死扎在門框上，頭髮掛落下來，像個瘋子。她叫著哭著，醜陋不堪，綠愛氣得咬著牙往前拖，一起跟去的婉羅也跟著叫了起來：「夫人不可再拖，姨娘的褲子……褲子……」

綠愛長嘆一聲，鬆了手，自己也癱在門檻上，喘著氣，斜盯著小茶，半晌，伸出手，一把擼了她的頭髮，在她額頭上狠狠一點：「你啊……你還叫不叫我們活！」

她就淚如雨下了。

那一天夜裡好生奇特，吳升放下茶行按規矩請水客吃飯的大事，讓行裡的夥計們自行料理，匆匆忙忙地又趕到吳山圓洞門去了。平日裡他也去，但夜裡他卻從來不去的。他掐算著，知道那女人的大煙又抽得差不多了。每一次他掏腰包為她付錢買貨時，都心疼得心尖子直抖，但每次他都買，這一次也一樣。

煙榻上點著蠟燭，女人梳洗得乾乾淨淨，穿了一件粉紅單布衫，見了吳升，眼睛就亮起來了。吳升吃了一驚，嘴半張著，燭光下的粉紅色！他的眼睛瞇了起來——粉紅色沒有毛邊了，不再是毛茸茸的了。

燭光召喚他回到那些一切不曾發生的夜晚，但一切依舊已經發生。吳升惱羞成怒，慣常的肆虐心理又像一隻出山的豹子衝了出來。

「你看到了吧，瞧，我剛弄到的，東北貨。你嗅嗅。想抽可不那麼容易，你還有什麼可以給我？我看你是沒有什麼東西可以給我的了。你身上只有一隻戒指，這隻戒指現在也歸我了。你還有什麼？你只有這幢房子了。你把這幢房子抵押給我吧，那就夠你抽上一陣。可惜房子抵掉，嘉喬日後成人住到哪裡去？莫非也和我一樣七八歲到茶館去當茶僮，把老闆的雙面巴掌當早飯吃？不行不行，房子得留給嘉喬！那你還有什麼？你倒細細想想，蝕本生意我吳老闆是不做的。」

吳升半閉著眼睛搖頭晃腦，手裡掂著那一小塊大煙，半得意半要挾。耳邊一小陣窸窸窣窣的聲音，他睜開眼睛——一下子又緊緊閉上——他虛幻了。他再次緩緩睜開夾緊的眼皮，放目光到人世來，他看見燭光下一具青裡透白的皮包骨頭的裸體，大腿和小腿一樣粗細，胸乳如兩枚僵硬的凍果，脖子扭轉，像一小截千磨萬拽的井繩。

吳升心驚肉跳從榻上彈跳而下，剎那間只想奪門而逃，然那殭屍一般的人竟說話了，「來呀，我有我呢！」

你有你？吳升把頭別轉——你還有你嗎？他咬牙切齒地擠出幾個字：「誰說我不行！」

然後他驚慌失措地想：「難道我真的不行了？難道我……」

「誰說我不行！」他吼了起來，餓虎一樣撲向女人。他一躍而起時尚不知道自己究竟要幹什麼！是要強暴她還是擁抱她？結果卻兩者都不是。他撲倒在榻前時，看到的正是那雙皮包骨頭的腳，這雙腳看了令人心碎。吳升雙手抱住了女人的腳，一聲不吭地流下了眼淚，鹹水竟把女人的腳背打溼了。

現在他知道他已經對她無事可幹了。他已經把她打得粉碎了，永遠也不會再有那粉紅色毛邊的燭光下的女人了，他把她徹底給毀滅了。可是他毫無欣慰，他只覺得他自己的一部分，也被徹底毀滅了。他覺得他們兩人同病相憐，天生的一對，相依為命，不是他毀滅了她，而是他們毀滅了他和她！時光不再，他再也沒有機會向她證明他的力量了！「誰說我不行」的意思直到此刻，才被吳升破譯了出來——可是破譯得太晚了！應該被用來作證明的力量，卻在那無窮無盡的生命折磨中消耗殆盡了！

我們再也無法知道這場漫長、奇特、扭曲的男女關係的尾聲了。沉積著的過於複雜的歷史再也提煉不出簡潔明朗的生活。當杭氏家族的人們與吳升本人同時撞開吳山圓洞門時，當他們看見掛在梁上的女人又輕又小，掛在半空，如同一片輕煙時，雙方彼此射出了無比仇恨積怨甚久的目光。屍體下有一張遺書，原來是一張房契，吳山圓洞門的房主是寫在這女人名下的。她說，房子託吳升代管，待嘉喬成年後還給嘉喬。她對所生的其他兩個孩子只提到了嘉草，那隻她生前送來送去送不到位的祖母綠戒指，送給女兒。

對她的大兒子杭嘉和，這杭氏家族的長子繼承人她隻字未提。同樣未提的是與她共同生活了十幾年的丈夫——依舊還在醫院裡治療的杭逸杭天醉，這個一生都無性格的女人在最後所表現出的巨大反叛巨大騷擾，猶如懸案與世仇，綿延至子孫後代，也再一次惹起杭、吳兩家的新一輪仇恨。

被埋葬在雞籠山茶園杭家墓地上的杭天醉之妾，墳墓位置在右下方，單穴。住在那裡的村民，驚奇地發現這個女人被同時祭奠了兩次。上午人多一些，由一個女人主持。下午卻只有兩個，一個中年男人和一個十歲左右的男孩。

杭天醉渾然不覺地在醫院裡度過了艱難而又平易的戒毒生涯。小茶的死訊，並沒有使杭天醉瘋狂昏厥。在忘憂樓府的書房裡，他靜靜地待了三天三夜。沒有人去打攪他，他也不去打攪別人。三天以後，才由綠愛陪同去了雞籠山。他在小茶的墳前站了一會兒，突然問：「怎麼沒有種上茶樹？」

綠愛說：「等著你來呢。」

兩個人便從茶園中移一株新茶，種在墳前。天醉指著旁邊一株問行不行，綠愛搖搖手，跑到正中央挖了一株。把茶苗往墳前埋時，杭天醉蹲著捧土，突然心痛如絞，「啊呀」一聲，捧著心口，頭上豆大汗珠就出來了。綠愛連忙問他要不要緊。他搖搖頭，一會兒，好了。綠愛說：「你不要恨我沒告訴你，我是怕你受不了。」

「我沒有恨你。」

「我曉得你恨我。我去接過她了……我拖不動……」綠愛哭了。

「還是死了好。」杭天醉說，他的口氣冰涼徹骨，冷漠無情。

綠愛轉過頭來，看了她丈夫一眼，她嚇得一跳，離開她丈夫好遠。這個男人完全變了，連他的容貌也變了，和躺在地下的茶清伯如此相像。特別是他的眼神——那種什麼都明白、什麼都不說的眼神。從什麼時候開始，他變成了另一個男人了呢？

小茶之死，拉開了忘憂茶莊杭氏家族的告別之幕。從此以後，生離死別的一幕幕場景，便被連綿不斷地搬上了杭家五進大院的人生舞臺，亂紛紛你方唱罷我登場，忘憂茶莊便成了一杯天地間的無盡苦茶。

先是趙寄客接到了北京大學來信，邀他去北大執教。他很快就答應了，行前數日又祕而不發，突一日前來忘憂樓府，要接了杭天醉去湖上走走。杭天醉凝神半晌，長嘆一口氣：「又要走了？」

趙寄客淡淡一笑：「此時不走，更待何時？」

杭天醉便曉得趙寄客乃有所指，說：「那是我犯煙癮時胡說的，何必當真！」

趙寄客正襟危坐，許久方說：「天醉性情中人，何必作假！」

這一次，他們和童年出遊一樣，去的又是南山。雷峰塔，夕照山，捧出了一番黃昏中的西湖。雷峰塔可真是又老又皺，身形歪斜，一臉憔悴，卻依舊凌空突兀。塔頂生老樹，殘缺中它那特殊的風姿又挺住了四百年。暮色蒼茫，枯藤老樹昏鴉，頹塔敗牆，然斜陽夕照，依舊十分風光。

兩個弟兄在塔下盤桓，卻見數名白髮老嫗正在挖那塔基腳。趙寄客笑曰：「雷峰塔也是倒楣，說是鎮了白娘子，大家就都咒它，又挖了它的磚去逢凶化吉，豈不又成寶貝？雷峰塔也是左右為難了。」

「何時你也有了這種雅興來指點湖山？」杭天醉衝了他一句。

「你也不用牢騷滿腹，我這次北上，你若有心，與我同去算了。」

黃昏裡杭天醉的目光亮了一下，又淡了。半晌，才說：「我是沒勁了，兩個兒子中你挑一個去吧。你挑誰生的我都沒想頭。」

「你這不是為難我嗎？」

「你若說不出這句話，不妨我替你說了，你實在想帶了她去，我也不攔。我已經想透想空了，你又何必遮遮掩掩……」

他的臉上立刻結結實實捱了一記大耳光！倒把他打愣了，打笑了，說：「這倒像是因果報應！她打了你的！你便打了我的！哪一日我再打了她的，我們就算是一個輪迴了。」

趙寄客一隻拳頭握得緊緊的，咬牙切齒說：「你當我趙寄客不是血肉之軀，沒有膽量？趙寄客什麼事情不敢做？難為是你的……」他氣得說不出話來，一口氣就跑到塔下湖邊，扎進西湖，用他那一隻獨臂在水裡撲打起來。

他水淋淋地從湖裡上岸時，暮色四起，只見天醉正坐在柳下等他。天醉手裡還捧著那把曼生壺，見了他，舉了舉壺，說：「內清明，外直方，吾與爾偕藏。」

「滾！」他吼道。

杭天醉道：「我想來想去，還是嘉平跟了你去，把嘉和給我留下吧。忘憂茶莊，日後靠的還是他，我是決計不管了。」

趙寄客理都不理他，管自己穿衣服，要走。被杭天醉攔住了，說：「就讓嘉平去了吧。」

嘉平跟著趙寄客北上那一日，全體去了火車站送。嘉平高興得什麼都忘了，只記得那「北京」二字。嘉和微笑著，心裡淒涼委屈，滿腹愁腸。趙寄客拍著嘉和肩膀說：「你這孩子溫文爾雅，心地善良，委曲求全，為人重信義，守諾言，是塊當先生的好料子。只是忘憂茶莊將來怕是要你多擔一點。嘉平跟著我這樣一個江河湖海的人，將來又不知浪跡何處呢！」

嘉和迷茫地看著趙寄客，看著他說話時瀟瀟灑灑的神情。連那一隻空蕩蕩的袖子都晃盪著，一副拿得起放得下的揚長而去的架勢。他不由得再看看綠愛媽媽，她依舊那麼冷漠高傲，她說話時熱烈如火，不說話時卻又那麼冰冷似鐵。她身上不見一絲離別的隱情，嘉和無法想像赤木山之夜了，他幾乎懷疑自己是做了一個春夢。

突然，拿著《申報》的嘉平叫了起來：「獲獎了！中國獲獎了！獲金獎了！」

大家亂紛紛地都湊到報紙上看，從舊金山傳來消息，巴拿馬萬國博覽會上，中國有七個茶品獲得了金銀獎，其中惠明茶果然獲得金獎！

這巨大的喜悅，把黯淡微妙的生活一下子沖出了彩虹。別離之際的汽笛奏鳴著，聽上去，也不再那麼淒婉。這個世界不再是那麼一成不變，隨時都會有什麼出其不意的新事件湧來——然而，除了靜候等待，留下來的人們，還能幹什麼呢……

第二十五章

一九一九年五月四日，在北京，只是一個普通的星期天，涼爽刮風的日子，比中國北方大多數春天稍少了些雲彩。

下午一點三十分，三千多學子聚集在了天安門廣場。他們大多數人穿著前一輩文人學士的服裝：帶襯墊的短上衣與絲綢長袍，有的人還戴上了西方的圓頂硬禮帽。十三個學院和大學的代表們鬧熱了京都，最後到達的是來自北大的學生領袖們。他們因為被警察和教育部勸阻，竟耽誤了趕來的時間。

廣場上召開了群眾大會，消息是昨日夜裡在北大就公布過的，趙寄客和他的浙江同鄉邵飄萍一起參加了集會。來自歐洲的消息警告中國人，山東省的主要港口和一八九七年以來德國的海軍基地青島，有被移交給日本的可能。法、英、日的祕密協定，使矇在鼓裡的中國青年震驚與恥辱之心爆發。

下午兩點整，遊行的學生向著外國使館區出發，十七歲的江南少年杭嘉平激動萬分地尾隨其後，情急中掉了一隻鞋子，他也顧不得拾了，赤著一雙腳，喊得喉嚨充血，眼睛出淚。他和他的朋友們舉著的標語牌上寫著「還我青島」的口號。他們散發題為〈北京全體學生宣言〉的傳單時熱淚盈眶，使得他們面對市民呼籲時哽咽而不能言語。

僅僅過了八天，同樣只有十七歲的杭嘉和，便也同樣舉著標語出現在杭州湖濱的公共運動場了。他標語上的內容，卻叫「抵制日貨」，和北京嘉平舉的，倒正好是一對。

已經在浙江第一師範學校就讀的杭嘉和，在杭城十四所學校的三千多名學生中，成了不大不小的學生領袖、新派活躍分子。而一向就有濟世之懷的領袖欲旺盛的杭嘉平，則心甘情願在遙遠北方的青年海洋中充當一滴小水珠。

嘉和進入「一師」的前一年，任教美術與音樂的李叔同先生已經削髮入山。在「一師」的大操場上，嘉和與他的同學們一起高唱「長亭外，古道邊，芳草碧連天」，看著那個個子高高的說話慢騰騰的校長經亨頤走來走去，心裡充滿著完全與茶莊茶樓風馬牛不相及的神祕的新鮮的氣息。他開始寫白話詩，畫人體素描，接受各種主義的宣講，還在學校勤工儉學。他的一位慈溪同學，把本家鄭世璜所著的《乙巳考察印錫茶土日記》借給了他看，倒引起了這位熱愛自然科學的五四青年的興趣。

他對鄭世璜這個人從前毫無瞭解。只知道一九〇五年，當時的清政府南洋大臣、兩江總督周馥派了他以及翻譯、書記、茶司、茶工等人去了印度、錫蘭，考察茶業，故有了《乙巳考察印錫茶土日記》一小冊。冊中有這樣一段話，使杭嘉和大為欣賞，曰：「……中國紅茶如不改良，將來決無出口之日，其故由印錫之茶味厚價廉，西人業經習慣……且印錫茶半由機製便捷，半由天時地利。近觀我國製造墨守舊法，廠號則奇零不整，商情則渙散如故，運路則崎嶇艱滯，合種種之原因，致有一消一長之效果。」

嘉和邊讀邊喟然長嘆，中西之一消一長，何止茶界，實在是國力的一消一長啊。

父親杭天醉在家中把從前的書房闢為禪室，有事沒事，在裡面飲茶打坐，又為這禪室取一名，曰「花木深房」。嘉和沒有多少心思去思考他的父輩——從前父親是那樣愛熱鬧，唯恐天下不亂。他那時倒彷彿不如現在這樣離茶更近更親切呢。

看到了放在紅木桌上的鄭世璜的書，杭天醉順手一指，便說：「這個人，我曉得的。光復前四年，在南京霹靂澗建江南植茶公所。」

然而鄭世璜在霹靂澗設立的江南植茶公所，辛亥之後便停了業。直到一九一四年，北洋政府的農商部商業司，將湖北羊樓洞示範場改辦成了試驗場。與此同時，雲南有個叫朱文精的人，成為赴日本學習茶技的第一位華人；一九一五年，北洋政府又在安徽祁門南鄉平里村建立了農商部的安徽示範種植場；一九一九年，浙江農業學校又派了上虞人吳覺農等去日本學茶。

杭州人氏杭天醉本人對這一中國近代茶業科技時代的到來，並非毫無知覺。他曾經給在北京執教的趙寄客寫過一信，希望他在可能的情況下把嘉平送到國外去留學。趙寄客卻急信一封前來尋訪嘉平的下落。原來嘉平自從結識了一群無政府主義者之後，便三日兩頭不回趙氏公寓。五四運動爆發以後，他就乾脆失蹤了。沈綠愛一聽，急得連喊帶叫。沈綠愛隨著年歲的遞長，性格變得越來越焦灼，和杭天醉性格越來越沉默，剛剛走了一條相背的道路。沈綠愛越叫，杭天醉就越不屑於和她對嘴。直到她叫累了，才說：「你叫什麼？問一問嘉和，不是什麼都明白了！」

果然，嘉和已經接到嘉平的信，他正從北京動身回杭，決計做一把「運動」的火炬呢。

嘉和穿著長衫，捲著袖子，吃飯時風捲殘雲，說話又多又快，一副天下已經交給他們負責的神情。因為從未有過的激動把他搞得手足無措，看上去他甚至有些戲劇化了。他走進走出，手裡老是提把斧頭，目光從極似父親的似醉非醉，變得炯炯有神。猛一眼看，甚至眼睛都變大了。他驕傲地舉著利斧，說：「我們正在做木籠，誰還敢再賣日貨，就叫誰站在木籠裡遊街示眾！」杭天醉對著這個變了一個人似的狂熱的大兒子說：「你不用找我，我家有日貨，你只管燒了便是。」

嘉草捧著一堆衣服，說：「媽說這全是日本料子做的衣衫，怎麼辦？」

嘉和說：「這些我們家都不能要，嘉草，你快把我床下那雙東洋產的皮鞋拎了來！」

嘉草說：「我記得這鞋是大舅送的，你一雙，爹一雙。」

嘉和便看看天醉，不吭聲。杭天醉皺了皺眉，揮揮手：「我原來就說不要的，拿走了才清靜。」

正說著，綠愛拎著個舊的柳條箱子出來，打開一看，手帕、草鞋、襪子、毛巾、肥皂、藥品、鞋子……亂七八糟的一大堆東西。綠愛倒是去湖濱運動場看過熱鬧了，所以愛國熱情陡然高漲，穿件單布衣，套件小馬夾，身上還流汗，說：「不少東西，那還都是葉子留下的呢。」

嘉草好奇，往那箱子裡亂翻，一翻，沉甸甸的，竟翻出了那已碎成兩半了的葉子家送給杭家的兔毫盞宋代茶碗。

嘉草不知這是件稀罕之物，一手一爿拿起，舉得高高地道：「什麼日本破黑碗，我把它砸了！」說著便脫手扔了出去。畢竟是件寶貝，自有上天佑著，當它從空中劈來時，被嘉和眼明手快，像撲足球一般地撲住，恰恰都接在懷中，就說：「這是國貨，不是東洋貨，只是早先到東洋轉了一圈，現在又回來了。我和嘉平一人各得了一半，當古董留著，爹，你說呢？」

爹看了他一眼，臉上什麼表情也沒有，說：「分什麼你我，人不一樣，東西都是一樣的。」嘉和的臉立刻敏感地漲得通紅，衝口而出：「爹的意思，那些東洋貨倒還是留著讓中國人用才光榮了？」

杭天醉倒是真的被嘉和從來沒有過的口氣震開了眼皮，一雙似睡非睡的眼睛亮了一下，目光又黯淡了下去，才說：「我沒有意思，我早就沒意思了。」他順手拎起門前的一把洋傘就扔了過去，「統統燒掉，眼不見為淨。」

說罷，便自己進了書房。

嘉和與嘉草面面相覷，嘉和問：「怎麼搞的，爹不是恨日本人欺侮中國人嗎？和羽田就為這才鬧翻的呢。」

綠愛把那一柳條箱的日本貨遞給了嘉和，說：「別理你爹，這事要放在從前，他早就自己忙著點火去了。」

嘉和、嘉草便都低下了頭，他們想起了自殺三年的生身母親小茶。自那以後，爹就再也沒有緩過勁來，他對什麼事情都沒有特別大的興趣了。

嘉和想起母親，一時便有些沮喪，手裡拿一把斧頭，不知如何是好。再抬起頭來時卻不由欣喜若狂，同時又因為突然的驚喜而臉紅了。

嘉草大叫了起來：「二哥，二哥……」

杭嘉平穿著學生裝，戴著學生帽，一步步走過來了，慢慢地舉起拳頭，對準大哥的左肩胛狠狠一拳頭，用又大氣又粗獷的與眾不同的北方打招呼方式說：「老兄，怎麼，不認識了？」

他把帽子摘了下來。

當大哥的也大笑了，一把拽住大弟的手說：「走，見爹去！」

兩兄弟便雄赳赳氣昂昂地進了杭天醉的書房。杭天醉正在平心靜氣地用小楷習字，嘉平叫了一聲：「爹，我回來了。」

杭天醉看看二兒子，長得比大兒子還高，寬肩細腰，廣額直鼻，神采飛揚，心裡便湧上了一些什麼，又強壓了下去。

「回來了。」他淡淡一說，便用毛筆去舔墨硯。難得地笑了一笑，說：「到後場去見過你媽了嗎？她正在進貨包裝。沒事，去幫幫忙。」

「怎麼沒事？忙都忙死了，喉嚨都啞掉了。」

做父親的穿了件長衫，從頭到尾審視了這個穿學生裝的兒子一遍，才說：「怎麼，你也去火燒趙家樓了？」

「哪有我燒的份哇，那都是傅斯年、楊振聲和羅家倫還有許德珩他們帶的頭，我在後面跟著，差點讓警察抓了去。」

「聽說章宗祥和他情婦被你們痛打了一頓？」大兒子插嘴問。

「嗯，直到警察到達，他還在裝死呢。」杭嘉平毫不猶豫地在他父親的潔淨之地，憤憤地吐了口唾沫，「呸！真倒楣，三個賣國賊，陸宗輿海寧人，章宗祥湖州人，兩個浙江人，真丟臉！」

「丟什麼臉？已經被開除族籍了。」父親淡淡啜了口茶說。

「爹，你也知道？」嘉和欣喜地問道，「你也關心這個？」

「我不關心，就不知道了？」父親橫了他一眼，「你大舅從湖州來信告訴你媽，他們和章宗祥恐怕還沾親帶故呢。」

「倒楣倒楣，倒楣透了！」嘉平直跺腳，父親才突然想起什麼似的問，「你回來幹什麼，不是說了，預習了功課，要上北大的嗎？」

「爹，現在全中國，還有哪個學生安心讀書？都跑出來拯救山東了！爹，國家興亡，匹夫有責啊！」

五四運動在改變了中國的格局的同時，也改變了忘憂茶莊的人際關係格局。在北京推動杭州的日子裡，杭家也不可能不是嘉平推動嘉和。在西湖一輪明月如期升空的初夏，明月下的內容，完全改變了。

兄長是瘦削的，長眼睛，微妙深奧的眼神，靜靜地坐在石凳上，總有一副迷茫的神色。

弟卻是高大的，骨架寬廣，濃眉大眼，靈動活躍，顧盼神飛。弟在不停地說，在宣傳，在鼓動，在做新文化運動不自覺的播種機。在將來的歲月中，他也是這樣不停授教於人的。他布道，他呼籲，他吶喊，直至死亡。而另一類人傾聽，歡呼，舉手，贊同或反對，那裡面必有他的兄長。

「看過《城報》嗎？」

「看過。英國人在上海辦的。」

「看過那上面介紹的飛機嗎？」

「看過，炸了故宮。」

「往故宮投的炸彈，我都親耳聽到了聲音，那天我正在北海。」

「這個杭州知道，轟動全國的特大新聞。」

「那麼列寧呢？」

「你想去俄國？」

「你是說俄國的過激黨？有殺人放火的照片，列寧看上去很凶。」

「我不相信。凡事自己不去做不去看，我就不相信。」

「想。你呢？」

「我想去所有的地方！」

「嚯！真膽大。」

「我跟你們去！」

一個女孩子的聲音。是嘉草，她給兩個哥哥送點心來。

「你曉得我們要到哪裡去啊？」哥哥們笑了起來。

「你們到哪裡，我就到哪裡。」

「你還是刺你的繡吧。」嘉平說,「我們把天下改造好了,你來享受。」

「那得多少年?」

嘉平叫了起來:「什麼多少年,誰等得了多少年?到你出嫁有多少年?」

嘉草伸出素手去打二哥:「二哥壞,二哥壞!」

「壞什麼,到你出嫁,社會保證很好了。你一定很幸福了。大哥你說是不是?」

「肯定是。」大哥毫不猶豫地點了點頭,肯定了這個連他自己也沒好好想過的預言,轉過臉又問:

「你們讀《新青年》嗎?」

「怎麼不讀,最要緊的文章。」

「那你見過陳獨秀嗎?」

「怎麼沒見過?陳獨秀、李大釗、蔡元培,還有胡適之,我統統見過。有時是他們來找趙先生,有時是趙先生帶了我去找他們。」

當哥哥的再一次沉默了,一會兒驚喜大於驚惶,一會兒驚惶大於驚喜。他第一次發現,他在精神上和知識上的大哥地位,已經切切實實地讓給了闊別數年的大弟。他心裡難免有些醋意,但他生來的寬和與心靈自覺趨向高尚的品格,又使他對他的這位異母兄弟由衷地敬佩和折服。他想,我要怎麼樣才能與嘉平共同擁有這個世界呢?首先是要打開眼界,要跑出西湖這個小小的彈丸之地,要到廣大的空間去,吶喊!瘋狂!求得自由和科學!還要和嘉平一樣,結識許多偉大的名人——陳獨秀、劉半農、錢玄同、李大釗……他想起了這些大學者,手裡一直拿著的那把斧頭用力往地上一剁,斧柄顫顫的,斧口就插入了泥地。然後,他又著一隻手,另一隻手比畫著,背誦道:

「大實在的瀑流,永遠由無始的實在向無終的實在奔流。吾人的『我』,吾人的生命,也永遠合所有生活上的潮流，隨著大實在的奔流，以為擴大，以為繼續，以為進轉，以為發展。故實在即動力，生命即流轉。」

當弟弟的一把撲過去抱住大哥的雙肩，使勁搖晃著，大聲喊道：「從現在青春之我，撲殺過去青春之我；促今日青春之我，禪讓明日青春之我。」

他們便同時放聲大笑，像是接上了接頭暗號似的。因為他們立刻明白，他們不僅是手足，還是同一戰壕裡的戰友了。

接著，嘉平二話不說，便問：「咱們家上門板了嗎？」

嘉和知道大弟的意思是茶莊參加罷市。他撇撇嘴，說：「茶莊現在是撮著在當大夥計。他死活不肯關門罷市，說咱們家的茶是正宗國貨，現在春茶剛剛下來，就要罷市，豈非蝕耗了。他這樣講了，爹和媽就沒再說話。」

「那你呢？」嘉平便盛氣凌人起來，「你就不能告訴他們，山東都要被他們日本佬吃去了，我們還心疼這一點點的春茶？」

「我是說了，」嘉和連忙分辯，「他們不聽。他們說，勸用國貨，反對日貨，我們最歡迎。但茶是正宗國貨，日本人的茶，我們吃不到，我們也不要吃的。不過中國人自己的茶，中國人要吃，中國人為什麼不賣呢？」

嘉平便氣得直拿自己右手掌心抵擋左手拳頭，說：「國家興亡，匹夫有責，同胞速醒，全中國都鬧得天翻地覆了。少吃幾口春茶，又算得了什麼？杭州人就曉得吃吃吃，怪不得吃成了一個亡國之都。」

杭嘉平坐在院落裡燈光斜射到的亮處，他手舞足蹈口若懸河，倒映在地下的影子又大又黑。巨大的天外的思想武裝了他，使他成為了一個別人眼中的巨人。現在，所有的人都對他另眼相看了。

綠愛多麼想抱住她親愛的兒子，像從前孩子小的時候那樣，緊緊地抱住他，像抓命根子一樣地抓住他，再也不鬆手。聽說兒子暫時不去北京，她心裡多麼喜悅。可是兒子不讓這種喜悅保留得稍微長一些，兒子非要母親上門板罷市。

「我們賣的是中國貨啊！不是說，世上所喝之茶，均為中國所產嗎？不上門板就不行嗎？」

「不行！」兒子堅定地說。

「你對你爹說去！」綠愛不想讓兒子在她這裡絕望，便把天醉推了出來。

「國家興亡，匹夫有責。」嘉平走進花木深房，就那麼開門見山義正詞嚴地對父親說，而父親也當仁不讓地回擊說：「你的意思，是說國家現在眼看著要亡，而我這個匹夫卻不願意盡責囉？」

這未免尖銳的話，使三年未見父親的嘉平一時噎住了話頭。在他心目中那個神經過敏、心慈手軟、性格懦弱的父親，突然消失了。

大哥嘉和連忙打圓場：「大弟的意思是說，學生罷課，工人罷工，商人罷市，已是眼下的大勢。」

杭天醉推開椅子，扔了毛筆，在房間裡背著手走了幾圈，才說：「我知道你們要跟我說什麼，你們要罷市，要上門板，是不是？你爹我也是中國人，我不心疼錢。我甩手掌櫃一個，辛苦的是你媽和你撮著伯，他們都不心疼錢，我心疼什麼？」他有些生氣了，說：「你們又不是不知道，杭天醉抽掉的大煙錢，就可以再蓋一幢忘憂茶莊了。你們把我看成了什麼人！」

杭天醉這幾年連話都少說，突然發作，說了那麼一串，叫嘉和心裡不安，就不再回嘴。但嘉平卻是見過大世面的人了，且跟趙寄客這幾年也學得伶牙俐齒，兵來將擋水來土掩，什麼也不怕的。剛才被父親幾句話怔住，現在緩過勁來了，便宣告：「聽其言觀其行，我一路南下，所到之處，工人罷工，商人罷市，已成風氣，為什麼到了杭州，連我們這麼大的茶莊都不罷市呢？難道因為日本的茶葉沒有侵犯我們茶莊的利益，我們就不用關心其他行業的命運了嗎？如此推理，日本人要的是山東，與我們浙江又有何干，讓他們割去，不就了事了嗎？」

這下，輪到父親要不認識這個三年不見的二兒子了。他還依稀記得，當年是大兒子遞的繩子，二兒子按腳，趙寄客把他綁在床上，才戒的大煙的，兒子不簡單。兒子不能小看，兒子遲早是要爬到老子頭上去的啊。

他想了想，心平了下去，說：「你們跟我來。」

開茶莊的甩手掌櫃父親，此刻便帶著兩個熱血沸騰的兒子，走出他的書房，穿過院子，進入夾巷，又進入後花園。花園有一小側門，門打開便是忘憂樓府的右側山牆。此刻，沿著山牆，尚有一輛輛黃包車接著挨著排著隊，沿著黃包車向前，左轉彎，依舊是車，一直往前，直到茶莊大門口旁停下。

杭天醉說：「看見了嗎？」

兒子們答：「看見了。」

杭天醉說：「都是幹什麼的？」

兒子們答：「是到我家茶莊排隊買春茶的。」

杭天醉說：「我好意思關門嗎？」

嘉和張了張嘴，有些不好回答，便不吭聲了。嘉平卻奇怪地反問父親：「為什麼不好意思關門——是喝春茶要緊還是還我青島要緊？」

父親終於不耐煩，咆哮了起來：「你跟他們說這些大道理去！看你說不說得通！不要以為天下都是你們這批人在噴血，我也是過來人。你遊你的行，他喝他的茶，老百姓永遠是一樣的。吃飯、睡覺、喝茶，樣樣少不了。不要雞蛋亂碰青石板，不相信現開銷！」

「現開銷就現開銷！」嘉平一點都不買爹的帳，騰騰地幾步就跑了上去。大哥嘉和看了一眼爹，便顧不著他了，也匆匆地跟了上去。嘉平這個初生的牛犢，一個箭步就跨上了茶莊門口停著的一輛黃包車上。他總算有了個機會，可以和北大的那些學生一樣，大聲疾呼了。

所有那些正耐心排隊，準備品嘗龍井新茶的市民，都被一個穿黑色學生裝、戴學生帽、脖子上掛一條格子圍巾的年輕人的一聲振臂高呼，叫得個頂頭呆。只見他呼嘯一聲，黃包車旁邊一個穿長衫的瘦削小夥子就跟著應和一聲：

「國家興亡，匹夫有責！」

「國家興亡，匹夫有責！」

「外爭國權，內懲國賊！」

「外爭國權，內懲國賊！」

「罷市罷工，抵制日貨！」

「罷市罷工，抵制日貨！」

兩個人，此起彼伏地喊了一陣，市民們倒也不再覺得突兀了。因為這一向，學生們在拱宸橋、武林門、湖濱等地四處發表演說，又有「勸用國貨會」和「日貨檢查會」在街上走動。市民們也是愛國的，每日在看報紙，曉得有人在賣國，大家要聲討。所以，口號喊到後來，便也有人跟著舉手了。

嘉平站在黃包車上，見來來去去那麼多人盯著他看，自我感覺就好極了。他放開喉嚨，便開了講：

「同胞們，各位已經曉得，山東省的主要港口和一八九七年以來德國的海軍基地青島，已經被賣國政府答應了移交給日本，而且法國、英國和日本之間也已經對此作了祕密協定。眼看我們中國人自己的土地，卻要由人家拿把刀來，想割哪一塊，就割哪一塊，世上哪有這樣的道理？政府不但不為老百姓說話，不但不敢保護自己的疆土，還要和日本人祕密照會，私下裡割了肉送了上去，我們中國人活得還像個中國人嗎？同胞們，同胞們，中國存亡，就在此舉了！中國的土地可以征服不可以斷送！中國的人民可以殺戮不可以低頭！國亡了，同胞們起來呀！」

說著說著，嘉平血氣衝頭，聲淚俱下，在下面當聽眾的嘉和，也不由得情不自禁地熱淚盈眶。他本是個內秀的不好張揚的少年，此時卻忘乎所以地步著大弟的後塵，一個箭步也擠上這臨時的演講臺，大聲道：「同胞們，學生讀書，工人做工，商人買賣，這原本是天經地義的事情。三前摘翠，春來品茗，也是我們杭州人古往今來的習俗。可是事到如今，忘憂茶莊只好以大失小，罷市而聲援青島，以盡匹夫之責了。敬請各位父老鄉親諒解。民一日無茶可，一日無祖國則不可！」

聽了這半天，排隊買賣的人方知，原來是要關門，不讓他們進貨了。大多數人倒還是曉得國難當頭新茶吃不吃小事一樁的，但也有人不服，說：「你們這兩個潮潮伢兒是誰，倒還來做忘憂茶莊的主！」

兩個小夥子卻已經七手八腳地關了大門上了大鎖。

又有人說：「不知道啊，這是杭老闆的兩個少爺啊！」

人家便吐舌頭：「這戶人家了不得，有這樣兩個呼風喚雨的寶貝兒子！」

那被關在裡頭的撮著從後門出來進夾巷，再進綠愛的小院，對著太太就喊：「不好了，兩位少爺把茶莊門關了，說是要罷市呢！」

綠愛一聽，頭就嗡了一下，首先便想到，天醉不知會怎麼樣。她急急忙忙地朝天醉的書房趕，婉羅卻說朝後門去了，再循聲問去，果然見那杭天醉站在山牆折角，斜著身子，拿一把舒蓮記扇子遮著陽光。綠愛再順著他的目光望去，遠遠的茶莊門口，杭天醉的那兩個無法無天的寶貝兒子還在黃包車上上躥下跳，一聲聲地叫著同胞們呢。

綠愛是個性急的人，一個箭步便要衝上去，被天醉拉住了，說：「隨他們去吧，遲早的事情。」

綠愛生氣得很，直罵自己生的那一個：「一回來就惹事！要罷市我們自己不會罷，要他當什麼出頭椽子？」

「你不用罵嘉平，嘉和是孤掌難鳴，他早就想這麼幹了。」

「這兩個人碰在一道，就野了心肝。」綠愛無可奈何地說，「那麼些新茶都訂好了的，怎麼辦？賣不出去，就變陳了，可惜！」

杭天醉依舊若有所思地望著他那兩個兒子，說：「中國都可惜不過來，還可惜這點茶？」

「那你怎麼……」

杭天醉淡淡地瞥了妻子一眼，說：「可惜的是你白辛苦啊。」

綠愛一怔，眼圈便紅了。

那邊茶莊門口，杭氏兩兄弟同胞長同胞短地叫了一陣，同胞們見茶不能買了，便通通散了去，唯有一個白衣黑裙的短髮少女站在這兩兄弟面前，笑著不走。

嘉平揮揮手說：「你笑也沒用，反正我們是不賣茶了。」

「我已經買了。」少女指指她懷中那個布拎包，「我是最後一個。」

「那你怎麼還不走？」嘉和站在黃包車上驚奇地問。

「你們說呢？」少女笑著，反問他們。這位小姐倒是落落大方，沒有一般杭州市井裡巷中人的忸怩作態。兩兄弟有些愕然地盯著姑娘，不知他們有什麼地方牽連著了她，使她站著不肯走開。

「你們不下來，我怎麼走哇。」少女終於又笑著點破他們。兩兄弟這才恍然大悟，原來他們權當演講臺的黃包車，乃是小姐她代步的「油壁車」哇。

兩兄弟立刻就從黃包車上跳了下來，口裡連說著對不起對不起，少女說：「什麼對不起啊，國家興亡，匹夫有責，剛才不是你說的嗎？我們女子蠶桑學校，也參加遊行的。今天是我父親想喝春茶，要我來忘憂茶莊買那『軟新』。要不然，我也說不定在哪裡發傳單呢。」

兩兄弟一見來了個女同黨，便分外熱情，也不管男女授受親不親的，三個人站在路口就開了講。女孩子是個讀書人，說話便大氣得很，問：「你們參加燒日貨嗎？今天下午在城站，新市場上。」

「怎麼不參加！」嘉和素來不敢和女人說話，見有大弟在，便有了膽量，熱情洋溢地說，「我們學校還做了木籠，誰還敢私藏日貨，就抓去遊街！」

簡直就跟為了印證嘉和的話一樣，一陣口號鑼聲之後，從官巷口就拖來了一隻裝有四個輪子的木籠，籠子裡果然站了一個人，那人戴著瓜皮帽，頭髮蓬亂，又閉著眼睛，也看不清楚面目。一群學生圍在周圍，大喊大叫著，周圍又跟著一群看熱鬧的市民。那女學生說：「看，遊街的過來了。」

「是我們學校的。」嘉和興奮地說。

但那籠子也是行進得奇怪，一會兒停，一會兒進，還有個小孩哭哭啼啼的聲音。再定睛一看，竟是一個十一二歲的男孩子，哭哭啼啼地倒走著，面對著那木籠子哭著：「乾爹啊，乾爹啊，乾爹你可別死啊……」

那乾爹睜開了眼睛，陰沉、仇恨、無奈、疲倦和恥辱，杭天醉已經轉過身要回家，卻用眼睛的餘光撞到了這夙怨的槍口下。吳升！他的心不由得悸動起來。

那群學生見著了嘉和兄弟，便高興地大叫，七嘴八舌地說：「你看這個不要臉的昌升布店老闆，把日本人的布換上中國標籤，還敢放到外面來騙國人買，被我們當場抓住了，又想賴帳，不老實，就抓來遊街！」

嘉平狠狠瞪了一眼吳升：「遊得好。這個人，一肚子壞水，早就該那麼遊一遊，煞煞他的威風了。」

嘉和一言不發，瞥了吳升一眼頭便別開了。他厭惡這個人，又害怕見到這個人，哪怕他已經關在籠子裡，他也不願見到他。

吳升那雙已經變得老奸巨猾的眼睛，被千萬道皺褶過早地包圍了起來，像是千萬道柵欄鎖住了目光。人們只看到他混沌的眼珠掃過嘉平、嘉和，最後掃到他哭哭啼啼的乾兒子嘉喬身上。

「把眼淚擦了！」他說。

嘉喬聽到乾爹的話，像接了聖旨似的，唰地收回淚水，揮著小拳頭，對嘉和他們叫道：「把我爹放了，你們這些壞貨！」

「嘉喬！」嘉平有些驚愕地叫道，他還認得出這個弟弟，但嘉喬三年不見嘉平，卻已經不認識了。他此時不顧一切地衝了上來，一頭撞在嘉和身上：「把我爹放了！你這個壞貨大哥！」

嘉平來了氣，一把拉開了嘉喬，叫道：「你還長不長心肝？誰是你爹？是他還是他？」

他指了指天醉，又指指籠裡的吳升：「你曉不曉得，他賣日本貨，要當賣國賊，你認賊作父，就是小賊！」

嘉喬是個暴虐的孩子，聽到有人竟敢說他小賊，一把衝上去，就咬嘉平，氣得嘉平反手給他一個耳光。

孩子到底小，一巴掌打蒙了。嘉和連忙拉開了嘉喬，說：「二弟，你不認識了，這是北京回來的二哥，你怎麼敢咬他？」

嘉喬氣得一臉淚水，鼻翼一張一張地看著籠裡的吳升，叫了一聲乾爹，就趴在籠子上哭開了。

周圍那些學生哪裡弄得清他們家裡那層複雜關係，大眼瞪小眼地看著，有人便問：「還遊不遊？」

嘉平立刻說：「遊，怎麼不遊？殺一儆百，叫杭州人看看，賣日本貨的下場！」

那少女小心翼翼地問：「這孩子，是你家的弟弟嗎？」

嘉平生氣地揮揮被嘉喬咬傷的手：「誰認賊作父，誰就不是我們杭家的人！」

「哪個要做你們杭家的人？我不姓杭了，我又不住在杭家！」嘉喬哭著哭著，竟然這麼來一句。

「你不姓杭，你想姓什麼？你想跟這個賊，姓吳嗎？」嘉平又要暴跳如雷，嘉喬卻大叫：「姓吳，就姓吳好了！哪個要姓杭！姓杭的沒一個好東西，我最好姓杭的一家門死掉！」

那邊杭天醉正端著他那把曼生壺走來，恰恰聽到這句話，手一抖，壺嘴裡就抖出了水。吳升看到了茶壺，立刻就大聲呻吟，說著：「水啊，我渴死了，阿喬啊，你快給我喝水啊，阿喬你救救我啊……」

嘉喬淚眼婆娑，一下子就看到他親爹手裡的那把茶壺。他二話不說，跑上去，一把奪了過來，就踮起腳爬上車餵吳升。吳升喝著喝著，眼淚就下來了。嘉喬餵完了下來，也是二話不說，把壺一把塞進杭天醉的手裡。

遊街的木籠子又開始往前移動了，嘉和沒有跟上去，他被他二弟的行動震撼了。

那少女也沒有跟上去，她小心翼翼地指著那個喊口號的身影，問：「他也是杭家人嗎？」

嘉和看看她，有些茫然地點點頭。少女上了黃包車，沉思地說：「奇怪，杭家人也不一樣。」

杭氏父子和綠愛都怔怔地站著，很久很久，綠愛才嘆了一聲：「作孽啊！」

「是我作孽，我給兒女作孽了，報應要來了。」杭天醉盯著嘉和，說道。

坐在黃包車上的少女，把她那雙彎彎的笑眼睜大了，盯著這奇怪的一家人，然後，才若有所思地被車緩緩地載走。黃包車的車棚用布幔子遮了起來，從後面望去，有一個不大不小的「方」字。看來，這便是一位出身在殷實人家的五四新女性了。

第二十六章

忘憂茶莊忽然進入了一個混亂的時期，這個時期並不長久，但後人的議論卻經久不衰。在那樣一種敘述中，茶這個杭氏家族賴以生存的無所不在地滲透生活的主體彷彿不見了。是退隱了，消散了，還是被排擠了？沒有人去關心它，人們把注意力集中到了杭家新生代。而新生代中，人們又把注意力傾投在了二少爺杭嘉平身上。

二少爺杭嘉平乃忘憂茶莊之「混世魔王」，一個不協調的搗亂的音符，一個溫文爾雅的江南儒商之家的叛子逆孫。二少爺杭嘉平在北方學會了飲酒，故而在他身上散發的不再是茶的典雅和沖淡的清香。他濃烈、激昂，說話滔滔不絕，心潮逐浪而高；他極端、虔誠，一腔熱血到處尋覓可以供他獻身的地方。他對有關茶的一切話題，聽都不要聽，以為做生意這種事情，與他嚮往的信仰風馬牛不相及。他本來是準備重返北京的，但家中發現幾年不見的嘉平變得這樣無法無天難以控制，又擔心給寄客帶去麻煩，便決定留他在家讀書。然嘉平轉入浙江第一師範學校之後，也根本沒有好好地讀過什麼書，他終日琢磨著怎麼樣向勞苦大眾靠攏，並救他們於水火之中。所以他雖沒有好好地讀書，卻好好地在校園裡賣了一陣自已辦的油印小報，撰稿人主要是他和他的異母哥哥杭嘉和。小報名為《忘憂》，這是哥哥堅持的報名，他說唯其如此，方能從家中取得辦報資金。杭嘉平在《忘憂》上所宣傳的主張五花八門，有社會達爾文主義、工團主義、國家主義、社會主義。不過他最熱心的還是無政府主義，這種主義很合他砸爛舊世界的激情的胃口。

「什麼叫無政府主義？」剛剛聽到這一主義稱謂的杭嘉和感到很新鮮。

「一切權力都是罪惡，個人絕對自由，反對一切政府和一切權威，反對有國家，反對密謀、暗殺、暴動，反對建立一切政權——這就是無政府主義。」

「那不是無法無天嗎？」

「就是無法無天！」嘉平又問，「你信奉什麼主義？」

「我信奉陶淵明的桃花源生活。要說主義，就算是陶淵明主義吧。」

「不知有漢，無論魏晉，陶淵明主義，就是無政府主義。」嘉平斬釘截鐵地說。

嘉和很是吃了一驚，鬧了半天，陶淵明主義竟然就是無政府主義。不過他到底年輕，腦子轉得快，接受新鮮事物也快。況且此時此刻的杭嘉和已經被他的弟弟杭嘉平徹底征服了。在他這樣的年齡，思想這種東西，只要有力，摧枯拉朽，反叛一切，振聾發聵，聳人聽聞，便必是光明的自由的科學的進步的。所以杭嘉和幾乎沒有經過什麼思索，便立刻臣服於無政府主義。為了表示他的實踐勇氣，他聽從了嘉平的建議：因為無政府主義是主張廢除血緣關係的，所以，他們要做的第一件大事，便是把杭氏姓「無」掉了。

他們接下去的勇氣和膽魄震撼了裡裡外外，一九一九年的整個夏天，忘憂茶莊和樓府，都被嘉和幾個兄妹弄得目瞪口呆。一方面，他們不准他們的茶莊賣茶，另一方面，他們又萬分誠懇地拿出自己不多的錢來，敬請撮著、婉羅這些所謂的「勞工階級」到西湖邊忘憂茶樓去品茗喝茶。「勞工階級」們很生氣，說：「別瞎胡鬧了，今年的春茶到現在還不讓賣，你們到底還是不是杭家門裡的人？」

「我們早已不是杭家的人了。我們誰的人都不是。我們『無』人。」

他們說出來的話，忘憂茶莊的「勞工階級」們真是一句也聽不懂，但他們不在乎。話說他們把家裡的下人們趕得一個不剩都去逛了西湖，讓他們的母親沈綠愛下廚，並給坐在禪房裡的父親杭天醉送去一副水桶挑擔。杭天醉朝他們白了白眼，便去了靈隱寺，在那裡品茶，茶禪一味，心靜。他的兒女們卻心熱如火，他們幾個，包括小姑娘嘉草在內，則統統跑到忘憂茶樓裡去跑堂，當店小二茶博士。他們免費讓窮人坐茶樓，轟動全城。一時四方乞丐蜂擁而至，臭氣熏天，汙穢遍地，嚇得老茶客們落荒而逃。茶樓老闆林汝昌年事已高，本來就慘淡經營，勉力支撐，見一幫少爺小姐胡亂糟蹋家業，氣喘吁吁地跑到羊壩頭告狀。

誰知羊壩頭忘憂樓府的整個情況，比茶樓有過之而無不及。嘉平大開了後門，一群南來北往的小乞丐占據了偌大一個後花園。嘉草正指揮著他們在從前養金魚和睡蓮的池塘裡洗澡。嘉和給他們在廂房裡安頓地鋪，他們打算建立一個孤兒院，來實踐他們的無政府主義之理想。

嘉平跑到父親的禪房，張開兩隻手掌：「天醉同志，請給我一些錢，不用多，只要夠我們開辦孤兒院就行。」

天醉手裡拿了莊子的《逍遙遊》，瞠目結舌了半天，才說：「你別跟我說話，找你媽去！」

「綠愛同志說得由您批准，否則她不給。」

「你叫你媽什麼？」

「無政府主義者是只有同志沒有爹媽的。」

杭天醉僵立了一會兒。他感到又氣憤又荒唐又不知所措。沒有人教他該怎麼辦，除非趙寄客在場。他倒也沒有覺得兒子們的行為有多少大逆不道。在道德的叛逆上，他和他的兒子們至少在走向上相同。可是他需要清靜、安心，他還需要一種適意的漸次有規律的生活，這是他對從前抽大煙生涯的徹頭徹尾的反動。從前杭天醉一向討厭有規律的生活，人到中年以後，卻覺得這種靜謐的生活滋養了他，他非常需要這樣一種純自然的生存方式。至於社會，他是背對著它的，來自社會的聲音，無論歡呼還是抗議，對他個人靈魂的拯救都起不了決定性作用。可以說，此時的杭天醉，走向社會的獨木橋已經抽掉了。他隔著深淵，用他的夢眼看著彼岸的喧譁與騷動。他也找不出語言來與兒子們對話。如果他用他自己的語言，兒子們根本不懂；如果他用兒子們的語言，他卻完全地不會用了。「還是吃茶去吧。」他便想起了趙州和尚的偈語，這是他企圖用懸置的方法來對待生活了。他突然發現他對從小浸淫在其間的「茶」，有了一種嶄新的認識。原來不管你碰到萬千煩惱，只需吃茶去，便一了百了。他為這進入了佛理的茶禪而快慰起來，臉上便有了幾分和悅。

「我吃茶去了。」

「那辦孤兒院的錢呢？」

「我吃茶去了。」

「你給了錢再去吃吧。」

「我吃茶去了……」

「你現在是不能走的。你看你老是吃茶吃茶，多少事情你都不管不顧了——」

父親和兒子之間的對話沒有能夠進行下去，他們都被母親綠愛突然的尖叫之聲干擾了。接下去的場面實在是驚心動魄，只見一名衣衫襤褸的乞兒在忘憂樓府的院落與夾牆裡上房下牆，奔走如飛，手裡緊緊捧著那把趙寄客送給杭天醉的曼生壺。身後的綠愛則拿著一把菜刀奮力追殺，大喊大叫，頭髮鬆散，恰如一個灶下之婢；在她的身後，又是一群長髮如草、墨面如鬼、爪甲如獸的乞兒窮追不捨，再後面，又是驚慌失措不知如何是好的嘉和、嘉草追跑。「怎麼回事？怎麼回事？」嘉平便拽住他的「綠愛同志」問。沈綠愛也實在是氣瘋了，哪裡還有老闆娘的半絲風度，指著嘉平就罵：「你這個現世報，我還有哪一點不依著你？由著你在家中上天入地。千不該萬不該你把這批叫花子弄到家裡來，你一個人哪裡救得了那千千萬萬的人？你看他們做出來的事情！我正切著菜呢，這傢伙捧著把壺就進了廚房，要倒水喝。我一看嚇了一跳，那不是曼生壺嗎？這還了得？這還了得！」她說到這裡也顧不得再說，又要奮力去追殺了。再一看，那傢伙卻十分了得，抱著這把壺，竟上了房呢。

實際上這孩子也不是成心搗亂，他哪裡曉得世界上還有什麼慢（曼）生壺快生壺，他是被綠愛手裡那把菜刀嚇壞了，這才上了房的。下面的人用了各種的招兒，也沒法讓他下來。綠愛把刀扔了換了銀圓也不行，嘉平用他那套無政府主義理論也不行，嘉草看著孤兒上房倒沒哭，看著綠愛聲嘶力竭倒嚇哭了，但那眼淚也沒有把房上那孩子弄下來。杭天醉一碰到這樣的事情更是束手無策，他對乞兒可以說是一籌莫展的，但對親人他卻不斷地冷嘲熱諷，結果事情變得很奇怪，家人們罵著哭著教育著上房的苦孩子，杭天醉譏笑著嘲弄著他的家人們。不知原委的人倒還真的以為他和乞兒們同一階級立場，恨不得也跟著那孩兒上房呢。

夜幕降臨了，天空剪出了那乞兒懷抱曼生壺的剪影，使他看上去更像一個孤膽英雄。下面的人們說得精疲力竭，最後也都只好無言了。房上房下就大眼瞪著小眼不知如何是好。

突然，那孩子聽到了呼喚，那是他們自己的聲音，來自這座深宅大院的外部。乞兒坐得高看得遠，原來他的「孤兒院」的朋友們都已經移到了院外，正在招呼他出來呢。

又見嘉和走了出來收拾殘局。原來細心多謀的嘉和揣摩了良久終於找到了突破口：這嚇傻的孩子除了自己同類的聲音聽得進去，別的一概沒有效果。看來他們的第一次的無政府主義實踐就只好破產了，因為孩子們根本不信任他們，也不知道這些人把他們弄進這大院裡來究竟幹啥，或者他們還會以為這些人是人販子呢，把他們洗乾淨餵飽了賣掉。

結果，在這件事上，嘉和第一次沒有請示嘉平，他開了後花園門，這些乞兒打哪裡來的，也就打哪裡走了。他們倒很開心，還有一種鬆了一口氣的感覺，他們在後花園裡廝混了一日，到夜裡，他們開始懷念流浪生涯了。夏天的西子湖，六吊橋下，便是他們的房屋，他們才不稀罕什麼「孤兒院」呢！

嘉和彷彿和那些孩子心有靈犀，他讓家人們各自回房幹自己的，然後他獨自一人等候那孩子下來。嘉和身上天生有一種茶般的親和力，使人們對他不設防；他還有一種安全感，與人平起平坐的樣子，不像嘉平有救世主的精神，又有法官咄咄逼人的神態。總之，最後的結果是乞兒們作鳥獸散，重返流浪王國。而那隻歷經驚嚇的曼生壺，也完好無損地重新安放到花木深房的禪桌之上了。

大廳裡燈火通明，老闆娘沈綠愛正在重整旗鼓收拾河山。行了，胡鬧到此結束，什麼挑水下廚下人們都去吃茶，這樣的荒唐事情也就此罷休了。大家各就各位，該幹什麼幹什麼去。雖然瞎折騰沒多久，但大家都有一種久別重逢的親切，大家嘴裡都翻來覆去地嚼著那個「茶」字。大家都覺得，這個夏天它被冷落了，大家都有一種負疚感。但是不要緊，明天就正常了。誰也不反對要回青島，誰也不反對抵制日貨。但茶是中國人的，要買茶，要賣茶，這是忘憂茶莊賴以生存的兩大基本原則。從前，大家由著嘉平胡鬧，是看在老闆娘面上，如今老闆娘發話了，誰還怕那初生的牛犢去？

那一年春節，是嘉平的異常落寞之節。在此之前，他的一些同道中人紛紛北上，尋求新人生去了。他因了家庭的經濟控制而寸步難行，在家中恓恓惶惶的，倒像是一隻喪家之犬。

嘉和平時也是落寞時多，激烈時少。不能說他對這個冬天的失落沒什麼感受，我們只能說是他對失落的承受力比較強罷了。在他看來，生活本來就是如此的沉悶，沉悶是我們一生都要感受的生活方式。不沉悶，不過是沉悶之間的亮麗的喘息之隙罷了。

所以他對自己的沉悶並非不可承受，使他越來越受不了的倒是弟弟嘉平的狀態。弟弟不能承受苦悶的樣子使他心潮難平。關鍵是他非常理解嘉平，他甚至理解到有了通感的地步。他也失眠了，他也為無所事事而暴躁了。他知道如果不是嘉平他不會這樣，他是被嘉平急出來的。為了平息嘉平那種急躁不安的心緒，他曾經建議嘉平與他一起上虎跑寺拜訪弘一法師，也就是沒有教過他們的「一師」先生李叔同。嘉平一向對這種逆常規之舉饒有興趣。在他看來，一切標新立異之舉亦都是反叛之舉，而他當下的生命表現形式就是反叛。他已經不跟父母親說話了，走進走出一張臉繃得像鼓皮，綠愛對這個心肝寶貝兒子一籌莫展。她不明白，兒子養到十七八歲，怎麼倒越養越像是陌路人了。

話說嘉平跟著嘉和倒是真的上了一趟虎跑寺，他們在寺外山牆邊繞了好幾圈，嘉和猶疑來猶疑去不敢去通告山人吾輩來也。山風掠過山寺，風吹草動，梵音無聲，一片的大寂。嘉和想，弘一法師不會走出這樣的寂靜的。嘉平倒是不耐煩了，他想山中的超脫安詳，亦不過如此，不食人間煙火也未必能夠給人帶來什麼出路。但他也不想為難嘉和，他對他的哥哥嘉和還是從心底裡熱愛的，他還把他看成他的親密的叛逆戰友。

最後嘉和被自己的猶豫不決折磨得終於敗下陣來了，他們垂頭喪氣地在一片暮靄之中下了山。不料天空又飄起了小雨，在杭州的憂愁的雨巷中彳亍地行走著，沒有丁香花，也夠愁死人的了。小哥倆的黑濃的頭髮上綴滿了小水珠子，他們你看看我，我看看你，都有一種沒有出路的小布爾喬亞的傷感產生了。

二月是學生放寒假的日子，嘉和就跟著撮著伯去了茶莊。嘉平說：「大哥別去，那茶莊以後夠你折騰的。還是跟我上學校。」

嘉和笑笑，說：「老二說話，到底和老大不一樣。我要有你這份心境，我便也有你這份瀟灑了。」

嘉平便捶著自己的胸膛說：「我還瀟灑？我縮在這東南一隅裡，都要憋出神經病來了！」

這麼說著，他就一溜小跑地出了門。嘉和出神地看著大弟那穿著黑色學生制服的背影，他看到大弟躍出大門檻時，飛身一跳，學生帽一震就掉到了地上。那頭髮如雜草叢生衝冠而上，嘉和就看呆了。

撮著伯瞪著他那雙老牛眼說：「你要實在想去，就去吧。」

嘉和搖搖頭，開了後場的門。他想著要去接這個百年老店的班了，對他來說，這可真是命裡注定的事情。他彷彿與生俱來地就有著那種自我克制的能力。半年前他還提著斧頭走來走去，但他很快就明白，從大門口一躍而出並把學生帽震掉的，決不可能是他。

後場的那些大鋪板上，厚厚地鋪上了灰塵。他用手指刮了一下，一條黑印。老撮著說：「從前一開春，這個大場子密密麻麻地坐滿了揀茶的姑娘兒，有百十來人呢，真叫熱鬧。」

嘉和站在那兩大溜的鋪板中間，他感到困惑——多少人啊，多少茶啊，歲月這種東西究竟是什麼意思呢？深秋一過，茶就沒了，這裡就靜悄悄的，還透著股淒涼。沒多久，灰塵就像霜打一樣地下來了。然後是春天，春茶下來了，那揀春茶的姑娘也來了，板子揩得光光的，乾淨得能照出人影來。那麼年年歲歲的，永無止境。茶的後勁怎麼會那麼足呢？它那麼採了發，發了採，怎麼就沒完沒了，沒有一個頭呢？

茶可真是件怪事，永遠也琢磨不透它。

撮著跟在嘉和後面絮絮叨叨的，驕傲中透著淒涼：「你茶清爺爺在的時候，往這走廊上　站，百十來人，那是氣都不敢吭一聲的。他走路的樣子，慢慢地，慢慢地，像是在水上漂；突然，嗖的一下子，就箭一樣射了過去。嘉和，這個地方你要常來的。」

「為什麼？」

「茶清伯的魂靈在這裡飄呢。他是死不甘心的呢。」

「為什麼？」

嘉和回過頭來，撮著伯驚得一把就捂住了自己的嘴——嘉和那側過臉來乜斜著眼色的神情，和那個死去的人太像了！

嘉和看著老家人吃驚的神情，不解地摸了一下自己的臉，一層幼稚的疑惑就附在臉上了。撮著伯鬆了口氣，現在的這張臉叫他放心。許多年過去了，他依舊害怕那張眼睛發綠的臉。在忘憂茶莊，吳茶清的魂靈始終還在那梁柱間隱隱現現呢。

嘉平大喊大叫的聲音就在這樣的時候衝散了這不肯離去的魂魄，他手裡拿著一封信，氣急敗壞地喊著：「學校……來信了，經校長……被撤職了……走，走，同學們都去學校了……」

嘉和二話不說，跟著嘉平就跑。撮著伯木愣愣地看著兩位少爺跑得無影無蹤，空曠的大場子現在只剩下他一個人了。他愣了半天，對空中作了揖：「茶清伯，我曉得你不放心，你走不開，你眼珠瞪著我們。茶清伯，我們是真不曉得怎麼辦了。茶清伯，你保佑保佑我們吧……」

一九一九年五四以後的「一師」，是教育廳和縉紳們的對頭。經亨頤這個當校長的，竟也和嘉平一樣地激進，因此便被取了個外號叫「經毒頭」。

經亨頤的第一條罪狀是廢孔。其實說到廢孔也很簡單，學堂每年都要到孔廟去祭孔，謂「丁祭典禮」，原來杭州師範生是要參加「八佾舞於庭」隊伍的，而經師則為重要的陪祭官，五四之後，清朝的遺老遺少們都在想，看你經亨頤來還是不來？經亨頤偏不來，他找了個藉口，跑到山西開會去了，一時「大逆不道」，為日後的「倒經」運動埋下禍根一條。

經亨頤的另一條罪狀是支持「四大金剛」搞教育革命。四大金剛者：夏丏尊、陳望道、劉大白、李次九。

五四前的文學革命，可以說是開了文化革命之先的，而文學之革命，則自革文言文之命始。

改授文言文為國語，原是「一師」教育改革的一項內容。經師以為「經史子集，不但苦煞了學生，實在是錯了人生」，故廢讀經課，聘夏、陳、劉、李為國文主任教員。這在「之乎者也」滿天飛的當時，猶如長衫堆裡衝進個赤腳的短褲黨。

聘請四大金剛，埋下了「倒經」運動的第二條禍根。

經亨頤的第三條罪狀，便是「默許」施存統非孝了。

這篇發表在學生刊物《浙江新潮》上，被那些道貌岸然者驚呼為洪水猛獸、紅頭髮綠眉毛的〈非孝〉，其中心思想，不過是主張在家庭中用平等的「愛」來代替不平等的「孝道」罷了。原來，施存統母親生了重病，他趕回金華老家一看，一件破單衣，一些冷硬飯，沒人醫治，沒人照料。家人寧願把錢花在求神求鬼做壽衣上，也不願給她添床棉被做件衣服穿，說：「活人要緊，她橫豎遲早就要死的。」施存統再三懇求父親，父親不理。

施存統兩夜睡不著，想：

我是做孝子呢，還是不做孝子呢？
我是在家呢，還是回校呢？
我要做孝子做得到嗎？
我對於父親要不要一樣地孝呢？一樣地孝是不衝突的嗎？
我究竟怎麼樣孝法呢？我做孝子於父母有利嗎？
我在家看到母死就算是孝子嗎？

我能夠忍住嗎？我不會比母先死嗎？我死了，於母親又有什麼利益呢？

施存統終於非了孝，三天以後「含淚拋棄垂死的母親，決然半途回校」，並寫下〈非孝〉一文。文章發表一個月後，母親死了。

施存統非孝，非了當局的祖宗，外號「琉璃蛋」的吉林人省長齊耀珊、教育廳長夏敬觀雙腳跳了起來，再容不得經亨頤了。他們一面查封《浙江新潮》，一面唆使議員們拋出「查辦」案，沈綠村在其間，竟也起了關鍵性作用，告經亨頤「非孝、廢孔、公妻、共產」，汙衊「四大金剛」不學無術，並撤了經亨頤的校長之職。

「一師風潮」，就在一九二〇年二月寒假之中掀了起來。

二月十日、十五日、十九日，「一師」學生徐白民、宣中華連發三信，向在家度寒假的同學告知經師被免消息，並言，經校長之去留，關係吾校前途甚大，關係浙江文化非淺。寧為玉碎，不為瓦全。自此，以「挽經護校」為號召，揭開了「一師風潮」的序幕。

三月十三日，到校同學已達二百餘人，嘉和、嘉平兩兄弟自然便是中堅分子。同學大會一致通過決議：維持文化運動，堅持到底，無論何人不得有暴行；校事未妥善解決以前，無論何人概不得擅離本校；「留經」目的不達，一致犧牲……

三月二十九日晨，五百多軍警包圍「一師」，聲稱省長有令，要遣送學生回家。秀才遇見了兵，兵們拖著秀才就往外拉，三百多名學生迅速圍坐到了操場，群情激憤，呼聲迭起。

牆外，杭州學生聯合會發動的全體學生，包括方西泠和她的女同學們，抬著麵包筐，從牆上往牆裡面扔饅頭，只聽得牆裡面的聲聲呼喊：「我們寧願為新文化而犧牲，也不願在黑社會中做人！」

方西泠此刻也已熱淚盈眶，不能自已，一邊往裡扔食物，一邊跟著喊：「我們的學生犯了什麼罪？你們這班警察這樣虐待他們！」

方小姐的嗓子不喊則已，一喊就如金石裂帛，惹得路人都停住了腳步。說來也是巧，恰恰此時，方小姐那在司法廳工作的父親方伯平也趕來現場，處理這愈演愈烈的局勢，沒料到「一師」的學生還沒開始處理，倒要先開始處理自己的女兒了。他本是夏敬觀的同學，又在政府部門任了要職，心裡也是不滿經亨頤這一干人的標新立異的，見了自己女兒站到對立面去，又氣又急又不敢叫，一聲不響走近了去，一把抓住女兒扔饅頭的手，說：「給我回去！」

不料女兒在光天化日之下，竟如變了一個人一般，說：「不去！」

「你敢頂嘴？」

「國家興亡，匹夫有責！」女兒猛地掙脫了父親的手，便往「一師」的大門口衝去。

此時，「一師」操場已經大亂特亂，五百多名警察衝向學生，團團圍住，警長高聲喊道：「省長已經下了決心，再不走，我們可要動手了。」

一聲令下，數百警察便撲向了學生。此時，一位圍白圍巾的少年突然衝了出去，叫道：「誰再敢上前一步，我就和他拚了！」

方西泠小姐身上的血，唰的一下全部衝向了頭頂！那不是上半年在忘憂茶莊看到的杭家少爺嗎？看他英姿颯爽，多麼英武啊！

然而方小姐頭上的血又一下子撲向腳心，因為她看到一群警察瘋狂地向她心裡的英雄撲去。但是他非但不跑，而且一個箭步上前，拔下警長的刀子架在自己的脖子上，喊道：「同學們，殺身成仁的時候已經到了！」

他竟要一刀往自己脖子上割去，方小姐嚇得尖聲叫了起來，這一叫，那刀猶疑了一下，立刻便被人奪了下來。方小姐渾身一片冷汗，一下就癱坐在了地上。

此時，杭州城的中學生們背著鋪蓋，源源不絕地進了「一師」，以示聲援。梁啟超、蔡元培等紛紛來電斥責當局。聲勢浩大，群情激憤至此，當局如何想得到。

方小姐急著回家打鋪蓋，要與她那個心裡的英雄共存亡。方伯平也不阻擋，見她真要出門，才說：「你也不用再去了，這回學生也算是體面了。」

方小姐這才知道，學生們贏了。當局推薦的校長，嚇得不敢到任，解散「一師」的話題，誰也不敢再提了。

中學生們在杭州中河邊學校大操場裡靜坐抗議殺身以成仁時，龍井村獅峰山的新茶綻開又被摘落，萬物成長。

嘉和卻陡然感覺到了一切事物的那種神祕的聯繫。為什麼在他們兄弟倆最聲氣相投之時，來了北方的信函了呢？嘉平的在北方的同志們亟呼嘉平進京，共議大事。嘉平這一次進京和上次不同，完全可以說是出走性質了。行前只告訴了嘉和一人，匆匆忙忙，他們甚至什麼告別的話都沒有說。半夜裡起了床，從後院小門中溜出，嘉平才想到要和嘉和握一握手，再交代幾句。不料嘉和手先送過來了，遞過半隻沉甸甸的黑瓷碗：「是你的『御』字，帶著做個紀念。」嘉平用手掌托了一托，笑著說：「你還記著這兔毫盞啊。」

嘉和也笑了，小心捶他一拳：「難說，或許這一走，你就去了日本，見了葉子拿這盞片一晃，就認出來了。」

「說到哪裡去了，你這裡還有那『供』字的一片呢。」

說到這裡，兩兄弟突然同時激動傷感起來，似乎這時才明白，他們是真的要分手。嘉平很想一把擁抱住嘉和說點什麼，但是想到他的信仰的準則，便只是拍拍嘉和的肩，說：「全靠你了！」

嘉和沒有回答他，他沉浸在自己的離愁別緒中。嘉平覺得有必要安慰他，便說：「我們一南一北，分頭幹吧。我在那裡搞工讀，你不是可以在這裡搞農讀嗎？我能離開家，為什麼你就不能離開家？」

嘉和拍拍大弟的肩膀，點點頭。嘉平就笑得露出了白齒。他覺得整個杭家，只有他和大哥心心相印。

從忘憂茶莊後門出來，是一條小河，河上有古老的石橋，翻橋而過，便是南方那些密密麻麻的蛛絲馬跡般的小巷，它們織就的迷宮使人在黑夜中感到深不可測，但嘉平決不怕這些拐彎抹角。他從小就在這樣的迷宮中摸爬滾打，他從心底裡蔑視這些繩子一樣的小巷。他懷著「你休想縛住我」的勇士精神，大步穿越，向光明的火車站奔去。即便在黑暗中，他也像路燈一樣通亮。這使送他上路的哥哥嘉和心中又羨慕又傷感。嘉和是多麼嚮往那晴朗的萬里無雲的白雪晶瑩的北方啊！但是他又知道，北方不是他的，是嘉平的，而他則只可能屬於這迷宮一般的潮溼的南方。這一點弟兄倆心照不宣：一個不提出，一個也不邀請。在旁人看來，這豈不就是命運嗎？那麼，是什麼力量迫使嘉和留在南方了呢？孤獨一人從火車站回來的嘉和，並不清楚是誰把他留下了，他只以為是他的家族離不開他。從骨子裡說，嘉和沒有一分鐘是無法無天的無政府主義者，這一點其實他也清楚，只是羞於承認罷了。

杭嘉和重新從後門進來時遇見了等候在門口的父親，這說明他對兒子們的浪跡行為一清二楚。無論經受怎樣的打擊幻滅，都不能使杭天醉從此對生活麻木不仁，這可真是他要了命的悲劇性格。他眼巴巴地躲在暗處，看著兒子們收拾行裝，吱呀一聲開了門，寬寬的肩膀消失在南方濃霧升起的夜晚。那些霧發出了寒冷的藍光，把他的心浸淫得一片玉碎冰消。

嘉和被父親的眼神和舉止嚇壞了，他不知道該怎麼向他解釋，他結結巴巴地說：「嘉平……說，怕你們傷心……走了以後，再說。」

杭天醉搖了搖手，輕聲地結巴地念叨著說：「我沒沒、沒傷心……我沒傷、傷、傷心，我沒傷心、心……」

嘉和知道，這就是父親傷心後的表情，恍惚而受驚嚇的，否定著的，一步步退向黑暗深處；嘉平對這樣的傷心總是心不在焉，無法介入。但嘉和卻不是這樣的，他正面地滲透到父親的這種傷心裡去，但他對這樣的傷心卻又無能為力。

就這樣，他重新來到了她的身旁。就像一個夢遊的人，一圈一圈地在幽冥處晃悠，不知不覺便又推開了自己家的門。他傷心透了，失望透了，他喪魂落魄極了，所以——他不再怕眼前這個女人了。

他嗨嗨地笑了幾聲，冒著傻氣。女人醒了，吃了一驚，跳坐了起來，看出是他，一時怔住，兩人便溫和地膠著住了。現在他們彼此知道對方的心思，他們把對方的心病看透了。因為看出了對方和自己一樣，都是別有一番情懷之人，他們又生出了從未有過的同病相憐和相濡以沫，這樣一份相通，竟又生出了一份友情和憐憫來了。

女人的記憶力一定還深刻地印記著當年新婚時的恥辱，這使得她長久地不再把丈夫當男人看了。白天她甚至把他和嘉和弟兄們一起歸類。但夜晚真是不可思議，況且是這樣月色撩人的夜晚，這樣突如其來的帶有攻擊性的遭遇。

「你來幹什麼，你不是不要我嗎？」做妻子的便這樣說。

杭天醉心裡燥熱起來，好像骨頭架子裡面打開了彈簧似的，撐出了另一副骨頭架子。他一把抓住了綠愛，厲聲說：「誰說我不要你？誰說我不要你！」

綠愛抬起的目光，已經有些迷離，天昏暗著，沉沉地就要將息，天醉看著這個一縷月光下照耀得如水一般的女人，他覺得不可思議。他為什麼要怕她？為什麼不敢征服她？他這麼想著的時候，另一種痛便在心裡暴跳。他狠狠地咬著牙根說：「誰說我不要你！」雙手使勁地對著女人的領口，下死勁地一撕，女人月白色的大襟衫嘶的一聲撕成了兩半，他又對著胸口往下一扒，束胸被當腰拉斷，一對胸乳便如白兔一樣蹦跳了出來，在月光下顫抖不已。女人半低著頭，閉上了眼睛，頭髮一綹一綹地緩緩地從上往下掉滑下來。杭天醉一口便咬住了女人的右胸乳，女人發出了略帶嘶啞的一聲尖叫，這叫聲使杭天醉興奮。他一把抱起了女人，就把她按在了床上。悲痛欲絕竟給他帶來這樣大的慾望和力氣，卻是他自己怎麼也不曾想到的。

那天夜裡，這對成親快二十年的夫妻，第一次瘋狂地放肆地做愛。一次又一次，無休無止，他們幾乎一夜無話，呻吟與喘息取代了一切。剛剛平息下去的身心一次次地又被喚醒，推向高峰。女人被男人一次次征服之後，陷入了半迷醉狀態。男人卻前所未有地清醒，快天亮時他悄悄起身，取來一枝蠟燭點亮了，站在床頭，他朦朦朧朧地用燭光照耀著裸體的豐滿的女人，唉……唉……他嘆息著，他是多麼痛苦啊，他能感受到骨肉分離時的那種痛苦，傷心傷肝，痛徹全身；同時他又感受到了一種牽腸掛肚的依戀。這可真是一種令他憎恨得要了他命的依戀哪！看著兒子遠去的身影，他無法不想起他當年出走未遂的夜晚，而他對這樣的往事，又是多麼地不堪回首！唉，唉，他這表面上沒有多大波折的生涯，骨子裡卻經受了多少慘烈事件，真是傷痕累累，不忍細說。當他費盡心機、千方百計想要擺脫對人世的一往情深時，實際上卻始終無法擺脫他對人的一往情深——無論男人和女人。他熱戀，他仇恨，他回避，他隱忍，他絕望，他冷漠，到頭來，這一切卻都是他離不開人的一種姿勢和呼救罷了。

這可怎麼得了啊！杭天醉想，他是深深地絕望地沉溺在人之中了。他依舊迷戀著燭光下這個女人的身體，同時，他也迷戀著那個奪去過這個女人之心的男人的友情。同時他再一次感到尖銳的痛苦，肉體的迷戀並沒有消化這種痛苦，現在，是這種痛苦來撞擊肉體的迷戀了。

女人醒來了，她看見了拿著蠟燭的丈夫，她有些難為情了，把自己更深地埋進了被窩。她說：「小心著涼……」

丈夫搖了搖頭。妻子彷彿感覺出了憐憫，有點警覺，妻子說：「如果你覺得還是在禪房更好……」

天醉吹滅了燭火，不讓綠愛再說下去。他感受到自己的生命，像是被暴雨襲擊著的火把，冒著煙氣和小火苗。他需要別人來烘烤自己，他已經失去了自己烘烤自己的能力。

黑暗中他再一次被憂傷擊倒，他隔著被子一把抱住綠愛，不由得悲從中來，他沙啞著嗓子，痛切地喃喃私語：「綠愛啊，綠愛啊，我們的兒子，他跑了……」

第二十七章

一個自由而混亂的階段是不可避免的。當杭嘉平北上的時候，他一向崇拜的先生趙寄客南下了。趙寄客這一次南下的目的很明確，他在日本學到的機械知識再一次有了用武之地——朋友們將在杭州籌建汽車公司，並聘任他為總技師。

此一階段的浙江省，恰由北洋皖系軍閥盧永祥執政。為迎合社會輿論，以圖長期控制，實行軍閥割據，他也開始尋找「車同軌」的途徑。趙寄客帶著一條手臂從教育救國的戰線上撤了下來，又進入了實業救國的行列。他孑然一身，無牽無掛，飄忽東西，愛騎一匹白馬。和他同時代的人都已經漸老，長長的身影後拖上了一團團家業的濃蔭，趙寄客沒有。他依舊是杭州城裡一股帶有俠客風骨的自由風。人們看到他便不由得想到那十年前的義舉之夜，他自己也對那段歷史津津樂道。可以說此後他雖也曾經歷槍林彈雨九死一生，但終無法和那最輝煌的辛亥革命相提並論。因此他開始沉浸在這樣一種自我營造的英雄氣氛之中了。

他雖已年過四十，且又少了一臂，但看上去挺拔精悍，風采不減當年。所以當他前往忘憂樓府拜訪朋友之時，他的確心中暗暗地吃了一驚。他沒有看到他的老朋友杭天醉，迎接他的是朋友的妻子——她浮腫疲憊，聲音嘶啞。他出乎意料地發現她懷孕了，她的臉上布滿了蝴蝶斑。

他一時躊躇，站在院中不知如何是好，他沒有想到這樣一種結局。唉，女人！他想，我也是為你回來的！想見到你呢，可不是這副模樣。

綠愛見到了趙寄客便昏眩起來，這輩子她不指望他會回來了。有一剎那她真以為白日做了夢，然而不是。她笑了，說：「你看我變成什麼樣，醜死了。」

趙寄客看她笑時露出的潔白的牙齒，頓時心中惱火。他不理睬女人的笑容，淡淡地問天醉去哪裡了，他要去找他。

沈綠愛看出來趙寄客生氣了，這使得她長長地鬆了一口氣，她為這久別重逢的「生氣」而高興。在趙寄客帶著她的兒子遠走高飛的那些日子裡，她奇怪地怨恨著她的丈夫，她想，趙寄客就是因為她丈夫而遠走高飛的。這種奇異的醋意隨著時光流逝，竟轉換為另一種東西了。當她的兒子出走而她的丈夫終於又上了她的床時，怨恨附到了眼前的這個人身上。她想，現在是你把我兒子的魂勾走了，你這我命裡的冤家！然後她開始瘋狂地和丈夫造愛。她心中怒氣沖沖又得意揚揚，她想：不管怎麼說，反正這下子他跟我了，這下你沒有他了。你沒有他了，我看你怎麼辦！

然後，連這樣的怒氣和得意也慢慢平息到歲月深處去了。沈綠愛為自己的怨恨付的代價，便是她那一臉讓趙寄客看了不順眼的蝴蝶斑和一個隆起的大肚子。與此同時，這怨恨就如搬起石頭砸了自己的腳一樣，回到她自己的身上。為了掩飾這怨恨，她就恢復了她一向有的高傲的神情，說：「你去靈隱寺找他吧，他『出家』了。」

杭天醉並不是一開始就住在靈隱寺的。他斷斷續續地去那裡，和廟裡雲遊的僧人喝茶。白日人多，香火盛，他隔著門看人們對佛頂禮膜拜；傍晚時人少了，他便出了大殿，到飛來峰下走走，看那百多個石雕像呼之欲出卻又永遠不出的神情，心裡便也有了一片凝固的感情。

從骨子裡說，杭天醉對宗教是缺乏虔誠的，他天生地懷疑著西方極樂世界的存在，他也不能證明上帝和真主是有的。他原本應該是個不折不扣的樂生者，但結果卻是他把他自己攪得一團糟。比如，當他在那個悲傷的骨肉離別的夜晚沉溺於床笫性愛之後，他就再也弄不明白男人和女人幹嗎要做這件事情了；為了證明自己能做——比如從前和小茶在一起，然而能做又怎麼樣？天下有幾個男人不會做？那麼為了忘卻——結果什麼也無法忘卻！那麼，就是為了生兒育女吧，但是兒女們終究要成為父親的逆子，他自己也是這樣——又何苦把他們生出來？他這樣分析著自嘲著自戀著，但使他羞愧難當的是他竟比任何時候都渴望和綠愛上床造愛。這真是一件難以啟齒的事情，和他的思考風馬牛不相及的事情。當夜晚來臨的時候，他們兩人就如溺水者一般地把對方當作了救命稻草，太陽升起來時他們又不屑於昨夜的瘋狂。這短期的混亂造成的結果，竟然是女人的再次懷孕。天醉也沒想到女人的生命力還那麼旺盛，到頭來，天醉落得個坐撮著拉的人力車，走過九里松石蓮亭進了禪寺來消滅人欲的下場。還是多喝一點茶吧，他想，茶是不發的，克制情慾的，我現在知道茶禪為什麼一味了。

杭天醉暫時參禪的靈隱寺周圍，一向就是優秀的龍井茶品種的棲息地。當年陸羽曾在《茶經》中記載，（茶）錢塘生天竺、靈隱二寺。杭天醉深以為然，他漸漸地又從綠愛懷孕的事件中擺脫出來了，他又開始想起了趙州和尚的「吃茶去」。在他想來，這大概就是把一切纏繞於心的人世煩惱苦難懸置起來，以空虛清明的心境去過日常生活吧。

當趙寄客騎著白馬前來找他時，恰恰是他自以為找到了人生的真諦的時候，所以他和老朋友的見面是很愉快的，這種愉快看上去一方面是玄而又玄的，另一方面則又是極端自私自利的，極不負責的。他完全不問趙寄客從哪裡來，要幹什麼，也不問問自己茶莊的情況如何，綠愛身體可好，他也不問一問他那個剩下的大兒子有沒有新的動向，他也不讓趙寄客問問他的近況如何，他就滔滔不絕地說著，讓趙寄客當了一回聽眾。

「我現在越來越明白，茶禪何以一味了。一是佛門寺院普遍種茶，當然道院也有種茶的，不過不能和佛院比。『南朝四百八十寺，多少樓臺煙雨中』，佛院比道院要多得多。另外，『農禪並重』是佛門一條祖訓，道教就沒有『農道並重』這一說。喂，寄客，你有沒有聽？」

「你講吧，講吧，我聽著呢。」

「歷來古剎建名山，名山出佳茗，大寺院中有一種茶僧是專司種茶製茶、生產管理之職。茶自然是極好的，比如靈隱寺的茶。又比如武夷岩茶，是武夷寺的和尚採製。我們上次獲得金獎的惠明茶，便是惠明寺種的。所謂大乘教小乘教，無非茫茫苦海，是乘大船到彼岸還是小舟到彼岸罷了。國人想必愛熱鬧慣了，喜乘大船，故隔三岔五便群聚而來寺廟拜佛，廟中僧人自又免不了專門弄了茶來施捨。你看，這些寺廟一到節日，不就像個大茶館嗎？」

「還有第三嗎？」

「當然有，沒有這第三，第一第二就沒意思了，那便是形成了佛的茶禮。從前廟裡有規矩，和尚一大早起來，先飲茶，再禮佛，還要在佛前、祖前、靈前敬供茶水。舉行茶湯會時，還要鳴鼓聚眾，這面鼓就叫茶鼓了。另外，廟裡還有專門煮茶的料理茶務的人，叫作『茶頭』。一天到晚，就是燒開水、煮茶這點事情。」

「你是不是也看中『茶頭』這個位置了？」

杭天醉這才明白過來老朋友對他這番話沒有太大興趣，便解嘲地攤攤手說：「塵緣未了，人家不要我啊。」

他們接下去想必是要有一段不長不短的沉默的過程。他們無言地走過春淙亭、壑雷亭、呼猿洞、玉乳洞，那百多個佛像或猙獰或慈善一律盯著他們不放。後來，趙寄客是必定要說汽車的事情的，他來找他，此事本來就是其中一件。

杭天醉從一片茶禪中這才明白過來，趙寄客要他幹什麼。

「你不是教育救國嗎？怎麼又在實業救國了？我還不知你下回又拿什麼救國呢。」他決定反脣相譏。

「你別岔開了說話，我只問你一句，是不是你說的，開洋汽車有損西湖古樸風光？」

看著杭天醉一時瞠目結舌的樣子，趙寄客倒笑了，拿他的獨臂拍拍他的肩膀：「老弟，你想過沒有，從湖濱到靈隱九公里長的風景線，一旦通了車，你日日來去多少方便？」

杭天醉說：「昔日有顏鈞講學，忽然就地打了滾，還說：試看我良知。我看你之所為，不過就地打滾罷了。」

趙寄客大笑起來：「就地打滾又有何妨？我趙寄客與你杭天醉的那些個禪啊佛啊素不相合，世界潮流浩浩蕩蕩，順之者昌，逆之者亡，與時俱進方為我輩所擇之上上策。躲在山中輾轉反側，以為精闢透悟，難道就不是就地打滾？你等著瞧吧，汽車一旦進山，此一處又將是新光景新氣象了。我看你，再往哪裡逃吧！」

說畢，揚鞭策馬，飛身而去！

老家人撮著顛著老腿要去找沈綠愛，今年的春茶收不上來了，為的是茶莊付不出那麼多的現錢，要給山客打白條。打白條山客倒也還能接受，關鍵是吳升他那個茶行不打白條。吳升做事情就是出手大，資金不夠，他眼睛也不眨，就把那個布店賣了。綠愛的陪嫁丫頭婉羅說：「賣掉好哇，眼不見為淨，省得他看了這個店就想到他站木籠子遊街。」撮著說：「我們還能賣什麼呢？茶樓又是不能賣的，其他東西也已賣得差不多了。站木籠子若能站出錢來，我倒是願意去站一回的。」

說著又要去找夫人，婉羅一邊煎著那些中藥一邊說：「夫人都快生了，聽不得這些煩心事。」

撮著愣了半晌，說：「那我找大少爺去。老爺不在，他就是最大的了。」

婉羅拿了搧火的扇子，遮著自己半邊臉，湊到撮著耳邊說：「你快別再提『大少爺』三個字，大少爺正晦氣著呢。」

「怎麼個晦氣了？」

「人家趙先生和他大舅給他牽線做媒，對方小姐不答應，茶杯裡放了三朵花呢！」

「什麼三朵花兩朵花？」現在是撮著一臉的迷茫了，「我們大少爺這樣的人，打著燈籠到哪裡找去？」

這些天嘉和哪裡也沒去，天天伏在書桌上看書寫字。說好了嘉平一到北京就給他來信的，結果等了那麼些日子也沒見他寄回一個字來。倒是有人捎了口信，說嘉平和他那撥子同志正在籌劃什麼工讀團、什麼新村呢，忙得沒心情，顧不上和南方的兄弟們對話了。

嘉平沒有時間，嘉和卻因了嘉平的出走而多出時間來了。況且近日他這裡又發生了不少事情，便日日單相思似的給他那個兄弟寫那些寄不出去的信，又編了號碼，等著日後一起寄發呢。

1號

嘉平同志：

自你說了白話文的好處後，我寫筆記、日記、作文，便也拋棄了文言文。我的朋友李君便成了我的對頭，日日要來為我圈點，這裡不對，那裡不好，什麼糟蹋國粹，強暴古文。偏偏他又是做了我朋友的，不肯就此做了對頭罷休，便慫恿我們倆共同的朋友陳君來說服我，可憐這位陳君見了我的文字也覺得好，見了李君的文字也覺得好，當中做了騎牆派，又被我們倆罵煞，照他的說法，是吃雙面巴掌。但是在我，卻是樂此不疲的。好在我們雖在語言上分了左、中、右三派，在對建設新村（聽說你在北京也和我們一樣地對此有著興趣）的認識上，卻是十二分一致的呢。為此，李君還專門從家中拿來了一本名叫《極樂地》的書，因為又叫《新桃花源》，所以極得我的歡喜。書裡面有個白眼老叟，對他的妻子魯氏，道了平生三願：一是廢掉金錢，消滅政府，合五洲為一家，合世界人類如兄弟姊妹，和合成一團，痛癢喜樂，各各皆相關。此一願不得，方有二願——會合二三同志，離開人群，隱在深山，釣魚打獵，栽花插柳，種種田園。此二願不得，又有三願——離開世界間那些魔鬼，再不看見政府那些蠢賊，乘桴浮於海，高聲呼天，低聲叫地，大聲歌唱，猛聲罵賊……

嘉平同志，不知你以為三願中哪一願你最能接受？在我看來，自然是隱入深山最為現實的，故我近日已在龍井山一帶尋找一理想之茶園來早日實踐新村主張。

可惜天醉卻來掃了我的興，他見我讀了《極樂地》，便道：「是不是那個什麼魯哀鳴寫的？」我說正是魯哀鳴所作。天醉便說：「這個魯哀鳴，自家倒是跑到六和寺出家，六根清淨，弄得後生者心血到處噴！」原來那個魯哀鳴竟是做了和尚的。雖然如此，卻也不能因此說《極樂地》便不好了。誰料天醉又說：「這種夢哪個沒有做過？二十年前頭我和寄客也玩過。你們看看我，便是前車之鑑。」

這倒是叫我十分納悶，莫非天醉也做過無政府主義者？致

禮

嘉和

2號

嘉平同志：

我已有一段時間沒有給你寫信，原因乃是我在這裡出了一件不大不小的事情。這件事情一出，我去龍井的決心就更為堅定了。

事情是這樣的。省裡的一幫議員開了會，要求給他們自己加薪。那薪卻挪用了教育經費。我們「一師」的學生便來「發難」了。我們趕到議會辦公樓，把門都封了，不讓議員們回家，我們還往院子裡放了炮仗。一時興起，我們又燒了毛紙往屋裡扔，說：「你們不是要錢嗎？喏，拿去。」這樣鬧到盡了興，我們才放他們出來，不過每個人都要保證不加薪才能走的。

此時我實在沒有想到，最後一個走出來的，竟然會是沈綠村。當時我手裡拿了一根小棍的，一棍子便打在他屁股上，竟把他頭上的禮帽也震落了下來，這才認出。沈綠村看了我半日方說：「這一棍打來，如果是嘉平我倒還相信，沒想到你也做起這種禽獸不如的事情來！」

這件事情沈綠村遲早要告訴綠愛，綠愛又要告訴天醉的。他們雖然心裡頭都是不歡喜綠村的，但是綠村現在在省裡也是當了欽差大臣一樣的角色，他們也是不去得罪的。故而想來想去，只有一條出路，便是趕快到郊外去過新村的日子，從此種茶收茶，少見那些人的嘴臉為妙。你以為如何？

此致

敬禮

嘉和

3號

嘉平同志：

此刻夜深人靜，萬籟俱寂，我卻心潮難平。明日，我和李君、陳君，便將一早離開這個腐敗的城市，永遠地斬斷與舊世界的聯繫，到郊外的茶園中去創造新生活。

想到這個明天，我竟有些手舞足蹈。眼前是一片新生活園裡的花兒、草兒、鳥兒和蝶兒的紛飛，還有，就是我一直夢寐以求的青青的茶園。現在清明將到，雙峰山的龍井茶正在蓄著抽芽，我們趕去之時，正是茶芽綻開之日，新綠一片，鬱香四起，好比是專門為了迎接我們的新生活而開放的一樣。此刻我眼睛一閉，便是那片茶園伸出翅膀來向我招手，想到今後的新世界改造好了，整個地球就是一個圓形的大茶園，這便是我最高的理想了。嘉平同志，想到這裡，竟又覺得這紙上的空談是再也做不得了，只須趕快實行我們神聖的生活，才是最要緊的呢。

最近一段時間，綠村把你的母親綠愛接到了上海的外公家裡去住，天醉沒有去，倒是獨自去了靈隱寺，我便清靜了一段時間，沒承想他們在上海的一群竟然給我設下了一個圈套。綠愛回家以後，就說要給我們兩人提親的，又說我比你早生幾個時辰，便是長子，既是長子便要先走這一步了。

這一件事情，實在是很好笑的。一來中國還沒改造，「匈奴未滅，何以家為」；二來媒妁之言，本是最最殘害青年之身心的最最封建的事情，如何還要把我等再往這火坑裡去推，我等自然便是堅決拒絕了的。

只是綠愛本非我的生身母親，對我卻和對你一樣地關懷，實在是不忍嚴詞拒之，只得再去央求天醉。天醉這個人的習性，你是曉得的，一貫的名士風采，本來對此事便是泛泛地看著待著，近幾年來卻又變了一個人樣，論道坐禪，書法丹青，世事不問。我去問他，竟等於不問。我說，這門親事我是斷斷不要的。他便說：「那你為何不出了家，效你那個到六和寺為僧的魯哀鳴，斷了六根了事？」

我說我倒是不曾想過出家的，將來有了志同道合、共同改造舊世界又共同創造新世界的異性，我便是願意與她一起，求一人生伴侶。至於家庭不家庭，倒也無所謂的，因為不要遺產，兒女又公共撫養，只要兩個人有共同的志願，便是最好的了。

天醉便大笑起來，笑畢，便又讓我去問寄客，還說你只管聽他好了，他比我更曉得這一層事情。

我便去找了寄客先生。寄客先生的態度使我大吃一驚。原來他是反對無政府主義信奉三民主義的，又說給我提親的那一家的爹是他在日本留學的同學，現在省裡司法部門任律師，是很被敬重的，姓方。至於他的女兒，又受了專門的女校的教育，且在女子蠶桑學校讀過書，又要往南京金陵女子大學送的。與我匹配，一茶一桑，正是合適的呢。

孰知我聽了這番的話，頭都要大了起來。我們無政府主義者最要緊的頭一條，便是消滅一切國家的機器，譬如軍隊、司法等一切機構，倘若我是要消滅律師這個行當的，我怎又好娶律師的女兒來當老婆呢？日後她若站在了她父親一邊，與我來吵架，我便如何是好？不要說改造中國，便是小小一個家也是改造不好的呢。

我原來以為此事不過醞釀而已，我既然堅決地反對了，想必那一干人也不至於再一意孤行。畢竟已是民國，又經歷了五四。哪裡曉得今日早上，他們竟然把我騙到忘憂茶樓上。

天醉早上來跟我說了有文徵明的〈惠山茶會圖〉，要來茶樓辨認真偽。我還說，你去便是了，我哪裡及得了你們的十分之一？偏偏天醉又說，你素在書畫文字上承繼了我的天分，不像嘉平，整日舞刀弄槍，你去開開眼界，將來這等事情，你就替我去了。他又哪裡曉得，這等蟲魚花鳥琴棋書畫之事，我是早就不弄習了的。

待我到了茶樓，真正嚇了一跳，那手拿畫軸的女子，你道是誰，竟然便是那日我們在街上演講時用了她家黃包車的那一位！你還記得車後那個「方」字嗎？我頓時便明白了他們要給我配的是一個什麼樣的女子了。

那女子見了我，竟然也十分地吃驚，好像不相信自己的眼睛。你曉得我的心裡，自然是很亂很亂的了。那幅〈惠山茶會圖〉究竟是真是偽我也辨不清楚了，只聽得雙方那些大人說來說去，勉強聽到幾句，才曉得方小姐一家是湖南人氏，也是喜歡和講究喝茶的，還互相說了一番《茶經》，便叫我和小姐坐到靠窗一邊的雅座上去。

我自然是緊張得要死，哪裡還說得出一句話來？又頭昏眼花的，竟然是看不清那女子的模樣。只記得她穿白衣黑裙，白襪黑鞋，總之是學生模樣，頭髮是短的，顏色又如裙子一般地黑。兩隻眼睛偶爾一瞥，也是黑白分明，總之看上去，竟有些如繚愛的模樣。只是她總是笑嘻嘻似的，嘴隨時地一彎，圓眼睛便成了細月。況且，她又是有酒窩的。雖然沒有塗脂抹粉，她的面頰依舊是紅得妍然。

我之所以把她描寫得詳細，乃是因為她和我坐下來後，所說的第一句話，便是：「那一個呢？」

我立時就明白，她指的是你了。

我簡單地介紹了你的情況，看上去，她便有些心不在焉了。我們也就只好乾坐。倒是隔壁這一干人說得蠻熱鬧，原來中國的兒女結親，實在是親家結親，和兒女卻是關係不大的。

這位方小姐雖然落落大方，卻又是滿腹心事的樣子，眼裡盯著盤子裡那幾顆雕出花來的蜜餞梅脯，只管發愣。過了一會兒，卻又突然地問我：「您曉得今天他們把我們叫來湊在一起，是什麼意思？」

我只好說我是曉得的，臉上汗都落下來了。

她又問我：「你看我盤裡放的是什麼？」

我說是雕花的梅脯。說實話，把蜜餞雕成這樣一朵朵的小花，我是真的還沒有看見過呢。

哪裡曉得她就笑了，說：「我不曉得是你來了。我在湖南的時候，我們家的奶媽是苗族人，他們是有一道風俗的，蜜餞都做成了花樣，對歡迎的客人，茶裡泡的蜜餞就是成雙成對的。」

我擺擺手說我曉得了，相親大概也是一樣的，你隨便泡吧。

我就給她點了一杯上好的龍井茶，鬱綠的，香極了。她看看我，便往杯裡扔梅花脯，她扔了一粒，又一粒。然後，又是一粒。梅花脯是紅的，被茶水一泡，發了開來，又被綠茶墊著，三朵紅花浮在綠水上，美麗極了。

好了，我要說的，我想我已經都說了。

哦，差點忘了，那位方小姐的名字，叫方西泠，因她出生時，住在西泠橋下之故。袁子才有言，錢塘蘇小是鄉親，我看這位方西泠小姐，才真正是蘇小小的鄉親了呢。

此致

敬禮

嘉和

於忘憂茶莊最後的一夜

新村的建設，到頭來落得個孤家寡人，倒確實不曾讓嘉和料到。李君和陳君原本是最積極響應的，三人一行，還曾經到郊外專門來訪採地址。從洪春橋南折入茅家埠，成片的茶園已經顯現在眼前，煞是動人。李、陳二君便按捺不住了，說是要立刻找個地方住下，開始新村生活。還是嘉和老練，畢竟是茶莊的子弟，耳濡目染，沉得住氣，便說：「這算得了個什麼？才剛剛開始呢！龍井茶的好地方多著呢，分獅、龍、雲、虎四個字號，不把這些地方都看透了，怎麼能選到風水最佳之地？」

李君父親原是開小雜貨鋪的，做兒子的便也就有了開雜貨鋪的精神，聽了嘉和的話，首先便叫苦：「嘉和君究竟是在找新村呢還是找塊茶園惦記著日後生意呢？我倒是不大明白，若要那四處都跑遍，莫非跑斷了腿骨不成？」

還是陳君做了和事佬，便說：「我有個姓都的同學，剛從甲種工業學校機織專業畢業，留校做了美術老師，恰是茅家埠人，不妨向他探訪一番再作道理。」

這個姓都的，恰是日後名揚海內外的都錦生絲織廠創始人都錦生，那年二十三歲，正沉浸在用傳統織錦技術織造西湖美景的設想之中。見那幾個同樣耽於理想與幻想之間的同學少年來了，自然是十分歡喜。況且嘉和又是個好書畫的，見他家中掛著西湖十景的畫，便分外地有了興趣。都錦生見他喜歡，說：「這些都是我畫的。」

嘉和遺憾地說：「錦生實乃天才，可惜原本不是一個學校的，少了交往，不然，也是交了一個同志朋友。」

都錦生這才說了，他一直幻想把他朝夕相見的西湖山水通過織錦描繪出來，那粼粼波光，絢麗雲彩，空濛的山色，用圖案花紋表達出來，有可能嗎？他可一直在揣摩著呢。

大凡美的東西總是相通的。嘉和聽了都錦生的設想，眼裡就放出光來，說：「待我們把新村建好了，第一件事情，便是來與你織這塊緞子，日後的世界，就要真如錦繡河山一樣的美好，那才不枉此生呢。」

都錦生這才知道，這是一群無政府主義者，雖然他本人是信奉實業救國的，但對這些潮漲潮落的其他主義，也並不反感，便說：「茶園的地點，倒是需要下一番工夫的。『獅』字號，以獅子峰為中心，包括那四周的胡公廟、龍井村、棋盤山、上天竺等地，最佳；次是『龍』字號的，乃指翁家山、楊梅嶺、滿覺隴、白鶴峰——」

「本地人稱為『石屋四山』的龍井，我倒是去過的。」嘉和插嘴說。

「『雲』字號遠一點，在雲棲、五雲山、梅家塢、琅璫嶺西一帶。在那裡建新村，交通不便一些。」

「太遠了不妥，」李君也表示反對，「有什麼事情，城裡也叫不應的。」

「我們既然出來建新村，還和城裡打什麼交道？」嘉和便有些生氣。

「那『虎』字號的呢？」陳君連忙打岔，只怕他們又吵下去。

「『虎』字號嘛，只在這虎跑、四眼井、赤山埠和三台山一帶了。」

「那你們這裡呢？」李君問，「我看你們這裡倒是蠻好的。」

都錦生笑了，說：「我們這裡，是排不上號的囉。像白樂橋、法雲弄、玉泉、金沙港、黃龍洞，還有我們茅家埠的茶，俗稱湖地茶，城裡翁隆盛，還有杭少爺家的忘憂茶莊，不曉得會不會收的呢。」

這番話倒是聽得杭嘉和要作起揖來，讚道：「錦生兄，實乃有心之人，我倒是想聽一聽，我們這幾個志同道合的同志，究竟找一塊怎樣的地方建設新村為最好呢？」

都錦生沉吟了片刻，問：「諸兄如此誠懇，我也便從實相問，你們手頭，究竟籌得了多少資金？」

這一問，便把三人都問得面面相覷。原來李君家做的小本生意，陳君的父親則在鄉下教書，唯有杭嘉和是個有錢人，卻又和家中失了和。究起竟來，三人竟是不名一文了。

都錦生見此況，長嘆一口氣，說：「你們要無政府，鄙人也不反對，然鄙人是實業救國論者，相信要靠實力改造中國，稱雄世界。鄙人正是因為家境小康，無力籌資添置機器，方落得壯志未酬。幾位仁兄若也與我一般窘迫，天大的志向，又如何來實現呢？」

陳君便也急了，說：「照你那麼說來，這世上我們也只有打道回府這一條路可走了？」

「那倒也未必。」都錦生擺擺手，「近處要買地建房雖是幻想，但遠處亦有現成的。獅峰山下有胡公廟，相傳乾隆皇帝在這裡下馬休息，封了廟前十八株御茶，那裡倒是有空房可住。」

「哦，你這一說，我倒是想起來了，」杭嘉和敲打著太陽穴，說，「張岱的《西湖夢尋》中倒是有過記載的。那個胡公廟，旁邊還有一口泉呢。」他便搖頭晃腦背了起來：「南山上下有兩龍井。上為老龍井，一泓寒碧，清洌異常，棄之叢薄間，無有過而問之者。其地產茶，遂為兩山絕品。」

「是啊是啊。」都錦生也興奮了起來，「那口泉，就在廟旁，岩壁上還鑿有『老龍井』三字，都說是蘇東坡寫的，誰知是真是假，倒是廟裡有兩株古梅，八百年輪流著落葉開花，花期達三個月呢。我倒是去看過的。」

「那廟裡的和尚能讓我們住嗎？」陳君擔心地問。

「廟裡只有一個當家老和尚，你們幫他幹活，他會答應的。」都錦生滿有信心地說。

都錦生所說的胡公廟，與龍井寺相去不遠。據史書記載，這龍井寺原建於後漢的乾祐二年（九四九），名叫報國看經院，想來這與吳越國時的大興佛事有關。「南朝四百八十寺，多少樓臺煙雨中」。到了北宋的熙寧年間（一〇六八－一〇七七），改了名，叫作壽聖院。有個著名的和尚叫辨才，又是蘇東坡的密友，原來是在天竺廟主事的。這天竺山一帶，陸羽的《茶經》中就已經記載了說是產茶的地方，到了辨才在天竺廟主事的年代，上天竺白雲峰產的白雲茶，下天竺香林洞產的香林茶都已經名聲在外了。偏是那個辨才名氣一大，是非也多，便乾脆翻過了琅璫嶺獅峰山間，來到了壽聖院，欲圖個老來清靜。

不料人出了名，清靜也難。辨才至此，香火大旺，僧眾達千人，壽聖院名聲大振。獅峰山便開茶園以供院中茶事。據說這茶便是辨才從天竺山帶過來的，只因此地有龍井泉，又有龍井寺，故茶也名龍井了。龍井茶之名，實實地起源於此了。

在這個官方稱之為廣福院，民間稱之為胡公廟的山郊野寺，建立新世界新村，實現烏托邦的理想，到頭來只落在了杭嘉和一個人的頭上。

在那個朦朧的早晨，春雨打溼了地皮，而嘉和則從羊壩頭走出，經過河坊街那間小雜貨鋪時，看見他的同志李君正在下門板，肩上還墊著一塊毛巾。看見嘉和，古怪地用手指指那正和他一起在下門板的父親的後腦勺，又指指自己，然後空出一隻手來擺了幾擺，便重新開始沉醉於下門板。

陳君倒是在門口久久地等著他，肩上背著胡亂紮成一團的被絮：「我本來前天就要走了，為了送你我才硬留下的，我爹在鄉下吐了血，捎信來讓我去頂班教書，要不這一碗飯就吃不下去了。」

嘉和說：「沒關係，你快走吧，我自己一個人去，我識路的。」

「你看，說好我們三個人一起去的，現在只剩下你一個人了。」

「這有什麼，一個人也有一個人的好處，我帶著那麼多書，正好到廟裡去讀呢。」

陳君陪他走出城門，停了腳步，說：「嘉和，昨夜我一宵沒睡，我母親得著肺結核，如今又染給了我爹，什麼時候，我也得吐血。」

嘉和想了想，說：「趕快改造這舊社會吧，新社會一到，什麼都好了。」

就這樣，忘憂茶莊的長子杭嘉和懷裡揣著寫給大弟嘉平的那疊信，背上行囊裡塞著陶淵明的《桃花源記》和魯哀鳴的《極樂地》，眼裡散發出新世界的光輝。光輝的中心，是一片朦朧溫柔的綠色，毛茸茸地撫慰著他那焦渴的心。在綠色的中間，恍惚又有紅瓦白牆，錯落有致，明明滅滅，忽隱忽現。他一陣陣地心血來潮，便一個人向那綠色走去了。

第二十八章

嘉和對胡公廟的環境十分地滿意。廟裡果然就有兩株宋梅，圍牆之外，又有一片烏臼，開了春，新葉鬧成了一團淺綠。胡公廟左側的老龍井，清洌甘甜，又兼那滿山的茶園，猶如濃稠的綠瀑從半空中掛了下來，映著嘉和，便一臉的綠了。

廟裡的住持對嘉和竟是十二分地小心，專門打掃了廂房，倒也窗明几淨，還說，吃飯可以專門為他做。嘉和聽了連連搖手，說：「那怎麼行？我又不是來山裡住著玩的。我可是來實踐新村的。從現在開始，每日兩餐，一碗白飯，一碗白開水也就夠了。」

「那，杭少爺拿什麼菜下飯呢？」

「榨菜、霉乾菜也就夠了。實在沒有，醬油拌飯亦可，不勞動者不得食嘛。」他說著便皺起了眉頭，「師父不要叫我杭少爺，我們已經主張廢棄姓氏了。再說，師父又是怎麼曉得我原來姓杭的呢？」

師父笑了起來，說：「龍井茶區，還有誰不曉得忘憂茶莊哇！山前山後那一片茶園，就是貴府買下來的嘛，如今雖賣出去了，畢竟還是從前的主人。你一來，撮著早就打了招呼的了。」

杭嘉和聽到這裡，一屁股坐到新搭好的門板床上，半晌也說不出話來了。他實在是沒有想到，孫悟空一個跟頭十萬八千里，到頭來，還是沒有翻出如來佛的手掌心。他泡了一杯上好的龍井，桌上攤開了《桃花源記》，讀了幾行就覺得不太對頭，覺得他這個樣子，和在忘憂茶莊裡也沒有什麼兩樣了。

這樣，他便消消閒閒地出了門。沒有留聲機，不可能給農民放音樂。沒有農場，因為茶園已經賣給了有錢人家。關於新農村，他還能幹什麼呢？

站在他這個位置上，仰頭看去，正是清晨時分，露水漸乾，三三兩兩地，便有村姑村婦們在採茶，腰裡還挎著個簍子，走來走去，倒像是在一帶綠雲之間嬉戲，又像是在一衣綠袖中舒展。天氣又是晴得透明，看得見游絲在半空裡隱現，昨日下過一場小雨，現在暖洋洋的，水氣正在從地心裡往上蒸冒。野草野花，嘉和又叫不出名，只覺得看了眼中妥帖。天上，又有鳥兒飛過了，那是什麼鳥兒呢，叫得那麼動聽？完全是新社會的鳥兒，卻到舊社會裡來歌唱了。

他便又聽見村姑們咿咿呀呀地歌唱了。遠遠地看去，洋紅和陰丹士林藍的衣衫，土黃的笠帽，傳來銀鈴一樣的歌聲笑聲，和仙境又有什麼樣的區別呢？

三月採茶桃花紅，手拿長槍趙子龍，
百萬軍中救阿斗，萬人頭上逞英雄。
……
四月採茶做茶忙，把守三關楊六郎，
偷營劫親是焦贊，殺人放火是孟良。
……
十一月採茶雪花飛，項王垓下別虞姬，
虞姬做了刀下鬼，一對鴛鴦兩處飛。
……

嘉和遠遠聽了，喜得也顧不上禮節，大聲叫道：「你們停一停，且等我取了紙筆來。」他便跌煞絆倒地往屋裡取了紙筆，穿了一雙圓口布鞋往山坡上衝。村姑們嘰嘰咕咕地笑成了一團，他衝到她們眼前時，她們卻又戛然而止了。

「唱呀！」嘉和便催她們，「唱呀唱呀，我記下來。」

村姑們臉孔紅撲撲的，鼻尖上流著小汗珠，互相之間就擠眉弄眼了一番。一個右耳下長有一粒黑痣的高䠷姑娘說：「我們曉得的，你是杭家大少爺。」

嘉和一陣洩氣：「怎麼你們也都曉得？真是脫不了這個『杭』字的了。」

「哎哎，我們當然曉得囉，從前我們採的就是你們忘憂茶莊的茶嘛。」

嘉和擺手說：「快別提那茶莊了，我已經脫離家庭脫離茶莊，實行無政府主義主張了。你們就叫我嘉和便可以了。」

村姑們沒有讀過書，也不知道山外還有什麼無政府主義、工團主義，什麼國家主義，只是覺得這個少爺眉清目秀，言語和藹，像是從天上掉下來的一樣，便也不拘泥起來。嘉和閒著也是閒著，便和她們有一搭沒一搭地說話。他原來倒是一個極其拘謹的男孩，到這大自然之中，風和日麗，鳥語花香，便只覺得呼吸也暢了，心胸也開闊了，連話語也多了。

又見那些姑娘採茶速度飛快，特別是那個叫跳珠的高䠷姑娘，採得情急，竟然兩手齊下，雞啄米一般的了，抖得茶蓬一陣陣嘩啦嘩啦響，叫他看得眼花繚亂。那茶葉一芽一蕊，雀舌一般的，新鮮得叫人愛憐。嘉和嘆道：「真不知一斤茶葉，要有多少的芽頭呢。」

「四萬多個吧。」跳珠說。

嘉和聽了，舌頭都要吐出來了。

也許怕掃了嘉和的興，旁邊的姑嫂們都催跳珠唱歌。那年紀稍長、三十上下的叫作九溪嫂的少婦說：「跳珠是江西過來的，她唱的歌都是江西採茶調，跳珠你唱一個。」

跳珠便要挾：「我唱一個，九溪嫂你也唱一個。」

九溪嫂說：「唱就唱，又沒外人，嘉和你說是不是？」

嘉和連忙說「是是是」。

跳珠破衣爛衫的，但脖頸長長，長眉星眼，豐潤的雙唇，比嘉和在城裡見過的那些矯情的太太小姐漂亮多了。她亮開了嗓子，唱道：

溫湯水，潤水苗，一筒油，兩道橋。
橋頭有個花姣女，細手細腳又細腰，
九江茶客要來媒……

「要來什麼？」嘉和沒聽明白。

「就是要來討了去做老婆啊。」九溪嫂一說，姑娘們便哈哈笑成了一團。嘉和也跟著笑，笑著笑著便發了痴想，多麼美好啊，一個到外地賣茶的年輕商人，看上了站在橋頭的苗條少女，便決心去娶她，新社會也有這樣美好的事情嗎？沒有的，新社會裡茶葉統統都是分配的了，哪裡還會有賣茶的年輕商人？

那邊的姑娘們便都在催九溪嫂唱了，九溪嫂說：「我是龍井唱法，沒啥好聽的，都是傷心事體。不唱不唱！」

嘉和連忙說：「傷心事情也要唱的嘛，古人還說長歌當哭呢。」

「那我就唱一首〈傷心歌〉吧。」九溪嫂清了清喉嚨，直著嗓子，就唱開了：

雞叫出門，鬼叫進門；日裡採茶，夜裡炒青。

指頭起泡，腦子發暈；種茶人家，多少傷心。

……

唱完，九溪嫂嘆了口氣，說：「我說不唱不唱嘛，越唱越傷心的。」

嘉和說：「你不唱我也曉得的，翁家山的撮著給我講過的，每年要交貢茶，不好延誤，茶商又要來低價收購，批了條子，又拿不到現款……」

九溪嫂連忙說：「憑良心講，從前忘憂茶莊來購茶，都是付現款的，價格也還算公道。唉，山裡茶農嘛，還有什麼辦法？外頭人吃龍井，香噴噴，還道我們都泡在茶堆裡呢！做夢，一口都輪不著的。」

這麼說著，便又唱開了頭：

龍井，龍井，多少有名……

那幫仙女一樣的採茶姑娘，竟是都會唱這〈龍井謠〉的，便跟了傷傷心心嗚嗚咽咽地唱開了：

龍井，龍井，多少有名，

問問種茶人，多數是貧民，
兒子在嘉興，祖宗在紹興。
茅屋蹲蹲，番薯啃啃，
你看有名勿有名？
……

嘉和望著這群低頭採茶又憂傷歌唱的女人，他的心被一種說不出來的東西打動了。這又不是一般的同情和惻隱之心，這裡面有著對一切不公正的事物的強烈的憤懣，又有一種無法證明的認同和歸宿感。最令嘉和驚悚的是，他竟然就在這樣的時刻，想起了他的生身母親小茶，他的目光恍惚了，在那群衣衫襤褸的女人中，他看見母親挎著竹簍，半佝著身在慢慢地採茶，他一驚，背上的冷汗都出來了。

七天之後，他給遠在北京的大弟嘉平寫了第4號信件。

嘉平同志：

我在郊外獅峰山的胡公廟裡，已經住了七天。白天跟著村姑們採茶，夜裡到村子看男人炒茶，空閒的時光，就拿來讀書。我已堅持一天兩頓白飯，用蘿蔔乾和榨菜當菜。村裡沒有學校，我想請農民們夜裡到廟裡來，我給他們講解新村的主張，他們都不肯來，說是夜裡要炒茶。婦女們又說要燒飯帶孩子。女人很怪，白天採茶和夜裡在家中，竟如兩個人一般。有個叫跳珠的，是江西討來的童養媳，老公是個傻的，她會唱好多歌，回到家裡卻是一聲也不響。還有個九溪嫂，也會唱很多歌，昨天我去她家做宣傳，她的丈夫正用草鞋底打她呢！她在破院子裡逃來逃去，還是我阻隔了不讓打。倒是很想跟他們講解我們未來的目標，但是一切又從哪裡說起？

我給你這樣寫信的時候，肚皮很餓，燭燈如豆，我很有點孤掌難鳴之感。而且我也弄不清楚，我這樣做，到底算不算是改造舊社會、建設新社會了。

但是住在這裡，對我們這樣家庭出身的人，倒是真正地長了見識。說起來，我們也可以說是茶葉世家了，但是，龍井茶為何這樣好，也是我來了此地之後才開始知道的。

原來西湖的山山相連，土壤倒是以黃筋泥土、油紅泥土等土質為主，但水系卻是有隔的。北高峰與獅子山又好像是一道屏障，擋住了從西北吹來的乾風，又把東南方向的霧氣阻隔住了，讓它在山間迴旋著。再則，從九溪十八澗進來的錢塘江江風和從東向西吹來的西湖氣流，在獅子山（也就是我現在身處的位置）集結。相互鬥爭又相互交融，由此霧氣繚繞、雲遮氣擋，陽光呈漫射狀，真正應了陸羽《茶經》所說的陽崖陰林之言了。

說到龍井茶的形狀和炒製，也是極有趣的。從前我們只曉得龍井茶之所以扁狀，乃是因為乾隆下江南把龍井茶芽夾在書中送往京城給太皇觀賞，因此，竟夾扁了茶，這自然是無稽之談。照九溪哥的說法，龍井茶竟然是靠手一顆一顆摸出來的呢。九溪哥打老婆雖然很凶狠，但是他炒茶的功夫也實在是首屈一指。用手掌當了炒勺，直接在滾燙的鍋裡翻弄，這哪裡是一般的人就敢於下手的？又總結了一下，竟有「抓、抖、搭、拓、捺、推、扣、甩、磨、壓」十大手法呢。勞動的人民，原本智慧是極高的呢。

我之所以較為詳盡地向你介紹了這方面的情況，乃是因為我近日認得了一個人才，此人名叫都錦生，對我的主張有甚大的啟示。原來他是主張實業救國的，正在籌劃著用錦緞織成西湖的風景，拿到市場上去，甚或拿到世界上去。因此，我便想到了龍井茶。中國實乃茶之故鄉，把中國的好茶葉賣到外國，不是正好來解決民生倒懸的苦難嗎？

況且這件事情，又是可以從一個人做起的，十分務實，不像我們目前實踐的無政府主張，過分地遙遠而不可行。不知你以為如何？我在這裡閉塞失聰，真正地成了一個五柳先生，卻又是不甘心就這樣「好讀書不求甚解」下去的。

不知你工讀團行動搞成了什麼樣？倘若十分地理想，我亦不妨扔下了這破胡公廟，投奔你來了事。

致

禮

嘉和

第二天，嘉和自覺有些頭昏眼花，便一頭扎在床上，盯著帳頂發愣。才一個星期下來，他已經有些膩味了。農民們並不像他想像的那樣，說來就來。他們倒是更喜歡開那些粗俗不堪的玩笑，或者賭博，或者吹燈睡覺。

他和婦女們還算有點共同語言。他宣傳了很多男女平等的知識，著重講了盧梭的天賦人權，人生來就是平等的道理。女人們聽了十分地詫異，九溪嫂說：「老話一直都說，男人生落是塊玉，女人生落是片瓦，被你少爺說來，竟然都不是玉也不是瓦了。」

「正是這樣說的。男人女人都是人，男人做的事情，女人也可做，男人想的事情，女人也可想的，人人都有自己的意願，要做自己心裡想做的事情。」

跳珠一直認真聽著想著，這時方說：「自己想做的事情，自己就可以做得嗎？」

嘉和便拍一拍自己薄薄的胸脯說：「你看我，想改造舊世界，建設新社會，我不是一個人就來了嗎？」

女人們都十分崇拜地望著他。跳珠又說：「倘若世道真能像你說的那樣，命就隨了心，少爺就是胡公再世了。」

嘉和連忙搖手：「我和他不一樣的，他是什麼？封建官僚！聽皇帝的。我呢？誰的話也不聽，只聽憑我自己這顆心。」

雖然那麼說著，被女人崇拜，依舊是暗暗地得意。

第二天又去山上時，九溪嫂頭上一個大包，半個臉都腫了。嘉和吃驚地說：「哎呀，九溪嫂，你這是怎麼回事，上山摔的？」

「怎麼回事，問你自己好囉。」九溪嫂也就顧不得高低貴賤，說，「都是你說什麼男人女人一樣的，男人做得的事情，女人也做得。昨日夜裡，男人又打我，我便與他對打，哪裡打得過他？他邊打邊說——呆都要呆煞了，女人也來動手動腳，今年茶葉若是惹了晦氣，賣不出去，打死你！嗚嗚嗚……」

九溪嫂就哭了起來，兩隻手卻一停也不敢停地忙著採茶。嘉和見不得人哭，九溪嫂這一哭，他便覺得太陽都淡了，青天都白了，一眼望去的新綠都舊了。他又沒有別的辦法，自己一天只吃兩頓，清湯寡水，正是長身體的時候，免不了陣陣頭暈，見人哭，他就眼冒金星，說：「九溪嫂，你多歇歇，我去給你弄點水來，你且坐一會兒吧。」

九溪嫂哪裡敢歇，邊掉著眼淚邊採著茶，說：「歇不得的，歇不得的，茶葉這個東西，早採三天是個寶，遲採三天是棵草了。」

說完用爛袖口子抹了一把眼淚，唰唰唰地採了起來。別的女人也不再搭理嘉和了，只管自己滿腹心事地你追我趕起來，眼裡，便再也沒有了一個杭嘉和。

夜裡，天上打起了悶雷，胡公廟被仲春的雨吞蝕著，窗外是一個漆黑的世界，說不出來的不祥，也不知深淺濃淡，就在黑暗中，向那些年輕鮮活而又戰慄的心虎視眈眈著。嘉和點著的那一豆燭燈，瑩瑩地發的竟是綠光，他聽著廟外山溪嘩嘩的漲水聲，不知道自己該怎樣才能繼續堅持下去。

他便只好再拿了《桃花源記》來讀：「晉太原中，武陵人捕魚為業。緣溪行，忘路之遠近。忽逢桃花林，夾岸數百步，中無雜樹，芳草鮮美，落英繽紛……」

恰在此時，劈啪一聲，牆上掉下一大塊粉皮，半砸在嘉和頭上，半砸在了《桃花源記》上。幸虧不大，因潮溼也沒揚起灰塵，只是徹底砸掉了嘉和好容易鼓起來的這點讀書的興趣。他呆呆地看著那塊被潮溼的氣候浸軟了的石灰塊，喃喃自語：「真是落英繽紛啊。」便一把推開了書和石灰塊。

呆坐了一會兒，卻是無法平息心中的塊壘，取出了紙筆，想一洩白天所見不公正且愚昧之事又無能為力的一肚子窩火。搜腸刮肚地想了半日，也是找不到一個字，沒奈何，便抄了一段〈富春謠〉來平息自己。

富陽江之魚，富陽山之茶。
魚肥賣我子，茶香破我家。
採茶婦，捕魚夫，官府拷掠無完膚。
昊天何不仁！此地亦何辜！

魚何不生別縣，茶何不生別都？
富陽山，何日摧？
富陽江，何日枯？
山摧茶亦死，江枯魚始無。
於戲！
山難摧，江難枯，我民不可蘇！

錄罷，他呆呆地坐在木板椅子上，再也想不出還能幹什麼了。就在這時候，他突然聽見窗欞咯咯地響了起來，黑暗中這個聲音，格外地令人毛骨悚然。嘉和一個翻身，跳得老遠，問：「誰？」

聲音停止了，嘉和以為是風吹動了的響聲，鬆了口氣，走到窗前，孰料窗欞又咯咯地響了起來，嘉和一口氣吹滅了燭光，問：「誰？再不應我喊人了。」

裡外漆黑，伸手不見五指，嘩嘩的山雨，一個微弱的女人的聲音：「杭少爺，是我，杭少爺，是我……」

那個聲音淒婉無比，猶如《聊齋》中夜半出沒的孤女鬼魂。

「你是誰？」

「我是……我是……」

只聽門外咕咚一聲，像是人翻倒了的聲音，嘉和連忙點了燈，門一打開，一個溼淋淋的女人就跌了進來。

嘉和大吃了一驚，扶起一看，不是別人，卻是跳珠。她是一身的泥巴，也不成個樣子，臉又髒，露出蒼白的脖頸，額角、耳根又是血淋淋的，像是被誰抓過了。嘉和把她扶在椅子上，也不敢再問她什麼，趕緊就關了門，給她洗臉擦手，又給她倒了一杯熱水喝了。好半天，跳珠才緩過氣來。

嘉和才問：「怎麼回事，你慢慢說來。」

跳珠就咕隆咚地又跪下了，額頭磕在了泥地上，說：「杭少爺救我一命吧！杭少爺不救我，我是活不成了。」

杭嘉和連拖帶拉地把跳珠又搬回到椅子上去，說：「你要再這麼跪著，我就不理你了。」

跳珠這才安靜了下來，流著眼淚，把前後的經過跟嘉和說了。

原來跳珠本是江西婺源地方人，家雖住茶鄉，但父親在外做小本茶葉生意，養了一家七八口的人。不料又飛來橫禍，父親和大哥在長江上遇著了風浪，父親淹死了，大哥被救起，這個救跳珠大哥的人，正是此地山中的一個茶家，被茶商雇了去押船的。

父親死後，一家人便掉進了苦海，長兄一是為了感激救命之恩，二是為了家裡省口飯，便把十四歲的跳珠許給了恩人的傻瓜兒子做媳婦。

恩人家裡也是窮，但是對跳珠一直都很好，那時她又小，見了白痴也不害怕。如今五年過去了，跳珠已經十九歲，在農村，就是個大姑娘了。前幾年，家裡的人便逼著她去和傻瓜圓房。傻瓜也是，別的事情不知，這件事情倒是記在心裡，有事沒事，人前人後，抓一把捏一把，口水鼻涕一齊流，嚇得跳珠逃都沒處逃。

近段時間，本是茶農的大忙時節，圓房的事情便拖了下來。跳珠也鬆了口氣，以為又可捱過一年。哪裡曉得，這幾日，家裡人又窮凶極惡地逼她圓房。今天夜裡，二老竟然就把她鎖進傻瓜房間，那傻瓜又咬又抓，和跳珠打成一團，逼得跳珠跳了窗子逃出來。大雨滂沱，黑夜彌漫，這樣一個孤苦伶仃的女孩子，又能往哪裡逃呢？

「睜開眼睛看看，我是沒有一塊屋簷可以藏身，杭少爺，我除了奔你來，實在是沒有辦法了啊。」跳珠嗚嗚咽咽地哭著，泣不成聲。

杭嘉和在她的身邊走來走去，緊握拳頭，猶如一頭困獸，嘴裡也翻來覆去地念叨：「太黑暗了！太黑暗了！太黑暗了！」

跳珠止了哭聲，說：「杭少爺，你白天在山上講的道理，別看我嘻嘻哈哈，我全部都聽進心裡去了，我本來就不願意認命，憑什麼我跳珠就偏要和個傻瓜過一輩子？我現在已經曉得了，有個盧梭的人，也是講過的，人都是爹娘養的，生下來命都是一樣的，不分什麼高低貴賤的，我跳珠就是死，也不肯和那個鼻涕阿三拜堂！要我的命，我就去死好了，大不了到陰間見我的爹去……」

她開始激奮，滔滔不絕地訴說。嘉和倒有些奇怪，看著這溼淋淋的村姑，問：「這是怎麼一回事？現在是最忙的時光，女人要採茶，男人要挖筍，還要插秧，這種時候，他們為什麼要來逼你成親呢？」

跳珠氣憤地回答：「因為你來了呀，村裡的人說，你是到我們這裡來妖言惑眾的，還說你是不肖子孫，被你爹趕出來的，還說你整天泡在山上女人堆裡，勾引良家婦女！我們家的人就怕了，說白痴不好和你比，我的心一比二比就比活絡了，還不如趁早生米煮成了熟飯了事……」

嘉和聽了這番話，先是發熱，再是發冷，後來又是發熱，一遍遍說：「哪裡有這種事情！哪裡有這種事情！我是來改造舊社會的，哪裡會做這樣傷天害理的事情……」

「杭少爺，我怎麼辦呢？」跳珠說，「求求你留我下來，讓我做你的下人也好，我什麼苦都吃的……」

「這怎麼行？」搓著手的嘉和說，「我們的原則就是自食其力，第一就要消滅了剝削，平了這貧富的差距，你若做我的下人，豈不破了我的原則？」

「那我就和你一起建新村吧！」跳珠愁眉苦臉地說，「反正我是不回去了，你做什麼，我就做什麼。」

嘉和盯著這個水淋淋的無家可歸的女子，想：「也好，這樣，我就有一個同志了。」

這樣想著，心裡便亮堂了起來，說：「跳珠，你先換了乾淨衣服，在我床上睡一會兒，明天早上我們再商量怎麼辦。」

「那……你怎麼睡？」

嘉和拿出幾件自己的乾淨衣服，臉上發了燒，硬撐著頭皮說：「我在桌上打個盹就是了，我們的規矩是不分男女，彼此都是同志。跟我們一起幹，什麼都變了，何況這點小事！」

話雖那麼說，他還是一口氣又吹了燈，讓跳珠在黑暗中換溼衣服。接著，他聽見了一陣窸窸窣窣鑽被窩的聲音，間或還有一兩聲的哽咽，但很快就平息了下去。他靠在桌上，也沉沉地睡了過去。

嘉和自己也搞不清楚，睡到了什麼時候，就被咣噹一聲的門響再一次驚醒，斜雨裹著火把和人，一起衝進了他的小屋。那幾個穿著蓑衣的男人，像幾隻張開刺的刺蝟，立在屋裡，滴滴答答流了一地的水。

「你們是誰？你們要幹什麼？」嘉和問。

「跳珠！跳珠你這不要好的坯子，你給我回去！」

那其中的一個男的就叫，理都不理睬嘉和。嘉和看見老和尚站在暗處，他什麼都明白了。

跳珠卻縮在床頭，拚了命地直叫：「我不回去！我不回去！」

嘉和衝到床頭，拿手和身體擋了水刺蝟們，說：「跳珠現在已經是我們的同志，脫離了家庭，再也不歸你們管了，你們回去吧！」

那些男人愣了一分鐘，火把薰得一屋子的煙。然後，有一個男人——嘉和聽出來了是九溪阿哥在說：「死話！不歸我們管，歸誰管？拉回去！」

幾個男人便上去，一把就推開了嘉和，拖起跳珠就走，跳珠又死死地抓住了嘉和的肩膀，叫著跳著，也沒用，嘉和被這幫人一直拖到了院子裡，一身泥水一身淚雨，最後還是奪不過他們。跳珠叫著哭著的聲音就這樣一聲一聲遠去了。最後，什麼也沒有了，依舊是嘩嘩的雨，像是做了一場夢。

天倒是濛濛地有了一層亮色，卻是無限擴展的灰色。嘉和抱膝坐在雨中，不知多久，他不想再在雨中起來。後面，老和尚低低地念了一聲：「阿彌陀佛……」

那一日天已放晴，空氣中熱烘烘的，草心噴發的暖意與澗水中散發的寒氣交融，天空被映得像一塊藍玻璃。水草在水下長長地飄逸著。毫無疑問，這是一個春心萌動的季節，是大自然鼓動暗示人們男歡女愛的時光。老天既然有了這份心思，便也安排出人間的許多契機，使那些看似無意的邂逅擴大發展成了必然。

此時的龍井山中，便來了那方家的小姐方西泠。她的面色本來不好，被日頭一晒，又被山野的氣息籠罩了，便透出了紅色，很好看的了。她又有一雙很機智的眼睛，眼神乖巧，笑與不笑時，便像是兩雙不同的眼睛了。

你看她那麼婷婷嫋嫋的可愛的小模樣兒向胡公廟走去時，不由得要為那躺在胡公廟木板床上的杭家大少爺擔心。像杭嘉和這樣的青年，恐怕生來就是要受情愛折磨之苦的。你怎知這位可人兒會怎樣地對待男人呢？女人可都是謎。方西泠小姐因為受了現代教育的薰陶，便更如謎中之謎了。

嘉和是躺在床上見她的。他得了嚴重的營養不良症，又受了風寒，然他堅決不肯破了一日兩頓白飯過白開水的戒律，他已經沒有別的可以實踐的新村主張了，唯一可行的，便是餓自己的體膚。

方小姐見了嘉和面孔蠟黃的這副模樣，嚇了一跳，她又是懂一點醫的，便去摸他的額頭，還好沒發燒，便又翻翻他的眼皮，就對專門帶了她來的撮著伯說：「立刻弄兩條大鯽魚來，再弄一方火腿和春筍、香菇，還有生薑。」

嘉和就拚命掙扎，說：「我不吃我不吃，我死都不吃的。」

「你不吃就要死了！」方西泠生氣地說，「你看現在就剩你一個人在幹事業，你要死了，誰再來幹呢？」

方小姐說話雖然尖銳，但也不無道理，嘉和就愣住了，一頭又栽在了枕頭上。

方小姐就笑了。一笑，很寬容的樣子，說：「你看，我給你吃的也不是飯菜，是藥啊，醫書裡一向就有食療的呢！」

「方小姐，你怎麼到這裡來了？」嘉和才想起了這樣問她。

「我怎麼就不能來呢？」方西泠看看撮著伯，就又笑了。

撮著伯說：「大少爺你忘了，你們不是茶樓上定了親了嗎？老爺他們都是新派，讓你們自由來往呢！」

嘉和一聽急了，說：「那人家不是往茶杯裡放了三朵花嗎？」

撮著伯不解：「什麼三朵花？」

「他們才不管你是單數還是雙數呢。」方西泠冷靜地回答，好像此事與她無關。

嘉和腦子一下子有些不夠用了，就盯著帳頂，發起呆來。

撮著伯便取出信來，說：「大少爺，二少爺來信了。」

嘉和一聽，又從床頭上跳了起來，頭也不昏了，搶著就要看，方西泠手一伸搶先接過了信，說：「你先答應了喝魚湯，我再答應給你看。」

「答應答應。」

方西泠捲著袖子要下廚房了，又說：「你可一定要喝。我這是第一次給別人下廚房，你要不喝，我就白下了。」

嘉平的這封信，寫得很是振奮人心：

嘉和同志：

一直沒有聯繫，現在終於可以坐下來給你寫信了。

工讀團也終於建立起來了。這是首先要告訴你的，在你，聽了此消息，在孤軍奮戰的江南，亦是一種激勵。

在我們之前，已有幾個團體可供效仿。他們住在一起，從事辦食堂、洗衣、印刷、裝訂、製造小工藝品及販賣新書報等一系列的活動，一面又分散在各個學校聽課，特別是第一組的施存統和俞秀松，原來就是杭州「一師」過來的，都是老鄉，見了很親熱。他們的原則三番五次地討論，我也都知道的，現在讓我來告訴你：

（1）脫離家庭關係；

（2）脫離婚姻關係；

（3）脫離學校關係；

（4）絕對實行共產；

（5）男女共同生活；

（6）暫時重工輕讀。

我倒是覺得這些主張甚合我心意，豈料他們當中竟然有六個人不同意，最後還是自動退團了事。我見了自然便擔心，想等一等再說，果然三個月便解散了。放了一個月的電影，所得僅三十幾塊錢；洗了兩個禮拜衣裳，得銅子七十餘枚；印刷方面，一月只賺了三塊錢；至於食堂，直弄到八個做工的人也吃不上飯……

然我們卻是不會重蹈覆轍的。因我們已經策畫了將來的經濟出路，那便是籌辦一個茶館，一來維持生計，二來團結同志。至於茶的來源和經營茶道，想來我還是有些優勢的，這個優勢，便是你了。請你速速幫助我廣開貨源，等我處粗具規模，即呼你北上，我們南北相迎，自然成功有望。又，茶的品種，除了龍井之外，最好又有紅茶，如九曲紅梅，或茉莉花茶，北京人呼之為香片的。

別不贅言。

致

禮

嘉平

看完這封信，嘉和不知道自己是怎麼喝完方西泠小姐端來的魚湯的了，他喝得滿頭大汗，喝得頭昏眼花、渾身無力，衣背都溼得貼住了脊梁，斜躺在床頭直喘氣。方小姐問：「好喝嗎？」

嘉和感激地點點頭，卻又心事重重，嘉平交給他的任務是這樣的光榮和艱鉅，他該怎麼辦？出了一身汗，他昏昏地睡了一覺，醒來時已是午後時分，他感到渾身輕鬆。方小姐一個人坐在桌邊，正翻他的《極樂地》呢。

沒有旁人，兩個年輕人倒是拘束了起來，特別是嘉和，竟然想不出有什麼話可說了。還是方西泠，大家閨秀派頭，說：「走得動嗎？」

嘉和就起來，說：「我好了，我只不過是有些餓罷了。這裡景色好得很，我帶小姐上山去看一看吧。」

才走到半山坡上，嘉和就後悔了，一群採茶女子都停了動作，直愣愣地盯著他們，眼裡卻不是好奇，而是驚異和冷漠。嘉和就慌了神，低下頭去，又想起一個人，再抬頭，便看見了跳珠。兩天不見，人就變了形，木愣愣的，像是不相信眼前又多出了一個城裡的女子。方小姐很大方，走過去撩一撩她的短頭髮，問：「你們採茶啊。」

那些女子就立刻低下了頭，彷彿不認識嘉和，也沒聽見有人跟她們打招呼。嘉和有種做了賊一樣的感覺，趕緊偷偷地就溜到了山頭，背對著半山坡上那些採茶女子。

「這裡真好。走著就能聞到一股子的茶香。」方小姐說。

「是嗎？」嘉和心不在焉地回答。

「你好像有心事？」方小姐問。

「你不是放了三朵花了嗎，你來幹什麼？」嘉和口氣有些生硬。他自己也說不出來，這是因為什麼。

「你這個人，這麼記仇。」方西泠採了一朵野花，在鼻子上聞著，說著，「我原來對你沒什麼印象，那天回去後，倒是有些印象了，我沒有想到你會因此跑到這個破廟裡來。」

「不是因為你。」嘉和連忙聲明。

「我能看看嘉平的信嗎？」

嘉和便把信取了出來，他想借此證明，他有偉大抱負，絕不會為一個女人的三朵花遁入空門。

方西泠看了信，想了一下，笑了，說：「這有何難？」

「我一點錢也沒有了。再說，即便我弄到了茶，誰給我送去呢？我又不能離開這裡，否則我們的新村就完蛋了。」

方西泠麻利地從耳上摘下兩個耳環，純金的，放在手上，掂了一下，問：「夠不夠？」

「你可別這樣！我又沒有向你要錢。」

「茶買好了，我送到北京去。」方西泠若無其事地說。

「這事和你沒有關係。」嘉和一著急，話也粗了，「你還是回家，安安心心當你的小姐去吧！」

方西泠乜斜著眼，看著嘉和，眼光很風流，很大膽，嘉和看著又害怕，又心熱。害怕了，可是還想硬著頭皮讓她看，嘉和這麼想著，便閉上了眼睛。再睜開，迷人的眼已在他的眼前又認真又好奇，又若有所思。

「真怪，原來你們兩兄弟都很奇怪。」她說。

「你也很奇怪。」

「我是很奇怪。」她依舊自問自答，「父親告訴我，要把我嫁出去。因為他實在管不了我了，說是要讓個男人來管我。這很好笑，很好笑。但他說是杭家的少爺。我想，也許是他呢？所以我去了。我很失望，不是他，是你……你難過嗎？」

「我早就猜到了。」嘉和把臉別了過去，心裡一陣一陣地酸，然後便清明了起來。

「我在你的茶杯裡放了三朵花，然後，我便開始想你的樣子，真奇怪，想你的時候，非常清晰，想他卻想不起來了……怎麼辦呢？」

嘉和完全被這怪異的女子搞糊塗了，他又開始心亂如麻，他說：「我一點也不明白，怎麼辦呢？」

「我要離開這裡去北京，和這裡的一切一刀兩斷。」她突然口氣激烈起來，目光盯住了遠處的山。

「那裡的生活會很苦的，要給人家洗衣裳，做小工，你怎麼吃得消？」

「可是我在這裡更不好。我和父母已經鬧僵兩個多月了。從『一師風潮』開始，就鬧僵了，他們整天盯著我，千方百計地想把我嫁出去。我的一切人身自由，都被取消了。」

「你也參加了『一師風潮』？」

「大家都參加了，我能不參加嗎？」

「那麼你就是我們的同志囉。」

「也可以這樣說吧。我和嘉平信裡提到的施存統、俞秀松，過去都是認識的呢。」

「原來我們是一家人啊！」嘉和伸出了手，握一握對方那雙小小的手。他不再靦腆了，是同志嘛，就不再計較放了三朵花的小事件了。

五四少女方西泠要在許多年以後才明白自己當初並未迷亂在這杭家兩兄弟的叢林之中，她是迷亂在自己的心緒的叢林之中了。

「一師風潮」大操場上杭嘉平抽刀欲自殺以告白天下的一剎那，喚起了方西泠小姐強烈的激情，這樣的激情傾瀉在一個異性少年身上，便不可能不是愛情了。

由清寒的湖南書生與杭州殷富的市民女兒結合而生的獨生女兒方西泠，從小就繼承了父親的自強不息和母親的虛榮乖巧。這兩種不同品質的奇妙結合，弄得這個女孩子既聰明伶俐，又詭譎多變。然而此刻她還正年輕著呢，青春總是純潔的，她的激情也是純潔的。在她的身後已經站著了利益的影子，但她自己卻尚未回過頭去瞥它一眼。她的目光，一下子就為那封信而射向千山萬水之外了。當她二話不說摘下自己的耳環獻給遠方時，在她身後站著的看不見的利益影子捶胸頓足大喊大叫，呼喊她懸崖勒馬。但她充耳不聞。此時站在她眼前接著耳環的嘉和卻完全被她的激情誘惑了。多麼美好的女郎啊……可惜……他不願意再往下想。「三朵花」事件，原來只是擦破了一點表皮，現在卻成了一個傷口。

他跟著她回了幾天城，替北方的尚在藍圖中的茶館置辦了數種茶類，其間他還來來去去地路過好幾次忘憂茶莊，竟然沒想著要進去看一看。方小姐那幾日與他形影不離，充分享受了與激情風格迥然不同的溫情。他便有些昏昏然。但他把她送上火車後他便看出來了，她的眼裡並沒有他。

「哎喲！我喝水的杯子也忘帶了，真要命真要命！上帝啊……」

「你信上帝？」嘉和有些吃驚。

「那是從前的事了。」她用小香手絹不耐煩地指著自己的小臉，心思全部聚焦在她火車上如何喝水的問題上，「從前我媽帶我去洗的禮。哎呀，我的杯子怎麼辦啊！」她的天足輕輕跳了起來。

嘉和從口袋裡掏出了一疊他封好的信，交給方小姐，說：「這是給嘉平的信，麻煩你轉交給他。」

方小姐二話不說把信放進手提包，繼續跳腳：「我的杯子怎麼辦？」

嘉和從口袋裡取出了一隻杯子，杯環和杯蓋之間還拴了根細繩，以防失落分離。方小姐輕輕張開秀口叫了一聲，眼眶一紅，她就哭了。

把方西泠送上火車再回落暉塢時，又是漫天陰雨的日子了。下午，天如傍晚，他在村口碰見了九溪嫂。她的頭上紮著根白繩子。兩人見著時相互吃一驚。九溪嫂失聲低問：「杭少爺，你怎麼還沒走？」

「我走到哪裡去？」嘉和莫名其妙。

「跟你少奶奶回家去呀！」九溪嫂越發迷茫，「不是說了要回去了嗎？」

「誰說的？誰說的？」嘉和急了。

「不是你那個家人說的嗎？」九溪嫂也著急了，「村裡的人都那樣說呢！」

「你是相信他們還是相信我？」嘉和收了紙傘，讓春雨飄在他頭上，「他們叫我回去我就回去了？」

「可是我們都看見你和那位城裡來的小姐，雙雙對對上了茶山，說話一直說到太陽落山才回去。」

「那有什麼？人家是我同學，是同志，人家也要來建新村的。」

九溪嫂發了呆，半天，一屁股就坐進了溪坑，以手擊腿大哭起來：「跳珠啊，跳珠啊，你是命太苦了啊。你哪怕遲去一天也好啊，你就不會走上這條閻王路了啊！」

嘉和呆得手裡傘都掉了，他還是年輕，經受不了這個，但是他又得經受，他猶疑驚懼，他問：「跳珠怎麼啦？」

「她死了，她上吊死了。」九溪嫂哇哇地哭著，「跳珠妹子，你心裡這點苦，我是曉得的啦！你是想跟了杭少爺去，做牛做馬都願意的啦！罪過啦，你那麼一個黃花閨女，你是真正紅顏薄命啊！你想不通你就慢慢地熬，你走那條絕路幹什麼啊，你啊！你這姑娘兒你怎麼那麼烈啊！你看你快走了一步，杭少爺回來你連一口苦水也吐不出了哇！罪過啊，做人苦啊，做女人苦啊……」

杭嘉和早就一屁股坐到了這九溪十八澗的石墩子上了。他兩眼發黑，心智迷亂，可是他卻一點感覺也沒有了。天是立刻就要黑下來了，山水嘩嘩地淌，漫上了石墩，嘉和就坐在了水上。澗邊不遠處又有個亭子，那上面兩排楹聯被雨打溼了，看上去就特別清晰，其實不看，嘉和也能背得出來，小的時候他曾在湯壽潛面前背過。一句叫「小住為佳，且吃了趙州茶去」，另一句叫「曰歸可緩，試同歌陌上花來」。他記得他和採茶女子在這裡走過。在他看來，跳珠她豈不就是一朵明麗的「陌上花」？然而此刻他頭昏眼花，眼前一片漆黑，一道從天降下的無邊的黑幔，把他和另一種明亮的東西死死地隔開了。

「杭少爺，你不要響，跳珠的棺材抬過來了。」九溪嫂一把拉過了嘉和，說，「人家恨你呢，說不是你，跳珠不會去尋死的。」

嘉和說：「是的，不是我，跳珠不會去死的，我現在欠了人間一條命了。」

「杭少爺，不要這樣說，是跳珠這女子自家的命不好。你看人死了，屋裡一天也不停歇呢！當天就得去埋掉。來了來了，罪過啊，送葬的人也沒有哇！」

說話間，棺材就抬過來了。四個男人，陰沉著臉，啪啪啪啪，腳步又沉重又不祥，最後跟著白痴和白痴的娘。白痴的娘認出了嘉和，眼露怨氣，白了他一眼，這便是小民的最大的憤怒了。那白痴什麼也不知，頭上紮根白布，朝嘉和齜牙咧嘴地一笑。棺材薄薄的，裡面那個人唱過歌：「……橋頭有個花姣女，細頭細腳又細腰……」

村裡的人依稀記得杭家少爺的回去。老人們還能說出，是一個獨臂長鬚的中年人，騎著匹白馬尋到落暉塢，又尋到了胡公廟。他們還記得杭家少爺是用擔架抬回去的，這和兩個月前他自己背著行李走來時判若兩人。東西也都被帶走了，剩下那本《極樂地》，不知主人是忘了，還是不想要了，便被九溪嫂拿去點了灶窩。杭嘉和很溫順地服從了命運的安排，上了擔架，他看見天空又大又藍，白雲升起又沉落，兩邊的夏茶又該採摘了。山坡上，女人又像紅雲一樣繚繞了。原來，什麼也沒有變就是什麼都變了，嘉和嘆了一口氣。

趙寄客騎著馬，陪在擔架邊，他現在是陪伴他人的人了。

路過雞籠山時，人們不約而同地都停住了腳步。嘉和撐起身子來，望著很遠的山坳，那裡有一片茶園，包圍著數個墳塋。那裡有茶清伯，還有他的生身母親。他望著望著，眼睛熱了起來，一片綠色中泛起紅色，一塊一塊的，又凝聚成房頂一樣的東西，在那綠中隱隱明滅。那是什麼？是那年到雲和去時在江兩岸看到的景色嗎？或者，就是採茶女在茶山上又採茶了？漸漸地，又有白霧般的東西瀰漫了開來，在紅與綠之間繚繞著。趙寄客彎下腰，說：「清明時再來吧。」

嘉和吃驚地問：「你沒看見？」

所有同行的人便都困惑地看著他。

「紅的，綠的，白的……」

撮著伯嘆了口氣，對趙寄客說：「大少爺一直在發高燒呢。」

「你真沒看見？」嘉和繼續問。

趙寄客含含糊糊地說：「或許……我眼睛不大好……」

嘉和閉上了眼睛想，他們都沒有看見，那就是只有我才能看得見的東西了……

這麼想著，他一頭栽倒，便昏迷了過去……

第二十九章

一九二〇年，就在五四青年杭嘉和如堂吉訶德一般孤軍奮戰在龍井鄉中時，來自中國浙江上虞的另一個五四青年，此時正坐在日本靜岡農業水產省茶葉試驗場的辦公桌旁，潛心研究著世界各國的茶業文明。

此人長身大眼，性情爽朗，原名吳榮堂，幼年時曾目睹無力繳租的農夫被囚於縣衙前鐵站籠裡，日晒雨淋，慘絕而死，故痛下振興農業之決心。又因「佛者名覺，即自覺悟，復能覺人」，故更名吳覺農。在農業中，吳覺農選擇了茶業，以為茶與絲一樣，是國人在世人面前引以自豪的兩大特產，也是振興中國農業的兩大法寶。中國本來有著種茶的得天獨厚的自然環境，所失敗者，蓋「在科學發展強烈的世界中不思改進，只依恃著自然的一點天惠而自命不凡」。

吳覺農東渡日本學習茶業，乃是因為那時的日本綠茶已在國際市場上頭角崢嶸。而一九一九年二十二歲的吳覺農，此時亦已在浙江省甲種農業專科學校畢業並已做了三年助教。作為一名官費留學生，振興中華茶業的志向已在胸中醞釀良久了。

至此時，二十世紀二〇年代，中國的茶業似乎亦無太大規模的長進。它從發展中的高峰，繼續向一落千丈的衰落時期走去。究其原因，在內，是軍閥多年混戰離亂之苦，政局多變，經濟衰退，民難樂業，且商旅不通；在外，華茶在國際市場上的競爭已經失敗。當時的荷屬東印度（即印度尼西亞）、印度、錫蘭（即斯里蘭卡）等新興產茶國家相繼崛起，科學種植，使茶的產量陡增，輸出驟盛，加之機械製茶，品質優異，在國際茶葉市場上具有較強競爭力。而華茶卻故步自封，不求改進，品質下降，成本增加，經營不善，致使英、俄等紅茶市場漸為印、錫等國所奪，綠茶、烏龍茶市場又為日本所占，外銷幾瀕絕境。

在東瀛，他看到了這樣一些學術論文。

英國植物學家勃萊克在他的《茶商指南》一書中提出：「有許多學者提議，從茶的優越和茂盛上說，就主張茶的原產地，為印度而非中國。」

在易培生所著《茶》一書中說：中國只有栽培的茶樹，不能找到絕對野生的茶樹。只亞薩發現野生茶樹曰 The Assamiea，植物學家都視為一切茶樹之祖。

又，倫敦出版勃朗所著之《茶》說：在中國並沒有野生茶樹發現，而且古書中從來沒有一種記載，主張茶樹自生於中國的，這是印度說最有力的證據了。

《日本大詞典》也說：茶的自生地在東印度。

可以這麼說，自英國人開闢印度茶園製造印度茶葉以後，英國商人便把印度茶稱之「Our Tea」——「我們的茶」，議會政府對於印度茶的入口稅，給予減去五分之一的特別優惠。

吳覺農著《茶樹原產地考》那一年，恰好二十五歲，時為一九二二年。論文開宗明義說：中國有幾千年茶業的歷史，為全世界需茶的生產地，凡平心地考究過中華歷史的，誰也不能否認中華是茶的原產地了。但是因襲的直譯式的學者們，抱著 Imperialism（帝國主義）的頭腦，使學術商品化，硬要玩弄文字，引證謬說，使世界上沒有能力辨別的人們，認為中國不是茶樹的原產地。他憤怒且悲涼地在異國他鄉孤獨地抗議著：「一個衰敗了的國家，什麼都會被別人掠奪！而掠奪之甚，無過於連生乎吾國長乎吾地植物，也會被無端地改變國籍！」

最後，他以一顆少年赤誠之心大聲呼籲：中國茶業如睡獅一般，一朝醒來，決不至於長落人後，願大家努力吧。

只是二十世紀上半葉，對一個學有專長的中國農學家和茶葉專家，卻是一個悲劇的時代。軍閥混戰，政治腐敗，農村凋敝，農夫窮困，吳覺農的呼籲，便如一聲罕有人聽見的嘆息。

這看上去又似乎是一種毫無內在聯繫的呼應——忘憂茶莊開始其下一輪歷史。這條以茶鋪成的綠色的險途，看來關山重重，嶂巒迭起，並無柳暗花明之預兆。杭嘉和自己也不能知道，他的婚姻能否算是這艱苦膠著時代的亮色。

公元一九二一年春節，年方弱冠的杭嘉和，與比他還大一歲的方西泠，在忘憂茶莊他的老宅裡拜了高堂，結為連理。

方西泠的父親方伯平律師，對這樁婚姻還算滿意。他雖是一位留學海外的文人，但從政於朝，向來珍惜自己的名譽，尤其注重婚姻的良性循環效應。對他而言，與其說嘉和是忘憂茶莊的少東家，還不如說是國民黨要員沈綠村的外甥。他對這個東床快婿的全部評價，都來自沈綠村的介紹。沈綠村說這個孩子堅毅沉著，外柔內剛，將來必有大作為。「不是我誇他呀，」沈綠村感慨地說，「嘉平和我才是真有血緣關係的，可是誰要嫁給嘉平，誰這輩子就完蛋。嘉平這個孩子，生了他，還不如不生，將來他怎樣，誰都還說不準呢。」

方伯平把這些話都和任性的獨生女兒說過，但女兒當初不聽，女兒聽別人把嘉平形容為撒旦，反而更加地迷戀起來，終於私奔了了事。

現在好了。女兒回來了，按照中國人古老的習俗，在大紅大綠中三跪六拜叩了頭，拜了天地。

杭家對這房媳婦的態度，當初是十分猶疑的，杭天醉態度最簡單：「聽嘉和自己的吧，嘉和還要她就讓他要了。」

綠愛去對嘉和說這話時，嘉和淡淡地一笑，也不說話。綠愛說：「嘉和，你就由著你自己，千萬不要委屈了，你雖然不是我親生的——」

嘉和擺擺手，說：「媽，你別說了，西泠是非嫁過來不可的，不是嫁給我，就是嫁給嘉平，要不她可就嫁不出去了。」

綠愛聽著，哭了，說：「嘉和，你心真是善啊，你要是我生的，我該多舒心啊。」

洞房之夜，方西泠小姐給新郎杭嘉和泡了一杯茶，嘉和見了茶，沉默了片刻，說：「一朵花。」

「加上從前的三朵。」新娘提示說。

「那就是兩次的單數了。」杭嘉和若有所思。

「你喝不喝？」新娘撒嬌和生氣兼而有之。

嘉和默默地把那杯茶喝了。

忘憂茶莊的這一度婚姻，用「快刀斬亂麻」來形容倒也恰當。因為要說杭嘉和和他後來的妻子方西泠的再次相逢，已經是在他被抬下雞籠山時看見幻境的三個月之後了。而幾乎就在重見了她的第一天，杭嘉和就接受了命運的這個安排。

就像忘憂茶莊中所有的婚姻都蒙上了一層怪異的色彩一樣，這一對年輕人的婚姻也多少顯得有些不那麼正常。對嘉和的妹妹嘉草來說，大哥的這個突然的決定，甚至是很神祕的呢。她還能夠清晰地記得那個中秋節之夜，她到大哥的閣樓上請大哥下來吃月餅的情形。大哥自從建設新村失敗之後，回家大病一場，很久不肯下樓，也不肯說話。那日中秋，綠愛媽媽挺著大肚子忙著張羅，想營造出一番熱鬧來，又是搬桌椅到月下，又是切西瓜端出瓜果碟子，又讓嘉草去找嘉和。嘉草是個細心的女孩子，她知道綠愛媽媽之所以這樣鈴鐺般地說話，和那缺了一條胳膊的寄客伯伯前來做客有關。嘉草也知道，寄客伯伯原來說好了要把在靈隱坐了禪的父親拖了來的，但最終他還是撲了一個空——杭天醉不知何處「雲遊」去了。這樣，寄客伯伯的臉上就有些不好看，綠愛媽媽的面色也變了調。她撣了撣椅背說：「天醉也真是，自己不要這個家了，倒也罷了，把兄弟也晾了起來，弄得人家想走又不好意思開口，也沒聽說入禪就會入成這個樣子。」

寄客伯伯原來是真要走的樣子，聽了這話，愣住了，看一看這個大園子，月光下疏疏朗朗的幾片竹影，頓了頓腳，坐下，說：「嘉草，你寄客伯伯今日夜裡是要喝幾口酒了。」

嘉草轉身要去取酒，被綠愛媽媽一把拉住了，說：「把你大哥叫來。」聽她那口氣，倒像是要把大哥拖了來一樣。嘉草便去了大哥住的樓上。大哥瘦得薄薄的像是一片紙，躺在迴廊的竹榻上，又像是誰順手扔在旁邊的一件夏布長衫。他也望著月亮呢。

嘉草說：「大哥，你到院子裡去坐一坐吧，媽請你去呢。」

嘉和說：「我不去，你別來叫我。」

嘉草很難過。她不生嘉和的氣。但她知道嘉和的確變了，從前那個大哥不見了。

「大哥，你不去，嘉喬也不來，爹在靈隱寺也不回來，這麼大的院子，就剩下媽和我，多冷清呀！」

「要那麼熱鬧幹什麼？」

「今日是中秋節啊。」

「那是你們的節日，和我無關。」

嘉草難過了，要哭：「大哥，你別這樣，媽難過著呢！爹要出家，你又不下樓，茶莊怎麼辦啊？」

杭嘉和躺著一動也不動，半天才說：「嘉草，不要想著這些，無力回天的。」

嘉草不太聽得懂嘉和的這些話，又擔心媽在下面等急了，只得匆匆地跑了出去。

嘉草記得她回去的時候，寄客伯伯正和媽聊著天呢。

綠愛嘆了一口氣，說：「我知道叫也是白叫，嘉和也不會下樓的。嘉平呢，連封信也沒有，連帶著那位方西泠小姐也沒有了下落。方家原本想和我家做親家，現在親家不成，倒是成了冤家了。嘉喬呢，倒像不是杭家的人，活脫脫是吳家的子弟一般，連中秋節也不曉得回家團圓。再要說天醉，我看他是不會回來了，存心要出家過六根清淨的日子，只把這麼大的忘憂茶莊就扔給了我，你說叫我怎麼辦呢？」

趙寄客沉默了半晌，才說：「照你這麼一說，倒還是我無牽無掛的更省心囉！」

就在他們這樣說著話時，嘉草看見一個人向院裡走來，身影步履，像是方家小姐。嘉草眼尖，湊向前去，叫了一聲，那人果然應了，綠愛和趙寄客都驚異地站了起來，果然是方家小姐方西泠。

方小姐拎著一隻柳條箱子，疲憊不堪，開口就說：「我剛從城站下來，吃力煞了。」說完，一屁股就坐在了剛剛準備給嘉和坐的位子上。

眾人見了她這副模樣，心裡都驚疑，但誰也沒問她話。方小姐見了桌上西瓜，便說：「我口乾死了。」抓過了瓜片，便狼吞虎嚥，瓜子呸呸地往手心裡吐。這樣吃完兩片瓜，她才喘過口氣來，驚異地問：「咦，嘉和呢？」

綠愛卻淡淡地問：「你回家了嗎？」

「沒有。我沒想回家。」方小姐坐舒坦了，拿起把扇子就搧，「唉，嘉和呢？嘉草，快去告訴嘉和，就說我回來了。」

「等等。」趙寄客止住了嘉草，從方小姐手裡取回了扇子。

「走，我送你回家吧。」

「我不回家，我找嘉和有事。」方小姐似乎看出大人們的敵意來，才說，「我真有事，我帶著給嘉和的信呢。」

「誰的？」

「嘉平。」

「你見著嘉平了？他在哪裡？」綠愛一把抓住了方西泠，激動得失了態。

「在上海。」

「在上海？」綠愛低低叫了一聲，「在上海什麼地方？」

「他不讓說。」

「這個沒心肝的東西，上海離杭州有多遠，他也不回來看看！」

「伯母，你就錯怪他了。」方西泠擱下了剛捧起的茶杯，「他也沒時間，又走了。」

「走了，去哪裡了？」做母親的心又驚詫了起來。

「這回去遠了，出國了！」

趙寄客不禁失聲驚歎：「這小子可真會跑！」

嘉草年幼，也好奇地問：「西泠姊，你怎麼沒去？」

方西泠嘆了口氣，站了起來，說：「嘉和不是回來了嗎？我去找他，我有話要跟他說呢。」

說完，一把擼過了嘉草，就讓嘉草引了她去了。

綠愛掩面哭了起來：「嘉平，你這不懂事的東西，你哪年哪月才能回來？只怕你回來，忘憂茶莊也倒了，姓杭的也就算是破產了了事呢！」

方西泠再次看到的杭嘉和，冷冷清清地躺在竹椅上，身體削薄，他月光下的輪廓是那樣地無依無靠，孤立無援。他躺著的樣子，甚至透出了走投無路的沮喪。看見她站在他的面前，他也不驚奇，他也不仰起頭，他只是睜開眼睛，半晌才說：「你？」

「我回來了。」

「你回來幹什麼？」

「我給你們帶信來了。」

方西泠小姐看見了杭嘉和長眼睛下的黑眼圈，還有他的那雙因了月光而更加渲染了的密密的眼睫毛，這樣的睫毛，真該是生在女孩子身上才對。

「是嘉平的信嗎？」

「除了他，還會有誰？」

嘉和從方小姐的口氣中聽到了一絲的不恭，然這樣的不恭，又往往是和親暱連在一起的。他因此而欠起了身子，伸出他的薄薄大大的手來。方小姐遲疑了一下，才知道他要看信。

這封信和以往寫得大不一樣，大概是因為寫給父母的，口氣中傳統的恭敬又重新占了一席之地，夾在一大堆豪言壯語之中，顯得不倫不類，令人又好笑又感動。看來，血緣關係又被嘉平重新承認了。

父母雙親大人：

兒在滬上向你們致以最孝敬的問候。

兒一別雙親大人半載，其中甘苦，不言而喻。兒現已拋棄無政府之主張，不日將赴歐法等國，實地考察學習，以圖中國富強之途、成功之門了。切望父母雙親大人萬勿傷悲。兒臨行離家時攜之兔毫盞半爿，實為兒對故鄉父母的一片掛念。他日走到天涯海角，人與殘片俱在，終是一點紀念。雙親既為社會奉獻一子，也猶如地藏王一般「我不入地獄，誰入地獄」了。普救眾生，菩薩心腸，當可瞑目矣。

若問何日為歸期，須當中國富強成功之日，一家團圓，皆大歡喜。中國不強大，此生不復見。

致

頌

兒嘉平叩拜於滬上

方西泠看著嘉和手裡拿著信紙簌簌發抖，燭光下，目光忽明忽暗，便問：「都寫的什麼？我可以看看嗎？」

嘉和一聲不吭，把信給了方小姐，方西泠看了，淡淡一笑說：「怎麼一個字也沒提我？這個嘉平。」

嘉和認真地看看方西泠，眉頭皺了起來，覺得她陌生了。

嘉和的眼光，聰明的方西泠小姐是看出來了，便說：「嘉和，你看了這些，自然新鮮，我是在那裡和他們摸爬滾打了幾個月，這些話，我卻是耳上都聽得起了老繭的了。」

嘉和這才想著要問：「你們不是在北京開著茶館嗎？怎麼又跑到上海去了呢？」

方小姐對著月亮，長嘆了一口大氣，說：「我此刻坐在這裡，吃著西瓜，看著月亮，與你說著北京的那個茶館，簡直就如同做了一場噩夢。」

「都是志同道合的同志，哪裡會有那麼可怕？」

「嘉和，你是不曉得。社會哪裡是像我們想的那樣仁慈，光是北京城裡的地皮、房租這樣昂貴，要靠開茶館來維持半工半讀的生活，怎麼可能呢？」

「錢是一開始就缺的。只是據我所知，茶館開得好，大約收支還是可以平衡的。」

方西泠那口細細密密的牙齒，在月光下一閃閃的，像一根根的小鐘子，一邊細細鐘著平湖西瓜，一邊長嘆一口氣，說：「從前我聽人說開茶館的人都須是『吃油炒飯的』，我還不懂，這一次開了才曉得，你若沒有那一張油嘴，如何擺得平這四面八方的來客。」

嘉和想了想，倒是忍不住極淡地一笑，說：「也是，我家開茶館的，那張嘴總能說得稻草變金，白鰲會游。」

「這倒還不去說它。頂頂可怕的是吃講茶，我們那個茶館，開了不到一星期，就被砸了。」

嘉和就一下子坐了起來，拍打著自己的前額，說：「怪我沒有提醒你們，開茶館時，門上四處須貼了『禁止講茶』，要不然，地痞來了，一場混仗，你們這幾個手無縛雞之力的書生，怎麼敵得過他們？」

「嘉平哪裡有你的那一份子務實的心。他整天就跟做夢似的，張口都是大話。好不容易把個茶館開了起來，一連四天，北京城裡的學生都往我們那裡擁，茶吃得精光不要說，茶盞也不曉得打碎多少隻。什麼工團主義、國家主義、科學救國、實業救國，還有列寧主義，統統都到茶館裡來辯論。累了就到角落裡睡一覺，醒來再吵，聲音大得鄰居受不了，便去報了警察局。好嘛，警察局也聰明，弄了一批天津的青皮和北京天橋的地痞來茶館吃講茶，講著講著就開了火，桌椅板凳，統統砸了個稀巴爛。

嘉平去勸阻，頭上砸個大口子，茶館沒開成，醫藥費倒墊出去一大半，這叫什麼事啊！」

方小姐說著說著，偶爾露出了幾句北京話。嘉和覺得奇怪，怎麼他過去從來沒有發現方小姐那麼會說，那麼伶牙俐齒。

「你們就那麼去了上海？」他好奇地問。

「到上海是為了去法國。」方西泠輕描淡寫地說，「我勸嘉平別去算了，就在北大讀書，他不聽。他這個人，誰的話都聽不進去的。」

她突然想起來了，嫣然一笑：「你快看他給你的信吧，你們兩兄弟啊，鬼鬼祟祟的，還挺投機呢。」

嘉和我兄：

見信如見人。

今夜，是我在滬上的最後一夜，明日，我等同學少年，便將取道海上，去法國勤工儉學了。

我的思想之所以從實踐轉向歐洲，並非心血來潮。半年來種種社會之改造實踐的虛妄，尤其我們這次在北京開茶館進行工讀互助的失敗，究其原因，無非兩點：經濟的窘迫以及團體能力的薄弱。誠如你來信中所言，靠我們單槍匹馬，在這風雨如磐黑夜彌漫之社會，不但拯救不了自己和他人，甚或殃及他人的前程和性命。你敘述的跳珠之死，給了我等同志強烈的刺激。我們日夜痛苦輾轉不安，反覆思考，尋求中國之出路逐漸明朗，曉得了社會沒有改造之前來進行新生活試驗，不論我的工讀互助團，還是你的新村，終究是要統統破產的。須知要改造社會，終得從根本上謀全體的改造，那樣枝枝節節的努力，到底是不中用的。故弟已拋棄無政府主義之學說，去尋求新人生與新的信仰，以求得國家的繁盛，民族的振興。

嘉和我兄，此時此刻，我是多麼盼望你能飛身滬上，與我共渡汪洋，親臨目睹與實踐新的生活。然而，也是此時此刻，我已然明白，我們兩人的命運，從此以後，便要截然地分開了。因了我的獻身於社會，我的家庭及父母的悲傷，只有由兄長嘉和你來撫慰了。我既已決定了青山埋忠骨之念，父母譬如說是白生了我這麼一個兒子。汝若再與我同行，豈非痛煞他們之心。獻身社會者也是血肉之人，每每念及父母，中夜涕不自禁，故嘉平叩拜嘉和，長兄如父。日後家中一切，全仰仗你了。

又，我隨身帶之「御」字殘盞，係你親手所贈，弟當如眼睛般護之。弟知你喜茶愛茶，倘若日後你繼承了茶莊，經營亦必有起色，一來也是代我盡了孝心，二來也為社會富裕積累了資金，三來華茶本為中華民族之驕傲，待中國富強了，地球上人人杯中啜的都是華茶，不就是人生之大驕傲大成功？我兄如有一日，使世界上人個個知道杭州西湖之龍井茶，便也與弟殊途同歸了。

又，此信請方西泠小姐轉交，方小姐聰慧機智，活潑大方。我們合作，雖時有爭執，但終不失為熱腸之女子。因投奔理想而去，失落而歸，弟愧疚不已，也只有一併交於我兄，妥善處之，萬勿傷之。方小姐極其崇拜我兄，每與我爭，必言：嘉和不是這樣的！一笑。

別不多言。望兄振作，病體早康，他日會師杭州，「提兵百萬西湖上，立馬吳山第一峰」。

致

禮

大弟 嘉平

嘉和讀罷此信，也不掩上，低著頭，好久也不說話。方西泠覺得奇怪，只聽得啪嗒啪嗒，似雨點打在葉子上的聲音，在這樣萬籟俱寂之夜晚，十分地清晰和親近。再仔細一看，是嘉和的眼淚，重重大大地砸在信紙上。

「嘉和，你怎麼……」方西泠小姐十分吃驚。她是個性格變化多端的女子，很難體驗心裡最深處的那份情誼。如果說嘉和的內心最深處是一座情感的花園，那麼她的內心最深處和她的父親一樣，是個執法官。她只是看上去狂熱、任性，甚至神經質罷了。實際上，她是一個機敏的甚至有心機的姑娘。

這麼剖析方小姐方西泠，絕對不是說她缺乏感情，天性冷酷。事實上，她亦是一個極易受感染的、很容易動情的女子，但那些情動得太易，便不深，所以改變也快。當她對某事做出最終裁決時，理智卻又往往是帶著感情跑，而不是感情帶著理智跑的。

在對嘉和兄弟的感情上，她就是這樣一隻永不休止的鐘擺。在忘憂茶樓相親時，心裡傾斜在那個在廣場上欲殺身以成仁的弟弟身上；等到了北京和嘉平籌辦茶館時，鐘擺又開始擺向在杭州郊外茶園裡談理想的哥哥。在上海和嘉平告別的時候，她還是哭了，嘉平大大咧咧的樣子，一口一個西泠同志的叫法，傷了她的心。她滿心希望在船碼頭告別時，嘉平能吻她一下，哪怕在大庭廣眾之下也沒關係，方小姐要的就是這份驚世駭俗的獨特的好感覺。

但是嘉平壓根兒沒想到，他揮著帽子興高采烈向她說再見時，她眼裡流出了委屈的淚水，心裡卻一下子輕鬆了，而且越來越輕鬆，她自己也不知道，告別了那些無政府主義、那些亂七八糟的學說，為什麼她會那麼高興。實際上，她發現自己一點也不喜歡亂哄哄地湊在一起開什麼茶館、洗什麼衣服，她根本就不願意過勞工階級的日子，那可真的是打心眼裡不曾想過。

今天夜裡恰好是中秋節，她恰好進了忘憂樓府。也許是幾個月漂泊的生涯吧，她覺得忘憂樓府太好了，完全是她想像中的人家。當她看見嘉和流下了眼淚，她也覺得好，她被打動了，是被他流淚的激情打動，而並非被他為之流淚的那些內容感動。然後，她也哭了。她流著眼淚走到他的身邊，想安慰他幾句，但嘉和卻一個轉身回了房，並且插上了門閂，把方西泠方小姐晾在外面。

方小姐就坐在月光下流淚，一邊哭，一邊動心思。哭完了，心思也動好了。方小姐就拿著她的小白手絹下了樓，哀哀怨怨地朝綠愛和寄客兩個走去。

「見著嘉和了？」剛剛哭過的綠愛問。

「見著了。」

「他怎麼樣？」

「他正在哭呢。」

趙寄客就長嘆了一口氣：「嘉和呀，到底是像天醉。」

方西泠卻又拉著趙寄客那隻空袖口哭：「寄客伯伯，我是回不去了。」

「怎麼回不去？我送你。」

「我回不去了，我父母說了不要我了。」

「那是氣話。」

「真的，我把我們的章程都寄給他們看了。我爸來信說，我媽氣得昏了過去。」

「你們都弄了些什麼章程？」

「有脫離家庭關係，脫離婚姻關係，還有男女共同生活……」

「什麼？」他們兩人都急了。

「其實一點事也沒有，手都沒碰過一下，我對天發誓……」

方西泠嚇壞了，連忙聲明。

「唉。」綠愛長嘆一口氣，「誰還會相信你呢……難怪你爹媽不要你了……」

「我們相信你的。」杭嘉和站在她的身後，喑啞著嗓子說。

一陣夜風吹來，老白玉蘭樹嘩嘩響，大家都朝著樹梢往那山牆上看，想起當年那從牆外翻落下來的吳茶清了。

年底，綠愛這高齡的產婦生了一個女兒。那一日杭嘉和與趙寄客進了靈隱山中，把這一消息告訴杭天醉。杭天醉苦笑著說：「真乃塵緣未了，塵緣未了啊。」

問及取何名為佳，杭天醉說：「就叫寄草吧，女孩子嘛，寄養人間一場罷了。」

「你既看得那麼輕，倒不如給我做了女兒。我倒是膝下無人呢。」

「一言為定。」杭天醉說。

兒子問：「爹，你還回不回去？」

天醉說：「回不回去都一樣。」

「那你是說，來不來這裡也一個樣囉？」

天醉一驚，想，嘉和有慧根啊。

「回去了怎麼樣？不回去又怎麼樣？」

「回去嘛，我想專門給你闢個院子，做了你的禪院，你只在裡面，做你願意做的事情。茶莊的事情也不用你來操心，你願意聽便聽，不願意聽，搖搖手就是。」

「我要是不回去呢？」

「不回去就不回去唄，只是茶莊的事情，你和媽交代了，要逐漸地交給我便是了。」

天醉捻著自己稀疏的山羊鬍子。良久，他想他到底還是完了，他拔著自己的頭髮根到處逃遁，想尋找一處靈魂的避難所，卻終究是不可能的。其實，即便人們不來請他，他也開始懷念那人間的煙火了。他明白自己不配做那些茶禪一味的高人。「塵緣未絕啊……」他嘆息著回家了。

一九一一年的辛亥革命，給中國帶來的究竟是中國民族主義運動的早期高漲，是一個充滿活力的政治實驗的時代，還是一個軍閥主義時代的開始呢？

杭嘉和比他的父輩們對這段眼花繚亂的歷史更為清晰，他要在每一朵歷史浪花中尋找他弟弟的身影。統觀這一個歷史階段，一九一六年到一九二八年的這段時間，不過十二個年頭，但是在北京的政府卻變幻無窮，七個人當過總統或國家首腦，其中有一人當了兩次，所以實際上等於八個首腦。又有四個短命的攝政內閣，還有一次曇花一現的皇帝復辟。共計二十四個內閣、五屆議會、四部憲法，把整個中國搞得手足無措。中華大地上的子民，籠罩在深刻而普遍的幻滅感中。

即便是偏安江南的浙江，也不得安寧。那八個首腦中就有浙人五位，其中杭人三位。而吳山越水錦繡田園，在一片軍閥混戰之中，亦不能免於兵燹。

從表面上看，在杭州的杭氏家族成員都未捲入政治。杭天醉的三個兒子，一個杳無音信，在地球上某些角落裡跑來跑去；一個深藏不露，悉心鑽研茶學；還有一個雖年少幼稚，卻心狠手辣，目標集中單純——把忘憂茶莊奪到手。

一九二四年九月，對許多人來說都至關重要。那一個月齊盧之戰爆發。直皖兩系爭奪上海，盤踞江蘇的齊爕元與盤踞浙江的盧永祥發動戰事，相持不下。盤踞福建的直系軍閥孫傳芳率兵由江山仙霞嶺入浙，浙江的老同盟會會員、此時的警務處長夏超，裡應外合，盧永祥兩面受敵，被迫下臺。

那一個月，民國紀元當為十三年九月，對浙人尤其是杭人而言，它的確是一個非同尋常的月份。那一年趙寄客為平安汽車公司的出現和發展可謂費盡心機。汽車的技術問題尚難不倒以趙寄客們為核心的留歐留日學生，行駛路線也從開初的湖濱至岳墳，發展到了市內的官巷口、清泰街、清河坊以及環湖的錢塘門、清波門。趙寄客們沒有想到的是人力車與汽車之間的矛盾，竟絲毫不亞於轎夫與人力車之間的爭鬥。汽車的發展，站頭的縮短，自然搶了人力車的許多生意，人力車夫罵汽車、砸汽車以至於罷工鬧事便也在所難免。

某一日木訥的撮著伯臉上笑嘻嘻，使嘉和很奇怪。撮著伯早已不拉車了，但他一生以車夫自居。撮著伯笑嘻嘻地告訴嘉和，汽車出事了。汽車開到白堤時，轉彎太快，翻車了，還傷了不少人呢。嘉和生氣地說：「傷了人你怎麼還高興呢？」撮著伯認真地說：「大少爺，我們拉車的沒飯吃，上吊的有好幾份人家呢！」

一年多來，趙寄客就一直奔跑在汽車和黃包車之間。既要為掙扎在貧困線上求生的人力車夫開一條活路，又要為古老陳舊的中國闢一光明飛奔的前途，趙寄客竟覺得其中艱難一點也不亞於辛亥革命了。

杭天醉卻在漸漸地老去了，他開始進入了寧靜的失落時代。這種寧靜的失落，當然，只是他自己的。他始終無法如趙寄客一般可以拋下屬於自己的生活，去全身心地投入浪潮。他在岸上時站立不穩，掉入大潮中則有滅頂之災。所以他現在開始離潮水更遠了，他開始轉到山的那邊去了。但他依舊能聽到潮水的聲音。

那年九月二十五日下午，孫傳芳的軍隊開進了杭州江干；與此同時，應了夕照山下青白山莊主人汪裕泰邀請，杭氏父子前往汪莊品茗調琴，他們特邀了趙寄客同去，以寬慰他近年來焦慮之心。

中國二十世紀的上半葉，茶商界沒有人不知汪裕泰的。杭州人曉得的上海茶商，一位是唐季珊，另一位便是這汪自新了。

汪自新，字惕予，別號蜷翁，風度翩翩，既為茶人，又為文人。安徽績溪人。汪氏茶號在上海有七個分銷處，差不多都設在市中心，汪氏茶莊在上海灘，便成了天字第一號茶莊。其次子汪振寰，和吳覺農一樣曾去日本留學，回國後又專攻茶業，和唐季珊齊名，都是當時年輕有為的茶界鉅子。

為打開外銷渠道，汪振寰不僅派人去北非摩洛哥港口城市卡薩布蘭卡設莊推銷中國綠茶，還聘請上海聖約翰大學有外文基礎的畢業生為高級職員，又雇用江西籍的外銷技工開設製茶拼配廠，一時便與唐季珊的華茶公司在茶界並雄了。

杭州的汪莊茶號，就是在這樣的角逐競爭下開設的。汪家父子商定在屏風山麓購地數十畝，耗資數十萬元。據說當時因為侵占西湖湖面甚多，有杭人訟之於官。幸趙寄客找了方伯平為之周旋，汪先生又答應百年之後將莊屋捐贈地方政府，作為公用，故始免拆除。方伯平又介紹女婿杭嘉和與汪自新父子相識，從此兩家便有些來往。況汪自新是個多有雅趣的人，極愛品龍井名茶，遊西湖山水，好鑑賞書畫以及徽墨端硯，善彈古琴，在最後一點上和杭家父子不謀而合。此一次汪家便是特意請了杭氏父子來「今蜷還琴樓」欣賞他自製的琴。

汪莊從陸路走由南山路進去，水路更為方便，坐船可直達汪莊上岸，上岸便可見茶號的「試茗室」，那裡綠草如茵，花香撲鼻，竹樹蔽天。室內敞明雅潔，陳設古色古香，有嵌銅紅木茶匣，有竹器漆器茶具，有宜興紫砂茶具，也有景德鎮精瓷茶器，讓你一面品啜龍井香茗，一面觀賞、選購精美的茶器和名茶。買主則是遊客兼茶客，三杯過後，夥計把包好的茶葉送到你面前任你挑選，付款取貨。如此風光如此茶，安能不使人醉乎？

杭氏父子和趙寄客水路而來，坐的是比從前「不負此舟」要小得多的划子。三人一舟，各人說的是各人的話。

「你們倒還有心情聽琴啜茗？聽說孫傳芳從江干進來的事情了嗎？」

「怎麼沒有聽說？盧永祥上吳山測字，測字先生是個秀才，姓金，我認識的。給了他兩句杜詩：『江流石不轉，遺恨失吞吳。』是讓他急流勇退方能後起有望，盧永祥可不就急流勇退了？」

「城裡不少人跑掉避禍去了，我們幾個倒有心情優哉游哉！」

「我倒是去過汪莊多次了。蜷翁那數百張名琴我也都見過。我這是專門帶了你去見識的。有唐琴，龜紋斷，色黃黑相間如龜板，其紋有形無跡，琴背有『流水潺潺』四字，旁邊還有一行小字：唐開元五年益州宣化道人為遐叔先生製。還有一把宋琴，流水斷紋如浪痕，蜷翁題了十六個字，我倒是也還記得：梓桐古木，合器通靈，發音清邈，寄靜宜情。」

「好一個『寄靜宜情』。兵荒馬亂，軍閥混戰，哪裡還可以『寄靜宜情』？」

「『國破山河在，城春草木深。』不管軍閥怎麼打，茶葉在山裡照樣年年發，我們活著的人也照樣年年要喝茶嘛！這不是『寄靜宜情』？」

「嘉和接了茶莊果然面目一新，別忘了汪莊亦是你杭家的對手呢。聽說每年新茶上市，汪家那二公子總要親自來杭州，住在汪莊，親自驗收郊區茶行代購的龍井茶，再度評審，擇優進貨。君不憂其取而代之乎？」

杭嘉和淡然一笑，說：「趙伯伯過慮了，連翁隆盛這樣的茶號都不怕，我們還怕什麼？忘憂茶莊近年來雖慘淡經營，但每天茶行收購運來的龍井毛茶，亦是當晚復炒，上簸去末，成品收缸。相比之下，汪莊茶號畢竟要稍遜一籌！」

趙寄客滿心歡喜，看著坐在船頭的英年華歲的杭嘉和，他也為自己往年在兩個孩子中更偏愛嘉平而羞愧。在他看來，嘉和總不如嘉平更果斷勇敢，敢作敢為。是他看錯了？嘉和是那種需要細心琢磨的人，這點像他父親，只是他比他父親更能隱忍也更有主張罷了。

這是九月的初秋的一個下午，天氣依舊炎熱。湖面亮如錫紙，一會兒耀了這一片，一會兒又耀了那一片。熱氣薰得西湖昏昏欲睡，四周是一片懶洋洋的寂靜。舟子划著船，連船槳機械地划入水中的聲音也彷彿要睡著了，時間被熱烤得凝固起來。但時間是絕不會真的凝固住的，巨大的激盪將接踵而至，只聽轟的一聲——面向南山而坐的嘉和猛然一跳，從船首站了起來，他半張著嘴巴，不敢相信他親眼看見的現實。整個夕照山煙霧騰騰，魔氣沖天，鴉雀炸飛，壓黑了半個湖天。「雷峰塔倒了！」杭嘉和面色蒼白，嘴唇顫抖，他的父親則瞠目結舌，目瞪口呆。

那一年九月，尚有一個人的心機既不在盧，亦不在孫；既不在直系，亦不在皖系。在他眼裡無軍閥，他自己就是他心裡那個獨立王國的軍閥。

一九二四年九月某日，昌升茶行的老闆吳升就那麼坐在自己剛剛落成的新茶行小客廳裡沉思。手下的人一個不剩，都叫他打發開了，他要一個人坐一會兒。

這一幢磚木結構的兩層樓房，專門設有大的廳堂和工場，供南來北往的茶商使用，光是廚房就設了好幾處，為的是讓信伊斯蘭教的人方便。甚至樓上還有個小房間，設了臥榻、煙具，專門供人抽大煙的，又有專供人打麻將的。吳升自己，不賭不抽，甚至嫖都不嫖。這一惡習，改造在舊年遊街之後。那一次的遊街並未摧毀他的意志。他中夜醒來，不免悲壯地想到，現在，他在別人眼裡，再也不是一個跑堂的抹布一樣的東西了。他是一個對手，一個別人已經在認真對付的對手。

這些年來，他裡裡外外上上下下地努力，早已如十年生聚十年教訓一般地臥薪嘗膽，悄悄掙得了一批家產：開了布店、南貨店，昌升茶行也經營得很像樣了。帶著嘉喬，住在吳山圓洞門裡，名聲便不好，正是苦於沒有臉面向茶界交代——怎麼就對忘憂茶莊這樣地忘恩負義呢？雖然現在忘憂茶莊的股份是完全沒有了，但這幢茶行的房子，卻是茶清伯在世時置辦的，茶清伯自然用的是忘憂茶莊的錢。吳升多年來一直厚著臉皮充乾兒子，為的就是要爭口氣。他想，現在好了，媽的，你的兒子遊了我的街，可叫我抓著機會了。可是我偏含冤受屈地裝孫子，我偏按兵不動，一切如常，我照樣鞍前馬後地在茶行張羅。人心就是這樣，我越是裝出受苦受難的樣子，人家越是同情我，南來北往的山客和水客們都憤怒了，紛紛地寫信來，要求我去天津、去福建、去廣州做客。我呢？又偏不去，卻派了心腹，帶上嘉喬去一趟趟地送禮。禮是厚的，不怕送得重，以後會有機會重重地回來。嘉喬單單薄薄的小可憐樣兒，見了人家又乖巧，又磕頭又作揖，「阿爺阿叔」，一張嘴巴甜得出水，他們就想起我的好處：你遊了人家的街，人家卻養著你的兒。吳君者，真善人也，真君子也；杭天醉者，禽獸也，偽君子也，臭狗屎也。

就這樣，時機成熟了，今年清明前，吳升在候潮門另立門戶，開張大喜，鞭炮聲響徹海月橋、候潮門。山客水客們全都擁向了新開的昌升茶行。老房子呢，吳升一轉手竟賣了個好價錢，做了木柴棧。老撮著在老房子裡眼睜睜地看著新主登堂入室，愁得直對他的兒子小撮著跳腳：「都是你，都是你，你跟著二少爺去遊什麼街？你看你看，人家是君子報仇，十年不晚吧。」

小撮著什麼地方都很像他爹，但是門板牙要小那麼一點點，暴眼珠要平那麼一點點，厚嘴唇要薄那麼一點點，衣衫要新那麼一點點，小撮著從任何角度看，都要比父親進化一點點了。

新夥計要找的便是他的新主人了。新上任的忘憂茶莊老闆乃杭嘉和也。沈綠愛剛坐過月子，畢竟做產是件辛苦事情，徒有垂簾聽政之心卻再無這般的實力。嘉和趕到現場，恰巧看到人家往從前的忘憂茶行裡抬木頭。吳升就在對面的昌升茶行新樓上看著杭嘉和呢。他想：你杭嘉和還能夠怎麼樣呢？我不但賣了你這幢樓，我還敢買了你的忘憂茶樓呢。

杭嘉和靜靜看了一看就回了家，直接便去問父親這幢房子的產權應該屬誰。父親正在書房練字，聽兒子問便說：「按理自然是我家的，只是吳升既然成了茶清伯的乾兒子，那些亂七八糟的事情，誰有心思管？這些年我都沒去過問，這會兒怎麼又突然問了？他要賣就賣吧。嘉喬都在他手裡呢！這個強盜坯子。」

嘉和再去找綠愛，綠愛說：「要說茶清伯買了房子該有地契啊。那地契上寫著誰的名字呢？吳升說茶清伯把房契給他了。鬼相信！你父親不讓我問，說嘉喬給他們養著，別過分。他也不想想，他占了嘉喬，是占了吳山圓洞門呢！」

嘉和也不再聽父母如何言說，就退了出來。他曉得再追下去，便要追到小茶身上去了。母親死時一個字也不提父親和他，那是怨恨著他們呢。現在怕不是報應吧……難道茶清爺爺真的會把房契給了吳升嗎？不可能！那麼，真正的房契會在哪裡呢？他這麼想著，不知不覺便跑到茶清爺爺從前住過的小房間再去尋找。小房間塵埃厚積，肅穆寂寥，嘉和心頭一熱，他覺得他在這裡一定能夠找到他所需要的東西，這就好比冥冥之中必定有人在護佑你一樣。他閉上眼睛拉開抽屜，心情緊張。他張開眼睛時簡直不敢相信這是真的，一隻小扁鐵匣，打開一看，安安靜靜，裡面只有一份房契，房主是杭天醉的名字！就如茶清爺爺生前就已掐算好的一樣，他等著有一天有人來求救於他呢！

拿著這張房契，沈綠愛什麼都明白了。她帶著產後虛弱的身子和嘉和一起去了昌升茶行。他們什麼話也用不著說了，綠愛動了動下巴，嘉和揮了揮手，小撮著把那份房契往吳升眼前一晃，吳升就什麼都明白了。可他同時又不明白了，這麼多年，他占著這房子，也沒見杭家來提房產問題。怎麼突然真房契又冒出來了呢？這下他那個假房契可就露餡了。

「你們開個價吧。」他無可奈何了。他知道趙寄客和沈綠村回來了，杭天醉不抽大煙了，他一時又成不了忘憂茶莊的對手了。

老闆杭嘉和表示不開價，因為他們根本就沒打算賣，除了不打算賣之外，還打算跟他算一算這幾年來的房租。吳升陰險地緊撫嘉喬之背說，你們不看僧面，至少也要看佛面啊。杭嘉和拉起了阿喬一隻手說，得把阿喬帶回去了。吳升這才急了，說由他撫養嘉喬這是小茶的遺囑。嘉和淡淡一笑說，從法律上說，未成年孩子是不能離開親屬的，你算老幾？我們不妨法庭上見。吳升一想這可就是禍不單行了，又要房子又要孩子，這個杭嘉和實在不可小覷。一旦嘉喬被要回去，這吳山圓洞門他們一家也住不成了。這麼一想他雙眼發紅，一把抱住嘉喬，聲音發顫問道：阿喬你想不想回羊壩頭？誰料一提起「羊壩頭」三個字，嘉喬就怒火中燒，一把甩開了大哥的手說：「誰跟你回去誰不是人！」

「那倒也不是由著你說說的，有法院呢。」杭嘉和耐心地解釋。吳升曉得這下麻煩了，杭嘉和的丈人是律師啊。

沒奈何，吳升只好厚著臉皮再去和那柴行老闆說，好說歹說，總算把那房子重新要回來了。他和嘉喬站在對面樓上看著這重新歸了杭姓的大房子。它此刻被一把大鎖鎖著，冰涼涼地板著面孔，彷彿隨時都有可能一躍而起與他作對交戰。吳升想像有朝一日此處茶葉商人們進進出出的情景，感到嚴重失落。早知如此，還不如賴在那裡不走。看著身邊的嘉喬，心裡又被一種說也說不出來的溫柔和心酸占領了。

「爹，乾爹你怎麼哭了？」

嘉喬用手擦著他心目中的英雄眼中的淚，他嘴唇哆嗦著，自己的眼眶中也開始滲出了淚水。

「嘉喬啊，我看見你媽了。」吳升說。

「她在哪兒？媽，媽，你在哪裡？」嘉喬嘴唇一撇，眼珠子就朝房梁上翻。他永遠也不會忘記母親上吊時的那副樣子，他都看見了。他一想起母親死時的樣子，他就悲從中來，恨從中來！他和羊壩頭那一家就有不共戴天的冤仇了。

「兒子，她在你身上附著呢。」吳升用勁擠著嘉喬的臉，「兒子，我看見你，就看見她了。」

嘉喬明白了，說：「乾爹，你是說我長得像我媽。」

吳升搖搖頭，吳升沒法告訴嘉喬，你媽不順我，你媽她不肯做我吳家的人，哪怕我要把她幹了她也不順我。你媽怨恨著羊壩頭的杭家人，怨恨你爹顧自己救命不理睬她了，這才把你和房子給了我。那是心裡還牽掛著你那沒用的爹呢！當我心裡不清楚？你媽就是到死也不明白，她得跟我才對。她上吊不是因為別的，是因為她丟盡了臉。她想把魂兒留給自己，把身子抵押給大煙。我不幹！我可把她給看穿了，我要幹了我可就啥也沒了，沒了她的魂兒又沒了她的身子，那粉紅色的有著毛邊的身子……好了，這一來她就只有死路一條了！她除了上吊還有什麼別的出路？要說是我把她逼死的也不過分，誰叫她抽大煙來著？我是讓杭天醉抽，又沒讓她抽……

吳升這麼想著，一團怨毒揉皺了他的心——小茶你可就是死錯了。你留下了魂兒，留在兒子身上了。這個兒子啊，崇拜我，信任我，對我言聽計從，還與我風雨同舟患難與共。只要我手裡握著你兒子的手，小茶，你就一輩子跟著我，你在地獄裡，也得跟著我！

這麼想著，他把嘉喬扳了過來，盯著他的眼睛，說：「嘉喬，你大了，你可都明白了吧，你羊壩頭杭家，搶的不是我的房子，全都是你的！」

十幾歲的少年再一次把頭探了出去，對面那幢空蕩蕩的上了鎖的大房子刺痛了他的眼睛。他想那是我的，一種蠻橫不得的壓抑的痛苦使他的眼睛憋出了一片淚花。

吳升一下子舉起他的下巴：「你往遠處看！」

他的視野一下子就對著窗外那個都市的天空了。遠遠望去，在一片黑瓦之中，有一幢精緻的門樓。

「那是什麼地方？」

「是忘憂茶莊。」

「記住，那也是你的！現在讓他們占著，日後你長大了，你要把它們全都奪過來！」

「是的，我要把它們全部奪過來，把裡面的人全部趕出去！」嘉喬的那顆小野心像一粒膨脹的種子，在腐爛的土地上鑽出了芽芽，便開始了瘋長的歷史，「誰害死我媽，我就要誰去死！」

他咬牙切齒地發誓，他這樣又稚嫩又歹毒的誓言，讓吳升血液沸騰，他猛地抓住嘉喬的小薄肩膀，說：「嘉喬，好樣的，配做我吳升的兒子！」

嘉喬則雄心勃勃地看著忘憂茶莊，說：「我奪回了忘憂茶莊，我要八抬大轎把爹抬進府裡去，我要讓爹住杭天醉的房子，睡他的床！」

突然，他們的身後轟隆隆的一聲，天崩地裂一般，升起了小半個天空的塵埃。鴉雀們聲嘶力竭地怪叫起來，壓黑了這一大一小兩個男人身後的世界。他們卻似乎不為這天塌了似的險境所嚇。什麼雷峰塔倒了！它愛倒不倒，不關我們的事！我們有我們的大事要辦呢！我們要復仇！

這兩個沒有血緣關係卻又比父子還親的一大一小，就這麼任憑身後亂鴉齊飛，塵埃滿天，就那麼遠遠地注視著忘憂茶莊，一隻眼睛閃耀著希望的光芒，另一隻眼睛燃燒著復仇的毒火。

一九二四年九月的軍閥入侵與雷峰塔倒塌，還對杭州城裡另一個女人不起作用。方西泠方小姐現在已經是正兒八經的杭家夫人了。她在杭氏家族有了自己的歷史。一方面她為杭家生下了一對兒女：兒子杭憶，女兒杭盼。一個是懷念過去，一個是面向未來，都是大有深意的。另一方面，她進入教會女中執教，重新成為基督教女青年會中的骨幹成員。有了一位上帝可以信奉，方西泠女士那鐘擺似的情緒便安寧多了。

如果她永遠不再聽到那些光榮的消息，那些非凡的、讓人想起來眼睛就要發亮的日子，那麼，她也許不會對她的丈夫懷有太多的遺憾。隨著時光的推移，從前開茶館的熱鬧中那些不快的因素早就消散了，嘉平作為一個瀟灑的白馬王子的形象，再一次在她腦中定格。不過，她也實在無法用想像中的那個虛幻的嘉平來打倒眼前這個實在的丈夫嘉和。儘管嘉和在她心目中早已是個平庸之輩，但她對他那永遠是相敬如賓的態度，實在是挑不出刺來。

杭嘉和早已脫了學生裝，換上中國商人習慣穿的長袍馬褂，那是緞子銅錢花樣背心和黑錦緞的袍子。有時捲起袖口，便是雪白的襯裡。他也仿照時下流行的穿戴，戴一塊懷錶，甚至因為近視的緣故，他也戴上了金絲邊的眼鏡。他那副樣子，叫妻子方西泠看了，又端莊又平庸。方西泠不喜歡，她喜歡他穿西裝，那都是到娘家去時的行頭。瘦削高個的嘉和十分紳士氣派，舉止得體，進退有度，在社交場上沉著寡言卻使人刮目，這才是方西泠喜歡的嘉和。那樣的晚上，方西泠就會格外地狂熱和溫柔，使同樣年輕的杭嘉和又歡愉又難受。第二天，他就換上長衫馬褂，他受不了妻子那種過於功利的情愛方式，他明白，他娶了一個虛榮心極重的女人。

現在，這個女人再一次被激情擊中了，一看到信封上那叉手叉腳的大字，她就知道是誰寫來的了。這封來自廣州的短信讀來振奮人心，嘉平不但還活著，而且活得很活躍。他從歐法轉道日本，在日本待了好幾年，結了婚，也有了一個兒子。現在，他在黃埔軍校學習。他給嘉和的信很短——「國民革命一定成功，吾兄安能穩若泰山乎？嘗憶當年投身社會改造社會之熱忱，吾兄現尚存一二？」信寫在一張戎裝照片的背後，大簷帽，寬皮帶，明亮的大眼睛，方方的下巴，寬寬的肩膀，筆挺的脊梁。已是兩個孩子媽媽的方西泠女士見了嘉平的照片，陷入了沉思，鐘擺又搖盪起來了。她的沉思是那麼的深，那麼的深，以至於雷峰塔倒了，震驚了整個杭州城，也沒有把她從沉思中喚醒過來。

第三十章

一九二六年七月九日，國民革命軍誓師北伐，杭家為嘉平能夠回來而著實歡喜了一場，不料兒子嘉平沒有回來，省長夏超卻被孫傳芳殺了。

這個夏超，一九二六年任浙江省省長時，與孫傳芳的不和已經到達頂點。結果，在廣東國民政府的祕密參與下，十月十六日，他宣布了「浙江獨立」，實行地方自治，響應國民革命，就任國民革命軍第十八軍軍長，兼理浙江民政。不料二十二日，孫傳芳的部將宋梅村率軍攻入了杭城，夏超因此而被捕槍斃。

還在夏超星夜從嘉興逃回杭州，隱匿在寶石山上英國人梅藤根的別墅裡時，小撮著在外面聽見了風聲，便來通報綠愛。急得綠愛直奔花木深房，對天醉說：「聽說宋梅村的部下要入杭城，挨家挨戶搜查夏超，怎麼辦？」

「你說怎麼辦啊？」

「找個地方躲一躲吧。」沈綠愛說，「我已經讓嘉草收拾了細軟。」

「有什麼可收拾的？」杭天醉說，「那麼些茶壇搬得走嗎？這麼個忘憂茶莊搬得走嗎？一把火燒個精光，不是照樣什麼也留不下！」

「那不是還有命嗎？」

「要命幹什麼？」杭天醉翻翻白眼，「這條命在世上滾來撥去，還沒活夠啊？」

把一個綠愛嗆得說不出話來。正不知如何是好，門房送了急箋來。原來是杭州商會會長王竹齋的親筆信，要杭天醉趕快去開會，商量如何制止宋梅村洗劫杭城一事。天醉一直在茶漆會館掛個虛名，多少年也不去開會。但資格擺在那裡，商會照樣讓他做理事。天醉見了信箋，看都不看扔在一邊，說：「又來煩我，不過是要錢，有多少錢，綠愛你都給了！大家省心。」

綠愛曉得，這種事情再跟天醉商量也沒有用，便舉著信箋去找嘉和，要嘉和替他父親去一趟。

嘉和心裡想，去迎合宋梅村，這種事情，我怎麼好去做？便說：「媽，我算什麼，商會會把我看在眼裡？這是爹的事情。」

方西泠手裡畫著十字，說：「嘉和，你怎麼那麼說？現在亂糟糟的，誰出來替老百姓說話？還是商會，無黨無派，只管做生意，到時候還好出出頭。你想想看，萬一這些兵痞流氓，真的一把火燒掉了杭城怎麼辦？這種事情，他們是做得出來的。」

嘉和一聽，立刻穿上褂子，就往外跑，邊跑邊說：「媽，西泠，你們今晚都不要睡了，等著我回來聽消息。」

等回來的可不是好消息：方西泠盼望的那種出風頭的事情倒沒有，卻攤著讓各家出資。沈綠愛一聽嘉和答應出三千也很吃驚：「別家出錢了嗎？」

「都出了。是借的嘛！商會會還的。」嘉和疲倦地坐在太師椅上說，「吳升出了五千。」

「他出五千是他心懷鬼胎。他要用錢買他的名，買他的地位，你出這個錢幹什麼？」方西泠憤憤不平地說，「又不是給慈善機構，是給軍閥！你開的是茶莊，又不是金莊銀莊！你到哪裡弄錢去？」

杭嘉和礙著綠愛的面子，也不好發作，便耐著性子解釋：「話不能那麼說，一城的人，都把希望寄託在我們身上，王竹齋明日就動身去嘉興做人質，與宋梅村談判。萬一談不好，他自己的命都搭進去了。我們出點錢，又算得了什麼？」

方西泠說：「人家是人家，人家是大戶人家，有錢。我們家是破落人家，出手哪裡好這樣大方？」

綠愛一聽這話就不高興，她本來就不喜歡這個兒媳，嫌她會來事，此刻就更聽不下去了，說：「大媳婦有這樣說話的嗎？你說我家是破落戶，你怎麼就硬著頭皮要往我們家嫁，要趕也趕不走哇？」

方西泠一聽，如五雷轟頂，她到底是讀書人家出身，又是獨女，婆婆一直對她敬而遠之，她哪裡料得到婆婆是不鳴則已，一鳴驚人。

「上帝啊，」她尖叫起來，「上帝，嘉和你聽到了沒有？你聽到她都說了一些什麼？」

「別上帝上帝的假門假事了。」綠愛一上火，索性破罐子破摔，「上帝叫你見死不救了嗎？只要杭州城不被燒掉，不要說三千，三萬我們也出。」綠愛一擼袖子，摘下她那隻和田玉鐲子，「嘉和，當了，該幹啥幹啥去！」

「嘉和，你這沒有用的東西，你說話呀！」方西泠大哭起來，鬧得嘉草跑了過來，趕緊勸走綠愛。誰知西泠見婆婆走了，更加嘮叨個不停：「嘉和，你還有沒有骨氣？輪得到她來教訓我嗎？我要挨訓，也該是我親婆婆來訓。她算什麼東西——」

話音未落，被嘉和重重地一掌桌：「你給我閉嘴，回屋去！」

這一下，倒也把方西泠嚇住了。但是到底又是任性慣的，嘉和又從來沒有對她說過一句重話，便一跺腳說：「好，不用你們杭家趕，我自己就走！」

這時，杭憶、杭盼一雙兒女都嚇哭了，只是杭憶哭得收斂一些，杭盼哭得放肆一些罷了。方西泠順手撿著那個哭得狠的，抱起就走，邊走邊說：「杭嘉和，你聽著，明日把我的東西一樣不少送回我娘家！」

嘉草急了，拉住方西泠說：「嫂子，嫂子，你可不能這樣走哇！有話不能好好地說嗎？」

「幹什麼？放開！」方西泠大喊一聲，聲音又亮又響，震了這忘憂樓府，然後便騰騰地往外走。

「大哥，大哥……」嘉草急得又來抓嘉和的手，嘉和重重地放下了手裡的茶杯，說：「讓她走。」

方西泠抱著杭盼在夾巷裡走時，只是氣糊塗了，但是她叫門房開門的時候，還是想到再等一等，要是丈夫這時候來叫她，她還是會回去的。方西泠一方面相當神經質，另一方面也是很理智的。

然而，在從開大門到門房去叫車馬的整個過程中，忘憂樓府都不再有聲息，它靜悄悄的，彷彿對她的發難不屑一顧，又彷彿毫不留情地就把她踢了出去。方西泠打起冷戰來，嫁過來六年了，她第一次想到，忘憂茶莊，有時真的是一個寒氣逼人的地方。

數日之後，杭嘉和與商界同人發動杭州社會各界去車站迎接軍閥宋梅村，以保杭州免於兵燹。行前，他的丈人方伯平登門，單獨會晤了女婿一次。

翁婿間一向客客氣氣，像有教養的買賣人在交易市場上。但那丈人心裡卻是早有了準備的。女兒抱著外孫女兒半夜三更哭回娘家時，當娘的便大吃一驚，和女兒同仇敵愾了一番，卻又沒了主意，見丈夫毫無動靜，說：「你怎麼一句公道話也不講？我女兒什麼人，被他們賣茶的一家，說氣就氣出來了？我們這樣的人家，嫁到他們賣茶人家家裡去，本來就是委屈透了的事情——」

丈夫喝住老婆說：「這是什麼話！是有教養人家說的話嗎？我不用問都知道，你看你把這個女兒慣成什麼樣了！」

「你就曉得捧姑爺。我倒看不出這個不陰不陽的姑爺有什麼好。手指頭一鬆就是三千！好像他還有幾個三千好漏。這樣下去，我看這幢樓府也遲早要被人家刮了去——」

「鼠目寸光！女人，就壞在頭髮長見識短上。」父親這樣說著，理都不理睬女兒，就走了開去，女兒太任性了，女婿教訓教訓她也好。

他沒想到女婿竟教訓個沒完了。一連幾天，方家都在等著嘉和上門，卻一連幾天都沒蹤影。那天上午，方大律師終於忍不住了，親自上了門，卻在門口，被女婿堵了回去，所以，他們的單獨會晤，竟是在路途上完成的。

「你出門啊。」丈人說。

「出門。」

「那正好，拐個彎把杭盼就接回來了。」

「她們什麼時候想回來，什麼時候自己回來就是。」

「嘉和，」方律師有些不悅，「差不多了，該讓西泠下臺階了。」

嘉和淡淡地說：「爸爸，這麼多年，給她下的臺階還少嗎？」

方伯平愣了一下，臉便熱了起來，心中暗暗吃驚，原來這小子心裡明白，他一直還記得結婚前後那場風波。他想，他是小看了女婿了。

「嘉和，我知道西泠任性。」

「不是任性。」

「那是什麼？」

「她從來也不真正曉得我們杭家人。」嘉和說，眼睛一直就看著前方，「她把我們杭家人看錯了。」

「言重了吧。」方伯平說。

「爸爸，我要去火車站，有事，咱們回頭再談吧。」

「你到火車站？你去迎接軍閥？」

「這和迎接軍閥是兩碼事，我是去接王會長。他被宋梅村扣了做人質，同車從嘉興回來——」

方伯平悄悄一跺腳：「嘉和，你好糊塗！北伐軍快打過來了。」

「可北伐軍現在還沒過來呀。」嘉和道，「那些人殺人放火什麼事都做得出來，總得有人去擋住他們。」

「那也不該是你啊。」方伯平氣得直拉自己的鬍子，「國民革命軍眼看著要打過來，你不好好賣你的茶，等著他們來，你去湊什麼熱鬧？錢出了也就罷了，光天化日之下去迎接宋梅村——你啊，你怎麼那麼糊塗？」

「我不是去接宋梅村，我是去接王竹齋。」

「王竹齋我也不准你去接！」方伯平一喊，聲音就響了。

嘉和被他岳父的聲音嚇了一跳，他從來沒有想過，岳父有這樣一副嗓子。原來女兒還是酷似其父。

嘉和掏出了懷錶，看了一看，說：「我得去了。」

黃包車夫一使勁跑了起來，方伯平被甩在了馬路上。這個當岳父的，今天才領教到了女婿的風采。

嘉和沒有想到他一意孤行地要去迎接王竹齋，究竟有著什麼說不出來的理由。彷彿命運就是這樣安排的：它讓你與西泠吵架，讓西泠回娘家，讓岳父來火上澆油，讓你本來去不去火車站都可以的心情，變成了非去不可的決心。你去了，你卻沒有陪著王竹齋回商會。你在火車站見著了一個從未見過的男孩與一個一眼就認出來的女人。

看來，嘉和真的是變化很大了。也許是他過於衣冠楚楚，也許他神情肅穆，使人不敢認真地仰視。

總之，那女人向他深深地鞠下一躬，並用純正的普通話問他去羊壩頭的車路怎麼走時，完全沒有想到，她所問的人，竟是當年杭天醉老闆的大少爺杭嘉和。

嘉和卻一眼把她給認出來了。說不出這是什麼原因，他的頭皮一下子就緊了起來，他的目光因為害怕觸及什麼而被壓迫了下去。

但他還是抬起了頭，他看著這個年輕女子。她穿著和服，纖手拉著的那個男孩子，看上去也不過四五歲。嘉和看見那個男孩子時，心裡強烈地一動，一種感激與親切又夾帶著惆悵與辛酸的東西，猛地衝了上來。

「是要去羊壩頭嗎？」他輕輕地問。

「是的，先生。」女人說。

「是去忘憂茶莊嗎？」

「是的，先生。」女人抬起頭來，有些疑惑地看著嘉和。

嘉和默默地摘下自己的禮帽，摘下自己的金絲眼鏡。年輕的日本女人便突然踩著碎步衝了幾步，然後又優雅地停住，深深地朝嘉和鞠了一躬，便把孩子推上去，對兒子說了一串日語。那孩子便大膽地立正，掏出半隻黑瓷茶盞，「御」字對著嘉和，用中國話清清脆脆地說：「大伯父，我叫杭漢，我的父親是杭嘉平，我的母親叫羽田葉子，我的爺爺住在中國忘憂茶莊，他叫杭天醉。」

北伐軍軍官杭嘉平這些年的經歷，又坎坷又簡單。一九二〇年春「一師風潮」之後離開故鄉杭州，屈指算來，有七年了。其間先在北京搞工讀團，後去法國勤工儉學，再復轉道日本東京進武備學堂。在此期間，重與少女葉子相遇。此時，葉子已在父親所建的家園中學習裏千家茶道數年。兩個青梅竹馬的青年，重逢也很有意思。那一日，原來是父親帶著葉子去相親的，葉子低頭踩著碎步走著，總覺得有個青年在後面跟著她，她忍不住回頭一看，那青年幾分面熟幾分面生，她一時愣住了。

青年見她愣然，想了想，從隨身的囊中取出一個紙盒，盒內半隻茶盞，他把盞底有「御」字的那一面伸向她，兩人就打作了一團。「嘉平是你啊！我都認不出你來了。」葉子說。

「我也真不敢認你。你竟然出落得如此花容月貌。」

他們倆熱烈地說著話，羽田在一旁淡淡地應付，他對這個曾經拿著三節棍趕他的中國青午有一種提防，但亦有幾分尊敬。

他不想打攪他們。結果等他過去拜見男方家人時，只剩下媒人了。媒人說：「習茶道的女子，竟然和中國人鬧得火熱，我們都看到了。叫我的臉都沒處擱呢！」

就那麼意外地，把這門親事給攪黃了。

嘉平和葉子實際上是私奔的。整個過程又傳奇又浪漫，不像是發生在日本國。羽田先生覺得丟盡了臉，連茶道師也不願再做下去。他事先一點也沒有想到，葉子竟然會私奔，嘉平只是來向他簡單地求了一次婚，甚至連正襟危坐都沒有做到。他穿著武備學堂的校服，站在露院裡，突然說：「羽田先生，請允許我娶葉子小姐為妻。」

羽田先生很吃驚，說：「你們中國人都是這樣求婚的嗎？」

嘉平一笑，露出潔白的牙齒：「不是我們中國人都這樣求婚，是作為中國人的杭嘉平就這樣求婚。」

羽田回去便對葉子說：「以後不要和嘉平來往了，我不會允許你嫁給他的。」

「為什麼，父親？因為他是中國人？」

羽田搖頭，說：「因為他無所畏懼。」

「無所畏懼，不好嗎？」

「無所畏懼，會把自己和親人帶到地獄裡去的。」

「父親，我不明白，千利休不是無所畏懼嗎？」

「所以他切腹自殺了。」

葉子靜靜地想了一下，突然說：「父親，我明白了。你不是真正的茶人。」

羽田吃驚，又很惱火。葉子不像是一個標準的日本女孩，她在中國待的日子太長久了。杭家肯定是中國少有的家族。在這個忘憂樓府中，女人很有力地生存著，男人卻溫文爾雅，不施暴力，但心靈自由，不受約束。也許，他們就是這樣，滋長出了在大事面前的無所畏懼。羽田很愛他的獨女，但總為她過於坦率和情感上對中國有意無意的傾斜而傷感。

他無論如何也沒有想到，葉子如此神速地便和嘉平私奔了。其實他們就住在一個城市裡，但羽田見不到葉子。他也不想見到她。

嘉平做什麼事情都這樣膽大妄為、不知害怕。他把葉子安頓了下來，兩人快快樂樂地結了婚。那天夜裡，葉子羞怯了，不知如何是好，嘉平洗了澡出來，跪在葉子面前，說：「讓我看看，讓我看看，長成什麼樣了？」

他就左邊一擼右邊一擼，把葉子的衣肩擼了下來，光滑的肩背，閃閃的，緞子一樣，胸乳像小兔子，白白的，長著紅眼睛。

嘉平禁不住驚歎了一聲：「葉子，你長那麼大了。」

葉子本來羞怯著呢，此時也忍不住笑，說：「壞東西！你什麼時候看到過的？」

「你在我們家時看到的呀！你洗澡，窗沒關嚴，我就看見了。小兔子還很小呢。」

「什麼，你真看見了？」葉子跳了起來，又捂住臉，「你騙我！」

「怎麼是騙你？我叫嘉和也來看的。」

「他也看到了？」

「當然看到了。」嘉平還很得意，「不過他這個人太複雜，看了一眼就不讓我看，關緊了窗，還一本正經地拉鉤，不讓我說出去呢。」

「哎呀呀，哎呀呀，你們呀，我怎麼辦啊。」葉子捂著臉，半裸著身子，便倒在了榻榻米上。

「還有什麼辦法呢？除了嫁給我，一點辦法也沒有了。」

嘉平就撲了上來，和葉子鬧成了一團。他從來沒有做過愛，也不知做愛是怎麼一回事，他甚至從來就沒碰過女人一個小手指。當然，這並不是說他沒有握過女人的手。他和方西泠小姐互稱同志的日子裡，沒少握手，有時方西泠小姐還冷一陣熱一陣地發顫，嘉平很奇怪。嘉平知道方西泠小姐看中他。但他對她卻一點感覺也沒有。不像是對葉子，他見著葉子，就想把她一口吞下去。

兩個不會做愛的純潔的年輕人，又笑又鬧又緊張地折騰了一夜，總算把男人和女人是怎麼回事弄明白了。他們交頸而睡，像兩隻天鵝，他們不管明天還會發生什麼事。

杭漢一歲的時候，嘉平回國去了廣州，臨行前說：「葉子，你等著，我會來接你的。」

葉子跪在榻榻米上，不說話。嘉平已經瞭解她了，她的不說就是說，想了想，摸出那「御」字爿，說：「見物如見人。」

杭漢四歲的時候，葉子收到了嘉平的來信，原來北伐就要開始了，原來嘉平還活著。

葉子是在離別日本的前三天，才抱著自己的孩子，去看望父親的。她步入露院的時候，父親身著和服，正往胸前搭著一塊溼布，在鵝卵石鋪成的地上走來走去，拿那塊溼布來吸空氣中的灰塵。這動作葉子看得很熟悉。

羽田看到女兒，站住了說：「回來了？」

女兒把孩子推到膝前，緊張地說：「這是我兒子。」

「我知道這是你兒子。」羽田身上搭著的那塊溼布掉了下來。他走過去，就一把抱住了杭漢。

「叫外公。」他說。

「外公。」杭漢說。

「像他的父親，」羽田對女兒說，「膽子大。」

女兒又說：「我要回杭州去。」

父親又怔住了，撿起了溼布，貼在胸前，在院子裡走來走去，也不說一句話。

「京都的遠親，要來會一會呢。」他說，「我想搬到京都去了。」

女兒沉默了片刻，說：「去那裡也好，有人照顧你啊。」

羽田嘆了口氣，問：「一定要去杭州嗎？」

「一定的。」

「你……喜歡這個中國人什麼呢？」

「……無所畏懼吧。」女兒說。

羽田想了一想，說：「他可能會使他的兒子成為孤兒。」

葉子也想了一想，抬起頭來，說：「是的，可能的。」

「那麼，我就沒什麼要交代了。」

父女倆就在龕室前跪了下來。案上一大盆清水，盛在一隻瓦藍色大淺洗盆中，裡面盛了一底的鵝卵石，看不見一點綠色。

他們行了一次茶道。父親把茶盞雙手捧給女兒時，女兒在父親啜過的地方貼住了脣，然後，又叫過她的兒子，在她啜過的地方貼住了脣。

一九二七年，無論如何都可以說是一個特殊的年分。甚至那一年的自然界也受到了來自社會的暗示，作為一種相輔相成的呈現，它給了那一年心火如潮的杭州人一個意外溫暖的春天。杭州郊外的茶山茶蓬鐵綠的老葉上，提前綻了芽，吞吞吐吐地終究張開了雀舌般的舌頭，一夜春風，便密密麻麻淺綠了一片，一朵一朵地連成了波浪，在十里琅璫嶺上，鋪瀉開一條綿延壯闊的巨長茶帶，綠袖長舞，直抵遠方。

那一年二月，從表面上看，是杭家大媳婦方西泠情緒最高昂、社交活動最頻繁的歲月；從內裡看，也是她心亂如麻佯作鎮靜的難捱時光。她忙於組織女青年會的姑娘們製作標語和彩旗什麼的，忙得像一個女社會活動家。但還是沒有忘記回家來，拉住葉子的手，心情複雜地問：「你就是嘉平的妻子？」

葉子很羞怯地低下了頭，她已經長成了一個標準的日本婦人。中國雖然沒有榻榻米，使她無法按照傳統的日本茶道禮儀來向家人獻茶，但她還是一本正經地用中國的蓋碗茶盞點了一杯茶，舉案齊眉地捧給了方西泠。方西泠這幾年品茶也品出水平來了，問：「這麼綠糊糊的，什麼茶？」

「是日本帶來的蒸青茶末。嫂子，你嘗一嘗，不成敬意了。」

方西泠喝著，便想，這個葉子是乖巧，瞧她說的話，婆婆一定喜歡，還有嘉平。雖然青梅竹馬，但跑到日本去尋真理，竟然娶一個不知真理為何物的東洋女子做老婆，也是絕了。方西泠想到嘉平便有些心酸，放下碗盞說：「我走了。」

葉子看著那剩下的半碗茶，什麼也沒說，便默默地彎下半個身子去，說：「走好。」方西泠走到了門口，回頭一看，見那日本女人還彎著腰，低著頭。她的心又一酸，想，她就是靠這樣把男人弄到手的呢，她那英雄般的丈夫，可是要凱旋了。

她問都不願問自己的丈夫幹什麼去了，不是在茶莊賣茶，便是又到哪裡張羅著送錢去了，總之是唱配角的料。心氣倒是高，自她回娘家後，竟然一次也不來叫，弄得方西泠沒辦法，只好自己把杭盼又送回去。送回去也好，有那東洋女人看著呢，杭憶、杭盼，加上一個杭漢，杭家也算是熱鬧了。方西泠就杭家住幾天，娘家住幾天，兩頭跑。杭家的人也不管她，嘉和對她愛理不理，去書房搭了一張鋪，這也是一件叫方西泠難以理解的事情。他們過去並無大的爭執，磕磕碰碰之時，嘉和不說話，事情也就過去了。不料一旦放下臉，就那麼執拗，事情越僵，彼此倒越客氣生分。幸虧他們兩人，現在都很忙。只是方西泠雖忙，卻是忙得很失落。她是女人，一刻也少不了男人的關懷，她不理解一向溫和的嘉和，怎麼在對她的態度上那麼不通融？她那麼聰明一個女人，卻不懂嘉和，也是命裡不讓她懂了。她不知道像嘉和這樣的男人，在感情上十分苛刻，一道裂縫也不允許產生的，嘉和又是一個心裡面很記事的男人。那「三朵花」和「一朵花」的事件，在方西泠看來，不過顯示自己的待價而沽；而在嘉和看來，則是無愛情的象徵了。方西泠小姐很聰明很有能力，但她的心機又很大眾化，她在本質上也不是個很特別的人。

所以她只可能平庸地想了開去。她想，男人的原因總是出在女人身上。但她沒有想自己也是個女人，她卻想到葉子頭上去了。從前她聽杭家的人經常說到這個日本女孩，現在見了，才明白，她沒見她之前就防她了。她越美好，她也就越防她。因此她想，嘉和是因為有了葉子，便不再想著把她接回來的了。

嘉和究竟是怎樣想的呢？除了他自己，誰也不知道。

老撮著那一天跑進忘憂樓府，只見到婉羅帶著幾個孩子在後院中玩。葉子文靜，杭漢卻皮得像猴子；西泠厲害，杭憶卻纖弱得像株風中的草。幾個孩子在假山上爬上爬下，全是杭漢帶的頭，氣得婉羅直罵：「漢兒，你這個小日本，你要累死親媽了。」

「小日本，小日本！」杭憶和杭盼就叫。

「我不是小日本，我是中國人！我叫杭漢，漢族的漢！聽見了沒有？」他一把就抓住杭憶的小胳膊說。

「聽見了，聽見了！」杭憶就嚇得直叫。

「憶兒，你也真沒用，給你漢弟那麼擰一把，你就跑了？」婉羅就慫恿。

「我打不過他的。」杭憶一邊從假山上往下爬一邊說，「他很凶嘞！」

正說著，老撮著氣急敗壞地跑進了後花園，叫著：「人呢，人呢，人都上哪裡去了？」

婉羅急得直擺手：「輕一點，老撮著，老爺在房裡坐禪呢，要保佑二少爺平安回家，今日能夠見著。你要是攪了老爺的經——」

「哎呀，你不要給我說三道四了，你倒告訴我，人都到哪裡去了？」

「家裡除了老爺和這幾個小爺，全都進城了，說是尋二少爺去了呢！」

老撮著更急了，攤著手說：「怎麼辦呢？怎麼辦呢？火燒眉毛的事情叫我怎麼去和東家交代呢？」

婉羅看老撮著急得眼淚水都流了出來，不免奇怪，說：「老撮著，你哭什麼？有話慢慢說嘛。」

老撮著一聽，也算是觸著了痛處，蹲下身子，捂住面孔，嗚嗚地哭了起來，說：「婉羅，你不曉得啦，如今的世道兒女白養啦。辛辛苦苦拉扯大，兒女要造爺娘的反啦！小撮著要打倒我呢！把我從店堂裡趕出來了。」

婉羅一聽也大吃一驚，說：「這是怎麼說的，你管的店堂，他在茶行，哪裡有他來趕你的道理？」

「你一牆門關進，曉得什麼？小撮著現在是茶葉工會主席了。」

「是個官吧？」

「官不官的我倒也不在乎他，千不該萬不該，他說我是資本家的走狗，要打倒我呢！」

「你算個什麼資本家？」婉羅撇撇嘴，「你一沒鈔票二沒田產，你當資本家，我也好當資本家了。」

「我原來也不算資方，算在勞方的。難為了這兩天大少爺實在是忙不過來，店堂裡的事情，要我多多操心。哪裡曉得小畜生人在候潮門，那邊生意都被吳升搶了去，他不去想想辦法，反倒荷葉包肉骨頭——裡戳出，要加工資，還要八小時工作制。唉，你說我好不好答應小畜生的要求？眼看著新茶就要上市，拼配、裝缸，搶的就是個時間。茶葉這碗飯，他又不是不曉得，搶的就是一個新。每日每夜做，還嫌人手不夠。這小死屍當了天把主席，口氣蠻蠻大。我理他？我不理他。哪裡曉得，嗚嗚嗚，今早一天亮，他們門板上上，說是罷工，到街上迎北伐軍去了！我一個人，抓抓這個抓不住，抓抓那個抓不住，我只好哭到東家門裡來啊……嗚嗚嗚……」

婉羅聽到這裡，才曉得事情的確嚴重。平白無故上門板，除了一九一九年嘉和、嘉平鬧過一回，那就是現在了。但嘉和、嘉平是杭家的少爺，你小撮著算個什麼？杭家的小夥計一個，你也上起門板來，還要打倒你的爹！婉羅就也搓起手來說：「這便如何是好？人都走光了，就剩一個老爺在打坐。跟他說等於白說……」回過頭來，便嚇得不敢再說。原來杭天醉已經站在她背後，一隻手還領著一個孩子。

這倒還是杭憶他們到禪房裡去報的信。小孩雖小，但也曉得阿爺和撮著爹爹最好，便去叫：「阿爺，阿爺，撮著爹爹在嗚嗚嗚。」

杭天醉這幾日就沒有好好地安心過，腦海裡老是有嘉平這雙大眼睛撲進來。他突然覺得自己從前沒有好好地愛過他，這個兒子就那麼稀里糊塗地長大了。他的闖蕩江湖，與他的忽視有沒有關係呢？有時夜裡做夢，他會夢見一個面目不清的年輕人渾身是血，手裡還提著一頂血帽，一聲不吭向他走來、走來，把血糊糊的帽子伸給他看，是叫他報仇，還是告訴他，他已經死了？杭天醉不知道。他還看見那人的眼睛裡滾出血珠來，鮮紅鮮紅……他嚇醒了，再也無法入眠，便在禪房裡來回地走。這時，他總見著他的妻子綠愛也坐在蒲團上閉目念經。他嘆口氣說：「怎麼你也來啦？」

妻說：「唉，我做了一個夢，嚇死了……」

兩人就不說了，連互相看一眼都不敢了。

杭天醉一聽撮著在哭，頭髮都倒豎了起來，趕緊撲了出去。倒是聽到了最後那幾句話，一顆心嘩地鬆散了開去，說：「這有啥好哭的。」

撮著看看老爺，他不敢說，老爺是越長越像茶清伯了。人也長得像，脾氣也像，什麼事情都不放在眼裡。

「他們要漲工資呢，小畜生！」老撮著控訴道。

「要漲多少？」

「四成。」

「四成就四成嘛。」

「他們還要一天只上八個鐘頭的班。」老撮著氣得直哆嗦，「從古到今，哪裡有這種道理？」

「撮著，你急什麼？偌大一個杭城，人家都八小時了，我們敢不八小時嗎？人家不八小時，我們敢八小時嗎？」

老撮著也聽不明白這些繞來繞去的話，但意思還是懂了。總之，便是隨他們鬧去的意思。他心疼地提醒老爺：「老爺，這樣八個鐘頭弄起來，新茶統統都要變陳茶了。」

「新茶要變陳茶，也是沒有辦法的事情。」

「要少賣多少銅鈿啊！」

「少就少吧，這有什麼辦法呢。」杭天醉說。

「你！」老撮著眼淚也急沒了，「你啊！我找夫人去！」

杭天醉輕輕笑了起來：「撮著，真難為你，跟著杭家一輩子了，還這麼想不通。」轉頭就往回走。

撮著聽了這句話，呆住了，半晌才對婉羅說：「皇帝不急，急煞太監。」

婉羅則說：「鍋子裡不滾，湯罐裡亂滾。」

回頭一看，幾個小孩一眨眼不見了，連忙追出夾牆，到夾巷裡去尋。卻見到幾個小孩，正圍著兩個穿灰軍裝戴大蓋帽的軍官，好奇張望呢。

那其中一個，摸摸這個頭，摸摸那個頭，說：「我猜猜看，誰是杭漢？」

杭漢就急不可耐了，叫道：「我是杭漢，我是杭漢！」

那軍官一把抱住了他，半天不說話。旁邊那一個，胳膊上纏了白紗布的說：「真像，真像，我一看就猜出來了！」

那軍官便把帽子脫了下來，問：「你們看，我像誰啊？」

那幾個小孩就奇怪了，左看右看地想看個明白。婉羅一看，氣都透不過來，轉身就對老撮著說：

「你，你，你快過來看……」

老撮著一看，腿骨發軟，撐住了，往回便跑。「老爺，老爺，」他邊跑邊叫，直衝花木深房，結結巴巴地說，「二少爺……回來了……」

杭天醉一抖，手裡那一枝王一品的狼毫筆，啪嗒一聲就落了地。他也顧不得再撿，心急慌忙地往外趕。趕到小門口，他就站住了，他眼前站著兩個威武的軍人，一個年輕一些，胳膊上繞著繃帶，另一個年長一些，一臉絡腮鬍子，手裡抱著杭漢。杭漢見著阿爺，就說：「阿爺，阿爺，他說他是我阿爸。」

那軍官見了杭天醉，便有幾分不安，把孩子放了下來，半低下頭，有些不好意思，然後對旁邊那個軍官說：「林生，他是我爸爸。」

那叫林生的軍官便上前敬了一個禮，說：「伯父，你好。」

嘉平才叫：「爸爸，我回來了。」喉嚨便有些堵，趕緊抱起杭漢來使勁地親。

杭天醉卻呆著不知如何是好，旁邊兩個老僕人，一個只會叫：「老爺，老爺！」一個只會叫：「二少爺，二少爺！」

杭天醉終於鬆了口。他合著掌吐出了幾個他近來常念的字：「阿彌陀佛……」

金風玉露一相逢，便勝卻人間無數。一九二七年是金風玉露一相逢的年代，是全中國四萬萬同胞中最優秀最有作為的男女青年們的革命加愛情的最輝煌的最悲壯的最高潮的最低谷的年代。

杭嘉平的副官林生看上去羞怯英俊，一張孩子般的臉，未語先紅，皮膚細膩，睫毛細長，鼻梁挺直，還有兩片血色紅潤的嘴唇。如果不是戰爭給他的身上留下了硝煙氣息，如果不是又黑又亮的細密的鬍子把他的下巴塗成一片青灰，人們沒有理由懷疑他是個女孩子。若是他靜坐的時候，他是靜如處子的人，甚至當綠愛抱著兒子的肩膀失聲痛哭時他也沒有動彈，甚至當後來獨臂的國民黨元老趙寄客前來大講這次他們汽車公司為支援北伐被軍閥破毀了汽車的事件，也沒有使他怒形於色。他跟著嘉平一仗一仗從廣州一直打到杭州，他自己出生入死，又眼看著一座座城市在戰爭中被摧殘，他逐漸能夠以一種靜觀的態度來面對他親手參與的一切了。

他甚至有些疲憊，傷口又隱隱作痛，他已有幾天幾夜沒怎麼睡覺了。戰爭嘛，一直就是這樣。不這樣的是，他現在來到了杭營長的家。真大！真是非同尋常。他在這一進一進的院子中參觀時想，杭營長竟然是從這樣的人家家中出來的，真看不出。他想得很多，說得很少。他對杭家所有的人都微笑，目光坦蕩，只有仔細研究他的目光，方能看出裡面的「動如脫兔」來。

現在是杭嘉和的妹妹杭嘉草過來了，她對著他捧了一杯茶，低垂下眼簾，說：「這是永嘉的烏牛早，前日剛有人從溫州帶了來的。山裡的茶，有股子蘭花香呢。」

他一下子呆住了。嘉草看他伸出手來但不去接杯，朝他一看，她便看到他的眼睫毛在急促地飛抖了，像蜻蜓的翅膀。她想，怎麼那麼眼熟啊，像我認識的人似的，像我認識的什麼人呢？林生也吃驚地想，怎麼那麼眼熟，像我認識的什麼人呢？

嘉草的美麗是人所不知的美麗。這倒並不是說她不美，乃是因為美得霸道的綠愛和美得悽婉的小茶，無論生死，始終盤旋在忘憂茶莊的院裡院外，使得人們一時難以承認新的美麗的誕生。那麼嘉草的美麗實在是要依賴於一九二七年的革命了。革命為忘憂茶莊帶來了金童林生，玉女嘉草便也應運而生。他們二人顯然是一見鍾情了。他們接下去對旁人的應酬和寒暄便有些心不在焉了。

杭嘉草在此之前幾乎從未顯現過個性。個性是屬於沈綠愛和方西泠的，她們實在可以算是二〇年代的女強人，一個富有激情，而另一個多有心機，她們是忘憂樓府中各具千秋的鮮花。與她們相比，嘉草和她的名字一樣就屬於草木之人了。如果定要把她往花上靠，她倒是有些像初冬開花的山中茶花。茶花碎小，白瓣黃蕊，細看潔淨無比，清香萬分。人多賞茶，鮮有賞茶花者，故群芳譜中未必有它一款。此刻她被慧眼一賞，感恩戴德之心油然而生。她朝林生的傷口上一看，輕輕地一招手，說：「你過來。」

林生便隨她走了過去。

嘉草小小心心地用目光盯著他的傷手，說：「你的傷口要爛了。」

「你看出來了？」林生很吃驚。

嘉草又輕輕說：「我在紅十字會裡當護士呢。來，到我屋裡去，我給你換藥。」

嘉草和寄草這兩姊妹住著一間裡外套間的廂房。這會兒寄草正在客廳裡熱鬧著，嘉草膽子就大一些，說：「小林，你叫小林吧，我聽二哥這樣叫你。你坐著啊，我給你洗洗傷口。我都聞出味兒來了。」

小林也不好意思，說：「一路打過來，在桐廬負的傷，子彈從這頭進去，又從那頭出來，沒傷著骨頭，痛就痛一點吧。沒想到捂著就爛了呢。」

嘉草找出了一些陳茶，用開水沖進臉盆裡，稍微再放一點鹽，化了涼著，說：「醫院裡有藥，明日你到我醫院換藥去。今日只好將就了。」說著，就用那涼了的茶水蘸溼了棉花，輕輕地在小林胳膊的傷口上搽拭。

小林傷口紅腫著，被這軟軟的手摸拭著，痛得舒服，忍不住閉上眼睛，輕輕哼了起來。

嘉草害怕了，連忙問自己是不是下手重了。林生就說：「沒有沒有，我看你們杭家一屋子的人，就你最輕聲輕氣，走路說話風飄似的。」

嘉草聽了，心裡也高興，說：「那還有我大哥呢。」她突然想起來了，小林眼睫毛顫抖的神情，像大哥。

「他是男的，不算。」

嘉草臉就紅了。她長那麼大，還沒單獨和一個青年男人說那麼長時間的話過，她又好羞，想到小林把她當一個女人看呢，心裡很激動，薄薄的胸脯都升浮起來。

嘉草的呼吸一緊張，林生的呼吸也莫名其妙緊張起來。兩人都不說話。空氣中便有了詭譎和曖昧。林生究竟是男人，找來找去地要找話說，便隨便找了個話題：「你們家到底是做茶葉生意的，幹什麼都和茶有關係，連治傷口也用茶水。」

嘉草見有了話說，呼吸才正常：「茶是最最清爽的東西，從古到今，都是藥呢。不要說洗傷口，其他治感冒，治眼疾，胃痛，頭疼，都好用茶來治的。」

「我們在戰場上要消毒，沒有酒精，就用燒酒，可沒人用茶的。」小林說。

「打仗嘛，那是什麼時候？和平時不好比的。用酒消毒，快是快，就是痛。用茶呢，慢是要慢一點，但是性子溫和，就是涼颼颼的，還解痛呢。你要快，還是慢呢？」

小林看著嘉草那一頭的軟髮，低首時掛到面頰，撫著極白的肌膚，心裡就說不出地癢了起來，說：「戰場上嘛，自然是越快越好。在這裡，我就不想再痛了。」

嘉草抿嘴一笑，朝林生驚鴻一瞥，在她，也是自然的流露，在旁人眼裡，便是千種的風情了。嘉草輕輕地走動，輕輕地來去，盡量不動聲色，但效果恰恰相反。林生一下子就被杭營長的這個大妹妹迷住了。

正就那麼痴痴地呆看著，由嘉草在他胳膊上施展著仙力，只覺得一縷幽香若有若無，吹過了他的臉，忽聽門外一聲「得」，跳進來一個六七歲的小丫頭，大叫：「好哇，原來你們兩個，在這裡說悄悄話呢！」

嘉草一嚇，手裡棉花團都掉在了地上，白了一眼，就說：「寄草，你咋呼什麼？我這是給小林哥哥換藥呢！」

寄草就也白著眼過來，說：「怎麼就你一個人可以給小林哥哥換藥啊，我也要換。小林哥哥，我給你換藥好不好？」

嘉草臉一紅，要惱：「你這是幹什麼，瞎鬧。人家正經負了傷呢。」

「小心眼，小林哥哥，我的嘉草姊姊心眼可細了，最會生氣了。」

氣得嘉草直跺腳，只是沒有聲音：「寄草，你出去，討厭！」

寄草見嘉草真的生氣了，才說：「好好好，算我搗亂，我只跟你說一句話，媽叫你過去呢。那個什麼嘉喬來了。」

嘉草嘴角一抖，說：「別又來騙我，嘉喬，恨都恨死我們了，還會來？」

「真的，我不騙你，」寄草睜大了眼睛，「就是他嘛，和你長得一模一樣。」

嘉草一聽，扔下手裡的東西，說了一聲「我看看去」，便跑了。

小林很奇怪，問：「嘉喬是誰？沒聽杭營長說起過嘛。」

「和嘉草姊姊是一對雙胞胎，住在我們仇人家裡，很壞很壞的。」寄草直言不諱地說。

「那不就是你小哥了嗎？」小林更奇怪了。

「我才不叫他小哥呢，生出來到現在，我還沒見到他幾回呢。」寄草這樣回答了林生。

昌升茶行的老闆吳升在北伐軍即將入城的前夕，便安排了他的養子嘉喬加入國民黨。嘉喬說：「乾爹，我不入那黨，我聽說杭老二入了呢！我不和他在一個黨裡。」

「杭老二入得，杭老三就入不得？」吳升說，「你們畢竟是一個爹生的嘛。」

「那也不入，倒不如入共產黨，和杭老二的國民黨爭個高下。」

吳升輕輕地啜了一口從家鄉送來的六安瓜片，欣喜地望著他的這個養子。多年來的調養，嘉喬已經成為他的一隻最凶猛的鷹梟，一條最忠實的走狗。他對他，也可謂處心積慮，煞費苦心。家裡幾個子女中，唯獨捧著他。大兒子吳有二十多了，已染得一身的銅錢味，心裡不服，對爹說：「爹，你偏心眼，娘要活著，可不會讓你那麼抬舉他。」爹便動用眼睛剜他一刀，說：「你這鄉巴佬笨熊，眼光一尺遠。你記恨他什麼，他要你一根茶葉梗了嗎？」

吳有說：「誰知你以後還會不會給他？」

吳升冷笑著，說：「我給過誰什麼了，我誰也不給，我死了扔下這份家產，那也是你有福氣撿的，不是我吳老闆給的。要想發財，統統自己掙去！」

吳有聽了便鬆了口氣，曉得了兩點，一是遺產遲早還得歸他，二是不會給嘉喬一根針。

但他還是不明白，父親為什麼會對嘉喬那麼好。吳升搖搖頭，對著那幾個鄉下黃臉婆生的兒女嘆口氣說：「你們自己說說，你們幾個中，有哪一個比嘉喬更孝順我？」

「那是。他杭嘉喬連姓都不要，要改了姓吳呢！」女兒吳珠哼著鼻孔說。

「幸虧爹明白，不讓他改。」吳有搭話。

「那是怕別人說閒話，不是怕吳家這點產業。」吳升說，「你們啊，怎麼那麼笨，那麼算不過來呢？不都是生意人嗎？仔細算一算，他在我們吳家，不就多吃一口飯，多穿一件衣嗎？將來成大事，繼承杭家那個名分，那份產業，你說那是誰的？是我們吳家的，還是他杭家的？」吳升說，「他又小，杭家的庶出，家裡人又不好好待他。你們對他好一分，將來他就對你們報十分。這點道理，怎麼算也是算得過來的嘛！再說了，我們現在住的，是誰的房子，還不是靠著嘉喬嗎？」

吳有、吳珠兩個，從此恍然大悟，便把嘉喬當成未來的財神供養愛護。嘉喬從前在小茶面前就養成了刁鑽古怪、任性陰毒的性子，到了吳家，反而沒有了這分可能性，他幾乎是要幹什麼吳家人就讓他幹什麼，又沒有大哥二哥來打他罵他，只有吳升的悉心調教。吳升對他越好，他就越聽吳升的。

吳升開導他說：「好兒子，共產黨入不得，我打聽過了，共產黨是窮光蛋入的，別看現在國民黨和共產黨聯手，遲早有一天得對打。要入，還得入國民黨。和你二哥一個黨怕什麼，一個黨裡照樣作對。國民黨裡，現在不是有著左派，還有著右派嗎？」

嘉喬說：「那我就入國民黨了。杭老二當左派，我就當右派；杭老二當右派，我就當左派。」

「我給你打聽過了，他可是左派的鐵桿分子。」

「那我就當右派了。」嘉喬豪邁地宣布。

聽說嘉平隨著北伐軍回了杭州，吳升亂了方寸。他原來以為杭家這個不肖子孫，不會再回來了。誰知上天竟讓他帶了兵打回來，況且以後還會不會走也說不好。吳升以往對杭天醉的態度，是以仇視為主，此刻卻感到需要調整，需要通融了。

杭嘉喬便是帶著這樣的使命，硬著頭皮，回到了闊別多年的忘憂樓府的。

一家人見了突然闖進來的嘉喬，都吃了一驚，可以說，驚奇大大地超過了歡喜。

嘉喬長得又瘦又高，眉目傳情，又像天醉又像小茶，也是風流倜儻的坯子，誰見了都說是杭家的血脈。

然而畢竟在吳家這種暴發戶人家薰陶久了，衣著打扮，脫不了商賈之氣。

進得門去，嘉喬原來也是想得體寒暄一番的。不料越往裡走，那眼淚就越往外流，往事歷歷不堪回首。等到見了年過半百的杭天醉，早就涕淚橫流，說：「爹，我媽靈堂還在嗎？」

杭天醉只看了一眼嘉喬，就別過臉去，不願再說一句話。

嘉喬就跺起腳來：「爹，爹，我媽靈堂還在嗎？」

「出去！」杭天醉低聲說，他不願見到這個兒子。

還是綠愛，過來拉拉嘉喬，說：「嘉喬，你跟我來。」

綠愛把他引到了杭天醉的花木深房，說：「你爹每日對著你媽的相片，念經呢。」

嘉喬跪下來就哭，頭撞著青磚，撞出了血。哭聲隔著一進院子，隱隱約約還是傳到了客廳。大家面面相覷。偏這時，嘉草進來了，問：「嘉喬呢，我三哥呢？」

大家都一起看著嘉草，彷彿這時候才想起，嘉喬和杭家真的是有血緣關係的。嘉喬和嘉草是孿生兄妹啊。

嘉草被大家看得奇怪，說：「二哥三哥都回來了呀，你們怎麼不高興？」

方西泠這才插得進一句話：「這麼多年也不回來，我和你大哥成親那年發了帖子都沒來，怎麼今日連個招呼都不打就回來了？」

「你們算什麼，二哥是北伐軍呀！」寄草說。寄草童言無忌，又是最小的，也是家中寵女，什麼都敢說。

「我看，他是善者不來，來者不善。」杭嘉平說。

「不管怎麼說，是姓杭的兄弟回來了。回來就好，杭家，也算是大團圓了。」還是大哥打了圓場。

那一夜杭家吃上了有史以來規模最大的一次晚宴。綠愛使出了渾身的解數，上了龍井蝦仁、茶香雞、茶葉蛋。嘉草也端出了從德清傳來的楊墳鹹茶，那還是向沈綠愛學來的。茶裡有橙子皮、野芝麻、烘青豆、豆腐乾、蠶豆瓣、黃豆芽、筍乾、胡蘿蔔、番薯乾、橄欖、醬瓜、花生米、滷桂花，花花綠綠的，放了一大茶盤。眾人見了，不由得驚呼起來。

一時間茶香氤氳，酒香撲鼻，笑語歡聲。座上賓趙寄客舉茶杯說：「茶莊人相聚，先以茶代酒吧。來，嘉平，為北伐勝利乾杯。」

嘉喬也舉起杯子，說：「二哥，為我們在同一個黨內的奮鬥乾杯。」

綠愛也舉起杯子，說：「別這黨那黨的，還是為全家團圓乾杯吧。」

林生坐在嘉草旁邊，悄悄問：「你為什麼而乾杯呢？」

「都讓你們說了，我沒什麼可說的了。」

「那我要為認識你乾杯，你願意嗎？」

嘉草蒼白的耳廓通紅了，她點點頭，悄悄地和他碰了一下杯。

寄草叫起來了：「你看小林哥哥怎麼吃的茶。」

原來林生喝光了茶湯，見了半杯的作料，一時心急，便用手指夾著去吃。

眾人見了又笑，卻都不告訴怎麼個吃法。還是嘉草，舉起那隻杯子，說：「小林，你看簡單得很，杯口對著嘴巴，一隻手敲著杯底，東西就到嘴巴裡去了。」

林生恍然大悟，說：「簡單得很嘛。」

他把杯子底朝天翹著，頭朝上接著杯口，一隻手旋著杯子，一隻手敲著杯底，他的白白的喉頸露出來，拉長了，密密的黑鬍鬚從下巴上布散開去，喉結一升一降。嘉草不知不覺盯著那喉結，怔住了。

寄草卻又叫了：「阿姊，你多嘴！」

嘉草一個激靈醒了過來，面孔就紅到了脖子，說：「你才多嘴，沒見你停了磨牙。」

寄草指著對面說：「我們都說多了，大嫂二嫂還沒說過呢。」

方西泠說：「我有啥好說的，又不是我夫妻團圓，讓葉子說吧。」

葉子一聽，也不多說話，四顧著要找茶盞。嘉和遞過去一個笠帽形的黑盞。葉子吃驚地把頭抬了起來——那不是摔成兩半的兔毫盞嗎？竟然被鋦好了。嘉和見葉子吃驚，淡淡一笑，把碗翻了過來，「供御」兩字，現在又拼在一起了。嘉和瘦長長的手指，敏感地跳動著，彈躍著，精緻有力，像啞語，像暗號，把兩兄弟和葉子的青梅竹馬翻譯出來了。

方西泠看在眼裡酸在心中，卻笑在臉上，說：「葉子，你看嘉和真是個有心人啊，還知道把個古董茶盞鋦好了，一聲不響地給你送上來。等我什麼時候也砸個東西，讓你家嘉平給我修好了送上，嘉平，你肯不肯？」

杭嘉平大聲笑了起來，指著方西泠說：「都做了我嫂子了，還敢向我挑戰，你以為還是當年北京開茶館的時候！」

葉子也不搭腔，用那紹興花雕酒瓶，滿滿倒一碗酒，細細碎步，跑到嘉平跟前，齊眉舉案嘰哩咕嚕一串日語。寄草急了，說：「講中國話，講中國話！」

「這有什麼可保密的，」嘉平一口氣喝光了碗中的酒，拍拍葉子的臉，「我老婆說，夜夜盼郎歸，郎君終於歸來了。」

話音剛落，葉子就激動得掩面哭泣起來。不知怎麼的，方西泠也跟著哭了起來。

寄草卻說：「別哭，別哭，還有我呢。」她高高舉起酒杯，「你們怎麼都不為革命成功乾杯啊？」

嘉平拍拍她的肩，說：「寄草年紀最小，革命覺悟最高，將來也是個女革命家！」

一圈子的人都喝過來了，才發現杭天醉悄無一言。嘉和站了起來，說：「爹，你也說幾句吧，你又不喝酒，說幾句吧。」

杭天醉坐著，想了想，問綠愛：「還有龍井嗎？」

綠愛趕緊取了來，說：「今年的新茶還沒下。啥時下了，再來喝茶宴。」

她專門替天醉泡了一杯茶。杭天醉舉著杯子，說：「喝茶，喝茶。」

寄草小，嘴快，問趙寄客：「乾爹，我爹啥話也沒說啊，怎麼就叫我們喝茶？」趙寄客拍拍寄草的小腦袋，「怎麼沒說，不是讓我們喝茶了嗎？你以為只有像你那麼窮囉嗦才是說話！叫你喝，你就喝吧，喝吧，喝吧！」

那一天深夜嘉喬打道回府，半醉半醒，坐在車裡，一路流淚，一直流到吳山腳下。他在剛才的家宴上時而坦蕩時而悲傷時而尷尬，坐立不安了很久。也許是酒的緣故，他後來的感覺卻開始妥帖平靜下去了。他比平時的任何時候都深刻地感受到他和羊壩頭這個茶葉家族的隔膜竟這麼堅硬，幾乎沒有話可說。同時他卻又比平時的任何時候感到他是一個姓杭的人，他是這個家族出來的，他們說話的口氣、手勢、眉眼，和他自己是這樣地相像。現在，連他自己也說不清，他還恨不恨忘憂茶莊的這些姓杭的父老兄妹了。

多年來杭氏家族的唯有的一次大團圓，在經歷了一番轟轟烈烈的茶宴後，現在是昏黃燈光之下的熱烈宣洩之後的沉默了。這是一種妥帖愜意的、有點傷感但又不乏心滿意足的大團圓。大家的目光都因為經歷了生離死別的洗禮而顯得純潔溫柔。有幾個人，還在這純潔溫柔之中暗藏著的激情。這激情又因為按捺不住而在目光中若隱若現，女人們因此秋波更為盈盈，而男人們，便也因此顯得天真激活了起來。

因為一時的無話，大家的目光就都對著寄草正握在手裡把玩的那隻重新釘鋦的兔毫茶盞。它厚厚敦敦地在燈光下顯現著藏在深處的兔毫，一會兒亮出了一絲，一會兒又亮出另一絲，看上去，那碗盞竟也如通了靈性，滿腹心事似的了。

方西泠和葉子，看著這隻碗盞便想到了同一個男人。嘉和與嘉平兄弟久別重逢，親熱中又有了一份歲月的隔膜，兩人目光驚喜中還在不時地衝撞。嘉草和林生也在暗處不時地交換著他們會心的微笑。趙寄客因為高興而突生孤獨之感，竟然喝醉了，被杭天醉和沈綠愛架到了客房裡。那麼，此刻，這一屋子的人便只有寄草如一隻快樂的小鳥而無憂無慮了。這個杭氏忘憂茶莊的小女兒有著一雙格外天真純潔的眼睛，她繼承了母親爽朗明快的個性，且又因為充滿著童心而特別饒舌，她翻來覆去地對著兔毫盞下面那兩個字，念著：「供——御，供——御，供——御……」嘉草有些心猿意馬，這女子是個有著繞指柔腸的姑娘，膽小而聰慧。她乘機說：「寄草，別吵了，跟姊回屋去。」

「回去幹什麼？」

「你不是要給小林哥哥洗傷口嗎？」

寄草一聽很對，扔下那寶貝茶盞就拉著林生哥哥的手說：「走，該換藥去了。」

林生有些不好意思，他不知道自己該不該就這樣走掉。嘉平說：「去吧，去吧，多換幾次。」

方西泠也笑著說：「寄草，你別瞎湊熱鬧，這可是你嘉草姊姊的事兒。」

說著，就一把拉住了寄草。嘉草臉紅了，拔腿就跑，林生安靜地站在那裡，說：「我一會兒就回營裡去了。」

嘉平站了起來，葉子也緊張地站了起來，嘉和看見了，也站了起來，說：「小林，營長今大能留在家裡嗎？」

「怎麼不能？」小林的臉紅了，「我回去會說的。」

他轉身就走了，受過訓練的步伐在這溫文爾雅的茶人家族中顯得格外與眾不同。方西泠不由得讚歎了一聲：「好一個英武的小夥子！」

嘉平湊近了嘉和的耳邊，輕聲地說：「看不出來吧，他可是個地地道道的共產黨員。」

這是寄草一生中第一次接觸到這個詞。在此之前，她從來沒有聽到過這樣一種奇怪的稱呼，而在此後，只要出現了這個詞，她的眼前就出現了小林哥哥。

此刻她對這個詞卻充滿了好奇。她不由得向大人們連續發問：「什麼是共產黨？共產黨是什麼？」

然後，她的嘴就被大哥一把矇住了：「就知道亂叫，不能少說幾句。」

嘉平摸摸這個他從未見過面的妹妹的頭，說：「我可真沒想到，我還有一個這麼小小的可愛的妹妹啊！」

嘉平似乎沒有發現嘉和的眼神有些發直，整個夜晚，這樣的神情出現過好幾次，這是葉子作為杭家的媳婦剛來杭家時所沒有過的，那時嘉和要心平氣和得多。那時他知道，葉子是他的弟媳婦了，而現在，他是感覺到或者說是體驗到葉子是他的弟媳婦。這種體驗使他渾身發燒，滿嘴發苦，使他在重逢的歡樂之中時不時被某種東西猛烈地撞擊一下，心便痙攣地一彈。他沒想到他會那麼難受，但他依然認為有能力克制，如果葉子這時不是在燈光下朝他們走來。葉子雙手端了兩個盤子，一隻盤子是一段藕斷絲連的生藕，旁邊放著一匙白糖；另一盤是冒著熱氣在燈光下發著銀光和洇紅之色的藕蒸糯米，也是一片片切得薄薄的，上面澆著金黃色的蜂蜜。嘉和的喉口一下子噎住了，直到他看見葉子低眉順眼地把生藕放在他眼前，把熟藕放在丈夫面前。然而這並未使嘉和鬆弛，他痛苦地盤桓著一個念頭。那不過是偶然的，是偶然的，是偶然的。就在他這樣頑固地敲釘子一樣往自己的心隙裡敲入這些亂七八糟的雜念時，他的那個小妹妹寄草一把拖過了他眼前那隻盤子，抓起幾塊就大嚼。葉子悄悄地拉開了她的手，說：「寄草，乖，我們找漢兒吃去。這是給你大哥做的，我那兒還有呢。」說著，便把那隻盤子推了回來，拉著寄草就走了。

嘉和一下子通順了，胸腔和頭腦熱烘烘的，暖意使他目光迷離。嘉平用筷子頭敲了敲盤子，說了一句什麼，嘉和沒聽見，問道：「你說什麼？」

「我說，我這個媳婦，怎麼樣？」

嘉和一笑，說：「是杭家的媳婦啊！」

方西泠沉默一下，便不告而辭了。

嘉平看著大嫂的背影，解嘲說：「她還是老脾氣啊……」

嘉和推開了茶杯，說：「我們再喝點酒吧。」

……

第三十一章

現在，人們通常以為的那葉承載著安詳與閒適的茶之小舟，不再有它從前的從容不迫、平和和平、溫文爾雅、節操如山中晶瑩之雪了，有鐵的寒光和血的腥氣繚繞於茶煙之間。

那些日子，山客和水客都沒有了往日的勁頭，他們的心思，都叫杭州城裡那些熱鬧的遊行勾引了去。只是忘憂茶莊的年輕老闆杭嘉和，依舊陷在茶葉堆裡，忙得人都脫了形。他從前的助手小撮著現在卻因為八小時工作制而輕鬆了。他看著忙不過來的嘉和勸道：「少老闆，別忙了，跟我去總工會見見世面，林生現在也到那裡幹了。林生這個傢伙，細皮白臉，看不出，是條漢子呢。」

「是啊，聽說是共產黨嘛。」

「共產黨好哇，我也入共產黨了。」

「你也入了？」嘉和倒是嚇一跳，看著小撮著。

「你要入也行，我介紹。」小撮著拍拍胸脯，又拿目光打量了一下茶莊，「不過你得把這茶莊獻出來給黨才行。要革命就得要無產，林生說的。」

嘉和倒也心平氣和，說：「小撮著，你們革命我不反對，我要賣好茶葉，你也不要反對。我們誰也不反對誰，好不好？」

小撮著走開了，想，我可不和你這資本家多說什麼。

老撮著跟在後面罵：「小畜生，茶葉飯你還想不想吃？」

「不想！」兒子乾脆地回答。

「世道真是變了！世道真是變了！」老撮著便到天醉那裡去訴苦，「都爬到太歲頭上來了。」

杭天醉不說話，只是看看皺起眉頭握著拳頭的二兒子嘉平。他不知道嘉平會怎樣看待這個越來越不可捉摸的時代。兒子變了，從前那個目光如燃燒之鐵的兒子，如今目光冰冷。兒子在想什麼，他惶恐地思忖著。他很想瞭解他們，但又唯恐他們嫌他囉嗦。想到自己竟然生出討好兒子們的心思，他又生自己的氣。為了掩蓋自己的這份心緒，他就拿更為溫和的大兒子來發話：

「嘉和，你再忙，也不用自己當行倌啊！」

嘉和笑笑，沒說話，他正在那張梨花木大理石面桌上用毛筆寫畫著什麼，林生和嘉平都在旁邊。林生撿起一張紙，好奇地說：

「我看看，你寫的什麼標語？」

「什麼標語都不是，是給茶莊寫的廣告詞，準備印在包裝紙上的。」

只見那紙上寫著：

一碗喉吻潤，兩碗破孤悶。
三碗搜枯腸，唯有文字五千卷。
四碗發輕汗，平生不平事，盡向毛孔散。
五碗肌骨清，六碗通仙靈。
七碗吃不得也，唯覺兩腋習習清風生。

林生很有興趣地說：「這不是盧仝的〈走筆謝孟諫議寄新茶〉嗎？」

「正是，做了忘憂茶莊的廣告詞，最好。」

「沒想到大哥對茶莊的廣告還那麼痴迷！大哥真是一個盡心的人。」林生很敬佩地對嘉和說。

「這個你就沒有我內行了。」嘉和興致勃勃地解釋，「中國人在國際茶葉市場上打了敗仗，不知道利用廣告，是個重要原因。你看人家錫蘭，把出口茶抽來的稅費，全部用來做了廣告，二十五年消費總數在一千萬盧比以上。日本只是在美國一個地方花的廣告費，每年也不下十萬元。又有恥笑中國的洋人，專門畫了圖畫，四處去張貼，上面畫了梳辮子的中國人，用腳踩著製茶，且對他們的人民說：看，這就是中國人用腳踩出來的茶，你們敢吃嗎？」

「大哥真是一片愛國熱情！」林生禁不住讚歎。

「我也不過是想先在國內試試各種振興茶業的辦法罷了。」嘉和覺得話多了，便收了回來。

「只是太辛苦了。」

「有什麼辦法？都飛出去參加糾察隊了。貴黨，也實在是太喜歡舞刀弄槍了。」嘉和半開了一句玩笑。

林生聽了此話，看著大哥，想了想，臉色正了下來，說：「大哥，莫非你不知道，我們共產黨正是給國民黨逼的？我們這是叫有備無患。」

嘉和說：「疑神疑鬼。黨派之爭，古來有之，也不至於就要鬧到劍拔弩張的程度嘛！」

「大哥難道還沒聽說，國民黨右派成立了杭州職工聯合會一事嗎？」林生依舊微笑著說。

「我不知道什麼是左派，我也不知道什麼是右派。」嘉和突然有些心煩起來，「我不過問政治。」他添了那麼一句。

林生一時愣住，臉就紅了起來，朝嘉平望了一望。嘉平站了起來，一攤手說：「林生，你不會介意大哥的話吧？大哥本質是詩人，說話喜歡隱喻。他的意思是說他很關心政治，他不是左派，不是右派，他是中間派。」

「但中間派是沒有的。」林生激烈地開始表達自己的觀點，「中間派是必定要分化到左右兩大陣營中去的！」

嘉和有些吃驚地看著這個有幾分神經質的林生。他覺得眼前這個人和他第一次看到的那個小夥子完全是兩個人了。他的微笑，是狂熱的微笑；他的沉著，是狂熱的沉著；而他的信仰，此刻，也就變成了狂熱的信仰了。

嘉和放下毛筆，說：「我不是伸出兩隻手把你們推開，自己站在中間的中間派。我是把你們一邊一個拉起來打碎了再化成的中間派。大情之現，必以中和之聲。故嵇康有言：『至和之聲，無所不感。』什麼是『和』，就是老子說的『大音』。什麼是『大音』？大音希聲，它不是那麼吵吵鬧鬧火燒火燎的，從前我也吵鬧……如果我不那麼吵鬧，跳珠就不會死——」他突然愣住了，鬆了手中的毛筆。他想，他都在野馬跑韁似的信口雌黃些什麼？他幹嗎要把這些終夜不眠、折磨自己的思想和往事，用這種方式透露給他人……他這麼想著，張口結舌，一言不發。他這一番的話，倒叫林生目瞪口呆。林生是個堅定的空想共產主義者，但林生說不出什麼原因，有點崇拜嘉和。嘉和沉穩，內斂，節制，年紀輕輕，但看上去胸有成竹。他沒想到他那麼能說，他說的那一些話，古奧冷僻，但大有深意，林生吃不透。

倒是嘉平顯得很放鬆，他目光裡多出了一絲熱諷，坐著，手指敲打著茶几，說：「大哥，嘉喬入職聯會了，還是隊長。」

嘉和重新捏著筆說：「入就入吧，反正你們每個人都有出路了。」

「可是還得麻煩大哥找個機會告訴他，別和林生在的總工會作對，別碰林生一根頭髮。林生是我的朋友，戰場上救過我的命。所以，我這個國民黨不管他是不是共產黨。嘉喬要是碰了林生，從此我就不是他二哥了。」

嘉和一屁股坐在靠椅上，把毛筆一扔，說：「說絕話就是痛快！」

嘉平則站了起來，和林生使了個眼色，說：「我今天到這裡來，就為了讓你們聽這幾句絕話。我也總想不偏不倚，溫文爾雅，但這是不可能的。我們北伐軍一路殺到這裡，哪一天不是血光裡開路？革命是喝酒，不是喝茶！」

杭嘉和愣了半天，才說：「照你這麼說，遲早有一天，我們杭家的這一部分親戚和另一部分親戚要互相殘殺，這才算是革命了？」

聽了這話，那幾個男人便都沉默了下來，不知該怎樣繼續話題。杭天醉半天也沒插上一句話，此時呆想了一陣，站了起來，說：「你們坐，我吃茶去了。」他再想不出用什麼話對付兒子們了。

杭天醉前腳走，嘉草後腳就趕到了。她把她那垂髫般的長髮一刀剪了，看上去，倒是添了幾分英姿颯爽之氣。愛情使她一葉障目，眼中除了林生便再也沒有了他人。「林生，林生，快來，我有話和你說。」她興奮地招著手，林生極白的面孔便緋紅了，眼睛中的光芒和靦腆便同時放射了出來。他遲遲疑疑地站了起來，幾乎用幾分乞求的神情看著兩位兄長。現在他身上迸發出來的一股煞氣又縮退回深處去了，他看上去便又是個不諳世事的純情少年了。嘉和很吃驚林生身上的這種奇特的變化。在他想來，這也許是因為有主義和沒主義的人到底不相同吧。這麼想著，他揮了揮手，林生臉上便露出了粲然的笑容，一晃，就不見了。

現在，兩兄弟面對面地坐在忘憂樓府的大客廳裡了。自他們兄弟重逢之後，幾乎沒有時間坐下來推心置腹地談過。他們現在也不知道該從哪裡談起。嘉和看出了嘉平此刻心事重重，便勉強笑一笑，說：「林生是你相信的人，你和嘉草覺得他好，他必定便是好的。」

「你呢？」

「我……看他，就像看站在河對岸的人。我不理解他的主義。你呢？」

杭嘉平慢慢地站了起來，在大廳的紅木桌椅之間轉著圈子，突然說：「大哥，你知道，那麼多年，我最佩服你的是什麼？」

「……」

「你總能明白這一點和那一點之間的區別，就像你總能喝出龍井和毛峰之間的那一點點不同的茶味。你若從政，你倒是分辨得出三民主義和馬克思主義的根本區別……」

這兩兄弟隔著大茶桌坐著。因為偶有人來買茶，所以，他們把話講得輕輕的。嘉平兩隻手掌的手指對握住，那樣子像是在祈禱，這是嘉和從來也沒見到過的神情。他記憶中的嘉平永遠自信，自信中還透著驕橫。眼前這個嘉平的自信卻嵌入著懷疑，不免使他落落寡合。這神情，恰是家族的標誌。這憂鬱的目光，它終於不可避免地從嘉平身上顯現出來了。

「你現在處境很難？」嘉和問。

「我從來不怕處境有多難，我無所畏懼。可是我缺乏判斷力，這真是一件可笑之事，一個人越見多識廣，越怕出差錯。所以我欣賞林生。」

「他像當年的我們。」

「我本來想……要是有機會，我也要回到茶葉上來。」

「你？」嘉和睜大了長眼睛，「我知道你一向討厭茶葉——」

「如果你也和我一樣，在法國和日本待過幾年，又一路從南方衝殺過來，你就知道怎麼樣重新看從前定論過的事情了。」

杭嘉和搓著手說：「好極了好極了，我一直就是那麼孤掌難鳴。關於茶種改變、茶葉出口、茶葉機械製作，還有農業合作社，還有……反正有許多大事情可做。你肯和我一起做，太好了！真是天助我也！」

「我沒說我能和你一起做。」嘉平止住了嘉和狂奔的思緒，「我有我的使命！」

嘉和揮揮手依舊興奮地說：「這沒什麼，我可以等你；七年都等下來了，還在乎這一年半載的？我相信你會有機會把事情做好，你會到我身邊來的，這可真是太好了，太好了……」

杭嘉平看著興奮得像一個少年郎一樣的大哥，突然覺得時光飛逝反而使大哥他幼稚了。大哥的單純使他感動，隱隱也有些心酸。他很想告訴大哥，他現在的使命是去迎接流血，是去犧牲，說到底，這還是一種毀滅，以毀滅自己的生命為前提，才談得上以後的建設。但是他不想再和大哥他深談了。一個茶人和一個革命人，說到底是很不一樣的，你能指望一個真正的茶人心裡裝得下一個悖論嗎？

方西泠女士就是在這樣的時刻撞進門來，她氣急敗壞心急火燎地把這兩兄弟推回忘憂樓府，緊插門閂，這才告訴他們一個驚人消息：明天的遊行，警方要鎮壓了。「你怎麼不知道？」嘉和問嘉平，「你不是城防部隊的嗎？」

「他們早就對我封鎖消息了，怕我通風報信！」

方西泠女士沒有想到嘉平聽了明日可能有流血事件心裡很興奮，倒好像他是巴不得就要流血似的。

「你聽的消息可不可靠？」

「是公安局的人說的。」方西泠看著嘉平炯炯有神的大眼睛，那裡面的血絲也叫她心動，臉便紅了，說，「跟你說實話，其實我父親，還有你那大舅，都是策畫者。」

嘉平推開了椅子，興奮地在屋子裡走來走去，兩手握拳，說：「好哇，好哇，總算有一天，能在民眾面前暴露他們的狼子野心了。司馬昭之心，路人皆知。光是知道還不行，還得讓他們暴露，暴露在光天化日之下，任人唾罵和拋棄，讓歷史的車輪無情地從他們身上碾過去，讓人人都知道，反革命就只有這種下場。好哇，好哇，好哇……」他搓著手自言自語，像一匹正要出征的馬，急不可待地跑著蹄子。

他那種沉醉於血火之間的神情叫方西泠看得又崇拜又恐懼，全身就像過了電似的發起抖來，說：「可是……可是……要流血，可能還要死人……」

「流血怕什麼？犧牲怕什麼？」嘉平直逼方西泠，「譚嗣同戊戌變法還說，變法流血，可自他始。今天是什麼年代了？為國民革命的真正實現，流血犧牲，完全可以自我杭嘉平始。」

方西泠呆若木雞地釘在椅子上，又狂熱又冷靜。她被迷住了又被嚇壞了，她自己也不知道接下去她該怎麼辦。是該奮不顧身地撲向血火，還是夾起尾巴抱頭鼠竄？她又面臨七年前的老問題了。可是她不能暴露她的那種激烈的心靈拉鋸戰，她只好面帶微笑，貌似敬仰地傾聽著，心裡卻開了鍋似的想：我該怎麼辦？我該怎麼辦？我該怎麼辦？

她的丈夫嘉和也被嘉平突然的激昂怔住了。他鬧不明白，究竟哪一個大弟才是真實的大弟：是嚮往茶的嘉平，還是嚮往血火的嘉平？

這時葉子托著一杯茶進來了，安安靜靜地朝方西泠一欠身，奉上一杯茶，說：「嫂子，請用茶。」方西泠站了起來，說：「不了，天也那麼晚了，你們歇著吧。明天還有大事呢。」

葉子又深深朝嫂子一笑，送她出門，方西泠點點下巴，算是回答。嘉和跟在妻子後面。他心事重重，預感到什麼不祥的事情就要到來了。

看這對夫妻走遠了，葉子才回過頭，丈夫卻早將她一把摟進了懷裡。

「她不喜歡我。」葉子說。

「她呀，誰都不喜歡。」丈夫說。

「她喜歡你！」葉子突然說。

丈夫睜大豹眼，說：「你吃醋了？」

「沒有。」葉子一笑，「你不喜歡她。」

丈夫使勁拍一下妻子腦袋：「葉子真聰明。」

那天夜裡，丈夫在葉子身上很努力，葉子呻吟著，說：「別……別……明天你還要，嗯……」

丈夫不聽。在床上，丈夫對葉子一貫橫蠻，丈夫把葉子吻遍了，一邊用力地耕耘著，一邊斷斷續續地說：「從明天……開始，不要……出門，不管發生什麼……不要……有事求嘉和……帶好漢兒……」

葉子呻吟著，啜泣著。床在響動，小杭漢醒來了，他聽見了隔壁父親和母親的所有動靜，可他聽不懂。

小姑娘寄草被母親鎖在五進的大院子裡，讓她陪著杭憶、杭漢等人玩。她比他們的確也大不了幾歲，但她很不屑與他們為伍。她知道他們是她的小字輩，得叫她小姑。因此她放棄了和他們在後花園捉迷藏的遊戲，寧願選擇一個人在阿姊嘉草的閨房外間舉著小旗子喊「打倒列強」。

喊了一陣，他看見撮著爺爺神色慌張地衝了進來，大聲叫著：「老爺，老爺，梅花碑在、在遊行，嘉喬、嘉喬要打死嘉草呢！」

話音剛落，只見天醉拖著一雙鞋，手裡一串佛珠還捏著，慌慌張張趕了出來，結結巴巴地問：「在、在、在哪裡，去看看……寄客……寄客……」他下意識地就先叫起他的把兄弟來，叫著，拖著鞋，扔了佛珠串子，兩人就攙扶著不見了。

梅花碑街口，遊行的人和警方已經打成了一團，其中衝鋒在前的人中有杭天醉的三兒子杭嘉喬。他拿著一截木棍揮來揮去，一棒把他的雙胞胎妹妹打出丈把遠。這可把一直護在嘉草面前的林生氣壞了。「嘉草——」他狂叫一聲撲過去，嘉喬才知道混亂之中打到了妹妹。嘉草被打得頭破血流，虧她這麼個文靜女子，一指嘉喬，尖聲叫道：「打——」

林生就無所顧忌地衝了上去，劈頭蓋臉就是一棍子，嘉喬一下子就被打青了眼，這一下，也把他打得怒從心中起、惡向膽邊生，跳起來就要往上衝，但早就被他妹妹一把擋住了，叫道：「你敢下手！你先把我打死了吧！」

嘉喬舉在半空中的手僵在那裡，只得喊道：「姓林的，我記得你，小心你的腦袋！」

一會兒工夫，杭天醉和老家人撮著也趕到了。但見槍聲大作時眾人大亂，如猿如豕，突奔而行。杭天醉傻乎乎站在原地，一動不動。撮著見天醉不動，自己便也不動。只聽叭一聲，天醉頭上的禮帽飛了。回頭一看，老遠。過去拾，才發現帽上一個洞，便想：真開殺戒了。

這麼想著，地上已經躺了不少的人，猩紅的血沾在他的衣衫上。又見三兒嘉喬手舉一枝短槍，衝啊殺啊，直直逼他而來，他便想，嘉喬他要幹什麼？這麼想著，嘉喬手舉槍響，杭天醉身邊一個人哇的一聲，倒下了。杭天醉眼一閉，好了，嘉喬要打死我了！卻聽見嘉喬在喊：「別開槍！別開槍，這是我親爹！爹！你這老不死的，你在這裡幹什麼？你還不快給我滾！滾！滾！」

杭天醉乾脆緊閉眼睛蹲了下來，他根本挪不開腳，在四處的槍聲中也不知逃向哪裡。突然，一隻有力的手拽著他便直跑，邊跑邊吁吁喘氣：「啊呀呀，你，蹲在這裡幹什麼？還不給我快跑！」是老友趙寄客的聲音。他這才睜開眼睛，淚水立刻就流了出來，一邊往回縮著一邊喊：「撮著啊，撮著啊，撮著被打死了。撮著啊……」

寄草看見的小林哥哥和嘉草姊姊，兩人幾乎抱著進了屋。他們面色蒼白，臉上衣服上有血。他們的神色尤其反常，看到寄草就跟沒見到一樣，砰的一聲就關了裡屋的門。小姑娘寄草覺得很奇怪，小林哥哥和嘉草姊姊他們兩人好，家裡人也都看見了，沒人說閒話，可他們一聲不吭地把門鎖上幹啥？

「姊，開門，開門給我搽藥，我手上弄破了，疼。」

裡面暗得很，窗簾拉著，燈關著，嘉草和林生兩個人緊緊抱著，一聲也不吭。

聽見寄草在外面叫，林生動了一下，嘉草箍在他脖子上的手一使勁，不讓他動彈。

林生就不動彈了。

林生說：「嘉草，我剛才差點被嘉喬打死！」

「我看見了，他朝你舉槍呢。」

「大概我是要死了。」

「林生，我從心裡頭愛你。」

「我真覺得我是要死了。」

「林生，我從骨頭裡愛你。」

「我也是。」

林生把嘉草抱得更緊，他們倆身上都有血腥味。林生把手伸到嘉草溫暖的小小的胸乳上。他們兩個一點也不害怕，好像在此之前，他們已經這樣相擁相撫一千次了。

「頭還痛嗎？」林生的耳語。

「不痛。」

「嘉草，你怎麼那麼好哇？」

「你好，你的手真好。」

連嘉草自己都奇怪，她怎麼會在這樣亂槍血火之後，大膽地說出這種應該感到羞怯的話。那雙手就開始小心翼翼地撫愛著她的胸口，一邊說：「你記住我的好手，我要一死，手就沒有了。」嘉草便開始奇怪地顫抖起來，一邊顫抖，一邊說：「你的……手……真……好……」

寄草在屋外，見姊姊不理睬她，有些生氣。正要走，門卻打開了。寄草一看，兩個人血淋淋的，她就嚇得尖叫起來。

「別怕，是遊行打死人了。」嘉草說，「我們幫著抬傷員呢，濺的血。」

「你們怎麼還不換衣裳啊？」寄草說，「怎麼也不洗洗臉？媽看了多怕啊。」

嘉草摸摸她的頭說：「寄草真懂事。」

嘉草取了熱水來洗臉。嘉草和林生兩隻手在水裡握在一起，他們臉對臉地相互望著，又把寄草給忘掉了。

寄草便問：「你們怎麼不說話啊？」

嘉草說：「寄草，姊要求你做一件事呢。」

「你說吧，我能做嗎？」

「你能做的。」林生說。

「什麼事啊？」

「是這樣，寄草，我要和你林生哥哥成親。」

寄草一聽，愣了一下，笑了，老三老四地說：「噢，我明白了。你害羞了，是不是？讓我去告訴媽？」

「不是。」

「那是什麼？」

「我要和林生成親。立刻成親。現在就成親。」

「為什麼？」寄草害怕起來，「我太小了，這是大人的事情。讓我想一想，你們明天再成親吧。」

「我們現在就要成親。」

「為什麼？喜糖也沒有，新嫁衣也沒有，還有，聘禮呢？還有，媒人呢？」寄草想起她有限生命中參加過的那幾次婚禮，她記住了那些金光閃閃的大喜大鬧的內容。

「來不及了，寄草，林生說他快要死了。」

寄草「啊」地尖叫起來，一頭扎進嘉草的懷裡，偷眼看林生，看他好好的，撇撇嘴說：「你們想成親就成親好了，幹嗎說死啊？」

「寄草，給我們當個證人吧。將來有一天，我們說我們成過親，你就是參加我們婚禮的人。」

嘉草兩行細淚就流了下來，樣子很古怪，和寄草平時見的姊姊完全不一樣了。

「我去跟媽說，就說你們要成親，現在就成親，媽會答應的。」

「不會的，他們會以為我們瘋了呢。」

寄草的小小心兒裡亂了套。她鬧不明白，幹嗎姊姊和林生非要此刻成親？但她又覺得這事有些重大、神聖，而且只有她一個人知道，很刺激的。

她說：「好吧。」

既然當了證婚人，她也就履行起職責來，讓他們回房間換了乾淨衣裳，又找來找去想找個菩薩可以跪拜，卻沒有。她想起從前到茶館裡玩時，到灶間拿過一個小瓷人兒，他們叫它陸鴻漸，生意不好，夥計就拿開水沖它，生意好，就拿出來拜。這個小青瓷人兒，跪著，兩手還捧著一本書呢。寄草覺得好玩，就拿回來了，這麼想著，就把那個陸鴻漸找了出來，放在桌上，又在旁邊插了兩根香。

嘉草見了，呀了一聲，說：「那是茶神啊。」

「茶神好，拜了茶神，和拜了天地一樣的。」林生緊張認真地說。

嘉草突然想起了什麼，回到房中，把母親給她的那隻祖母綠戒指，第一次隆重戴上。寄草卻發愁地說：「還有喜酒呢？沒有喜酒，怎麼成親？」

嘉草說：「用茶吧。以茶代酒，古代就有的。」

寄草便一本正經地倒了三杯茶，一杯給姊姊，一杯給林生，一杯給自己。

「一拜天地！」

「二拜……茶神！」

「三拜……寄草我——」

那兩個大人一本正經都拜了。寄草覺得有趣，嘉草卻不停地流淚。

「乾杯！」寄草說。

三個人把那杯中的茶全部喝光了。

「要入洞房嗎？」寄草問。

「當然要入。」

「那你們入洞房，我幹什麼？」

「你在門口守著，有人來，你就說姊頭疼，睡著了。」

「好吧。」寄草撩開門簾，「新郎新娘入洞房……」

那一天，寄草在洞房門口聽到了一些奇怪的聲音，好像笑，又好像是哭，好像是歡叫，又好像是呻吟。寄草不明白，但她嚴肅地執行著自己的使命，認認真真地守在門口，誰過來問她，她就說：「我姊頭痛，睡著了，我給她守著門呢。」

不久以後，四百里外的上海城閘北、虹口也響起了槍聲，兩個穿灰色嗶嘰長袍的男人，三十歲出頭年紀，恰好路過寶山路鴻興路口。細雨綿綿，空氣中火藥味正濃，薄暮中雨後的路面上流淌著道道血水。高個子的那一位回頭一看，一串血腳印，不禁小聲驚呼：「血！血！」

他是吳覺農，另一位是他的同鄉、總角之交胡愈之。

恰是同一年，吳、胡二人與章錫琛、夏丏尊等人，共同發起創辦了開明書店，那一日，四月十三日傍晚，他們正從章錫琛家出來，他們成了目睹這一重大歷史慘案的見證人。

第二天，在三德里吳覺農公寓書房，茶人吳覺農取出成立於一九一七年的中華農學會的信箋，遞給三十多年以後成為中華人民共和國出版總署署長的胡愈之。胡愈之開始書寫給最高當局的書面抗議書。

子民、稚暉、石曾先生：

自北伐軍攻克江浙，上海市民方自慶幸得從奉魯土匪軍隊下解放，不圖昨日閘北，竟演空前之屠殺慘劇。受三民主義洗禮之軍隊，竟向徒手群眾開槍轟擊，傷斃至百餘人。三一八案之段祺瑞衛隊如此横暴，五卅案之英國劊子手如此凶殘，而我神聖之革命軍人，乃竟忍心出之！此次事變，報紙記載，因有所顧忌，語焉不詳。弟等寓居閘北，目擊其事，敢為先生等述之。

四月十三日午後一時半閘北青雲路市民大會散會後，群眾排隊遊行，經由寶山路。當時群眾秩序極佳，且雜有婦女童工。工會糾察隊於先一日解除武裝，足證是日並未攜有武器。群眾行至鴻興路口，正欲前進至虬江路，即被鴻興路口二十六軍第二師司令部門前衛兵攔住去路。正在此時，司令部守兵即開放步槍，嗣又用機關槍向密集寶山路之群眾，瞄準掃射，歷時十五六分鐘，槍彈當有五六百發。群眾因大隊擁擠，不及退避，傷斃甚眾。寶山路一帶百丈之馬路，立時變為血海。群眾所持青天白日旗，遍染鮮血，棄置滿地。據兵士自述，遊行群眾倒斃路上者五六十人，而兵士則無一傷亡。事後兵士又闖入對面義品里居戶，捕得青布短衣之工人，即在路旁槍斃。

以上為昨日午後弟等在寶山路所目睹之實況，弟等願以人格保證無一字之虛妄。弟等尤願證明，群眾在當時並無襲擊司令部之意，軍隊開槍絕非必要。國民革命軍為人民之軍隊，為民族解放自由而奮鬥，在吾國革命史上，已有光榮之地位，今乃演此滅絕人道之暴行，實為吾人始料之所不及。革命可以不講，主義可以不問，若棄正義人道而不顧，如此次閘北之屠殺慘劇，則凡一切三民主義、共產主義、無政府主義甚或帝國主義之信徒，皆當為之痛心。先生等以主持正義人道，負一時物望，且又為上海政治分會委員，負上海治安之最高責任，對於日來閘北軍隊所演成之恐怖狀態，當不能恝然置之。弟等以為對於此次四一二慘案，目前應有下列之措置：

（1）國民革命軍最高軍事當局應立即交出對於此次暴行直接負責之官長兵士，組織人民審判委員會加以裁判。

（2）當局應保證以後不向徒手群眾開槍，並不干涉集會遊行。

（3）在中國國民黨統轄下之武裝革命同志，應立即宣告不與屠殺民眾之軍隊合作。

黨國大計，紛紜萬端，非弟等所願過問，唯目睹此率獸食人之慘劇，則萬難苟安緘默。弟等誠不忍見閘北數十萬居民於遭李寶章、畢庶澄殘殺之餘，復在青天白日旗下，遭革命軍隊之屠戮，望先生等鑑而諒之。涕泣陳詞，順祝革命成功！

鄭振鐸、馮次行、章錫琛、胡愈之、周予同、吳覺農、李石岑同啟

四月十四日

方伯平在梅花碑的寓所，這幾日出出進進的，各色人等川流不息，每有人來，方伯平就叫他的女兒出來奉茶。也不管別人寒暄不寒暄，都要介紹：「這是我獨生女兒，這幾天時局不安，被我鎖在家中，只給來往客人倒倒茶，連教堂也不讓她去了。」

有知道方家底細的人便喝茶，說：「老方，你怎麼吃的依舊是舊年的老茶？女婿新茶也不送來？」

「不要他送！免得把晦氣也一道送了上來。」

方西泠家本來就住在梅花碑省黨部附近，事發之日，打開窗子，她全看見了。到底是嫁出去的女兒了，心裡還是向著婆家。方西泠急得心如火焚，說什麼也要往羊壩頭衝。西泠媽左勸右勸也勸不好，氣得拉張椅子坐在當門口號啕大哭，邊哭邊說：「你好死不死，你要現在送上門去死，你是還嫌我們方家兒女多啊？」

女兒拎著小皮箱也哭：「媽，你就讓我回去吧。我嫁到杭家，就是杭家的人了。他們家都上了門板，茶葉也不賣了。撮著伯被打死了，我連個照面也不打，我不就是沒臉見人了嗎？媽，上帝不會寬恕我的。」

「罪人啊，罪人啊，千不該萬不該，我不該把你往杭家那個火坑裡推啊！我原來想，清清爽爽吃茶葉飯的人，也好來往，哪裡曉得，竟是這樣一份火燭郎當的人家啊！」

就那麼僵持著，方伯平一臉殺氣地回來，見著那架勢，他輕輕一喝：「你起來。」

方夫人嫁給方伯平那麼多年，頭一回見丈夫這樣鐵青著臉，嚇得也不敢違抗，趕緊就讓開了道。

方伯平把那藤椅往邊上重重地一甩，藤椅竟然就斷了一條腿，他又把手往外面狠狠一指：「你要滾，你現在就給我滾！不過你要記牢，再也沒有你回來摸得著的門！」

他那有史以來從未有過的咆哮把方西泠的眼淚嚇得一滴都沒有了，半張著嘴盯著她的父親。

「你不要頭腦不清，以為杭家門裡就這樣小亂亂！實話告訴你，這才剛剛開始呢。他們這碗茶葉飯吃不吃得下去還難說呢！要討飯有沒有嘴巴也不好估呢！」

「你聽聽你父親的話，我們老了，吃苦的是你。」

「不是那麼說的，」方伯平又喝住了妻子，「這次牽連上了我們，弄不好就要殺頭。」

「什麼？」母女兩個都被這危言聳聽嚇得面無人色。

方伯平一看女兒扔了皮箱，不像是要走的樣子，才重重一聲嘆，一屁股坐到椅子上，說：「你們曉得什麼？政治這個東西，碰都碰不得，碰碰就要出血的。我是沒辦法了，陷在這裡頭了。你年紀輕輕又何苦來？弄到今天這個地步，茶莊保不保得住不去說它，性命保不保得住都說不好了。西泠，你此去不是飛蛾撲火，又是什麼呢？」說到這裡，重重一聲嘆息，眼睛便溼了。

倒是方西泠，突然一經棒喝，便恍然大悟，她刹那間一個念頭跳了出來——和杭家的緣分，看來到此為止了。她也長嘆了一聲，說：「媽，你先別忙著哭，快快給我去了杭家，把杭盼給我抱回來，她小，離不開我照顧，杭憶，只好先放一放再說。」這麼說著，又想哭，卻忍住了，接著說：「家裡問起來，就說我病了，要在娘家歇幾天。」

「不！」方伯平說，「就說我方伯平把我女兒關起來，不讓她再見杭家的人了。」

「爹，你就一點後路也不留？」方西泠問。

「哎呀！我的女兒啊，」方伯平又嘆息又跺腳，「你怎麼還不明白，我們已經沒有後路了。」

十日夜裡，方家來了兩位不速之客，開門的恰是方西泠，進門來的那兩位和她打了個照面，方西泠就怔住了。

吳升與從前相比，是越發地從容自若，原先殘存的小夥計的氣味，現在已經被有錢人的那種氣派成功地掩飾起來了。他既無不安也無做作的熱情，只是矜持地作了揖，問方女士父親在嗎，是否允許昌升茶行的老闆拜見。

方西泠很納悶這位杭州商界顯貴何以會來拜訪素無交往的父親，正那麼想著，旁邊閃出那個小夥子的玉體長身，微微欠了一欠腰，說：「嫂子，你好。」

方西泠乍一聽聲音，再看那人身形，幾乎要叫，兩兄弟真是越長越像了。嘉喬怎麼連聲音都像了他大哥呢？輕輕柔柔的，像是有教養的讀書秀才，哪裡有半點殺人放火的痕跡呢？

就為了這一點說不清道不明的相像嗎？方西泠一側身，就把這兩位讓進了廳堂。

方伯平在和吳升閒聊的時候，方西泠才斷斷續續地明白，吳升剛剛從寧波來的夥計那裡聽說，那裡這兩天不太平。

「吳老闆做生意的人，打聽這個幹什麼？」方伯平疲憊地坐在沙發上，對此表示不滿。他和吳升不熟，也不明白，方西泠何以要把這個有點江湖流氣的老闆放進來。

「是這樣，我正有一筆貨要發到寧波去，新下的茶葉，路上耽擱不起，若是那邊不太平，我就不準備往那裡發了。」

倒也聽不出什麼破綻來。方伯平卻暗自驚歎吳升耳目的靈敏，便說：「不管太平不太平，寧波人總要喝茶的，你還是按部就班地做自己的生意去吧。」

吳升淡淡地一笑，說：「只怕生意要做不安耽了。」

方伯平心裡有事，不想和吳升多攪，便說他很抱歉，吳老闆茶葉飯吃不好，方某人愛莫能助，因為方某人和做茶葉生意實在是掛不上鉤，雖然小女……方伯平突然明白了，這個吳升！這個吳升，絕不是平平常常就來串一下門的，他要幹什麼呢？敲詐我嗎？

看上去倒也很中肯，好像是既為我想也為他自己想，生意人大多有這種本事。吳升說：「你看，嘉喬雖然在我跟前長大，但畢竟是姓杭的，和嘉平雖然不是一個娘，但也是一個爹。巧不巧，他和嘉和倒是一個爹娘。這份人家也是，三個兒子三樣生，時局真要亂下去，你得給我們作個證，我可沒摻和他們杭家的事。老實說，做茶葉生意，爭一爭，讓一讓，我這個人都是做得出來的，可這世道一亂，我就不敢說話了。嘉喬剛才說了，明天他們糾察隊要和軍警活動。我怎麼辦？我是叫他去好，還是不叫他去好？方律師，我倒是要來討教討教的了。」

方伯平的確很吃驚，他沒想到這姓吳的嗅覺那麼靈敏，他似乎已經提前嗅到了血腥味。他並不希望以後看到他自己的手裡有血。這麼想著，倒是抬起頭來，沒想到在對方的目光裡也看到了同樣的心思。

原來對方也不希望看到自己的手上有血。

這麼想著，他重重地一聲嘆息：「吳老闆，我實在是無可奉告哇。」

吳老闆也不接口，半天才說：「懂了。」

他站起來要告辭，叫了幾聲嘉喬，嘉喬不應，嘉喬被他的大嫂叫到裡屋去了。

回家的途中，兩人與來時一樣，坐著一輛馬車，默默無言。馬車行駛良久，嘉喬還沒有從心煩意亂中清醒過來。他被嫂子剛才那番話攪得六神不安。他討厭這個女人，他不明白，這個女人為什麼偏要他去給杭家通風報信？林生的死活，跟他又有什麼關係？他還巴不得他死了呢。

「你為什麼不去，要去你自己去好了！」他還曾這樣對她說。

「我沒辦法，我被我爹關起來了，我出不了門——」

「他們不會相信我的，我打過他們。」

「你不要管他們會不會相信，你要告訴他們，快去，快去，不要讓自己的手上心上都沾血。沾了血，一輩子……上帝啊，寬恕我吧，天哪，這太可怕了。」

方西泠屬於那種最會製造氛圍的女人，這也是最有魅力的地方，此刻她卻不是製造氛圍，是被她所能感受到的氛圍嚇壞了。她甚至不用睜開眼睛，就能看到黑暗中鮮血在噴射，她突然面對掛在牆上的十字架耶穌，就拚命地畫起十字，口中不停地祈禱：「上帝啊，上帝啊，上帝啊……」

……

馬車停住了，吳升輕輕地掀開門簾，說：「你下去吧。」

嘉喬頭一探，愣住了。兩盞橘黃色的燈籠，上面用綠漆寫著「杭」字。

「我不去！」杭嘉喬猶疑著，嘴很硬。

「去吧。」吳升揮揮手。

「乾爹，我恨他們！」

「那是私仇，不用公報。」

「乾爹……我，我已經公報了。」杭嘉喬垂頭喪氣。

「那不一樣。」吳升嘆口氣，「我不硬叫你去，今晚我本來想讓他家的媳婦回一趟婆家。她不去。人啊……我本來以為，我夠狠的，看來還是狠不過他人。山外有山，領教了。你去不去，隨便。我是擔心你日後受不了，反過來恨了乾爹……」

「不會，不會！」杭嘉喬激動得熱淚盈眶。

「……要死人的了，你懂嗎？」吳升把眼睛逼到嘉喬面前，這雙眼睛黑白分明，靈動自如，深藏著無限豐富的人生閱歷，杭嘉喬相信這雙眼睛。

他跳下了車，自己安慰自己，是我乾爹叫我去的。

杭嘉和在夜夢中行走，多年來他總是重複這樣一場夢景，以至於他甚至在夢中都會意識到，自己又做夢了。

在夢裡，他總是看到天邊有一片綠色，他就知道，那是郊外的山中，但是山很遠，他腳下是一片沙漠，走一步都很艱難，要跑簡直就不可能，他累得要死，甚至不想再走向那裡，因為他已經預料到他到了那裡以後會看到什麼。但是每當他產生了不想再去那片茶園的念頭時，他就置身在那裡了。還是和往常一樣，九溪嫂和跳珠她們，一邊在陽光下採茶，一邊唱著情歌：

溫湯水，潤水苗，一筒油，兩道橋。
橋頭有個花姣女，細手細腳又細腰。
九江茶客要來媒……

他就和她們唱著唱著，突然，他知道他又該到說那句話的時候了。其實在夢裡他也知道他不能說這句話，可是他止不住，好像命裡注定似的他就要衝口而出：

「跳珠，你不是已經死了嗎？怎麼還在這裡採茶？」

果然，跳珠面孔慘白，大叫一聲就仰面而倒。

接下去的場景，嘉和也已經熟悉得不能再熟悉了。但是每一次都依舊那麼恐懼悽慘：九溪澗邊，山洪下來了，天落著大雨，雷聲四起，閃電四射。他像一隻落湯雞，半浸在水中。然後，他看到遠遠的風雨淒迷的小路上煙霧騰騰中，一口棺材抬來了，很慢很慢，像是雲裡面托浮出來一樣，還有嗚嗚嗚的哭聲。棺材向他飄來時，他每一次都會驚愕、恐懼和困惑，他總會在心裡問，這是誰死了？誰躺在裡面？然後他發現雨停了，棺材上覆了一身的綠葉，全是茶葉；突然，茶葉中就開出白花，黃的蕊子，白色的花瓣，又嫩又白，茶葉像藤條一樣地掛下來，從棺材裡噴湧出來。每當這時，他就大叫：誰在裡面！誰讓茶葉開了花，誰在裡面……

然後，他就醒了。

可是今夜的夢卻進展極其緩慢，無論他在沙漠裡怎麼跑，他就是跑不動，而且他聽到前面總有個聲音叫他——快點，快點！快跑，快跑！他後面又有個聲音叫他——站住，站住！別動，別動！

他既跑不動，也不想停住，他也搞不清那兩個聲音是誰，他就低下頭來拚命走。突然，他怔住了，他發現，他踩過的每一個足跡都是血印。他慌了，蹲下來看，是血印，而且血還在從沙漠中滲出來，噴湧出來，咕嚕咕嚕的像血泉一樣。他抬頭往遠處看，前方依舊是一片綠色，像個祭壇似的，隱隱約約地有仙子在綠色中浮動，歌聲也便忽忽悠悠地飄了過來：

溫湯水，潤水苗，一筒油，兩道橋。

……

他咬咬牙就往前走，他不管血跡的存在了，但是後面那個聲音卻叫得更厲害了——站住！站住！站住，再不站住我開槍了。「嘣！」

嘉和從夢中被打醒了過來。他聽見他的窗櫺在嘣嘣嘣地被敲響著，有人叫他快開門，他聽出來了，是嘉喬。

嘉喬告訴他的那些話就如一個賊說的話一樣。他告訴他這些話時的動作神情也完全像是一個賊。他幾乎是咬牙切齒地在嘉和身邊擠出那些陰謀，牙齒磨得咯咯咯地響：「我實話告訴了你，我是看在大嫂份上才把這些告訴你的。我手裡提著我的腦袋呢。我恨你們，我乾爹說了『私仇不用公報』我才來了。明日再見了面你是你我是我，對得起你們了。」他站起身就要走，被嘉和一把拖住：「你把爹氣得吐血了，你差點殺了他，知道嗎？」

嘉喬一愣，說：「是我救了他，誰叫你們把他弄到那種地方去的？」

「誰讓你們開槍舞棍的？你把嘉草腦袋都打傷了。撮著伯被你們的人打死了。你還是不是個人？」

嘉喬頓足：「你還是不是個人？他們把媽逼死了，把我趕走，你還護著他們，你還是我親哥呢！不就是想霸這份家產嗎，連親兄弟也不要，你還問我是不是人？我要不是人，上這裡來幹什麼？」

嘉和愣了：「你說什麼，是誰逼死媽？是你那乾爹你知道嗎？嘉喬，你要是願意回來，做我們杭家的兒子，我把這份家產都給你，我讓你當老闆！」

嘉喬也愣住了，他沒想到大哥會那麼說，愣著愣著，悲從中來，說：「當老闆有什麼用？媽沒有了，媽的命回不來了！」

這麼說著，一閃，就不見了蹤影。

在這樣巨大的厚重的夜晚，杭嘉和沒法也沒臉再說一己的個體的事情。一切的一切在這樣一個時代，劍拔弩張的夜晚，都變得微不足道了。嘉和記起了把嘉喬的話傳給大弟聽。嘉平跳了起來，說：「走，趕快告訴嘉草，大家分頭去通知，先隱蔽一段時間。」

「你也要走？」嘉和有些茫然，「你又不是誰的對立面，你站在中間，不走也沒關係。不穿這身軍裝就是了，」他突然有些激動了，抓住大弟的肩膀，「正好，正好，你正好可以乘機脫了軍裝回茶莊來——」

嘉平第一次讓大哥看到他有些無奈的笑容：「大哥，你知道這是不可能的，我手裡拿著槍，不是打嘉喬，就是打林生。我倒是想一槍崩了嘉喬，可是通風報信的又是他，他讓我下不了手。既然我現在誰也不打，我就只有遠走高飛了。」

葉子回到屋裡，看見嘉平一副要走的神情，手就撫在胸口上，睜著眼睛，不問嘉平，卻問嘉和：

「又要走？」

「馬上就走。」

他想了一想，就讓葉子把那隻兔毫盞取來，塞進他隨身帶的包裡，還笑嘻嘻地說：「看樣子，這次又得帶上這個護身符了。過去是半片，如今大哥成全了我，又是個完整的了。好了，跑到哪裡，都不會忘記你們的。」

葉子驚慌失措地一頭扎在嘉平懷裡，說了一連串的日語，嘉平也用日語回答她，然後葉子又衝回屋中抱出了杭漢，硬要塞進他懷裡。嘉平有些不好意思，看看大哥，說：「沒那麼嚴重，沒那麼嚴重，我會回來的。」

嘉和卻把頭別了過去，他無法承受這種目光，他也不知道，明天會怎麼樣。

杭漢睡得迷迷糊糊，根本不知世界上有什麼生離死別的事情，嘟噥了幾句，就又睡著了。

當著嘉和的面，嘉平把葉子拉到胸前，說：「大哥，葉子和漢兒，交給你了。」

嘉和心一陣狂跳，為了掩飾，說：「別說這些，一家人。」

他們兩兄弟悄悄摸進嘉草住的小院子時，開門的卻是小妹寄草。

「你阿姊呢？」

「她睡了。」

兩兄弟就去敲門，門一開，床上乾乾淨淨，根本沒人。

「說，你阿姊上哪去了？」

寄草看大哥二哥都變了臉，自己就嚇得要哭，說：「別罵我，阿姊成親了。」

兩兄長就罵她：「你開什麼玩笑？說實話。」

「真的成親了，嫁給林生哥哥，我們三人，用茶當的喜酒。」寄草一本正經地說。

「真是瘋了！真是瘋了！」嘉和急得直打轉。

「沒瘋！」寄草說，「林生哥哥說，他就要死了，再不成親就來不及了。嘉草姊姊也說，真的他們可能都要死了。嘉喬那天打了她一棍子，差點沒把她打死呢。」寄草這麼說著，自己就害怕得哭了起來，「大哥二哥別告訴媽，姊姊不讓我說。她說媽要傷心的……」

兩兄弟這才想起來，這段時間，嘉草和林生果然都有些反常呢。

嘉和親自把嘉平送到門樓口，嘉平心裡有事，轉身要走。突然，右手被嘉和拉住了，嘉和有些慌不擇言，說話便幼稚起來：「嘉平，嘉平，很好笑的，我剛才做了一個夢，有血……」

嘉平使勁握住他的手，說：「血不是夢，是現實。大哥，你真是一個夢中人，該清醒了！」

他想走，但發覺嘉和依舊不放手，明白了，說：「你別擔心，我還沒喝上今年的新茶呢。」

一使勁，掙脫了大哥的手，就消失在茫茫夜色之中。

第二天，公元一九二七年四月十一日，杭嘉喬跟隨著軍警衝入市總工會，就在大門口碰到了手拉手正往工會門裡進的林生與嘉草。杭嘉喬看見那男人竟和他的雙胞胎妹妹在一起，原先的寬宥之心煙消雲散，陡然升起一陣歹毒之心：好哇，冤家對頭，竟敢來勾引我妹妹，指著林生便吼：「他是共產黨！」

軍警上去時，要把嘉草也一起綁走，被嘉喬攔住了，一巴掌把她推出老遠，說：「她不是，她是拱宸橋茭白船上下來的婊子，我認識的。」

林生也不反抗，似乎早就等著這一天呢，對嘉草說：「你走吧。和你無關的，該幹啥就幹啥去！」

嘉草沒走，靠在牆上，她驚得目瞪口呆，剛才十分鐘前，他們還在院子裡親吻擁抱，林生的手還在她胸口移動呢，怎麼這麼一會兒就銬起來了？這麼想著時，林生卻已經被帶上囚車，呼嘯著，一眨眼就不見了。

很多年以後，寄草想，她的嘉草姊姊就在那時候走向瘋狂了。她是那麼樣的一個弱小的女子，情感卻是那麼的深邃，真是像幽蘭一樣的女人啊，天生只配生在空谷中的女人。把她捧回家的山中獵人突然就被虎狼吞沒了，你叫她怎麼還活得下去？她痴痴呆呆地靠在床頭，握著寄草的小手，一會兒微微地說：「你的手真好……」一會兒眼睛發直，聲音急促：「要死了！要死了！要死了！」

小寄草知道，嘉草姊姊說的是小林哥哥要死了。她這小小的人兒，因為姊姊和林生，真正是愁得心亂如麻。她在這五進的大院子裡亂竄一氣，得想個辦法。大哥二哥都不見了，大嫂也不見了，二嫂在屋裡抱著兒子哭，爸在禪房裡吐血。撮著爺爺一死，爸就開始吐血了。她想來想去只有去找媽，可是媽正抱著嘉草姊姊哭呢。嘉草姊姊好像沒聽見，只是卡著媽媽的雙肩，咬著牙細聲細氣地叫：「要死了……要死了……」

媽一邊抱著嘉草，一邊對她那不諳世事的小女兒說：「怎麼辦呢，寄草，你說我們怎麼辦呢？茶莊關門了，茶葉賣不出去，沒有錢，怎麼把你小林哥哥贖回來呢？」

寄草想來想去，便想到了乾爹。她想乾爹他騎著一頭白馬，威風凜凜，誰都敢罵，乾爹會有辦法把小林哥哥救回來的。她要去找乾爹，一個人去。她拔腿就往大門外跑，在門口看見了趙寄客。乾爹他拄著一根枴杖，急匆匆走來。她驚異地問：「乾爹，你的白馬呢？」

「賣了。」乾爹說，「想拿這錢，換你小林哥哥的命呢。」

沈綠愛一聽趙寄客把白馬也賣了，急著說：「你也真是性急，我讓嘉和找他大舅去了，讓綠村活動活動，小林準能放回來，他們能不買綠村的面子嗎？」

趙寄客想拿話駁沈綠愛，看著嘉草痴痴呆呆的樣子，就不吭聲了。又聽門口有人輕輕咳一聲，知道是嘉和回來了，趕緊跟著嘉和進了花木深房。

杭天醉坐在蒲團上，緊閉著雙眼，像是預感到不好的消息而不忍傾聽，又無法回避似的。嘉和看著爹這副樣子，張了張口，就閉上了。

「快說，你大舅怎麼樣？」

「他說，不要說林生不是我們家的女婿，就是我們家的女婿，他也不會管。再說，嘉草又不是綠愛媽媽生的。」

「這話是他說的？」綠愛不敢相信自己的耳朵。

「你以為他不會說？」趙寄客說，「你們去找他就錯了！」

「這個畜生！」綠愛罵了一句。

杭天醉看看綠愛，心裡想，為什麼他們也會是一個爹生的？

「他還讓我傳話給嘉平，讓他回來趕快重新登記，再不回來，他要保嘉平也保不住了。」

聽了這話，大家都不吭聲了。寄草哭哭啼啼地跑了過來，說：「嘉草姊姊在拿頭撞牆呢，她說她要和小林哥哥一起去死呢！」

綠愛便又慌慌張張往嘉草房裡跑，一邊說：「趕快另外想個辦法吧，有錢能使鬼推磨，湊了錢去託路子，再不要提『沈綠村』三字，好比我這個大哥已經死掉了。」

杭嘉和便再回過頭來看著父親，他知道，只有一個辦法可以弄到錢了，可這個辦法又是他無法開口的。雖說忘憂茶莊他當了家，但這件事他卻不敢當家。這麼想著，便眼見著父親站了起來，說：「你們陪我去一趟茶樓吧。」

嘉和的眼眶一下子熱了，父親看上去便成了一個模模糊糊的影子——他知道，父親是要賣茶樓了。

兩個仇人，恩恩怨怨的一輩子，現在可是都老了，一個氣息奄奄，一個也兩鬢如霜了。坐在樓上欄廊上，面對著西湖，他們卻都不約而同地往那歪歪斜斜的樓梯口看。唉，那團又舊又髒的小紅火，可是再也翻不上跟頭了。真是斗轉星移物是人非啊，可西湖卻還是那麼不顧一切地美麗。這簡直就是一種令人痛苦、令人憤怒的美麗了。要知道，有人要死了，有人要發瘋了，西湖，你的水怎麼還可以這樣溫柔，你的楊柳怎麼還可以這樣飄逸呢？

而且，送上來的這兩杯龍井茶，你怎麼依舊這樣芳香呢？

杭天醉一抬頭，看見了〈琴泉圖〉。它一如既往地保留著從明代傳至今日的詩章：「自笑琴不弦，未茶先貯泉；泉或滌我心，琴非所知音……」它倒是不動聲色。可是它怎麼可以不動聲色呢？

他用手指指牆，嘉和一聲不吭地把〈琴泉圖〉取了下來。

「你真的要賣茶樓？」吳升又追了一句，他跟做夢一樣，不敢相信這突如其來的消息。

杭天醉點點頭。

「我出雙倍的錢！」吳升一股豪氣夾著憐憫同時衝上胸膛。

杭天醉眼睛一亮，盯著吳升，吳升手心就出了汗：他敢答應嗎？他杭天醉若答應，那他可真是完蛋了！他的魂靈可就被我踩在腳底下了。小茶啊小茶，你要活著多好，你要活著，看著我揚眉吐氣多好……

可是，杭天醉卻把目光收了回來，又放開到了樓下，他親眼看見了他的三兒子、他的小仇人杭嘉喬在摘下那一副聯子——誰謂茶苦，其甘如薺。他看著看著，微微笑了，輕輕點了點頭。而吳升，在他的對頭點頭的一剎那，唰的一下，熱淚就奪眶而出了。

林生到底還是被作為共產黨武裝暴動的一名重要案犯，與他的同志們在松木場被公開處決。他被處死的形式，本來還算文明，槍斃而已。但是，每當劊子手把槍舉起來瞄準他時，嘉草就掙脫母親綠愛的手衝上去，抱住五花大綁的林生，每一次行刑隊又都不得不放下槍把她拖下來，這樣重複幾次之後，行刑隊長就很不耐煩，想不如就那麼一起槍斃掉算了。旁邊有人便在他身邊嘀咕，說這女子是沈特派員的外甥女。行刑隊長發著牢騷，說，怪不得這女子膽大包天不怕死，拖下去！便又拖下去兩回。綠愛一個人哪裡拉得住披頭散髮發瘋一樣的嘉草。她原來是想一個人來收屍的。嘉和外出去打聽嘉平的消息了，杭天醉吐血吐得厲害，趙寄客因為寫信罵國民黨，自己被軟禁了起來，結果杭家竟也只有綠愛這婦道人家出面。

致命的劫難使嘉草完全變成了另外一個女人，杭家人血脈中的那份痴迷呈現在悲痛欲絕的嘉草身上，使她完全歇斯底里。她死活要上刑場，綠愛只得把她反鎖在房中，沒想到她從窗口翻出，直撲刑場，又接連幾次衝上法場，還聲嘶力竭地叫道：「我不想活了，我不想活了，我和他死在一起！開槍吧！開槍吧，你們開槍啊！」她一把扒開胸膛，使勁用拳捶打胸脯，林生三番五次被嘉草抱著，這時才清醒過來，也喊：「媽，媽，你快把她拉走，快把她拉走……」

旁邊有一隊手提鬼頭刀的劊子手，原來刀片白光閃閃，紅縷垂垂，一路咣噹咣噹，賣個殺人的威風罷了，並不真正用刀的。都民國十六年了，殺人也改進，不作興殺頭，作興槍斃了。然三番五次槍斃不了，劊子手們就不耐煩，其中一個上去，還沒待嘉草再一次衝上來，一腳踢倒了林生。那林生正要扭頭，刀下血飛，一顆頭顱早已滾下落地，一腔的血直衝向天空，身子往前使勁一躥，就撲倒在地。滾動的頭顱上眼睛卻還張著，嘴就一口咬住了地下的黃土。

這場景慘絕人寰，幸而綠愛根本就沒有看到，因為她一抬頭，嘉草已經翻身一頭栽倒了。人群嗡嗡叫著：「殺頭！殺頭！」嘉草咬緊了牙關人事不省，待七手八腳灌了水甦醒過來，人也走得差不多了。嘉草一醒來，眼睛睜得滾圓：「頭！頭！頭！」她尖叫著，跪在地上，摸爬著一把就抱住那顆尚未冷卻的口含黃土的頭顱，一邊用手摸著，一隻手就在林生的口腔裡往外掏泥，還掏出手帕來擦。身上沾得血糊糊一片，突然明白過來似的問：「林生，林生你身子呢？」然後回頭看到那還綁著的身子，立刻便抱著頭顱邊哄邊說：「別急別急，我立刻就給你生上頭去。」一隻手便去拉林生那五花大綁的繩子。

綠愛看嘉草是瘋了，可是她自己也幾乎是瘋了。她衝過去幫著嘉草解開林生身上的繩子，用手把手腳扳直了。嘉草拼來拼去地想把林生的頭顱接上，一邊拼一邊還安慰著說：「等一等，等一等，馬上就好，馬上就好……」然而那頭顱斷了，頸怎麼也拼不上。綠愛看看不把這頭顱生上去，嘉草是不會再走的，心肝肚腸就燒得要化了似的，身上亂拍，卻拍出了一團針線，連忙取出，用針線把身子和頭顱縫在一起。那嘉草把林生的身子抱在懷裡，像哄小孩子一樣，只說：「乖乖，就好，就好，馬上就好……」

頭和身軀勉勉強強連在了一起，綠愛又用嘉草的手帕圍住了那疤口，牢牢地縛住，林生看上去就如睡著了一般。

從刑場回來後，嘉草徹底傻了，她總是做懷抱情人狀，嘴裡只說一句話：「乖，乖，就好，就好，馬上就好……」

綠愛回到家裡，立刻發了高燒，迷迷糊糊地昏睡了好幾天。家裡只有靠葉子張羅了。

杭天醉咳血也更厲害了，但看上去倒反而有了一種絕望中的安詳，他每天都要去看躺在床上的嘉草，站得遠遠的，說：「好女兒，我得肺病了，我就在這裡看看你，你心疼就會好一些，我不能走近來的。你可不能再死。好女兒，我們家的人，死得太多了……」

這麼說著時，趙寄客就對天醉說：「天醉，你養出來的女兒，真正是血性，在刑場裡哭著，兩根肋骨就自己砸斷了。」

綠愛也勉強能起來了，聽了趙寄客的話，流著眼淚說：「林生還在四明會館裡呢。入土為安，不入土，嘉草不會好的。」

天醉聽著，搖著頭，眼淚就跟著直流。

「不要哭了，一份人家經不起這麼些的眼淚水了。」趙寄客又說，「總算還有件事寬心，嘉草懷孕了。」

天醉眼睛一亮。

天醉就說了：「撮著也還沒下葬呢，把他們葬在茶清伯旁邊，他們也算是我們一家人。」

氣候依舊溫暖宜人，茶芽便催發得格外茂盛，往雞籠山杭家祖墳的山道上，又來了一支送葬的隊伍。他們在半人高的茶園中忽沉忽升地走著，像是要顯現大自然生老病死的永恆規律，因為這對每一個人都如此公平的規律，死亡和葬禮便顯得溫情脈脈。沒有外人會想到這個躺在棺材裡的名叫撮著的翁家山茶農，杭家的老家人，是被人當胸一槍打死的。這彷彿是偶然的死亡，甚至連那死亡的人也無法接受。臨嚥氣前他想到了那句遺言都彷彿是偶然的了。他說：「少爺，以後……誰聽你說……心裡話呢？」

彷彿是在說完了這句話後，他才真正意識到他要死了。他那雙臨死的牛眼，又溫柔又善良，蒙著眼淚，大滴大滴，從眼角流到耳根，天醉從他的眼睛裡看見一隻風箏——那是只有他們倆擁有的天空，在很遠很遠的可望而不可即的地方。

現在，是杭天醉送著撮著上路了。從前，可總是撮著陪著天醉上路的。杭天醉已經記不清他們這樣相隨著上過多少趟雞籠山了。他甚至不時地產生一種錯覺，彷彿棺材裡躺著的是另外一個與他無關的人，而老撮著一聲不響地正跟在他身邊，他用眼睛的餘光便能看見他呢。他又想著撮著一直在擔心汽車這個龐然大物，真應該多寬寬他的心……杭天醉突然驚慌失措地站住了。他被痛苦刺激得頭髮都要倒豎起來——是的，撮著是真的死了。他看著送葬的人們，人可真不少，悲哀地哭著。但杭天醉覺得，天地間只有他獨自在送撮著。所有其他的人，都是與他們不相干的人。只有他和那個此刻就要埋在新墳之下的老實人，那個和他心照不宣守著祕密的翁家山人，才是自己人呢。

杭天醉也心疼林生的死。但比起他把茶樓都賣掉想換回林生的生命的心情，他此刻的悲痛就不算是極致了。他不太瞭解這個漂亮的小夥子，聽說他是黨派中人，但杭天醉對黨派卻是早不關心的了。他和寄客不一樣的恰是對政治始終產生不了滿腔熱情的關注。他總覺得那是些外在的東西，怎麼變幻也解決不了他靈魂裡的痛苦。然而此刻，當他看著撫著棺材痴呆了的嘉草時，他想，也許我錯了，我女兒為什麼會變成這樣？是誰讓她變成了這樣？難道撮著不是被外面射來的子彈打死的？為什麼我還要苟延殘喘活下去？為什麼人家還不來送我——就像現在我送人家一樣？

林生下葬的時候，嘉草也沒流眼淚，翻來覆去依舊一句話：「乖，乖，馬上就好，就好……」一看那棺材入了土，她就發起脾氣來，說：「怎麼挖得那麼小，叫我躺到哪裡去？重新挖！」大家都不知如何是好，嘉草又縱身一跳，跳進墳坑，貼著棺材躺好，說：「林生，你睡裡頭，我睡外頭，我和你做伴的。」

她搖搖晃晃，神思恍惚。嘉和看得心疼，立也立不住了，連忙跳下去，把妹妹抱了出去，邊抱邊說：「嘉草，我把墳坑挖大，來，你先上來，你先上來。」

倒是寄草還聰明，手裡突然舉起一個茶神像，說：「阿姊，你還要替林生哥哥生小寶寶呢，我讓茶神先陪陪他吧，茶神認識林生哥哥的。」說著就讓嘉和把茶神放在棺材蓋上了。

嘉草這才罷了，由著大哥把她再托出墳坑去，她什麼都不明白了，唯有說到生林生哥哥的小寶寶時，她才心裡清爽一些。

杭家的族墳，現在，埋著的人越來越多了。墳前的茶蓬，因為有著墳親的照料，也就長得格外茂盛。撮著和林生的墳坑，就在茶清伯的墳附近。天醉在他們的墳前，親手挖了兩株茶苗種下，又指著茶清伯旁的地方說：「這裡不要占，留著給我。」人們心裡都暗自吃驚。接著，人們又聽到了一句使他們更大吃一驚的話：「讓我一個人躺在地下，我和他們做伴就夠了。」

尾聲

那年冬天，嘉草的肚子日漸沉重，她父親杭天醉的身子，卻像一張薄紙般地消瘦下去了。

他開始越來越像一個幽靈，他古怪沉默的行動，也越來越有一種寓意的象徵。他完全模仿吳茶清，留起了一撮山羊鬍子。當他悄悄地往人們後面一站時，人們的後腦勺也開始有了一陣陣的涼意。

甚至他和他的總角之交趙寄客的關係，也在不知不覺中起了變化。冥冥之中，似乎不是精悍的趙寄客，而是虛弱的杭天醉，控制了他們的友情。

那一年隆冬，杭州下了大雪。西湖上一片迷茫。天空像是扯著一塊巨大的雪花布，一觸到湖水就鑽了進去，消失得無影無蹤。南方的雪，終究是溫柔的啊。

杭天醉要趙寄客陪他去湖上一遊，綠愛驚叫道：「你瘋了，這麼冷的天……」又看了看趙寄客的神情，便不吭聲了。

杭天醉卻頗有興致地說：「我的『不負此舟』雖破舊不堪，卻依然尚存，就跟我這人一樣，雖奄奄一息，卻尚有精神。就不知寄客這獨臂還能不能撐得起那『浪裡白條』了。」

趙寄客一笑，說：「敢不敢一試？」

那一天下午，兩隻船一大一小，消失在雪越來越大的湖面上。

趙寄客話很少，一隻臂膀和兩隻臂膀到底不一樣了。他像紹興人划烏篷船一樣，用兩隻腳來踏，手，只是用來把把舵罷了。

杭天醉因為船上有老大，所以擁衾坐在船艙窗口，和趙寄客說話。他的艙裡熱著老酒，他就從窗口遞了出去，給趙寄客。趙寄客一飲而盡，俄頃，面孔轉紅，呵氣如霧。

杭天醉卻背起了張宗子的文章：「……大雪三日，湖中人鳥聲俱絕。是日更定矣，余拏一小舟，擁毳衣爐火，獨往湖心亭看雪。霧凇沆碭，天與雲、與山、與水，上下一白。湖上影子，唯長堤一痕、湖心亭一點，與余舟一芥，舟中人兩三粒而已！……」

趙寄客說：「天醉，這樣的雅致倒是多日沒有了……」

杭天醉大笑，說：「寄客啊寄客，你教訓了我一輩子，也沒弄清要教訓的是什麼東西。你看這『湖上影子，唯長堤一痕、湖心亭一點，與余舟一芥，舟中人兩三粒』，哪裡是什麼雅致……」

「有何見教？洗耳恭聽。」

「不就是落得個白茫茫大地真乾淨嗎？」

趙寄客聽到這裡，停橈駐槳，說：「天醉，你看這麼大一個天地，就你我二人，你想說什麼，就直說吧。」

杭天醉倒愣了，半晌，嘆了一聲：「我有迷魂招不得啊……」

兩隻船，一大一小停在湖心，趙寄客看見了杭天醉的眼睛。他嘆了口氣，開始不慌不忙地解自己的衣釦，脫得赤條條只剩一條短褲，斷了的左臂難看地裸露在了大雪之中。

「你要幹什麼？」杭天醉問。他想起那年的夏天。多麼遙遠啊，那時雷峰塔還沒倒呢。

「不知寄客從小就在冬季裡習泳嗎？拿酒來！」

趙寄客咕嚕咕嚕喝了一大碗酒，用一隻獨臂把自己身上一陣好擦，站在大雪中，發出了巨大的急促的聲音，然後便撲通一聲，跳到西湖裡去了。

與此同時，百感交集的老吳升，帶著他的義子，重登忘憂茶樓了。茶樓因為易了主人，關門已有許多天，桌椅蒙上了厚厚的灰塵。七星灶冰涼冰涼的，老吳升用手提起了銅茶壺，一滴眼淚滴進了烏黑的灶口，他用他的淚眼看到了藍色的火苗和白色的水氣，他聽到了人聲鼎沸的叫賣聲問好聲紘歌聲樂聲……他看見人來人往占著位兒喝茶聽戲的身影。這一切，當終於全都可以屬於他的時候，卻已經全都不屬於他的了……

牆上白一塊灰一塊的，那是杭家把畫兒給摘走後留下的痕跡。吳升一邊傷感一邊欣慰地想，沒關係，以後再買便是。他打開窗子，冬日的西湖像一塊青色的冰塊，呈現在眼前。野鴨在湖心盤旋著，湖對面，是連綿溫柔的北山，在冬日陰覆下顯得蒼涼默然。而在這一切之上，是紛紛揚揚的漫天大雪。

那可真是下得動人心魄啊！吳升對嘉喬說：「阿喬，不給國民黨幹了吧！」

「為什麼？」嘉喬很驚愕。他近期動了報考黃埔軍校的念頭，正要和乾爹商量。

「國民黨缺德，」吳升說，「以後要倒楣的。」

他回過頭來打量著阿喬，信心百倍地說：「阿喬，我替你想好出路了。到上海洋行，給大班做買辦。把我們茶行的生意，一直做到外國去……」

與此同時，黃浦江口，汽笛一聲，愁腸將斷，嘉和、嘉平兩兄弟又要握手相別了。他們的青春，為什麼總在一種為了告別的聚會之中呢？

嘉平的目光中，一隻透露著堅毅，一隻透露著迷茫，這屬於青春的迷茫，也屬於杭氏家族的特有的神情，使嘉和第一次發現在性格上他和嘉平的血緣認同。過去，他從來不曾想過嘉平會有與他共同的痛苦。

「大哥，你得和葉子說清楚，我這次離開，是必須這樣選擇的。我只要不回去，我就是一個自由者。我一回去，我就陷在泥沼中了。」

「這個你不用說，我明白。」嘉和拍拍他的肩，「只是你以後的路該怎麼走呢？」

「先離遠一點，再給我一點時間。我想再看一看，這麼多年，我是行動太多了一些，思考太少了一些。大哥，你就是這樣想我的？」

嘉和微微愣一下，眼眶潮熱了，為了掩飾心裡那份震動，便故意輕鬆地說：「到底是討了老婆的人，說話分量不一樣了。」

「大哥，那麼多年，你是否就是這樣想我的？」嘉平卻咬住這個話題，不放鬆地問。

嘉和撣了撣手上的禮帽，極淡地笑了：「換句話說，我和你相反。人是生來要行動的，而我卻總是在想……」

汽笛聲催動了旅人的愁腸，又是一艘駛向大洋彼岸的海輪。嘉平轉身要走了，突然不好意思地說：「葉子和漢兒就交給你了，不管在什麼情況下，請……」嘉平被突如其來的情緒噎住了，他一下子湧上了巨大的無法言傳的內疚，他已經多少次地拜託大哥了呢？他說不清了。

「對不起……」

嘉和對大弟突兀的道歉很吃驚，他想用慣常的輕鬆岔開這個話題：「自家兄弟，說這個幹什麼？」

「我是說……我是說方西泠。我不該把我不要的推給你……」

不久前，方西泠帶去口信，要嘉和去一趟方家，嘉和去了。方西泠見著他說：「怎麼不把杭憶給我帶來，我想他呢。」

嘉和悶頭坐著，半晌，說：「做母親的想兒子，還不簡單嗎？去看他就是了。」

方西泠只好一聲也不吭了。她一眼看見嘉和，就發現他老了，變了，變得冷冰冰的了。

「嘉平還沒有消息嗎？」

嘉和搖搖頭。方西泠知道，就是有，丈夫也不會告訴她的。

「店裡的生意呢，好不好？」

「還可以。」

兩人這樣冷了半日的場，方西泠曉得，今日還是得她先說。

「嘉和，你心裡要明白，不是我不肯回來，是我父親把我鎖起來了。」

「我明白的。」

「我父親昨日又跟我談了。他的意思……是要我不再回忘憂樓府了。」

「噢。」

嘉和機械地應了一聲，可以說是一點反應也沒有。

「你說呢……」方西泠試探他。

「這是你的事。」

「我還是想回來的，我已經和你生了一雙兒女，我嫁到杭家已經有七年了，我——」

「你還是不要回來的好。」嘉和突然站了起來，說。

「你——」方西泠又氣又驚，她沒想到嘉和會有勇氣說這樣的話，她一直以為只要她放得下自尊心，她還有操縱嘉和的能力的。

「你怎麼說出這樣絕情的話？別忘了那日夜裡，是我叫嘉喬來通知你的。我冒了多大的風險你知道嗎？」

「那是兩碼事。」嘉和看著窗外，說，「我早就想告訴你了，我們兩個人，根本就沒有情，所以也談不上絕情！」

方西泠哭了，說：「嘉和，我是真心愛你的。我從來沒有想到，你是這樣一個冷酷的人。我爹再不容我在杭家了，可我還是想讓你帶我回去，我以後再也不會一個人跑出來了……」

嘉和很難過，心腸幾次要軟下來，但他太瞭解西泠了，他曉得像西泠這樣的女人，如果在這個世界還有男人可以征服，她的這顆心是永遠不會平息的。只是她的判斷有了失誤，她以為兩兄弟中，只有嘉平是不可征服的。也許現在她開始意識到這一點，但一切都已經晚了。

此刻，嘉和沒想到嘉平會說這個。因為措手不及，他被擊中了，愣住了，兩兄弟手握在一起，嘉和發起抖來。他真想放聲大哭，在大雪紛飛中放聲大哭。周圍都是人，他使勁噎著湧上來的委屈，覺得雙眼淚水嘩嘩地直流。嘉平也忘情了，熱淚盈眶，說：「我知道你喜歡的是誰——」

「別說了！」嘉和大叫一聲扭頭要走，被嘉平死死拉住，兩個人停頓了片刻，幾乎同時分手。眼花繚亂的大雪把這兄弟倆隔開了。看上去，他們各自的背影溼淋淋，又模模糊糊，彼此越來越看不清了……

杭天醉坐在漫天飛雪一葉孤舟之上，他依稀感到這個世界似曾相識，也是那麼寂靜無人，晶瑩剔透，雪白明亮，跟做夢一樣，恍恍惚惚，悠悠忽忽……這是在哪裡呢？他瞇起眼睛，往北山望去，毛茸茸的山巒起伏著，在那山巒的後面，有這樣一個地方，那個地方有一塊三生石。在那裡，他和寄客曾經變得晶瑩白亮，頭髮一根根的，亮晶晶的……「身前身後事茫茫，欲話因緣恐斷腸。吳越山川尋已遍，卻回煙棹上瞿塘……」他呼喚起來：「寄客，你可得上來啊！」

趙寄客從水中冒出頭來，大聲應：「你叫我上來，我就上來吧。」

那年春節剛過，嘉草就開始肚子疼了，兩天兩夜生不下孩子，杭天醉自己就先倒在了他的花木深房。家裡人一開始心思都在難產的嘉草身上，並沒有太在意這條病病歪歪漸入老境的殘命。直到他躺在床上，突然臉上露出了羞怯的神情，叫綠愛去把正在廳前忙於張羅的寄客叫來時，綠愛還不明白是什麼意思，轉過身對正在幫著煎藥的寄草說：「寄草，你去找你乾爹，我在這裡陪著你爹。」

趙寄客進來時，綠愛卻發現這對老朋友幾乎什麼話也沒說，趙寄客面孔從來沒有像今天這樣蒼白過。如果寄草再細膩一些，準會發現那蒼白裡還有不同尋常的赭紅。

杭天醉讓寄草向寄客磕一個頭，說：「寄草，趙先生身邊無兒無女，你做趙先生的親女兒吧。」

寄草雖然小，卻很懂事了，不禁就流下淚來，對著趙寄客磕了個頭，叫了一聲「爹」，便大哭了。

杭天醉又叫寄草把那把曼生壺取來，又叫寄草念那刻在壺身上的字。

「內清明，外直方，吾與爾偕藏。」寄草邊哭邊驚異地問，「爹，這是趙先生送你的壺啊，你讓我拿著幹啥，你要喝茶嗎？」

天醉指指綠愛，說：「送……給你媽……」

綠愛突然明白了，面孔騰地通紅，她一把拉住丈夫的手，人就跪了下來。

趙寄客說：「天醉，你聽我說——」

杭天醉費勁地搖頭，幾乎是恐懼地說：「不要說，不要說……」

趙寄客便倒退著要往外走，杭天醉又發出了急切的請求：「別走……別走……就站在門口，別走開。讓我看得到你們……」

嘉和的眼淚唰地流了下來。他一直悄悄地站在旁邊，不多說一句話。他也一直控制著自己不能開的那扇悲痛的閘門。他比任何人都更能理解父親那顆心，多年來是怎麼被來來去去的日子鋸拉得血肉模糊的；嘉和比任何人都明白，父親把屬於他的內在的生活弄得不可收拾，沒有人來拯救他的靈魂……

他湊近到父親的耳邊，輕輕說：「嘉平託人帶信來了，他很安全，很好，他還和從前一樣，什麼也不怕。爹，你養了一條好漢……」

杭天醉的眼睛亮了起來，一種驟然發亮的光彩，一種從前只在嘉平眼睛裡看到的光彩，嘉和不知道這光彩是父親傳給嘉平的，還是嘉平給予父親的。但嘉和明白了，父親在臨終前讚許了他的二兒子。嘉和的眼淚，一大滴滴在了父親的額上。他聽見父親對他說：「……指望……你們了……」

就在這時，杭天醉聽到了很遠的地方傳來貓叫一樣微弱的哭聲……

現在好了，再也無所牽掛了，杭天醉閉上了雙眼，他覺得他是可以離開這個完全出人意料的世界了。他在這個世界裡所過的不長不短的一生，就如一場眼花繚亂的大夢。他漸漸地失去了其他一切的知覺，他的喉嚨口卻突然覺得乾渴無比。是地獄到了，地獄之火在燒著他了，還是升了天堂？原來天堂裡也有烈火。模模糊糊地，他看見了那個熟悉的身影，在他前面，引導著他，走向那不可知的深處……他聽到一個聲音大聲叫道：「生了！生了！生了！是個兒子！天醉睜開眼，看看，看你的外孫，快看、快看一眼……」

他突然睜大眼睛，猛地從忘川中醒了回來，那反彈的力量之大，幾乎使他的肩膀顫動。他看見眼前一個模模糊糊的紅肉團，他聽見有人說：「他看見了！他看見了！」

他還能分辨出兒子嘉和的呼喚：「爹，爹，給取個名字，給取個名字……」

但是火焰就在那個背影上燃燒起來了，背影被燒化了，眼前一團紅光，他再一次覺得喉嚨口如焚，腥血甜膩，人們聽見他最後的一聲呼叫：「忘憂……」

這兩個字是隨著一口血花一起噴出去的，他上身一個踉蹌，幾乎趴在嬰兒身上，半壓住了他。這個剛剛被命名為「忘憂」的孩子大聲啼哭起來。這是一個多麼奇異的新生兒啊，他雪白雪白，連胎毛也是白的，連眼睫毛也是白的。他的哭聲又細又柔，卻綿綿不絕——這是一個多麼奇異的新生兒啊！

而那個半臥在他身上的身體，就逐漸僵冷下去了。

此時，乃中華民國第十七年早春未萌之際，大雪壓斷了竹梢，鳥兒被凍住了婉轉歌喉。杭州郊外的茶山，一片肅穆，鐵綠色的茶蓬沉默無語，臥蹲在肅殺的山坡上，彷彿鏽住了盔甲的兵士陣營。

連一枚春天的茶芽都還見不著呢……

它們被壓在了哪一片雪花之下了呢……

一九九四年九月五日十七時二十五分初稿
一九九四年十二月三日十九時二十五分二稿
一九九五年二月十五日十一時五十五分三稿
一九九五年八月五日十一時十五分四稿
一九九五年九月十日十一時三十分五稿

【茶人三部曲】人物關係圖

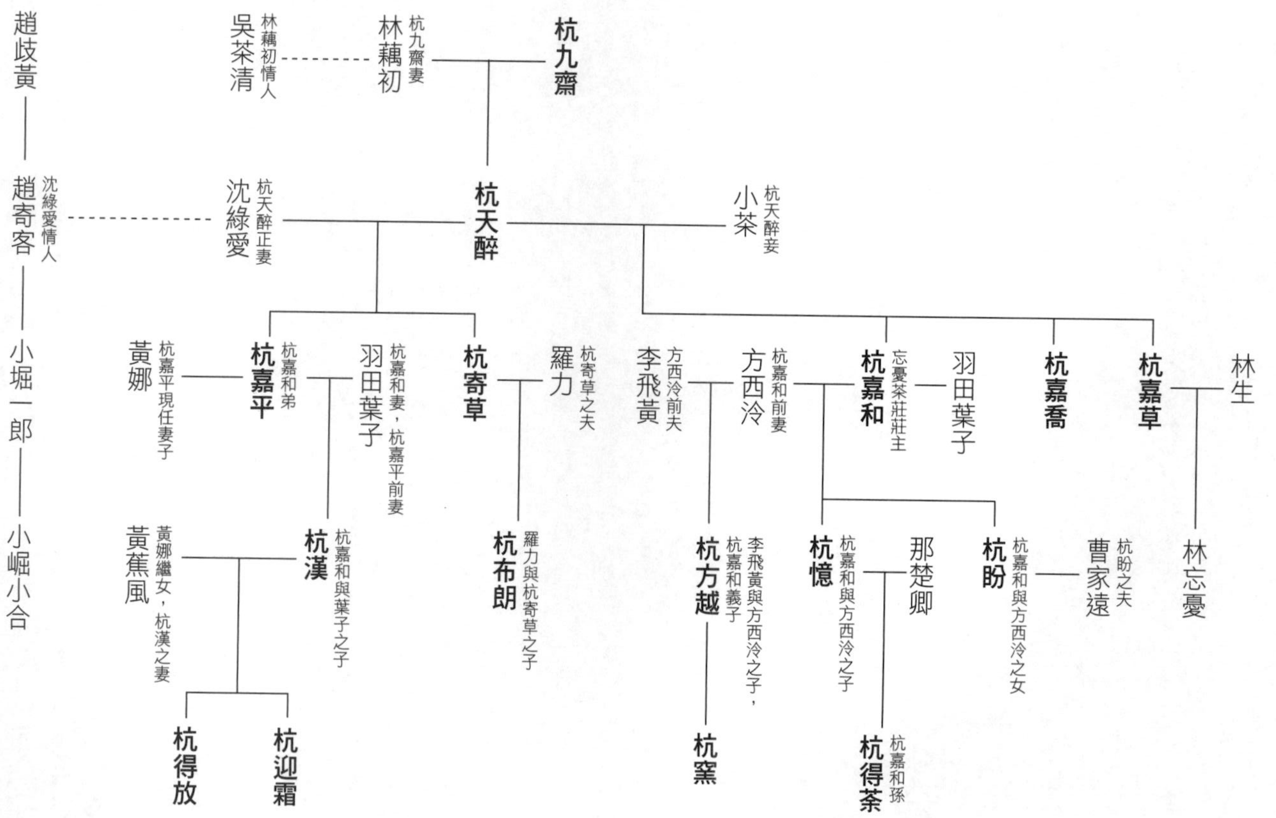

趙歧黃
趙寄客 沈綠愛情人
小堀一郎
小崛小合
吳茶清 林藕初情人
林藕初 杭九齋妻
杭九齋
沈綠愛 杭天醉正妻
杭天醉
小茶 杭天醉妾
黃娜 杭嘉平現任妻子
杭嘉平 杭嘉和弟
羽田葉子 杭嘉和妻，杭嘉平前妻
杭寄草
羅力 杭寄草之夫
李飛黃 方西泠前夫
方西泠 杭嘉和前妻
杭嘉和 忘憂茶莊莊主
羽田葉子
杭嘉喬
杭嘉草
林生
黃蕉風 黃娜繼女，杭漢之妻
杭漢 杭嘉和與葉子之子
杭布朗 羅力與杭寄草之子
杭方越 李飛黃與方西泠之子，杭嘉和義子
杭憶 杭嘉和與方西泠之子
那楚卿
杭盼 杭嘉和與方西泠之女
曹家遠 杭盼之夫
林忘憂
杭得放
杭迎霜
杭窯
杭得茶 杭嘉和孫

南方有嘉木

作　　者	王旭烽
文字編輯	林芳妃
責任編輯	何維民

版　　權	吳玲緯
行　　銷	闕志勳　吳宇軒　陳欣岑
業　　務	李再星　陳紫晴　陳美燕　葉晉源
副總編輯	何維民
總 經 理	陳逸瑛
發 行 人	凃玉雲
出　　版	麥田出版 104台北市中山區民生東路二段141號5樓 電話：（886）2-2500-7696　傳真：（886）2-2500-1967
發　　行	英屬蓋曼群島商家庭傳媒股份有限公司城邦分公司 104台北市中山區民生東路二段141號2樓 書虫客服服務專線：(886)2-2500-7718；2500-7719 24小時傳真服務：(886)2-2500-1990；2500-1991 服務時間：週一至週五09:30-12:00；13:30-17:00 郵撥帳號：19863813　戶名：書虫股份有限公司 讀者服務信箱E-mail：service@readingclub.com.tw 麥田部落格：http://blog.pixnet.net/ryefield 麥田出版Facebook：http://www.facebook.com/RyeField.Cite/
香港發行所	城邦（香港）出版集團有限公司 香港灣仔駱克道193號東超商業中心1樓 電話：852-2508-6231 傳真：852-2578-9337
馬新發行所	城邦（馬新）出版集團【Cite (M) Sdn Bhd.】 41-3, Jalan Radin Anum, Bandar Baru Sri Petaling, 57000 Kula Lumpur, Malaysia. 電話：(603) 9056-3833 傳真：(603) 9057-6622 Email：service@cite.my

印　　刷	前進彩藝有限公司
電腦排版	黃雅藍
書封設計	楊啟巽工作室

初版一刷	2022年10月
定　　價	550元
I S B N	978-626-310-296-5

國家圖書館出版品預行編目資料

南方有嘉木／王旭烽著. -- 初版. -- 臺北市：麥田出版：英屬蓋曼群島商家庭傳媒股份有限公司城邦分公司發行, 2022.10
　面；15×21公分
ISBN 978-626-310-296-5（平裝）

857.7　　111012789